ein Ullstein Buch

ÜBER DAS BUCH:

Zum erstenmal wendet sich Kent hier der Seekriegsgeschichte aus deutscher Sicht zu. So ist sein Held der deutsche Korvettenkapitän Felix von Steiger, Kommandant des Hilfskreuzers *Vulkan*, der im Dezember 1917 Kiel verläßt, um auf den Handelswegen der Welt Chaos zu stiften. Getarnt als neutraler Frachter, verfügt die *Vulkan* hinter falschen Decksaufbauten und Sichtblenden über die Bewaffnung eines Kriegsschiffes. In der Dänemark-Straße, vor Irland, im Nord- und Südatlantik setzt sie ihre Minen, Torpedos und Geschütze ein, um den Nachschub für die Alliierten zu unterbinden. Dennoch vermeidet Steiger unnötige Grausamkeiten, auch wenn er Zeuge schrecklicher Greueltaten seiner Landsleute wird. Beherrscht und kaltblütig, bleibt er ein Vorbild für seine aus dem Kehricht der Militärgefängnisse und Kasernen zusammengesuchte Besatzung – bis er sich in eine gefangene Engländerin verliebt. Dann kommt es zum Konflikt, der erst im letzten Gefecht mit einem britischen Kreuzer entschieden wird.
Ein Roman um die rigide Kampfmoral der Kaiserlichen Kriegsmarine, der auch menschliche Schwächen zeigt, und zwar sowohl auf der Kommandobrücke wie im Mannschaftslogis.

ÜBER DEN AUTOR:

Alexander Kent kämpfte im Zweiten Weltkrieg als aktiver Marineoffizier im Atlantik und im Mittelmeer und erwarb sich danach einen weltweiten Ruf als Verfasser authentischer, spannender Seekriegsromane. Seine marinehistorische Romanserie um Richard Bolitho machte ihn zum meistgelesenen Autor dieses Genres neben C. S. Forester. Seit 1958 sein erstes Buch erschien, hat er über dreißig Romane veröffentlicht, von denen die meisten bei Ullstein vorliegen oder vorbereitet werden. Sie erreichten eine Gesamtauflage von 15 Millionen und wurden in bisher 14 Sprachen übersetzt. – Alexander Kent, dessen wirklicher Name Douglas Reeman lautet, ist aktiver Segler, lebte jahrelang an Bord seiner Yacht und wohnt heute in Surrey, England. Er ist Mitglied der Royal Navy Sailing Association und Governor der Fregatte *Foudroyant* in Portsmouth, des ältesten noch schwimmenden britischen Kriegsschiffes.

Alexander Kent

Feindpeilung steht!

Roman

ein Ullstein Buch

ein Ullstein Buch/maritim
Nr. 20857
Herausgegeben von J. Wannenmacher
im Verlag Ullstein GmbH,
Frankfurt/M – Berlin
Titel der Originalausgabe:
The Last Raider
von Douglas Reeman,
erschienen bei Hutchinson & Co
(Publishers) Ltd. of London
Aus dem Englischen
von Wolfram Vollrath

Deutsche Erstausgabe

Umschlagentwurf: Hansbernd Lindemann
unter Verwendung einer
Farbillustration von Chris Mayger

Printed in Germany 1987
Druck und Verarbeitung:
Clausen & Bosse, Leck
ISBN 3 548 20857 6

Dezember 1987

CIP-Kurztitelaufnahme
der Deutschen Bibliothek

Kent, Alexander:
Feindpeilung steht!: Roman/
Alexander Kent. [Hrsg. von
J. Wannenmacher.
Aus d. Engl. von Wolfram Vollrath]. –
Dt. Erstausg. – Frankfurt/M;
Berlin: Ullstein, 1987
(Ullstein-Buch; Nr. 20857: Maritim)
Einheitssacht.: The last Raider ⟨dt.⟩
In d. Vorlage auch: Douglas Reeman
ISBN 3-548-20857-6

NE: GT
Vw: Reeman, Douglas [Wirkl. Name]
→ Kent, Alexander

Vom selben Autor
in der Reihe der
Ullstein Bücher:

Die Feuertaufe (3363)
Klar Schiff zum Gefecht (3376)
Die Entscheidung (3402)
Zerfetzte Flaggen (3441)
Bruderkampf (3452)
Der Piratenfürst (3463)
Strandwölfe (3495)
Fieber an Bord (3522)
Nahkampf der Giganten (3558)
Feind in Sicht (20006)
Eine letzte Breitseite (20022)
Galeeren in der Ostsee (20072)
Kanonenfutter (20144)
Kanonenboot (20302)
Rendezvous im Südatlantik (20318)
Duell in der Tiefe (20339)
Finale mit Granaten (20423)
Wrack voraus! (20437)
Admiral Bolithos Erbe (20485)
Die Ersten an Land,
die Letzten zurück (20511)
Unter stählernen Fittichen (20549)
Aus der Tiefe kommen wir (20574)
Der Brandner (20591)
Ein Schiff soll sterben (20646)
Die Faust der Marine (20715)
Torpedo läuft! (20735)
Freiwillige vor! (20765)
Schnellbootpatrouille (20798)

Kent/Mayger:
Bild-Mappe (20187)

Und Gott wird abwischen alle Tränen von ihren Augen, und der Tod wird nicht mehr sein, noch Leid, noch Geschrei, noch Schmerz wird mehr sein, denn das Erste ist vergangen.

Offenbarung Johannis
Kapt. 21 Vers 4

INHALT

TEIL EINS

»... eine Gebärde des Trotzes«

1

Das ausgedehnte Gelände der Kieler Werft und der überfüllte Hafen schienen zu schwanken, als der Dezembersturm von der Ostsee heranfegte und das graue Wasser zu schaumgekrönten Wellen aufpeitschte. Der schon drei Tage andauernde heftige Regen zischte über die Dächer der niedrigen Werftgebäude und wühlte mit jeder Bö die tiefen Pfützen auf. Es war zwar erst früher Nachmittag, aber schon herrschte Dämmerung, und aus dem Gebäude des Oberkommandos der Kaiserlichen Kriegsmarine schimmerte schwaches Licht.

Der Admiral zuckte unwillkürlich zusammen, als eine besonders heftige Bö einen prasselnden Regenschauer gegen die hohen Fenster seines Dienstzimmers warf und den Anblick der darunterliegenden Werft noch mehr verzerrte. Die dichtgedrängte Ansammlung der vertäuten Schiffe – Schlachtkreuzer, Zerstörer und Versorgungsfahrzeuge – verschmolz zu einem gezackten Panorama regennassen Stahls, nur hin und wieder unterbrochen durch hochgeschleuderten Gischt.

In seinem Rücken hörte der Admiral das respektvoll gedämpfte Murmeln der Offiziere seines Stabes und sah im schwarzen Glas des Fensters ihre Spiegelbilder. Die Uniformen schimmerten im grellen Licht der Gaslampe über dem riesigen Kartentisch, der fast ein Viertel des Raumes ausfüllte. Die Karte zeigte die ungeheure Weite des Nordatlantiks, der Nordsee und den schmalen Streifen des Ärmelkanals. Hunderte von Fähnchen und farbigen Nadelköpfen stellten Schiffe dar, sowohl eigene als auch feindliche, dazu die kürzlichen Verluste und die langen, schwarz eingezeichneten Barrieren der Minenfelder.

Der Admiral runzelte die Stirn. Die Offiziere seines Stabes warteten. Sie schienen neuerdings immer zu warten. Vorbei waren die Aufregung und der Eifer der ersten Monate. Jetzt, nach dreieinhalb Kriegsjahren – bis zum Anfang des Jahres 1918 waren es nur noch fünf Tage – wirkten sie ebenso überbeansprucht wie die vielbenutzten Fähnchen auf der Karte.

Er wandte sich um und sah sie wieder an. Unwillkürlich richteten sie sich straffer auf und sahen ihn erwartungsvoll an, bereit, seine eigene Stimmung widerzuspiegeln. Er räusperte sich, und als er an die vorderste Reihe der Offiziere herantrat, fiel das Licht auf das Silberhaar seines mächtigen Kopfes, der für seine untersetzte Figur in der makellosen, ordengeschmückten Uniform fast zu schwer wirkte.

»Meine Herren!« Der Blick seiner tiefliegenden Augen wanderte streng über ihre Gesichter. »Ich habe Sie hier zusammengerufen, um Ihnen die Neuigkeit mitzuteilen, auf die Sie alle warten.« Er machte eine Pause, spürte das neuerwachte Interesse in dem eichengetäfelten Raum. »Wir vom Flottenkommando kennen besser als die meisten anderen Stäbe die Pattsituation, die den Krieg seit einiger Zeit beherrscht. An den Landfronten ist es nicht besser, aber vielleicht weniger wichtig. Auf See kann es nur *einen* Sieger geben. Die Engländer hoffen, uns mit ihrer Blockade zu vernichten.« Wieder machte er eine Pause und deutete mit der Hand auf die regennassen Fenster. »Die rostigen Ankerketten unserer Großkampfschiffe zeugen vom Erfolg dieser Blockade. Auch wir haben verschiedentlich versucht, den Feind so auf die Knie zu zwingen. Die neueste Waffe der Marine, die U-Boote«, wieder machte er eine Pause, als sei ihm schon das Wort höchst zuwider, »haben feindliche Versorgungsschiffe angegriffen, während unsere Kreuzer gezwungen sind, hinter den Netz- und Balkensperren der deutschen Häfen Zuflucht zu suchen. Das Ergebnis war lediglich, daß die Engländer das Konvoisystem einführten. Wir aber haben durch diese uneingeschränkte Kriegführung viele unserer überseeischen Freunde verloren und wahrscheinlich sogar die Amerikaner in dem Entschluß bestärkt, gegen uns in den Krieg einzutreten!« Er sprach offener als sonst, aber er kannte die Offiziere seines Stabes sehr genau. Auf die langen roten Linien deutend, mit denen die Konvoirouten zu und von den britischen Inseln markiert waren, fuhr er fort: »In der Vergangenheit haben wir einzelne Hilfskreuzer als Handelsstörer hinausgeschickt, die auf den Versorgungswegen des Feindes Unruhe stifteten. Es waren gute Schiffe, kommandiert von furchtlosen Kommandanten. Denken Sie an die *Dresden*, die *Möwe*, die *Seeadler* und an all die anderen, die mehr dazu beigetragen haben, das Gleichgewicht der britischen Seemacht zu erschüttern, als irgendeine andere Unternehmung unserer Hochseeflotte!« Seine Stimme schwoll an; er stützte sich so auf den Tisch, daß sein Schatten über die Karte fiel. »Nach dem Verlust unserer Kolonien und überseeischen Stützpunkte hieß es, die Tage der Handelsstörer seien vorbei. Wie könne ein solches Schiff draußen überleben? fragte man sich. Doch seit Monaten habe *ich* die Ausrüstung eines Hilfskreuzers befürwortet, damit dem Namen der Kaiserlichen Marine ein weiteres Ruhmesblatt hinzugefügt werden kann!«

Jetzt hatte er ihre ungeteilte Aufmerksamkeit, sie waren alle aufgestanden und sahen ihn gespannt an.

»Ich brauche Ihnen nicht zu erklären, daß der Krieg in einer Welle des Pessimismus, ja der Verzagtheit steckengeblieben ist. Der Vormarsch an der Westfront ist zum Stocken gekommen. Regen und Schlamm haben ebenso dazu beigetragen wie die ungeheuren Verluste. Auch in der Marine ist die Moral gefährlich tief gesunken. Unsere Männer brauchen ein Symbol, eine Gebärde des Trotzes, mit der wir den Feind bis in die Grundfesten erschüttern können: einen einzelnen Handelsstörer, der kommen und gehen kann, wie es ihm beliebt, der feindliche Schiffe versenkt, verbrennt oder zerstört, wo immer er sie findet. Starke Kräfte des Feindes müssen ausschwärmen, um ihn zu suchen. Die Schiffahrt wird aufgehalten, verzweifelt benötigter Nachschub verrottet in New York oder Sydney.«

Der Admiral riß den Blick von der Karte und hob den mächtigen Kopf. »Endlich, meine Herren, hat man auf mich gehört. Der Großadmiral, ja sogar der Kaiser haben ihre Zustimmung gegeben. Die Vorarbeit, die Sie und ich bisher geleistet haben, wird endlich belohnt!«

Er legte eine Pause ein, weil der Raum unter Beifallsrufen und Händeklatschen erdröhnte. Der Operationsoffizier, ein großer, würdevoller Kapitän zur See, bemerkte, daß der Admiral ihm zunickte, worauf er auf den Tisch klopfte und um Ruhe bat. Anders als sein Vorgesetzter sprach er nüchtern und leidenschaftslos. Seine kühle Stimme und seine präzise Ausdrucksweise brachten alle wieder auf den Boden der Tatsachen.

»Die *Vulkan* ist, wie Sie wissen, für große Fahrt voll ausgerüstet. Wir mußten lediglich auf die Genehmigung unseres Operationsplans warten. All unsere Erfahrungen mit den bisherigen Hilfskreuzern sind bei ihrer Umrüstung genutzt worden. Sie ist ein verhältnismäßig neues Schiff, gut bewaffnet, mit geringem Brennstoffverbrauch, und wird als Handelsschiff so wenig Aufmerksamkeit wie möglich hervorrufen. Es hat viele Beratungen darüber gegeben, wer die Ehre haben wird, das Kommando zu übernehmen. Ich selbst hegte nie den geringsten Zweifel: Korvettenkapitän Felix von Steiger ist der einzige Mann, der in

Frage kommt.« Seine Worte wurden mit lautem Beifallsgemurmel quittiert.

»Von Steiger hat schon einmal eine der kühnsten und erfolgreichsten Fahrten des Krieges unternommen. Mit dem umgebauten Frachtdampfer *Isar* ist er durch die Blockade nach Kiel zurückgekehrt, alle Masten geschmückt mit den Reedereiflaggen seiner Prisen. Sechs Monate lang ist er im Südatlantik und sogar im Pazifik gekreuzt und hat Chaos und Schrecken verursacht, wo er auch auftauchte. In ein paar Minuten wird er hier sein. Ich werde ihm seinen versiegelten Einsatzbefehl überreichen, danach können Sie alle Informationen von ihm erfragen, die Ihre jeweiligen Abteilungen benötigen.« Er räusperte sich. »Unterschätzen Sie nicht die Wichtigkeit dieser Fahrt. Ein Erfolg auf See in diesem Augenblick ist vielleicht die Angel, an der die Tür zum Sieg aufgestoßen werden kann!«

Der Admiral war ans dunkel gewordene Fenster zurückgekehrt. Nur halb lauschte er den Stimmen der Offiziere hinter sich, während sein Blick nachdenklich über die sturmgepeitschten Einheiten der Flotte schweifte. Bald, dachte er. Ein Rückschlag auf den Nachschubwegen, hunderte – ja sogar tausende Meilen vom europäischen Kampfgebiet entfernt, und der Feind wäre gezwungen, seine hiesigen Seepatrouillen zu verringern. Der stählerne Ring um die deutschen Zufahrtswege würde geschwächt werden. Dann konnten sie die Falle sprengen! Mit der Übermacht der britischen Hochseeflotte war es dann vorbei. Die Skagerrakschlacht zog an seinem inneren Auge vorüber, und er sah wieder die wehenden Gefechtsflaggen, die langen grauen Geschützrohre, welche der Grand Fleet ihre Herausforderung entgegendonnerten. Und vor allem sah er die stolzen Schlachtkreuzer, die in Admiral Sir David Beattys Geschwader verheerende Zerstörungen verursachten.

Ein kühler Luftzug im Nacken zeigte ihm, daß die großen Doppeltüren geöffnet wurden.

Er wartete ein wenig, bevor er sich umwandte, um seinem Stab Zeit zu lassen, die schlanke Gestalt zu mustern, die ihnen aus der geöffneten Tür entgegentrat.

Korvettenkapitän Felix von Steiger blickte seinerseits gespannt in den Halbkreis erregter Gesichter, während er äußerlich völlig ruhig wirkte. Sein dunkles Haar glänzte im Licht, und der gepflegte Bart, die Freude aller Pressefotografen, ragte keck über das schwarze Kreuz hinaus, das er auf der Brust trug. Seine Augen, denen er den Spitznamen »Tiger der See« verdankte, waren goldgefleckt und wirkten in der harten Beleuchtung beinahe gelb. Während er so dastand und wartete, bis der Admiral sich ihm zuwandte, blitzte einen Augenblick etwas wie Haß in ihnen auf.

Jetzt sprach der Admiral wieder und übernahm die Vorstellung. Von Steiger hörte kaum zu und schritt langsam neben dem Admiral her, der ihn durch den Raum zum flackernden Kamin führte, über dessen kunstvoll gemeißeltem Sims das Bildnis des Kaisers hing.

Dabei hörte von Steiger etwas unter seinen blanken Stiefeln knirschen. Als er hinunterblickte auf den Teppich, krampfte sich sein Magen schmerzhaft zusammen. An der Stelle, wo er eben noch gestanden hatte, war zwar keine Spur von Sand zu entdecken. Dennoch spürte er wieder den Schmerz und die Sehnsucht und versuchte, seine Augen vor den anderen zu verbergen. Er war direkt vom Friedhof hierhergefahren, und der Sand mußte vom Grab seiner Frau stammen. In den flackernden Kaminflammen glaubte er wieder die gebeugten Köpfe der Trauergesellschaft zu sehen, den mitleidlos niederprasselnden Regen und die Schaufeln Erde, die auf den polierten Sarg polterten. Er konnte es noch immer nicht fassen: Seine Freda, schön, fröhlich und immer lachend, ein Teil seiner selbst, war nicht mehr.

Wie von fern hörte er die Worte des Admirals: »Vielleicht möchten Sie selbst noch etwas dazu sagen, Kapitän?«

Von Steiger nickte. Seine Stimme klang ihm selbst überraschend fest und beherrscht, und er merkte, daß er ihr lauschte, als sei er ein unbeteiligter Zuschauer.

Er blickte in die erwartungsvoll gespannten Gesichter, glatt und faltenlos vom ruhigen Landleben. Ob sie sich hier wohl bewußt waren, wieviel Mühe, Schmerz und Elend jede Versenkung bedeutete, wie wenig Hoffnung für die Opfer bestand?

»Ich werde morgen früh auslaufen wie vorgesehen«, sagte er. »Am 29. Dezember werde ich das Skagerrak passieren, weiter nach Norden fahren und mich dabei dicht unter der norwegischen Küste halten.«

Ihre Blicke folgten auf der Karte seiner unsichtbaren Reise.

»Die Nächte sind jetzt lang, somit bestehen für mich gute Chancen, die Blockade zu durchbrechen. Wenn wir Glück haben, kommen wir südlich von Island durch, wenn nicht, gehen wir durch die Dänemark-Straße.« Er sprach, als sei das ohne Bedeutung, als sei das Passieren der Dänemark-Straße jetzt im Winter nicht die gefährlichste Etappe auf der ganzen nördlichen Halbkugel. Aber von Steiger wußte, daß er ihnen nie den Unterschied würde erklären können. Wie sollte er diesen Schreibtischkriegern den Kampf gegen Eis, ständige Dunkelheit und brüllende Stürme beschreiben?

Plötzlich sagte der Admiral: »Wir alle bedauern zutiefst den tragischen Verlust, der Sie betroffen hat, Kapitän. Er kam so – unvermutet.« Er wurde rot, als die goldgefleckten Augen sein Gesicht musterten. Denn beinahe hätte er gesagt: »So ungelegen«, und der Blick der kalten Augen zeigte ihm, daß von Steiger ihn durchschaut hatte.

Der Kapitän nahm den dicken, rotversiegelten Umschlag und steckte ihn in die Innentasche seines Jacketts. Versiegelte Einsatzbefehle blieben sich immer gleich, dachte er. Sie verliehen den Befehlsgebern Ansehen, aber derjenige, der sie übernahm, hatte ihre ganze Last zu tragen.

»In Gedanken sind wir bei Ihnen, Kapitän von Steiger!« Der Admiral richtete sich kerzengerade auf. »Für die Kaiserliche Marine ist diese Fahrt eine Wendemarke. Sie werden das einsamste Kommando des Krieges innehaben, aber auch das stolzeste! Gott mit Ihnen!«

Von Steiger schlug die Hacken zusammen und wandte sich zur Tür. Ihm war klar, daß man von ihm eine Ansprache erwartete, daß er mit großartigen Versprechungen die anwesenden Offiziere begeistern würde. Sie alle dachten, daß dieser neue Einsatz mit der *Vulkan* eine Herausforderung sei, aber es war ein Rettungshafen für ihn. Er kam frei von Land und allem, was es jetzt für ihn bedeutete. Einmal an Bord, konnte er versuchen, das Elend zu vergessen, das ihn hier umgab. Er lächelte knapp. Mich selbst zu vergessen, dachte er, das ist passender. *Vulkan* war schließlich der Gott des Feuers, des reinigenden, alles verzehrenden Feuers.

Die anderen, die ihn lächeln sahen, fühlten sich fast herabgesetzt. Als die Tür sich hinter von Steiger geschlossen hatte, stellten sie sich vor, daß er bereits neue Heldentaten plane, an denen sie nur am Rande teilhaben würden.

Allein der Admiral fühlte sich unbehaglich.

Als von Steiger ins Freie trat, hatte es aufgehört zu regnen; doch das tiefhängende, drohende Gewölk fegte weiterhin über den dunklen Himmel. Er vergrub die Schultern tief in seinem langen Mantel und zog sich den schwarzen Pelzkragen über die Ohren. Der Wind heulte um die Werftgebäude, die Luft war eiskalt und feucht. Vereinzelt stand ein fahrbarer Kran verlassen in den tiefen Pfützen, und gelegentlich fing von Steiger einen kurzen Blick der Werftarbeiter auf, die lustlos durch die Dunkelheit schlurften.

Er dachte an den Admiral, und sein Ärger kehrte zurück. Der ruhige Empfang hatte ihn überrascht, besonders im Hinblick auf ihr letztes Zusammentreffen vor drei Tagen.

Es hatte im selben Raum stattgefunden. Von Steiger stand neben der großen Karte, während der Admiral ihm seine Strategie der Überraschung erläuterte. Von Steiger hatte vorgebracht, daß die geplante Unternehmung reine Zeitverschwendung sei. Vielleicht eine tapfere Geste, möglicherweise sogar in bescheidenem Umfang erfolgreich, aber im Hinblick auf die augenblickliche Kriegslage sei eine Wendung zum Besseren so gut wie ausgeschlossen.

Er war völlig überrascht durch den Zornesausbruch des Admirals, der beinahe den Eindruck erweckte, als sei die ganze Unternehmung nur zu *seinem* Heil geplant worden. Dann jedoch wurde er etwas versöhnlicher, ja beinahe leutselig.

»Ich stelle fest, daß der Verlust Ihrer lieben Frau Sie ein wenig verwirrt hat, Steiger. Ich verstehe das sehr gut. Aber Deutschland braucht Sie...«

Von Steiger wurde es jetzt noch übel, wenn er an diese aalglatten Worte dachte. Er versuchte, den Admiral aus seinen Gedanken zu streichen und sich auf die einschneidenden Ereignisse zu konzentrieren, die über Nacht sein Leben verändert – ja praktisch beendet hatten.

Aber wie üblich konnte er nur eine unzusammenhängende Reihe von Bildern heraufbeschwören: Freda, die ihn auf der Treppe des großen Hauses erwartete, am Ufer des Plöner Sees, liebevoll, ängstlich besorgt und bereit zu trösten. Lebendig stand sie vor ihm, während seine Füße in die tiefen Pfützen traten und er fast unbewußt den Weg zu seinem wartenden Schiff einschlug. Immer hatte sie sich bemüht, anderen zu helfen, sogar dem Feind. In der Nähe des Steigerschen Besitzes lag ein Lazarett für verwundete französische Kriegsgefangene, und Freda brachte einen großen Teil ihrer freien Zeit mit ihrer Pflege zu.

An diesem Abend war es ebenso stürmisch gewesen wie jetzt, rief er sich ins Gedächtnis. Rudi, der Kutscher, hatte ihm erzählt, wie er sie vom Lazarett nach Hause gefahren hatte. Durch das Prasseln des Regens hatte sie ihm zugerufen: »Fahr schneller, Rudi! Wenn wir nicht galoppieren, ist der Kapitän noch vor uns zu Hause!« Sie hatte fröhlich gelacht, als der Alte die beiden Pferde zu rascherer Gangart antrieb. Dann hörten sie das Krachen des umstürzenden Baumes, das entsetzte Wiehern der Pferde und das Splittern der Kutsche. Danach Schweigen – bis auf das Prasseln des Regens.

Rudi, selbst verletzt, hatte sich einen Kilometer weit bis zu einem Bauernhaus geschleppt, um Hilfe zu holen. Aber sie kam zu spät.

Zwei Stunden danach war von Steiger heimgekommen. Das schöne Haus mit seiner Geborgenheit schien um ihn zusammenzubrechen, als er die Freitreppe hinaufstieg. Er sah tränenüberströmte Gesichter, spürte tröstende Hände, die er beiseite schob, um hinauf in ihr Zimmer zu rennen. Dann, hinter der verschlossenen Tür, wieder Schweigen. Die ganze Nacht hatte er so dagesessen und in ihr weißes, gefaßtes Gesicht mit dem dunklen, noch immer regenfeuchten Haar gestarrt.

Er merkte, daß er stehengeblieben war und hinaufstarrte zu dem hohen Bug der *Vulkan*.

Zwischen den dunklen Kriegsschiffen wirkte ihr weißer Brückenaufbau und der kecke Schornstein wie ein fröhlicher Farbfleck; die große schwarze Bordwand war gepflegt, verglichen mit den rostfleckigen Schiffen neben ihr.

Obgleich er kaum mehr als eine Stunde an Bord gewesen war, seit er das Kommando übernommen hatte, kannte er bereits jede Einzelheit. Er hatte sich gründlich in alle Unterlagen über das Schiff vertieft, wenn auch nur, um seine Qual zu betäuben.

Die *Vulkan* war unmittelbar vor Kriegsausbruch als schneller Bananendampfer gebaut worden und mit den letzten Errungenschaften der Technik ausgestattet. Sie besaß große Kühlräume, überall elektrisches Licht und eine hohe Spitzengeschwindigkeit. Der Erscheinung nach war sie ein typischer Ozeandampfer mit hochgezogener Back* und Poopdeck; die Masse der Aufbauten lag mittschiffs hinter der Brücke. Mit viel List hatte man sie nun in ein hochwertiges Kriegsschiff verwandelt. Tief im Innern standen schweigend und glänzend auf Schmalspurgeleisen dreihundert Minen bereit, um vom Heck aus geworfen zu werden. Unter der Brücke, verdeckt durch angestrichene Segeltuchwände, befanden sich die Torpedorohre, und auf der Poop** stand ein langer Zweiundzwanzigpfünder, getarnt als Handsteueranlage. Aber vorne, vor der Brücke, lauerten die Hauptwaffen der

* Vorschiff
** achteres Aufbaudeck

Vulkan: zwei mächtige Fünfzehnzentimetergeschütze waren unter der Back montiert, die Mündungsrohre hinter Stahlblenden verborgen, die in die Bordwand geschnitten waren und innerhalb weniger Sekunden fallen konnten. Zwei weitere Geschütze desselben Kalibers standen ein wenig weiter achtern, verdeckt durch ein falsches Deckshaus. Mit dieser starken Bewaffnung und ihrer Besatzung von zweihundertzwanzig Offizieren und Mannschaften konnte sie draußen auf See ein gewichtiges Wort mitreden.

Schwere Regentropfen kündigten den nächsten Guß an, deshalb schritt von Steiger langsam zur Gangway. Von unten blickte er zu dem wachhabenden Offizier und den Fallreepsgästen hoch, die zu seinem Empfang bereitstanden. Bisher hatte er kaum mit einem seiner Offiziere oder Mannschaften gesprochen. Für die *Isar* hatte man ihm die besten Seeleute der deutschen Marine ausgesucht, aber jetzt war es mit dieser Bevorzugung vorbei. Nachdem die erste Million Soldaten an der Westfront gefallen war und seit der zunehmenden Verwilderung der Kriegsführung gab es nur noch wenig Platz für Ideale wie Ehre und Ruhm. Das einzige Ziel des Kampfes war das Überleben.

Er seufzte, schlug mit einer unbewußt arroganten Bewegung den Pelzkragen hoch und stieg die Gangway hinauf. Oben blieb er stehen, die Hand grüßend am Mützenschirm, während zu seinem Empfang das schrille Seitepfeifen ertönte.

Er warf keinen einzigen Blick zurück zum Land. Das brauchte er nicht mehr.

Oberleutnant Emil Heuß schob seinen Stuhl zurück und streckte die langen Beine unter den Tisch. Rings im Café herrschte Lärm und Gelächter, die Luft war blau vor Zigarren- und Zigarettenqualm. Am entgegengesetzten Ende beugten drei ältliche Musikanten die Köpfe müde über ihre Geigen, als wollten sie selbst dem Strausswalzer lauschen, während sich rechts und links von ihnen die Schwingtüren zur Küche immer wieder öffneten und einen Schwarm schwitzender Kellner ausspuckten, die ihre mit Biergläsern beladenen Tabletts so hoch wie möglich hielten, um den zugreifenden Händen der durstigen Offiziere zu entgehen.

Angewidert musterte Heuß den mit gebrauchtem Geschirr bedeckten Tisch und zog dann eine Zigarre aus der Tasche. Seine beiden Gefährten taten dasselbe. Heuß fühlte sich so deprimiert, als sei dieses letzte gemeinsame Abendessen an Land lediglich ein weiterer Tiefpunkt unter vielen. Sein blasses, gutgeschnittenes Gesicht verriet innere Distanz zu der trunkenen Fröhlichkeit ringsum, selbst zu der Unterhaltung seiner beiden Kameraden.

Oberleutnant Karl Ebert, Artillerieoffizier der *Vulkan*, strahlte Heuß aus seinem runden, jetzt freudig geröteten Gesicht an und sagte: »Kopf hoch, Emil! Diesmal laufen wir wirklich aus! Bald sind wir weg von diesem Dreck.« Er machte eine umfassende Armbewegung und stieß dabei ein leeres Glas vom Tisch. »Ich kann die See schon beinahe riechen!«

Oberleutnant Paul Köhler, der Torpedooffizier, war erst seit einer Woche an Bord der *Vulkan*. Mißbilligend hob er die Hand. »Leise, Ebert! Denkst du überhaupt nicht an die Sicherheit?« Seine blassen, leicht vorstehenden Augen waren hart und kalt, und Heuß, der ihn über den Tisch hinweg beobachtete, hielt ihn für eiskalt und bar jeglichen Mitgefühls.

Aber schließlich entsprach hier überhaupt nichts dem äußeren Anschein. Es hatte schon verschiedene Gerüchte gegeben, aber jedes Mal war das Auslaufdatum verschoben worden. Während der sechs Monate, die er an Bord war, hatten sie drei Aushilfskommandanten gehabt, und jetzt hatte von Steiger das Kommando übernommen. Den hatte noch kaum einer zu Gesicht bekommen. Heuß gab einem vorbeieilenden Kellner ein Zeichen, aber der nickte nur abwesend und lief weiter zu einem Tisch, an dem mehrere höhere Offiziere saßen.

Ebert sprach schon wieder von seinen Kanonen. »Mit dieser modernen Feuerleitanlage kann ich mehrere Ziele gleichzeitig unter Beschuß nehmen. Wir werden es ihnen schon zeigen, wenn wir erst draußen sind!«

Köhler schürzte die dünnen Lippen. »*Torpedos* sind die modernste Waffe, mein Lieber! Sieh dir doch an, was die U-Boote damit leisten. Sie haben den Krieg vor die Häfen des Feindes getragen!«

Heuß spürte, wie Gereiztheit in ihm aufstieg. »Ihr fallt mir auf den Wecker mit eurem Geschwätz! Wir haben zwar ein gutes Schiff, aber über die Hälfte der Besatzung ist noch nie auf See gewesen! Und die schon draußen waren, haben inzwischen längst vergessen, wie das ist!«

»Am Skagerrak...« begann Köhler geduldig.

»Nein, nicht schon wieder!« Mit gespielter Verzweiflung hob Heuß die Hände. »Das war vor fast zwei Jahren, aber noch immer reden die Leute so schwülstig darüber, als seien damals all unsere Probleme gelöst worden! Aber so war es nicht! Die Schlacht hat nur bewiesen, daß die Kommandostäbe beider Länder mit Narren besetzt waren!«

Ebert rutschte unruhig auf seinem Stuhl. »Still, Emil! Sprich nicht so laut!«

Köhler verzog mißbilligend das Gesicht. »Warst du denn am Skagerrak mit dabei, Heuß?«

»Ja. Du auch?« Forschend sah er dem anderen Offizier in die Augen, bis dieser den Blick senkte.

Heuß sprach weiter, jetzt bedeutend leiser, den Blick in die Ferne gerichtet. »Ja, ich war dabei, auf dem alten Schlachtkreuzer *Seydlitz*.« Das Café schien zu verblassen, und er sah vor sich wieder die geballte Seemacht, wie er sie damals an dem Nachmittag im Mai erlebt hatte.

Von seiner Position hoch oben auf der gepanzerten Brücke des Schlachtkreuzers hatte er beobachtet, wie sich der Aufmarsch entwickelte: ein Schauspiel schimmernder Macht und Stärke, wie es die Welt bisher noch nicht gesehen hatte.

Linie auf Linie der Schlachtschiffe und Kreuzer marschierte heran, schwenkte und formierte sich neu wie mächtige vorsintflutliche Ungeheuer, bis der Augenblick des Zusammenstoßes unvermeidlich wurde. Es hatte schon viele Seegefechte gegeben: kurze, überfallartige Vorstöße an die englische Küste, Scharmützel im Kanal, dann die Seeschlachten bei Coronel und den Falklandinseln. Aber dies hier war ganz anders. Noch nie in der Geschichte der Menschheit waren zwei so gewaltige Flotten auf hoher See gegeneinander angetreten.

Durch seinen Beobachtungsschlitz hatte Heuß Beattys Flotte immer näher kommen sehen, während außerhalb seiner Sichtweite das jeweilige Gros in quälender Ungewißheit auf den Zusammenstoß der aufklärenden Schlachtkreuzergeschwader wartete. Er erinnerte sich daran, wie die riesige britische *Queen Mary* nach einem Volltreffer in die Luft flog und auseinanderbrach. Sein eigenes Schiff und dessen Nachbar, die *Derfflinger*, hatten beide ihr Feuer auf die *Queen Mary* konzentriert, als eine entscheidende Salve sie genau in die Munitionskammer traf und das ganze Schiff auseinanderriß. Noch einen Augenblick zuvor war da ein stolzes, schönes Schiff vorbeigezogen, aus allen Geschützen feuernd: dann sah er einen orangefarbenen, ungeheuren Blitz und eine mächtige Rauchwolke, die mindestens tausend Fuß hochstieg; als sie sich verzog, war nichts mehr da: kein einziger Balken, kein Rettungsboot, *nichts*.

Die beiden Flotten waren aufeinandergeprallt, hatten pariert und sich dann wieder getrennt. Die Briten verkündeten einen großen Sieg. Die deutsche Flotte hatte sich zurückgezogen und nicht gewagt, die Stärke der Royal Navy erneut zu testen. Die deutsche Admiralität beanspruchte ebenfalls den Sieg für sich, da die Zahl der versenkten britischen Schiffe größer war als die der eigenen. Auch war es ihr gelungen, den Feind in jeder Phase der Schlacht auszumanövrieren. Wer hatte nun recht? Das Thema wurde in jeder Messe und in jedem Mannschaftsdeck beider Marinen hitzig erörtert, aber Heuß schien dieser jahrelange Streit albern und sinnlos.

Zornig sagte er: »Es war eine ungeheure Vergeudung von Schiffen und Menschen. Sie kämpften in einer Art und Weise, daß sich jedem geschulten Soldaten der Magen umdrehen mußte.«

Das bestellte Bier wurde gebracht, und er trank in langen Zügen. Er hatte sich sofort gemeldet, als er von der Indienststellung eines neuen Hilfskreuzers hörte. Jetzt runzelte er die Stirn und versuchte, sich an den Grund für seinen Eifer zu erinnern. Als aktiver Offizier hatte er sich immer ein wenig abseits gehalten, hatte die Kameradschaft mehr wie ein Zuschauer als wie ein Teilnehmer genossen und durch seinen zynischen Humor immer eine Schranke zwischen sich und den anderen aufgerichtet. Die Skagerrakschlacht aber hatte ihn verändert. Er betrachtete Eberts rundes, fröhliches Gesicht und lächelte trotz seines Unbehagens. Es werden die Eberts sein, die diesen Krieg überleben, dachte er. Die Denker und Idealisten wie ich werden draufgehen.

An der Eingangstür entstand ein kleiner Auflauf, als die schwankenden Gestalten dreier Soldaten in Feldgrau von den wütenden Kellnern auf die Straße zurückgeschoben wurden. Die Tür schwang wieder zu, aber vorher hatte Heuß gesehen, daß der eine Soldat bandagiert war und der andere an Krücken ging.

Ein Generalstabsmajor mit roten Biesen an der Hose, der am Nachbartisch saß, fuhr zornig auf: »Konnten die nicht lesen, daß hier nur Offiziere zugelassen sind? Unglaublich!«

Heuß wandte sich rasch um und starrte den wütenden kleinen Major haßerfüllt an. »Sie kamen gerade von der Front, Major. Vielleicht suchten sie ihre Offiziere?« Heuß sprach leise, aber ein plötzliches Schweigen im Café war die Folge.

»Was zum Teufel meinen Sie, mein Herr?« Das Gesicht des Majors war jetzt dunkelrot vor Wut.

»Ich habe gehört, daß an der Front überhaupt keine Offiziere mehr sind, Major. Daß sie alle im Stab sitzen.« Heuß stand auf und musterte den Mann voll Verachtung. »Sie verdienen es nicht, diese Uniform zu tragen. Wenn ich nicht so betrunken wäre, würde ich sie Ihnen herunterreißen!«

Mühsam stand der Major auf, sein Kinn reichte Heuß gerade bis zur Schulter. Doch plötzlich schien ihm aufzugehen, daß auf eine feldgraue Uniform im Café ein halbes Dutzend blauer Uniformen kam, und der Mut verließ ihn. Steif sagte er: »Das werde ich dem Oberbefehlshaber melden!«

»Und ich melde Sie dem Generalmajor, der ist nämlich mein Bruder!« antwortete Heuß böse.

Die Musikanten stimmten einen neuen Walzer an, das Bier begann wieder zu fließen. Heuß taumelte hinaus in den noch immer anhaltenden Regen. Ebert faßte ihn am Ellbogen, und zusammen schritten sie durch die menschenleeren Straßen.

»Wo ist Köhler?« fragte Heuß schließlich.

»Er war wohl der Ansicht, daß wir nicht der geeignete Umgang für ihn sind.« Froh, der drohenden Szene im Café entgangen zu sein, lachte Ebert auf. »Ist dein Bruder wirklich Generalmajor?«

»Wirklich war mein Bruder Karl mal ein sehr guter Anwalt. Jetzt ist er ein sehr schlechter Unteroffizier bei der Artillerie.«

Sie brüllten so vor Lachen, daß einige alte Frauen, die unter den tropfenden Bäumen Feuerholz sammelten, erstaunt die beiden Marineoffiziere anstarrten, die einander schwankend auf die Schulter klopften.

Ebert wischte sich die Augen. »Wenigstens war dein Bruder so schlau, Artillerist zu werden!«

Der lange, überfüllte Zug hielt kreischend auf dem Hauptbahnhof Kiel; mit einer letzten Zuckung überschwemmte die Lokomotive den nassen Bahnsteig mit Dampf, der bewegungslos in der feuchten Luft stehenblieb.

Im Packwagen am Ende des Zuges taumelten vier blaugekleidete Seeleute auf die Füße und versuchten, durch die winzigen, vergitterten Fenster nach draußen zu spähen. Ein schwacher Schein der abgeblendeten Bahnhofslichter erhellte die unrasierten Gesichter der drei

Männer und das blasse, erschöpfte des vierten, der kaum mehr als ein Knabe war. Drei Tage lang hatten sie in dem kleinen Packwagen gehaust, eingesperrt wie Tiere, und hatten versucht, sich mit dem übelriechenden Eimer in einer Ecke und dem Haufen schmutzigen Strohs einzurichten, den ihnen die Polizei im letzten Augenblick hereingeworfen hatte, als sie Cuxhaven verließen.

Der Junge, Willi Pieck, versuchte mit zusammengepreßten Lippen das Zähneklappern zu unterdrücken. Seine dünne Uniform roch feucht und verschwitzt. Er schlug die Arme um den mageren Körper, um die Gefühllosigkeit aus den Knochen zu vertreiben. Seine Gefährten schwiegen, und er fragte sich, ob sie an ihr neues Schiff dachten oder ob sie wie er sich vor weiteren Erniedrigungen fürchteten.

Pieck war vor einem Jahr in die Kaiserliche Marine eingetreten, mit sechzehn, und hatte die letzten sechs Monate in dem gefürchteten Marinegefängnis von Cuxhaven zugebracht. Er konnte es noch immer kaum glauben, daß er von dort entlassen worden war.

Als jüngster von vier Brüdern war er in einem kleinen Dorf bei Flensburg aufgewachsen und hatte seinem kränklichen Vater in der Bäckerei geholfen, nachdem die drei Brüder eingerückt waren. Das war vor drei Jahren gewesen. Ein Bruder lag irgendwo vor Zypern, ein anderer war bei den Dardanellen gefallen, und der dritte war lediglich als vermißt gemeldet.

Willi Pieck hatte zugesehen, wie seine Mutter bei jeder neuen Unglücksnachricht alterte und verfiel. Er brauchte all seinen Mut, um ihr zu sagen, daß auch er einrücken wolle. Es würde schwierig sein, das war ihm klar, und er würde sein wahres Alter verheimlichen müssen, aber anderen war das auch gelungen. Überraschenderweise hatte seine Mutter kaum etwas dazu gesagt. Es war, als hielte sie auch den Verlust ihres Jüngsten für unvermeidlich. Aber er wollte nicht zum Heer, für ihn mußte es die Marine sein. Sein Vater hatte einst als Koch bei der Flotte gedient, und da er den Unteroffizier beim Einstellungsoffizier kannte, wurde alles rasch geregelt.

Mit wahrer Begeisterung hatte Willi seinem schwächlichen Körper alles abverlangt, um nicht hinter den anderen Rekruten zurückzubleiben, die bereits Mitte Zwanzig waren. Die Infanterieausbildung am Gewehr und die endlosen Stunden in der Sonnenglut auf dem Kasernenhof hatte ihn nur zu noch größerer Entschlossenheit getrieben, auch wenn ihn nachher die Schultern schmerzten und die Füße geschwollen waren. Nach Beendigung der Grundausbildung mußte selbst sein Unteroffizier zugeben, daß Willi später vielleicht doch ein Mann werden könne.

Jetzt begriff er, daß dieser Unteroffizier versucht hatte, ihn zu warnen. Willi hatte in dem kleinen Dorf ein ruhiges Leben geführt und nur begriffen, daß er nicht so zäh und kräftig war wie seine Brüder; ihm war niemals der Gedanke gekommen, daß er sich irgendwie von den anderen unterschied.

In der Kaserne hatten ihn einige Kameraden wegen seines mädchenhaften Aussehens geneckt. Aber er hatte nur gelacht und sich bemüht zu beweisen, daß er genausogut war wie die anderen.

Jetzt schloß er die Augen und lehnte die Stirn an die feuchte Wand des Packwagens. Wenn ihn doch nur jemand vorher über diese Dinge aufgeklärt hätte. Aber er war ein naiver Junge vom Lande, und als der Divisionsoffizier sich für ihn zu interessieren schien, fühlte er sich stolz und geschmeichelt. Er wollte seinen Eltern schreiben, daß ein richtiger Marineoffizier ihm bei seinen Studien half und höheren Orts ein Wort für ihn einlegen wolle.

Und dann kam diese Nacht, in der er in die Kammer des Oberleutnants beordert wurde. Zuerst hatte er nicht begriffen, was der Mann von ihm verlangte; aber noch jetzt konnte er sich gut an das Gesicht des jungen Offiziers erinnern, vom Trinken gerötet, spürte noch immer seine heißen Hände auf den Schultern und sah in seinen Augen die Gier aufflammen.

Entsetzt war Willi aus der Kammer gerannt und hatte dann zitternd in seiner Koje gelegen. Er traute sich nicht, den Vorfall zu melden, und am nächsten Tag wurde er beschuldigt, dem Oberleutnant Geld gestohlen zu haben. Die Scheine wurden in seiner Koje gefunden, wo man sie sorgfältig versteckt hatte, während er auf dem Kasernenhof exerzierte. Damit war der Fall klar. Zu spät kam ihm der Einfall, sich beim wachhabenden Offizier Rat zu holen; er hatte sogar versucht, diesem zu erklären, was sich wirklich abgespielt hatte. Aber dem Offizier schien das nur unangenehm zu sein, und er hatte ihm geraten, lieber einen Diebstahl zuzugeben. »Das sieht Ihren Eltern gegenüber besser aus«, hatte er erklärt.

Dann saß er im Militärgefängnis: graue Steinwände, Stacheldraht, ständige Feuchtigkeit und erbärmlicher Hunger. Die Wachen hatten ihn auf jede erdenkliche Weise gedemütigt und erniedrigt. Mehrmals mußte er nackt auf dem Kasernenhof stehen, während sie ihn verhöhnten und beschimpften.

Im Gefängnis hatte er seine jetzigen Gefährten kennengelernt. Als sie ihre Strafe fast abgesessen hatten, wurde ihnen mitgeteilt, daß sie auf die *Vulkan* versetzt würden. Es hieß, daß der berühmte Korvettenkapitän von Steiger ihr Kommandant werden sollte.

Willi fuhr zusammen, als Schiller ihn grob in die Rippen stieß. Der war ein ungeschlachter Riese, der durch die prall sitzende Uniform noch unförmiger wirkte. Er hatte in der Trunkenheit die Militärpolizisten angegriffen, die ihn ausnüchtern wollten. Das Gefängnis schien ihn wenig verändert zu haben.

»Komm, Willi, wach auf!« Schillers grobe Stimme klang näselnd, da er sich während seiner langen, bewegten Marinelaufbahn mehrmals das Nasenbein gebrochen hatte. Er war in jeder Hafenstadt betrunken und ganz damit zufrieden, für den Rest des Krieges einfacher Seemann zu bleiben. Ihm war klar, daß er in der engen Welt der Marine früher oder später auf einige seiner früheren Bewacher stoßen würde. Im Geist rieb er sich bereits die mächtigen Hände. Einmal hatte er einen Wachtmeister zum Krüppel gemacht, indem er ihn in ein Trockendock hinabstieß. Bei der Gerichtsverhandlung war man jedoch zu dem Schluß gekommen, daß es sich um einen Unfall handelte. Schiller mußte noch heute lachen, wenn er daran dachte. Nun sah er Pieck an und zeigte mit dem Daumen auf die magere, einer Vogelscheuche ähnelnde Gestalt des Seemanns Adler, der noch immer aus dem vergitterten Fenster starrte. »Faß mal mit an, Junge. Es scheint ihm nicht gut zu gehen.«

Die Vorgesetzten waren zu dem Schluß gekommen, daß Adler ein Feigling und daher eine Schande für die Marine sei. Vor dem Erschießen hatte ihn nur seine bisherige gute Führung bewahrt. Die Milde des Kriegsgerichts hatte damals alle beinahe zu Tränen gerührt. Die einzige Ausnahme war Adler selbst und der Arzt, der in seinem Gutachten zu erklären versuchte, daß der Mann geisteskrank war, daß ihn ein grauenhaftes Erlebnis zum Wahnsinn getrieben hatte.

Adler war der einzige Überlebende eines Torpedoboots, das bei der Doggerbank auf eine Mine gelaufen und gesunken war. Man fand ihn, an der Pinne eines kleinen Rettungsboots festgefroren, in der Gesellschaft von acht Toten. Er wurde zum Eisernen Kreuz eingereicht, brach aber aus dem Lazarett aus und desertierte.

Solch krasse Undankbarkeit hätte eigentlich durch die Todesstrafe geahndet werden müssen, sagte der Vorsitzende des Kriegsgerichts. Das sei Majestätsbeleidigung und ein Verrat an seinen toten Kameraden.

Adler hatte während der ganzen Zugfahrt kaum ein Wort gesprochen und schien völlig gleichgültig gegenüber der Freundlichkeit, mit der Pieck und Schiller ihn behandelten.

Hahn, der vierte Mann, war ein kleiner mürrischer Matrose, den man dabei erwischt hatte, wie er Wolldecken und Bekleidungsstücke an Zivilisten verkaufte. Jetzt sagte er plötzlich: »Wie wird's uns wohl gehen auf der *Vulkan*?«

Schiller musterte ihn mißbilligend. »Halt den Mund und pack unsere Sachen!« Dann wandte er sich an die drei anderen: »Hört mal alle her: Die *Vulkan* ist nur ein Schiff und von Steiger ein Offizier wie alle anderen auch, klar? Ob er ein Schwein ist oder nicht, weiß ich noch nicht. Wenn ich's rausgefunden habe, sag' ich's euch. Bis dahin haltet euch aus allem raus.« Plötzlich grinste er, seine starken weißen Zähne erhellten das zerschlagene Gesicht. »Hätte ja alles auch viel schlimmer kommen können. Womöglich hätten sie uns noch an die Westfront geschickt!«

Oberleutnant Heuß streckte die eiskalten Hände dem glühenden Messeofen entgegen und verzog schmerzlich das Gesicht, als Gefühl in die steifen Finger zurückkehrte. Seit dem frühen Morgen hatte er auf dem Oberdeck der *Vulkan* die Übernahme der zusätzlichen Ausrüstung überwacht. Seine Augen tränten in dem eisigen Nordwind; dazu kam noch der Kater nach dem Biergelage am vergangenen Abend. Ebert arbeitete mit ihm zusammen, hatte aber im Gegensatz zu Heuß ein kräftiges Frühstück zu sich genommen. Jetzt stand er neben ihm und starrte ebenfalls ins Feuer.

Die Messe hatte ursprünglich den Passagieren als Salon gedient: ein großer, rechteckiger Raum, der sich über die gesamte Schiffsbreite erstreckte. Ein langer grüner Vorhang trennte den Aufenthaltsraum vom Speisesaal. Jetzt schwang er im Rhythmus der Rollbewegungen des Schiffes hin und her, und Heuß lauschte dem Klappern loser Gegenstände an Oberdeck, wenn der Rumpf sich überlegte. Am frühen Morgen hatten Schlepper die *Vulkan* von ihrem Liegeplatz in der Werft an eine Boje weit draußen im Hafen verholt. Nun herrschte neue Geschäftigkeit ringsum: Dynamos heulten schrill, ständig und gleichmäßig schwirrten Ventilatoren, darunter mischte sich das laute Trampeln der von den heiseren Rufen der Unteroffiziere hin und hergescheuchten Seeleute.

Interessiert betrachtete Heuß die anderen Offiziere. Sie warteten in der Messe auf den Kommandanten, der ihnen ihre jeweiligen Aufgaben zuweisen wollte. Diesmal bestand also keinerlei Zweifel an ihrem Auslaufen.

Oberleutnant Köhler schritt ruhelos über den abgetretenen Teppich, die blassen Augen fest auf die kleine Tür gerichtet, durch die der Kommandant eintreten sollte. Ein gefährlicher Mann, grübelte Heuß, eifrig, besessen und grausam.

Unter den Anwesenden waren auch zwei ältere Reserveleutnants, Wildermuth und Seebohm, die als Prisenoffiziere eingeschifft waren; sie sollten das Löschen der Ladung von gekaperten Schiffen überwachen und diese, falls erforderlich, nach Deutschland bringen. Beide waren ehemalige Handelsschiffsoffiziere und fühlten sich ein wenig unsicher zwischen ihren neuen Kameraden. Keiner wich von der Seite des anderen. Niklas, der Leitende Ingenieur – der *Chief* – und sein Assistent Schumann waren nicht zu sehen, aber die ständig zunehmende Rauchwolke aus dem großen Schornstein der *Vulkan* verriet, wo sie im Augenblick steckten: Unten im Inneren des Schiffes überprüften sie ein letztes Mal das Labyrinth der Maschinenanlage, von denen ihrer aller Heil während der Reise abhing. Heuß seufzte tief. Es sah dem Oberkommando wieder ähnlich, für einen derart gefährlichen Einsatz dieses Einschrauben-Schiff auszuwählen. Das ließ ihnen nicht den geringsten Spielraum bei Beschädigungen.

Max Damrosch, ein großer, schlanker Leutnant mit offenem Jungengesicht, trat zu Heuß. Mit zweiundzwanzig war er der jüngste Offizier an Bord und erst tags zuvor eingetroffen. Er war Heuß zur Unterstützung zugeteilt und gehörte somit zur Kommandantengruppe auf der Brücke. Jetzt rieb er sich die Hände warm und sagte: »Der Erste Offizier meint, daß wir mit etwas Glück bereits in einem Monat in wärmeren Gebieten sein werden.«

Heuß ließ ein nichtssagendes Grunzen hören, er schätzte den Ersten Offizier ganz und gar nicht. Dieser hieß Erich Dehler und war mit fünfundvierzig recht alt für seine Stellung. Obendrein war er Reserveoffizier. Während seiner sechs Monate an Bord hatte sich Heuß schon verschiedentlich mit ihm gestritten. Aber da er nach dem Kommandanten der ranghöchste Offizier war, mußte Heuß ihn wegen jeder Kleinigkeit konsultieren. Dehler kam wie die beiden Prisenoffiziere aus der Handelsschiffahrt und war im Gegensatz zu allen anderen bereits vor dem Krieg als Zweiter Offizier auf der *Vulkan* gefahren. Seine genaue Kenntnis des Schiffes und seine unbestrittene Tüchtigkeit als Seemann und Navigator hatte ihm die begehrte Stellung des Ersten Offiziers und somit des Stellvertretenden Kommandanten eingebracht. Menschlich war jedoch schwer mit ihm auszukommen. Er war schlecht erzogen und zeigte seinen Ärger über die angebliche Vornehmtuerei der Offiziere bei jeder Gelegenheit; auch machte er sie dafür verantwortlich, daß er noch nicht befördert worden war. Mehrmals hatte er Heuß mit vor Wut knallrotem Gesicht angeknurrt: »*Ich* müßte von Rechts wegen hier Kommandant sein! Daß ich nicht in den richtigen Vereinen bin und auch nicht immer Hochdeutsch spreche, ist noch lange kein Grund für diese verdammte Ungerechtigkeit!« Bei von Steiger sollte er sich mit seiner Meckerei besser vorsehen, dachte Heuß.

Die Tür ging auf, und Korvettenkapitän von Steiger betrat die Messe, gefolgt von Dehler, dessen breite Schultern die zierliche Figur des Kommandanten überragten. Steiger bedeutete ihnen, sich zu setzen, und warf seine Mütze unbekümmert auf einen Tisch. Er trug noch seine Landgangsuniform mit allen Orden und Ehrenzeichen; wahrscheinlich hatte er in der vergangenen Nacht überhaupt nicht geschlafen.

Einen Augenblick stand er gedankenversunken vor ihnen, den Blick auf den polierten Tisch gerichtet. Dann schien er sich zusammenzureißen und ließ die Augen über die erwartungsvollen Gesichter schweifen. »Ich will Sie nicht lange aufhalten, meine Herren. Sie haben eine Menge zu tun, und wir haben später hoffentlich mehr Zeit, um besser miteinander bekannt zu werden.«

Heuß musterte die Auszeichnungen auf Steigers Uniform: das Eiserne Kreuz zweiter und erster Klasse sowie den Orden Pour le Mérite, dazu die drei goldenen Ärmelstreifen, Symbol für seine unbeschränkte Macht über Schiff und Besatzung. Heuß kam zu dem Schluß, daß die ungezwungene Haltung und der ruhige, entspannte Gesichtsausdruck des Kommandanten sowie seine Selbstbeherrschung lediglich eine Maske waren, vielleicht ein Schutz gegen Gefühle, die er nur schwer unter Kontrolle halten konnte. Heuß wußte vom kürzlichen Tod seiner Frau, doch schien ihn dieser Verlust keinen Deut von seiner Pflichterfüllung abzubringen. Das hätte auch nicht zu einem solchen Mann gepaßt. Heuß betrachtete die schlanken braunen Hände des Kommandanten auf dem Tisch, die den Eindruck erweckten, als könnten sie durchaus zupacken. Von ihm ging eine verborgene Kraft aus, gemischt mit Arroganz, und doch schien er auch so etwas wie Demut zu besitzen. Heuß runzelte die Stirn und konzentrierte sich jetzt auf Steigers Worte.

»Heute abend laufen wir aus und passieren morgen um diese Zeit das Skagerrak. Danach halten wir uns dicht unter der norwegischen Küste. Äußerste Wachsamkeit ist entscheidend, deshalb brauche ich die besten Ausgucksleute, die uns zur Verfügung stehen. Sie gehören zu den wichtigsten Männern an Bord.« Seine goldgefleckten, bernsteinfarbenen Augen wanderten langsam von einem Gesicht zum anderen. »Ich habe für jeden Offizier eine Ausfertigung meiner Ständigen Befehle drucken lassen und rate Ihnen, sie möglichst bald zu lesen. Dies ist kein gewöhnliches Kriegsschiff, meine Herren. Sobald wir die Minenfelder passiert haben, sind wir völlig auf uns allein gestellt. Jedes Schiff, das wir draußen treffen, ist ein Feind. Unsere Kolonien haben wir verloren, selbst die Neutralen sind nicht mehr bereit, uns zu helfen – wie noch zu Anfang des Krieges. Dennoch werden wir uns stets als Angehörige der Kaiserlichen Marine aufführen, zu der wir gehören, solange wir leben. Man wird uns vielleicht als Piraten bezeichnen, auch wenn wir keinerlei Handlungen begehen, die unseren Ruf beflecken könnten. Unsere Besatzung ist zum größten Teil noch unausgebildet, Sie müssen das so bald wie möglich nachholen. Auf einem Schiff, das auf sich allein gestellt kämpfen muß, ist eiserne Disziplin natürlich von besonderer Bedeutung. Unsere Männer sind aber menschliche Wesen, kein Kanonenfutter, wie manche Leute zu glauben scheinen!«

Heuß straffte sich, als er diese scharfen Worte vernahm. Da schwang unverhohlene Bitterkeit in der Stimme des Kommandanten mit.

»Unsere Kriegsführung hat gewaltige Fortschritte gemacht«, fuhr der Kommandant fort. »Als ich vor knapp zwanzig Jahren in die Marine eintrat, wurde ich noch auf Segelschiffen ausgebildet...«

Rasch stellte Heuß eine Überschlagsrechnung an. Von Steiger war also neununddreißig oder würde es zumindest bald sein, und die Befehlsgewalt hatte deutlich ihre Spuren auf seinem gebräunten Gesicht hinterlassen. Trotzdem strahlte seine schlanke Gestalt eine Jugendlichkeit aus, die im Widerspruch zu der ihm anvertrauten Autorität stand.

»Jetzt wird mit Waffen gekämpft, von denen wir damals nur träumen konnten. Jedoch«, seine Augen blitzten in plötzlichem Ärger auf, »viele dieser Veränderungen waren nicht unbedingt auch Verbesserungen. Menschlichkeit und Ehre sind vielfach auf der Strecke geblieben. Giftgas und uneingeschränkter U-Bootkrieg haben dafür gesorgt. Manche Männer sind nicht durch Tapferkeit oder Anstrengung des Feindes besiegt worden, sondern durch Waffen von widerlicher Hinterhältigkeit.« Plötzlich wurde er ruhig. »Hier auf diesem Schiff wird es solche Schändlichkeiten nicht geben. Wir werden ehrenhaft kämpfen – das ist das mindeste, was wir tun können.« Er schwieg, und Heuß sah Schweiß auf seiner Stirn glänzen. Dann steckte er entschlossen die Hände in die Taschen. »Irgendwelche Fragen?«

Köhler stand auf und schlug die Hacken zusammen. »Jawohl, Herr Kapitän: Wie könnten wir versagen, da doch die ganze Macht Deutschlands hinter uns steht?«

Der Kommandant blieb ungerührt. Mit kaltem Blick musterte er Köhler und sagte: »Diese Frage werde ich Ihnen beantworten, Oberleutnant Köhler, wenn wir unversehrt zurückgekehrt sind!«

Heuß grinste und erhob sich, um Köhler über seine Verwirrung hinwegzuhelfen. »Herr Kapitän, ich möchte Ihnen für das uns entgegengebrachte Vertrauen danken. Was den Ruf der Marine trüben könnte, wäre lediglich ...« Er stockte, als von Steiger die Hand hob.

»Vielen Dank, Oberleutnant Heuß! Zu einem anderen Zeitpunkt werde ich mir gern Ihre Meinung anhören, aber im Augenblick muß ich einige Funksprüche diktieren.« Er ignorierte, daß Heuß verlegen errötete. »Das ist alles, meine Herren! Oberleutnant Dehler wird Sie mit der Wacheinteilung und anderen Einzelheiten bekannt machen. Nur eines möchte ich noch hinzufügen: Unser Einsatz ist keine Eskapade, sondern *wirklicher* Krieg. Diejenigen unter Ihnen, die in der Skagerrakschlacht und an der Doggerbank dabei waren, sind vielleicht der Ansicht, daß sie Krieg aus erster Hand erlebt haben. Vergessen Sie es! Diese Schlachten wurden geplant von Amateuren und unter Voraussetzungen, die in der Praxis niemals vorkommen. Sie stehen auf gleicher Stufe wie die Kavallerie-Attacken auf befestigte Maschinengewehrstellungen und Stacheldrahtverhaue. Genauso töricht wäre es, schlecht ausgebildete Soldaten gegen Panzer zu werfen. Derartige Episoden werden den Historikern reichlich Stoff bieten, aber *unser* Krieg ist derjenige, der zählt!« Er nahm seine Mütze und nickte Dehler zu.

Heuß blickte auf, als er sich noch einmal umwandte. »Wenn jemand von Ihnen einen letzten Brief abschicken möchte – mein Steward geht in einer Stunde noch einmal an Land und nimmt die Post mit. Diejenigen von Ihnen, die verheiratet sind, würden sicher gern...« Er biß sich auf die Lippen und eilte abrupt davon.

Obwohl der Kommandant ihn eben noch so schroff unterbrochen hatte, erkannte Heuß jetzt den Schmerz und die Qual in seinem Gesicht und fühlte Mitleid. Ein Mann am äußersten Rand der Verzweiflung, dachte er.

Damrosch sagte leise: »Er ist wirklich ein toller Kerl, Heuß! Noch nie hab' ich einen wie ihn erlebt.«

Das ernste Gesicht seines jüngeren Kameraden erweichte Heuß zu einer Antwort. »Ja, Max, unser Kommandant ist wirklich ein Mann.« Mit einem kläglichen Grinsen fuhr er fort: »Ich glaube beinahe, mich hat er besonders ins Herz geschlossen.«

In diesem Augenblick spürten sie, wie das Deck langsam aber beharrlich zu vibrieren begann. Fünfundzwanzig Meter unter ihnen hatte die große Hauptmaschine ihr gleichmäßiges Dröhnen begonnen, das sie nun für die nächsten Wochen oder Monate kaum mehr unterbrechen würde.

Mit strahlendem Gesicht packte Ebert Heuß und Damrosch bei den Schultern und rief aufgeregt: »Hört ihr das? Der *Vulkan* ist zum Leben erwacht! Von heute an werden wir auf allen Meeren für Deutschland kämpfen!«

Alle riefen durcheinander, ihre freudig erregten Stimmen drangen bis hinaus auf die Decks, über die verschiedentlich Spritzwasser fegte. Nur Dehler beteiligte sich nicht. Angesichts ihrer freudigen Aufregung spürte er wieder das Gewicht seines Alters und das nagende Gefühl, versagt zu haben.

Der Wind drehte nach Osten und nahm an Stärke zu, bis der offene Vorhafen bedeckt war mit weißen Wellenkämmen, die einen lebhaften Kontrast zum grauen Wasser und dem dunklen Abendhimmel bildeten.

Von Steiger trat aus seiner Seekabine hinter der Brücke, um einen kurzen Blick auf die Decks unten zu werfen, wo es jetzt vor Menschen wimmelte. Seeleute in naß glänzendem Ölzeug, die wie gelbe Käfer aussahen, eilten in scheinbarem Durcheinander hin und her; dazwischen stand hier und dort ein aufsichtführender Offizier, dessen Anordnungen aber ungehört verhallten, da sie sofort vom Wind weggerissen wurden. Die teils an der Mole, teils vor Anker liegenden Schiffe wirkten düster und schweigend; trotzdem glaubte von Steiger beinahe körperlich zu spüren, daß viele unsichtbare Doppelgläser auf ihn gerichtet waren.

Er drückte die Mütze fester auf den Kopf und trat in das geräumige Steuerhaus.

Die strammen Grüße und raschen Blicke der dichtgedrängten Männer ignorierend, schritt er zu seinem großen hölzernen Drehstuhl auf der Backbordseite, der dort auf seine Anweisung hin festgeschraubt worden war. Er wußte aus langer, harter Erfahrung, daß er fast die gesamte Fahrt zwischen diesem Stuhl und seiner winzigen Seekabine verbringen würde. Seine geräumige und gemütlich eingerichtete Kajüte würde er in Zukunft kaum benötigen.

Von seinem erhöhten Platz aus musterte er das geräumige Vordeck, wobei sein Blickfeld durch den vorderen Mast halbiert wurde. Oben auf dem sehr hohen Mast befand sich der topfartige Korb des Ausgucks, der von dort aus fünf Meilen weiter sehen konnte als die Leute auf der Brücke oder den Decks. Diese Differenz konnte den Unterschied zwischen Leben oder Tod bedeuten – für sie selbst, aber auch für den Feind.

Die Decks waren jetzt sauber aufgeklart, alles war gesichert, nur der Zimmermann und seine Gehilfen an den beiden vorderen Luken überprüften noch die Zurrings über den mit mehreren Persennings bedeckten Lukendeckeln und hämmerten ein paar hölzerne Sicherungskeile in den dafür vorgesehenen Klampen fest.

Der Kommandant dachte an die Kohlenvorräte in den darunterliegenden Bunkern. Kohle war wirklich das Wertvollste an Bord. Alle Laderäume waren damit gefüllt, selbst die unbenutzten Passagierkabinen und die zu ihnen führenden Gänge.

Jetzt beobachtete er die kleine Gruppe Seeleute vorn auf der Back, darunter die mächtige Gestalt von Oberleutnant Dehler. Er beaufsichtigte die letzten Vorbereitungen zum Loswerfen von der Boje. Die dicke Stahltrosse war bereits losgeschäkelt und eingeholt, nur ein auf Schlipp durch den Ring der Boje geschorener Stahldraht war das letzte Verbindungsglied zwischen ihnen und dem Land.

Der Sturm peitschte Gischt gegen die starken Brückenfenster; von Steiger drehte sich um und wandte sich jetzt seiner näheren Umgebung zu. Heuß stand an den Sprachrohren aus blankgeputztem Messing im hinteren Teil des Steuerhauses, während Damrosch sich draußen in der Steuerbord-Brückennock aufhielt, das Gesicht gerötet von dem eiskalten Wind. Der Gefechtsrudergänger, ein riesiger Berliner namens Lehr, stand schwer und breitbeinig hinter dem polierten Rad, das Kinn auf der Brust, während er gedankenverloren den Kompaß in seinem Gehäuse anstarrte. Ein Seemann wartete am Maschinentelegraf und hielt den Griff fest gepackt; sein nervöser Blick suchte den Kommandanten zu meiden. Unteroffizier Heiser, der Signalmaat, trug sein Teleskop zu voller Länge ausgezogen klar zum Einsatz unter dem Arm, während er seine Signalgasten beaufsichtigte. Sie alle standen herum und warteten, glichen schwankend die Schiffsbewegungen aus, und ihr Atem stand in der Kälte wie eine Dampfwolke vor ihren Gesichtern. Das lackierte Holz glänzte vor Feuchtigkeit, und ständig trieb Gischt wie feiner Regen über die Vorderfront der Brücke, so daß die Ausgucksleute in den beiden Brückennocken ihre starken Zeissgläser abschirmen und sich häufig die vor Nässe triefenden Gesichter wischen mußten.

Ein grünes Licht flackerte geisterhaft durch die Dunkelheit, und von Steiger hörte einen der jungen Signalgasten heftig nach Luft schnappen.

Signalmaat Heiser schob sein Teleskop zusammen und rief: »Anruf vom Flaggschiff, Herr Kapitän: Auslaufen, wenn fertig!«

Von Steiger hörte Heuß murmeln: »Die müssen es wohl unbedingt in alle Welt ausposaunen! Ein Wunder, daß sie nicht noch eine Blaskapelle auf der Landungsbrücke spielen lassen!«

Von Steiger lächelte ohne Wärme und richtete sich in seinem Sitz auf. »An alle Stellen: Achtung!«

Der Maschinentelegraf rasselte in die »Achtung«-Stellung.

Tief unten im Maschinenraum blickte Niklas, der Leitende Ingenieur, zum Antworttelegraf hinüber, als die Anzeigenadel aus ihrem langen Schlaf erwachte. Durch Dampf und Lärm lächelte er seinem jungen Assistenten mit einer Art Erleichterung zu. Unter dem hohen Laufsteg plagten sich schwitzend die halbnackten Heizer mit ihren Schaufeln und Trimmgabeln, die Augen verklebt vom Kohlenstaub, die Ohren taub gegen alles bis auf das hungrige Brausen in den Feuerungen der Kessel.

Von Steiger seufzte. Es ging also wieder hinaus, und nur Gott allein wußte, welche Gefahren vor dem Bug der *Vulkan* lagen. »Langsame Fahrt voraus!«

Das Schiff schien sich zu schütteln; ein ständig zunehmender Strom weißen Schaums schoß unter seinem hohen Heck hervor. Damrosch ließ den erhobenen Arm fallen, und die Arbeitsgruppe auf der Back geriet in Bewegung. Die Stahltrosse wurde geschlippt, und als die

Männer wie die Teufel damit längs Deck liefen, schlängelte sie sich durch den Bojenring und kam schließlich triefend durch die Führungsrolle an Deck zum Vorschein. Sie waren frei.

»Halbe Fahrt voraus! Lehr, steuern Sie die Mitte der Balkensperre an! Wenn wir sie passiert haben, drehen Sie auf Nordost!«

»Jawohl, Herr Kapitän.« Lehrs kräftige Beine waren gespreizt, als ritte er das Schiff; in seinen Augen spiegelte sich schwach die Kompaßbeleuchtung.

Die Umdrehungen der Schraube nahmen zu, das Land glitt achteraus in die Dunkelheit, bis es sich mit dem Schatten vermischte. Eine kleine Hafenbarkasse fuhr knicksend vorbei, sie bemerkten nach oben gerichtete Gesichter und winkende Hände.

Jetzt passierten sie das Wachschiff an der Balkensperre; Lichtsignale einer Morselampe flimmerten über das schwarze Wasser. Heiser las den Spruch mit, seine Lippen bewegten sich mit der in langer Übung erzielten Sicherheit: »Sie wünschen viel Glück, Herr Kapitän!«

Von Steiger nickte geistesabwesend. »Geben Sie zurück: Wir werden unser Bestes tun!«

Die *Vulkan* verließ den Schutz der Kieler Bucht und warf ihren Vordersteven den ersten schweren Brechern entgegen. Das Schiff erbebte kurz und stürzte sich dann entschlossen auf seinen natürlichen Widersacher. Der Läufer Brücke, ein sehr junger Seemann, preßte die Hand auf den Mund und wurde grün im Gesicht. Von allen Seiten kam jetzt das Klappern und Quietschen losen Geräts. Das Schiff schien nach langer Ruhezeit zu neuem Leben zu erwachen und warf voller Verachtung die Fesseln ab. Die Männer mußten erneut über die triefnassen Decks eilen, um alles festzuzurren, was über Bord zu gehen drohte.

Von Steiger blickte zur Tür, durch die Oberleutnant Dehler in seinem vor Nässe glänzenden Ölzeug trat.

»Alles seefest gezurrt, Herr Kapitän!«

Von Steigers Stimme klang ruhig und kühl. Wie leicht es war, wieder die Rolle des Kommandanten zu spielen, dachte er. »Gut, Dehler. Verdoppeln Sie die Ausguckposten und lassen Sie die Leute auf Gefechtsstationen antreten. Stellen Sie sicher, daß das Schiff vollständig abgedunkelt ist, und setzen Sie dann die Freiwache zur Änderung unseres Aussehens an. Wie gesagt, stellen wir jetzt die *Gripsholm* aus Schweden dar.«

Dehler seufzte und eilte von dannen, das Gesicht müde und voller Falten.

Heuß stand dicht neben von Steiger. »Funkspruch vom Oberbefehlshaber, Herr Kapitän. Er besagt, daß Seine Majestät für Sieg und sichere Rückkehr betet.« Er überreichte dem Kommandanten den Zettel, der einen kurzen Blick darauf warf und ihn dann zerknüllte.

»Gebete sollten dazu dienen, einen Krieg zu verhindern, aber nicht ihn zu gewinnen!«

Er bemerkte Heuß' überraschten Blick und setzte sich wieder in seinem Stuhl zurecht. Vor dem gischtüberspülten Glas und dem dunklen Wasser dahinter wirkte er wie ein Teil des Schiffes: unerschütterlich, unbesiegbar und unbarmherzig.

2

Als die Vormittagswache am Neujahrstag 1918 aufzog, stand die *Vulkan* hundert Seemeilen nordöstlich der Faröer, jener öden, trostlosen Inselgruppe im Norden Schottlands, und vierhundert Seemeilen südöstlich von Island. Auch jetzt blies der Wind kräftig aus Osten, aber nachdem sie fast vier Tage an der skandinavischen Küste entlanggeschlichen und dann in die wütende Nordsee vorgestoßen waren, schien der Sturm das hier tiefere Wasser, das im blassen Sonnenlicht wie grünes Glas schimmerte, weniger hoch aufzuwühlen. Die See kam mit einer langen, gleichmäßigen Dünung daher, die nur gelegentlich von weißen Schaumkämmen unterbrochen wurde. Die Wolken waren letzte Nacht verschwunden, aber der Himmel blieb in Dunst gehüllt, der die Kraft der Sonne dämpfte und die grimmige, schneidende Kälte noch zu verstärken schien: eine Kälte, die die Haut erstarren ließ und den Atem in der Kehle festhielt.

Von Steiger saß schweigend auf seinem Sitz im Steuerhaus, den Kragen seines gefütterten Ledermantels bis zu den Ohren hochgeschlagen. In den Händen balancierte er eine Tasse kochend heißen Kaffees, den Röder, sein Steward, ihm gebracht hatte. Die freudige Erregung, die sich beim Auslaufen der Besatzung bemächtigt hatte, war verschwunden. Sie waren jetzt aus den Minenfeldern heraus, hatten die neutralen Küsten verlassen und befanden sich nördlich des feindlichen Territoriums. An Bord herrschte Spannung und Nervosität. Über ihnen heulte und rasselte der Wind in der Takelage, und durch die offene Tür des Funkraums war das Stammeln und Murmeln der Morsezeichen zu hören. Es erinnerte von Steiger an den letzten Funkspruch der

Admiralität, der ihnen befohlen hatte, Minen nordwestlich von Irland – ohne jede Begründung zu legen. Er kochte innerlich vor Wut, als er noch einmal einen Blick auf das zerknüllte Formular warf. Jetzt, da sie ihn auf hoher See wußten, wo er absolute Funkstille halten mußte, erwarteten sie, daß er jede Weisung ohne Widerspruch ausführte, auch wenn sie nicht die geringste Erklärung enthielt.

Die Speichen des Rades ächzten, als der Rudergänger, in Wolle gehüllt bis zu den Augen, sich abmühte, das Schiff auf Kurs zu halten. Oberleutnant Dehler stand neben dem Kartentisch und versuchte, die Bewegungen auszugleichen, indem er sich in Knien und Hüften wiegte.

In dem weißen, dunstgefilterten Licht wirkte das Schiff beinahe heiter. Sein Schornstein trug jetzt einen leuchtend gelben Stern, und auf jeder Rumpfseite war eine große hellblaue Flagge mit gelbem Kreuz auf die Bordwand gemalt. Die schwedische Nationale wehte am Heck, und der neue Name *Gripsholm* leuchtete am Bug.

Von Steiger trank seinen Kaffee aus und stellte die leere Tasse ab. Neujahrstag, dachte er trübe. Die Männer bewegten sich an Bord ohne jede Energie oder gar Begeisterung. Die Jahre schlechten Essens und harter Disziplin verlangten ihren Zoll, so daß sie jetzt auf See abgekämpft wirkten. Das Geräusch der Maschine erinnerte ihn an die Brennstoffberichte, die in seiner Seekabine lagen. Jede Minute, jede Schraubendrehung bedeutete, daß der Kohlenvorrat weiter schrumpfte. Im Südatlantik mußte er versuchen, einen englischen Kohlendampfer zu kapern.

Wieder hob die *Vulkan* ihre viereinhalbtausend Tonnen über einen heranrollenden Dünenkamm, und von Steiger spürte den Druck der Armlehne erst gegen die einen, dann gegen die anderen Rippen. Sie lag recht gut in der See, aber das Wetter sollte noch schlechter werden. Keine Patrouillenfahrzeuge, keine Fischerboote, nicht einmal eine herabstoßende Möwe belebte das leere Panorama draußen.

Ich muß versuchen, ein wenig zu schlafen, dachte er, kann hier nicht ewig sitzen. Einen Augenblick lang sah er seine sauber bezogene Koje vor sich, verbannte aber den Gedanken daran, als er Dehlers haßerfüllten Blick im Rücken spürte. Wie konnte sich ein Mensch nur derartig an seinen Groll klammern? Er hatte sich bemüht, Dehler auf diesen Punkt anzusprechen, ihn ins Vertrauen zu ziehen. Alles vergebens. Dehler gab nur ganz knappe Antworten oder erging sich in einer Tirade über die Unzulänglichkeit seiner Untergebenen.

Er hakte im Geist die Reihe seiner Offiziere ab und kam immer wieder zurück auf Heuß. Der war mit Abstand der fähigste, fachkundigste und auch derjenige, der sich am meisten um das Wohl der Besatzung kümmerte. Für die in feuchten und überfüllten Quartieren erbärmlich untergebrachten Seeleute, die noch dazu ständig von ihren Unteroffizieren schikaniert wurden, gab es wenig, worauf sie sich freuen konnten. Heuß achtete darauf, daß die Schikanen nicht überhandnahmen.

Ebert war ein guter und zuverlässiger Artillerieoffizier, mehr aber auch nicht. Köhler war ebenfalls tüchtig, aber ihm fehlte Toleranz und menschliche Wärme. Die beiden Prisenoffiziere und die Ingenieuroffiziere waren in Ordnung, und der junge Damrosch, der wieder einmal draußen auf der offenen Brücke fror, weil er glaubte, sein Kommandant erwarte das von einem jungen Offizier, war sympathisch und gab sich große Mühe. Im großen und ganzen stellten sie einen guten Durchschnitt dar. Sie waren hervorragend ausgebildet, und auch die Erfahrung würde sich mit der Zeit einstellen.

Trübe und freudlos musterte er sein Spiegelbild im salzverkrusteten Glas. *Zeit.* Ein einfaches Wort. Es erinnerte ihn an Heinz, seinen Schwager, der in seiner feldgrauen Uniform neben ihm an Fredas offenem Grab gestanden hatte, groß und vornübergebeugt, den einen Ärmel leer an seinen Waffenrock gesteckt. Im strömenden Regen hatten sie danach gewartet, daß der Fahrer sie abholen und zum Bahnhof bringen würde. Heinz fuhr direkt zurück nach Frankreich an die Westfront.

Sie waren immer gute Freunde gewesen, doch nach Fredas Tod schien diese Verbindung zum erstenmal verwundbar.

Heinz hatte zornig gefragt: »Was ist schiefgegangen mit Deutschland, Felix? Was hat sich ereignet, das uns so nach unten gedrückt hat?« Seine grauen Augen suchten mit geradezu hungrigem Blick im triefenden Gras. »Sieh mich an, Felix! Ich fahre ohne Mucks zurück in diese Hölle, in den Schlamm und die entsetzlichen Greuel, die sie Krieg nennen!« Eilig fuhr er fort, ohne den schockierten Blick seines Schwagers zu beachten: »Schließlich muß ich meine Männer führen, und zwar in den Tod!« Er lachte bitter und verzweifelt auf. »*Männer*? Es sind Jungen, kommandiert von einem einarmigen Offizier, der genau weiß, daß der Krieg bereits verloren ist.«

Selbst jetzt noch erschrak Steiger über diese Worte. Verloren! Natürlich wußte auch er das, trotzdem hatte es immer noch Hoffnung gegeben, solange Freda auf ihn wartete und sein Vater noch lebte; solange sie alle zusammen in dem großen Haus am Ufer des Plöner Sees wohnten, mit seinen langen Alleen und dem gepflegten Rasen. Freda hatte ihn stets ausgelacht, wenn er so trübe Gedanken äußerte. »Macht nichts«, sagte sie dann, »ich passe auf euch alle auf!«

Aber nun war der alte Admiral gestorben, und Freda war ihm gefolgt. Schwager Heinz war der letzte Verwandte und ebenfalls dem sicheren Tod geweiht. Schon über drei Jahre wogten die großen Armeen vor und zurück über Felder, Städte, Dörfer und Weiler, die alle zum Schlachtfeld geworden waren. Erst waren dort nur noch Trümmer gewesen, dann Schlamm, Granattrichter und zerbombte Schützengräben: Abgründe voller Schmerz, Verstümmelung und Verzweiflung.

Steiger schloß die Augen und versuchte, sich an sein früheres Leben zu erinnern. Wie war es möglich, daß sie nicht die geringste Ahnung gehabt hatten, wie das alles enden würde? Vielleicht hatte er sich wie Damrosch zu sehr auf seine Vorgesetzten verlassen. Er dachte an die großartigen Auslandsreisen, an die Flottenparaden und das erfreuliche und aufregende Ersteigen der Beförderungsleiter. Trotz der langen Marinetradition, auf die seine Familie zurückblicken konnte, war es schwierig gewesen. Er dachte auch an seinen Sohn Rudolf, einen ernsthaften Jungen von sechs Jahren, dessen Gesicht so sehr dem seiner Mutter ähnelte, daß es schon schmerzte, ihn sich vorzustellen. Jetzt war er nach Dresden gebracht worden, wo er von einem entfernten Vetter betreut wurde, einem gütigen und freundlichen, aber nicht sehr intelligenten Mann, der nichts verstand von Ruhm, Ehrgeiz und den Traditionen der Kaiserlichen Marine.

Das Telefon neben ihm schrillte, und er hob den Hörer ans Ohr, bevor Dehler vom Kartentisch herbeieilen konnte. Von weit her, durch den heulenden Sturm verzerrt, kam die Stimme des Ausgucks im Vormast: »Rauchfahne, Herr Kapitän! Peilung in Rot vier-fünf*!« Steiger blickte hinaus zum Korb auf dem schwankenden Vormast. Es ging also los. Wie sein Schwager Heinz, so hatte auch er sich ausgeliefert.

»Gut.« Er sprach betont ruhig, denn er hatte die Erregung des Mannes herausgehört. »Geben Sie ständig weitere Meldungen durch und versuchen Sie, so früh wie möglich die Aufbauten zu erkennen.

* fünfundvierzig Grad an Backbord (links)

Kriegsschiffe haben dicke Gefechtsmasten mit ausgebautem Beobachtungsstand, Dreibeinmasten oder dergleichen. Melden Sie auch das Aussehen der Schornsteine.« Er reichte das Telefon an Dehler weiter. »Der Ausguck hat soeben ein Schiff gesichtet!«

Er rutschte von seinem Sitz und winkte Damrosch zu sich. »Lassen Sie die Gefechtsstationen besetzen, aber noch nicht klar zum Gefecht machen.«

Er öffnete ein Lederetui und suchte nach sorgfältiger Prüfung eine schwarze Zigarre heraus.

»Werden wir kämpfen, Herr Kapitän?« Damrosch sah plötzlich blaß aus.

Steigers Zähne leuchteten weiß in seinem schwarzen Bart, als er lächelte. »Qualvoll, nicht wahr? Wie zwei Raubspinnen, die sich auf einem Rosenstrauch treffen. Wird er mich fressen – oder ich ihn?« Scharf schloß er: »Aber jetzt lebhaft! Lassen Sie sofort alle wasserdichten Schotten schließen!«

In einem der kleinen Messedecks unter der Back saß Willi Pieck auf einer Polsterbank und hatte die Knie bis zum Kinn angezogen, um seinen dünnen Körper gegen das heftige Stampfen abzustützen. Wenn das Schiff mit dem Vordersteven in ein Wellental fiel, schien der kleine, schwach beleuchtete Raum unter den Füßen der Freiwache abzustürzen, bis sich ihnen der Magen hob. Die um den blankgescheuerten Tisch zusammengedrängten Männer fluchten und stöhnten, trotzdem setzten sie ihr Skatspiel fort. Die Bullaugen waren zusätzlich mit dicken Stahlblenden verschlossen, und die nackte Birne über dem Tisch schien gelblich und schwach.

Pieck starrte mit großen Augen die Männer am Tisch an. Schiller dominierte ganz eindeutig. Er hatte die Mütze über die Augen gezogen, ein schwarzer Zigarrenstummel hing aus seinem Mundwinkel. Erstaunlich, wie leicht und schnell sich Schiller in die Gemeinschaft eingefügt hatte. Nach kurzer Zeit war er Decksältester geworden und löste Lukaschek ab, einen Mann mit niederträchtigem Gesicht. Jetzt hatte Schiller die wärmste Koje direkt neben dem Dampfrohr, und sein fröhlicher Blick zeigte aller Welt, daß er mit sich zufrieden war. Neben Pieck saß Adler und starrte mit leerem Blick auf seine Hände. Gelegentlich sprach er halblaut vor sich hin, wenn er hoffnungslos mit seinem verschütteten Gedächtnis und seiner Geistesgestörtheit rang.

»Zwei Hände«, flüsterte er und starrte auf die beiden hellen Formen in seinem Schoß nieder. »Zwei Hände. Mein Name ist Emil Adler. Ich komme aus Braunschweig.« Etwas Nasses fiel auf sein Knie, und er merkte beschämt, daß ihm Speichel aus dem offenen Mund getropft war. »Zwei Hände. Mein Name ist Emil Adler...« Seine Stimme rutschte weg und wurde zu einem sinnlosen Gemurmel.

Schiller warf einen Blick über den Tisch in Adlers Richtung und runzelte besorgt die Stirn, wandte seine Aufmerksamkeit aber wieder den Karten zu.

Aus dem anderen Messedeck erklangen auf- und abschwellend traurige Mundharmonikaweisen, und gelegentlich hörte man das Donnern der Brecher auf der Back, die dann über das Oberdeck nach achtern rauschten.

Pieck schloß die Augen und durchlebte im Geist noch einmal seinen Alptraum. Das Gefühl, daß er die Schande der Kaserne gewesen war, hatte ihn tief getroffen; aber daß er auf ein Schiff versetzt wurde, das nicht nur für Deutschland kämpfte, sondern auch von dem besten Hilfskreuzerkommandanten Deutschlands befehligt wurde, das hatte ihn wieder aufgerichtet. Nun bekam er doch noch eine Chance, die Kameradschaft zu finden, nach der er sich immer gesehnt hatte, und seinen Namen von dem Makel zu reinigen, damit seine Eltern wieder stolz auf ihren Jüngsten sein konnten.

Tags zuvor hatte Pieck am Zwanzigpfünder auf der Poop gearbeitet, wo seine Gefechtsstation war. Trotz des Windes und der eisigen Kälte war er glücklich. Der Geschützführer, ein stämmiger Seemann namens Hellwege, hatte ihm die einzelnen Teile der Kanone erklärt und ihm gezeigt, wie man sie von dem Salz reinigen konnte, das sich wie Sand im Mechanismus ansammelte.

Hellwege war ein fröhlicher Mann und hatte seine Freude an Piecks Eifer. Er war auch verantwortungsvoll und wunderte sich, daß man einen so schwächlichen Jungen zur See schickte, noch dazu auf einem Hilfskreuzer.

Eine gewaltige See war unvermutet gegen den Rumpf der *Vulkan* gebrandet, so daß sie heftig überholte. Lachend hatte Hellwege mit dem Daumen hinauf zur Brücke gezeigt. »Ich wette, das hat die da oben aufgeweckt, was meinst du, Willi?« Aber wie gebannt hatte Pieck nur mit aschfahlem Gesicht auf den offenen Flügel der Brücke gestarrt.

Es gab also doch kein Entrinnen. Oberleutnant Köhler stand dort oben und hob sich deutlich vom blassen Himmel ab. Mit verächtlichem und gereiztem Gesicht starrte er hinter der ablaufenden See her: Oberleutnant Köhler, der Divisionsoffizier, der Pieck versprochen hatte, ihm zu helfen, ihn aber statt dessen in Angst und Schande gestürzt hatte.

Pieck sah hinüber zu Schiller und hätte ihm gern alles erzählt, wußte aber nicht, wie er beginnen sollte. Tränen sammelten sich in seinen Augenwinkeln. Er konnte doch nicht riskieren, seinen letzten Freund zu verlieren.

Da schrillte plötzlich eine Glocke über ihren Köpfen los. Fast gleichzeitig rannten die Bootsmannsmaaten durchs Schiff und trillerten auf ihren Pfeifen.

»Alle Mann auf Gefechtsstationen! Macht die Schotten dicht, Feind in Sicht!«

Einen Augenblick saßen die Leute noch wie erstarrt da. Dann begann alles zu rennen, und man hörte Schillers tiefe Stimme hier einem Jüngeren Rat erteilen, dann wieder Flüche und Verwünschungen ausstoßen. Als sie den schmalen Niedergang erkletterten, der zum Oberdeck führte, wandte Schiller sich um und packte Adler am Arm. »Komm mit, Kamerad! Hier, Willi, faß mit an! Wir wollen doch nicht, daß dieses Schwein Brandt uns nachher wieder strafexerzieren läßt.«

Dann war das Mannschaftsdeck leer. Die Karten lagen vergessen auf dem Tisch, die Mundharmonika war sorgfältig in einer leeren Koje verstaut. Oben erstarb allmählich das Getrappel, und ein tödliches Schweigen breitete sich im Schiff aus.

Seiner Britannischen Majestät Wachschiff *Vole** kämpfte so verbissen gegen die schwere See, daß die Offiziere, die sich auf der kleinen Brücke festhielten, Schwierigkeiten hatten, ihre Gläser auf das ferne Schiff zu richten.

Der kleine Dampfer hatte ursprünglich Fracht, Vieh und ein paar Passagiere zwischen den schottischen Inseln und dem Festland befördert, war aber wie die meisten seiner Gefährten von der Royal Navy beschlagnahmt und als Wachschiff eingesetzt worden. Nun patrouillierte er in den Küstengewässern und stoppte und durchsuchte neutrale Schiffe, um sicherzustellen, daß keine kriegswichtigen Güter nach Deutschland befördert oder Exporte von dort durch die Blokkade geschmuggelt wurden. Diese Wachschiffe waren mit Funkgerä-

* Wühlmaus

ten ausgerüstet und meldeten jeden Verdächtigen an die im Hintergrund lauernden Kreuzer, die das Rückgrat der britischen Blockade bildeten.

Der Kommandant der *Vole*, ein grauhaariger Reserveoffizier, wischte sich das triefende Gesicht und überschrie das Heulen des Windes: »Schwedisches Schiff! Geben Sie ihm Signal zum Beidrehen, auch wenn sie das bei diesem Wetter nicht gern tun werden.«

Flaggen stiegen zur Signalrah auf, und eine Morselampe stammelte ihren Spruch über die tobende See.

Der Signalmeister las die langsame Antwort: »S. S. *Gripsholm*. Stockholm. Komme von Reykjavik, Island.« Das Licht flimmerte noch einmal auf: »Haben Sie einen Arzt an Bord?«

Der Kommandant runzelte die Stirn. Der Schwede hatte also Verletzte oder Kranke an Bord.

Der Erste Offizier rief: »Klar zum Gefecht, Sir?«

Wieder hob der Kommandant sein Glas. Das große schwarze Schiff war inzwischen nähergekommen, die Decks leer bis auf zwei oder drei Gestalten in Ölzeug und zwei Köpfe, die auf der hohen Brücke sichtbar wurden. Harmlos genug, doch die Durchsuchung mußte sein.

»Maschinen stopp! Klar zum Fieren des Prisenkommandos! Und sagen Sie dem Doktor, er soll mit hinüberfahren!«

Der kleine Dampfer verlor langsam Fahrt und arbeitete heftig im rauhen Seegang. Das andere Schiff schob sich näher heran, seine Bugwelle erstarb.

Als das Boot zu Wasser gelassen war und der Erste Offizier die Brückentreppe hinunterkletterte, hob der Kommandant erneut sein Glas.

Die schwedische Flagge drüben war verschwunden! Noch als er entsetzt und ungläubig hinüberstarrte, stieg ein weißer Ball zur Gaffel auf, öffnete sich und wehte in der steifen Brise aus: das schwarze Kreuz, der Adler mit den gespreizten Schwingen, arrogant und endgültig.

Der Kommandant schrie: »Reißt den Bezug von der Kanone! Klar zum Feuern! Ruft das Boot zurück!« Aber es war zu spät, war schon von dem Augenblick an zu spät gewesen, als der britische Kommandant es unterlassen hatte, sein Geschütz auf das unbekannte Schiff zu richten.

Eine Blende am Bug des falschen Schweden klappte um, und das lange Geschütz, das zum Vorschein kam, feuerte sofort.

Der Kommandant der *Vole* wurde geblendet von der Salve, die den kräftigen Rumpf seines Schiffes durchschlug und es sofort in ein glühendes Inferno verwandelte. Er versuchte noch, den Funkraum zu erreichen, stellte aber fest, daß sein Schiff bereits anfing zu kentern. Seine Füße rutschten auf dem genieteten Eisendeck aus. Noch immer stieß er wilde Befehle aus, als eine weitere Granate einschlug,und er zusammen mit der zertrümmerten Brücke in die Luft flog.

Langsam dampfte der falsche Schwede vorbei und nahm wieder Fahrt auf; seine mächtige Bugsee fegte die armseligen Trümmer und das gekenterte Beiboot beiseite.

Dann war er verschwunden, heimlich und verstohlen wie ein Meuchelmörder. Der feuchte Nebel schloß sich hinter ihm, so daß die See ringsum wieder leer war.

3

Der auffrischende Wind heulte um die Aufbauten der *Vulkan* und fand jede noch so kleine Ritze, in die er eindrang. Während das Schiff ständig weiter hinauf zur Dänemark-Straße stampfte, hüllte es die Dunkelheit ein wie ein Mantel; die See, die noch vor kurzem graugrün ausgesehen hatte, wirkte jetzt wie weiß getöntes Zinn, wobei die leuchtenden Wogenkämme bei jeder grimmigen Bö in langen Gischtfahnen davongepeitscht wurden.

In der kleinen Seekabine des Kommandanten roch die Luft wegen der geschlossenen Blenden abgestanden und verbraucht. Von Steiger saß an dem kleinen Tisch vor aufgerollten Karten, gesammelten Berichten des Nachrichtendienstes und Brennstoffmeldungen. Sein Jakkett stand offen, er wirkte angestrengt und müde. Um ihn in der kleinen Kammer drängten sich Offiziere. Dehler saß unbehaglich auf der Koje, Niklas hockte auf dem anderen Stuhl. Ebert stand daneben, das runde Gesicht ganz mit Bartstoppeln bedeckt. Heuß lehnte an der geschlossenen Tür. Röder, der Steward, hatte genügend Kaffee bereitgestellt, und eine silberne Taschenflasche mit Cognac hatte man aus Sicherheitsgründen in den Papierkorb gestopft.

Steigers Augen wurden schmal, als er sich eine frische Zigarre anzündete. »Gut, wir sind also vollzählig.« Er lehnte sich bequem zurück. »Ich habe Sie zusammenrufen lassen, um mit Ihnen ein paar Punkte zu besprechen. Gestern haben wir dieses Wachschiff versenkt.

Es ist unerläßlich, daß wir so schnell wie möglich großen Abstand zu dieser Position gewinnen. Ich glaube zwar nicht, daß die Briten sich über den Verlust des Schiffes sehr beunruhigen, aber sie werden das ganze Seegebiet absuchen. Das schließt für uns die Durchfahrt nördlich von Schottland aus. Der Umweg um Island kostet uns mehrere hundert Meilen und eine stattliche Menge Kohlen. Er bedeutet auch, daß wir einen weiten Weg zurücklegen müssen, um die irische Küste zu erreichen und so rasch wie möglich unsere Minen loszuwerden, denn sie stellen eine zusätzliche Gefahr dar. Sobald sie geworfen sind, müssen wir Kohle zum Gewichtsausgleich nach achtern trimmen.« Er machte eine Pause, trank Kaffee mit Cognac und spürte seine wohltuende Wärme, als streiche eine tröstende Hand über seinen schmerzenden Körper.

»Jetzt noch einmal zu der gestrigen Versenkung. Die Geschützbedienungen haben gute Arbeit geleistet, Ebert. Aber künftig werden wir auf den Zweiundzwanzigpfünder verzichten, außer bei einem größeren Gefecht. Sein Enttarnen dauert zu lange und hält nicht Schritt mit der raschen Bereitschaft der übrigen Bewaffnung. Trotzdem war es eine gute Leistung. Dem Ausguck im Vormast können wir nur gratulieren.« Er runzelte nachdenklich die Stirn. »Fischer ist sein Name. Sorgen Sie dafür, daß all diese Leute eine Belohnung erhalten, Dehler.«

Dehler starrte ihn verständnislos an. »Belohnung? Ich verstehe nicht.«

»Lassen Sie ihnen ein Glas Marmelade oder sonst eine Kleinigkeit zuteilen, irgendwas! Zeigen Sie ihnen, daß wir ihren Eifer anerkennen. Die Moral ist ohnehin schlecht genug. Wir können uns keine Lethargie leisten.«

Dehler wechselte das Thema. »Wir vergeuden eine Menge Zeit mit unserem Umweg durch die Dänemark-Straße, Herr Kapitän. Warum versuchen wir nicht einfach einen Durchbruch?«

Von Steiger seufzte. »Wir können uns diesen Luxus nicht leisten. Unsere Aufgabe ist es, Schiffe zu versenken und nicht, schon in der ersten Woche selbst mit Glanz und Gloria unterzugehen! Benutzen Sie Ihren Verstand, Dehler!« Er sah, daß der I. O. errötete, und fuhr ruhiger fort: »Wir müssen unsere Männer *ausbilden*. Arbeiten Sie daran mit allem Nachdruck, auch wenn es auf Kosten des üblichen Dienstes geht. Lassen Sie ruhig mal etwas ausfallen. Früherkennung ist wesentlich: Zwei Schornsteine oder mehr bedeuten ein großes Handelsschiff, einen Passagierdampfer oder ähnliches. Die müssen wir unter allen Umständen meiden. Eine große Menge Passagiere könnten wir nicht unterbringen, und eine für uns wertvolle Ladung finden wir dort bestimmt nicht. Außerdem könnte es sich durchaus um so stark bewaffnete Handelsschiffe handeln, wie wir selbst es sind.«

»Mit denen werden wir fertig, Herr Kapitän!« Kämpferisch reckte Ebert das Kinn.

Von Steiger zeigte ein mildes Lächeln. »Kann sein. Aber sie könnten uns Beschädigungen und Verluste zufügen und uns dadurch bis zur Ankunft größerer Kriegsschiffe aufhalten. Denken Sie daran: Der Feind ist überall. Möglicherweise werden wir schon jetzt von einem Kreuzer beschattet.« An den Fingerspitzen zählte er auf: »Neutrale Schiffe haben normalerweise helle Schornsteine und zeigen Lichter. Die wirklich wertvollen Prisen haben meist schwarze Schornsteine, zum Beispiel britische Frachter und Kohlenschiffe. Diese sind vorläufig unser Hauptziel.«

Niklas knurrte: »Wann bekommen wir mehr Kohle, Herr Kapitän? Bei dieser Geschwindigkeit ist der Verbrauch zu hoch.«

Von Steiger hob die Schultern. »Bald, hoffe ich. Wir werden einen Kohlenfrachter aufbringen und eine Prisenbesatzung an Bord setzen. Dann können wir Kohle bunkern, soviel wir wollen, und die Prise zu einem vereinbarten Treffpunkt schicken.« Er sah Heuß an, der sich nur noch mühsam zu beherrschen schien. »Na, Heuß? Keine Fragen?«

Dehler lachte rauh auf. »Der Ärmste ist noch immer entsetzt über die Art und Weise, wie Sie dieses kleine Wachschiff weggeputzt haben, Herr Kapitän.« Triumphierend starrte er Heuß an. »Es war zuviel für seinen Magen!«

»Stimmt das, Heuß?« Von Steigers Stimme klang ruhig, obwohl er die Spannung zwischen den beiden spürte.

Heuß stieß sich von der Tür ab, seine Augen blitzten zornig. »Da meine Privatansichten schon vor den Kameraden breitgetreten wurden, kann ich auch offen aussprechen, daß mich diese Versenkung angewidert hat! Ich weiß, daß wir kämpfen müssen, aber die Leute so umzubringen, war ein regelrechtes Abschlachten!« Er ließ alle Vorsicht fallen. »Ich dachte, wir würden ehrenhaft kämpfen, Herr Kapitän!«

Von Steiger stieß dünnen blauen Rauch aus. »Fahren Sie nur fort, Heuß. Ihre Ansicht interessiert mich.«

Dehler lachte höhnisch, und Ebert blickte unsicher von einem zum anderen.

Heuß hob hilflos die Hände. »Ich bin kein Feigling und auch nicht überempfindlich. Aber dieses Schiff mitsamt der Besatzung so zu versenken, ohne ihnen die geringste Chance zur Gegenwehr zu geben... Wir hätten sie allein mit unseren Maschinengewehren abknallen können!« Haßerfüllt sah er Dehler an. »Und Sie lachen ja nur, *weil* der Gegner klein und schwächlich war! Sie haben gar nicht den Mut zu einem richtigen Gefecht!«

Überraschend behende sprang Dehler auf. »Was sagen Sie da, Sie armselige, überzüchtete Notausgabe eines Offiziers!« Doch er prallte zurück, als von Steigers Stimme wie ein Peitschenknall durch die kleine Kammer hallte.

»Schweigen Sie, alle beide! Wie können Sie es wagen, sich so aufzuführen?« Seine gelblichen Augen schienen alle im Raum zu beherrschen. »Ich habe es nicht nötig, Ihnen meine Gründe auseinanderzusetzen, und würde Sie auch lieber als intelligente Wesen behandeln. Aber da Sie offenbar das genaue Gegenteil davon sind, will ich es Ihnen dieses eine Mal erklären.« Sein Gesicht wurde plötzlich wieder ruhig; er stand auf und schenkte sich Cognac ein, ohne sie aus den Augen zu lassen.

»Dieses Schiff war eine ebenso gefährliche Bedrohung für uns wie jeder Kreuzer. Wir mußten es versenken, und zwar so schnell wie möglich. Hätten wir ihm Zeit gelassen, einen Funkspruch abzusetzen, hätte das unser aller Ende bedeutet. Auch Ihres, Heuß! Unsere Frage nach einem Arzt verschaffte uns die Zeit, so dicht heranzukommen... Das ist Krieg! Mein Gott, bilden Sie sich denn ein, ich bringe gern ahnungslose Menschen um? Aber ich habe die Absicht, dieses Schiff so lange zu führen, wie ich kann!« Er senkte die Stimme zu einem gefährlichen Flüstern. »Aber wenn ich mich wegen Ihrer unausgegorenen Ideale und Ihrer Weltfremdheit nicht auf Sie verlassen kann, dann werde ich Sie kaltstellen!«

Er schwieg und trommelte nervös auf den Tisch. »Machen Sie weiter.«

Er sah ihnen nach, wie sie hinausgingen. Heuß schien gedemütigt, aber trotzig. Ihm folgte Niklas, den grauen Kopf sorgenvoll gebeugt, oder war es aus Scham? Ebert knallte die Hacken zusammen und eilte von dannen; er zumindest ging unbeschädigt aus dem Konflikt hervor, sah aber doch ein wenig erschüttert aus. Dehler zögerte noch an der Tür, konnte kaum den Triumph verbergen, der ihm aus den Augen leuchtete. Mit einem einzigen Satz hatte er einen Keil zwischen seine beiden größten Feinde getrieben. Denen würde er's schon zeigen, dachte er. Der Kommandant behandelte ihn wie einen dummen Bauernjungen, und Heuß lehnte es innerlich ab, unter ihm zu dienen, wegen seiner niedrigen Herkunft und seiner geringen Bildung. Dabei hätte *er* eigentlich dieses Schiff führen sollen.

Von Steiger musterte Dehler müde. »Ja?«

»Besten Dank, Herr Kapitän, daß Sie mich unterstützt haben. Denen mußte mal eine Lektion erteilt werden!«

Von Steiger setzte sich und rieb sich die Augen. Schließlich sagte er: »Ich werde Sie immer unterstützen, Dehler, weil Sie mein Erster Offizier sind. Aber meinen *Respekt* müssen Sie sich erst noch verdienen. Jetzt gehen Sie bitte und lassen Sie mich allein, ich muß nachdenken.«

Er schloß die Augen. Es ist alles meine Schuld, dachte er. Weil mein Herz diesmal nicht dabei ist, spüren sie meine Unsicherheit. Sie haben kein Zutrauen zueinander, weil ich keins zu mir selbst habe.

Sein Kopf sank auf die ausgebreiteten Karten. Er schlief ein.

Oberleutnant Paul Köhler zuckte zusammen, als eine weiße Wasserwand träge über die Back emporstieg und im nächsten Augenblick mit Wucht gegen die Brückenfenster klatschte. Er starrte stur voraus, obwohl die Sicht praktisch gleich Null war. Die See kam vier Strich von vorn, und die *Vulkan* ging stark zur Kehr. Die lange und hohe schwarze Dünung rollte mühelos aus der Dunkelheit gegen ihren Rumpf, bis das Schiff sich unter dem ungeheuren Druck neigte und auf der Seite liegen blieb – wie es schien, mehrere Minuten lang. Schließlich richtete es sich mühsam wieder auf, um den nächsten Ansturm zu erwarten. Selbst im Steuerhaus war es bitterkalt, und der Wind pfiff und heulte in der Takelage wie ein Höllenkonzert.

Köhler fragte sich, was die anderen Offiziere jetzt in der wohligen Wärme ihrer Kammern wohl machten. Aber von Steiger war der einzige, der für ihn zählte. Wenn er Glück hatte, würde er das Kommando über eine Prise bekommen und sie zurück nach Deutschland bringen. Wenn er dann vor der *Vulkan* eintraf oder vielleicht sogar der einzige war, der die Heimat erreichte, dann mußte seine Zukunft gesichert sein.

Leutnant Wildermuth schlug die Hände zusammen, und Köhler runzelte ärgerlich die Stirn. Natürlich, Wildermuth war Prisenoffizier, *ihm* würde man ein Schiff mit wertvoller Ladung übergeben, damit er es nach Deutschland brachte. Aber was wußte ein so einfallsloser alter

Pinsel schon, wie man dafür sorgte, daß dieser Erfolg an richtiger Stelle anerkannt wurde? Er könnte mein Vater sein, dachte Köhler und ihn schauderte. Alt, fett und häßlich. Wie konnten sie einen solchen Menschen zum Offizier machen? Zweifellos hatte diese Entscheidung irgendein dicker Zivilist in seinem geheizten Dienstzimmer getroffen.

Die Wut und der Ärger, die stets in ihm schwelten, flammten wieder einmal hoch auf. Das Vaterland wurde durch solche Leute verraten: schmierige Kaufleute, die sich das Vertrauen der Stabsoffiziere durch Bestechung erschlichen, Offiziere, die selbst zu Kriegsgewinnlern wurden. Köhlers Augen brannten vor Erregung. Während die wahren Söhne Deutschlands auf See und auf den Schlachtfeldern ihr Leben opferten! Aber wartet nur, dachte er böse. Nach dem Krieg wird man euch entlarven und auslöschen. Der Kaiser würde sich der Elite seines Offizierskorps fügen müssen. Das Land würde dann von denen geführt werden, die den Sieg wirklich erkämpft hatten.

Wildermuth näherte sich ihm mit besorgtem Gesicht. »Die Seen brechen nicht mehr, es läuft nur noch eine hohe Dünung.«

»Das sehe ich selbst. Na und?«

Wildermuth rieb sich die Nase. »Das könnte Eis bedeuten. Um diese Jahreszeit kommen viele Eisberge von Grönland herunter. Die riesigen Gletscher kalben, und das Eis treibt südwärts in den Atlantik.« Er schüttelte den Kopf. »Eisberge sind gefährlich.«

Köhler senkte die Stimme, damit die Leute der Wache ihn nicht verstehen konnten. »Ich weiß das, Mann! Die See bleibt immer ungebrochen, wenn Eis in der Nähe ist.« Verächtlich schloß er: »Das ist nur logisch, weil die Eisberge Schutz vor dem Sturm bieten.«

Wildermuth blieb nervös. »Die See gefällt mir nicht.«

»Wir sind schließlich in der Dänemark-Straße und müssen mit allem rechnen. Die Ausguckleute werden das Eis schon rechtzeitig sehen.«

Er merkte, daß Wildermuth ihn offenen Mundes anstarrte.

»Was zum Teufel ist los? Versuchen Sie wenigstens, wie ein Offizier auszusehen, selbst wenn...« Er hielt mitten im Satz inne. Plötzlich war nicht der geringste Laut mehr zu hören, bis auf das halberstickte Stampfen der Maschine. Noch während sie sprachen, war der Wind völlig eingeschlafen. Köhler riß sich zusammen. Er glaubte noch immer, das Stöhnen und Heulen des Sturms zu hören. Aber es herrschte Totenstille.

Entsetzt starrte Wildermuth nach draußen. »Was hab' ich Ihnen gesagt? Eis!« Nervös schritt er zur anderen Seite des Steuerhauses, gewarnt vom Instinkt des Berufsseemannes. Angestrengt blickte er hinaus in die Finsternis, aber statt der See sah er nur sein eigenes Spiegelbild im Fenster. Wie konnte er seine Ängste einem Mann wie diesem Köhler begreiflich machen?

Wieder legte sich das Schiff schwer über, ein Bleistift rollte geräuschvoll über den Kartentisch. In der Backbord-Brückennock stampfte der Ausguck heftig auf den Boden, um die Blutzirkulation in seinen kalten Beinen zu beleben, und Wildermuth schluckte. »Soll ich den Kommandanten rufen?«

Wütend sah Köhler ihn an. »Weswegen? Um ihm zu melden, daß Eis in der Nähe ist? Mann Gottes, das weiß er selbst! Er will nur gestört werden, wenn etwas Ungewöhnliches geschieht. Haben Sie seine Ständigen Befehle nicht gelesen?«

Wildermuth trat wieder nach vorn ans Fenster. Als er dabei am Telefon vorbeikam, schnarrte es eindringlich, und Köhler stieß ihn grob beiseite, um den Hörer abzunehmen.

»Brücke?«

»Hier spricht der wachhabende Offizier.« Köhler starrte sein Spiegelbild im salzverkrusteten Fenster an. Mit seinem gutgeschnittenen Gesicht und den hellen Augen unter dem glänzenden Mützenschirm bot er ein stattliches Bild. Unwillkürlich zupfte er den seidenen Schal um seinen Hals zurecht.

»Hier spricht der Ausguck im Vormast, Herr Oberleutnant.«

»Das weiß ich, Sie Idiot! Was wollen Sie?«

Der Mann antwortete verwirrt: »Herr Oberleutnant, ich bin jetzt seit drei Stunden hier oben. Meine Ablösung ist nicht gekommen. Ich bin so durchgefroren, daß ich kaum noch die Arme bewegen kann.«

Wütend umklammerte Köhler den Telefonhörer. »Mir scheint, ich bin von lauter Idioten umgeben! Ist das *alles,* was Sie mir sagen wollen?« Er bemühte sich, seine Stimme unter Kontrolle zu bringen. »Ist Ihnen klar, daß Sie scharf Ausguck halten sollen? Eis ist in der Nähe, aber Sie können nur vor Kälte winseln! Wie heißen Sie?«

Flüsternd antwortete der Mann: »Braun, Herr Oberleutnant.«

Köhler biß sich auf die Lippen. Er erinnerte sich an Braun: ein großer, gut aussehender Junge mit einem schwächlichen Mund.

»Melden Sie sich bei mir, wenn Sie abgelöst worden sind«, knurrte er wütend in den Apparat.

»Aber, Herr Oberleutnant...« Das Wort wurde ihm abgeschnitten, als Köhler wütend auflegte.

Er verdrängte Braun aus seinen Gedanken; um seinen Ärger abzureagieren, fing er an, seine erschöpften Wachgänger mit wilden Kommandos zu traktieren.

Oben in dem winzigen Mastkorb drehte Braun den Kopf von einer Seite zur anderen und wimmerte vor Schmerzen in seinen erfrierenden Beinen. Als er sich so bewegte, spürte er das Eis, das sich auf seinem Schal gebildet hatte, wo sein Atem gefror.

Er umklammerte den Handlauf des Krähennestes und versuchte, auf- und abzuspringen. Aber seine vor Salz und Eis steife Kleidung behinderte ihn. Er spürte, daß er kurz vorm Zusammenbruch war. Verzweifelt starrte er auf das Deck tief unten und versuchte, jemanden zu finden, den er anrufen und zu diesem Schwein Hahn schicken konnte, seiner Ablösung. Niemandem wurde zugemutet, bei diesem Wetter länger als zwei Stunden hier oben zu bleiben. Er war neunzehn Jahre alt und durchaus gesund, aber ihm war klar, daß er in den nächsten Augenblicken zusammenbrechen würde; schon konnte er nicht mehr richtig denken vor Erstarrung und Kälte. Sehnsüchtig sah er das Telefon in seinem Lederbehälter an, traute sich aber nicht, Köhler nochmals um Hilfe zu bitten.

Mit zitternden Händen hob er das mächtige Zeissglas und suchte die See vor ihm ab. Leise fluchend wischte er die dünne Eisschicht weg, die sich auf den Linsen gebildet hatte, dann versuchte er es noch einmal. Er sah das übliche verschwommene Bild: die dunkle Pfeilspitze der Back, die auf beiden Seiten weiß ablaufende Bugsee und das gelegentliche Aufleuchten brechender Wogenkämme. Ansonsten war das Wasser zu dunkel, um überhaupt Form anzunehmen. Ein leichter Dunst, blaß und undefinierbar, schien das Schiff zu umgeben.

Mit zunehmender Verzweiflung hängte Braun das Glas an den Haken und begann, aus dem Korb zu steigen, aber seine steifen Finger behinderten ihn dabei. Er hatte sich zu einem Entschluß durchgerungen. Binnen weniger Augenblicke konnte er das Deck erreichen und Hahn oder sonst jemanden finden, der ihn ablöste, bevor man auf der Brücke merkte, daß er seinen Posten verlassen hatte. Er schluchzte laut, während er versuchte, die Beine über das Geländer zu heben, denn jede Bewegung löste eine neue Welle von Schmerz aus. Blind vor Anstrengung griff er nach der Stahlleiter, die senkrecht an der Rückseite des Mastes hinabführte, aber seine Handschuhe glitten an der glatten Eisschicht ab. Er mußte nach unten blicken, um festzustellen, ob seine Füße auf den Sprossen standen, denn von den Knien abwärts konnte er nichts mehr fühlen. Er biß die Zähne zusammen und versuchte, die nächsten beiden Sprossen zu erreichen.

Bald würde alles wieder gut sein. Bald saß er unten im Warmen, einen heißen Kakao aus der Kombüse vor sich oder einen Schnaps.

Weit riß er die Augen auf, als ihm ein besonders starker Schmerz durch die Beine fuhr, und dabei sah er plötzlich etwas jenseits des Mastes, das seine Aufmerksamkeit erregte. Er blinzelte und blickte noch einmal hin.

Dieser verdammte Dunst! Braun fluchte vor Verzweiflung und Schmerz. Hinter sich hatte er die große rechteckige Form der Brücke. Er stand weit oberhalb und war eigentlich noch gar nicht viel tiefer geklettert. Wieder blickte er nach vorn und stieß einen Schrekkensschrei aus.

Der Nebel war noch immer da, aber er hatte jetzt feste Formen angenommen. Der lange weiße Streifen nahm an Größe zu, während er ihn anstarrte, bis er einer gezackten, gespenstischen Klippe ähnelte: *Eis!* Er drehte den Kopf, konnte aber auf keiner Seite ein Ende des Eisbergs erkennen. Als ununterbrochene Barriere lag er quer über dem Kurs der *Vulkan*.

Braun rief, seine Stimme überschlug sich, aber niemand hörte ihn. Er starrte nach achtern zur Brücke und schrie wie ein Wahnsinniger, aber die Ausguckposten dort mit ihren dicken Mützen waren so gut wie taub. Braun war zu durchgefroren und verängstigt, um zu merken, daß seine Stimme viel zu schwach war, um gehört zu werden.

»Das Telefon! Ich muß wieder hinauf!« Winselnd fing er an, sich an den glitzernden, heimtückisch glatten Sprossen hinaufzuziehen.

Hoch über dem Steuerhaus hockte Willi Pieck neben dem getarnten Entfernungsmesser. Er zog den gefrorenen Segeltuchbezug enger um seinen schmalen Körper, um sich ein wenig vor der grauenhaften Kälte zu schützen; dann beugte er sich über das Gerät, um sich zu vergewissern, daß das Öl noch nicht erstarrt war.

Bootsmannsmaat Brandt, der meistverhaßte Unteroffizier an Bord, hatte Pieck hier heraufkommandiert, obwohl der Junge jetzt Freiwache hatte und eigentlich unten in der warmen Messe sitzen sollte.

Brandt hatte die vier neuen Seeleute aus dem Militärgefängnis vom ersten Augenblick an schikaniert, aber sich schließlich ganz auf den schwächlichen Pieck und den hilflosen Adler konzentriert.

Pieck trug lediglich seine dünne Uniform und darüber Ölzeug. Der Unteroffizier hatte sich geweigert, ihm das Tragen des Wachmantels zu erlauben. Wie ein Kind ballte er jetzt beide Fäuste und lehnte den Kopf gegen das Entfernungsmeßgerät. Seltsamerweise gab es immer jemanden in seinem Leben, der den kleinen Funken Hoffnung auszulöschen versuchte.

Seufzend wie ein alter Mann hob er den Kopf. In diesem Augenblick sah er den Eisberg.

Später versuchte er sich zu erinnern, wie das Eis ausgesehen hatte, aber das einzige, was ihm einfiel, war der geisterhafte Glanz, der den Dunst durchdrang, und die schreckliche Bedrohung, die von ihm ausging. Einen Augenblick stand er da wie versteinert, unfähig, den Blick abzuwenden. Der Eisberg nahm rasch schärfere Konturen an, denn das Schiff schien sich geradezu auf ihn zu stürzen.

Plötzlich sprang Pieck auf und lief zur Leiter, scherte sich nicht um seine eigene Sicherheit und war sich nur der Tatsache bewußt, daß der Ausguck im Mast die Gefahr aus irgendeinem Grund nicht gesehen hatte.

Er sprang die letzten vereisten Sprossen hinunter und stürzte in die gemächliche Ruhe des Steuerhauses.

»Herr Kapitän!« Seine Zunge war wie gelähmt.

Köhler fuhr herum. »Wie können Sie es wagen ...« Der Tadel erstarrte jedoch auf seinen Lippen, als der Junge in den Lichtkreis trat. »Nun, das ist doch Matrose Pieck, stimmt's?« knurrte er.

Der Junge schwankte und wäre gefallen, hätte Wildermuth nicht eingegriffen und ruhig gesagt: »Machen Sie Ihre Meldung, Seemann!«

Pieck starrte noch immer fassungslos Köhler an, seine Lippen bewegten sich lautlos, als sei er vom Blick dieser kalten Augen hypnotisiert.

»Eisberg, Herr Oberleutnant!« stammelte er schließlich. »Direkt voraus!« Seine Worte fielen wie Granaten in einen Schützengraben voll schläfriger Soldaten.

Wildermuth raste ans Fenster und schrie: »Was – wo ist er?« Köhler schritt zum Telefon und drehte heftig an der Kurbel. Dabei fuhr er Pieck an: »Wenn Sie gelogen haben, dann ...«

Er unterbrach sich, das leblose Telefon in der Hand, als der Steuerbordausguck schrie: »Eis! Recht voraus!«

Wildermuth sprang keuchend vom Fenster zurück, als habe er sich verbrüht. Jetzt hatte er die ungeheure weiße Wand gesehen. Mit majestätischer Arroganz ragte sie weit über das Schiff empor, mindestens fünfzig Meter höher als der Vormast.

Köhler, noch immer verwirrt durch Piecks plötzliches Erscheinen, wurde jetzt von Panik ergriffen.

»Hart Backbord!« Das Kommando kam fast tonlos heraus, sein Blick hing wie gebannt an dem Eisberg.

Der Rudergänger hatte erst eine Drehung des Rades vollendet, als eine scharfe Stimme dazwischenfuhr wie der Knall einer Peitsche.

»Ruder mittschiffs! Äußerste Kraft zurück!« Von Steiger schritt so langsam zur Vorderseite der Brücke wie ein Mann, der ans Fenster geht, um den Vorbeimarsch eines Festzugs zu beobachten. »Bootsmaat der Wache, pfeifen Sie die Freiwache an Deck! Lassen Sie alle wasserdichten Schotten schließen und die Boote ausschwingen!«

Als der verängstigte Bootsmaat nach unten lief, fügte von Steiger beinahe im Konversationston hinzu: »Lassen Sie in einer solchen Situation niemals hart Ruder legen, Köhler! Dabei könnte die Gillung an einem Eisvorsprung aufgeschlitzt werden!«

Der Kommandant lauschte dem Scheppern des Maschinentelegrafen und wartete auf das verstärkte Beben unter seinen Füßen, das ihm mitteilen würde, daß die große Schraube endlich ihrer rasenden Fahrt ins eigene Verderben Einhalt zu gebieten versuchte. Er unterdrückte Besorgnis und aufsteigenden Zorn. Aber am liebsten hätte er Köhler seine Verachtung in das dumme, maskenhafte Gesicht geschrien.

Sorgfältig wählte er eine Zigarre aus und zündete sie mit erzwungener Langsamkeit an. Er hörte das Zwitschern der Bootsmannsmaatenpfeifen auf dem Vorschiff, gefolgt vom Getrampel der Leute und heiseren Kommandorufen. Ihm schien eine Ewigkeit seit seinem Eintritt ins Steuerhaus vergangen, obwohl es nur Sekunden waren. Das hoffnungslose Durcheinander auf der Brücke hatte ihn geradezu angeekelt. Von seiner Position konnte er jetzt den Eisberg deutlich ausmachen, und ihm war klar, daß es einem Unerfahrenen so scheinen mußte, als würde ihr Steven im nächsten Augenblick gegen das Eis prallen. Er starrte dem schweigenden Feind entgegen und wartete, ignorierte den keuchenden Atem des Rudergängers und das halberstickte Gebet des einen Ausguckpostens. Er erstarrte, als ein scheinbar kleines Stück Eis von der Oberkante des Berges abbrach und wie eine Feder auf das Wasser herabschwebte. Kein Geräusch war zu hören, aber das Eisstück mußte viele Tonnen schwer sein.

Atemlos erschien Dehler auf der Brücke, und von Steiger sagte ruhig: »Rufen Sie den Ausguck im Mast an, Dehler. Irgendwas scheint da nicht zu stimmen!«

Dehler leckte sich die trocken gewordenen Lippen und stierte fasziniert den Eisberg an. »Werden wir klarkommen?«

»Ich denke schon. Wir sind ja rechtzeitig gewarnt worden, von diesem Mann hier.« Er fragte über seine Schulter: »Wie heißen Sie?«

Die Antwort klang unterdrückt und ängstlich: »Pieck, Herr Kapitän. Ich – ich war oben auf dem Steuerhaus, Herr Kapitän!«

Von Steiger ballte nervös die Fäuste in den Taschen. War es nur eine Wunschvorstellung, oder nahmen sie jetzt tatsächlich Fahrt achteraus auf? Er wartete, wagte nicht zu sprechen. Ein paar Sekunden mehr, und es wäre wahrscheinlich zu spät für das Schiff gewesen. Seine viereinhalbtausend Tonnen, von der nachlaufenden See noch unterstützt, wären mit voller Wucht gegen den Fuß der Eiswand geprallt. Das hätte ein rasches Ende bedeutet. Der Gedanke, hier in dieser bitterkalten Eiswüste langsam sterben zu müssen, machte ihn wütend. Er hob kaum den Kopf, als ein Ausguck erregt rief: »Wir machen Fahrt achteraus, Herr Kapitän! Sie kommt klar!«

Wieder mal geschafft, dachte er, und seine Lippen kräuselten sich verächtlich. Der Tiger der See, über jede Kritik stets erhaben.

Ungeduldig fuhr er herum: »Übernehmen Sie, Dehler. Steuern Sie Südwest, bis Sie vom Eis frei sind. Gehen Sie für eine Stunde mit der Geschwindigkeit herunter, dann sehen wir weiter.«

Finster blickte er Köhler und Wildermuth an. »Was war hier los, Köhler? Warum wurde mir nichts gemeldet? Hat der Ausguck im Mastkorb geschlafen?« Er trommelte mit der Fußspitze aufs Deck.

Köhler nahm Haltung an. »Er hat seinen Posten verlassen, Herr Kapitän!«

Von Steiger wandte das Gesicht ab und betrachtete den blassen Dunst, der den Eisberg jetzt verbarg. »Verlassen?« Das klang leise, fast ungläubig.

Köhler nickte heftig, langsam kehrte sein Selbstvertrauen zurück. »Jawohl, Herr Kapitän. Der Bootsmaat der Wache hat ihn soeben gefunden. Er lag mit gebrochenem Bein an Deck und sagte, er sei hinuntergeklettert, um sich aufzuwärmen, Herr Kapitän.« Nervös leckte er sich die Lippen, seine Stimme wurde geradezu einschmeichelnd. »Nie hätte ich geglaubt, daß so etwas passieren kann. Man hat mir eine sehr schlechte Wache zugeteilt, Herr Kapitän.«

Von Steiger wandte sich an Wildermuth. »Ist das auch Ihre Erklärung?«

Wildermuth ließ den Kopf hängen. »Es ist so, wie Oberleutnant Köhler gesagt hat, Herr Kapitän.« Was für einen Zweck hatte es, das Telefongespräch zu erwähnen? Es war schwer genug, mit Oberleutnant Köhler auszukommen. Schließlich würde es diesem Ausguckposten Braun nichts schaden, wenn er ein paar Tage in der Arrestzelle zubringen mußte.

Von Steiger schien zum ersten Mal die Kälte zu spüren. Bisher hatte er nicht gemerkt, daß er ohne sein warmes Jackett hier oben stand. Sie lügen alle beide, dachte er müde. Irgend etwas hat sich ereignet, aber die Wahrheit werde ich niemals erfahren. Ich muß wenigstens sicherstellen, daß sich so etwas nicht wiederholt.

Scharf sagte er: »Verstehe. Ich verlasse mich darauf, daß Sie aus diesem Fehler lernen und künftig Ihre Wache besser kontrollieren!«

Köhler nickte eifrig. »Es kommt nicht wieder vor, Herr Kapitän.«

»Davon bin ich überzeugt!« Mit kaltem Blick musterte er beide Offiziere. »Ich habe Ihnen bereits erklärt, wie wichtig ständige Wachsamkeit ist. In diesem Krieg können sich nur Tote den Luxus der Sorglosigkeit leisten.«

Köhler grinste. »Ich lasse ihn in die tiefste Arrestzelle sperren, Herr Kapitän. Das wird ihm helfen, sich besser zu erinnern!«

Als habe er nichts gehört, fuhr von Steiger leise, aber erbarmungslos fort: »Kraft der Autorität, die mir von Seiner Majestät dem Kaiser und von der Admiralität übertragen worden ist, verurteile ich hiermit diesen Mann – Braun – zum Tod durch Erschießen!« Er sah das Entsetzen auf ihren Gesichtern und fuhr fort: »Das Urteil wird morgen früh vollstreckt, das Erschießungskommando wird aus allen Ausguckposten der Freiwache gebildet!« Er drehte sich auf dem Absatz um und fügte abschließend hinzu: »Sie und Wildermuth werden die Hinrichtung überwachen!«

Wildermuth trat mit bittend ausgestreckten Händen einen halben Schritt vor. »Aber, Herr Kapitän...«

Unter der Tür glühten die bernsteinfarbenen Augen noch einmal auf. »Meine Besatzung hat ihre Offizierre zu respektieren, was es sie auch kosten mag! Und Sie beide tun gut daran, sich künftig dessen zu erinnern!«

4

Sechs Tage und Nächte steuerte die *Vulkan* auf West- und anschließend auf Südkurs rund um die öde Küste Islands. Im Verlauf dieser Reise erreichte das Wetter einen derartigen Grad wütender Heftigkeit, daß es schien, als sei das Schiff zu einem ständigen Alptraum in Sturm und turmhoher See verdammt. Als sie fast blind die Nordspitze Islands rundeten, erreichte der Sturm, der aus der Arktis heranheulte, eine Geschwindigkeit von über hundert Knoten*. Die gewaltigen Seen standen wie Berge an der Luvseite, ehe ihre überhängenden Kämme auf das Deck hereinbrachen und das Schiff beinahe zum Kentern brachten.

Die Männer waren nicht mehr zu klaren Gedanken fähig. Sie zogen auf Wache, klammerten sich aneinander wie verängstigte Kinder und warteten verzweifelt darauf, daß die Zeit verging. Dann fielen sie, jeglicher Widerstandskraft beraubt, auf ihre feuchten Kojen. Aber selbst dort waren sie nicht sicher vor den drängenden Pfeifsignalen der Alle-Mann-Manöver. Eins der Boote wurde aus seinen Davits gerissen und hing zersplittert über der Reling. Stahldrähte brachen, Schutzkleider aus starkem Segeltuch, die man gerade erst ausgebracht hatte, flogen im nächsten Augenblick in Fetzen davon. Taub und halb bewußtlos strauchelten die Seeleute mit neuem Tauwerk und neuen stählernen Stagen über die gefährlich glitschigen Decks. Während der ganzen Zeit schwang ihre isolierte Welt schwindelerregend wie an einem Pendel hin und her und versuchte, sie hinauszuschleudern in die aufgewühlte See.

Manchmal wurden sie an Deck gepfiffen, wenn die Vereisung – riesige, fantastisch geformte Gebilde, die sich durch das gefrierende Spritzwasser ständig vergrößerten – so bedrohlich wurde, daß das Schiff infolge der Topplastigkeit zu kentern drohte. Mit Äxten, Hämmern, Dampfschläuchen und Eisenstangen arbeiteten sie dann verbissen und schwitzten unter ihrem Ölzeug trotz der grimmigen Kälte.

Nach knapp einer Woche hatten sie endlich den Nordatlantik erreicht; während die Seen weiterhin gegen den Rumpf donnerten, setzten sie ihren Weg langsam aber stetig gen Osten fort. Jede Umdrehung der Schraube brachte sie näher an die fremde, feindliche Küste.

* 185 km/h

Die Mine stand auf ihrem Schmalspurgleis, das mit seinem Unterbau über das Heck der *Vulkan* hinausragte. Die mattschwarze Kugel hob sich klar vom weißschäumenden Kielwasser ab, das in einer geraden Linie im Dunkeln verschwand. Fasziniert von ihren langen Hörnern, starrte Heuß die Mine an, die auf ihn wie ein obszönes Geschöpf aus einer anderen Welt wirkte. Sie war die letzte des langen Minenfeldes, das die *Vulkan* in den vorangegangenen Stunden gelegt hatte, Stunden, welche die Nerven jedes einzelnen Mannes an Bord bis zum äußersten strapaziert hatten. Das Schiff dampfte indessen auf festgelegtem Kurs zügig voran, die Ausguckleute starrten in die Nacht, und alle an Bord fuhren zusammen, wenn wieder eine Mine vom Heck fiel. Sie klatschte ins Kielwasser und verschwand noch im selben Augenblick. Wenn das Wasser sich wieder beruhigt hatte, trieben die schwarzen Eier mit ihren empfindlichen Hörnern wieder auf, bis sie dicht unter der Oberfläche von ihren Ankern und den langen Stahltrossen in einer Position gehalten wurden, in der sie dann mit schrecklicher Geduld auf nichtsahnende Schiffe lauerten.

Oberleutnant Köhler richtete eine kleine, abgeschirmte Lampe auf seine Stoppuhr und zählte die Sekunden. Er taumelte bei einer stoßartigen Bewegung des Hecks und rief dann scharf: »Achtung! Werfen!«

Noch thronte die Mine auf ihrem Stuhl, dem schweren Betonklotz, der ihr als Anker diente. Dann trudelte sie auf dem Fahrgestell über die Ablaufschiene. Sie zögerte ein wenig, schwankte und fiel schließlich über die Heckwulst. Für Heuß war das jedesmal eine Zitterpartie; aber die Leute, die den Bananendampfer zum Hilfskreuzer umgebaut hatten, waren Könner gewesen. Problemlos verschwand die Mine in der Dunkelheit, die Gleitschiene war wieder leer, und Heuß wandte sich ab, von einer plötzlichen Übelkeit befallen.

Das Gemurmel der Seeleute um ihn wurde schwächer, und selbst das Donnern der See schien zu verstummen.

An dem Morgen, als der Ausguckposten Braun erschossen worden war, hatte er Wache gehabt. Diesen Augenblick würde er niemals vergessen. Die Vorbereitungen hatten endlos gedauert, und während der ganzen Zeit saß der unglückselige Braun auf der Gleitschiene, das gebrochene Bein, ordentlich geschient und bandagiert, steif von sich gestreckt. Ihm gegenüber, nur wenige Schritte entfernt, stand das im Seegang schwankende Erschießungskommando mit seinen schweren Mausergewehren. Zwei Unteroffiziere fesselten Brauns Hände auf dem Rücken und nahmen ihm die Mütze ab, wodurch er noch hilfloser wirkte als vorher. Köhler und Wildermuth standen nebeneinander, der letztere aschgrau im Gesicht, Köhler aufrecht und mit ausdrucksloser Miene.

Der Unteroffizier zog eine rostige Kette über Deck und befestigte sie rasch um die Taille des Opfers: sein Anker für die letzte Reise.

In diesem Augenblick erholte sich Braun von seinem Schock, brach sein Schweigen und fing an zu schreien. Heuß gerann noch immer das Blut in den Adern, wenn er diese qualvollen Sekunden durchlebte.

»Lassen Sie's nicht zu! Sagen Sie ihnen, daß ich versucht habe, Hilfe zu holen, Herr Oberleutnant!« Brauns Augen rollten wild in dem totenbleichen Gesicht. »Um Gottes willen, helfen Sie mir!«

Köhler zog rasch den Degen und hob ihn hoch über den Kopf. Acht Gewehre richteten sich auf die gekrümmte Gestalt.

Köhlers Degen fuhr nach unten, die unregelmäßige Salve knallte, und als der Wind den Rauch verweht hatte, war die Gleitschiene leer. Wie jetzt. Kein einziger Blutstropfen gab Kunde von diesem Mord. Lediglich Brauns Mütze blieb in der Hand des Unteroffiziers zurück.

Heuß war ins Steuerhaus gestürzt, hielt dann aber inne. Von Steiger saß noch immer in seinem Sessel, die Augen auf irgendein unsichtbares Objekt vor dem Bug gerichtet. »Hinrichtung vollzogen, Herr Kapitän!« meldete Heuß. Er konnte das Beben seiner Stimme nicht unterdrücken.

Langsam hatte von Steiger geantwortet: »Ich konnte mich nicht vor meiner Verantwortung drücken, Heuß. Und Sie können es auch nicht!«

Heuß wollte gehen, doch einem plötzlichen Impuls folgend, drehte er sich noch einmal um und trat hinter den Kommandanten. »War es unbedingt notwendig, diesen Mann zu erschießen, Herr Kapitän? Haben wir nicht schon genug zu ertragen?«

»Ja, es war notwendig. Ich muß meinen Offizieren Rückendeckung geben, ob sie im Recht oder im Unrecht sind.«

Heuß ballte die Fäuste und spürte durch das Seitenfenster Eberts beunruhigten Blick. »Aber wie werden die Leute darauf reagieren, Herr Kapitän?«

»Die Leute?« Steigers Stimme klang, als käme sie aus weiter Ferne. »Sie werden genau das tun, was ich ihnen befehle!« Er wandte sich in seinem Sitz um und sah Heuß voll an, der erschüttert war über den Schmerz im übermüdeten Gesicht des Kommandanten. »Weil wir nämlich kein Kriegsspiel mehr betreiben, Heuß! Vergessen Sie Ihre sentimentalen Gefühle, dann werden Sie anfangen, mich zu verstehen. Natürlich will auch ich einen Sieg in Ehren. Aber vor allem will ich den Sieg! Der Krieg ist ein Übel, das wir nicht durch unsere eigene Dummheit verdrängen können.«

Heuß hatte ihn nur angestarrt, schockiert über Steigers ruhigen Ton. Innerlich verfluchte er sich selbst. Was nützte es, mit diesem Mann zu argumentieren? Er war bar jeden Gefühls. Er braucht keinen einzigen von uns, dachte Heuß, unsere Bewunderung, unser Haß bedeuten ihm so wenig wie Regen einem Stein. Trotzdem bohrte er weiter: »Aber was, Herr Kapitän, wenn wir unseren Glauben an die Menschheit verlieren? Was bleibt uns dann noch?«

Von Steiger hatte ihn ein paar Sekunden lang schweigend angesehen. »Nichts, Oberleutnant Heuß. Überhaupt nichts!« antwortete er.

Heuß schüttelte sich, das Toben der See drang wieder in sein Bewußtsein. Er hörte das Schwatzen der Seeleute, während sie zu ihren Quartieren zurückeilten. Vielleicht kümmerte Brauns Schicksal sie wirklich nicht mehr, dachte er.

Seit der Versenkung des kleinen Dampfers vor einer Woche hatten sie nahezu achtzehnhundert Seemeilen zurückgelegt. Wegen des ständig bedeckten Himmels hatten sie keinen Sextanten benutzen können, und die Navigation beruhte lediglich auf Koppelwerten. Der ständige Sturm hatte sie zu unzähligen Kurs- und Geschwindigkeitsänderungen gezwungen, aber sie waren doch im richtigen Seegebiet angekommen, vor ihrem stampfenden Bug lagen Irland und die nördlichen Ansteuerungswege der englischen Häfen. Wie hatte von Steiger das geschafft? Besaß er irgendeine Macht, die sie allesamt so klein erscheinen ließ?

Das Schiff nahm Fahrt auf und drehte auf den neuen Kurs ein. Aus der Kombüse drang der Geruch nach Kohl, und Heuß hörte im Vorbeigehen, wie ein Sanitäter dem Koch das Minenwerfen beschrieb. »Ein schrecklicher Tod«, schloß er seine Schilderung.

Heuß vernahm die spöttische Antwort des Kochs: »Tod? Wen zum Teufel interessiert das? Kümmere dich lieber um Hämorrhoiden oder um Rheumatismus auf diesem verdammten Schiff!« Das war sie, die Philosophie des Mannschaftsdecks.

Von Steiger saß auf seinem hohen Stuhl und blätterte die letzten Berichte des Leitenden Ingenieurs durch. Mühsam bahnte sich das Schiff seinen Weg durch die hohe Dünung des leeren grauen Atlantiks; vor dem Bug, der unerschütterlich nach Südwesten zeigte, dehnte sich der Horizont als klare, harte Linie.

Er hörte Niklas neben sich heftig atmen und roch den Kohlenstaub auf dessen Overall. Ein hervorragender Mann, dachte er, obwohl nahe an die Sechzig. Zeitlebens war er als L. I. auf Ozeanriesen, Dickschiffen oder kleinen Trampdampfern gefahren. Jetzt war er die Schlüsselfigur an Bord. Steiger runzelte die Stirn. Seit dem Minenwerfen hatten sie schon hundertachtzig Meilen zurückgelegt. Die Kohle schwand entsetzlich schnell dahin, und er spürte bereits den erhöhten Auftrieb des Schiffes, das seinen eigenen Ballast so rasch verschlang. Die Minen im Achterschiff hatten etwa neunzig Tonnen Gewicht ausgemacht, und vierundzwanzig Stunden lang mußten die schwitzenden, fluchenden Seeleute einen Teil des Kohlenvorrats zum Heck schleppen, um den Gewichtsverlust auszugleichen.

Steiger ließ den Kopf hängen, schüttelte sich aber ärgerlich sofort wieder wach. Es gab kein Entrinnen, dieses Schiff war schließlich keine Freistätte. Er war gezwungen, seine Männer immer wieder anzutreiben für eine Aufgabe, die er im Grunde verabscheute.

Leise sagte Niklas: »Sie haben eine sehr einsame Stellung, Herr Kapitän. Um nichts in der Welt möchte ich Ihre Verantwortung tragen.«

»Dafür bin ich ausgebildet worden.«

»Es ist schlimm, einem Menschen das Leben zu nehmen, Herr Kapitän.« Traurig sah der ältere Mann seinen Kommandanten an.

»Sind Sie der Meinung, daß es unrecht war?«

Niklas hob die Schultern. »Man hat mir gesagt, daß an der Westfront ein General, sogar schon ein Oberst, tausend Mann opfern kann, auch zehntausend, wenn das nicht genügt. Etwa um die Stärke des Feindes zu erproben oder um eine Stellung zu halten, die gar nicht gehalten werden kann.«

»Aber war *meine* Handlungsweise unrecht?«

Niklas nahm seine vom Kohlenstaub geschwärzte Mütze auf. »Sie haben das Kommando, Herr Kapitän. Was bedeutet das Leben eines einzelnen, wenn wir alle von Ihrer Stärke und von der sofortigen Befolgung Ihrer Befehle abhängen? Sie führen uns.« Langsam schüttelte er den Kopf. »Nur Gott allein kann Ihnen diese Frage beantworten.«

Steiger brütete schweigend vor sich hin, während die *Vulkan* stetig durch den einsamen Atlantik zog. Die gewohnten Schiffsgeräusche und das Heulen des Windes schläferten ihn ein wie ferne Musik. Er hörte das Stammeln der Morsezeichen im Funkraum und das Scharren der Schaufeln aus der Ladeluke.

Plötzlich stürmte Heuß mit einem Funkspruch in der Hand ins Steuerhaus. In Steigers müdem Gehirn blitzte instinktiv eine Warnung auf.

»Wir haben einen fremden Funkspruch aufgefangen, Herr Kapitän.« Heuß sprach mit ruhiger, aber harter Stimme. »Zwei neutrale Schiffe haben sich unterhalten.«

Die Atmosphäre im Steuerhaus war sofort spannungsgeladen; von Steigers Augen flackerten, als Heuß fortfuhr: »Es scheint, daß unsere Minen schon Wirkung erzielt haben!«

Ebert keuchte: »Donnerwetter, das ging aber schnell!«

Steiger ignorierte die Unterbrechung. »Lesen Sie vor, Heuß!« Er glaubte bereits zu wissen, was kommen würde, dennoch zog sich sein Magen zusammen.

Heuß las: »Die S. S. *Isle of Cuba* ging heute morgen bei der Nord-West-Ansteuerung Englands verloren. Sie lief auf eine Mine und sank sofort.«

Steiger sagte ruhig: »Das ist der Krieg, Heuß.«

Kreideweiß hob Heuß den Blick. »Die *Isle of Cuba* war ein Lazarettschiff, Herr Kapitän! Sie kehrte vom Festland zurück und war vollgepackt mit hilflosen Verwundeten!« Ins Steuerhaus hinein rief er: »Ist *das* der Krieg?« Dann legte er den Signalblock neben den Kommandanten und trat hinaus auf die offene Brücke. Aber auch der kalte Wind half ihm nicht; er fühlte sich besudelt.

Steiger stöhnte auf und bewegte sich in seinem hohen Sitz. Sein Körper war steif und eiskalt, und er mußte sich erst die Augen reiben, bevor ihm klar wurde, was ihn geweckt hatte. Köhler starrte ihn an, das Gesicht grau und unrasiert im trüben Morgenlicht. So sieht er beinahe menschlich aus, dachte der Kommandant vage.

»Ein Schiff, Herr Kapitän! Fünfundvierzig Grad an Backbord!« Köhler wiederholte die Meldung, sein Blick fuhr suchend über von Steigers Gesicht.

Mit einem Ruck überwand dieser seine Müdigkeit; alle Gelenke protestierten schmerzhaft, als er sich von seinem Stuhl herunterließ. »Einzelheiten?«

»Der Ausguck im Mast sagt, daß es ein Frachter sein könnte, Herr Kapitän. Er ist schwer auszumachen, weil er immer wieder von heftigen Regenböen verdeckt wird. Aber der Mann hat eine zuverlässige

Peilung nehmen können, und jetzt meldet er, daß er seinen Kurs beibehält!«

Das Telefon summte, von Steiger massierte seine tauben Gliedmaßen, während Köhler ins Mundstück sprach.

»Jawohl, Herr Kapitän, ein Frachter. Scheint Nordost zu steuern. Liegt tief im Wasser, hat nur einen Schornstein.«

Steiger biß sich auf die Lippen. Die beiden Schiffe näherten sich einander auf beinahe parallelen Kursen. Das mußte die Annäherung um so natürlicher erscheinen lassen, überlegte er.

»Lassen Sie klar machen zum Gefecht, Köhler!« Er wartete, bis die Alarmglocken schrillten, und fügte dann hinzu: »Gehen Sie auf Ihre Gefechtsstation, möglicherweise brauchen wir die Torpedos!« Dann wandte er sich mit ruhiger Stimme an den Ausguck. »Lassen Sie mich sofort wissen, wenn er Kurs ändert oder irgendwelche Alarmzeichen gibt.«

»Schiff peilt fünfzig Grad an Backbord!« Der Brückenausguck an Backbord konnte es jetzt ebenfalls sehen.

Steiger stellte rasche Überlegungen an, ignorierte das Trampeln der Seeleute und das Quietschen der Munitionsaufzüge. Keuchend erschienen die Leute der Angriffsgruppe auf der Brücke, aber er schenkte ihnen keinerlei Beachtung. Das Schiff läuft vielleicht acht, wir selbst vierzehn Knoten, dachte er. In etwa einer Viertelstunde werden wir auf gleicher Höhe sein. Er hörte Ebert auf dem Peildeck über seinem Kopf laut ins Artillerietelefon sprechen. Der ließ jetzt bestimmt den Entfernungsmesser auf das andere Schiff richten und gab Peilungen und Distanzen an seine verborgenen Geschütze durch. Heuß und Damrosch waren im Steuerhaus auf Station, und er bemerkte flüchtig, daß Heuß so rotgeränderte Augen hatte, als habe er seit Tagen nicht geschlafen. Als Signaloffizier des Schiffes gab er leise Anweisungen an seine Mitarbeiter. Die Signalgasten hatten die Segeltuchbezüge von den Flaggenspinden genommen und einen Teil des farbigen Inhalts an Deck verstreut. In den eifrigen Händen hielten sie bereits die Flaggleinen.

Steiger kam es so vor, als habe er sein ganzes Leben auf dieser verdammten Brücke zugebracht. Plötzlich wurde ihm bewußt, daß er noch keinen einzigen Blick auf den Gegner geworfen hatte. Er fing an, sorglos zu werden, das konnte sich fatal auswirken.

Rasch hob er sein starkes Glas, stützte sich ab und beobachtete, wie sich das Schiff schwerfällig durch sein Blickfeld bewegte. Etwa fünftausend Tonnen, dem nüchternen Aussehen nach wahrscheinlich ein Engländer. Er arbeitete schwer in der groben See und schien kaum imstande, sich aus den tiefen Wellentälern wieder aufzurichten. Tief weggeladen, überlegte er, vielleicht ein Nachzügler aus irgendeinem Geleitzug. Aus seinem spindeldürren Schornstein drang sehr viel schwarzer Rauch, was ihn bei jedem Geleitzug äußerst beliebt machen mußte, denn dies hier war Jagdgebiet der U-Boote.

Über die Schulter fragte er: »Schotten geschlossen, alles auf Gefechtstation?«

»Jawohl, Herr Kapitän!« Heuß' Stimme klang gepreßt.

»Melden Sie das künftig, Heuß. Ich bin kein Gedankenleser!«

Lehr, der Gefechtsrudergänger, verlagerte sein beträchtliches Gewicht von einem Fuß auf den anderen und lächelte verstohlen. Spannung auf der Brücke war immer gut, dachte er. Es zeigte, daß sie alle hellwach waren.

Konzentriert beobachtete der Kommandant das andere Schiff. Es war jetzt so dicht heran, daß er die hohe Brücke und den kleinen Farbfleck an ihrer Seitenwand erkennen konnte, die dort aufgemalte Flagge: rot, also britisch, wie vermutet.

»Lassen Sie nach seinem Namen fragen, Heuß.«

Die Morselampe in der Brückennock begann geräuschvoll zu klappern, aber keineswegs zu schnell, wie er mit Genugtuung feststellte. Auf Handelsschiffen gab es selten wirklich tüchtige Signalleute, und rasches Morsen nach Marineart wäre verdächtig gewesen.

»Wie ist der Name Ihres Schiffes?«

Es folgte eine längere Pause, und sie dachten bereits, daß der Fremde keinen Ausguck besetzt habe. Dann jedoch wurde mit einer recht kräftigen Lampe, die mühelos über das aufgewühlte Wasser hinweg leuchtete, geantwortet: »Wie ist der Name *Ihres* Schiffes?«

Steiger lächelte grimmig. Dieser Kapitän war ein vorsichtiger Mann, er ging kein Risiko ein. Wieder klapperte ihre Morselampe.

»Gripsholm aus Schweden!«

Es folgte eine längere Pause, dann kam die Antwort: *»Cardiff Maid.«*

Jetzt bestand kein Zweifel mehr an seiner Nationalität. Steiger gab Damrosch ein Zeichen, der sich aufgeregt die Lippen leckte und dann seiner Signalpfeife einen langen Ton entlockte.

Ihre Morselampe begann wieder zu klappern: »Stoppen Sie sofort! Dies ist ein deutscher Kreuzer!«

Steiger konnte sich die Bestürzung auf der Brücke drüben genau vorstellen: die unerwartete Begegnung mit einem anderen Schiff, nachdem sie den Atlantik überquert hatten und sich schon beinahe in Sichtweite der Heimat befanden; und nun dieser knappe Befehl zum Beidrehen und die deutsche Kriegsflagge, die jetzt an der Gaffel auswehte. Das war zuviel.

Mit weit aufgerissenen Augen zeigte Damrosch auf das andere Schiff. »Sehen Sie nur, er dreht ab!«

Steiger drückte auf den Knopf neben seinem Ellbogen, über ihnen erklang die Alarmglocke mit unmißverständlicher Autorität.

In Heuß' Gesicht zuckte ein Nerv unkontrollierbar, als eins der großen Fünfzehnzentimetergeschütze in seiner getarnten Stellung unter der Back ohrenbetäubend krachte. Seine Augen folgten der unsichtbaren Granate, bis er die gewaltige Wassersäule aufsteigen sah, weniger als eine halbe Kabellänge vom Bug des Frachters entfernt. Seine Signalgasten schäkelten mit flinken Fingern ihre Flaggen ein und hißten sie an der Signalrah über der Brücke, wo sie in der kräftigen Brise steif auswehten: »Stoppen Sie sofort! Verlassen Sie das Schiff!« Von Steiger hatte sich offenbar entschieden, keine Zeit zu vergeuden. Zweifellos waren sie zu dicht an feindlichen Patrouillen.

Nervös leckte Heuß sich die Lippen. Was war los mit diesem englischen Kapitän? Noch immer versuchte er abzudrehen, und das Kielwasser unter seinem hohen Heck zeigte, daß er Fahrt erhöhte und nicht daran dachte, der Aufforderung zu folgen. »Um Gottes willen, was macht er?« Seine Stimme klang schrill. »Er kann doch nicht hoffen, jetzt noch zu entkommen?«

Steiger beugte sich rasch über ein Sprachrohr. »Ebert? Hier spricht der Kommandant. Eröffnen Sie Feuer mit allem, was Sie haben. So rasch Sie können!«

Heuß stand plötzlich neben von Steiger. »Vielleicht hat er unser Signal nicht verstanden, Herr Kapitän! Ist es wirklich nötig, alle an Bord umzubringen? Er entkommt uns doch sowieso nicht mehr!«

Steigers kalte Augen musterten ihn kurz, dann wandte er sich wieder der *Cardiff Maid* zu, die jetzt der *Vulkan* ihr Heck zeigte. Sie legte sich stark über, als sie auf die offensichtliche Hartruderlage reagierte. Steigers Augen verengten sich zu Schlitzen, als er die Bewegungen der ameisengleichen Gestalten auf dem Achterdeck sah. Seine Stimme war ruhig, aber schneidend:

»Ich führe diese Ungehörigkeit auf Ihre Unerfahrenheit zurück,

Oberleutnant Heuß! Ich habe keineswegs den Wunsch, hilflose Menschen umzubringen, wie Sie es sich einzubilden scheinen, aber ich muß als erstes meine Pflicht erfüllen!« Über ihren Köpfen vernahmen sie Eberts rauhe Befehle, und auf dem Vordeck richteten die beiden Geschütze ihre schlanken Rohre auf das Ziel. »Sehen Sie genauer hin, Heuß! Er versucht keineswegs zu entkommen!«

Benommen hob Heuß sein Glas und starrte über das aufgewühlte grüne Wasser. Als er endlich das andere Schiff erfaßt hatte, zuckte er zusammen, weil ein orangeroter Blitz dessen Heck grell erleuchtete, unmittelbar gefolgt von einem gewaltigen Krachen. Eine Granate fuhr heulend über die Brücke der *Vulkan* und prallte einige Male von den Wellenkämmen ab, bevor sie mit einer bräunlichen Rauchwolke querab detonierte.

»Offensichtlich hat er ein Heckgeschütz!« Steigers Stimme schnitt wie ein Messer durch Heuß' wirbelnde Gedanken. »Der tapfere Kapitän beabsichtigt...« Der Rest des Satzes wurde übertönt vom doppelten Krachen ihrer vorderen Geschütze. Wie ein Echo kam das Bellen des Zweiundzwanzigpfünders vom Achterdeck, und während die Geschützbedienung des Gegners sich noch mit ihrer winzigen Waffe abmühte, schlug die volle Salve in seine Bordwand und detonierte mit ohrenbetäubendem Donnern.

Sorgfältig beobachtete von Steiger den Einschlag der gleich darauf folgenden zweiten Salve, die den achteren Teil der Brücke wegriß. Wie umgemäht, taumelte der lange Schornstein und kippte dann über Bord, wobei er zwei Rettungsboote mitriß.

Ein weiterer Knall von drüben, und das Deck unter ihren Füßen schien sich leicht anzuheben, während sie zugleich beißenden Pulverqualm rochen.

»Er hat uns getroffen!« Von Steigers Gesicht wurde hart. »Damrosch, stellen Sie die Schäden fest! Heuß, gehen Sie auf äußerste Fahrt voraus. Ich muß ganz dicht an diesen Verrückten heran!« In das Artilleriesprachrohr rief er: »Ebert, zielen Sie auf seine Wasserlinie!«

Gleichmäßig und gnadenlos feuerten die Geschütze des Hilfskreuzers, wieder und immer wieder. Der Frachter verwandelte sich im Handumdrehen von einem schmucken starken Handelsschiff in ein treibendes Wrack. Er hatte bereits erhebliche Schlagseite nach Steuerbord, beide Masten waren weggeschossen, und die Brücke war nur noch ein Gewirr verbogenen Metalls. Sein zielloser Kurs deutete darauf hin, daß auch die Ruderanlage beschädigt war. Jetzt schlug eine

Granate in sein Achterschiff, und mit einem gewaltigen Donnern detonierte offenbar die Munitionskammer. Sie schleuderte die trotzige kleine Kanone hoch in die Luft, begleitet von ihrer Geschützbedienung.

»Er signalisiert, Herr Kapitän!« Der Signalmaat saugte an seinen Zähnen, während er die unregelmäßigen Lichtzeichen zu entziffern versuchte. »Ich habe gestoppt und verlasse das Schiff«, las er.

»Wird auch langsam Zeit!« Steiger drückte wieder auf den roten Knopf, und nach einem letzten Schuß schwiegen die Geschütze.

Leutnant Seebohm kam keuchend auf die Brücke gestiegen, warf einen nervösen Blick hinüber zu dem untergehenden Schiff und meldete dann grüßend: »Die Granate hat uns ziemlich tief am Steuerbordbug getroffen, Herr Kapitän. Sie detonierte in dem mit Kohle gefüllten vorderen Laderaum und hat dadurch keinen großen Schaden angerichtet.« Er zögerte ein wenig. »Trotzdem wurde ein Mann getötet, die Granate muß ihn gestreift haben.« Verwundert fügte er hinzu: »Er weist keinerlei Verletzung auf, Herr Kapitän!«

Steiger sah, wie die *Cardiff Maid* in den gierig leckenden Wogen tiefer und tiefer sackte. Im letzten Augenblick wurde ein Rettungsboot über ihre auf der Seite liegende Bordwand geschoben, einige Gestalten sprangen ins Wasser.

»Lassen Sie die Bergungsgruppe und das Sanitätspersonal mittschiffs antreten. Sie sollen Strickleitern über Bord hängen, alle Leute heraufholen und keinen einzigen zurücklassen.«

Die *Vulkan* glitt langsam auf das Rettungsboot und den Schwarm auf- und abtauchender Köpfe zu. Die See war weithin mit Öl, Kohlestaub, zersplittertem Holz und den Überresten der anderen Boote bedeckt.

Als sie dicht bei dem Wrack waren, konnte Steiger von der Brücke aus in einen der zertrümmerten Laderäume blicken. Das graue Licht glänzte trübe auf dichtgestauten Fahrzeugen, ihre frische Tarnfarbe war abgeblättert oder hatte in der sengenden Hitze der detonierenden Granaten Blasen geworfen: Kriegsmaterial auf dem Weg zur Front, ein lohnender Fang.

Man hörte lautes Poltern, als sich irgendeine große Maschine losriß und durch den Rumpf rutschte. Das Schiff legte sich noch stärker über; Bruchstücke der zertrümmerten Aufbauten fielen in gefährlicher Nähe einiger Schwimmer ins Wasser.

»Nicht viele Überlebende.« Er sagte es mehr zu sich selbst, während er in die blassen, aufwärts gerichteten Gesichter im Rettungsboot sah. »Die zweite Salve hat ihm offenbar den Rest gegeben.«

Heuß lehnte wie leblos am Brückenkleid und blickte hinüber zu dem noch immer nicht ganz verschwundenen Schiff. Es sah jetzt so hilflos aus.

Das Rettungsboot schor längsseits, die Seeleute halfen den benommenen oder unter Schockeinwirkung stehenden Überlebenden die schwankenden Leitern hinauf. Einige waren hinuntergesprungen in das Boot und banden den Schwerverwundeten, die sich nicht mehr selbst helfen konnten, Leinen unter die Arme. Dehler beugte sich über die Reling und zeigte auf die Männer im Wasser, die mühsam auf das Boot zuschwammen. »Holt diese Leute zuerst raus! Beeilt euch!«

Die geretteten Engländer schienen keinerlei Personalität oder Eigenschaften aufzuweisen. Teilnahmslos starrten sie die deutschen Seeleute an, die ihnen an Bord halfen oder ihnen gut zuredeten. Sie wirkten wie Marionetten.

Als einer der Männer an seiner Sorgleine aus dem Boot gehievt wurde, legte sich die *Vulkan* in einem steilen Roller so stark über, daß er hilflos gegen die Beplattung schlug. Man hörte einen schwachen Aufschrei, und als er wieder zurückpendelte, sah Heuß, daß ein roter Fleck auf der schwarzen Farbe zurückblieb, den jedoch Regen und Gischt gleich wieder wegspülten.

Wildermuth stand am Fuß der Brückenleiter und rief: »Soll ich den Kapitän zu Ihnen bringen?«

Steiger nickte. Im Steuerhaus herrschte Schweigen, als der kleine grauhaarige Mann in der nassen blauen Uniform am Kopf der Leiter erschien. Die goldenen Streifen auf seinen Ärmeln waren abgeschabt und verblaßt, sein verwittertes Gesicht war vom Schock gezeichnet.

Steiger trat aus der Gruppe seiner Offiziere, ging auf den Alten zu und salutierte ernst.

Heuß erinnerte sich noch lange an das tiefe Schweigen auf der Brücke, während vom Deck die Rufe der Seeleute und das metallische Klicken der Geschütze ertönte, die wieder in die Nullstellung zurückgedreht wurden. Von jenseits des Wassers hörte er Stahl reißen, als das sinkende Schiff in zwei Teile barst.

In perfektem Englisch sagte von Steiger: »Es tut mir leid, daß ich Ihr Schiff versenken mußte, Captain. Sie ließen sich auf einen tapferen, aber hoffnungslosen Kampf ein. Ich bedaure den Verlust, bewundere Sie aber wegen Ihres Mutes. Darf ich Ihnen die Hand geben?« Er streckte ihm die Rechte entgegen, die Augen im Schatten des Mützenschirms verborgen.

Das war einfach und ohne falschen Ton gesprochen. Wie ein Seemann zum anderen, dachte Heuß.

Der englische Kapitän nahm die dargebotene Hand und nickte geistesabwesend. »Es ist ein ziemlicher Schock für mich, verstehen Sie?« Sein Ton war unsicher und besorgt. »Ich kann es noch immer nicht fassen.«

In diesem Augenblick kam ein Ruf vom Vordeck: »Sie sinkt! Da geht sie hin!«

In diesem Augenblick wirkte der Engländer wie verwandelt. Mit einem Grunzen schob er sich energisch an von Steiger vorbei und trat hinaus in die Brückennock.

»Was fällt dem Kerl ein!« Wildermuth lief nach vorn, die Hand am Pistolenhalfter, aber von Steiger schüttelte ärgerlich den Kopf: »Lassen Sie ihn! Dies ist *sein* Augenblick.«

Der kleine Mann starrte hinunter auf die Gestalten, die erschöpft an Deck lagen, wo sich ihre nasse Kleidung schwarz von den geschrubbten Planken abhob. »Auf, Jungs! Ein letztes Hurra für unser altes Mädchen!«

Die Männer taumelten auf die Füße und starrten zuerst hinauf zu der kleinen, aber aufrechten Gestalt ihres Kapitäns und dann hinüber zum Frachter, dessen Heck sich langsam aus dem Wasser hob. Einen Augenblick hing es fast senkrecht in der Luft, als zögere es vor dem letzten Schritt. Dann glitt es mit einem Zischen, dem sofort der erstickte Donner explodierender Kessel folgte, hinunter in die Tiefe und verschwand.

Heuß wandte den Blick von dem mit Trümmern übersäten Strudel zu dem einsamen alten Mann in der Brückennock. Der Ausdruck seines faltigen Gesichts ähnelte dem des Kommandanten, als er in Kiel an Bord gekommen war.

Heuß trat langsam ins Steuerhaus zurück. Er glaubte, etwas aus diesen Ereignissen gelernt zu haben; trotzdem blieb bei ihm ein Gefühl zurück, als sei er getäuscht worden.

5

Während das Wrack der *Cardiff Maid* langsam in den schwarzen Tiefen des Atlantiks versank, änderte der deutsche Hilfskreuzer Kurs und steuerte rechtweisend Süd. Noch bevor die letzten kümmerlichen Trümmer vom Seegang davongetragen wurden und die Öl- und Kohlenstaubflecken sich in alle Windrichtungen zerstreuten, hatte die *Vulkan* bereits wieder ihre äußere Erscheinung verändert.

Auf beiden Seiten des Rumpfes hing jetzt eine große, rot gestrichene Stahlplatte mit blauem Kreuz, und darunter stand in großen weißen Buchstaben das Wort »NORGE«.

Die norwegische Flagge wehte von ihrer Gaffel, und der Name *Stella Polaris* prangte an beiden Seiten des Bugs und am Heck. Die Imitation eines riesigen Schweinestalls war aus Holzplatten und Segeltuch auf dem Vordeck installiert worden, darüber wehten an einer Leine mehrere primitive Wäschestücke, so daß auch für ein geübtes Auge das Bild eines typischen Trampschiffes entstand. Der Schweinestall änderte die Silhouette ganz erheblich und verbarg das falsche Deckshaus mit den beiden Geschützen. Obgleich die Schiffbrüchigen der *Cardiff Maid* schnell in den unteren Decks einquartiert wurden, bestand doch die Möglichkeit, daß ein feindliches Unterseeboot den Hilfskreuzer durch sein Sehrohr beobachtet und dessen Aussehen weitergemeldet hatte.

Die Besatzung hatte fast einen ganzen Tag für diese Veränderung gebraucht, und heftige Regenböen hatten ihre Aufgabe nicht gerade erleichtert. Sie verfluchte den scharfen Wind, während sie sich mit dem nassen Segeltuch herumplagte, das Pinsel und Farbe spottete. Sie hämmerte und klopfte, bis fast alle Schnitte oder Quetschungen an den Händen aufwiesen.

Als die Nacht einbrach und die Ausguckposten verdoppelt wurden, konnten sich die Matrosen endlich in die Unterkünfte zurückziehen. Die Mannschaftsräume waren in mehrere wasserdichte Räume unterteilt, die jeweils durch Stahlschotten und eine kleine Tür voneinander getrennt waren. In jeder Abteilung befanden sich zwei Messen, wo die Männer so dichtgedrängt lebten, daß ihnen kaum Platz zum Sitzen blieb. Hier schliefen sie, spielten Karten und nahmen ihre kärglichen Mahlzeiten ein.

Das gelbliche Licht der elektrischen Lampen warf einen warmen, aber schwachen Schein über die Leute in Schillers Messe, während sie dichtgedrängt auf zwei langen Bänken an den saubergeschrubbten Tischen saßen. Die Wärme ihrer Körper und die Hitze aus den Dampfrohren hatten sie dösig gemacht. Sie saßen in Hemd und Hose und schwankten behaglich im Rhythmus der Schiffsbewegungen. Im Hintergrund bemühten sich einige, in heißem Salzwasser Wäsche zu waschen, andere nähten, stopften oder putzten ihre Stiefel; die Gesichter wirkten angespannt und verkniffen.

Schiller zündete sich seinen Zigarrenstummel an und blinzelte im aufsteigenden Qualm, wandte die Augen aber einen Moment von den Karten in der Hand seines Gefährten ab. Er trug seine blaue Hose, die von einem breiten Ledergürtel gehalten wurde. Dieser Gürtel war dekoriert mit Schiffswappen und Abzeichen, die er im Lauf der Jahre gesammelt hatte. Sein anderer Besitz war das Messer, das in einer handgenähten Scheide stak. Sein Oberkörper war nackt, die kräftige Brust geradezu furchterregend mit wirrem schwarzem Haar bedeckt, in dem er sich gelegentlich genüßlich kratzte.

Schwartz starrte in seine eigenen Karten und warf nur gelegentlich einen Blick auf den kleinen Haufen geknickter Streichhölzer auf dem Tisch. »Ein Jammer, daß wir nicht um wirkliches Geld spielen. Oder wenigstens um was zu essen.«

Schiller grinste. »Bald werden wir genug zum Einsetzen haben. Wartet nur, bis wir nach Süden kommen, dann finden wir jede Menge Schiffe zum Plündern.«

Blücher blickte auf, sein vom Wind gerötetes Gesicht war ausdruckslos. »Was meinst du mit Plündern?«

Schiller blinzelte grinsend. »Stellt euch vor, ein schönes großes Handelsschiff, und nur wir an Bord! Verlassene Kammern, offene Laderäume!« Genüßlich leckte er sich die Lippen. »Wenn wir rasch und vorsichtig sind, werden wir reich, ehe wir's merken.«

Hahn stützte sich auf die Ellbogen und beobachtete die anderen. Am liebsten hätte er die goldene Uhr aus der Tasche gezogen und ihnen gezeigt. Diesen Narren! Was wußte Schiller schon vom Plündern? Der brach doch bestimmt in die erste beste Kammer ein und suchte nach nichts anderem als Whisky. Es war allgemein bekannt, daß die britischen Schiffsoffiziere stets einen beträchtlichen Vorrat Whisky mit sich führten. Hahn zog eine verächtliche Grimasse und betastete die glatte Form der goldenen Uhr, die schwer in seiner Hosentasche hing: reines Gold, sie mußte ein kleines Vermögen gekostet haben.

Aber das war nur sein erster Fischzug. Ein Überlebender der *Cardiff Maid* war gestorben, kaum daß er an Bord geholt worden war. Hahn hatte die Talje bedient, mit der man ihn aus dem Rettungsboot gehievt hatte, als das Schiff plötzlich heftig überholte und den britischen Offizier hart gegen die Bordwand schleuderte. Er war durch Granatsplitter schwer verwundet worden, und sein Notverband war beim Aufprall geplatzt. Oberleutnant Dehler hatte ihn angefaucht: »Bringen Sie diesen Verband wieder in Ordnung!« Hahn hatte sich über den Sterbenden gebeugt, der ihn nur anstarrte, während sich sein Mund öffnete und schloß wie in schweigendem Protest.

Hahn fingerte an den blutgetränkten Verbänden herum, aber seine Gedanken waren ganz woanders. Dieser verfluchte Dehler nannte ihn immer wieder vor allen einen Zuchthäusler. Nun, das würde er noch bereuen. Er hatte vor Aufregung den Atem angehalten, als seine suchenden Finger auf die Uhr des Offiziers stießen. Sie stak in einem kleinen Beutel aus wasserdichtem Stoff, zusammen mit ein paar Briefen, und Hahn hatte sofort ihren Wert erkannt. Er wagte kaum aufzublicken, auch nicht, als das englische Schiff sank und alle an die Reling rannten. Dann war der Verwundete gestorben, und Hahn hatte erleichtert aufgeatmet. Briefe und Beutel warf er über die Reling, aber die Uhr steckte er rasch in die Tasche.

Aus der Nachbarmesse drangen die klagenden Töne einer Mundharmonika durch das wasserdichte Schott. Es war alles so verdammt friedlich. Keine britischen Kriegsschiffe, nirgends ernstlicher Widerstand. Hahn lehnte sich gegen eins der rohen Winkeleisen, die man in der Werft als Verstärkung eingebaut hatte, da die Deckstützen das zusätzliche Gewicht der Fünfzehnzentimetergeschütze tragen mußten. Ihm gegenüber saß Pieck, schweigend und nachdenklich.

Hahn musterte ihn sorgfältig. Dieser Willi Pieck war ein seltsamer Kerl. Neben sich hatte er Schiller mit seinem haarigen Oberkörper, auf der anderen Seite den halbirren Adler. Pieck wirkte schmächtig und mädchenhaft zwischen den beiden. Hahn leckte sich die dünnen Lippen und wünschte, er wäre wirklich ein Mädchen. Wieder runzelte er die Stirn. Pieck machte sich Sorgen wegen Torpedooffizier Köhler. Der hatte Pieck beschuldigt, aus seinem Zimmer in der Kaserne Geld gestohlen zu haben, weswegen der Junge schließlich im Gefängnis landete. Aber da war noch etwas anderes. Hahn speicherte Informationen sehr sorgfältig, denn solche Einzelheiten konnten einmal nützlich werden. Und er war ganz sicher, daß Pieck mehr wußte, als er sagte. Köhler war ein verweichlichter Mensch, damit konnte es zu tun haben. An Bord wurde Pieck wegen seines mädchenhaften Gesichts und seiner zierlichen Gestalt oft gehänselt, und jedesmal sah er dabei aus, als habe er einen Schlag ins Gesicht erhalten.

Beiläufig fragte Hahn: »Hast du wieder mal was von deinem Freund, dem Oberleutnant Köhler, gehört, Willi?«

Der Junge fuhr auf, sein Blick war plötzlich hellwach. »Nein, nichts. Ich gehe ihm aus dem Weg.« Er starrte Hahn angestrengt in das gleichmütige Gesicht. »Warum fragst du?«

Hahn zuckte mit den Schultern. »Nur so. Er hat gestern auf der Brücke deinen Namen erwähnt, das ist alles.« Er beobachtete die Wirkung dieser Lüge. »Dachte, er ist irgendwie hinter dir her.«

Das Klatschen der Karten auf dem Tisch war das einzige Geräusch, sonst herrschte tiefes Schweigen im Raum. Pieck war wie hypnotisiert von Hahns eiskalten Augen. »Hinter mir? Was meinst du damit?« Ihm war jetzt klar, daß Hahn sein Geheimnis erraten hatte.

»Nun, Willi, du weißt ja, wie diese Plutokraten sind. Köhler zum Beispiel. Er tut eiskalt und ist in Wirklichkeit gemein wie ein Kampfhahn. Aber ich wette, er hat noch nie im Leben eine Frau im Bett gehabt!«

Mit bebenden Lippen erhob sich Pieck. Hahn musterte ihn spöttisch und schien sich köstlich zu amüsieren.

Lukaschek, einer der Spieler am Tisch, warf seine Karten hin und jammerte: »Mein Gott, Schiller! Du hast schon wieder gewonnen!«

Seelenruhig wischte Schiller weitere Streichhölzer auf seinen bereis beträchtlichen Haufen, aber sein Blick ruhte auf Hahn.

»Na, Willi?« Hahns Stimme klang jetzt schärfer. »War er hinter *dir* her? Wurdest du deshalb ins Gefängnis gesteckt, ja?«

Schiller kratzte sich die Brust. »Und weshalb hat man *dich* reingesteckt, Hahn? Weil du klaust, war's nicht so? Tja, in alten Zeiten, als noch Sitte und Ordnung herrschten, da haben sie den Dieben die Hände abgehackt – als Warnung!«

Wütend wandte Hahn sich ihm zu. »Was soll das heißen?«

»Das heißt, du sollst endlich deine verdammte Dreckschleuder zumachen!« Schiller schnaufte laut durch seine gebrochene Nase. »Wie ich dich kenne, hast du bestimmt auch noch keine Frau im Bett gehabt, die hätte nämlich Angst, daß du ihre Taschen durchwühlst, während du ihr deine Impotenz zu erklären versuchst!« Er entspannte sich ein wenig, als die anderen anfingen zu lachen.

Mit verzerrtem Gesicht glitt Hahn von seiner Bank. »Na, wir werden ja sehen! Wer hat denn diesen Eisberg gemeldet?« Er zeigte auf Pieck. »Er hier! Statt es dem armen Braun zu sagen, lief er schnurstracks in das verdammte Steuerhaus!« Wie ein Mädchen rang er die Hände und lispelte: »Oh, Herr Kapitän, da ist ein großer dicker Eisberg voraus! *Ich* hab' ihn gesehen, Herr Kapitän! Nicht Braun, Herr Kapitän, der hat seinen Posten verlassen!«

Aus Schillers Gesicht schwand das Lächeln. »Du verlogenes Schwein! Du weißt verdammt gut, daß wir alle ersoffen wären, wenn Willi nicht aufgepaßt hätte!«

»Ich sag' doch nur...«

»Ich weiß genau, was du sagen willst, verdammte Schlange! Aber wenn du schon so schlau bist, dann kennst du wohl auch den Mann, der Braun ablösen sollte? Wer war das denn, he?«

Hahn zügelte seinen Zorn. Es wurde Zeit, den Streit zu beenden. Nach Schillers feindseligem Gesicht zu urteilen, drohte jetzt wirklich Gefahr. Betont lässig hob er die Schultern. »Ich war's jedenfalls nicht. Ich lasse meine Kameraden nicht im Stich.«

Gottlieb, ein fetter ehemaliger Schuhmacher aus Landshut, lachte schnaufend, wobei sein feister weißlicher Körper bibberte wie Gallerte. »Wenn wir erst zwei oder drei Monate auf See sind, werden wir alle dem kleinen Willi nachstellen.«

Schiller machte ein finsteres Gesicht. »Wenn es soweit ist, werden die Köche *dir* nachstellen. Mit Kohl und Bratkartoffeln schmeckst du bestimmt hervorragend.«

Adler, der bewegungslos neben Pieck gesessen hatte, sprang bei dem lauten Gelächter hoch. Als er feststellte, daß nichts weiter passierte, vertiefte er sich wieder in seine wirren Gedanken. Sein Körper war so verkrampft, daß selbst das Atmen ihm wehtat. Manchmal, wenn der Nebel in seinem Gehirn sich ein wenig lichtete, war er so verzweifelt, daß er am liebsten geschrien hätte.

Unter dem Tisch lagen die Hände in seinem Schoß. Wenn er sich zurücklehnte, konnte er sie sehen. Da fing er wieder von vorne an: zwei Hände... Mein Name ist Emil Adler...

Willi Pieck zwang sich dazu, wieder gerade zu sitzen, aber sein Herz klopfte noch immer wild. Obgleich Schiller ihm beigesprungen war, wußte er genau, daß es nur eine Frage der Zeit war, bis Hahn ihn wieder allein zu fassen bekam. Und die Lüge über den Ausgucksmann Braun... Selbst das hatte Hahn benutzt, um ihn vor den anderen in

Mißkredit zu bringen. Warum nur? Willi war klar, daß die anderen, auch wenn sie Hahn diesmal ausgelacht hatten, sich nur an seine Lügen erinnern würden und nicht an die Wahrheit, wenn der Vorfall wieder zur Sprache kam. Verzweifelt blickte er sich unter den Kameraden um. Wenn sie nur wüßten, wie sehr er sich danach sehnte, einer von ihnen zu sein! Zäh und kräftig wie Schiller, wortkarg und kühl wie Schwartz, selbst so skrupellos wie Hahn. Der schien sich wenigstens nicht darum zu kümmern, was die anderen über ihn dachten.

Wenn er nun Köhler aufsuchen und ihm erklären würde, daß er nicht die Absicht habe, etwas gegen ihn zu unternehmen? Wenn er ihm sagen würde, daß er nur ein guter Seemann werden und dem Kommandanten dienen wollte?

Der Kommandant... Er erinnerte sich an Steigers scharfen Blick. »Wie ist Ihr Name?« Das war ein großer Augenblick für Pieck gewesen. Selbst Köhlers ungläubiges Starren, als er ins Steuerhaus gestürmt war, hatte nicht vermocht, diesen Augenblick zu überschatten. Vielleicht sollte er lediglich Köhler aus dem Weg gehen und abwarten. Wenn Köhler dann etwas gegen ihn unternahm, konnte er es dem Kommandanten melden. Aber nein, das war doch keine gute Idee. Wenn Steiger einen Mann wegen einer einzigen Nachlässigkeit erschießen ließ, dann war es unwahrscheinlich, daß er einen seiner Offiziere aufgrund der Aussage eines einfachen Seemanns verdammen würde. Bei einem so wichtigen Einsatz wie dem ihren war Piecks Leben für den Kommandanten völlig unwichtig, war er nichts weiter als ein Rädchen im großen Getriebe.

Wenn es nur einen gäbe, dem er sich anvertrauen könnte! Vor Konzentration biß er sich auf die Lippen. Oberleutnant Heuß war sein Wachführer. Das schien ein ungewöhnlich freundlicher Mensch zu sein, ganz anders als die arroganten Offiziere, die Pieck bisher kennengelernt hatte. Heuß war bei seinen Leuten beliebt, denn er hatte sich stark für ihr Wohl eingesetzt. Heuß würde ihm vielleicht zuhören. Wieder seufzte er. Das war zwar nur ein geringer Trost, aber zumindest eine Hoffnung.

Matrose Erhard von der Geschützbedienung zog eine kleine Bibel aus der Hosentasche und begann, mit dem angefeuchteten Daumen langsam die abgewetzten Seiten umzublättern. Er hatte ein trauriges Gesicht und überhaupt keinen Humor.

Hellwege, der Geschützführer des Heckturms, lachte laut. »Nicht schon wieder! Wie bringst du das nur fertig, Mensch?«

Argwöhnisch blickte Erhard auf. »Was?«

»Na, heute morgen haben wir dieses verdammte britische Schiff versenkt, und du warst keineswegs schlecht dabei. Wir haben mindestens so schnell gefeuert wie die anderen, und du warst flink wie ein Wiesel. Und jetzt das!« Er deutete auf das kleine Buch. »Du liest immer nur Heiliges, obwohl du doch selbst ein Sünder bist!«

»In den Augen des Herrn sind wir alle gleich, Hellwege.« Ernst sah Erhard ihn an.

Schiller rief vom anderen Ende des Tisches: »Er hat recht, Hellwege! Wir sind alle gleich – nämlich Nullen!«

Hellwege schlug mit der Faust auf den Tisch. »Ich will nur wissen, wie er bei all seinen Sünden sich mit Gott versöhnen kann? Was hält Gott wohl von unseren Anstrengungen, seine Geschöpfe auszulöschen? Antworte!«

»Er wird dir vergeben.« Unbewegt sah Erhard ihn an.

»Quatsch! Das soll mir doch wirklich mal einer erklären: Wir, die Engländer, jedes andere kriegführende Volk – alle sind überzeugt, im Recht zu sein. Jeder ist sicher, daß Gott und das Recht auf seiner Seite sind. Das kotzt mich an! Und ich wette, daß es Gott noch viel mehr ankotzt als uns hier unten!«

Erhard seufzte und öffnete das Buch bei dem gesuchten Kapitel. »Gottes Wege sind nicht unsere Wege«, sagte er leise und ignorierte von da ab die anderen.

Schiller paffte zufrieden an seinem Zigarrenstummel, während Schwartz die Karten neu verteilte. »Gott wartet eben ab, wer gewinnt, bevor er Stellung bezieht!«

Schwartz studierte sein Blatt mit heimlicher Genugtuung. »Nicht, daß wir uns beklagen könnten. Bis jetzt haben wir eine glatte Reise gehabt: zwei Schiffe versenkt und selber nur zwei Tote.«

Gottlieb legte versuchsweise zwei Streichhölzer auf den kleinen Haufen und blickte auf. »Zählst du den armen Braun etwa zu den Gefallenen?«

»Sicher«, antwortete Schwartz. »Das ist doch immer so. Die Offiziere blasen sich mit ihrer eigenen Wichtigkeit allmählich so auf, daß sie ab und zu ein paar eigene Leute umbringen müssen, nur um Dampf abzulassen!« Grinsend sah er Gottlieb an. »Wenn ich Kommandant wäre, würde ich *dich* abstechen, du fettes Schwein! Du bist eine Schande für die Marine!«

Schiller nickte ernst. »Das stimmt. Zu Hause fressen sie Brennesselsuppe und saufen Wasserbier, und dieser Dickwanst hier sieht aus, als käme er gerade von einem Admiralsbankett!«

Gottlieb lachte nervös. »Ich bin schon immer dick gewesen. Dafür kann ich doch nichts.«

»Dann sei nicht auch noch stolz darauf!« Hellwege versetzte seinem Kameraden einen Rippenstoß. »Sonst stehst du als nächster vor dem Erschießungskommando!« Mit ausgestrecktem Zeigefinger zielte er auf Gottlieb. »Päng! Wieder ein Schwein für den Kochtopf!«

Schwartz gähnte und rutschte auf seinem Sitz hin und her. »Trotz allem haben wir Glück, daß wir hier sind. Einige Kumpels aus meiner Kaserne in Wilhelmshaven sind zur Infanterie gekommen. Wie würde euch *das* schmecken, he?«

Gottlieb blinzelte. »Wirklich? Was taugt denn ein Seemann an der vordersten Front?«

Schwartz knallte seine Karten auf den Tisch. »Niemand taugt was an vorderster Front. Sie sagen, Flandern ist vollgepackt mit Leichen, eine Lage über der anderen. Und wofür? Für ein paar Meter Schlamm, den ohnehin niemand haben will!«

Schiller schnalzte tadelnd mit der Zunge. »Niemand haben will? Vergiß nicht den Generalstab! Der muß doch seine Planspielchen machen, während die Marine für ihn den Krieg gewinnt!«

»Glaubst du, daß wir gewinnen?« Hellwege senkte die Stimme. »Uns sagt doch keiner, was wirklich vorgeht.«

Schwartz lächelte höhnisch. »Vielleicht haben wir schon gewonnen und wissen es nur noch nicht.«

»Natürlich gewinnen wir!« Gottliebs rosiges Gesicht glühte vor Entrüstung. »Wir haben ja schon bewiesen, was wir können. Die Tommies sind doch längst kriegsmüde, die haben keine Ausdauer!«

»Aber du hast sie!« Schiller grinste. »Weil es bisher gut gelaufen ist, muß es noch lange nicht so weitergehen!«

Gottlieb richtete sich auf. »Du Defätist! Vergißt du, daß du ein Deutscher bist? Dein böses Maul wird noch mal dein Unglück sein!«

»Und wer soll oben melden, was ich in meiner eigenen Messe sage?« Schillers Stimme war von trügerischer Ruhe. »Du etwa? Wenn dem so ist« –, er brach ab und griff vielsagend nach seinem Messer, – »wirst du keine Zeit mehr haben, dafür das Eiserne Kreuz in Empfang zu nehmen. Ein hölzernes ist alles, was du dann kriegst!«

Ihr lautes Gelächter drang aus der halboffenen Tür nach draußen auf das windgepeitschte Deck.

Hahn, der sich oben an das glatte Rohr des Fünfzehnzentimetergeschützes lehnte, wandte den Kopf, um zu lauschen.

Narren! dachte er mürrisch. Lachen und spielen die braven Seeleute. Die werden sich bald wundern. Er summte eine traurige kleine Melodie vor sich hin und starrte hinaus auf die ruhelose See.

Röder, der persönliche Steward des Kommandanten, hantierte eifrig in der Seekabine gleich hinter der Brücke, um wenigstens einen Anschein von Ordnung aufrechtzuerhalten. Gelegentlich schielte er dabei zu Steiger hinüber, der hinter seinem Schreibtisch saß und nachdenklich eine Seekarte studierte, wobei er mit den Fingern leise gegen seine Kaffeetasse trommelte.

Besorgt blieb Röder noch einen Augenblick in der Tür stehen. Sein blondes Haar war so kurz geschnitten, daß er trotz seiner Jugend wie ein kahler alter Mann aussah, selbst die Schultern hielt er vorzeitig krumm. Er schien seine Zugehörigkeit zur Marine zu ignorieren und sich ganz auf die Rolle des perfekten Faktotums zu konzentrieren. »Ist das alles, Herr Kapitän?« Er warf einen vielsagenden Blick auf die Uhr am Schott. »Darf ich Sie daran erinnern, daß es schon wieder nach Mitternacht ist?«

Steiger blickte auf. »Benimm dich nicht wie mein altes Kindermädchen, Röder! Geh schlafen, wenn du willst, ich hab' noch zu arbeiten.« Er war an die pedantische Art seines Stewards gewöhnt und hatte insgeheim Freude daran, wie er sich über die Autorität seines Kommandanten hinwegsetzte. »Wie lange sind wir jetzt zusammen, fünf Jahre?«

»Fünf Jahre und zwei Monate. Es waren sehr glückliche Jahre, wenn ich das bemerken darf, Herr Kapitän. Bis zu dem vor kurzem eingetretenen schrecklichen Verlust.« Traurig schüttelte er den Kopf. »Vielleicht ist es ein Glück, daß Ihnen auf See keine Zeit für traurige Erinnerungen bleibt, Herr Kapitän.«

Steiger räusperte sich. »Danke, Röder. Geh jetzt schlafen und bring mir bei Hellwerden Kaffee ins Steuerhaus. Möglicherweise bekommen wir bald etwas in Sicht.«

Leise schloß sich die Tür hinter dem Steward, und erst jetzt fing von Steiger an, sich zu entspannen. Geistesabwesend blätterte er in seinem persönlichen Logbuch und wunderte sich: Sie waren bereits zwei Wochen auf See... Die Hälfte dieser Zeit hatten sie allerdings damit verbracht, an der norwegischen Küste entlangzuschleichen oder bei jenem fürchterlichen Sturm Island zu runden. Er nahm eine Zigarre und zündete sie methodisch an. Dehler ist der Meinung, daß ich diesen Umweg nicht hätte machen sollen, dachte er. Dehler ist überhaupt ein seltsamer Mensch: heftig und unbeherrscht, dazu so voller Haß wie ein gefangenes wildes Tier. Wenn er sich nicht zusammennimmt, wird er eines Tages die Beherrschung verlieren. Er lächelte bitter. Oder vielmehr, wenn *ich* mich nicht zusammennehme.

Ich müßte eigentlich gerührt sein über den blinden Glauben der Besatzung an mich, dachte er. Statt dessen ängstigt er mich. Jeden Augenblick können wir von einem feindlichen Kriegsschiff überrascht werden, und was dann? Wie werden die Männer reagieren? Vielleicht liegen die Granaten, die uns vernichten werden, schon in den Verschlußstücken der feindlichen Geschütze. Er runzelte die Stirn. Lächerlich! Ich bin nur müde und überanstrengt. Die Besatzung ist jetzt in besserer Verfassung als beim Auslaufen.

Wie es wohl meinem kleinen Rudolf geht? fragte er sich und versuchte, ihn im Geist vor sich zu sehen. Doch das fiel ihm zunehmend schwer. Er erinnerte sich, gehört zu haben, daß ein Mann nach dem Verlust seiner Frau allein von ihrem Bild in seinem Inneren leben könne. Das wollte er gerne glauben. Aber galt das auch für seinen Sohn? Vielleicht würde es ihm leichter fallen, wenn er etwas mehr Zeit für ihn gehabt hätte. In seinen kurzen Urlaubstagen war Rudolf stets stärker an seinen »Heldentaten« interessiert gewesen als am Vater selbst. Offenbar sah er nur das Bild vom Vater, das er sich in den langen Trennungszeiten aufgebaut hatte und das noch durch die Erzählungen der anderen glorifiziert worden war. Wie würde er die Nachricht von seinem Tod verkraften?

Das Sprachrohr neben ihm quietschte, und er hob ab.

»Der Ausguck im Mast meldet einen roten Schein am südwestlichen Horizont, Herr Kapitän!« Die Stimme von Oberleutnant Heuß klang förmlich. »Er hat etwas gehört, das wie eine Explosion klang, ziemlich weit entfernt, vielleicht zehn Meilen.«

Steiger nickte. »Wahrscheinlich ein Geleitzug, der von einem unserer U-Boote angegriffen wird.«

Die beiden Offiziere schwiegen, und von Steiger runzelte die Stirn. Seltsam: Hätte er diese Bemerkung einem der anderen Offiziere gegenüber gemacht, hätte sie Jubel oder zumindest Erregung hervorgerufen. Aber Heuß nahm sie ohne jeden Kommentar zur Kenntnis, so als kenne und akzeptiere er die Isolation des Kommandanten.

»Irgendwelche Befehle, Herr Kapitän?« Die Stimme klang müde.

»Ja. Steuern Sie zwei Strich südöstlicher und behalten Sie diesen Kurs bei, bis der rote Lichtschein außer Sicht ist. Wir wollen nicht mit dem Konvoi zusammenstoßen.« Er machte eine Pause. »Wie ist unsere augenblickliche Position?«

»Sechshundertfünfzig Meilen westlich von Fastnet, Herr Kapitän.« Die Antwort kam ohne jedes Zögern, und von Steiger lächelte. »Der Wind hat aufgefrischt, aber die Sicht ist noch immer durch Regen behindert.«

»Gut. Rufen Sie mich, falls Sie mich brauchen.«

Er zwang sich, wieder auf seiner Koje Platz zu nehmen; seine Augen schmerzten vor Müdigkeit, trotzdem blickte er hinüber zur Karte. Seltsam, daß sie die Dampferrouten gekreuzt hatten, ohne irgendeinem Schiff zu begegnen außer der *Cardiff Maid*. Eines Nachmittags hatten sie eine lange Rauchfahne gesichtet, die bewegungslos über dem westlichen Horizont hing: wahrscheinlich ein Geleitzug. Sie hatten daraufhin Kurs geändert und sich ferngehalten, so wie jetzt auch. Noch vor einem Jahr wären diese Schiffe möglicherweise allein gefahren, ohne Geleit. Das hatte sich inzwischen alles geändert.

Er sah einer Kakerlake zu, die an der Tür hinunterlief und in einer Ritze verschwand. Zwei Wochen waren sie jetzt auf See – und die Ausbeute? Ein Wachschiff von geringem Wert, ein Lazarettschiff und die *Cardiff Maid*. Aber all diese Menschenverluste, diese Materialvergeudung! Würde sich die Welt wohl jemals von all dem Schrecklichen erholen?

War es richtig gewesen, alle Minen auf einmal zu werfen? Es hieß, ein großes Minenfeld quer über die Schiffahrtslinien sei wirksamer als mehrere kleine, verstreute Felder. Gereizt stand er auf, knipste das Licht aus und öffnete die Stahlblende vor dem Bullauge. Dann lehnte er die Stirn gegen das kalte Glas und spürte, daß das Vibrieren der fernen Maschine sich wie ein pulsierender Blutstrom in seinen Kopf übertrug. Jede Umdrehung der Schraube brachte sie weiter nach Süden, jede Umdrehung bedeutete aber auch mehr Kohle. Die ganze Zeit hindurch, ob Tag oder Nacht, schaufelten die Heizer das kostbare Material in die Feuerungen. Ich muß so bald wie möglich ein Kohlenschiff kapern, dachte er. Wem sollte er das Kommando darauf übertragen, Heuß oder Köhler? Vielleicht würde es auch Dehlers Ehrgeiz befriedigen, wenigstens eine Weile das Kommando über ein Schiff zu haben und dabei seine Grenzen kennenzulernen.

Als er am Sprachrohr vorbeikam, quiekte es wieder.

»Der Ausguck meldet, daß der glühende Schein am Himmel schwächer wird, Herr Kapitän. Wandert jetzt achteraus.«

»Gut. Gehen Sie wieder auf Kurs, aber instruieren Sie die Ausgucksleute, daß sie besonders scharf auf patrouillierende Zerstörer achten. Kann sein, daß sie Nachzügler sammeln.«

Er warf sich auf seine Koje und starrte hinauf zu den feuchten Decksbalken. Es gab so vieles anzuordnen und zu überwachen; aber immer schien er zu zögern, als müsse er erst über seine eigene Schulter blicken.

Freda... Ich spüre, daß du mir nahe bist, aber weil du für mich unerreichbar bleibst, ist der Schmerz unerträglich: Wie lange kann ich das noch aushalten?

Leise trat Röder in die Kammer und blieb blinzelnd im Lampenlicht stehen. Mit einem Stirnrunzeln zog er eine Decke über den Kommandanten. Steigers Augen standen halb offen, als Röder das Licht ausknipste und still hinaustrat in den Gang, aber ihm war klar, daß der Kommandant ihn nicht bemerkt hatte.

Das Quartier der Unteroffiziere lag auf der Rückseite der Brückenaufbauten, ein wenig oberhalb des Bootsdecks. Ursprünglich hatten diese Räume als Passagierkabinen für Angestellte der Reederei gedient, jetzt waren sie ein behaglicher Zufluchtsort, isoliert vor dem lebhaften Gedränge sonst im Schiff.

In der eigentlichen Messe brannte nur eine große Petroleumlampe, die in ihrer kardanischen Aufhängung über dem Tisch hin und her schwang. Sie warf einen freundlichen gelben Lichtschein auf die beiden Männer, die bewegungslos vor einem Schachbrett saßen. Otto Lehr, der Steuermannsmaat und Gefechtsrudergänger, sog nachdenklich an einer langen Meerschaumpfeife und beobachtete das Gesicht seines Gegenübers. Bootsmaat Weiss, der Torpedomaat, streckte die Hand nach dem Läufer aus, merkte aber, wie der große Quartermeister sich straff aufrichtete. Sofort zog er die Hand zurück und schüttelte den Kopf.

»Nein, Otto, noch nicht!«

Eine blaue Rauchwolke quoll über den Silberrand der Pfeife, und Lehr kicherte in sich hinein. »Wir haben viel Zeit, mein Lieber; Monate, wenn nötig.«

Sie sprachen gedämpft, denn in den Mahagonikojen an der Wand lagen schlafende Gestalten unter ihren Decken. Es war fast Mitternacht, und in der kleinen Messe hier oben, geschützt vor Wind und Wetter, war es äußerst behaglich.

Über dem Ofen hing ein verblichenes Bild des Kaisers, und an der einen Seite des Raumes stand ein glänzendes Gestell mit Pistolen und Bajonetten. Davor saßen zwei weitere Gestalten, Bootsmaat Brandt und Signalmaat Heiser.

Dieser sah verblüfft zu, wie Brandt aufstand, eine Pistole einsteckte und dann die Uniform wieder glattzog.

»Wo willst du denn jetzt noch hin? Warum legst du dich nicht lieber schlafen?«

Brandt grinste. Er war ein harter, muskulöser Mann, der den Eindruck ständiger Energie und Wachsamkeit machte. »Ich muß meine Wache mustern. Eucken ist zu weich. Der Narr glaubt, sich bei den Leuten lieb Kind machen zu müssen.« Er warf einen Blick in den Spiegel und setzte seine Mütze genau im vorgeschriebenen Winkel auf.

»Du bildest dir wohl ein, daß du allein für Ordnung an Bord zu sorgen hast?«

»Ich möchte dich nur an eins erinnern, Heiser.« Brandts fahles, gelbliches Gesicht stand dicht vor dem des Signalmaats. »Wir sind das Rückgrat dieses Schiffs. Ohne uns ist die Marine aufgeschmissen. Und beim Heer ist es genauso.«

»Du machst dir zu viele Gedanken.«

Ein unrasiertes rotes Gesicht hob sich über den Rand der nächstgelegenen Koje; Elmke, von dem es hieß, daß er unter allen Bedingungen schlafen könne, starrte böse auf sie herunter. »Entweder du hältst jetzt deine Klappe, Brandt, oder du machst, daß du rauskommst!«

Brandt sagte: »Ich gehe. Schlaf schön weiter.« Ironisch nahm er stramme Haltung an und sagte zu Lehr, dem Messeältesten: »Bitte um Erlaubnis, die Messe verlassen zu dürfen, Steuermannsmaat! Ich muß meine Wache mustern.«

Lehr nahm seine lange Pfeife aus dem Mund und nickte. »Mach weiter.«

Nachdem Brandt die Messe verlassen hatte, zog Heiser den schwarzen Verdunkelungsvorhang wieder zurecht und trat an den Tisch. »Was ist eigentlich los mit Brandt? Er spielt sich auf, als wären wir auf dem Flaggschiff des Admirals.«

Weiss zog seinen Läufer und lehnte sich dann hoffnungsvoll zurück. »Brandt tut seine Pflicht, so wie er sie sieht.«

Heiser grunzte. »Aber ich würde mich hier wohler fühlen ohne ihn!«

Georg Niklas, der L. I., stand auf den Maschinengrätings und stützte sich auf das Geländer des Laufstegs, der um sein ölglänzendes Reich herumführte wie eine Kommandobrücke. Hier, in der Welt der donnernden Maschinen und des Feuers, hatte man die Zwischenwände beseitigen müssen, um genügend Platz für die vielen Ventile und Meßgeräte sowie für die riesigen Kolben zu schaffen, aus denen ständig Dampf zischte. Niklas wurde niemals müde, oben auf seinem Leitstand über all seinen Maschinen zu stehen. Schattenhafte Gestalten in Overalls bewegten sich wie Spinnen zwischen dem Gewirr aus Stahl und Messing, lauschend, überprüfend, ölend. Das Herz des Schiffes stand niemals still, durfte aber auch niemals unbeobachtet bleiben.

Anton Schumann, Niklas' Stellvertreter, schritt breitbeinig über den vibrierenden Laufsteg heran, wischte sich die öligen Hände sorgfältig an einem Klumpen Putzwolle ab und begrüßte Niklas mit einem fröhlichen Grinsen.

»Diese verdammten Heizer werden doch noch ganz gut!«

Er rief so laut er konnte, um sich bei dem Lärm verständlich zu machen, aber Niklas beobachtete automatisch seine Lippen. »Freut mich. Daß die Kohlenbunker dicht beim Kessel liegen, das sind sie gewohnt. Sie brauchen die Kohle jetzt nicht mehr von weither aus den Laderäumen zu holen.«

Schumann sah sich um. »Wie sieht's oben aus?«

»Nicht schlecht«, antwortete Niklas vage. »Es regnet noch immer und ist ziemlich kalt. Typisches Atlantikwetter. Könnte aber schlimmer sein.«

Trübe blickte er in Schumanns jugendliches Gesicht. So war ich früher auch mal, dachte er, eifrig und voller Hoffnung. Aber es genügt nicht zu wissen, daß das gesamte Schiff von einem abhängig ist. Irgendwann braucht man auch mal Anerkennung. Unwillkürlich lauschte er dem gleichmäßigen Schlagen der fernen Schraube.

Wieder mal typisch, daß sie ein Schiff wie dieses für eine derartige Aufgabe ausgewählt haben. Zwei Schrauben wären doch auf jeden Fall besser gewesen. Angenommen, es passierte etwas mit ihrer einzigen Welle. Ob sich Schumann darüber im klaren war, welche Gefahr ihnen dann drohte? Resigniert hakte Niklas die Ziffernreihe auf seinem langen Merkzettel ab. Der Kohlenverbrauch war geringer, trotzdem eilte es mit dem nächsten Bunkern. Aber der Kommandant hatte zweifellos mehrere Eisen im Feuer. Er würde es ihm schon mitteilen, wenn es soweit war.

Niklas schlug Schumann leicht auf den Arm und kletterte dann schwerfällig die lange Leiter hinauf. Dabei fragte er sich, in der heißen, ölgeschwängerten Luft keuchend, ob ihnen wohl genügend Zeit blieb, nach einem Torpedotreffer oder dem Einschlag einer schweren Granate im Kesselraum nach oben zu entkommen. Wenn nicht, war es dann ein rascher Tod? Niemand wußte das mit Bestimmtheit. Er öffnete die Luke und hielt den Atem an, als der eisige, messerscharfe Wind seinen verschwitzten Körper peitschte. Einen Augenblick blieb er an der Leereling stehen und starrte hinaus auf die schaumgekrönten Wogen. Ich weiß, warum ich den Maschinenraum gewählt habe, dachte er. Weil ich die See hasse. Ich habe Angst vor ihr. Und doch bringe ich es nicht fertig, sie zu verlassen.

TEIL ZWEI

»... Der Krieg verlangt von uns, daß wir uns früher oder später die Hände beschmutzen.«

6

Der britische Sechstausend-Tonnen-Frachter S. S. *Jolanthe*, unterwegs von New York nach Liverpool, schüttelte sich erneut und bohrte sich noch tiefer in die ölige Atlantikdünung. Der Nebel, der alles einhüllte bis auf einen schmalen Wasserstreifen rund um das Schiff, war bitterkalt, und die Bordwand triefte vor Nässe. Stellenweise war sie mit einer dünnen Eisschicht bedeckt.

Da die Maschinen gestoppt hatten, lag der Frachter quer zur See und wies schwere Schlagseite auf. Sein tiefliegender Bug überragte das gierige Wasser um kaum einen Meter. Bei dem dichten Nebel, der sie einschloß, war das allgemeine Schweigen noch bedrückender. Nur wenn die unter Deck arbeitenden Seeleute ihre schweren Holzbalken gegen das nach innen gewölbte Schott rammten, ließ der unerwartete Lärm die wenigen Menschen, die verzweifelt bei den Rettungsbooten kauerten, entsetzt zusammenfahren.

Der Frachter hatte zu einem aus dreißig Schiffen bestehenden, für England bestimmten Konvoi gehört. Eine Woche lang hatten sie sich in einem der schwersten Stürme seit Jahren geduldig über den Atlantik gewälzt. Die schwergeprüften Kapitäne hatten sich verzweifelt bemüht, Kurs und Geschwindigkeit beizubehalten, während ständig gewaltige Seen wie Lawinen auf die Decks und Aufbauten ihrer überladenen Schiffe donnerten. Dazu kam das ewige Heulen des Sturmes. In den dunklen Nächten waren die abgeblendeten Frachter nur schwer zu erkennen und auch die auf beiden Seiten des immer wieder auseinanderstrebenden Konvois kreuzenden Zerstörer kaum auszumachen. Ständig versuchten sie teils mit Drohungen, teils mit Bitten, den Geleitzug zusammenzuhalten. Dabei mußten sie selbst aufpassen, daß sie bei der schweren See nicht unterschnitten oder kenterten. Während einer kurzen Flaute, als die im Seegang schwer arbeitenden Schiffe sich neu formierten, schlugen die U-Boote zu, die sie schon die ganze

Zeit beschattet hatten. Zwei Frachtschiffe flogen torpediert in die Luft, bevor jemand wußte, wie ihnen geschah.

Jolanthe war in der Mitte der Backbordreihe gefahren und hatte einen Torpedotreffer am Bug erhalten, als der Kommodore gerade das Signal zum Zerstreuen gab. Ihr Kapitän hatte hilflos zusehen müssen, wie die anderen Schiffe an ihm vorbeizogen. Nur eins der Geleitfahrzeuge blieb zunächst noch schützend bei ihm. Seine Morselampe schimmerte schwach durch den heftigen Regen.

»Verlassen Sie das Schiff! Ich nehme Besatzung und Passagiere auf!«

Der Kapitän las den langsam gegebenen Morsespruch und biß sich auf die Lippen. Das Schiff verlassen? War der Kerl nicht ganz dicht? Mit etwas Glück würde das Schott halten, und wenn sie es ordentlich abstützten, konnten sie den Hafen erreichen. Er dachte an die Tausende gefrorener Rinderhälften in seinen Kühlräumen und den dringenden Bedarf an Fleisch in England. Natürlich dachte er auch an sein Schiff. Es war alt, aber stabil. Das Problem mußte zu lösen sein.

Sein Erster Offizier, ein junger Schotte, kam auf die Brücke gelaufen. »Wir haben abgestützt, Herr Kapitän. Was machen wir jetzt?«

»Geben Sie an den Zerstörer, daß wir an Bord bleiben! Der Schaden ist nicht so schlimm, wir können den Wassereinbruch unter Kontrolle bekommen.«

Er sah zu, wie der Morsespruch abgegeben wurde. Damit hatte er sich jetzt festgelegt. Hatte über das Schiff, die Besatzung und die vier Passagiere entschieden.

Der Zerstörer umkreiste sie vorsichtig wie ein Fuchs, der eine drohende Gefahr zu wittern versucht. »Leider kann ich nicht bei Ihnen bleiben. Muß zum Konvoi zurück. Werde morgen versuchen, zurückzukehren und Sie in den Hafen zu geleiten. Viel Glück und alles Gute!«

Der alte Kapitän grunzte und beobachtete den höher werdenden Schaum unter dem Heck des Zerstörers. Binnen fünf Minuten war er in einer Regenbö verschwunden. Was blieb, war das Prasseln des Regens.

Er wandte sich wieder seinem Ersten zu. »Lassen Sie das Geschütz besetzen, wir bekommen möglicherweise sehr rasch Gesellschaft. Lassen Sie die Boote ausschwingen und bis in Deckshöhe abfieren. Der Zweite Offizier soll die Wasservorräte überprüfen und sicherstellen, daß die Passagiere zu finden sind, wenn wir ausbooten müssen!« Als der Mann eilends von der Brücke verschwand, fügte er noch hinzu: »Ich hab' ja immer gesagt, diese verdammten Konvois taugen nichts! Jeder für sich, Gott für uns alle!«

Jetzt, drei Stunden später, lag das Schiff schwer arbeitend in der hohen Dünung. Es schien den vier Passagieren, die zitternd vor Kälte beim zweiten Rettungsboot warteten, als sei schon eine Ewigkeit vergangen.

Der Zweite kletterte vom Boot herunter und schlug die rotgefrorenen Hände aneinander. Er musterte die vier unglückseligen Gestalten in ihren sperrigen Schwimmwesten und fragte sich, was sie wohl von der Lage hielten.

Caryl Brett schaute hinüber zu ihrem Ehemann und erschauerte. Sie hatte bereits in der Koje gelegen, als der Torpedo traf. Einige Augenblicke war sie wie gelähmt liegengeblieben. Jetzt zog sie den Pelzmantel enger um sich und spürte die beißende Luft an ihren nackten Beinen, die durch ihr langes Nachthemd nur notdürftig geschützt wurden. Das dichte kastanienbraune Haar klebte feucht an ihrem blassen Gesicht, und sie fragte sich, was Arthur wohl von ihr dachte. Es sah ihm ähnlich, daß er ganz angekleidet war und sich völlig unter Kontrolle hatte. Über dem Anzug trug er einen dicken Kamelhaarmantel, in der behandschuhten Hand hielt er seine schweinslederne Aktentasche. Nur sein gutgeschnittenes Gesicht, das so oft launisch und überheblich sein konnte, wirkte jetzt nervös und reizbar. Starr vor Kälte beobachtete sie ihn und spürte, wie ihre Zähne klapperten. Konnten sie wirklich jeden Augenblick aufgefordert werden, in dieses schäbige Rettungsboot zu steigen und darin auf die wütende See hinuntergelassen werden? Sie trat einen Schritt näher an die Reling heran. Worauf warteten sie noch? Warum sagte niemand etwas?

Arthur Brett wandte sich an den jungen Offizier. »Was zum Teufel machen wir jetzt?«

»Abwarten und sehen, ob wir den Schaden reparieren können.« Der Offizier starrte an ihm vorbei auf die entzückende Gestalt im feuchten Pelzmantel. Wenn ich eine so schöne Frau hätte, würde ich eher an *ihre* Sicherheit denken als an diese verdammte Aktentasche, dachte er böse.

Vom Achterdeck erklang ein dumpfes metallisches Knallen. »Das ist das Geschütz, Sir. Sie halten Ausschau nach U-Booten.« Seine Worte wirkten nicht sehr überzeugend.

Brett wischte sich eine Strähne aus dem Gesicht und stöhnte: »Mein

Gott, Caryl! Der Konvoi ist abgehauen und hat uns hier alleingelassen! Das nennt sich Ritterlichkeit auf See!«

Simon Gelb, ein Geschäftsmann aus dem Londoner Eastend, schnalzte bedauernd mit der Zunge und steckte die Hände noch tiefer in die Taschen. »Warum mußte ich auch dieses verdammte Schiff nehmen? Bei diesem Tempo komme ich ja niemals nach Hause!« Niemand antwortete ihm.

Caryl Brett fragte sich, ob ihr Mann wohl getrunken hatte. Sein Gesicht glühte, seine Augen funkelten wild. Ausgerechnet er und Ritterlichkeit! Er predigte zwar Liebe zu seinen Mitmenschen, hatte sich aber geweigert, für sein Vaterland zu kämpfen. Sie fragte sich, wann sie angefangen hatte, ihn zu verachten. Vielleicht, als er das Angebot aus New York angenommen hatte, für die Anglo-American Educational Cooperation Vorlesungen zu halten. Eine seltsame Art, Krieg zu führen, hatte sie damals gedacht. Da er sich weigerte, Uniform zu tragen, bekam er einen höheren und besser bezahlten Posten als unter normalen Umständen. Sie starrte den jungen Zweiten und die schattenhaften Gestalten der Seeleute an, die an den Taljen des Rettungsbootes warteten. Was erhielten sie für ihre Tapferkeit?

Mather, der vierte Passagier, berührte leicht ihren Arm. »Warum gehen Sie nicht in Ihre Kabine, Mrs. Brett? Ich bin sicher, daß Sie noch Zeit haben, sich anzuziehen.«

Er war ein kleiner, blasser Mann, der wenig sprach, aber schon beim ersten Zusammentreffen ihre Bewunderung erregt hatte, als er erzählte: »Ich will zurück nach Europa, um zur Armee zu gehen. Ich kann doch nicht ruhig in der amerikanischen Filiale meiner Firma arbeiten, während alle Männer aus meiner Heimatstadt in Frankreich kämpfen und fallen.« Dabei war er fast fünfzig und konnte der kämpfenden Truppe vermutlich wenig nützen.

»Sie haben recht, ich bin kaum richtig angezogen für das, was uns möglicherweise bevorsteht.«

Der Zweite Offizier runzelte die Stirn. »Ich fürchte, Sie können nicht mehr hinunter, Mrs. Brett. Ich gehe in Ihre Kabine und hole Ihnen ein paar warme Sachen.«

»Aber Sie erwarten doch hoffentlich nicht von mir, daß ich mich hier oben an Deck umziehe?« Sie lächelte über seine Verwirrung.

Ihr Mann trat näher. »Mußt du dich unbedingt wie eine Schlampe aufführen, Caryl? Manchmal frage ich mich, ob das wirklich alles ist, woran du denkst!«

Sie fühlte, wie ihre Augen feucht wurden. »Wenn du dich wenigstens manchmal für mich interessieren würdest...«

Ungeduldig hob er die Schultern. »Ach, fang nicht schon wieder damit an! Drei Jahre sind wir jetzt verheiratet, und seitdem muß ich mir das anhören!«

Sie fuhr sich mit den Fingern durch das nasse Haar und wandte ihm abrupt den Rücken. Ihre Freunde hatten sie vor ihm gewarnt, aber solange sie seine Sekretärin war, hatte sie seine Hingabe an die Arbeit, seine Festigkeit und Entschlossenheit bewundert. Später hatte sie dann erkannt, daß er zu sehr mit sich selbst beschäftigt war, um viel mit ihr zu sprechen. Aber trotzdem machte er den Eindruck, als brauche er ihre Nähe. Sie war nur ein weiterer Besitz für ihn, dachte sie bitter. »Was hältst du jetzt vom Krieg, Arthur?« fragte sie. »Ist er so, wie du ihn dir vorgestellt hast?«

»Er ist noch blödsinniger, als ich glaubte. Ich hoffe nur, daß uns bald ein anderes Schiff übernehmen wird. Schließlich muß ich zu dieser wichtigen Konferenz in London, und dann ist da noch die Vorlesungsreihe in Cambridge. Ich hätte wirklich ein schnelleres Schiff nehmen sollen.«

Sie seufzte. Es war zwecklos. Wenn er doch nur einmal Interesse für sie zeigen würde! Nicht nur immer diese lächerliche Wichtigtuerei.

Plötzlich hörten sie ein Rumpeln unter ihren Füßen, und der am nächsten stehende Seemann blickte auf. »Donnerwetter! Die alte Maschine läuft wieder!« Ganz langsam gewann das Schiff an Fahrt, und der Kapitän auf der Brücke atmete erleichtert auf. Im vorderen Laderaum mühten sich die Seeleute weiterhin ab, schlugen Keile unter die massiven Balken und beobachteten das tropfende Schott mit einem Gemisch aus Sorge und Stolz.

In diesem Augenblick begann sich der Nebel zu lichten. Langsam und träge gab er das Schiff frei, und eine schwache, wässrige Sonne warf ihre Strahlen über das zinngraue Wasser. Ungläubig starrte der Kapitän das U-Boot an, das wie ein sich an der Oberfläche sonnender Hai unmittelbar vor ihnen lang. Es war lang, grau und sah ausgesprochen böse aus, als habe es nur auf ihn und sein Schiff gewartet.

»Hart Backbord! Volle Fahrt voraus!« Er riß das Glas vor die Augen und beobachtete das Deck des Unterseebootes. Schon sah er einige Gestalten nach vorn zum Geschütz eilen.

»Aber das Schott, Captain! Volle Fahrt hält es nicht aus!« rief der Erste betroffen.

»Wir müssen drehen, um unser Heckgeschütz zum Tragen zu bringen. Das ist unsere einzige Chance!«

Er kniff die Augen zusammen und beobachtete, wie sein Schiff herumschwang. »Sehen Sie dort drüben, Backbord querab: eine kleine Rauchwolke. Lassen Sie SOS geben. ›Werde von aufgetauchtem U-Boot angegriffen.‹ Fügen Sie unsere Position hinzu und senden Sie es unverschlüsselt. Laufen Sie, Mann!«

Seine Worte wurden übertönt vom Krachen des U-Boot-Geschützes. Die Granate heulte über ihre Köpfe und verschwand zischend in der See. Als Antwort bellte die Kanone des Frachters, und eine hohe Wassersäule stieg dicht neben dem U-Boot auf. »Ein guter Schuß!« Ungeduldig hämmerte der Kapitän auf die Reling. »Los, Jungs! Gebt's dem Schweinehund!«

Die plötzliche Vergeltungsaktion der *Jolante* hatte das U-Boot überrascht. Es ging mit der Fahrt herunter und sackte achteraus. Aber noch immer heulten seine Granaten über ihre Köpfe hinweg. Eine davon traf die Brücke und detonierte mit einem blendenden Blitz. Der alte Kapitän und sein Erster Offizier wurden in Stücke gerissen, glühende Metallsplitter setzten das lackierte Holz des Steuerhauses in Brand, und das Schiff geriet außer Kontrolle. Wie um sein Schicksal endgültig zu besiegeln, brach das mühsam abgestützte Schott. Gurgelnd schoß die See durch das Leck in den Laderaum.

Die Leute auf dem Bootsdeck spürten, wie das Schiff sich weiter überlegte, und sahen erschrocken, daß die Boote in ihren Davits freischwangen und jetzt entsetzlich weit entfernt waren. Der Zweite Offizier rutschte schwerfällig über die schlüpfrigen Decksplanken, einen Koffer in der Hand, und rief: »Fier weg! Alle Mann von Bord!«

Er packte die junge Frau am Arm und schob sie zur Reling. Das plötzlich gealterte Gesicht dicht an ihrem, sagte er eindringlich: »Hören Sie zu: Sie müssen jetzt springen! Wenn Sie im Wasser sind, schwimmen Sie so schnell wie möglich vom Schiff weg, sonst werden Sie mit hinuntergerissen.« Er warf den Koffer ins Rettungsboot und sah zu, wie es zu Wasser gelassen wurde. Dann kappte er mit der Axt die Bootstaljen. »Los, Leute, über Bord mit euch! Seht zu, daß ihr das Boot rasch wegpullt!«

Das Schiff holte noch stärker über, der Neigungswinkel wurde immer bedrohlicher. Von der brennenden Brücke kam ein Knattern und Jaulen, offenbar hatten sich alle Notsignalraketen zugleich entzündet; sie gaben dem Todeskampf des Frachters eine makabre Note.

Caryl Brett faltete die Hände über ihrer vorstehenden Schwimmweste und blieb starr vor Angst an der Reling stehen. Die ganze Welt war offensichtlich verrückt geworden. Seeleute rannten wie wild zu den Booten, und über dem Krachen und Orgeln der Granaten ließ die wahrscheinlich angeschossene Schiffssirene ihr wehklagendes Geheul ertönen.

Sie suchte nach Arthur und konnte ihn nicht finden. Verzweifelt starrte sie hinunter auf die im Wasser tanzenden Köpfe und sah ihn mit kräftigen Stößen auf eins der wenigen Rettungsboote zuschwimmen. Die meisten waren beim Zuwasserlassen gekentert und trieben jetzt kieloben zwischen den Schwimmern. Plötzlich wurde sie ganz ruhig. Sie würde hier auf dem Schiff bleiben und mit ihm untergehen. Es gab keine andere Möglichkeit mehr. In diesem Augenblick ergriff eine Hand ihren Arm, und der kleine Mr. Mather blickte zu ihr auf. »Kommen Sie, Mrs. Brett. Wir springen zusammen!«

Ehe sie es sich versah, stand sie auf der Reling, und im nächsten Augenblick begann sie zu fallen. Sie fiel... fiel... in die Dunkelheit, dann erstickte sie fast unter dem gewaltigen Druck des Salzwassers. Das war es also, was man von ihr erwartet hatte. Arthur schwamm seelenruhig zum Rettungsboot und ließ sie zurück... ließ sie zurück... ließ sie zurück. Da gab sie den Kampf auf und hing bewegungslos in ihrer Schwimmweste.

Caryl spürte einen schrecklichen Schmerz im Rücken und das rohe Zupacken vieler Hände an ihrem zerschundenen Körper. Eine Stimme sagte: »Ich glaube, jetzt atmet sie. Das meiste Wasser habe ich aus ihr herausgequetscht.« Sie starrte den nassen Boden des Rettungsbootes an: ein Gewirr von Füßen und Riemen, von Wasser und Erbrochenem. Sie war gerettet. Sie versuchte zu sprechen, aber die unbekannten Hände fuhren fort, sie zu kneten und ihren Magen hart gegen die hölzerne Ducht zu pressen. Dann tauchte Mathers tropfendes Gesicht neben dem ihren auf, und jemand wischte ihr das Haar aus Mund und Augen.

»Hier, trinken Sie das!«

Etwas brannte ihr auf der Zunge. Gin, Whisky, Brandy? Sie versuchte, sich zu konzentrieren, aber es war zwecklos.

Eine Stimme rief: »O Gott! Sie ist weg! Arme alte *Jolante*!«

Ein anderer sagte: »Den Kapitän hat's auch erwischt!«

Caryl Brett versuchte, ihre Lage zu erfassen. Ein Mann stützte ihren

Körper von hinten, sie spürte seine grobe Hand an ihrer Hüfte. Ich muß noch immer von der Taille abwärts nackt sein, dachte sie. Warum schäme ich mich nicht? Und was ist das für ein neuer Ton? Ein hartes Rasseln in der Ferne, dann immer näher. Wie ein Rasenmäher im Sommer. Hierhin und dorthin fuhr es, weit weg, dann wieder näher. Was konnte das sein?

Sie spürte, wie die Hand an ihrem Körper sich in eine verzweifelte Klaue verwandelte und etwas Warmes über ihre Beine lief. Sie preßte die Hände auf die Ohren, um die Schreie und Flüche zu ersticken, die plötzlich das Boot erfüllten. Sie versuchte, sich zu bewegen, aber ein schwerer Körper fiel über sie und nagelte sie auf der Ducht fest. Mit gnadenloser Exaktheit manövrierte das U-Boot zwischen den treibenden Rettungsbooten, die seine Maschinengewehre beharkten, während die Schützen sorgfältig nach einem Zeichen von Leben ausspähten, das sich eventuell noch unter den Leichen bewegte.

Der schmale Rauchstreifen am Horizont wurde größer, und bald danach tauchte ein Schiff aus dem wässerigen Dunst. Das U-Boot drehte ab und tauchte. Es mußte wieder Anschluß an den Konvoi suchen.

Eine plötzliche Regenbö brauste über die See dahin, so daß die Wrackteile und zertrümmerten Rettungsboote wie Spielzeug auf dem Wasser tanzten.

Caryl Brett zog sich langsam unter dem Toten hervor und kroch zum Bug. Mit entsetzt aufgerissenen Augen starrte sie ins Boot. Die Männer lagen in gräßlichen Verrenkungen da, Tote und Sterbende durcheinander. Ein Seemann hing rücklings über dem Dollbord, seine leeren Augen starrten gen Himmel. Die Maschinengewehrgarbe hatte ihn aufgeschlitzt, so daß seine Eingeweide als graue Masse in seinem Schoß lagen. Der Zweite Offizier saß an der Pinne, seine leblose Hand wies noch immer in die Richtung, in der das feindliche U-Boot getaucht war.

Eine Gestalt regte sich in dem Leichenhaufen, und Simon Gelb erhob sich wie ein großer, zottiger Hund. Als er Caryl entdeckte, begann er, zu ihr zu kriechen. Kurz vor ihr hielt er an und starrte hinunter, die feisten Wangen tränennaß. »Armer Kerl! Nun hat er den Krieg doch noch kennengelernt!« Mather lag zusammengekrümmt auf einer Ducht; er war von Kugeln zerfetzt worden, als er versucht hatte, die halb ertrunkene junge Frau mit seinem Körper zu schützen.

Gelb erreichte Caryl und preßte sie wie ein Bär an seine Brust.

»Weinen Sie nicht, mein Kind. Sehen Sie, dort kommt ein Schiff! Bald sind wir in Sicherheit.«

Sie drehte mühsam den Kopf und starrte hinüber. Von dem kleinen Boot aus wirkte das Schiff ungeheuer groß. Es hielt genau auf sie zu, sein scharfer Vordersteven schleuderte mit geradezu verächtlicher Leichtigkeit den weißen Schaum nach beiden Seiten. Wenn es sich doch nur beeilen würde! Ich kann nicht mehr... Sie erbrach sich. Das gräßliche rote Blut im Boot hob sich so grell von der grauen See ab. Und die starren Augen und klaffenden Wunden der Toten konnte sie kaum noch ertragen. Starr beobachtete sie, wie das große schwarze Schiff mit der Fahrt herunterging und ein Boot über seine hohe Bordwand zu Wasser gelassen wurde. Sicherheit! Über allem ragte die genietete Bordwand auf, die stolz die norwegische Flagge trug. Auch den Namen konnte sie jetzt ausmachen: *Stella Polaris*.

Sie zwang sich, noch einmal das Rettungsboot und seine verstümmelte Besatzung anzusehen. Bevor ihr die Sinne schwanden, verspürte sie einen seltsamen Unwillen, diese Toten zu verlassen.

Simon Gelb sackte gegen das Dollbord des Bootes, als die junge Frau in seinen Armen bewußtlos zusammensank. Ich bin völlig außer Form, dachte er. Erst fünfundvierzig, aber meine Arme werden von dem geringen Gewicht dieses zierlichen Mädchens fast aus den Schultern gerissen. Er blickte über den Kopf der jungen Frau hinweg auf das sich rasch nähernde norwegische Rettungsboot und betrachtete es nachdenklich. Er hatte einen großen Teil seines Lebens auf See zugebracht, zwischen Europa und den Vereinigten Staaten für seine Firma hin und her reisend. Um die Langeweile an Bord zu vertreiben, hatte er sich angewöhnt, alles um ihn her zu beobachten. Diese Bootsgasten hier, zum Beispiel. Sie pullten ganz und gar nicht so lasch, wie man es von Handelsmatrosen in einem Ruderboot erwartet hätte. Auch schien ihr Bootssteurer viel zu korrekt gekleidet für einen einfachen Handelsschiffsoffizier. Sehr seltsam. Gelb fragte sich, ob er und die junge Frau die einzigen Überlebenden seien. War ihr hochherziger Gatte ebenfalls umgekommen? Die junge Frau war sehr schön. Unsinnig, daß sie es an der Seite eines so aufgeblasenen Narren wie Arthur Brett aushielt. Er stöhnte, als sich das scharfe Dollbord in sein Hinterteil grub. Was für ein Leben! Da merkte er, daß sie die Augen geöffnet hatte und zu ihm aufstarrte, ohne ihn zu erkennen. Vorsichtig ließ er sie auf die Ducht herunter, hielt aber die Arme trotzdem um sie geschlungen. Er würde nicht zulassen, daß sie noch einmal den entsetzlichen Inhalt des Bootes sah. »Sei still, mein Kind. Das Boot wird gleich hier sein.«

Man hörte einen scharfen Kommandoruf, die Riemen erstarrten im selben Moment. Das saubere weiße Boot schor längsseits, und ein Bootshaken schlug in ihr tieferliegendes Dollbord.

Gelb schluckte heftig, die Frage blieb ihm in der Kehle stecken. Jetzt erkannte er die Uniformen, die Seeleute, auf deren blauen Mützen in Gold zu lesen war: SMS *Vulkan*. Was war das für ein Schiff?

Der schmucke junge Offizier rief zu ihm herüber: »Können Sie allein in unser Boot klettern?«

Gelb blickte ihn unsicher an. »Ich habe eine junge Frau hier, sie ist halb bewußtlos.«

Gelb sprach absichtlich englisch, obwohl sein Deutsch wohl besser war als das einiger Seeleute in dem jetzt neben ihm dümpelnden Boot. Sie rissen die Augen auf und starrten entsetzt an ihm vorbei auf die zerfetzten Körper: wie Jagdhunde, die zum ersten Mal im Leben Blut riechen, dachte er.

Der Offizier erteilte weitere Befehle. »Gottlieb, holen Sie das Mädchen an Bord, aber vorsichtig! Schoningen, da bewegt sich noch jemand im Heck. Sehen Sie sofort nach. Mir scheint, seine Beine sind weggeschossen!«

Gelb sah, wie der abgeteilte Seemann ein Gewehr holte und hinüberkletterte zu dem blutigen Körper im Heck ihres eigenen Bootes. Nach kurzem Zögern preßte er die Mündung gegen den Schädel des Mannes. Man hörte ein ersticktes Knallen, dann stieg der Mann mit blutverschmierten Stiefeln wieder nach vorn. Er fand Caryls Koffer und warf ihn Gelb zu. Mit dem Gewehr zeigte er hinüber in das andere Boot: »Get in! Understand?«

Gelb nickte und kletterte hinter Caryl her, die fast mit Ehrfurcht von einem zum anderen weitergereicht wurde, bis sie neben dem jungen Offizier lag.

Mit bebender Stimme sprach Gelb den Offizier an. »Warum haben Sie diesen Mann erschießen lassen? Wer sind Sie?«

»Wir haben keinen Arzt an Bord und würden nur seinen Todeskampf verlängern.« Er verzog das Gesicht, als ein dünner, langgezogener Schrei und mehrere Schüsse übers Wasser hallten. »Ich bin Offizier der Kaiserlichen Marine. Sie werden jetzt an Bord der *Vulkan* gebracht, wo man Sie betreuen wird.«

Noch immer zitternd vor Kälte, setzte Gelb sich neben die junge Frau. Fünf Augenpaare musterten ihn, als die Männer wieder zum Schiff zurückpullten. Der Seemann namens Schoningen saß vorn im Bug, das Gewehr schußbereit. Noch zweimal feuerte er ins Wasser, und einmal sah Gelb eine blutige Hand aus der See ragen wie eine entsetzliche Anklage.

Ein deutsches Schiff! Das verstand er nicht. Vielleicht war es ein Blockadebrecher; aber nein, diese Leute waren Kriegsschiffsmatrosen. Ein Hilfskreuzer also? Aber er hatte gehört, daß es schon seit Jahren keine derartigen Handelsstörer mehr gab.

Caryl Brett schmiegte sich an ihn, ihre leblosen Lippen formulierten die Frage mit Schwierigkeiten. »Was sind das für Leute?«

Leise erwiderte Gelb: »Es sind Deutsche. Ich fürchte, wir sind jetzt Kriegsgefangene.« Er hatte ruhig gesprochen, aber auf Caryl wirkten seine Worte geradezu elektrisierend.

Mühsam arbeitete sie sich hoch, bis sie mit lodernden Augen aufrecht stand. »Deutsche? Sagten Sie Deutsche?« Ihre Stimme wurde zu einem Schrei. »Die muß ich mir genauer ansehen!« Sie schwankte auf den Leutnant zu, der sie beunruhigt anstarrte. »Ich möchte nur feststellen, wie solche Helden aussehen!« fuhr sie ihn an.

»Bitte, Miss! Es war nicht unser Schiff, das dies angerichtet hat.« Er hielt ihr die Hand hin, um sie zu stützen, aber sie sprang beiseite.

»Rühren Sie mich nicht an, Sie entsetzliche Kreatur! Wie können Sie es ertragen, ein Deutscher zu sein? Antworten Sie!«

Peinlich berührt blickte der Offizier Gelb an. »Ich mache Sie für die Dame verantwortlich, bis wir an Bord sind. Halten Sie sie bitte unter Kontrolle.«

Caryl Brett ließ sich fallen und begann, haltlos zu schluchzen. Der Offizier zog seinen dicken Wachmantel aus und reichte ihn Gelb. »Bitte legen Sie ihr den über.«

Gelb nickte und breitete den Mantel über Caryls bebende Schultern. In seinen Augen glimmte ein Hoffnungsschimmer auf. Vielleicht war doch noch nicht alles verloren, wenn sie möglichst wenig sprachen und einen kühlen Kopf behielten.

Eine metallisch klingende Stimme schien vom Himmel zu ihnen herunterzudringen. »Bringen Sie das Boot längsseits, Beeilung!«

Der Offizier starrte hinauf zu der hohen Brücke. »Jawohl, Herr Kapitän!« Seine Stimme klang brüchig. Jung und unerfahren. Vorsichtig fragte er: »Ist Ihr Schiff ein Hilfskreuzer?«

Der Offizier betrachtete ihn wachsam. »Ja. Aber jetzt Ruhe!«

Sie näherten sich dem schwarzen Schiffsrumpf und den schwankenden Bootstaljen. Die Seeleute hakten die Taljenblöcke ein, und innerhalb von Sekunden schwebten sie schwankend nach oben.

Das Oberdeck wimmelte von Uniformierten. Viele Hände streckten sich ihnen entgegen, um ihnen über die Reling zu helfen. Ein weiteres Boot wurde gerade auf der anderen Seite hochgeholt, und Gelb sah Arthur Brett sowie drei Seeleute von der *Jolante* an Bord steigen.

Leichtfüßig sprang drüben ein deutscher Offizier aus dem Boot und lief herüber zu ihnen. Es war ein schlanker, streng dreinblickender Oberleutnant von ähnlich gutem Aussehen wie Arthur Brett. In deutsch fragte er den Leutnant: »Was ist das – eine Frau? Wie viele von den Schweinen haben Sie denn noch aufgelesen?«

Das Schiff begann zu beben, nahm Fahrt auf und verließ das treibende Trümmerfeld, während die Seeleute die Boote festzurrten.

Der junge Offizier zeigte auf Gelb. »Nur ihn hier. Mein Gott, hat man je ein solches Blutbad gesehen?«

»Das ist der Krieg!« Mit fanatisch glänzenden Augen starrte der Oberleutnant ihn an. »Davon werden Sie noch mehr erleben, bevor unsere Reise zu Ende ist!«

Caryl Brett hing an Gelbs Arm und starrte in den Kreis erregter Gesichter. Sie fuhr zusammen, als ein Seemann den nassen Koffer öffnete und einige ihrer Kleidungsstücke hervorzerrte, grinsend hielt er einen Unterrock in die Höhe. Gelb sprang vor, fand sich aber im nächsten Augenblick mit schmerzverzerrtem Gesicht an Deck wieder. Der Oberleutnant hatte ihm einen wuchtigen Schlag in den Magen versetzt. »Bleib gefälligst still stehen, du Schwein! Ich werde dir schon Manieren beibringen!«

Die junge Frau half Gelb auf, das Gesicht voll Ärger und Verachtung. »Warum schlagen Sie nicht *mich*? Ihre Tapferkeit kennt doch sicherlich keine Grenzen?«

Plötzlich herrschte Stille auf dem weiten Deck, und die Männer wichen zurück. Caryl sah, daß eine schlanke Gestalt im salzverkrusteten Überrock zwischen den Seeleuten auf sie zukam. Der kurze Bart vermochte nicht, den Schmerz in seinem Gesicht zu verbergen.

Ein paar Sekunden blieb der Mann vor ihr stehen und sah sie an. Dann sagte er in völlig korrektem Englisch: »Es tut mir leid, daß Sie so viel durchmachen mußten. Ich habe Befehl gegeben, Sie so gut wie möglich unterzubringen.«

»Sind Sie der Kommandant?«

Er nickte. »Der bin ich. Korvettenkapitän von Steiger.«

»Den Namen werde ich mir merken, Kapitän. Ich werde niemals vergessen, wozu Sie und Ihre Landsleute fähig sind!«

Einen Augenblick sah sie Schmerz in seinen bernsteinfarbenen Augen aufleuchten, dann schien sich eine Blende darüber zu schließen.

»Oberleutnant Köhler, bringen Sie die Leute in ihre Unterkünfte. Damrosch, Sie geleiten die junge Dame in meine Kajüte. Ich komme doch nicht dazu, sie zu benutzen. Sorgen Sie dafür, daß alles vorhanden ist, was sie braucht.«

»Kapitän?« Arthur Brett trat vor. »Sie ist meine Frau. Vielleicht könnte man *mir* erlauben, sich um sie zu kümmern?«

Kühl musterte ihn von Steiger. »Sie werden freundlicherweise tun, was ich sage. Gehen Sie nach unten!«

»Soll ich vor der Kajüte einen Posten aufziehen lassen, Herr Kapitän?« fragte Damrosch.

Steiger sah der jungen Frau in die Augen, aber sie hielt seinem Blick stand. »Sie ist sehr mutig, aber auch intelligent«, antwortete er. »Sie wird uns keine Scherereien machen.« Mit einer leichten Verbeugung wandte er sich ab und ging zur Brückenleiter.

Caryl folgte dem jungen Offizier in die behagliche Wärme der geräumigen Kajüte. Sie war geschmackvoll eingerichtet, wirkte aber unbewohnt.

Damrosch deutete auf die gegenüberliegende Tür. »Dort ist das Bad, Miss. Ein heißes Bad wird Ihnen gut tun. Ihre Sachen sind zum Trocknen in die Kesselräume gebracht worden. Wenn Sie fertig sind, drücken Sie bitte auf diesen Klingelknopf, dann bringt Ihnen der Kommandantensteward Essen.« Leicht schwankend sah er sich noch einmal in der Kajüte um. »Er versteht kein Englisch. Wenn Sie sonst noch etwas brauchen, sagen Sie es bitte jetzt.«

Erstaunt sah sie ihn an. Hier schien eine Ordnung und Sicherheit zu herrschen, die auf der *Jolante* gefehlt hatte. Dieser Offizier sah aus, als sei ihm schlecht, als müsse er sich gleich übergeben. Offenbar war auch er entsetzt über das Gesehene. Sie traute sich nicht zu sprechen, sondern schüttelte nur den Kopf. Damrosch nickte und verließ schweigend den Raum.

Wie benommen schritt sie einmal rund um die Kajüte. Sie enthielt eine breite Koje und mehrere behagliche Sessel. Ein Bild des Kaisers blickte auf sie herunter, und auf dem Bücherbord aus Eichenholz stand das Foto eines kleinen Jungen mit einem Spielzeugschiff.

Sie schwankte zum Bad und betrachtete sich in dem großen Spiegel. Das Haar klebte ihr im Gesicht und war voller Salzflecken. Ihre nackten Beine waren blutverschmiert, und der Pelzmantel war vollkommen verschmutzt. Sie drehte einen Hahn auf und betrachtete das dampfende Wasser. Das alles war wie ein Traum, aus dem sie jeden Augenblick aufzuwachen fürchtete.

Sie legte den Pelzmantel ab und schlüpfte aus den Fetzen ihres Nachthemds. Eine Weile blieb sie vor dem Spiegel stehen und betrachtete ihren nackten Körper. Eingehüllt in Dampf sah sie aus wie eine heidnische Göttin. Wenn doch Arthur statt Gelb ihr zu Hilfe geeilt wäre und den Mann angegriffen hätte, der ihren Koffer öffnete! Aber nein, Arthur hatte sich dem deutschen Kommandanten freundlich genähert, beinahe um Entschuldigung bittend.

Sie dachte an den Kommandanten und versuchte, sich zu erinnern, wo sie den Namen schon einmal gehört hatte. Steiger... Plötzlich erschrak sie. Steiger – natürlich. Das war der Mann, den die Zeitungen in New York als »Tiger der See« bezeichnet hatten. So, das war er also, der große Seeheld. Ihr Mund wurde zu einem schmalen, scharfen Strich. Vorsichtig ließ sie sich hinunter in das heiße Wasser und konzentrierte sich auf dieses Bad, weil es ihr das einzige schien, was sie vor dem Wahhsinn bewahrte. Wie einfach war das Leben geworden: Wärme, Sicherheit und ein heißes Bad. Und was hatte sie erwartet? Vergewaltigung oder plötzlichen Tod? Sie schreckte zurück vor den Gedanken, die ihr durch den Kopf zogen.

Schließlich trocknete sie ihren mit blauen Flecken bedeckten Körper sorgfältig ab und zog den langen Bademantel über, der an der Tür hing. Das Haar knotete sie mit einem Band zusammen.

In der Kajüte fand sie den weißgekleideten Steward vor; er verbeugte sich und zeigte auf einen Stuhl am Tisch. »Essen«, sagte er kurz.

Als er hinausging, sah sie durch die geöffnete Tür ein Maschinengewehr und schauderte. Es wäre wohl besser gewesen, mit den anderen zu sterben, sagte sie sich. Nun fühlte sie sich trotz des heißen Bades unsauber und innerlich leer.

Durch das dicke Bullauge sah sie tief unter sich die schäumende Bugsee.

Diese Deutschen sind wie wilde Tiere, dachte sie. Sie töten und entschuldigen sich hinterher. Sie geben freiwillig und großzügig und nehmen sich dann, was sie wollen. Sie dachte an Steigers kalte Augen und begann unkontrollierbar zu zittern.

Zwei Decks darunter wurde Arthur Brett mit Simon Gelb in einen langen, rechtwinkligen Raum geführt, der anscheinend vom Laderaum abgetrennt und voll roh zusammengezimmerter Kojen war, die jeweils eine strohgefüllte Matratze und eine Decke enthielten. Dampfrohre liefen durch den Raum und wärmten ihn. In der Luft hing der Geruch von Dieselöl und Bilgenwasser.

Als Brett und Gelb eintraten, erhob sich der einzige Anwesende und blickte ihnen neugierig entgegen.

Oberleutnant Heuß zeigte auf den Alten neben dem Stuhl und sagte: »Dies ist Kapitän Simpson von der *Cardiff Maid*. Zweifellos wird er sich über Ihre Gesellschaft freuen. Er kann Ihnen außerdem sagen, was auf diesem Schiff an Sicherheitsvorschriften zu Ihrer eigenen Bequemlichkeit zu beachten ist.«

Brett spürte, daß der Blick des Offiziers auf seiner Aktentasche ruhte, die er selbst während der schrecklichsten Augenblicke an sich gepreßt hatte. »Dies sind wissenschaftliche Unterlagen, für Sie ohne Interesse.«

Müde seufzte Heuß. »Wir wissen beide, daß ich die Tasche durchsuchen muß, also legen Sie sie besser auf den Tisch. Dann stülpen Sie bitte auch Ihre Hosentaschen nach außen.«

Heuß ignorierte den mit Ärger gemischten Argwohn in ihren Gesichtern und dachte an die treibenden Rettungsboote, an den Geruch des Todes, den er noch immer zu spüren glaubte. Hatten sich seine Landsleute durch den Krieg so sehr verändert? Er konnte auch nicht den Haß im Gesicht der jungen Frau vergessen. Sie hatte vollkommen recht: Was tat es, welcher Offizier den Befehl dazu gegeben hatte? Hier war mit geradezu teuflischem Genuß gemordet worden. Er hatte Damrosch gesehen, wie er sich im Vorschiff erbrach. Als er sich einigermaßen erholt hatte, war Heuß rasch mit ihm in seine Kammer gegangen und hatte ihm ein großes Glas Schnaps eingeschenkt. »Hier, Max. Trink das.«

Damrosch nickte stumm und trank ohne Protest. Nach einer Weile stammelte er: »Es war entsetzlich! Ich hätte nie geglaubt, daß eine solche Brutalität möglich ist.«

Heuß drehte die Flasche in Händen. »Ich habe mich geschämt, ein

Deutscher zu sein. Aber«, er starrte den anderen an, »was wäre gewesen, wenn *wir* den Befehl erhalten hätten, auf hilflose Schiffbrüchige zu schießen?« Er bemerkte den Schrecken in Damroschs blassem Gesicht. »Ich will dir sagen, was ich glaube, Max: daß auch wir gehorcht hätten!«

Damrosch wischte sich das schweißbedeckte Gesicht. »In diesem Rettungsboot... Das Mädchen zwischen all dem zerfetzten Fleisch und Blut! Beinahe wäre ich vor den Leuten umgekippt.« Er packte die Tischkante. »Seltsam, meine Männer vertrugen es besser als ich.«

»Klar. Es war ja nicht ihre Schuld. Es wird immer allein unsere Verantwortung bleiben!«

Jetzt musterte Heuß die sauber getippten Papiere auf dem Tisch und fragte: »Was ist Ihr Beruf?«

»Erziehungswissenschaft. Ich nehme wichtige Aufgaben für die Anglo-American-Commission wahr, die transatlantische Nachkriegsplanung betreibt.«

Heuß hob fragend die Augenbrauen. »Aber dieser Krieg ist ja noch gar nicht beendet.«

Brett hob die Schultern. »Er wird nicht mehr lange dauern.«

Gelb auf seiner Koje beugte sich vor. »Mr. Brett ist eine Autorität in Friedensfragen. Er hält nichts vom Kämpfen, sein Gewissen würde ihm das niemals gestatten!«

Heuß betrachtete den hochgewachsenen Pädagogen. »So? Höchst interessant. Sie haben also eine hochdotierte Spezialstellung? Andernfalls käme man fast auf die Idee, daß Ihre Arbeit auch von irgendeinem Kriegsversehrten erledigt werden könnte.«

Brett kräuselte verächtlich die Lippen, jetzt war er auf vertrautem Boden. Wie oft hatte er Caryls ähnliche Argumente widerlegt. »Würde das in Ihrem Land so gehandhabt?«

Rasch blätterte Heuß die Papiere durch. »Nein. In meinem Land vertreten wir den Standpunkt, wenn es wert ist, darin zu leben, ist es auch wert, dafür zu kämpfen. In Deutschland würden Sie an die Front geschickt werden.« Mit einem dünnen Lächeln fügte er hinzu: »Das wäre außerdem billiger.«

Brett schnippte verächtlich mit den Fingern. »Lassen wir das auf sich beruhen. Was werden Sie mit diesen Papieren machen?«

»Der Kommandant will sie zweifellos sehen. Bestimmt wird es ihn interessieren, daß die Alliierten bereits spektakuläre Pläne für die Zeit nach dem Krieg haben.«

»Wo ist meine Frau?«

»Gut untergebracht. Wir werden uns um sie kümmern. Sie hat Schreckliches durchgemacht.«

»Wird man sie belästigen?«

Ausdruckslos sah Heuß ihn an. »Wir sind nicht alle Tiere, Herr Brett!«

Ruhiger fuhr er fort: »Sie werden jetzt Essen erhalten. Es wird Ihnen gestattet, zu festgelegten Zeiten an Deck zu gehen. Befehlen haben Sie ohne Zögern Folge zu leisten.«

Brett gähnte. »Andernfalls werden wir erschossen, nehme ich an?«

Heuß gab dem Posten an der Tür ein Zeichen. »Ja, Herr Brett, das werden Sie!«

Die Bullaugen der Messe waren der Kälte wegen geschlossen, deshalb hing eine dicke Wolke Tabaksqualm bewegungslos unter den weißen Decksbalken. Die Offiziere der *Vulkan* standen in einem Halbkreis um den glühenden Ofen, sahen zur Tür oder unterhielten sich ungewöhnlich gedämpft. Es war eine ruhige Nacht, man hörte das Stampfen der Maschine und das schwache Zischen des Wassers. Obwohl der Nebel verschwunden war, hatte der Wind nicht aufgefrischt; ein feiner Sprühregen und bittere Kälte quälten die Wache an Oberdeck und auf der Brücke.

Heuß rieb sich die Hände, seine Augen waren dunkel und nachdenklich. Zu welchem Zweck hatte der Kommandant diese Besprechung anberaumt? Es sah ihm nicht ähnlich, die Brücke zu verlassen, nur um zu seinen Offizieren zu sprechen. Schließlich war er heute schon einmal heruntergekommen, um die Überlebenden des torpedierten Frachters zu begrüßen. Heuß hatte gemerkt, wie betroffen Steiger über das Massaker in den Rettungsbooten gewesen war. Als Heuß bat, einen Morsespruch an das U-Boot abgeben zu dürfen, hatte Steiger bitter geantwortet: »Es ist zu spät, Heuß! Gott verdamme diesen Kommandanten! Ich hätte auf *ihn* feuern sollen!«

Dann war die junge Frau an Bord gebracht worden, und Steiger hatte die Brücke verlassen, als die große Schraube wieder anfing, sich zu drehen. Seltsam, wie sehr dieses Mädchen Steigers verstorbener Frau ähnelte. Selbst in diesem Zustand, schmutzig und nur mit Fetzen bedeckt. Traurig lächelte Heuß. Oder spielte ihm nur seine Einbildung einen Streich? Es war schon lange her, daß er eine Frau gesehen hatte.

Triumphierend zündete sich Köhler eine Zigarette an. »Die See ist leer, nicht die geringste Spur von der Royal Navy!«

Dehler, der abgelöst worden war, um an der Besprechung teilzunehmen, grunzte ungeduldig. »Früher oder später wird es trotzdem zum Kampf kommen.« Dem Gespräch der anderen lauschte er nur mit halbem Ohr. Wenn ich Kommandant wäre, welchen Kurs würde ich wählen? dachte er. Wenn ich diesen Kurs halte, können wir vielleicht noch ein paar Schiffe versenken und der Versorgung des Feindes Schaden zufügen. Wenn die Engländer aber mit Sicherheit wissen, daß ein Hilfskreuzer unterwegs ist, dann müssen sie viele Kriegsschiffe einsetzen, um ihn zu jagen; und das wäre eine viel größere Belastung für sie. Möglicherweise müssen sie sogar ganze Geleitzüge in den Häfen lassen, bis die See wieder frei ist. Wofür würde sich der Kommandant wohl entscheiden? fragte er sich. Vielleicht den jetzigen Kurs beibehalten, später dann die Blockade durchbrechen und die Rückfahrt antreten, bevor die Jagd auf ihn zu gefährlich wurde.

Karl Ebert, der Artillerieoffizier, rauchte schweigend. Schließlich sagte er: »Ich kann mich nicht an den Gedanken gewöhnen, daß wir eine Frau an Bord haben. Auf der anderen Seite des Schotts kämmt sie womöglich gerade ihr Haar oder denkt an ihren Mann.«

Wildermuth lachte. »Ich würde ihr gern Gesellschaft leisten.«

»Sie ist zu stolz für deinesgleichen.« Schadenfroh grinste Ebert. »Sie ist ein Engel... Ein Engel mit Biß allerdings!«

Angewidert musterte ihn Köhler. Wie konnten die beiden so über den Feind sprechen? Seufzend erinnerte er sich an seine Erlebnisse morgens im Boot. Mit seiner Pistole hatte er sich über das Dollbord gebeugt und einem Mann genau zwischen die Augen geschossen. Er war zwar nicht schwer verwundet gewesen, aber doch sicherlich schwer genug, um einen Gnadenschuß zu rechtfertigen. Seine Leute waren fasziniert, deutlich sah er in ihren glasigen Augen das Erstaunen darüber, wie leicht und eifrig er die Verwundeten erschoß. Er war nicht imstande, diesen Drang zu beherrschen, hatte sogar eine sexuelle Erregung verspürt, wenn er in die verängstigten Augen blickte, bevor er abdrückte. All dies war für ihn wie ein Höhepunkt. Nachher wollte er in seine Kammer gehen und ein paar Wagnerplatten auflegen, dazu in aller Ruhe einen Schnaps trinken. Wenn er seine Spannung doch nur an jemandem auslassen, seine Erregung irgendwie befriedigen könnte! Er dachte an Pieck. Das war zu riskant. Wenn er ihn allerdings für sich gewinnen konnte? Schließlich hatte sich der Junge als treu und zuverlässig erwiesen. Trotzdem – möglicherweise beschwerte er sich beim Kommandanten? Ärgerlich schüttelte Köhler den Kopf. Unwahrscheinlich. Steiger hatte bereits bewiesen, daß er sich nicht in die Methoden seiner Offiziere einmischte. Genüßlich leckte sich Köhler die Lippen. Pieck war besser als alle anderen, so einfach und vertrauensselig. Und wenn etwas schiefging, mußte er sich des Jungen entledigen. Köhler begann zu lächeln, und von der anderen Seite des Ofens her beobachtete Heuß ihn mit Besorgnis. Der Mann sah aus, als sei er nicht ganz normal.

Schwungvoll öffnete der Posten die Tür, und Steiger betrat die Messe. Er bat die Offiziere, bequem zu stehen, und breitete eine große farbige Karte so auf dem Tisch aus, daß alle sie sehen konnten. Darauf war der unstete Kurs der *Vulkan* eingezeichnet, und daneben standen winzige Ziffern und Notizen.

Steiger ließ sie die Karte eine Weile betrachten. »Meine Herren, ich muß Ihnen mitteilen, daß ich vom Ergebnis unserer bisherigen Anstrengungen äußerst enttäuscht bin«, sagte er dann und zeigte auf die Handelswege, die den Nordatlantik in verschiedenen Richtungen überquerten und vor den britischen Inseln wieder zusammenliefen. »Das neue Konvoisystem hat unsere Aufgabe hier beinahe unmöglich gemacht; unseren Aufenthalt in diesem Seegebiet zu verlängern, hieße, uns mit der Rolle eines Straßenfegers zu begnügen!« Er lauschte dem Gemurmel rund um den Tisch. »Wir verbrauchen Kohlen und Proviant und erreichen so gut wie nichts. Die Zeit arbeitet gegen uns. Jedes Schiff, das England erreicht, ist bis zu den Decksnähten voller Kriegsmaterial, das dann innerhalb einer Woche die Westfront erreicht, um bei der Frühjahrsoffensive gegen uns eingesetzt zu werden.« Hart schlug er mit der Hand auf die Karte. »Weiter im Süden haben wir bessere Aussichten, die britischen Nachschubwege zu stören, und zwar näher an ihren Ausgangspositionen. Eine starke Konzentration feindlicher Kriegsschiffe auf der Suche nach uns wird die Folge sein. Der Südatlantik ist ein ungeheurer Ozean, meine Herren, und die Jagd auf *Vulkan* muß starke Kräfte binden. Wir werden also den Feind auf unsere Spuren locken, das ist die einzig erfolgversprechende Methode!« Fragend sah er sich um.

Von all den anwesenden Offizieren, das wußte er, war Heuß der einzige mit genügend Phantasie, um zu begreifen, was vor ihnen lag. Aber er war gehemmt durch sein überempfindliches Gewissen, schien sich noch immer von allem distanzieren zu wollen, was passierte.

Schließlich war es Dehler, der als erster reagierte. »Herr Kapitän, was ist mit dem Funkspruch, den wir heute erhalten haben? Enthielt er nicht den Befehl, vorläufig in diesem Gebiet zu bleiben?« In seinen Augen blitzte eine Herausforderung auf.

Heuß beobachtete die beiden. Er hatte den Funkspruch ebenfalls gesehen und war ziemlich sicher, daß der Kommandant ihn nicht einfach ignorieren konnte.

Steiger faltete die Karte zusammen. »Das Oberkommando sitzt in Kiel. Es ist dort nicht nur falsch unterrichtet, sondern auch schlecht geführt!« Das war alles, aber die Bitterkeit in seiner Stimme sagte Heuß genug.

Der Kommandant wußte, daß der Marinenachrichtendienst über den Kurs des Hospitalschiffs, das unter dem Zeichen des Roten Kreuzes fuhr, informiert gewesen war. Das Oberkommando in Kiel mußte also Bescheid gewußt haben, als es der *Vulkan* Befehl gab, eben dort Minen zu legen. Es war, als hätte man Steiger absichtlich als Piraten brandmarken wollen, damit der Feind jedes verfügbare Schiff zur Suche nach ihm einsetzte. Heuß' Blick folgte Steiger bis zur Tür, und zum erstenmal fühlte er eine wachsende Bewunderung für diesen Mann.

7

»Schiff in Grün zwei-null!«*

Oberleutnant Heuß starrte den Telefonhörer in seiner Hand an, als könne er nicht begreifen, was der erregte Ausguck im Mast gemeldet hatte. Ihm war klar, daß sie bald ein weiteres Opfer finden mußten, und doch hatte er insgeheim eine absurde Hoffnung gehegt.

»Rufen Sie den Kommandanten! Geben Sie Alarm und lassen Sie auf Gefechtstationen antreten!« Ohne zu zwinkern, starrte er zum silbergrauen Horizont, über den in ein paar Minuten das fremde Fahrzeug emporkommen würde. Ringsum erwachte das Schiff aus seiner viertägigen Wartezeit. So viele Tage waren vergangen, seit sie die Rettungsboote gefunden hatten, aber Heuß kam die Zeit erheblich länger vor. Er hatte sie genutzt, um die Gefangenen zu beaufsichtigen, wenigstens bezeichnete er es vor sich selber so. Immerhin

* zwanzig Grad an Steuerbord (rechts)

hatte er sorgfältig darauf geachtet, die junge Frau nicht öfter zu besuchen als die anderen Gefangenen.

Anfangs hatte ihn Caryls eiskalte Verachtung immer wieder traurig gestimmt, aber der Schmerz und die Verzweiflung, die er hinter ihrem Zorn spürte, hatten auf ihn wie eine Herausforderung gewirkt und seinem Tun einen Sinn verliehen.

Am ersten Morgen nach der Versenkung der *Jolante* hatte Röder ihm gemeldet, daß die junge Frau einen Nervenzusammenbruch habe. Grimmig bahnte er sich einen Weg durch die Gruppe der Müßiggänger, die neugierig im Gang vor der Kapitänskajüte warteten, und stieß die Tür auf. Dem Steward befahl er kurz: »Jagen Sie diese Leute weg und sehen Sie zu, daß ich nicht gestört werde.« Drinnen herrschte völlige Stille, als hielte die Kajüte selbst den Atem an. Der große Tagesraum war leer, und durch die sanft schwingenden Vorhänge, die den Schlafraum abteilten, konnte er sehen, daß auch die zerwühlte Koje leer war. Er räusperte sich und machte ein paar Schritte. Vielleicht hatte sich Röder alles nur eingebildet?

Im Badezimmer hörte er eine Bewegung, dann herrschte wieder Stille. Er befeuchtete seine trockenen Lippen und hatte einen Augenblick die Vision, wie die junge Frau hinter der verschlossenen Tür Selbstmord beging. Panik übermannte ihn.

»Fräulein! Zeigen Sie sich sofort, bitte! Hier ist Oberleutnant Heuß!«

Die schmale Badezimmertür ging auf, und plötzlich stand sie, eingerahmt von der Türöffnung, im wässerigen Sonnenlicht. Ein übergroßer Bademantel hüllte sie wie ein Leichentuch ein; sie stand bewegungslos, lediglich eine Hand zerrte an dem Haar, das ihr über die Schultern hing. Ihr blasses Gesicht war gefaßt, nur die Augen blickten ziemlich wild. Heuß entdeckte sein Bild in dem Spiegel hinter ihr und zog eine Grimasse. Unrasiert, das Haar wirr in der Stirn, den Wachmantel hastig über den Schlafanzug geworfen, sah er so aus, als habe er Betreuung nötiger als sie.

»Was wollen Sie, Oberleutnant? Warum kommen Sie so hereingeplatzt?« Das Atmen schien ihr schwerzufallen.

»Der Steward hat mir gemeldet, daß es Ihnen nicht gut geht, Miss.« Er fühlte, daß seine Worte lächerlich klangen. »Freut mich zu sehen, daß Sie sich erholt haben.« Er versuchte zu lächeln, aber sein Gesicht war wie gefroren. »Schließlich bin ich verantwortlich für Sie.«

»Verstehe.« Der Blick ihrer großen grünen Augen glitt langsam über sein Gesicht, als suche er dort etwas Bestimmtes. »Ich hatte nur einen Anfall von Übelkeit.«

»Das überrascht mich nicht. Sie haben allerhand durchgemacht.«

»Sie reden, als hätten Sie mit all dem nichts zu tun, Oberleutnant. Das ist ziemlich erstaunlich.«

Heuß sah, wie sich das Gesicht der jungen Frau verhärtete, als der Haß ihr neue Stärke verlieh. Er starrte sie an und wußte nicht, was er tun sollte.

»Ich wachte auf«, fuhr sie mit gleichmütiger Stimme fort, »und hatte plötzlich noch einmal all das Schreckliche in dem Rettungsboot durchlebt. Sie sind Soldat, daher können Sie mich nicht verstehen. Da Sie außerdem Deutscher sind, nehme ich an, daß Sie sich derartige Gefühle sofort verbieten würden. Schließlich haben Ihre tapferen Männer diese hilflosen Seeleute umgebracht!«

Ihre Stimme war schärfer geworden, unter dem Bademantel hoben sich ihre Brüste vor Erregung. Am liebsten hätte er sie in die Arme geschlossen und an sich gedrückt, um ihr süßes Gesicht mit dem anklagenden Blick an seiner Brust zu verbergen; um ihr zu sagen, daß er ihre Gefühle verstand, und daß *sie* es sei, die nicht das geringste Mitleid zeige. Statt dessen schlug er nur die Augen nieder und sagte leise: »Ich habe solche Dinge schon früher erlebt, Miss. Ich weiß auch, was Furcht und Verzweiflung anrichten können. Mir ist völlig klar, wie Sie gelitten haben, aber ich hoffe, daß Sie trotzdem versuchen, Verständnis aufzubringen. Wir können die Welt nicht ändern.«

An der Tür klopfte es nervös, dann erschien Röders Kopf im Türspalt. »Darf ich hereinkommen, Herr Oberleutnant? Ich bringe Kaffee.«

Heuß ging zur Tür, er fühlte sich plötzlich müde und schmutzig. Einen Augenblick stand er noch zwischen dem adrett gekleideten Steward und dem Mädchen mit dem traurigen Gesicht und merkte zum erstenmal seit vielen Monaten, daß er keine Bitterkeit empfand.

»Übrigens, Oberleutnant«, ihre sanfte Stimme schnitt wie ein Messer in seine Gedanken, »ich bin *Mrs.* Brett. Ich nehme an, daß Ihre plumpe Vertraulichkeit auf mangelnde Sprachkenntnisse zurückzuführen ist!« Sie trat zurück ins Bad und schlug die Tür hinter sich zu.

Röder hob die Schultern und schnalzte bedauernd mit der Zunge. Er hatte zwar nichts verstanden, aber aus der wütenden Verwirrung in Heuß' Gesicht konnte er die Bedeutung der Worte erraten. Grinsend stellte er die silberne Kaffeekanne auf den Tisch.

»Machen Sie sich nichts draus, Herr Oberleutnant! Der Kommandant wird sie bald loswerden und auf ein neutrales Schiff schicken. Frauen an Bord bringen Unglück!«

»Ach, halten Sie den Mund!« Doch als Heuß die Tür hinter sich zuschlug, hörte er Röder lachen. Auch das war seltsam: Er hatte ihn bisher noch nie auch nur lächeln gesehen.

Als die Alarmglocken schrillten und die Decks unter dem Getrappel der Leute vibrierten, versuchte Heuß sich auszumalen, was Caryl Brett jetzt wohl dachte. Im Alarmfall sollte sie unter Bewachung zu den anderen Gefangenen gebracht werden. Er fragte sich, wie ihr alberner Mann wohl reagieren würde.

Die Tür hinter ihm ging auf, er drehte sich um und salutierte, als Steiger das Steuerhaus betrat. »Schiff an Steuerbord voraus, Herr Kapitän. Nähert sich auf fast parallelem Kurs.«

Steiger nickte und warf einen Blick auf die Karte. »Kursänderung einen halben Strich nach Steuerbord. Lassen Sie die vordere Batterie enttarnen. Oberleutnant Ebert soll sich bereithalten und besonders genau zielen, wenn er Feuerbefehl bekommt. Das Nachmittagslicht wird rasch schlechter, und ich habe keine Lust, im Dunkeln nach einem verkrüppelten Schiff zu suchen.«

Die *Vulkan* glitt mit Leichtigkeit über die kurzen Seen und legte sich bei Kursänderung nur wenig über. Lehr, der Rudergänger, beobachtete den Kompaß und zwang sich zur Gelassenheit, als die Ausgucksleute auf der Brücke meldeten, daß sie das Schiff jetzt ebenfalls sehen konnten.

Steiger wartete schweigend, sein Glas auf das polierte Holz des Signalspinds gestützt. Endlich ein Schiff! Vielleicht war es auf dem Weg zum Treffpunkt mit einem Geleitzug. Möglicherweise versuchte es auch, die Strecke vom Südatlantik her allein zu bewältigen. Während der letzten vier Tage war die *Vulkan* langsam nach Süden gedampft und stand jetzt zweihundert Meilen nordnordöstlich der Azoren. Ihr Deck schwankte heftig, als eine Sequenz höherer Seen gegen die Bordwand schlug. Das Schiff war zu leicht, dachte Steiger stirnrunzelnd. Der leere vordere Laderaum machte sich unangenehm bemerkbar. Dort waren nur noch einige Häufchen schwarzen Kohlenstaubs übrig. Sie hatten bereits die zweite Luke in Angriff genommen, und danach mußten die Hauptbunker angezapft werden: eine Menge Kohle für ein so geringes Resultat. Seufzend beobachtete er das fremde Schiff: ein Frachter, mit ziemlicher Sicherheit britischer Nationalität.

Der schlichte schwarze Schornstein und das etwas schäbige Äußere, das einen aber keineswegs über die Leistungsfähigkeit dieser Schiffe hinwegtäuschen durfte, ließen kaum einen Zweifel daran. In Steigers Rücken machte das Signalpersonal die Morselampen klar, und er hörte Heuß seine Anweisungen durch Sprachrohre und Telefon an die Männer geben, die auf ihren Stationen im ganzen Schiff warteten.

Von der Back war ein scharfes metallisches Klappern zu vernehmen, als die Bedienung die letzten Haken beiseite schlug, welche die Stahlblenden vor ihren Geschützen festhielten. Steiger betrachtete das andere Schiff und versuchte, in ihm ein feindliches Ziel zu sehen und nicht ein großes, hilfloses Fahrzeug, einen Gefährten zur See. Etwa sechstausend Tonnen, schätzte er, und voll beladen. Keinerlei Anzeichen von Bewaffnung.

Nahe genug. »Rufen Sie ihn an. Fragen Sie nach seinem Namen!«

Die Lampe begann zu klappern, und nach einer Zeit, die ihnen wie eine Ewigkeit vorkam, flimmerte die Antwort über die weißen Kämme: »*Rockleaze*, ausgelaufen aus Bridgetown.«

Steiger nickte langsam. Also aus Barbados mit höchstwahrscheinlich gemischter Ladung. Das Licht flackerte noch immer, der Morsespruch ging also weiter: »Habe seit Tagen kein anderes Schiff gesehen. Können Sie mich verstehen?«

Heuß gab dem Signalmaat ein Zeichen, aber Steiger schüttelte den Kopf. »Der redet mir zuviel. Wahrscheinlich will er Zeit gewinnen, das gefällt mir nicht.« Er drückte auf den Knopf neben seinem Ellbogen, und die deutsche Flagge stieg wie ein befreiter Raubvogel zur Gaffel; die *Vulkan* redete jetzt ihre eigene Sprache.

»Dies ist ein deutscher Kreuzer. Stoppen Sie und verlassen Sie das Schiff.«

Um dem Befehl mehr Nachdruck zu verleihen, feuerte eins der vorderen Geschütze, und eine hohe Wassersäule erhob sich weniger als eine Kabellänge neben dem Bug des Frachters.

Wieder blinkte das Licht. »Ich habe gestoppt.« Steiger sah, wie drüben Rettungsboote ausgeschwungen und zu Wasser gelassen wurden.

Dann hörte er Heuß seufzen. Weil wieder ein Schiff vernichtet werden mußte? Oder war er nur erleichtert, daß der andere keinen Widerstand leistete? Heuß war schon ein seltsamer Mann. Steiger mochte ihn im Grunde und merkte doch, daß er ihn ständig kritisierte oder bei ihm nach Fehlern suchte.

Er beobachtete, wie das andere Schiff an Fahrt verlor. Schweigend trieben die beiden Fahrzeuge enger zusammen, bis erst das eine, dann auch das andere Rettungsboot des Frachters von seinem tiefliegenden Rumpf abstieß und zur *Vulkan* herüberpullte.

»Weitere Gäste für Sie, Heuß! Etwa dreißig nach meiner Schätzung.« Steiger sprach freundlich, denn er fragte sich, ob Heuß wohl wie er an diese anderen Rettungsboote dachte.

»Jawohl, Herr Kapitän. Sie werden bald unsere letzten Vorräte aufgefressen haben, wenn das so weitergeht.«

»Ich möchte sie so bald wie möglich loswerden«, fuhr Steiger fort. »Gelegenheit dazu wird sich hoffentlich schon bald ergeben.«

»Alle, Herr Kapitän?«

»Vielleicht. Normalerweise behalte ich die Kapitäne und Leitenden Ingenieure an Bord, die übrigen lasse ich frei oder gebe sie auf die Prise. Da wir aber bis jetzt noch keine haben«, – bedauernd hob er die Schultern –, »bleibt mir keine andere Wahl.«

Das erste Boot knirschte längsseits, und sie hörten, wie der Erste Offizier seine Kommandos gab.

»Was wird mit der Frau, Herr Kapitän?«

Das war es also. Er musterte Heuß' maskenhaftes Gesicht; zum erstenmal konnte dieser ihm nicht in die Augen sehen.

»Die Frau? Sie wird wohl auch gehen müssen, es sei denn, wir haben einen triftigen Grund, sie hierzubehalten.« Er hatte die junge Frau in den vier Tagen nur ein einziges Mal gesehen, als sie für kurze Zeit an Deck gekommen war. Sie trug ihren verschmutzten Pelzmantel und schritt langsam und unsicher über das Bootsdeck. Ihr Haar hatte im Morgenlicht kastanienbraun geschimmert. Von der Brücke aus hatte er zugesehen, wie ihr Schatten über die salzverkrusteten Decksplanken huschte. Zierlich und schutzlos, aber trotzig. Als habe sie seinen Blick gespürt, war sie stehengeblieben und hatte zu ihm aufgeblickt. Durch die Länge des Bootsdecks und die Höhe der Brücke getrennt, hatten sie einander herausgefordert, oder zumindest schien es ihm so. Was für eine Hölle hatte der Krieg aus ihrer beider Leben gemacht, dachte er. Er musterte die Linie ihres Halses und das Wehen ihres Haares im Wind und glaubte, abermals ein Messer in seiner Brust zu spüren. Auf diese Entfernung sah sie aus wie Freda. Plötzlich drehte sie sich um und verschwand unter Deck. Heuß mußte eigentlich eine ganze Menge von ihr sehen, wenn er die Gefangenen überwachte. Einen Augenblick spielte er mit dem Gedanken, ihn von dieser Tätigkeit zu entbinden, verwarf ihn aber sofort wieder.

Es pfiff aus einem der Sprachrohre, und Heuß beugte den Kopf, um zu lauschen.

»Alle Boote sind leer und werden jetzt versenkt.« Das war Dehlers Stimme. »Aber der Kapitän ist noch an Bord des Frachters!«

Heuß gab die Meldung an den Kommandanten weiter. »Ich sehe nicht ein...« Bestürzt blickte er auf, als der Signalmaat den Kopf aus der Tür des Funkraums steckte.

»Der Frachter sendet SOS, Herr Kapitän. Es muß noch jemand an Bord sein!«

Steiger drängte sich an Heuß vorbei, seine Augen blitzten zornig. »Der verdammte Idiot! Er weiß, daß sich seine Besatzung in Sicherheit befindet, und ist zurückgeblieben, um den Helden zu spielen. Ebert soll sofort Feuer eröffnen und auf die Brücke zielen!« Scharf sagte er in das rote Sprachrohr am hinteren Ende der Brücke: »Oberleutnant Köhler! Torpedieren, so schnell wie möglich! Unser Leben kann davon abhängen!«

Er klappte den Deckel wieder zu und schritt langsam hinüber zur Brückennock. Dieser Handelskapitän hatte seine letzte Karte gut ausgespielt. Ihm war klar gewesen, daß der Hilfskreuzer in seiner Wachsamkeit nachlassen würde, sobald die fremde Besatzung erst in die Boote gegangen war.

Ein halberstickter Knall, dann schoß der schlanke Torpedo durch den Schutzschirm aus Segeltuch und landete fast ohne Spritzer im Wasser. Nur wenig Gischt sprühte auf, als seine kleinen Propeller wirbelnd in Aktion traten und ihn hinüberjagten zu dem anderen Schiff, das groß und dunkel vor der untergehenden Sonne stand. Ein paar Sekunden später traf er sein Ziel. Es klang wie das Zuschlagen einer großen Stahltür, dann flog mit einer gewaltigen Detonation die eine Seite des Schiffes in die Luft. Wie Donner rollte die Schallwelle übers Wasser, und Steiger spürte den heißen, fauligen Hauch der Explosion im Gesicht.

Bug und Heck reckten sich empor, drehten sich auf dem geborstenen Kiel, und als das Wasser gierig in die explodierenden Kessel strömte, schleuderte eine weitere innere Detonation Brücke und Schornstein hoch in die Luft. Steiger strengte seine Augen an, als suche er den Körper des fanatischen Kapitäns in den zerschmetterten Aufbauten, bevor sie zurückkrachten in die See. Schwaden braunen Rauches rollten langsam in den freien Raum zwischen den beiden Schiffen, und als der Wind sie schließlich weggeblasen hatte, waren ein paar armselige Wrackstücke alles, was von der *Rockleaze* übrigblieb.

»Lassen Sie die Geschütze wieder tarnen und setzen Sie die Fahrt fort, Heuss. In Kürze ändern wir Kurs.«

Heuß wandte der Rauchwolke den Rücken und wischte sich den Mund. »Das war wirklich unerwartet, Herr Kapitän.«

Steiger hörte das Quietschen der kleinen Transportwagen, als Köhlers Leute das Torpedorohr nachluden.

»Meinen Sie, Ihre Gefangene wird daraus etwas lernen, Heuß? Oder ist unsere Sache so angreifbar, daß wir jeden unserer Schritte rechtfertigen müssen?«

Heuß wandte sich ab. »Ich gebe Ihre Befehle an den Maschinenraum weiter, Herr Kapitän.« Er wirkte müde und ausgehöhlt. »Wenn ich abgelöst worden bin, sehe ich mir die neuen Gefangenen an.«

»Grübeln Sie nicht zuviel, Heuß. Sie könnten sich da einen Buhmann aufbauen, der auch Sie selbst zerstören wird, wenn er zusammenfällt.« Steiger ging zum Kartentisch und ignorierte die Überraschung in Heuß' Gesicht.

Er beugte sich über den Tisch und spürte, wie das Deck unter seinen Füßen wieder anfing zu vibrieren. Daß ihm so etwas passieren konnte! Dem Feind eine derartige Kriegslist zu gestatten! Er blickte zwar auf die Karte nieder, war aber in Gedanken noch ganz bei dem SOS-Ruf. Unmöglich festzustellen, ob der Funkspruch von einem anderen Schiff aufgefangen worden war. Die *Rockleaze* hatte in ihrem Morsespruch zwar behauptet, daß sie seit Tagen kein anderes Schiff gesehen hätte, aber auch das konnte eine Lüge gewesen sein. Man mußte die Gefangenen so bald wie möglich durchsuchen und befragen.

»Heuß, nehmen Sie Damrosch mit und verhören Sie jeden Seemann und Offizier des Frachters. Und lassen Sie alle genau durchsuchen. Vielleicht hat einer ein Stück Zeitung bei sich. Die Zeitungen in Barbados sind wahrscheinlich ziemlich arglos, da könnten wir etwas über Schiffsbewegungen herausfinden.«

»Jawohl, Herr Kapitän.« Heuß' Stimme klang unverbindlich.

Geräuschvoll trat Oberleutnant Dehler ein und meldete, daß die Gefangenen in Gewahrsam seien.

»Welche Informationen haben Sie über die Ladung des Frachters?«

Dehler konsultierte sein Notizbuch. »Er hatte Baumwolle, Zucker und Rum geladen. Ein Jammer, daß wir nicht ein paar Fässer davon herüberholen konnten.« Er lachte grob.

Steiger spürte die Feindschaft zwischen den beiden Männern und sagte rasch: »Gehen Sie nach unten, Heuß. Ich übernehme den Rest Ihrer Wache. Verhören Sie die Gefangenen wie besprochen.«

»Die *männlichen*!« rief Dehler ihm mit gemeinem Lachen nach.

Steiger senkte die Stimme. »Lassen Sie ihn in Ruhe, Dehler. Er ist eben feinfühliger als Sie.«

Dehler schnaubte verächtlich. »Warum soll *er* die Gefangenen vernehmen? Er ist viel zu weich. Ich könnte das bestimmt besser.«

»Erstens spricht er perfekt englisch, was Sie nicht tun. Zweitens gerät er nicht so leicht in Zorn. Sie sind ein guter Seemann, Dehler, kommen aber sofort in Rage, wenn es um persönliche Dinge geht. Verstehen wir uns?«

Dehler atmete geräuschvoll aus, sein Gesicht war dunkelrot geworden. »Es gibt eine Menge Dinge, bei denen wir uns nicht verstehen, Herr Kapitän! Es wäre nur fair, wenn auch ich als stellvertretender Kommandant meine Meinung sagen dürfte!«

Steiger betrachtete ihn mit Interesse. Der Mann war offensichtlich auch eifersüchtig auf Heuß. »Seien Sie kein Narr, Dehler. Ich brauche Sie, damit hier an Bord alles läuft. Aber wenn Sie meine Befehle noch einmal in Frage stellen, dann ist es das letzte Mal gewesen!«

Simon Gelb saß unbequem auf einer Bank, die großen haarigen Hände auf dem sauber geschrubbten Messetisch, und versuchte, nicht an die See zu denken, die unaufhörlich gegen die Bordwand brandete. Als vor ein paar Augenblicken der Torpedo detoniert war, hatte er eine fürchterliche Schrecksekunde lang geglaubt, daß die *Vulkan* selbst einen tödlichen Treffer erhalten habe. Der ganze dämmerige Laderaum hatte geschwankt, und der Lärm widerhallte wie im Inneren eines leeren Fasses. Die Lichter hatten geflackert und waren dann langsam erloschen, bis der hohe, freudlose Raum völlig im Dunkeln lag. Sie gingen jedoch unmittelbar danach wieder an, und Gelb merkte, daß er wie gebannt dorthin starrte, wo die junge Frau mit einem unterdrückten Schrei aufgesprungen war.

Die Umdrehungen der Schraube hatten wieder zugenommen; in der stagnierenden Luft hörte Gelb sein eigenes Keuchen. »Wie es scheint, sind wir noch immer am Leben.«

Arthur Brett fuhr sich mit den Fingern durchs Haar und blickte nach oben zu den massiven Stahlträgern. Dann durchwühlte er seine Taschen nach einer Zigarette.

»Verdammt sollen sie sein! Was würde ich jetzt für eine Kippe geben!«

»Haben sie dir deine Zigaretten weggenommen?« Caryls Stimme klang so scheu wie die eines Kindes zwischen Fremden.

Gereizt wandte er sich ihr zu. »Ich vermute, *du* hast jegliche Bequemlichkeit in deiner Kapitänskajüte!«

Flehend sagte sie: »Bitte, Arthur! Kannst du nicht endlich aufhören, mich anzugreifen? Ich halte das nicht mehr lange aus!«

Er hatte sich völlig verändert. Sein Gesicht war unrasiert, seine teure Kleidung zerknüllt und schmutzig. Doch nicht einmal ihr eigenes Unglück und all das, was den anderen zugestoßen war, hatte vermocht, seine Selbstsucht zu ändern oder seine Gleichgültigkeit ihr gegenüber. Wie lange noch wollte sie sich selbst etwas vormachen? Er war nie anders gewesen.

Sie wandte den Blick von Arthurs leerem Gesicht ab und sah Gelb an, dann die gekrümmte Gestalt des alten Kapitäns, der auf einer Koje vor sich hinbrütete. Er hatte weder aufgeblickt, als der Torpedo detonierte, noch zeigte er Interesse an dem, was die anderen sagten.

»Mein Gott, was ist denn mit uns los?« Caryl wandte sich wieder an Gelb. »Wir sitzen hier nur herum, reden und streiten!«

»*Du* redest ständig, Caryl! Welche Heldentaten erwartest du denn von uns?« Ihr Mann begann auf und ab zu schreiten.

Verzweifelt streckte sie die Hände aus. »Ich weiß nicht. Ich komme mir nur so klein und hilflos vor. Das Gefühl, auf diesem Schiff herumgefahren zu werden, während die Deutschen tun, was sie wollen, macht mich ganz krank!« Sie schritt rasch zu Brett hinüber und legte ihm die Hand auf den Arm. »Bitte, Arthur. Ich brauche dich, siehst du das nicht? Warum müssen wir denn ständig streiten?«

»Warum mußt du alles dramatisieren? Es ist schlimm genug, auch ohne daß du versuchst, die Heldin zu spielen.«

Gelb sah, daß die Hand der jungen Frau kraftlos von Bretts Arm herunterfiel. Erstaunlich, dachte er, warum finden diese impotenten Männer immer die schönsten Frauen? Ich bin zwar so häßlich wie die Nacht, aber wenn sie mich wollte, würde ich hier und jetzt mit ihr in die Koje gehen, selbst wenn ihr Mann und der senile alte Kapitän zuschauten.

Er räusperte sich und gab ihr ein Zeichen mit dem Kopf. »Kommen Sie her und setzen Sie sich einen Augenblick zu mir, meine Liebe.« Als sie auf die gegenüberliegende Bank sank, betrachtete er eingehend ihr blasses Gesicht und die großen, freudlosen Augen. »Ich vermute, sie haben ein weiteres Schiff versenkt«, fuhr er leise fort. »Das bedeutet mehr Gefangene und für uns hier weniger Platz und weniger Proviant.« Vorsichtig tätschelte er ihre Hand mit seiner breiten Pranke. »Somit wird es vielleicht nicht mehr lange dauern, bis sie uns freilassen. Ich habe einige Seeleute darüber reden hören, daß sie nicht genügend Kohle für das Schiff haben; daß sie deshalb vielleicht irgendwo Land anlaufen müssen. Wer weiß? Sie und ich können vielleicht doch noch eine Art Rache nehmen, das heißt, wenn Sie daran interessiert sind.«

»Ich hasse sie! Ich kann Ihnen nicht sagen, wie sehr!« Caryls Augen blitzten zornig auf. »Sie sind so schrecklich selbstsicher und so bedacht auf Zerstörung!« Sie sah ihm voll ins Gesicht. »Sie sagen, Sie haben die Seeleute reden hören? Verstehen Sie denn Deutsch?«

Er legte ihr einen dicken Finger auf die Lippen. »Ja, aber das soll ein Geheimnis bleiben. Ich habe bereits einen Plan, kann aber noch nicht darüber sprechen.« Er drückte ihre Hand und spürte, wie sie ihm Kraft gab. Zwar hatte er überhaupt keinen Plan, aber schon die Andeutung hatte genügt, eine neue Vertraulichkeit zwischen ihnen zu schaffen. »Dieser Leutnant Heuß, sehen Sie ihn oft?«

»Ja. Er besucht mich gelegentlich.« Sie dachte daran, wie Heuß mitten in der Kajüte gestanden hatte, einen Wachmantel über dem Schlafanzug. Trotz ihrer kühlen Antworten auf seine Fragen war ihr klar, daß sein Besuch sie vor dem vollständigen Zusammenbruch gerettet hatte. Jedesmal, wenn er kam, versuchte sie ihn zu erniedrigen und zu provozieren, aber wegen seiner ernsten, sogar sanften Annäherung bedauerte sie ihren Zorn, sobald er gegangen war. Sie sah ihn nicht länger als einen Gefangenenwärter, ein Gesicht über einer Uniform, sondern als Mann. Und die Tatsache, daß sie ihm zu vertrauen begann, flößte ihr Furcht ein. Er hörte sich ihre Tiraden an und sprach dann über die See und über Orte, an denen er schon gewesen war. Niemals erwähnte er den Krieg, und stets ging er nach kurzer Zeit wieder. Ein seltsamer, einsamer Mann. Er hatte einen scharfen Verstand, aber sein schlagfertiger Humor schien sich immer gegen ihn selbst zu richten, so daß ihre Wut alle Schärfe verlor.

Bei seinen Besuchen teilte er ihr stets mit, daß es ihrem Mann gut gehe und daß er nach ihr frage. Anfangs wollte sie ihm glauben, aber dann wurde ihr klar, daß er log, weil er den Grund ihrer Verzweiflung erkannt hatte.

Die Tür flog auf, und zwei bewaffnete Seeleute traten ein. Sie bedeuteten Caryl, ihnen zu folgen, und einer, fast noch ein Knabe, wurde blutrot, als sie vielsagend sein geladenes Gewehr anblickte. Der andere Seemann, hager wie eine Vogelscheuche, starrte sie mit steinernen Augen an. Schaudernd zog sie ihren Mantel enger um sich. Der Mann sah aus, als sei er nicht ganz bei Verstand. An der Tür blieb sie stehen und blickte noch einmal zu Arthur zurück. »Ich werde um Zigaretten bitten«, sagte sie. »Vielleicht kann ich dir welche schicken lassen.«

Rasch schritt sie durch den langen Gang davon, während die beiden Seeleute ihr folgten. Eine große Ratte huschte hinter einer Kiste hervor und lief ihr beinahe über die Füße. Unwillkürlich sprang sie zurück und landete in den Armen der Vogelscheuche. Statt sie wieder loszulassen, hielt er sie mit stahlhartem Griff.

Adler blickte ihr in die Augen, den nassen Mund halb offen. Erregt sagte er etwas. Als sie sich befreien wollte, hielt er sie nur noch fester und wurde lauter, um ihre Proteste zu übertönen. Er versuchte ihr zu erklären, daß er wußte, wie man sich in einem offenen Boot in der Gesellschaft von Toten fühlte. Aber Caryl Brett starrte nur in die rotgeäderten Augen und sah den Speichel aus seinem Mund rinnen. Der Pelzmantel rutschte ihr von den Schultern.

Pieck packte Adler am Arm und schrie verängstigt: »Laß sie los, du Idiot! Sie versteht dich nicht, sie denkt, du willst sie vergewaltigen! Um Gottes willen, laß los!«

Die junge Frau hörte auf zu kämpfen, und Adler schlich davon, die Augen auf die kleine Tür gerichtet, die ins vordere Magazin führte. Oberleutnant Köhler stand dort, ein Bündel Munitionslisten in der Hand, und seine Augen brannten vor Zorn.

»Steh' stramm, du Schwein! Laß diese Frau in Ruhe!« Mit zwei Schritten war er bei Adler und schlug ihm mit der Faust auf den Mund. Adler schloß wimmernd die Augen, als der Offizier ein zweites Mal zuschlug. »Wie kannst du es wagen, die Kaiserliche Marine so zu entehren!« Köhler war außer sich vor Wut. Er schlug den halb besinnungslosen Adler erst von der einen, dann von der anderen Seite ins Gesicht, bis dessen Mund und Kinn blutüberströmt waren. »Ich werde schon dafür sorgen, daß uns deinesgleichen keine Schande mehr macht!« Keuchend brach er ab, als er Piecks entsetztes Gesicht über Adlers Schulter gewahrte.

»Bitte um Erlaubnis, sprechen zu dürfen, Herr Oberleutnant! Ich kann erklären, was sich hier abgespielt hat!«

Köhler ließ die erhobene Faust sinken. »Halten Sie den Mund!« schrie er. »Wie können Sie es wagen, mich zu unterbrechen!«

Schritte waren zu hören, Unteroffizier Brandt erschien mit einem bewaffneten Posten zwischen den Seeleuten im Gang.

»Herr Oberleutnant?« Brandt stand stramm, den Blick auf die Frau gerichtet. Er holte tief Luft, als er ihre entblößte Schulter sah, bevor sie den Pelzmantel wieder hochzog. »Stimmt was nicht?«

»Bei ihm stimmt was nicht!« Köhler zeigte mit dem Finger anklagend auf Adler. Einen Augenblick schien er verwirrt, dann warf er ärgerlich den Kopf hoch. »Warten Sie mit diesem Mann im Munitionsaufzug. Wachposten! Bringen Sie die Frau in ihre Unterkunft!« Langsam gewann er seine Kaltblütigkeit zurück. Dies hier war wirklich ein Glücksfall. Er hätte nie auch nur im Traum daran gedacht, daß er Pieck auf so einfache Weise wieder in seine Gewalt bekommen würde.

Der Gang war plötzlich leer und ruhig, nur der keuchende Atem des Jungen war zu hören. Stirnrunzelnd sagte Köhler: »Tja, Pieck, das sieht sehr ernst aus für Adler. Was haben Sie mir zu melden?« Wie ein Habicht beobachtete er Piecks hilflosen Blick.

»Es war ein Unfall, Herr Oberleutnant. Adler ist ein guter Mann, nur ein bißchen einfältig. Er hat versucht, ihr zu sagen, daß er auch ein Schiffbrüchiger ist, der aus einem Rettungsboot voller Leichen geborgen wurde.«

»Und als sie sich weigerte zuzuhören, hat er versucht, sie zu vergewaltigen.« Köhlers blasse Augen schillerten vor Erregung.

»Nein, Herr Oberleutnant. Es war alles ein Mißverständnis.«

»Und *er* hat es verschuldet! Ich werde ihn erschießen lassen! Wenn dieses Benehmen an Bord Schule macht, haben wir eine Meuterei am Hals. Disziplin ist es, was dieser Abschaum braucht!«

Verängstigt starrte Pieck ihn an. Er war ein einfacher Junge, aber doch nicht so dumm, um Köhlers Katz- und Mausspiel nicht zu durchschauen. Er dachte auch an Adler, an die Zeit, die sie zusammen im Militärgefängnis verbracht hatten. Köhler würde am Ende gewinnen. Doch er mußte wenigstens einn Ausweg finden, Adler eine kleine Gnadenfrist verschaffen. Also sah er Köhler voll ins Gesicht, das Kinn stolz erhoben. »Bitte, Herr Oberleutnant, geben Sie ihm eine Chance. Ich will auch alles tun« – seine Stimme bebte ein wenig – »alles, was Sie von mir wollen.« Er senkte die Augen und fühlte sich wie ausgelöscht.

Köhler leckte sich die Lippen. »Ausgezeichnet! So langsam kommen Sie doch zur Einsicht!« Er hob Piecks Kinn an. »Schließlich sollten wir unseren alten Groll begraben, nicht wahr? Von jetzt an wird alles anders, klar?« Er ließ die Hand fallen und rief scharf: »Also gut, Brandt, Sie können diesen Idioten loslassen! Bestrafen Sie ihn mit Extraarbeit.«

»Jawohl, Herr Oberleutnant!« Brandt knallte die Hacken zusammen und warf Pieck einen verächtlichen Blick zu. Dann stieg er die Stahlleiter nach oben, gefolgt von Adler, der sich nur mühsam bewegte.

Köhler nickte. »Siehst du? Solange du dich anständig benimmst, wird deinem Kameraden nichts geschehen. Also, wir verstehen einander, klar? Mach weiter mit deinem Dienst.« Er wartete, bis Pieck die Leiter erreicht hatte. »Und nach der Wache kommst du in meine Kammer. Dann reden wir miteinander.« Köhler lächelte noch immer, als Pieck schon nach oben verschwunden war. Fröhlich vor sich hinsummend, überprüfte er die Munitionslisten.

Heuß stieß die Tür zum Steuerhaus auf und sah sich mit unverhohlenem Mißfallen in dem ruhigen, ordentlichen Raum um. Es war immer dasselbe; niemals schlief es, immer wartete es hier auf ihn: das Nervenzentrum des Schiffes. Jedesmal, wenn auf Wache das Telefon schnarrte oder der Ausgucksmann ein Objekt meldete, wurde sein Mund trokken. Immer fürchtete er, gleich die notwendigen Befehle geben zu müssen, die das Schiff wieder in ein Mordwerkzeug verwandeln würden. Es war alles so unmenschlich, so unwirklich. Ärgerlich schloß Heuß die Tür.

Damrosch stand hinter dem Rudergänger, die Hände tief in den Taschen vergraben, die Augen ruhig, aber aufmerksam. Er lächelte kurz und wandte sich dann wieder nach vorn. Der Rudergänger lehnte sich leicht gegen das Rad, das Gesicht im Licht der Kompaßbeleuchtung teilnahmslos wie eine Holzschnitzerei. Der Mann am Maschinentelegraf, der Signalmaat und der Läufer Kommandant, alle standen sie da wie Statuen, ohne jede Individualität. In der gegenüberliegenden Brückennock, kaum sichtbar durch das salzverkrustete Glas, erkannte Heuß Dehler, der dem Ausgucksmann etwas zurief. Es war wie eine Pantomime. Plötzlich wünschte sich Heuß weit weg. Vielleicht konnte er unter irgendeinem Vorwand die junge Frau in der Kajüte aufsuchen? Langsam schritt er zur Seekabine des Kommandanten. Rings um die Tür war ein Lichtstreifen zu sehen, und Heuß seufzte, als er vorsichtig anklopfte. Schlief dieser Mann denn niemals? Wie konnte er weitermachen, ohne jemals auszuruhen?

Steiger saß am Tisch und schrieb in ein kleines ledergebundenes Buch. Er blickte auf, als Heuß eintrat, sein dunkles Haar glänzte über dem gebräunten Gesicht.

»Ach ja, Heuß, die Verhöre. Haben Sie was herausgefunden?«

Heuß legte seine Papiere auf den Tisch und hob die Schultern. »Nicht viel, Herr Kapitän. Die einzige Neuigkeit ist wohl, daß in Bridgetown ein britischer Kreuzer liegt oder wenigstens gelegen hat, die H. M. S. *Waltham*; sie hat dort Kohlen gebunkert und Verpflegung übernommen. Sie steht auf der Liste des Südatlantikgeschwaders, somit können wir durchaus damit rechnen, sie irgendwann hier zu treffen. Die *Rockleaze* ist übrigens zwei Tage später ausgelaufen als geplant, sonst wären wir ihr gar nicht begegnet.«

»Wie hieß der Kapitän?«

»Louch. Anscheinend ein älterer Mann. Seine Leute sprechen mit Hochachtung von ihm. Der Erste Offizier sagt, der Kapitän habe gleich das Gefühl gehabt, daß wir ein Hilfskreuzer seien. Aber mehr wollte er nicht darüber sagen.«

Steiger zündete sich eine Zigarre an. »Ein tapferer Mann, dieser Kapitän. Sein Funkspruch war nur kurz und wurde mehrfach wiederholt. Seine Position hat er überhaupt nicht erwähnt.« Er lächelte. »Das überrascht Sie auch, wie ich sehe. Es ist natürlich möglich, daß er uns nur einen Schrecken einjagen wollte. Oder«, er stieß mit seiner Zigarre in die Luft, »er hat es deswegen getan, weil er *wußte*, daß ein anderes Fahrzeug in der Nähe war, dem seine Position ohne weiteres bekannt sein mußte. In dem Fall hat dieses andere Schiff die Meldung sofort an das nächste britische Kreuzergeschwader weitergegeben.«

»Das haben Sie schon vermutet, Herr Kapitän?«

»Ja, mehr oder weniger. Was machen Ihre Gefangenen? Ist die junge Frau jetzt ruhiger?«

»Ja, Herr Kapitän.« Heuß verriet keine Einzelheiten. »Sie gewöhnt sich langsam ein.«

»Sie haben offenbar nicht gehört, daß sie heute abend in einen Zwischenfall verwickelt war.« Er sah die Beunruhigung in den Augen des Oberleutnants. »Anscheinend hat ein Posten sie geängstigt. Jetzt ist aber alles erledigt, es war nur ein kleines Mißverständnis.«

Heuß starrte ihn an. Wieso wußte Steiger alles, was im Schiff vorging, ohne jemals die Brücke zu verlassen?

Der Kommandant lachte leise. »Ich höre viele Dinge inoffiziell, Heuß. Machen Sie kein so überraschtes Gesicht.«

»Ich bedaure nur, daß ich nicht informiert worden bin. Es ist wohl nötig, daß ich mit dem Offizier der Wache darüber spreche.«

»Lassen Sie's gut sein. Die junge Frau verwirrt unsere Leute. Sie starren sie an, wenn sie sich irgendwo zeigt, und zwei Seeleute prügelten sich gestern, weil der eine eine beleidigende Bemerkung über sie gemacht hatte. Sie ist ein Symbol geworden, Heuß.« Steigers Stimme wurde hart. »Das könnte gefährlich werden. Aber vielleicht werden wir die Gefangenen bald ausschiffen. Außerdem würde ich gern einen hübschen, vollbeladenen Kohlendampfer kapern. Ich denke, auch das wird uns bald gelingen.« Verabschiedend winkte er mit der Zigarre. »Gehen Sie wieder nach unten, Heuß, ich will Sie nicht aufhalten.«

Heuß schloß die Tür und spürte, wie sein Ärger zerrann. Ich beklage mich über meine Mittelwache, dachte er, und er ist *ständig* auf Wache.

Steiger holte einen silbernen Flakon aus dem Papierkorb und goß sich ein Glas ein. Ich muß bald mal einen Rundgang machen, dachte er. Die junge Frau, zum Beispiel. Sie hat sich zwar von mir abgewandt, jedoch kommen die meisten ihr bereits näher. Vom Kommandanten war sie jedoch durch mehr als nur die Umstände getrennt.

Ein Sprachrohr quiekte. »Offizier der Wache. Bitte um Erlaubnis, Herr Kapitän, die Geschützbedienungen exerzieren zu lassen!«

Dehler versäumte wirklich keine Gelegenheit, die Leute in Bewegung zu halten.

8

Oberleutnant Köhler stand in der Luvbrückennock und zwang sich dazu, trotz der bitterkalten Luft tief einzuatmen. Von seinem erhöhten Standort aus konnte er beobachten, wie die Seeleute ihrer neuen Verkleidung den letzten Schliff gaben. *Vulkan* hatte den Namen *Jannsens* erhalten, stammte aus Amsterdam und fuhr jetzt einen zweiten Schornstein neben dem echten. Dazu war das Achterdeck durch Streifen bemalten Segeltuchs verlängert worden, was ihr das Aussehen eines holländischen Frachters verlieh. Eine falsche Decksladung vollendete die Täuschung. Die *Vulkan* dampfte jetzt langsam nach Westen, wobei sie durch ihren zu hohen Auftrieb heftig rollte. Vom Oberdeck kam das Geklirr von Schaufeln, als die Heizer noch mehr Kohle in den ewig gierigen Schlund schaufelten.

Die See war rauh, kalt und feindselig. In den eineinhalb Tagen seit Versenkung der *Rockleaze* hatten sie nichts gesichtet, nur einen kleinen Segler halb hinter dem Horizont, den sie aber unbeachtet weiterfahren ließen.

Köhler runzelte die Stirn, als er sich den Vorfall ins Gedächtnis rief. Eigentlich war doch jedes Schiff besser als nichts, oder? Verächtlich starrte er in den Sonnenuntergang am Horizont, bis nur noch eine lange silbrige Linie die Trennung zwischen See und Himmel markierte und einen metallisch glänzenden Pfad bildete, dem das Schiff folgte.

Die *Vulkan* machte einen trägen Eindruck. Köhlers Lippen kräuselten sich geringschätzig. Es war eine Schande, daß dieses von ihm so hoch geachtete Schiff mühsam schwankte und kaum genügend Fahrt machte, um steuerfähig zu bleiben. Aber er hatte ja gehört, wie der Kommandant mit diesem seltsamen alten Ingenieur Niklas sprach. Es war eine lange und ernste Unterredung gewesen, die sich wohl in erster Linie um ihren Kohlenverbrauch drehte. Nach Köhlers Meinung ging der Kommandant mit Niklas viel zu tolerant um, schließlich war der nur Ingenieur, ungepflegt und schmutzig dazu, fürwahr ein schlechtes Beispiel. Doch das war ein Problem des Kommandanten, nicht seins. Er hatte mehr als genug für die Ehre des Schiffes geleistet und war äußerst zufrieden mit sich.

Es war viel aufregender gewesen, als er sich vorgestellt hatte. Noch immer konnte er keine Ordnung in seine Gedanken bringen, vielleicht weil er zuviel getrunken hatte, bevor Pieck in seine Kammer kam. Oder vielleicht war er auch zu erregt gewesen, um sich jetzt klar daran zu erinnern. Das machte aber nichts, es würde noch viele gute Gelegenheiten geben. Breit grinste er, als er an das verängstigte Gesicht des Knaben dachte. Aber nachdem er die Stahltür hinter ihm verschlossen hatte, war alles unfaßbar leicht gegangen.

Köhlers Grinsen schwand, als Leutnant Wildermuth schwerfällig aus dem Steuerhaus gestolpert kam. Die Brücke schwankte so stark, daß man keinen Schritt tun konnte, ohne sich irgendwo festzuhalten.

»Was wollen Sie?« Köhlers Stimme klang barsch.

»Mastausguck meldet Schiff an Steuerbord!« Wildermuth blickte besorgt in Köhlers eiskalte Augen.

»Haben Sie den Kommandanten benachrichtigt?« Köhler ging rasch durchs Steuerhaus zur anderen Brückennock, während Wildermuth hinter ihm her schwankte.

»Ich dachte, schon in einer halben Stunde ist es zu dunkel für einen Angriff.«

»Überlassen Sie das Denken gefälligst mir!« Mit seinem starken Glas suchte Köhler den Horizont ab. Endlich fand er ein schwaches Rauchwölkchen, das aussah wie ein Schmutzfleck am grauen Himmel. »Was sagt der Ausguck im Mastkorb?«

»Er kann noch nichts ausmachen, dazu ist es nicht mehr hell genug.«

»O Gott, hängt denn alles an mir?« Wütend winkte er Wildermuth hinweg. »Rufen Sie den Kommandanten und geben Sie an die Maschine: Äußerste Kraft voraus!« Blöder Hammel, dachte er, trägt zwar eine Offiziersuniform, ist aber zu nichts anderem als Reinschiff zu gebrauche.

Plötzlich stand Steiger neben ihm, die Augen rotgerändert. Er wartete Köhlers Meldung ab, bevor er zum Telefon ging.

»Hier spricht der Kommandant. Was können Sie ausmachen?« Es folgte eine lange Pause, während alle Steigers Gesicht beobachteten. Er wartete geduldig, redete nicht dazwischen und machte auch keine Vorschläge, die den Mann hätten beeinflussen können; langsam nahm in seinem Kopf das Bild des anderen Schiffes Gestalt an. Er spürte, daß er das Telefon zu fest im Griff hielt.

Dies war wirklich das Schicksal, das sich über ihn lustig machte, dachte er und erinnerte sich an seine Unterhaltung mit Niklas: Wenn wir schneller fahren, verbrauchen wir mehr Kohle; wenn wir die Geschwindigkeit reduzieren, entgeht uns möglicherweise eine Beute wie diese hier. Nun lauschte er geduldig der langsamen Beschreibung aus dem Mastkorb. Kein Zweifel, der Dampfer, den der Mann sehen konnte, war ein Kohlenschiff. Am liebsten hätte er den Hörer in Wildermuths ausdrucksloses Gesicht geschleudert und die anderen Gaffer an ihre Arbeit gescheucht. Statt dessen starrte er stumm durchs Fenster in den dunkler werdenden Himmel. Er konnte einfach den Kurs nach Süden ändern, wie geplant. Aber angenommen, er fand auch dort keine Kohle? Angenommen, ein feindlicher Kreuzer jagte sie, wenn ihre Bunker nur noch mit Kohlenstaub gefüllt waren? Er biß sich auf die Lippen, daß es schmerzte. Alle warteten auf seine Entscheidung.

Heuß blieb in der Tür stehen. Auch er spürte, daß etwas in der Luft lag.

Steiger sah sich im Steuerhaus um. Alle mieden jetzt seinen Blick, trotzdem war ihm klar, daß sie ihn wie Raubvögel beobachteten. Mit einer Stimme, die er kaum als seine eigene erkannte, sagte er: »Es ist ein Kohlendampfer. Wir werden ihn verfolgen, denn wir können es uns nicht leisten, ihn laufen zu lassen.« Der Schmerz in seiner Brust schien ein wenig nachzulassen. Bitter lächelnd stellte er fest, daß sie auf einmal alle mit den Füßen scharrten und bequemer standen.

»Gehen Sie einen halben Strich nach Steuerbord und lassen Sie auf Gefechtstationen antreten! Benachrichtigen Sie den Ersten Offizier und sagen Sie dem Maschinenraum Bescheid.« Er starrte sie alle der Reihe nach an, seine Augen blitzten plötzlich vor Unternehmungslust. »Ich möchte das letzte an Dampf haben, was sie uns da unten liefern können!«

Das Schiff, das sich bereits auf eine ruhige Nacht eingerichtet hatte, erwachte plötzlich zu neuem Leben. Steiger lehnte sich an die offene Steuerhaustür und blickte hinauf zu den sich rasch verdunkelnden Wolken. Sie hingen über ihnen wie eine Falltür, und wenn sie erst die dünne, jetzt noch scharfe Linie des Horizonts erreichten, würden sie alles auslöschen.

Dehler kam keuchend gelaufen, Jackett und kragenloses Hemd standen offen und enthüllten das rötliche Haar auf seiner breiten Brust. »Ein Kohlenschiff?« Vorsichtig starrte er den Kommandanten an. »Wir werden ihn aber kaum noch abfangen können. Wie ist sein Kurs und seine Peilung?«

Steiger zeigte mit seinem Schreibblock hinüber zum Kartentisch. »Konvergierender Kurs. Wir kommen bei dieser Geschwindigkeit schnell in Schußweite.«

Dehler sah sich blinzelnd um, als spüre er erst jetzt die fürchterliche Vibration, die jede Stahlplatte in lautem Protest klappern ließ.

Steiger erkannte zwar die Skepsis seines Stellvertreters, ging aber nicht darauf ein. Gelassen fuhr er fort: »Ich werde diesen Kohlendampfer kapern, und wenn ich dabei den Kessel sprengen muß!«

Dehler rieb sich das unrasierte Kinn. »Ich gebe dem Tageslicht noch zwanzig Minuten«, sagte er verbissen. »Er kann uns leicht entkommen.«

»Er läuft wahrscheinlich acht Knoten«, sagte Steiger. »Wir machen über sechzehn, in einer Viertelstunde sind wir also bereits sieben Meilen näher.« Er lächelte über Dehlers ungläubiges Gesicht. »Wir werden diesmal das ganze Manöver durchexerzieren, Dehler, eine vollständige Prisenbesatzung hinüberschicken, voll bewaffnet und kampfbereit. Heuß, Sie übernehmen das Kommando. Wildermuth wird Sie als Ihr Stellvertreter begleiten.« Er griff zum Sprachrohr, um den Artillerieoffizier zu vergattern. »Dies muß ein besonders guter Schuß werden, Ebert. Ich möchte nicht, daß das Schiff beschädigt wird. Ich gebe ihm vorher Befehl, beizudrehen und auf das Prisenkommando zu warten. Ich werde dem Kapitän außerdem sagen, daß wir ihn zur Hölle jagen, wenn er Widerstand leistet oder versucht, sein Schiff zu versenken!« Er starrte durch das Brückenfenster. »Und das tun wir notfalls auch. Stellen Sie Ihre besten Leute an die Maschinengewehre, Ebert, die sind vielleicht nützlich, wenn wir dicht dran sind.«

Ruhig wandte er sich an die anderen. »Gehen Sie auf Ihre Staionen. Heuß, lassen Sie die Boote ausschwingen, und viel Glück für Sie!«

Damrosch wischte sich die Augen und hob nochmals das Glas. Was für ein seltsamer Dampfer, dachte er. Kein Wunder, daß der Ausguck zunächst verwirrt war. Das Schiff lag sehr tief im Wasser und schien über den Horizont zu kriechen wie ein riesiger Käfer. Es hatte einen einzigen kleinen Schornstein weit achtern, und seine Decks waren übersät mit Schwergutbäumen.

Heuß lief mit besorgtem Gesicht an ihm vorbei. Als sie beide die Leiter hinunterkletterten, sagte er: »Sieh zu, daß sie nach unten geht, Max. Die Frau, meine ich.« Dann war er verschwunden.

Damrosch strengte sich an, um das andere Schiff zu sehen, dachte aber über Heuß' Anweisung nach. Seltsam, da war er im Begriff, mit einer Prisenbesatzung hinüberzufahren, und alles, woran er dachte, war diese Gefangene.

Steiger lauschte den Befehlen und dem Getrappel. Jetzt werden sie endlich die Spinnweben los, dachte er. Plötzlich merkte er, daß Dehler noch immer neben ihm stand.

»Meiner Meinung nach sollte *ich* das Prisenkommando übernehmen, Herr Kapitän!« Das klang, als habe er sich kaum noch unter Kontrolle. »Ich bin nach Ihnen der ranghöchste Offizier, es ist also mein Recht.« Er schluckte und hob trotzig das Kinn.

Steiger gönnte ihm kaum einen Blick. »Wenn ich falle, haben Sie *hier* das Kommando zu übernehmen. Dann nützt es wenig, daß Sie dort drüben auf dem Kohlendampfer sitzen. Falls wir von einem britischen Kriegsschiff angegriffen werden, wenn die Boote gerade im Wasser sind, muß ich so schnell wie möglich abhauen und unsere Leute sich selbst überlassen. Möchten Sie wirklich an Heuß' Stelle sein?« Er sah Dehler ins Gesicht.

»Nein, Herr Kapitän. Aber ich habe auch nicht damit gerechnet, daß Sie die Boote abschreiben würden.«

Von Steiger lächelte ohne Humor und dachte: Natürlich hast du nicht damit gerechnet. Aus diesem Grund wirst du auch nie ein selbständiges Kommando bekommen. Laut sagte er: »Versuchen Sie nie wieder, meine Anordnungen zu kritisieren, Dehler. Solange Sie es nicht schaffen, einen Befehl widerspruchslos hinzunehmen, sind Sie auch nicht in der Lage, selbst Befehle zu erteilen!«

Er wartete, bis Dehler wütend die Brücke verlassen hatte, dann stand er auf und trat zu Damrosch in die Nock. Jetzt kehrten seine nagenden Zweifel zurück. Eine Geste war gut, sie mußte aber auch etwas fruchten. Nichts anderes konnte ihm jetzt helfen als der Erfolg.

Trotz des rasch verblassenden Tageslichtes waren die Umrisse des Frachters noch deutlich auszumachen; Steiger konnte die häßlichen Laderäume und plumpen Aufbauten auch ohne Glas erkennen. Er wunderte sich über die Gleichgültigkeit des Fremden. Die *Vulkan* fegte jetzt mit beinahe siebzehn Knoten durchs Wasser, also mit einer Geschwindigkeit, die sie seit ihren ersten Fahrten als Bananenschiff nicht mehr erreicht hatte. Die Stützen des Brückenaufbaus summten vor Belastung, und die Brückennock, in der er stand, schien zu wippen wie ein Sprungbrett.

Ein Läufer wartete in der Funkraumtür, um sofort zu melden, wenn der Kohlendampfer zu senden versuchte. Das würde unweigerlich eine vernichtende Salve zur Folge haben. Er kroch jedoch völlig gleichgültig dahin, schien nur U-Boote zu fürchten und keine anderen Überwasserschiffe.

Steiger wagte nicht länger zu warten. Es würde einige Zeit dauern, mit der Geschwindigkeit herunterzugehen und die Boote zu Wasser zu lassen; bei völliger Dunkelheit konnte das schwierig werden.

»Signalmaat, die Morsesprüche raus! Damrosch, geben Sie Alarm!«

Er hörte, wie die Stahlblenden vor den Geschützen zur Seite geklappt wurden, während neben ihm die Morselampe aufblinkte: »Stoppen Sie sofort. Dies ist ein deutscher Kreuzer. Keinen Funkspruch absetzen, sonst werden Sie versenkt.«

In der Dämmerung wirkte das Aufblitzen des vorderen Geschützes um so schrecklicher. Obgleich sie den Aufschlag der Granate nicht mehr sehen konnten, war ihr schrilles Heulen laut genug zu hören.

Ein Blinksignal antwortete: »Ich habe gestoppt.« Und noch einmal: »Ich habe gestoppt.«

Steiger senkte sein Glas. Rasches Handeln war jetzt wichtig. »Maschine stopp! Boote fieren und schlippen! Richten Sie den Scheinwerfer auf das Schiff, aber erst einschalten, wenn ich Befehl gebe.« Er hörte das metallische Klicken der Munitionsgurte, als das schwere Maschinengewehr auf den Kohlenfrachter gerichtet wurde.

Heisere Kommandorufe griffen die Befehle von der Brücke auf. Dehler, der das Zuwasserlassen der Boote überwachte, rief: »Klar bei Bootstaljen! Fier weg!« Dann, als die Boote wie trunken über dem schäumenden Wasser schwankten: »Schlipp!«

Aus seiner Position in der Brückennock sah Steiger, wie der schnittige Kutter vom Mutterschiff abstieß. Im nächsten Augenblick wurden die Riemen eingesetzt, und mit bedrückender Langsamkeit bewegte er sich auf die fremde Bordwand zu. Jetzt tauchte auch, heftig pullend, der zweite Kutter hinter dem Heck der *Vulkan* auf, vollgepackt mit dunklen Gestalten.

Er zwang sich, in aller Ruhe eine Zigarre anzuzünden, und war überrascht, daß seine Hand nicht zitterte.

Dehler kam die Brückenleiter heraufgepoltert. »Beide Boote unterwegs, Herr Kapitän!«

»Gut, Dehler. Übernehmen Sie die Wache und halten Sie das Schiff in Luv des Frachters. Beobachten Sie ihn sorgfältig, ich möchte nicht auf dieses schwimmende Kohlenlager treiben, das wäre genauso, als liefen wir auf ein Riff.«

Dehler eilte ins Steuerhaus und sprach mit dem Rudergänger.

Damrosch hieb auf die Reling. »Das erste Boot liegt längsseit, Herr Kapitän!«

Sie sahen seine hellere Form vor der schwarzen Bordwand dümpeln. Das zweite Boot versuchte ebenfalls festzuhaken, aber die grobe See trug es vorbei. Die Riemen wurden noch einmal eingesetzt, langsam und mühevoll schor es dann bei dem schwerfälligen, nur scheinbar bewegungslosen Frachter längsseit.

Von Steiger starrte hinüber zu dem schwach erkennbaren schwarzen Schatten und versuchte, die Geschwindigkeit ihrer Drift zu schätzen. Der Frachter lag so tief im Wasser, daß sich dies schwer sagen ließ, aber eins stand fest: Er war bis zu den Decksnähten vollbeladen mit Kohle.

Sie mußten die Nacht über zusammenbleiben und beim ersten Tageslicht mit dem Umladen beginnen.

Als der Kutter weggefiert wurde, drückte es Heuß gegen die bewaffneten Seeleute in dem kleinen Cockpit. Er versuchte, nicht an der glänzenden Bordwand der *Vulkan* hinaufzublicken. Rasch ging es abwärts, die Männer saßen vorgebeugt auf ihren Duchten und hielten die Riemen griffbereit, um sie ohne Verzögerung in die Dollen zu bringen, sowie sie im Wasser waren. Ein überladenes Boot konnte sehr leicht kentern, wenn es nicht sofort Eigenfahrt aufnahm.

Grimmig starrte Heuß ins Wasser. Die Seen waren hier unten doch erheblich höher, als sie von Deck aus gewirkt hatten. Er hatte jedoch keine Zeit, über ihre Situation nachzudenken. »Schlipp!« kam der Befehl, und das Boot fiel mit einem Aufklatschen in die letzten Ausläufer der Bugwelle. Heuß spürte, wie die Pinne an seiner Hand riß, und drückte mit ganzem Gewicht dagegen, um den Bug von der Bordwand frei zu kriegen. Das kleine Boot stieg und fiel mit atemberaubenden Stößen, und er mußte die Zähne zusammenbeißen, um eine plötzliche Übelkeit zu unterdrücken.

»Klar bei Riemen! Riemen bei!« Die Männer auf den Duchten beugten sich vor, ihre Blicke hingen an seinem Gesicht. »Ruder an!« Fünf Paar Oberkörper beugten sich mit gestreckten Armen zurück, und die langen Riemen schnitten wie Sicheln in die kabbelige See, die sich weit über die Höhe ihres Dollbords erhob.

Im nächsten Augenblick bewegte sich die Masse der Arme und Beine im Gleichtakt. Als Heuß über seine Schulter zurückblickte, stellte er fest, daß die *Vulkan* achteraus nur noch schwer zu erkennen war. Er bemerkte den anderen Kutter hinter dem Heck, sah das gleichmäßige Steigen und Fallen der Riemen, die wie zwei Flügel wirkten. Sein hoher Bug ragte aus dem Wasser, so daß es den Anschein erweckte, als glitte er schwerelos über die Wogenkämme dahin.

Wildermuths Boot kam gut voran, und wenn seine eigenen Leute nicht aufpaßten, lief es ihnen den Rang ab. Aufgeregt grinsend rief Heuß: »Legt euch in die Riemen, Jungens! Die holen auf!«

Der schwarze Rumpf des Frachters wuchs so plötzlich vor ihnen empor, daß es aussah, als würden sie ihn vierkant rammen. Heuß straffte sich und packte die stoßende Pinne fester. Näher, näher – um Gottes willen, ich darf mich jetzt nicht verschätzen! Er sah die tropfende schwarze Bordwand, das Gewirr des Ladegeschirrs über seinem Kopf. Jetzt! Er legte die Pinne hart über. »Riemen ein!«

Die Seeleute hoben die Riemen aus den Dollen und ließen sie ins Boot gleiten. Es hatte noch soviel Fahrt, daß es dem Ruder gehorchte und an die schwarze Bordwand heranschor. Ein Mann schleuderte den Wurfanker hoch über die Reling. Hinter sich sah Heuß, wie Wildermuths Boot gegen den Schiffsrumpf schrammte und wieder abtrieb. Unterdrückte Flüche waren zu hören und das Knallen der Riemen, als die Männer sie wieder einsetzten, um einen neuen Anlauf zu fahren.

Heuß holte tief Luft. »Los, Jungs, mir nach!« Er nahm all seine Kräfte zusammen, sprang hoch und bekam mit den Fingerspitzen die Reling zu fassen. Verzweifelt suchte er nach einem weiteren Halt. Dann endlich fanden seine Füße einen vorstehenden Plattenstoß an der rostigen Bordwand, und im nächsten Augenblick war er oben an Deck. Sofort erstarben die Geräusche der See und des gierenden Bootes unter ihm, seltsame Ruhe umgab ihn.

Atemlos kletterten seine Männer hinter ihm her, nur eine kleine Restbesatzung blieb im Boot zurück, um es zu schützen. Das fremde Deck war völlig menschenleer. Heuß hatte erwartet, die ganze Schiffsbesatzung vorzufinden oder zumindest jemanden, der sich ihm entgegenstellte. Aber niemand war zu sehen.

Fieberhaft arbeitete es in seinem Hirn. Kein Kommandant sah ihm über die Schulter und sagte, was er tun solle; aber er konnte sich sehr wohl die besorgten Blicke vorstellen, die ihnen von drüben folgten.

»Weiß, nehmen Sie vier Mann und gehen Sie nach unten. Stellen Sie vor allem sicher, daß niemand versucht, die Flutventile zu öffnen und das Schiff zu versenken.« Er wartete, bis sie in der Dunkelheit verschwunden waren, dann wandte er sich an die restlichen vier Mann: »Ich kann nicht auf Wildermuths Gruppe warten. Irgend etwas stimmt hier nicht. Folgt mir zur Brücke!«

Sie war eine kleine, isolierte Insel im Vorderteil des Rumpfes, abgetrennt von den übrigen Aufbauten durch den Laderaum und die Ladebäume. Als er hineilte, empfand er das Unwirkliche der Situation wie eine Warnung. Er tastete sich zu der Stahlleiter und fing an hinaufzuklettern.

Der unerwartete Knall des Schusses fiel so dicht vor ihm, daß er wie ein Donnerschlag klang. Heuß warf sich gegen die Stahlrungen, während die Kugel von der Beplattung abprallte und schrill aufheulend über See verschwand.

»Was, zum Teufel...« Er tastete nach seiner Pistole. Die mußten hier verrückt geworden sein! Da knallte noch ein Schuß, der Matrose hinter ihm schrie gellend auf und stürzte rückwärts auf die Köpfe der nachfolgenden. Schließlich landete sein Körper auf einer Winsch und schlitterte von dort über Deck. Im ersten Augenblick blieb Heuß vor Schreck unwillkürlich stehen. Dann gewann jedoch sein maßloser Ärger die Oberhand, das Blut stieg ihm zu Kopf, und er sprang den Rest der Leiter hinauf. Er sah ein blasses Gesicht durchs Glasfenster des Steuerhauses schimmern und feuerte. Das Glas splitterte, das Gesicht verschwand. In der Dunkelheit des Steuerhauses blitzte eine andere Pistole auf, und eine schwere Kugel schlug klatschend in das Holz neben seinem Kopf. Weitere Schüsse kamen von achtern, und er hörte Wildermuth seine Männer zusammenrufen.

Plötzlich lag der gesamte Brückenaufbau im gleißenden Licht des großen Scheinwerfers der *Vulkan*. Über die Schulter rief Heuß seinen im Dunkel verborgenen Männern zu: »Nehmt die Morselampe und signalisiert, daß wir beschossen werden!« Er duckte sich hinter die hölzerne Brückentür, als ein weiterer Schuß ertönte und die Kugel an seinem Gesicht vorbeipfiff. Wildermuth rief ihm zu: »Wir haben den größten Teil der Besatzung eingekreist! Was jetzt?« Er brach ab, als eine volle Gewehrsalve von der anderen Brückenseite herüberprasselte und Funken aus dem Metalldeck sprühen ließ.

Heuß überlegte krampfhaft. Das Ganze war geradezu lächerlich und doch keineswegs nur Tollkühnheit. Der Hilfskreuzer konnte nicht auf seine eigene Prisenbesatzung hier an Bord feuern. Sobald diese sich jedoch zurückzog, um das Schußfeld freizugeben, konnte der Frachter sich absetzen und im Schutz der Nacht entkommen. Warum benutzten sie wohl nicht ihr Funkgerät? Er straffte sich, als Glas über seinem Kopf splitterte. Angestrengt blickte er nach oben, um die Ursache festzustellen. Er spürte ein Prickeln im Rücken, und sein Herz pochte geradezu schmerzhaft. Irgend jemand versuchte offenbar, hinter ihn zu gelangen, um ihn dann von oben abzuknallen. Er hörte Kleidungsstücke über die Leiter schaben und sah Bootsmaat Weiß über den Rand des Brückendecks spähen. Erleichtert seufzte er und zeigte mit seiner Pistole nach unten.

»Alles in Ordnung dort unten, Weiß?«

Das Gesicht kam vorsichtig näher. »Jawohl, Herr Oberleutnant. Wir haben die Besatzung unter Bewachung, es sind zum größten Teil einfache Laskaren*. Aber der Scheinwerfer blendet so stark, daß ich... Er brach ab, zeigte nach oben und rief: »Sehen Sie den Halunken dort!«

* ostindische Seeleute

Heuß bemerkte eine Gestalt auf dem Dach des schmalen Steuerhauses, die einen Augenblick bewegungslos im Scheinwerferlicht stand. Als Heuß' Männer von Deck aus wie wild auf sie feuerten, sprang sie geduckt über einen schmalen Laufsteg und verschwand in einer winzigen stählernen Kabine.

Eine Stimme rief von unten: »*Vulkan* signalisiert, Herr Oberleutnant! Wir sollen verhindern, daß vom Schiff gefunkt wird!«

Heuß schluckte. Diese Leute hier waren verdammt schlau, dachte er grimmig. Sie konnten mit Leichtigkeit seinen Trupp in Schach halten, während einer von ihnen unbemerkt in die kleine Funkkabine gelangte. Er spürte, daß Weiß ihn beobachtete, und ihm war klar, was man von ihm erwartete. Wenn es dem Funker gelang, eine Meldung abzusetzen, waren all ihre Anstrengungen vergebens. Er steckte die Pistole in seinen Gürtel und stand auf.

»Geben Sie mir Feuerdeckung, Weiß, ich muß da hinauf.«

Ohne die Bestätigung abzuwarten, hangelte er sich um die Seite der Brücke herum, klammerte sich dabei an das überhängende Dach des Steuerhauses. Während er wie eine Fliege an der Metallwand hing, wurde er sich der bedrohlichen Stille ringsum bewußt.

Es war alles mein Fehler, dachte er. Ich hätte wissen müssen, daß so was passieren würde, als niemand an Deck war. Er zuckte zusammen, als eine weitere Feuergarbe das Dunkel der Nacht zerriß und die Stahlplatten neben ihm unter dem Aufprall der Kugeln erbebten. Er hatte jetzt den Laufsteg erreicht und kroch auf diesem entlang wie ein Sprinter in Erwartung des Startschusses. Der Steg war etwa drei Meter lang, dann verbreiterte er sich zu einer Plattform vor der geschlossenen Funkraumtür. Sobald er sich aufrichtete, mußte sein Rücken für die Männer hinter ihm auf der Brücke klar zu erkennen sein; sie konnten unmöglich vorbeischießen. Er biß sich auf die Lippen.

Schließlich gab ihm ein Offizier des Kohlendampfers seine Chance. Ein Schuß fiel an der Vorderseite des Steuerhauses, und im selben Augenblick war die gesamte Brücke in Dunkelheit getaucht. Der Feind hatte den Scheinwerfer der *Vulkan* ausgeschossen. In der plötzlichen Dunkelheit sprang Heuß über den Laufsteg auf die Plattform und warf sich mit seinem ganzen Gewicht gegen die Tür. Völlig unerwartet gab diese sofort nach, und Heuß fiel mit einem leisen Aufschrei gegen eine Gestalt, die sich über den summenden Sender beugte. Im Nu hatte der Mann wie ein Bär die Arme um ihn geschlungen. Sie taumelten in dem kleinen Raum hin und her, stöhnend und grunzend, und ständig verstärkte sich der stählerne Griff um die Taille des Deutschen.

Heuß rang nach Atem und unterdrückte nur mühsam einen Schrei, als er spürte, wie sein Rückgrat unter dem gewaltigen Druck krachte. Das unheimliche Licht des Senders schien sich über ihn zu mockieren, es beleuchtete die breiten Schultern des riesigen Mannes und spiegelte sich auf seinem kahlen Kopf. Heuß blinzelte den Schleier vor seinen Augen weg und versuchte mit einer letzten Anstrengung, seine Arme freizubekommen. Dabei verloren beide das Gleichgewicht und fielen mit voller Wucht gegen den Tisch. Heuß lag unter dem schweren Riesen und trat blindlings mit den Füßen zu. Er traf etwas Festes und spürte, wie der Hüne den Griff lockerte und aufzustehen versuchte. Blitzschnell warf er sich zur Seite, wurde aber trotzdem noch von einem fürchterlichen Fausthieb in die Rippen getroffen. Keuchend sah er tausend Lichter vor Augen. Mit der freien Hand suchte er jetzt nach seiner Pistole, vergeblich. Doch die Angst verlieh ihm neue Kräfte. Er unterlief die schwingenden Fäuste und tretenden Stiefel und packte in einer Ecke des Raumes einen Stuhl, mit dem er den Mann auf Distanz zu halten suchte; aber der entriß ihm den Stuhl wie einem Kind sein Spielzeug.

Seine gewaltige Faust zielte auf Heuß' Gesicht, doch in der schwachen Beleuchtung verschätzte er sich und traf nur dessen Brust. Heuß fiel nach hinten gegen die Wand und spürte unter seinen Fingern den hölzernen Griff einer Feueraxt, deren Glaskasten er beim Fallen zertrümmert hatte.

Er wußte später nicht mehr, wie es ihm gelungen war, sie aus ihrer Halterung zu reißen; aber er sah, daß plötzlich Panik das Gesicht seines Gegners verzerrte. Der Riese duckte sich schreiend und lief zur offenen Tür. Als sein Kahlkopf hell aufleuchtete, hieb Heuß mit der Axt danach. Die Gewalt des Schlages lähmte ihm fast den Arm, aber dann sah er die zuckende Gestalt seines Gegners über den Rand des Laufstegs stürzen. Die Axt saß tief in seinem Schädel.

Außerhalb des Funkraums war alles still. Heuß starrte benommen nach unten und merkte, daß er auf Händen und Knien kauerte. Hinter sich hörte er jetzt einen Schritt und wartete auf den Einschlag einer Kugel. Über seinem Kopf summte noch immer der Sender. Keuchend kam er hoch und taumelte zu ihm hinüber. Aber bevor er ihn erreichte, packten ihn zwei Hände am Arm und geleiteten ihn zu einem

Stuhl. Bootsmaat Weiß starrte auf ihn hinunter, Hochachtung und Bewunderung im Gesicht.

»Nur die Ruhe, Herr Oberleutnant! Es ist alles vorbei, das Schiff ist in unserer Hand!«

Heuß erhob sich mühsam und tastete sich zur Tür. Er wagte nicht zu sprechen, denn er fürchtete, sich erbrechen zu müssen. Einige seiner Leute sicherten die Brückennocken, ein anderer setzte einen Morsespruch an die *Vulkan* ab. Heuß konnte sie durch den rötlichen Nebel vor seinen Augen kaum sehen. Fünf Gestalten standen unten an Deck, die Hände hinter dem Kopf gefaltet. Diese geringe Zahl hatte also ausgereicht, um das Enterkommando aufzuhalten und ihn selbst zu einem verfluchten Mörder zu machen. Heuß schüttelte die Hand des Bootsmaats ab und taumelte den Laufsteg entlang. Unten konnte er die leblose Gestalt des Funkoffiziers sehen. Jetzt wirkte der mächtige Mann fast rührend. War es möglich, daß er noch vor wenigen Augenblicken ein Todfeind gewesen war?

Wildermuth trat aus dem Steuerhaus. »Donnerwetter, Emil, ich dachte, er hätte dich erledigt!«

Heuß rieb sich die Augen und überlegte. »Gib an die *Vulkan*, daß wir klar sind zur Weiterfahrt.« Seine Stimme klang wie gebrochen. »Schließt die Besatzung unten ein und stellt sicher, daß alle entwaffnet sind.«

Er kletterte in das von Kugeln durchlöcherte Steuerhaus hinunter und sah zu, wie Wildermuth den Maschinentelegrafen bediente. Tief unten im Rumpf, vor den auf sie gerichteten Gewehren ihrer Bewacher, griffen die Heizer wieder zu ihren Schaufeln. Langsam nahm der schwere Kohlenfrachter Fahrt auf und folgte wie ein gezähmtes Tier seinem neuen Herrn.

Heuß nahm sich das Logbuch vor und starrte wie gebannt auf den Namen, der in Druckbuchstaben auf dem Deckel stand.

Der Name des Schiffes lautete *Nemesis* *.

Da legte er im Schutz der Dunkelheit den Kopf auf die Arme und begann lautlos zu schluchzen.

»Kaffee, Herr Kapitän?«

Steiger richtete sich in dem großen Stuhl auf und wischte sich mit der Hand über die Augen. Der Atem stand als feuchte Wolke vor seinem

* Göttin der Rache

Gesicht, und er spürte zum erstenmal die Kälte in seinen übermüdeten Gliedern.

Er nahm die Tasse entgegen, die Röder ihm hinhielt, und schloß die Hände dankbar um das heiße Porzellan. Halb sieben – und noch immer nicht hell. Vom Vordeck hörte er, daß die Ladeluken geöffnet wurden, und vor dem Brückenfenster hockte ein Seemann wie ein Eichhörnchen auf einem Ladebaum und ölte ihn mit einer Kanne. Auf der anderen Seite des Steuerhauses, eng zusammengedrängt, als wollten sie sich gegenseitig wärmen, standen einige seiner Offiziere wie wahrscheinlich schon die ganze Nacht. Sie starrten trübe vor sich hin und schwiegen fröstelnd.

Steiger räusperte sich. »Was macht der Kohlenfrachter?«

Damrosch antwortete: »Hält zuverlässig seine Position.«

Steiger grunzte. »Gut. Aber diese verdammten Wolken verhindern, daß es hell wird. Wir müssen mit der Übernahme der Kohlen beginnen, bevor das Wetter schlechter wird. Barometerstand, Köhler?«

»Fallend, Herr Kapitän. Aber der Wind ist noch unverändert.«

Eine lange Nacht lag hinter ihnen. Steiger war sich nicht darüber klargewesen, wie sehr die Kaperung des Kohlenfrachters seine Energie verbraucht hatte. Im grellen Licht des Scheinwerfers hatte er gesehen, daß die zerstreuten Gestalten des Prisenkommandos hin und her rannten, hatte Heuß beobachtet, als dieser an der Seite des belagerten Brückenhauses entlangkletterte. Die Kugel, die den Scheinwerfer zertrümmerte, hatte ihn selbst nur um Haaresbreite verfehlt, und sein Gesicht war durch die fliegenden Glassplitter verletzt worden. Dennoch hatte er kaum gezuckt, so gespannt beobachtete er Heuß bei dessen einsamem Versuch, das Schiff in seine Gewalt zu bekommen. Er fragte sich, wie Heuß jetzt mit der Kommandogewalt fertig wurde. Möglicherweise lehrte ihn dieser Vorgang, daß mehr zu einem Marineoffizier gehörte als nur eine blaue Uniform.

Seltsam, daß der Kohlendampfer es nicht geschafft hatte, einen Notruf abzusetzen. Vielleicht war das Funkgerät alt und benötigte viel Zeit zum Aufwärmen. Sorglose Narren, dachte er mit plötzlichem Ärger. Sie hatten für ihre Gleichgültigkeit bitter bezahlen müssen.

Nun wandte er sein schmerzendes Hirn wieder den unmittelbaren Problemen zu. Es würde schwierig werden, bei diesem Seegang längsseit zu gehen.

Unterstützt von Leutnant Seebohm bereitete Dehler an Deck alles zur Kohlenübernahme vor. Jeder Mann an Bord würde in diese harte

Arbeit eingespannt werden. Man mußte den Leuten ihre Aufgaben vorher genau und in aller Ruhe erklären, denn unangebrachte Ungeduld bei einem aufgeregten Offizier konnte nur schädlich sein. Schließlich waren die meisten seiner Leute vorher noch nie zur See gefahren. Und viele von denen, die bereits See-Erfahrung besaßen, hatten sicherlich noch nie unter solch primitiven Bedingungen Kohlen übernommen.

Er merkte, daß die Back und die Umrisse der großen Dampfwinschen allmählich klarer zu erkennen waren. Jetzt war es soweit.

»Morsespruch an die *Nemesis*«, sagte er ruhig. »Teilen Sie ihnen mit, daß ich mich jetzt achteraus sacken lasse.« Der Griffel kratzte auf der Schiefertafel des Signalmaats. »Sagen Sie ihnen weiter, daß ich mit meiner Backbordseite bei ihr längsseit gehe. Annäherung in fünfzehn Minuten.«

Oberleutnant Ebert rieb sich stirnrunzelnd das Kinn. »*Nemesis*? Das ist ein seltsamer Name. Was bedeutet er?«

Steiger lächelte. »Machen Sie sich deswegen keine Gedanken. Die *Nemesis* ist gezähmt.«

Die Offiziere lachten pflichtgemäß. Gut, daß sie jetzt entspannter waren. Ihre Aufgabe, das Stören der Handelsschiffahrt, hatte sich sehr erschwert. Mit jedem der angehaltenen Schiffe hatte es bisher Komplikationen gegeben, die alle übel hätten ausgehen können. Das war bei seiner ersten Fahrt vor drei Jahren noch ganz anders gewesen. Ein angehaltenes Handelsschiff pflegte sich damals beim ersten Warnschuß zu ergeben, manchmal sogar beim Zeigen der deutschen Kriegsflagge. Jetzt wandten sie sich gegen ihn und kämpften. Die Überlebenden waren mehr verärgert als verängstigt. Er runzelte die Stirn. Man konnte es drehen und wenden, wie man wollte, es gab nur eine einzige Erklärung für diesen Wandel: Sie widersetzten sich jetzt dem Schicksal, so kurz vor dem Ende des ihrer Ansicht nach bereits gewonnenen Krieges noch in Gefangenschaft zu geraten. Ihn fröstelte bei dem Gedanken, ärgerlich schüttelte er den Kopf. Warum überrascht mich das so? dachte er. Ich habe es doch schon seit langem gemerkt.

»Anruf von der *Nemesis*: Die vorderen Laderäume sind geöffnet, zwei Bäume aufgetakelt und mit Laskaren besetzt. Erwarte Ihre Ankunft. Viel Glück!«

Von Steiger lächelte in sich hinein. Viel Glück? Es schien, als habe Heuß seine Sorgen erraten.

»Gut. Ebert, lassen Sie sie achteraus sacken.«

Der Hilfskreuzer ging mit der Fahrt herunter und fiel langsam zurück. Der Rumpf des Kohlenschiffs tauchte schwarz und riesengroß an Backbord auf; als es sie mit gewichtiger Würde überholte, sahen sie das geschäftige Treiben auf seinem niedriger liegenden Deck und erkannten die hellen Gesichter auf der engen Brücke.

Steiger glitt von seinem Stuhl herunter, ging in die Backbordbrükkennock und blieb dort stehen, so daß er die volle Länge seines Schiffes übersehen konnte.

Ebert stand neben dem Rudergänger, und Köhler wartete an der Tür des Steuerhauses, um Befehle zu übermitteln. Bis auf die Handvoll Männer, die als Ausguckposten und Brückenpersonal benötigt wurden, drängten sich alle Besatzungsmitglieder auf dem Vordeck bei den geöffneten Laderäumen.

Steiger sprach laut genug, daß der Rudergänger ihn verstehen konnte: »Ich möchte, daß Sie genau parallelen Kurs steuern, Lehr, bis wir auf gleicher Höhe sind. Kümmern Sie sich nicht um Kompaß oder Geschwindigkeit. Der Kohlendampfer steuert Südwest, deckt uns also gegen Wind und See ab.«

Lehr beugte seinen mächtigen Kopf. »Jawohl, Herr Kapitän, verstanden.«

»Ebert, bleiben Sie am Maschinentelegraf. Halbe Fahrt voraus!«

Das plötzliche Scheppern des Maschinentelegrafen war selbst auf dem überfüllten Vordeck zu hören, wo die Unteroffiziere ihre Leute in kleine überschaubare Gruppen einteilten. Sie spürten die veränderte Geschwindigkeit und sahen, wie der Kohlendampfer langsam näherkam.

Schiller stand an der Backbordreling, seine mächtigen Finger streichelten die Buchten der Wurfleine und glätteten die letzten Kinken. Schoningen und Lukaschek neben ihm beobachteten die anderen, die sich um die klaffenden Luken drängten. Die ersten Gruppen stiegen, bewaffnet mit Schaufeln und Hacken, in die schwarze Tiefe hinab.

Schiller schnaubte durch seine eingedrückte Nase. »Lieber die als ich! Ein Mann kann dort unten von der Kohle begraben werden.«

Lukaschek in seiner fadenscheinigen Jacke zitterte vor Kälte und beobachtete den Kohlendampfer. »Wie die Wellen sich an dieser alten Kuh brechen! Sie wird uns zerdrücken, wenn der Kommandant nicht aufpaßt!«

»Paß du lieber selber auf und hör auf zu jammern!« Schiller grinste. »Wie mich diese verdammten Kohlen ankotzen! Mir kommt es vor, als hätte ich mein ganzes Leben lang nichts anderes getan als Kohlen geschaufelt.«

Schoningen hob die Schultern. »Solange wir hier mit unseren Leinen stehen, bleibt es uns vielleicht erspart.«

»Nichts bleibt dir erspart! Du wirst die verdammten Kohlen schaufeln, bis deine Augen rot und voller Staub sind und deine Nase sich anfühlt wie eine Drahtbürste! Danach darfst du das ganze Schiff von oben bis unten abspülen und schließlich den Dreck aus deiner Haut schrubben. Mit Glück bist du gerade rechtzeitig fertig, wenn alles wieder von neuem losgeht!«

»Ruhe an Deck!« Bootsmaat Brandt starrte auf die Reihe anonymer Gesichter.

»Selber Ruhe!« Schiller sprach aus dem Mundwinkel. »Wenn ich dich an einem Lukenrand erwische, geht's dir schlecht!«

Leutnant Seebohm überwachte einige Seeleute, die große Fender aus Tauwerk in regelmäßigen Abständen über die Bordwand hängten, und fragte sich, ob die genügen würden, um den Zusammenprall aufzufangen. Er straffte sich, als Dehler sich einen Weg durch die Männer bahnte und über die Reling blickte.

»Hierher, Leute! Bringt Fender mit und hängt sie dorthin, wo die Spanten sind.« Er nahm einem Seemann die Fenderleine aus der Hand und schnaubte ungeduldig. »So macht man das, Dummkopf!« Rasch schlang er die Leine um eine Klampe und richtete sich schweratmend auf. »Die Spanten sind in der Bordwand an der Reihe der Nieten zu erkennen, die von oben bis unten gehen!« Gereizt wandte er sich an Seebohm. »*Sie* hätten ihm das auch zeigen können!«

Der Bug des Hilfskreuzers schob sich an dem spindeldürren Schornstein des Kohlendampfers vorbei und dann weiter nach vorn. Sie waren alle so beschäftigt gewesen, daß sie das Hellwerden gar nicht bemerkt hatten. Dehler war überrascht, daß er jetzt Heuß so klar und deutlich auf der Brücke des anderen Schiffes erkennen konnte.

Ich sollte dort oben stehen! dachte er. Aber nach diesem Scharmützel gestern abend wird der Kommandant ihm um den Hals fallen und ihn abküssen. Dabei hätte der Idiot dafür sorgen müssen, daß es gar nicht dazu kommen konnte! Wahrscheinlich ist er schon vor Angst schlotternd an Bord gestiegen.

Der Bug der *Vulkan* drehte ein wenig nach innen, so daß sich der Abstand zwischen den beiden Schiffen um ein paar Meter verringerte. Sie fuhren in einem Abstand von knapp fünfzehn Metern nebeneinander her. Die *Vulkan* war drei bis vier Meter höher als der Kohlendampfer, und schon sah Dehler die zerlumpten Gestalten der Laskaren sich über ihre Winschen beugen. Noch während er hinschaute, bewegten sich die Ladebäume bereits schwankend auf die offenen Luken zu. Ungeduldig brüllte er über das Wasser: »Zu niedrig! Ihr schafft es nicht!« Dann wandte er sich wieder an die Brücke. »Wir müssen unsere eigenen Ladebäume benutzen, Herr Kapitän! Ihre reichen nicht bis zu uns herauf!«

Ruhig hob Steiger die Hand. »Gut. Machen Sie sie klar.«

»Bereits geschehen, Herr Kapitän!« Triumphierend blickte Dehler zu ihm hinauf und wandte sich dann an einen Unteroffizier. »Klar bei Wurfleinen!«

Immer dichter schlossen die beiden Schiffe heran, so daß der Spalt zwischen ihnen schon durch ihre Schatten verdunkelt wurde. Das eingeschlossene Wasser schoß gurgelnd durch die Lücke, und einige Seeleute winkten verstohlen ihren Freunden auf der *Nemesis* zu.

Selbstbewußt und breitbeinig stand Schiller an der Reling, schätzte mit zusammengekniffenen Augen die Entfernung zum Deck des Kohlendampfers. Das andere Ende der Wurfleine lief durch die Klüse und war bereits am Auge der dicken Vorleine angesteckt, so daß diese sofort hinübergeholt werden konnte.

Dehler gab ihm ein Zeichen. *»Jetzt!«* Schiller holte mit dem Arm aus und warf die Leine mit voller Wucht. Sie flog weit über das Vordeck der *Nemesis* und wurde sofort von einem halben Dutzend Hände ergriffen. Als sie die Lose durchgeholt hatten, zwängte sich das Auge der mächtigen Trosse durch die Klüse und glitt ruckartig über das dunkle Wasser.

Steiger sah zu, wie die Vorleine auf dem anderen Schiff eingeholt wurde, und blickte dann rasch nach achtern. Auch dort war eine Wurfleine übergeben worden, und die Hecktrosse schlängelte sich hinterher. Er spürte die mächtige Sogwirkung, die von dem auf der Luvseite fahrenden Kohlenschiff ausging und einen ungeheuren Druck auf ihr Ruder ausübte. Er gab dem Rudergänger ein Zeichen und beobachtete, wie dieser das Rad überlegte. Es war lediglich eine halbe Drehung, aber die Wirkung folgte sofort. Die vordere Querleine sackte durch, als der Bug der *Vulkan* auf das andere Schiff zuschwang.

Zwischen den beiden Fahrzeugen wurde es dunkel, dann kam der Zusammenstoß. Obwohl der Rudergänger gleich wieder Gegenruder legte und die vordersten Fender den ersten Anprall auffingen, hörte man doch das Kreischen reißenden oder sich verbiegenden Metalls, als die beiden Kolosse donnernd zusammenstießen. Steiger spürte den Druck der Brückenreling am Brustkasten und hielt sich fest, als das Schiff sich stark überlegte und dem ersten sofort ein zweiter Aufprall folgte.

Man hörte Dehler Befehle rufen, und die Seeleute beeilten sich, bei dieser Gelegenheit die zusätzlichen Trossen auf das niedrige Deck des Kohlendampfers zu werfen. Es war, als wolle man zwei wildgewordene Bestien fesseln, die sich gegenseitig umzubringen versuchten. Eine sechszöllige Quertrosse brach knallend, aber die Leute mannten im selben Augenblick eine neue durch die Führungsrollen und gaben sie hinüber. Steiger zwang sich, die Hände in die Taschen zu stecken, und wartete. Das Schiff schüttelte sich bei dem erneuten Aufprall, und zwei Seeleute wurden zu Boden geschleudert. Dann kamen die Trossen wieder steif, und die Matrosen warteten sprungbereit wie wachsame Hunde. Die vordere Querleine sackte durch, als die Schiffe wieder, diesmal aber nur leicht, zusammenstießen. Sofort hatten die Männer weitere Trossen am vorderen Poller belebt. Alle Leinen knirschten vor Spannung, aber der Druck war jetzt gleichmäßig verteilt. Widerspenstig fuhren die beiden Schiffe mit stark reduzierter Geschwindigkeit dicht nebeneinander her, während die zusammengepreßten Fender laut knarrten und quietschten.

Über den jetzt schmalen Spalt hinweg sprangen die Seeleute und ihre Unteroffiziere. In alte Fetzen gekleidet, kletterten sie in die beiden vorderen Luken des Dampfers, wo die glänzende Kohle aus Wales darauf wartete, in die bereitgehaltenen Säcke gefüllt zu werden.

Schon schwangen die beiden langen Ladebäume am Fockmast des Hilfskreuzers hinüber zum Deck des Kohlenschiffes, während die Männer sich verzweifelt bemühten, die wild hin- und herschlagenden Giens und Geien * zu bändigen, die mit der Wucht ihrer Blöcke ohne weiteres einen Mann von den Füßen reißen konnten.

Steiger entspannte sich ein wenig und zog eine Zigarre aus seinem Etui. Schon schwebte eine dicke schwarze Staubwolke über den beiden Schiffen, und aus den Laderäumen erklang das Geklirr der Schaufeln. Anerkennend nickte er. Dehler hatte recht gehabt mit den Ladebäumen. Das war ein großer Vorteil, den die *Vulkan* gegenüber einem

* Taljen zum Ein- und Ausschwingen der Ladebäume

echten Kriegsschiff besaß: Sie konnte sich die Kohle mit ihren eigenen Ladebäumen holen und war nicht auf andere angewiesen. Auf einem Schlachtkreuzer hätte es beispielsweise Ewigkeiten gedauert, die doppelten Jolltaue für die Übernahme aufzutakeln. Er wandte sich den ihn beobachtenden Offizieren zu.

»Nun, meine Herren, wie Sie wissen, wird jeder verfügbare Mann bei der Kohlenübernahme gebraucht. Das trifft auch für meine Offiziere zu. Gehen Sie also an Deck und beaufsichtigen Sie die Arbeit, passen Sie auf, daß niemand sich drückt. Wenn die Leute erst einmal Pause machen, kommen sie nachher nur schwer wieder in Gang.« Er beobachtete, wie die Offiziere ohne Enthusiasmus die Brückenleiter hinunterstiegen.

Niklas erschien neben ihm, die Augen bereits schwarz gerändert, und zeigte mit seinem Kohlenplan auf den vorderen Laderaum. »Es ist sehr viel leichter, so Kohle zu übernehmen. Aber was für eine Arbeit, sie vom Laderaum in die Bunker zu schaffen!«

»Füllen wir jetzt schon einen Bunker?«

»Ja, zwei. Ich habe Schütten aufriggen lassen. Wenn Heuß uns Laskaren zur Verfügung stellt, sollten wir es schaffen.«

Steiger nickte. »Ich lasse ein Prisenkommando an Bord und schicke den Kohlendampfer unabhängig von uns auf die Reise, sobald wir erstmal genügend Kohle haben. Wir können uns später mit ihm an festgelegten Orten treffen.« Er rief dem Läufer Brücke zu: »Oberleutnant Heuß soll zu mir kommen und Leutnant Wildermuth mitbringen.« Dann sagte er zu Niklas: »Wildermuth kann die Prise übernehmen. Sehen Sie zu, daß Ihre Leute seine Tanks mit Frischwasser auffüllen. Ich werde einige Gefangene an Bord geben; auf diese Weise können wir die unwichtigen loswerden.«

Niklas rieb sich das Kinn. »Wir sind aber schon sehr knapp mit Frischwasser, Herr Kapitän. Wir werden die tägliche Ration kürzen müssen.«

»So ist es. Ich beabsichtige, das nächste Schiff, das wir treffen, kräftig zu melken. Bis dahin müssen wir eben auf Luxus verzichten.«

Oberleutnant Heuß kam langsam auf die Brücke gestiegen, und der Kommandant sah betroffen in sein übermüdetes, ausdrucksloses Gesicht.

»Sie haben Ihre Sache gut gemacht, Heuß. Später brauche ich einen vollständigen Bericht, aber jetzt sollen Sie erstmal alle Gefangenen auf die *Nemesis* hinüberschaffen. Stellen Sie ihnen die Unterkünfte der Besatzung und die freien Kabinen zur Verfügung. Die Laskaren müssen mit dem leeren Laderaum vorliebnehmen.«

Heuß' Augen flackerten in plötzlicher Sorge auf. »*Alle* Gefangenen, Sir?«

»Alle Seeleute. Behalten Sie die Offiziere an Bord und auch andere, die ein Sicherheitsrisiko darstellen.«

»Und was ist mit der jungen Frau? Sie kann doch nicht auf dieses überladene Schiff gehen.«

»Das denke ich auch, Heuß, obgleich meine Gründe andere sind als Ihre. Reißen Sie sich zusammen, Mann! Sie sehen aus wie in Trance!«

Heuß straffte sich, konnte aber seinen Ärger nicht ganz unterdrükken. »Die letzte Nacht war ziemlich hart, Herr Kapitän!«

»Für uns alle, Heuß. Machen Sie also weiter und überwachen Sie danach das Kohlen im vorderen Laderaum. Wir brauchen überall Aufsichtspersonal.«

Dann wandte er sich dem schwitzenden Wildermuth zu. »Also, von jetzt ab haben Sie ein eigenes Kommando. Kommen Sie mit mir an den Kartentisch, dort zeige ich Ihnen die verschiedenen Treffpunkte für die nächsten Wochen.«

Heuß stolperte die Brückenleiter hinunter und stieß mit Ebert zusammen, der das Auftakeln eines weiteren Ladebaums überwachte. Er grinste und wischte sich den Kohlenstaub von den Zähnen. »Hallo, Emil! Der Held kehrt zurück! Das war eine ganz schöne Schießerei, die ihr da drüben veranstaltet habt.«

»Schießerei?« Heuß verzog das Gesicht. »Ich habe einen Mann mit der Axt erschlagen!«

Ebert hob die Schultern. »Hauptsache, er hat *dich* nicht erschlagen. Und ich brauchte dich nicht vorzeitig in dein Seemannsgrab zu schicken!«

Heuß starrte ihn verwundert an. »Was meinst du damit?«

Eberts Grinsen wurde noch breiter. »Als dieser Bursche den Scheinwerfer ausschoß, war der Kommandant nicht sicher, ob du den Verrückten im Funkraum aufhalten konntest. So gab er mir Befehl, die Brücke des Kohlendampfers mit drei Maschinengewehren unter Feuer zu nehmen.«

Entsetzt packte Heuß ihn am Arm. »Machst du Witze? Das ist doch nicht möglich! Selbst Steiger würde nicht auf seine eigenen Leute feuern lassen!«

Ebert seufzte und wandte sich wieder seinem Ladebaum zu. »Mein lieber Freund, ich kann dich gut leiden. Doch wenn es darum ginge, das Schiff und den Rest der Besatzung zu retten, würde ich meinen Männern den Befehl zum Feuern geben!« Lachend fügte er hinzu: »Aber zum Glück hast du uns alle überrascht.«

Die klaffende Luke über dem Laderaum, die zuerst wie ein graues Rechteck ausgesehen hatte, war jetzt beinahe verdeckt durch wirbelnden Kohlenstaub. In dem langsam kleiner werdenden Kohlenberg hackten und gruben die Matrosen wie Verdammte der Hölle.

Mitten im Raum warteten die Säcke darauf, gefüllt zu werden. Während die messerscharfen Schaufeln zustießen, schwang bereits eine neue Ladeschale durch den Staub herunter und zwang die Männer zu noch verzweifelterer Anstrengung. An Deck und selbst unten im Laderaum war es bitterkalt gewesen, aber jetzt stöhnten und schwitzten alle vor Anstrengung, hatten Hemden und Jacken ausgezogen und arbeiteten mit nackten Oberkörpern. Über ihre staubbedeckte Haut zogen sich Schweißspuren bis hinunter zum Gürtel. Aus den geschwärzten Gesichtern blitzten die Augen weiß und verzerrt, und ihr Atem rasselte schmerzhaft.

»Bewegt euch, ihr faulen Schweine!« Die grobe Stimme hallte in dem halbleeren Laderaum, aber selbst Schiller war zu müde, um eine böse Antwort hinaufzurufen. Sein mächtiger Brustkorb hob und senkte sich bei jedem gewaltigen Stoß mit der Schaufel. Wie betrunken taumelte er hinüber zu Piecks winziger Gestalt, der breitbeinig hinter einem Sack stand und ihn aufhielt. Schiller warf seine Ladung in den Sack und stützte sich dann schnaufend auf seine Schaufel.

»Alles in Ordnung, Willi?« Er blinzelte durch den Kohlenstaub. »Warum ziehst du nicht die verdammte Jacke aus? Danach kriegst du sie nie mehr sauber.«

Pieck schüttelte den Kopf und hielt grimmig den Sack auf. »Das geht schon so.«

Bootsmaat Brandt schrie wieder hinunter: »Los, bewegt euch, sonst mache ich euch Beine!«

Schiller fluchte und hieb von neuem auf den langsam kleiner werdenden Kohlenberg ein. »Schuft! Dafür breche ich ihm irgendwann das Genick!«

Die Schaufeln klirrten und kratzten, die Winschen rasselten und quietschten. Aus dem schwarzen Himmel über ihnen schwebten die leeren Ladeschalen herab und warteten darauf, mit gefüllten Säcken vollgepackt zu werden.

Oberleutnant Heuß überwachte die mürrischen Gefangenen, die über das Deck des Kohlenfrachters nach achtern geführt wurden. Immerhin fünfzig Münder weniger, die gefüllt werden mußten. Dann schob er sich nach vorn und blickte hinunter in den Laderaum zu dem ameisenartigen Gewimmel. Es war erst eine Stunde vergangen, seit die beiden Schiffe aneinander festgemacht hatten, aber trotzdem war der Kohlenberg in den beiden vorderen Laderäumen der *Vulkan* schon beträchtlich gewachsen. Seine Ohren waren wie taub von dem ungeheuren Lärm, sein Mund war voller Kohlenstaub, der, vom Wind getrieben und mit Gischt vermischt, bereits die weiße Brücke der *Vulkan* geschwärzt hatte. All dies mußte wieder abgewaschen werden, bevor die Leute endlich zur Ruhe kommen konnten.

Er versuchte, nicht an Eberts Worte zu denken; trotzdem marterten sie sein schmerzendes Hirn. Steiger hätte ihn also kaltblütig umbringen lassen. Mit drei Maschinengewehren wäre die Brücke des Kohlenfrachters auf eine Entfernung von weniger als zwanzig Meter völlig durchsiebt worden. Er schloß die Augen und versuchte statt dessen, an die junge Frau zu denken. Sie wenigstens würde ihm helfen, den entsetzlichen Nahkampf zu vergessen.

Heuß zog die Mütze in die Stirn, trat ans Lukensüll und blinzelte hinunter zu den schwerarbeitenden, schwitzenden Männern. Sie warfen die geleerten Säcke beiseite und verteilten die neue Kohlenmenge mit Schaufeln und Harken gleichmäßig nach allen Seiten. Ihre Haut glänzte wie Ebenholz, und auf ihren Händen glitzerten Blutstropfen von aufgeplatzten Blasen.

Wildermuth mußte sich also jetzt um den Frachter kümmern, der noch über die Hälfte mit Kohle gefüllt und vollgepfropft war mit Gefangenen. Wenn es ihm gelang, sich von den meistbefahrenen Schiffahrtslinien fernzuhalten, war das gar nicht so schlecht. Aber wenn er mit seinen zwanzig Mann die Kontrolle über das Schiff verlor, konnte er keinerlei Gnade erwarten, weder von den Gefangenen noch vom Kommandanten.

Ein schriller Pfiff ertönte von der Brücke, und das Scharren und Klirren der Schaufeln erstarb im selben Augenblick. Die Männer waren zu erschöpft und atemlos, um nach dem Grund dieser unerwarteten Ruhepause zu fragen, sondern stützten sich nur mit geschlossenen Augen und keuchender Brust auf ihre Schaufeln.

Ärgerlich blickte Dehler nach oben. »Die Leute brauchen keine Ruhepause, Herr Kapitän! Es gibt noch immer eine Menge zu tun!«

Steiger hielt ein Megaphon in Händen und preite Wildermuth an, der allein auf der Brücke des Kohlendampfers stand. »Steuerbord voraus ist ein Schiff, und zwar ein großes. Es könnte ein bewaffnetes Handelsschiff sein wie wir. Entfernung etwa acht Meilen. Werfen Sie sofort los und gehen Sie auf volle Umdrehungen! Oberleutnant Dehler, rufen Sie Ihre Leute zurück und halten Sie sich dann klar zum Loswerfen.«

Wieder ertönte der schrille Pfiff, und eine völlig andersgeartete Hektik begann. Halbnackte schwarze Gestalten kletterten über die Reling, ihre verschwitzten Körper erschauerten vor Kälte nach dem plötzlichen Wechsel. Blasenbedeckte Hände packten Tauwerk und Blöcke, und die ganze Zeit über schrien und fluchten die Unteroffiziere aus allen Winkeln. Es war, als zögerten die beiden Schiffe jetzt, sich zu trennen; jede Tätigkeit dauerte doppelt so lange wie vorher. Die durch Kohlenstaub halb blinden und atemlosen Seeleute mußten an ihre Stationen geführt werden, wo man ihnen die entsprechenden Trossen in die Hand drückte, die sie dann loswerfen sollten.

Dehler blickte besorgt drein. »Los die Querleinen!« Ihm war die Dringlichkeit in der Stimme des Kommandanten nicht entgangen. Er hob die Hand. »Los die Spring!« Bei der geringsten Verzögerung stieß er grimmige Flüche aus.

Wie Marionetten rannten die Männer über Deck, beugten sich über die nassen, von Kohlengrus bedeckten Trossen und holten sie binnenbords. Als nächstes wurden die Vorleinen losgeworfen; nochmals schwankten die beiden Schiffe aufeinander zu, stießen krachend zusammen und schleuderten einen gewaltigen Schwall eingefangenen Wassers über die Reling; dann endlich trieb der Kohlendampfer langsam frei. Seine Bordwand war zerkratzt und an einigen Stellen eingedrückt.

Auf beiden Schiffen schepperten die Maschinentelegrafen, und vom Kohlenschiff schoß eine wachsende Hecksee achteraus.

In diesem Augenblick schrillte eine Signalpfeife auf dem Achterdeck der *Vulkan*, und Oberleutnant Köhler schrie wild gestikulierend hinauf zur Brücke: »Die Heckleine ist unklar, Herr Kapitän! Sie hakt auf dem Deck der *Nemesis*!«

9

Simon Gelb stand unter dem Schutz des überhängenden Bootsdecks und beobachtete die fieberhaften Vorbereitungen ringsum. Er war hungrig und verfroren, hatte aber keine Lust, in sein stickiges Gefängnis zurückzukehren. Der Wind peitschte über die Decks, der Kohlenstaub fegte über die nassen Planken und zeichnete Kringel um die rennenden Gestalten. Gelb konnte den Blick nicht von dem längsseit liegenden Dampfer abwenden. Nach dem plötzlichen Befehl zum Loswerfen machte ihn ein neues Gefühl der Dringlichkeit besorgt und unsicher. Er hatte beobachtet, wie die Kolonne der britischen Seeleute vorbeigeführt und wie Proviant von Hand zu Hand über die steigenden und fallenden Decks hinübergemannt wurde. Er hatte eigentlich damit gerechnet, mit den übrigen Gefangenen auf den Kohlendampfer geschafft zu werden, aber niemand zeigte auch nur das geringste Interesse an ihm oder an Arthur Brett. Die gefangenen britischen Offiziere waren mit den neu dazugekommenen vom Kohlendampfer bereits nach unten geführt worden.

Er musterte den einzelnen Seemann, der ihn bewachte. Es war ein kurzer, stämmiger Mann mit schwärzlichem Gesicht, über dessen linke Schulter der Gewehrriemen hing. Er wirkte durchaus zufrieden, denn schließlich war ihm die harte Knochenarbeit der Kohlenübernahme erspart geblieben. Gelb richtete einige Fragen in Englisch an ihn, die der Posten aber offenbar nicht verstand.

Arthur Brett, der mit Gelb auf dem Bootsdeck Luft schnappte, ging ratlos hin und her, das Haar von Wind und Gischt zerzaust und voller Kohlenstaub. Gelb seufzte tief. Der Mann hielt sich von ihm und den anderen Gefangenen völlig fern. Es interessierte ihn auch nicht, wie es seiner Frau ging. Nur dieser Frachter, der plötzlich aus dem Nichts aufgetaucht war, schien seine Gedanken völlig zu absorbieren. Verzweifelt blieb er schließlich neben Gelb stehen.

»Was zum Teufel geht eigentlich vor? Warum werfen sie plötzlich los, nachdem sie sich solche Mühe gemacht haben, das Schiff zu kapern?«

Gelb hob die Schultern. »Es scheint, sie haben ein weiteres Schiff gesichtet. Vielleicht wollen sie es angreifen, vielleicht aber auch nur abhauen.«

Taue und Trossen flogen durch die Luft; Seeleute stolperten eifrig an ihnen vorbei.

Gelb schluckte. Plötzlich wußte er, was er zu tun hatte. Brett war hier völlig fehl am Platz und nicht nur nutzlos, sondern eine regelrechte Gefahr für ihre Sicherheit. Betont ruhig antwortete er: »Ich habe einen Seemann sagen hören, daß unsere Kameraden auf diesen Frachter gebracht wurden, weil sie in die Heimat geschafft werden sollen. Hier an Bord essen sie zuviel und stören die Besatzung bei der Arbeit. Bald werden sie gesund und sicher auf ein neutrales Schiff übersteigen oder in einem hübschen südamerikanischen Hafen an Land gehen.« Zu seiner Genugtuung sah er, wie das letzte bißchen Farbe aus Bretts Gesicht wich. Eindringlich fuhr er fort: »Der Kommandant muß uns beide wohl für äußerst wertvoll halten, meinen Sie nicht auch? Er will uns mit den gefangenen Offizieren nach Deutschland zurückbringen.«

Brett packte die stählerne Reling und starrte ungläubig hinunter auf den Kohlendampfer. »Das können sie nicht tun! Das wäre ungerecht!« Seine Stimme überschlug sich fast. »Warum muß gerade *mir* so etwas passieren?«

Gelb war geradezu erschüttert über die Wirkung seiner Lüge, konnte sich aber nicht zurückhalten. »Warum denn nicht? Im Krieg ist das einzelne Individuum völlig nebensächlich.«

Brett machte einen Schritt auf die Treppe zum Hauptdeck zu. Seine Lippen waren plötzlich schlaff, das Atmen schien ihm schwerzufallen. Entsetzt sah er, wie die Vorleine an Bord geholt wurde und beide Schiffe auseinander zu driften begannen. Zunächst nur wenige Zentimeter, dann einen Meter, und schließlich sah er ein Wildwasser in der Lücke zwischen den beiden Vorschiffen toben.

Interessiert beobachtete der Posten das Kohlenschiff und blickte sich erst um, als es zu spät war. Brett wandte sich seinem Gefährten zu, plötzlich zum äußersten entschlossen. »Ich springe hinüber auf das andere Schiff! Ich *muß*!« Er schob sich an Gelb vorbei und sagte aus dem Mundwinkel zu ihm: »Erklären Sie alles meiner Frau. Sie wird schon verstehen.« Dann rannte er wie gehetzt über das schlüpfrige Deck.

Mit offenem Mund starrte der Posten ihm nach. »*Halt!*« Er fummelte an seinem Gewehrriemen herum und rief den Seeleuten an der Reling etwas zu. Doch die hatten der rennenden Gestalt den Rücken gekehrt und waren auch zu müde, um schnell zu reagieren.

Ein schriller Pfiff ertönte von achtern. Steif wie eine Stahlstange zerrte die Heckleine an ihrer Führungsrolle. Das Schiff holte stark über und schien dann hilflos an der festgeklemmten Trosse zu hängen.

Steiger beugte sich über die Brückenreling und blickte ärgerlich hinunter. Wenn er nicht sofort handelte, würden die beiden Schiffe mit dem Heck aneinanderstoßen, oder die Trosse würde brechen und möglicherweise in die Schraube geraten. Leise fluchte er vor sich hin und rief über die Schulter: »Hart Backbord! Volle Kraft voraus!«

Die plötzliche Erhöhung der Drehzahl schwenkte den Bug nach Backbord auf den Kohlendampfer zu. Es mußte zu einer ziemlich heftigen Kollision kommen, aber nur auf diese Weise konnten die Leute die Trosse achtern freibekommen. Es war eine äußerst starke Trosse, selbst mit der Axt hätte es eine ganze Zeit gedauert, sie zu kappen.

Die *Vulkan* schüttelte sich, das Heck schien durch die plötzliche Schubkraft der Schraube aus dem Wasser zu tauchen. Das Schiff ächzte und stöhnte in allen Verbänden.

Männer rannten mit Fendern an der Reling entlang zum vermutlichen Punkt des Zusammenstoßes, während auf dem Achterdeck Köhler und seine Leute darauf warteten, daß der Druck von der Trosse wich und die Männer auf dem Kohlenschiff sie endlich freibekamen. Sie wirkte jetzt wie ein ungeheures Scharnier, an dem beide Schiffe unerbittlich aufeinander zutrieben.

»Maschine stopp!« Steiger wurde einen Augenblick abgelenkt durch einen bewaffneten Posten, der wie wahnsinnig über Deck rannte. Was wollte dieser Narr? Er beugte sich über die Reling und erwartete den Aufprall.

Es gab einen gewaltigen Krach, und er spürte, wie sich sein Griff um die Reling lockerte. Die Gewalt des Aufpralls schob die *Vulkan* an der niedrigeren Back des Kohlenschiffs entlang, zerschmetterte einen Ladebaum und riß ihren Steuerbordanker aus seiner Klüse.

Als der Druck kurz nachließ, gelang es den Leuten auf der *Nemesis* endlich, die Achterleine loszuwerfen. Seeleute auf dem Achterschiff der *Vulkan* holten die tropfende Trosse eiligst an Deck.

Steiger hörte Geschrei und starrte ungläubig hinunter. Arthur Brett stand schwankend auf dem Schanzkleid der *Vulkan* und versuchte, mit den Händen Halt an dem Kohlenschiff zu finden, dessen Rumpf sich ächzend an ihm vorbeischob.

Der atemlose Posten, durch sein Gewehr erheblich behindert, hatte ihn fast erreicht, war aber nicht schnell genug.

Brett warf einen gehetzten Blick über die Schulter, dann sprang er hinüber zur *Nemesis*. Seine Finger schlossen sich um die Reling, aber seine stoßenden Füße suchten vergeblich nach Halt an den zerbeulten Platten.

Als die Achterleine freigekommen war, gab Lehr Gegenruder, und zögernd begann die *Vulkan* sich von der *Nemesis* zu lösen. Sie nahm Fahrt auf, schien sich aber noch ein letztes Mal beinahe sanft an ihr reiben zu wollen. Dabei drückte das volle Gewicht ihrer viereinhalbtausend Tonnen auf Bretts Körper, der wie ein Fender dazwischenhing. Als sich beide Schiffe schließlich voneinander lösten, sah man nur einen nassen roten Fleck auf der schwarzen Bordwand: er allein zeigte an, wo Brett sich eben noch befunden hatte. Doch verblaßte er bereits unter dem Ansturm von Gischt und See.

Bestürzt blickte Steiger hinüber zur *Nemesis*.

Ganz plötzlich fing es an zu regnen. Wie ein Drahtverhau näherte sich die Regenfront der *Vulkan*, und als sie über die Decks wanderte, die vor Kälte bereits zitternden Seeleute durchnäßte und sich in die noch offenen Laderäume ergoß, verbarg sie die *Nemesis* vollends. Bald war nichts mehr zu sehen als weiße Wellenkämme, auf die der Guß hämmerte. Die wachsende Bugsee verriet, daß die *Vulkan* schnell Fahrt aufnahm.

Der Posten in dem engen Gang knallte die Hacken zusammen und präsentierte sein Gewehr, bis der Kommandant vorbeigegangen war. Im Vorraum seiner Tageskajüte blieb er einen Augenblick stehen. Er fühlte sich Caryl Brett gegenüber in der Defensive wie stets, wenn er sie sah oder mit ihr sprach. Immer machte sie ihn verlegen, wie überzeugend seine Argumente auch sein mochten. Diesmal würde es bestimmt noch schlimmer werden. Er hatte Heuß vorhin von der Brücke zu ihr geschickt, um ihr den Tod ihres Mannes mitzuteilen, und die ganze Zeit hatte er überlegt, wie er sich vor einem Zusammentreffen drücken konnte. Vor sich hinbrütend hatte er auf der Brücke gesessen, als das Schiff wieder Fahrt aufnahm und die Seeleute damit beschäftigt waren,die Ladebäume niederzulegen und die Luken zu schließen. Die Ausgucksleute konnten das fremde Schiff zwar nicht mehr sehen, doch hatte der Funkraum ein paar schwache Signale aufgefangen, die aber verschlüsselt zu sein schienen. Er hatte sich mit dem Gedanken getröstet, daß es ihm immerhin gelungen war, Kohle aufzutreiben.

Nun packte er entschlossen den Türgriff und trat ohne anzuklopfen rasch ein, so daß die drei Gestalten am Tisch erstarrten. Der Raum war angenehm warm und wirkte einladend. Vor die Bullaugen hatte man die Samtvorhänge gezogen. Caryl Brett saß am Kopfende des Tisches, die Hände unsichtbar im Schoß, und sah ihm erwartungsvoll entgegen. Heuß war aufgestanden. Mit plötzlichem Ärger erkannte der Kommandant Simon Gelb an Caryls Seite.

Die junge Frau trug ihr Haar aufgesteckt und eine weiße Bluse mit hohem Kragen. Sie sah völlig anders aus als damals an Deck, und das machte ihn unsicher. Obwohl ihre Augen gerötet waren, schien sie gefaßt, sogar kühl, und als er auf sie zutrat, bemerkte er, daß sich ihr Kinn trotzig hob.

»Ich wäre gern früher gekommen,« sagte er langsam, »aber ich hoffe, Oberleutnant Heuß hat Ihnen ausführlich erklärt, wie es geschah.« Sie antwortete nicht, aber er spürte, wie er von ihren Augen angezogen wurde. Grün und unergründlich, schienen sie ihn in Bann zu halten, als gehörten sie einem ganz anderen Menschen, der ihn durch eine ausdruckslose Maske hindurch ansah. Er verscheuchte dieses Bild und fuhr fort: »Wir konnten nichts unternehmen, um ihn zu retten. Er handelte wahrscheinlich in einem plötzlichen Impuls. Alles war in Sekundenschnelle vorbei.«

Gelb regte sich zum ersten Mal. Er starrte die schlanke, beinahe jugendliche Gestalt des Kommandanten unverwandt an, das salzverkrustete Jackett, die verblichenen Goldstreifen und vor allem das Eiserne Kreuz an seiner Brust. Er bemerkte, wie unsicher Steigers beinahe zierliche braune Hände waren, und wunderte sich, daß ein Mann wie er seine Befangenheit verriet. Aber das fiel nur ihm allein auf. Die junge Frau stand noch zu sehr unter Schock, und der Oberleutnant war durch die Anwesenheit seines Vorgesetzten verwirrt.

Leise sagte Gelb: »Brett verriet mir kurz vor seinem Tod, daß er Angst hatte. Er wollte mir nichts Näheres sagen, dazu war er zu stolz. Nur daß jemand hier an Bord ihn irgendwie bedrohte.«

Alle wandten sich ihm zu, und Steiger musterte ihn kühl. »Warum haben Sie uns nichts davon erzählt?«

»Er bat mich, nicht darüber zu sprechen. Es war wohl die Sorge um die Sicherheit seiner Frau, die ihn so bedrückte.«

Verächtlich blickte Heuß auf ihn herunter. »Das saugen Sie sich doch aus den Fingern! Wer sollte Brett denn bedrohen? Der arme Kerl hat versucht, auf das Kohlenschiff zu springen, aber aus ganz anderen Gründen. Keinesfalls um einer Bedrohung zu entfliehen.«

Gelb schlug die Augen nieder, um seinen Triumph zu verbergen. »Wie schon erwähnt, Oberleutnant, hat er mir nur wenig gesagt. Wenn jemand ihn aus dem Weg haben wollte, dann vielleicht, um bei unserer lieben Caryl hier freie Hand zu haben.«

»*Das genügt!*« Die junge Frau sprach ruhig, aber bestimmt. »Ich möchte keinerlei Vermutungen mehr hören, von niemandem! Arthur ist tot, und durch Spekulationen können wir ihn nicht zurückholen.« Ihr kühler Blick wandte sich Steiger zu. »Ist das alles, was Sie mir sagen wollten, Captain? Daß es Ihnen leid tut? Immer scheinen Sie sich für irgend etwas zu entschuldigen. Auch wenn Ihre Taten widerlich und heimtückisch sind, Ihre Manieren zumindest sind makellos!«

Heuß hielt unwillkürlich den Atem an. Diesmal war Caryl zweifellos zu weit gegangen. Doch erstaunt starrte er seinen Kommandanten an. Statt des erwarteten Ärgers sah er etwas völlig Neues auf dessen Gesicht. Es war, als habe sich eine innere Tür bei ihm geöffnet und eine nagende Sorge sei verschwunden.

Steiger antwortete: »Ich hasse es, wenn Zivilisten in das Kriegsgeschehen verwickelt werden. Aber dieser Krieg hat alles verändert, es gibt keine Sicherheit oder Isolation mehr, auch nicht für Nonkombattanten. Die Welt steht in Flammen.«

»Nennen Sie dies hier wirklich Krieg, Captain? Sie schleichen doch über die Meere wie ein Pirat, töten und verstümmeln ohne jedes Mitleid!«

»Sie haben einen schweren Schock erlitten, und ich bewundere Ihre Selbstkontrolle. Deshalb will ich ignorieren, was Sie gesagt haben.« Steiger starrte an ihr vorbei auf das Foto seines Sohnes, vielleicht konnte es ihm helfen, seine Beherrschung zu wahren. Er hörte sich sagen: »Engländer reden immer über die Untaten der anderen und denken niemals daran, daß sie alles schon haben. Aber trotzdem wollen sie, daß die ganze Welt ihnen zu Füßen liegt. Ich bin deutscher Offizier, und obgleich ich diesen Krieg und alles, was er uns antut, verabscheue, werde ich trotzdem meine Pflicht erfüllen!« Er beugte sich vor, seine Augen blitzten vor Ärger. »Bilden Sie sich etwa ein, daß meine Leute gern hier draußen sind? Daß sie schlechte Ernährung und ständige Gefahr angenehm finden? Die Tatsache, daß sie eine Uniform tragen, bedeutet noch nicht, daß sie kein anderes Leben führen könnten.« Mit einer umfassenden Handbewegung fuhr er fort: »Auch sie haben Frauen und Kinder zu Hause, für die sie kämpfen. So einfach ist das!« Er zeigte auf Heuß, starrte aber weiterhin die junge Frau an. »Gestern hätte ich diesen Offizier um ein Haar töten müssen, um mein Schiff zu retten. Ja, ich hätte es getan, obgleich ich ihn sehr schätze. Und so würde ich alle bis zum letzten Mann opfern, wenn es nötig wäre. Aber bei Gott, glauben Sie nur nicht, daß ich das alles gern tue!«

Er schwieg und blieb einen Augenblick heftig atmend stehen. Obwohl er die Augen gesenkt hielt, spürte er, daß die anderen ihn anstarrten, völlig schockiert durch seinen Ausbruch. Aber die aufgestauten Ängste und Sorgen waren zuviel für ihn gewesen. Ihm wurde plötzlich klar, daß er auf diese Gelegenheit oder vielleicht auf diesen Zuhörerkreis gewartet hatte; jetzt fühlte er sich irgendwie erleichtert.

Einem plötzlichen Impuls folgend, hob er den Kopf und sah die junge Frau an. In ihren Augen, die ihn üblicherweise abweisend und verächtlich musterten, stand jetzt etwas anderes. Mit neuerwachtem Interesse sah er sie an und verfluchte sich dafür, daß er es nicht schon früher erkannt hatte. Sie hatte Angst, verzweifelte Angst! Vielleicht nicht vor ihm, aber vor der neuen Einsamkeit seit Bretts Tod.

Er winkte Heuß. »Bringen Sie diesen Mann in sein Quartier.« Gelb ist gerissener als wir alle zusammen, dachte er. Selbst wenn das stimmt, was er sagt, erzählt er es uns nicht ohne Grund.

Langsam ging Gelb zur Tür. »Wir sehen uns bald wieder, meine Liebe!« Aus seiner Stimme klang Trauer, sein Mitgefühl schien einen Schutzwall um sie zu errichten. »Ich werde die ganze Zeit an Sie denken.«

Die Tür schloß sich hinter den beiden, und Steiger wurde bewußt, daß er mit seiner Gefangenen allein war. Er merkte, daß sie unauffällig seine Hände beobachtete, als er eine Zigarre aus seinem Etui nahm. Sorgfältig zündete er sie an und warf das Streichholz in den Aschenbecher.

»Warum sind Sie noch hiergeblieben, Captain?« In ihrer Stimme lag die Wachsamkeit einer hilflosen Frau.

Er lächelte. »Ich wollte mit Ihnen allein sprechen. Trotz allem, was Sie über mich gesagt haben, ist mir klar, daß Sie es nicht wirklich glauben. Ich bin lediglich ein Symbol für Ihren Haß. Für Leute, die ihren Krieg vom Schreibtisch aus führen, kann eine Flagge oder eine fremde Sprache dieses Symbol sein. Doch je näher wir dem Krieg kommen, desto menschlicher, aber auch unmenschlicher wird er.«

»Fahren Sie nur fort. Ich kann Sie schließlich nicht bitten, Ihre eigene Kajüte zu verlassen.« Er sah, daß ihre Lippen bebten.

»Das stimmt. Und Sie sprechen so offen, weil Sie sich vor mir sicher wähnen, nicht wahr?« Selbstverspottend zogen sich seine Mundwinkel nach unten. »Weil ich ein Ehrenmann bin?« Müde winkte er ab. »Sie haben natürlich recht. Aber ich muß Sie bitten, nicht gar zu selbstgerecht mit Ihren Beschuldigungen zu sein. Ihr Gatte ist tot, und ich glaube nicht, daß er ein glücklicher Mann war.«

Ein Abglanz des alten Trotzes zeigte sich auf ihrem Gesicht. »Wie wollen Sie jemals einen Mann wie ihn verstehen? Er war ein Aufbauer, kein Zerstörer!«

Ruhig musterte Steiger sie. »Er war ein Narr, Frau Brett. Ich habe seine Papiere gelesen und bin erstaunt darüber, daß er andere und sich selbst mit diesem Blödsinn täuschen konnte.« Sein Blick folgte ihr, als sie vom Tisch aufstand und rasch hinüber zur Anrichte schritt. »Seine Theorien waren gut, aber eben *nur* Theorien. Ich hatte das Gefühl, daß er bei seiner Meinungsbildung zuallererst an sein eigenes Fortkommen dachte. Glauben Sie mir, ich würde Ihnen dies alles nicht so kurz nach seinem Tod sagen, aber ich mache mir Sorgen um Sie.«

Sie wandte sich ihm zu, und er sah, daß ihre Augen tränennaß waren.

»Was wollen Sie, Captain? Warum erzählen Sie mir all diese Dinge über meinen eigenen Mann? Ich kenne ihn doch besser als Sie.« Sie strich sich mit dem Handrücken über die Stirn. »Ich habe ihm gegenüber in vielem versagt, das weiß ich, aber ich habe ihn auch verstanden.«

Steiger hob die Schulter. »Ich kann mir nicht vorstellen, daß *Sie* irgend jemandem gegenüber versagen, der Sie braucht.«

Überrascht starrte sie ihn an; die Tränen liefen ihr jetzt unbeachtet über die Wangen. »Was für ein seltsamer Mann sind Sie doch!«

Er stand auf. »Ich muß jetzt gehen. Wenn Sie etwas brauchen, lassen Sie es mich bitte wissen. Und falls jemand versucht, Sie zu belästigen, benachrichtigen Sie mich durch meinen Steward.«

Sie sah, daß er einen Augenblick unsicher mit seiner Mütze spielte, und spürte, wie das Gefühl der Einsamkeit wieder zunahm. Aber sie wußte auch, daß ihr niemand helfen konnte, ihre Selbstachtung zurückzugewinnen. Es war nicht zu umgehen, daß sie sich gegen Steiger wehrte, wie auch Arthurs Tod unvermeidlich gewesen war. Aber noch konnte sie ihre rasenden Gedanken nicht ordnen.

Sie hörte ihn mit derselben ruhigen und höflichen Stimme fragen: »Warten Ihre Eltern in England auf Sie?«

Sie schüttelte den Kopf, und ihre Vereinsamung kam ihr noch stärker zu Bewußtsein. Durch die Breite des ganzen Raumes sah er sie an. Jede seiner ruhigen Fragen schien ein Stück ihres Verteidigungswalls einzureißen. Plötzlich spürte sie, daß sie ihn nicht länger hassen konnte. »Nein, sie sind in Indien. Sie mochten Arthur nicht.«

Er nickte. »Versuchen Sie zu schlafen. Ich werde Sie auf das erste neutrale Schiff bringen lassen, das wir finden. Sie haben genug von diesem Krieg gesehen.«

Es würgte sie in der Kehle, und sie hätte am liebsten geschrien: »Was wissen Sie schon über mich? Sie spielen doch nur mit mir, weil Sie auch einsam sind und jemanden brauchen, der Ihnen nahe ist, wenn Sie innerlich verzweifeln. Sie denken, ich habe Angst, weil ich Ihre Gefangene bin, aber das stimmt nicht. Ich habe Angst, weil wir beide so gleich sind. Angst nicht nur vor Ihnen, sondern vor mir selbst!«

Als die Tür sich hinter ihm schloß, sank sie müde auf das Sofa. Lange Zeit starrte sie hinunter auf die Aktentasche aus Schweinsleder, die Arthurs Papiere enthielt; ihre Finger glitten ruhelos über die goldenen Initialen. Sie wollte weinen, aber die Tränen kehrten nicht zurück. Sie suchte in ihrem Herzen nach Trauer, war aber entsetzt, daß sie lediglich Schuldgefühle darin fand.

Max Damrosch schloß die Schiebetür seiner kleinen Kammer und blieb einen Augenblick vor seiner ordentlichen Koje mit ihrer einladenden Leselampe stehen. Als die behagliche Wärme ihn endlich umfing wie mit einer Umarmung, begann er sich auszuziehen. Es war nach Mitternacht, und nach den vier anstrengenden Stunden der Abendwache war dies das größte Vergnügen des Tages für ihn: das Ölzeug, die schwere Brückenkleidung und die ledernen Seestiefel auszuziehen. Mit Genuß schlürfte er einen Becher Kaffee, den er sich in der Kombüse besorgt hatte, dann musterte er sein Bild in dem trüben Spiegel am Schott. Seine Wangen wirkten hohl, dachte er, und das Haar war zu lang und ungekämmt. Sonst war er jedoch mit dem Anblick seines straffen Körpers durchaus zufrieden. Bei Antritt der Reise hatte er sich Sorgen gemacht wegen der Geschichten, die er über Salzwasser-Furunkel gehört hatte, auch über Skorbut und unerklärliche Schwellungen, verursacht durch Mangel an frischem Gemüse. Er grinste und setzte sich schwer auf die kratzige Wolldecke. Was seine Mutter wohl sagen würde, wenn sie ihn jetzt hier sehen könnte? Sein Lächeln schwand, als er sich daran zu erinnern versuchte, wie sie beim Abschied ausgesehen hatte. Wenn er den Frieden und die Heiterkeit seines Elternhauses einzufangen suchte, wollte sich kein klares Bild mehr formen. Er sah vor sich das dunkle Mahagoniholz der alten Möbel, und durch die großen Glastüren der Bibliothek seines Vaters die nickenden Frühlingsblumen und den grünen Rasen draußen. Da spürte er, wie ihm die Augen zufielen, und er schlüpfte unter die Decke.

Ob ich wohl ein guter Offizier werde? dachte er. Ich habe nicht mal weggeblickt, als dieser Engländer heute morgen zwischen den Rümpfen zerquetscht wurde. Es war nicht so schlimm wie der Alptraum in dem Rettungsboot. Oder werde ich durch die Härte meiner Kameraden auch selbst langsam hart? Auf dem Schulschiff der Kaiserlichen Marine und in der Kadettenanstalt hatte er alles über Tradition und Seekriegsgeschichte gehört, auch über Disziplin, Gehorsam und die Behandlung der Mannschaft. In der spartanischen, beinahe sadistischen Knappheit jener Tage hatte er vieles gelernt, aber niemals war ihm gesagt worden, daß auch das Privatleben an Bord eines Kriegsschiffs weiterging. Langsam schlürfte er den Rest des lauwarmen Kaffees und lauschte schläfrig dem Stampfen der Maschine.

Im Innern dieses Schiffes, dachte er, gibt es lauter Männer wie mich. Es ist keineswegs eine seelenlose Besatzung. Sie träumen oder machen sich Sorgen, diskutieren oder spielen Karten. Andere stehen vor den Kesseln und schaufeln Kohle, aufrechterhalten nur durch die Aussicht auf Schlaf und Ruhe. Seltsam, früher habe ich nie daran gedacht, daß sie alle eigene Persönlichkeiten sind, nicht nur Offiziere und gewöhnliche Matrosen.

Es klopfte an seine Tür. Als er aufblickte, wurde die eine Hälfte zur Seite geschoben und enthüllte Heuß mit zwei Flaschen in den Händen. Ohne ein Wort taumelte er in die Kammer und schob die Tür mit dem Fuß zu. Blinzelnd stand er dann im Licht, offensichtlich völlig betrunken.

»Ich bin gekommen, um mit dir einen zu trinken, Max!« Mit übertriebener Vorsicht stellte er die beiden Flaschen auf den Tisch und suchte im Spind nach Gläsern. »Muß mit jemandem reden, sonst werde ich verrückt«.

Damrosch zog die Decke bis zum Hals hinauf und musterte erstaunt des anderen hängende Schultern. Unglaublich, Heuß in dieser Verfassung! Er murmelte vor sich hin und hielt die Gläser mit mühsamer Konzentration gegen das Licht.

»Muß wieder sauber werden, Max. Bin zu schade, um vor die Hunde zu gehen.«

»Hast du jetzt nicht Wache, Emil?« Damrosch konnte sich nicht vorstellen, was Heuß dazu gebracht hatte, sich so zu betrinken.

Heuß kicherte. »Unser glorreicher Kommandant, zweifellos von Reue übermannt, hat mich unter Deck entlassen.« Er rülpste und starrte Damrosch an, als sähe er ihn zum ersten Mal. »Mein Gott, du schläfst ja nackt wie ein Heide!«

»Im Ernst, Emil: Hat der Kommandant wirklich deine Wache übernommen?«

Heuß runzelte die Stirn. »Er denkt wohl, ich habe in der letzten Nacht auf dem Kohlendampfer genug getan und brauche jetzt Ruhe.« Heuß fluchte greulich, als er das Gleichgewicht verlor und schwer auf die Koje fiel. Er trug noch immer den Wachmantel, und sein Gesicht war gefurcht vor Müdigkeit. Nun füllte er die Gläser bis zum Rand und reichte eins Damrosch. »Hier, trink das, mein Freund.« Dabei zwinkerte er ihm verschwörerisch zu. »Guter, echter Vorkriegsstoff!«

Damrosch mußte fürchterlich husten, als ihm der pure Whisky durch die Kehle rann. Sobald er sich wieder gefangen hatte, starrte er Heuß an, der mit hängenden Schultern dasaß. »Was war denn das?«

»Whisky, echter Whisky!« Heuß lachte unsicher. »Ich hab' noch vier Flaschen in meiner Kammer, also wollen wir trinken und uns gegenseitig trösten!«

»Ich denke, du gehst jetzt besser zur Koje, Emil. Du bist ja völlig erledigt.« Er versuchte zu lächeln, brachte es aber nur zu einem kläglichen Grinsen. »Ich bin nämlich auch verdammt müde, weißt du?«

Heuß wandte ihm das Gesicht zu, und Damrosch war bestürzt über das irrsinnige Glühen der braunen Augen.

»Wenn du mich wegschickst, Max, trink' ich den Whisky alleine aus. Alle sechs Flaschen, verstehst du?«

»Mann, sprich leise! Das ganze Schiff kann dich hören!« Traurig lächelnd hielt er ihm nochmals das Glas hin. »Also gut, Emil, wenn ich mich wirklich betrinken soll, dann am besten im Bett.«

Heuß lehnte sich gegen Damroschs hochgezogene Knie und seufzte. »Seit vierundzwanzig Stunden trinke ich jetzt diesen gesegneten Stoff. Letzte Nacht habe ich es nicht geschafft, mich zu betrinken. Da habe ich heute weitergemacht, bis ich Steiger melden konnte, ich sei so besoffen wie ein ... wie ein ...« Vergebens suchte er nach einem passenden Wort. »Und ihm auch sagen konnte, was ich von ihm und dem ganzen verdammten Schiff halte!« Liebevoll zerwühlte er Damroschs Haar. »Außer von dir, natürlich. Du bist zu jung und unschuldig.«

Konzentriert goß er weiteren Whisky in die Gläser, wobei fast die Hälfte danebenging. »Aber ich wurde einfach nicht blau genug. Blieb alles so leer in mir wie in einem verdammten Kürbis! Was hältst du von der Geschichte, Max?« Er wartete die Antwort nicht ab. »Wir verändern uns alle, merkst du das?«

»Auf welche Weise?«

»Verändern uns alle«, wiederholte Heuß, aber seine Stimme wurde zunehmend undeutlicher. »Zuerst dachte ich, der Kommandant will nur dem Verlust seiner Frau entfliehen. Wir waren Helden, die den Ruhm suchten!« Er lachte bitter. »Aber schau uns doch jetzt an! Alle intrigieren wir und schmieden Ränke gegeneinander, weil wir diesen Krieg plötzlich nicht mehr mögen. Menschen sterben und werden verwundet, das gefällt uns nicht. O Gott, was ist da bloß über uns gekommen!« Seine Stimme wurde vor Verzweiflung immer lauter.

»Deine Phantasie geht mit dir durch, scheint mir.«

»Wenn's nur das wäre!« Heuß packte Damrosch am Handgelenk. »Max, gestern habe ich einen Menschen getötet.«

Damrosch entwand sich seinem Griff. »Ich weiß, Emil, ich hab's gehört.«

Heuß starrte ihn verblüfft an. »Was hast du gehört? Daß ich irgendeinen anonymen Feind getötet habe?« Er stand auf und griff erneut zur Flasche. »Aber er war ein großer, kahlköpfiger Mann, und ich habe ihm mit der Feueraxt den Schädel eingeschlagen!«

»Du mußtest es tun, sonst hätte er dich umgebracht.«

»Bei Gott, ich wünschte, es wäre so!« Heuß hielt sich mit beiden Händen an einer Rohrleitung über seinem Kopf fest; seine Augen waren glasig und schienen nichts mehr zu erkennen. »Mein Leben war vorher schon schlimm genug, aber jetzt wird es die Hölle!« Er griff zum Glas und kippte es mit einem Schluck hinunter. »Auf das Wohl der *Vulkan*!« Sein Schatten tanzte in der Kammer wie ein Gespenst. »*Vulkan* – Gott des Feuers!« Er lachte kurz und bitter auf. »Er sollte Gott der Gier heißen!«

Ängstlich blickte Damrosch auf die zweite volle Flasche. »Bitte, geh jetzt in die Koje, Emil. Wenn was passiert, Alarm zum Beispiel, was würdest du dann tun?«

»Dann würde ich schlafen gehen! Schlafen und morgen dem Erschießungskommando gegenübertreten, mit nichts als Whisky im Kopf!« Heuß setzte sich wieder, seine Stimme klang plötzlich nüchtern. »Ich bin in wirklichen Nöten, Max, das ist die Wahrheit!«

Damrosch straffte sich. Was zum Teufel meinte er damit? Was hatte er denn noch getan?

»Ich habe mein Land verraten, Max!« Heuß starrte in Damroschs ungläubiges Gesicht. »Meinen Treueid habe ich gebrochen!« Er kippte plötzlich um, schlug mit dem Kopf gegen den Tisch und rollte dann über den Boden. Dumpf fuhr er fort: »Ich habe mich in dieses verdammte englische Mädchen verliebt! Ich bin so verrückt nach ihr, daß ich nicht mehr klar denken kann!« Wütend hob er den Blick zur Koje über ihm.

Damrosch hatte sich auf sein Kissen zurückfallen lassen und schüttelte sich vor erleichtertem Gelächter.

»Oh, Emil! Hast du mir einen Schreck eingejagt!« Nochmals schüttelte er sich vor Lachen. »Ich dachte, du hättest wirklich etwas ausgefressen!«

Heuß knirschte mit den Zähnen. »Verdammt sollst du sein! Es ist mir ernst!«

»Tut mir leid. Wenn ich so lachen muß, liegt's nur am Whisky. Aber du bildest dir wirklich was ein. Du bist schon so lange nicht mehr in weiblicher Gesellschaft gewesen, daß dich jetzt deine Phantasie plagt.«

»Nein, das stimmt nicht. Findest du sie denn nicht auch entzükkend?« Heuß' rote Augen hingen voller Verzweiflung an Damroschs Gesicht.

»Natürlich ist sie entzückend. In all diesem Schmutz und Blut war sie noch immer so schön, daß es mir sofort auffiel.« In plötzlicher Verwirrung hielt er inne. »Aber du würdest dich in *jedes* Mädchen verlieben, das hier an Bord ist, Emil, selbst in eine Negerin oder in eine, die so häßlich ist wie die Nacht!«

»Nein, es ist mir ernst! Ich sage dir, ich werde noch verrückt!« Er versuchte, sich am Kojenrand hochzuziehen, rutschte aber wieder hinunter. »Gib mir noch etwas zu trinken, verdammt!«

»Du hast das hoffentlich keinem erzählt?«

»Natürlich nicht!« Er grunzte verärgert, als ihm Whisky übers Kinn lief. »Aber ich denke ständig an sie. Ich versuche, vernünftig zu sein, aber es wird nur immer schlimmer!«

»Morgen fühlst du dich vielleicht schon wieder besser.«

»Mein Maß ist voll! Erst habe ich diesen Mann umgebracht und dann erfahren, daß Steiger mich erschießen lassen wollte. Es reicht mir, kann ich dir sagen!«

Er lag jetzt mit geschlossenen Augen auf dem Rücken, und Damrosch dachte schon, er habe die Besinnung verloren. Aber dann sprach er wieder. »Dieser Steiger hat nichts Menschliches an sich. Ich habe im ganzen Leben noch keinen wie ihn getroffen, Max!«

»Das kann stimmen. Trotzdem ist er nur ein *Mann,* aber wegen seines seltsam entrückten Benehmens erscheint er uns so unwirklich.«

»Unwirklich? Das trifft den Nagel auf den Kopf, Freund! Er stand vor ihr wie ein Kadett vor dem Spieß, so bescheiden und demütig. Du hättest ihn sehen sollen! Sie trotzte ihm, reizte ihn, sie ebenso zu vernichten wie ihren Mann, aber er stand herum wie ein dummer Junge und steckte alles weg. Es war unglaublich!«

»Genau das meine ich!« Der Whisky machte sich auch bei Damrosch bemerkbar, ihre Stimmen wurden immer lauter.

Heuß rief verzweifelt: »Wenn ich ihr doch nur sagen könnte, was ich von ihr halte! Ich möchte in ihre Kabine gehen und sehen, wie sie das aufnimmt!«

»Warum tust du's nicht? Weil der wachhabende Offizier dich wegen versuchter Vergewaltigung festnehmen lassen würde?«

Heuß ignorierte ihn. »Wenn sie sich so gegen mich wenden würde wie gegen Steiger – ich glaube, das könnte ich nicht aushalten. Das würde mich fertigmachen!«

In diesem Augenblick wurde laut an die Wand geklopft, und Damrosch grinste einfältig. Niklas, der Chief, war von ihrem Geschrei aufgewacht. Damrosch rollte sich zum Kojenrand, um Heuß Vorhaltungen zu machen, aber zu seiner Erleichterung sah er, daß dieser in tiefem Schlaf lag. Wie gekreuzigt lag er auf dem abgetretenen Teppich, das Gesicht endlich völlig entspannt.

Simon Gelb saß in der Dunkelheit der Gefangenenunterkunft und beobachtete das Aufglühen einer Zigarette neben sich. Kapitän Mason vom Kohlendampfer *Nemesis,* ein hagerer, harter Mann, grunzte etwas Unverständliches und zwang sich dazu, dem schwergewichtigen, forschen Londoner zuzuhören, der irgendwie die Führungsrolle in diesem verschlossenen Raum übernommen hatte. Rundum warfen sich die anderen Gefangenen stöhnend in unruhigem Schlaf hin und her oder lagen still wie Tote in den mehrstöckigen Kojen.

Gelb sagte gerade: »Steiger muß Treffpunkte mit Ihrem alten Dampfer vereinbart haben, weil er für ihn äußerst wertvoll ist.«

Mason rührte sich ärgerlich. Gelbs Worte weckten wieder den

Schmerz über den Verlust seines Schiffes. »Das denke ich auch,« antwortete er grollend.

»Wenn es Mrs. Brett gelänge, etwas über diese Treffpunkte zu erfahren, könnten wir den Deutschen vielleicht eins auswischen.«

Mason runzelte die Stirn. »Wie denn, zum Teufel?«

Gelb gelang es nur mühsam, seine Ungeduld zu zügeln. Mason war genau wie alle Berufsseeleute, dachte er: kein Interesse an jemandem, der sein Brot an Land verdiente.

»Ich hörte sie davon sprechen, daß sie die Verwundeten und einige der Gefangenen an Land bringen oder auf ein neutrales Schiff übersetzen wollen.« Jetzt spürte er bei Mason allmählich ein erwachendes Interesse. »Wenn wir Information erhalten und sie einem dieser Glücklichen mitgeben, könnte er sie an die Marinebehörden oder sonst eine militärische Stelle weiterleiten, stimmt's?«

Mason saß jetzt aufrecht. »Donnerwetter, das ist eine verdammt gute Idee! Ich habe von diesen Deutschen langsam die Nase voll! Ich bin von ihnen torpediert worden und einmal auf eine ihrer Minen gelaufen, das genügt!« Er rieb sich die Hände. »Wenn Steiger dann irgendwo auftaucht, um sich mit meinem alten Schiff zu treffen, findet er statt dessen einen großen Kreuzer vor!« Seine Stimme klang bewundernd. »Sie sind wirklich ein alter Fuchs, Gelb.«

Gelb lächelte in der Dunkelheit. »Können wir Ihrem Ersten so weit trauen, daß wir ihn in unser Geheimnis einweihen?«

»Jerry Cobb? O ja, bestimmt; er ist ein guter Mann.« Mason lachte leise in sich hinein. »Wirklich, Gelb, Sie überraschen mich.«

Gelb kroch in seine Koje. »Nennen Sie mich Simon, alle tun das«, sagte er leutselig.

Bootsmann Brandt duckte sich unter dem schweren Segeltuchvorhang durch, der den Eingang zu den Mannschaftsquartieren schützte, und schüttelte das Regenwasser von seinem Ölzeug. Er stieß einen greulichen Fluch aus, als ihm Nässe in den ungeschützten Nacken lief. Die Ronden während der Mittelwache sind nur Zeitverschwendung, dachte er böse. Die Deckswache hat viel zu viel Angst davor, auf Posten einzuschlafen, außerdem wäre es für sie auch zu unbequem. Die Freiwache unter Deck schnarchte jetzt in tiefstem Schlaf. Er rückte die schwere Pistole an seiner Hüfte zurecht und lauschte dem Heulen des Windes draußen. Für den winterlichen Atlantik war die See seiner Ansicht nach noch zahm.

Ich möchte den zu fassen kriegen, der mich auf dieses Schiff kommandiert hat, dachte er. Muß wohl jemand mit Einfluß gewesen sein, dessen Söhnchen ich in der Kaserne ein wenig zu hart angefaßt habe. Verächtlich schürzte er die Lippen. Diese Leute kotzten ihn an. Behandelten die Marine im Frieden wie den letzten Dreck, aber kamen dann winselnd angelaufen und bettelten einen zu siegen, sobald es Krieg gab. Aus diesem verweichlichten Zivilistenpack an Bord würden niemals Seeleute werden, aber er wollte ihnen zumindest zeigen, wie ein richtiger Seemann aussah.

Er straffte sich, denn seine Ohren hatten ein schwaches Geräusch unter seinen Füßen aufgefangen. Stirnrunzelnd versuchte er, seine Richtung und Art zu bestimmen. Da war es wieder, es klang wie das Überschwappen von Wasser. Wie eine Katze schlich er vorwärts und tastete nach der Leiter, die ins untere Deck führte. Jemand benutzte dort den Waschraum. Das Süßwasser war aus Ersparnisgründen abgestellt, aber darum ging es ihm gar nicht. Niemand hatte zu dieser Stunde etwas im Waschraum zu suchen. Seine Laune besserte sich erheblich bei der Aussicht, einen Übeltäter zu erwischen; geräuschlos stieg er die Stahlsprossen hinab und schlich sich durch den dunklen Gang. Ein schmaler Lichtstreifen schimmerte unter der Tür am Ende des Ganges hervor, und jetzt hörte er auch deutlich das Spritzen.

Brandt fiel es immer sehr leicht, sich in Wut hineinzusteigern. Er konnte das zu jeder Tages- und Nachtzeit ohne Anstrengung. Sein Gesicht wurde hart, als er die Tür aufstieß und mit zusammengekniffenen Augen auf die einsame Gestalt starrte. Es war Pieck, der gerade mit dem Schlauch eine Pütz füllte, in der offenbar ein schmutziges Wäschestück lag.

Der Junge versteinerte, sein Gesicht wurde ganz grau, während er den Unteroffizier ansah. Er spürte, wie das Wasser aus dem Schlauch über seine Füße lief, schien aber nicht imstande, sich zu bewegen.

Langsam und wortlos schritt Brandt um ihn herum. Sein rascher Blick erfaßte den Kohlenschmutz im Wasser und die kostbare Seife, die Pieck so verschwenderisch benutzte, um etwas auszuwaschen, das wie ein Arbeitshemd aussah. Genau vor dem Jungen blieb er stehen; sein Gesicht war völlig ausdruckslos, lediglich sein Mund bewegte sich wie eine zuschnappende Falle.

»Nun, Pieck? Was tun Sie um diese Zeit im Waschraum?« Seine Stimme klang verdächtig milde.

Pieck stand stramm, den Blick auf Brandts Mütze gerichtet. »Ich versuche, mein Hemd zu waschen. Bisher konnte ich den Kohlenstaub noch nicht rausbekommen.«

»Lügen Sie mich nicht an!« Brandts Stimme wurde jetzt lauter, und an seiner Stirn klopfte eine Ader. »Sie haben sich irgendwo herumgedrückt, als die anderen Reinschiff machten, und waren sogar zu faul, sich selbst zu waschen, stimmt's?« Als Pieck eine Antwort stottern wollte, schloß Brandt die Augen und brüllte: »Widersprechen Sie mir nicht dauernd! Ich habe Sie beobachtet, seit Sie aus der Haftanstalt an Bord gekommen sind! Ich habe sofort durchschaut, was für ein Früchtchen Sie sind, auch wenn es Ihnen gelungen ist, die Offiziere zu täuschen: ein nutzloses, faules, verdorbenes und verlogenes kleines Schwein! Verstanden?« Jetzt kam ihm ein neuer Gedanke. »Warum haben Sie beim Kohlen Ihr Hemd getragen? Hatten Sie Angst, sich zu erkälten oder Ihren kostbaren kleinen Körper zu entblößen wie alle anderen? Antworten Sie gefälligst!« schrie er.

»Ja, Herr Bootsmaat. Ich – ich meine, nein, Herr Bootsmaat!« Er zuckte zusammen, als Brandt die Hand hob, aber der rückte nur seine Mütze zurecht und lächelte sadistisch.

»Es wird langsam Zeit, daß Sie mit dem Lügen aufhören, Pieck! Ich habe die ganze Mittelwache zur Verfügung und notfalls noch länger, um die Wahrheit aus Ihnen herauszuholen.«

»Ich verstehe nicht, Herr Bootsmaat.«

»Was? Na, dann werde ich mich klarer ausdrücken. Sie benutzen den Waschraum lange nach ›Ruhe im Schiff, Licht aus‹, bringen alles durcheinander und sind dann auch noch unverschämt! Das genügt!«

Brandt war enttäuscht. Natürlich war es nicht üblich, daß die Männer zu dieser Nachtstunde den Waschraum benutzten, aber soviel er wußte, stand nichts darüber in den Ständigen Befehlen. Trotzdem, da steckte mehr dahinter. Diese bibbernde Kreatur hatte irgend etwas zu verbergen. Bibbernd? Träge lächelte er.

»Ziehen Sie mal Ihre Jacke aus, Pieck, wir wollen doch sehen, ob Sie am Körper genauso schmutzig sind!«

Pieck biß sich auf die Lippen und streifte die Jacke von seinen nackten Schultern. Er versuchte, seinen Rücken vor den Blicken des Unteroffiziers zu verbergen, hatte aber nicht mit dem Spiegel gerechnet, der hinter ihm hing.

»Drehen Sie sich um, aber sofort!« Brandt machte einen Schritt vorwärts und starrte ungläubig Piecks helle Haut an. Über die Schultern zogen sich bis zur Taille sechs oder mehr dünne rote Striemen. Er sah, wie der Junge zitterte, und verspürte steigende Erregung. Betont ruhig fragte er: »Was sind das für Striemen? Woher haben Sie die?«

»Ich bin hingefallen, Herr Bootsmaat. Heute morgen im Laderaum.«

Diesmal schlug Brandt zu. Seine Handschuhe klatschten mit aller Kraft auf die blutigen Striemen. »Wo haben Sie das her?« brüllte er. Ihm war völlig klar, daß diese Striemen etwas mit Oberleutnant Köhler zu tun hatten und mit dem Zwischenfall, als Adler die Gefangene so geängstigt hatte. Wieder brüllte er: »Ich frage zum letzten Mal, Pieck! Von wem haben Sie diese Striemen?«

Schweigen. Pieck stand schwankend in der Nässe, während seine Jacke unbeachtet am Boden lag.

Brandt atmete schwer. Was, wenn er Pieck jetzt zum wachhabenden Offizier brächte? Doch er verwarf diesen Gedanken sofort wieder. Das würde Köhler zwar endgültig erledigen, aber das Offizierskorps würde ihm, Brandt, diese Anzeige niemals vergeben. Dann war er zeitlebens gebrandmarkt als derjenige, der einen Offizier des Kaisers in Mißkredit gebracht hatte. Nein, da gab es bessere Möglichkeiten. Wenn Köhler herausfand, daß Brandt alles über seine Affäre mit dem Jungen wußte, aber unter bestimmten Bedingungen dichthalten würde, konnte es ihm viel mehr Nutzen bringen. Grimmig lächelte er.

»Folgen Sie mir, Pieck!« Er marschierte den Gang entlang und ließ seine Taschenlampe aufleuchten, bis er eine kleine Luke fand, die ins darunterliegende Deck führte. Er mußte mehr herausfinden, aber es konnte ein Fehler sein, den Jungen unnötig bloßzustellen. Er lauschte den schleppenden Schritten Piecks hinter ihm. Das nächste Schiff, daß sie kapern würden, brauchte eine Besatzung. Offiziere waren knapp, aber auch ein tüchtiger Unteroffizier konnte als Prisenkapitän fungieren. Diese Beförderung und dazu all das, was er auf dem gekaperten Schiff finden würde, reichte aus, um seine Zukunft zu sichern.

Vor einer dicken hölzernen Tür, die vor Feuchtigkeit troff und im Licht seiner Lampe weiß glitzerte, blieb er stehen.

»Wissen Sie, was das hier ist, Pieck?« Er bemerkte, wie sich die Augen des Jungen vor Schreck weiteten.

»Der Kühlraum, Herr Bootsmaat.« Piecks Stimme zitterte so, daß seine Worte kaum zu verstehen waren.

Brandt ließ die Hand auf dem Türgriff ruhen und sagte beinahe im Plauderton: »Kühlschiffe sind selten. Wir hatten großes Glück, eins zu erwischen.« Mit beiden Händen drehte er den Vorreiber zurück und schob die schwere Tür auf. Die blaue Notlampe im Inneren beleuchtete hängende Schlachtviehhälften und eisbedeckte Lattenkisten. Die kalte Luft, die aus dem totenstillen Raum wehte, ließ Piecks nackten Oberkörper unkontrollierbar zittern. »Machen Sie, daß Sie da reinkommen! Los!« Er packte Pieck und zerrte ihn zur Tür.

»Entweder sagen Sie mir alles, die *ganze* Wahrheit, oder Sie bleiben so lange hier drin, bis Sie dazu bereit sind!« Mit einem Ruck schleuderte er den Jungen hinein, der sofort hinstürzte und über den vereisten Boden rutschte. Als er vor Schrecken laut aufschrie, knallte ihm Brandt die schwere Tür vor der Nase zu.

Von außen lehnte er sich dagegen und spürte, wie der Junge mit den Fäusten gegen die mindestens dreißig Zentimeter dicke Tür aus Holz und Stahl hämmerte. Grinsend suchte er in seiner Tasche nach einer Zigarette. Ein paar Minuten da drin würden Pieck schon die Zunge lösen. Brandt war dankbar für das Ölzeug und den dicken Wachmantel, den er anhatte, denn selbst hier draußen war es noch empfindlich kalt.

Von oben beobachtete Adler den ganzen Vorgang, seine ausdruckslosen Augen schimmerten wie nasse Steine über dem Rand der Luke. Er war den beiden geräuschlos durch den Gang gefolgt, nachdem er gehört hatte, wie Brandt Piecks Namen rief. Jetzt schloß er die Augen wie im Gebet und versuchte, seine wirren Gedanken zu ordnen.

10

Wieder brach ein grauer Morgen an, Regenböen peitschten die nassen Decks. Die Seeleute, die Kohle aus den Laderäumen in die klaffenden Öffnungen der Bunker schleppten, verfluchten Regen und Kälte. Die See kam noch immer vorlich ein, und von jedem schweren Brecher, der das Schiff traf, wurde die Back emporgeschleudert; ein paar Sekunden schien sie in der Luft zu schweben, bis das Vorschiff ins folgende Wellental stürzte. Auf beiden Seiten rasten die schäumenden weißen Wogenkämme vorbei, so daß der Eindruck entstand, als liefe das Schiff mit unwahrscheinlicher Geschwindigkeit. Doch das schwache Schraubenwasser unter dem hohen Heck war der Beweis, daß es sich um eine optische Täuschung handelte.

Oberleutnant Heuß hörte das Knirschen seiner Schuhsohlen auf dem nassen Kohlenstaub vor der Bunkeröffnung und blinzelte hinauf zu den jagenden Wolkenfetzen. Er ließ sich vom Regen das Gesicht reinigen und die schmerzenden Augen kühlen, alles Nachwirkungen des Whiskys. Er ärgerte sich jetzt, daß er nicht gefrühstückt oder wenigstens Kaffee getrunken hatte, aber Steigers Aufforderung, sofort auf die Brücke zu kommen, hatte ihm kaum Zeit gelassen, sich zu waschen und flüchtig zu rasieren.

Seufzend schickte er sich an, die dem Regen ausgesetzte Leiter zum Bootsdeck hinaufzusteigen. Hatte Köhler oder ein anderer Offizier dem Kommandanten sein Besäufnis gemeldet? Möglicherweise war es noch viel schlimmer gewesen, als er sich erinnern konnte. Er war auf dem Boden von Damroschs Kammer aufgewacht, mit einer Beule am Kopf, über deren Entstehung er nicht das geringste wußte. Von außen hatte der Regen gegen das geschlossene Bullauge geklatscht. Jetzt leckte er sich die trockenen Lippen und stieg grimmig weiter nach oben. Der Whisky hatte ihn immerhin seit Tagen zum ersten Mal wieder entspannt schlafen lassen. Keuchend erreichte er die Brückennock, stieß die Tür zum Steuerhaus auf und blieb erstaunt stehen. Es war voller Menschen, die mit unbehaglichem Schweigen zu warten schienen.

Mit roten Augen und müdem Gesicht stand Damrosch steif hinter dem Rudergänger und warf Heuß einen raschen Blick zu, in dem deutlich Erleichterung lag. Dann wandte er sich wieder seinen Aufgaben als zweiter Wachoffizier der Vormittagswache zu. Dehler trat soeben ruhelos neben Oberleutnant Ebert, und auf der anderer Seite standen ein paar Offiziere und Unteroffiziere und warteten mit sichtlichem Unbehagen.

Steiger setzte seine Porzellantasse ab und nickte. »Ach ja, Heuß. Tut mir leid, daß ich Sie auf die Brücke rufen mußte, aber ich habe soeben eine schlimme Nachricht bekommen.«

Heuß straffte sich. Es schien schlimmer zu werden als befürchtet.

»Herr Kapitän?« Er spürte, daß alle ihn ansahen.

»Also: Während der Mittelwache, als ich Sie abgelöst hatte, ist ein Mann verschwunden, anscheinend über Bord gefallen. Obgleich es Sie also nicht direkt betrifft, meine ich doch, daß Sie informiert werden sollen, damit Sie künftig ein wachsames Auge auf Ihre Leute haben können.«

»Verstehe, Herr Kapitän.« Doch er verstand überhaupt nichts. Es war zweifellos traurig für einen Mann, über Bord zu fallen, aber es berechtigte doch in keiner Weise zu einer solch riesigen Versammlung auf der Brücke. Heuß wartete.

»Ich denke, wir fangen von vorne an, Dehler. Erzählen Sie noch einmal genau, was sich zugetragen hat.«

Dehler wandte den Blick von Heuß und räusperte sich. »Äh, Bootsmaat Ehmke hatte die Morgenwache und sollte Bootsmaat Brandt ablösen. Brandt war aber nicht zur Stelle, um ihm die Wache zu übergeben, und nach längerem Suchen stellte man fest, daß er nirgends zu finden war.«

Heuß hörte aufmerksam zu und spürte die Spannung des Kommandanten, der mit den Fingern leise auf den Tisch trommelte, während Dehler wichtigtuerisch berichtete. Jetzt sprach Ehmke, ein stattlicher, rotgesichtiger Mann, dessen aufgeworfene Lippen an den Rüssel eines wütenden Ebers erinnerten.

»Ich wartete also ab, denn Brandt war sonst niemals auch nur eine einzige Sekunde unpünktlich.« Er schluckte, als er den Blick des Kommandanten spürte. »Und als ich ihn nicht finden konnte, rief ich auf der Brücke an. Danach durchsuchten wir das ganze Schiff und fanden dies hier.« Er hielt eine blaue Mütze hoch, nass von Regen und Gischt, die in Ehmkes Pranke irgendwie rührend wirkte.

Steiger nickte mit plötzlicher Ungeduld. »Sie lag in der Nähe des Vormastes auf Backbordseite, ja?«

»Jawohl, Herr Kapitän. Sonst nicht das geringste.« Ehmke sah aus, als könne er noch immer nicht begreifen, daß ein Mann wie Brandt so sorglos gewesen war.

Oberleutnant Köhler tauchte hinter dem Rudergänger auf. »Ich habe alle Mann suchen lassen, Herr Kapitän. Als wir die Mütze fanden, vermutete ich gleich Mann über Bord und machte eine Eintragung im Logbuch. Ich ließ Sie nicht wecken, weil wir doch nichts mehr hätten tun können.«

Besorgt sah er Steiger an, aber dieser beachtete ihn nicht, sondern musterte Kochsmaat Bender, der in seiner weißen Kleidung einen starken, fettigen Küchengeruch ausströmte und hier auf der Brücke völlig fehl am Platze schien. »Bender, was haben Sie entdeckt?«

Der Erste Koch der *Vulkan* wischte sich die fettigen Hände an der Schürze ab. Er bedauerte wohl bereits, daß er seine Entdeckung gemeldet hatte, versuchte aber nun, das beste daraus zu machen. »Herr Kapitän, ich ging heute morgen hinunter, um eine Kiste Zwieback zu holen. Wir sind ein wenig knapp dran, und ich habe erst gestern zu meinem Gehilfen gesagt, wenn das so weitergeht, dann haben wir bald...«

»Kommen Sie zur Sache, Mann!«

»Jawohl, Herr Kapitän. Als ich im unteren Vorratsraum ankam, merkte ich, daß die Kühlraumtür unverschlossen war.«

Steiger bedeutete ihm durch eine Handbewegung zu schweigen. »Gut, das reicht. Will dazu jemand etwas sagen?«

Dehler meldete sich zu Wort, denn er hatte das Gefühl, daß die anderen es von ihm erwarteten. »Mir scheint, daß Brandt sich ein bißchen zu sorglos verhielt. Das ist wahrscheinlich der Schlüssel zu der ganzen Angelegenheit.«

Steiger sprach weiter, ohne auf Dehlers Worte einzugehen. »Hören Sie mir alle gut zu: Wir sind überanstrengt und übermüdet, daran ist nichts zu ändern. Aber sobald sich Sorglosigkeit breitmacht, kann das unser aller Verderben sein.« Er sprach so leise weiter, daß der Rudergänger und die Ausgucksleute ihn nicht hören konnten. »Brandt scheint also über Bord gegangen zu sein. Aber das Deck ist dort, wo seine Mütze lag, ziemlich geschützt, dazu kamen während der Mittelwache kaum Seen über. Ich weiß es, denn ich habe während der ganzen Zeit von der Brücke aus nach vorn gesehen.«

Heuß leckte sich die Lippen. Ich danke Gott dafür, daß ich betrunken war, dachte er. Wäre ich Wache gegangen, würde diese Sache jetzt auf meinen Schultern lasten.

»Zweitens«, Steigers Stimme war scharf wie das Messer eines Chirurgen, »befindet sich der Schlüssel zum Kühlraum immer in Verwahrung des Bootsmaaten der Wache, in diesem Falle also bei Brandt. Aus irgendeinem Grund schloß er mitten in der Nacht den Kühlraum auf, ging dann an Deck und fiel über Bord. Nein, Dehler, so leicht ist diese Angelegenheit nicht geklärt.«

Langsam drang der Sinn dieser Worte in das Bewußtsein der Zuhörer. Heuß war jetzt völlig wach. Brandt war im Kühlraum gewesen, dann hatte ihn jemand über Bord geworfen. Oder er war sonstwo getötet worden, und man hatte ihm den Schlüssel abgenommen, um den Kühlraum auszurauben.

Als könne er Gedanken lesen, fügte Steiger langsam hinzu: »Aus dem Kühlraum fehlt nichts. Ich war mit Bender unten. Auf dem Boden sind ein paar schwache Abdrücke, wie Fußabdrücke, aber ich bin mir da nicht ganz sicher.« Sein Blick wanderte langsam über ihre Gesichter. »Ich will Ihnen sagen, was ich glaube. Brandt wurde umgebracht. Im Augenblick weiß ich nichts Näheres, aber wenn wir die Angelegenheit zunächst als erledigt behandeln, können wir eventuell den oder die Schuldigen überführen. In der Zwischenzeit muß jeder Offizier und Unteroffizier ständig auf der Hut sein.« Seine Augen blitzten zornig auf. »Lassen Sie sich dies als Lehre dienen!«

Sie standen alle stramm, bis Steiger seinen üblichen Platz an der Luvreling erreicht hatte, dann verschwanden sie einer nach dem anderen von der Brücke.

Der Kommandant rief Heuß noch einmal zurück. Er sah ihn nicht an, sondern hielt den Blick fest auf den blaugrauen Horizont gerichtet.

»Heuß, ich möchte, daß Sie der Gefangenen was zu tun geben. Wir haben ein paar Kranke, sie könnte vielleicht im Lazarett helfen. Fragen Sie sie jedenfalls und geben Sie ihr jegliche Unterstützung.«

»Jawohl, Herr Kapitän.« Heuß wartete. Steiger schien weitersprechen zu wollen, hielt sich aber noch zurück. Also fuhr er fort: »Diese andere Sache, Herr Kapitän, mit Unteroffizier Brandt. Das *könnte* auch ein Unfall gewesen sein, nehme ich an?«

»Unwahrscheinlich, Heuß. Brandt war ein schlechter Unteroffizier, übermäßig streng und brutal. Er hatte bestimmt viele Feinde an Bord.«

Steiger lehnte sich gegen die niedrige Reling und ließ den Regen unbeachtet auf seinen Wachmantel prasseln. So im Profil wirkte er seltsam jugendlich und empfindsam. Heuß mußte sich dazu zwingen, in diesem Mann den harten, zurückhaltenden Kommandanten zu sehen wie sonst. Er nannte Brandt streng, und doch würde er selbst dem Schuldigen gegenüber nicht die geringste Gnade walten lassen, wenn man ihn entdecken sollte.

»Man kann seiner Sache nie ganz sicher sein, Heuß.« Seine Worte klangen fast beiläufig. »Und zu wissen, daß solche Spannungen an Bord herrschen, ist beunruhigend.«

»Im Krieg scheint vieles gerechtfertigt zu sein, Herr Kapitän.«

»Diese Einstellung kann zur Meuterei führen, Heuß!« Die gewohnte Strenge war wieder zurückgekehrt. Es wirkte, als sei der Kommandant soeben erst erwacht. »Und noch eins: Trinken Sie nie zuviel auf einmal. Das verringert nicht unsere Sorgen, es verzerrt sie nur!«

Heuß salutierte und stieg dann wieder müde die Leiter hinunter. Beim Bunker blieb er noch einmal stehen, sah die schwerarbeitenden Seeleute jetzt mit neuen Augen: harte, scharfkantige Gesichter, schmutzig von Kohlenstaub. Einer davon konnte es gewesen sein. Es schauderte ihn, und er versuchte sich vorzustellen, wie Brandt ins schäumende Kielwasser gefallen und möglicherweise in die rasende

Schraube geraten war. Langsam ging er weiter, den Kopf tief in seinen hochgeschlagenen Kragen gezogen. Das Schiff schien ihm nach diesem Vorfall irgendwie fremd.

Caryl Brett blieb neben dem großen Schornstein stehen und blickte zu dem dünnen Rauchstreifen auf, der sich im Wind kräuselte. Sie fühlte die Wärme, die von ihm ausging, glaubte die Kraft zu spüren, die im Maschinenraum erzeugt wurde. Es war kalt und naß, und das Kopftuch, das sie über dem Haar trug, hatte sich mit Regen vollgesogen. Trotzdem hatte sie noch keine Lust auf die Einsamkeit ihrer Kabine.

Sie dachte an ihren Mann und versuchte sich zu erinnern, wie er ausgesehen hatte, als sie sich zum letzten Mal begegnet waren. Sie bemühte sich, ihn wieder so zu sehen, wie er in England gewesen war: zuversichtlich, entschlossen und doch ein bißchen hilflos. Statt dessen tauchte immer wieder das Bild vor ihr auf, wie er zum Rettungsboot schwamm und sie auf dem sinkenden Schiff allein zurückließ.

Schuhsohlen quietschten auf dem nassen Deck hinter ihr, dann trat Gelb neben sie an die Reling. Sie straffte sich, wartete auf seine scheinbar zufällige Berührung und die aufdringliche Freundlichkeit seines Tons. Gelb war wirklich ein seltsamer Mann. Er hatte sie im Rettungsboot vor dem völligen Zusammenbruch bewahrt, und doch fühlte sie sich in seiner Gegenwart unbehaglich.

Nun stand er eine Zeitlang schweigend neben ihr, als hänge er ebenfalls seinen Gedanken nach. Endlich fragte er leise: »Wie ich höre, hat man Sie gebeten, im Lazarett zu helfen?«

Erstaunt sah sie ihn an. »Woher wissen Sie das? Es ist erst eine Stunde her!«

Er zog die Schultern hoch, als wolle er sich rechtfertigen. »Ich höre eine ganze Menge, meine Liebe. Das kommt wohl daher, daß ich ein guter Zuhörer bin.«

»Ja, man hat mich danach gefragt. Aber diese völlige Gleichgültigkeit gegenüber meinen Gefühlen hat mich doch erstaunt.«

»Ich denke, Sie sollten das Angebot annehmen.« Sein Ton war noch immer beiläufig, aber sie spürte einen leichten Vorwurf in seinen Worten. »Schließlich sind auch einige verwundete britische Seeleute im Lazarett, um die Sie sich kümmern müßten. Vielleicht können Sie ihnen irgendwie helfen.«

»Anzunehmen.« Heuß hatte ihr die Sache beinahe auf dieselbe Art schmackhaft zu machen versucht, wie Gelb es jetzt tat. Er hatte außerdem darauf hingewiesen, daß ihr dadurch die Zeit schneller vergehen würde, bis sie an Bord eines neutralen Schiffes gesetzt werden konnte. So einfach war das. Alle redeten auf sie ein, als sei überhaupt nichts passiert. Sie wandte sich wieder Gelb zu. »Was haben Sie sonst noch gehört?«

»Ein Mann ist heute nacht über Bord gefallen, ein Unteroffizier.« Er lächelte so wissend, als hüte er ein Geheimnis. »Ich glaube, da steckt mehr dahinter. Vielleicht können Sie das ebenfalls herausfinden.«

Vom Vordeck waren Glockenschläge zu hören, und irgendwo unten zwitscherte eine Bootsmannsmaatenpfeife.

Gelb trat näher, bis sie die Berührung seines Mantels an ihren Beinen spürte. »Da ist noch etwas«, sagte er leise. »Ich möchte, daß Sie keine Anstrengung scheuen um zu erfahren, wo wir wieder mit dem Kohlenfrachter zusammentreffen sollen.«

Sie studierte seine teilnahmslose Miene. »Warum? Was nützt das jetzt noch?«

»Ich glaube, dort ist jemand an Bord, der uns helfen könnte. Ihr armer Mann kannte ihn. Er ist wohl der einzige, der weiß, vor wem Ihr Mann sich fürchtete.« Er ließ die Bedeutung seiner Worte wirken. »Ich habe mit dem Kapitän des Kohlendampfers gesprochen; er glaubt, daß die Deutschen das Schiff versenken wollen, wenn sie soviel Kohle übernommen haben, wie sie verstauen können.«

»Und die Gefangenen an Bord?«

»Die werden wohl irgendwo an Land gesetzt. Danach werden wir sie möglicherweise nicht wiedersehen.« Traurig schüttelte er den Kopf. »Wir könnten etwas für das Andenken Ihres armen Mannes tun, wenn wir herausfinden, wer sein Feind war. Ich bin sicher, daß wir es uns niemals verzeihen, wenn wir nicht den Grund für seinen unnötig frühen Tod erfahren und ihn zu rächen suchen.« Er wartete, wagte kaum zu atmen.

»Was könnten wir denn tun? Sie haben ja gesehen, wozu diese Deutschen fähig sind. In ihren Händen sind wir hilflos.«

»O nein, nicht ganz hilflos! Versuchen Sie, die Treffpunkte herauszubekommen, dann werde ich mit diesem anderen Gefangenen Kontakt aufnehmen, wer es auch sein mag. Die Mühe lohnt sich bestimmt.« Eilig sprach er weiter. »Jede Kleinigkeit könnte dabei helfen, der Name einer Insel vielleicht oder einer geschützten Bucht. Auf alle Fälle müssen wir es versuchen.«

Langsam nickte sie. »Gut. Dann sage ich dem Offizier, daß ich bereit bin, im Lazarett zu helfen. Ich darf ohnehin nicht nur an mich selbst denken, wenn andere in einer viel schlimmeren Lage sind.«

Seine große Hand schloß sich über ihrer, und sie fühlte sich irgendwie erleichtert. Er hatte das wohl schon die ganze Zeit vor, seit er aufs Bootsdeck gekommen ist, dachte sie. Ich spüre beinahe den Eifer in seinen Fingern. Sie zog die Hand unter seiner hervor und wischte sich das Haar aus den Augen. Sie mußte versuchen, Gelb zu mögen. Schließlich tat er alles, um ihr zu helfen, was auch seine Beweggründe sein mochten.

Ein Unteroffizier erschien am oberen Ende der Treppe und gab Gelb ungeduldig ein Zeichen.

»Ich muß jetzt wieder nach unten, die Hunde bellen bereits.« Langsam ging er hinter seinem Bewacher her und ließ Caryl mit ihren Gedanken allein.

Sie blickte in das vorbeirauschende Wasser, spürte aber, daß irgend jemand sie beobachtete, und sah zur Brücke. Steiger stand dort oben, sein Gesicht war durch den Nieselregen nur undeutlich zu erkennen. Sie erwartete, daß er sich abwenden würde, statt dessen hob er grüßend die Hand. Da drehte sie sich schroff um und schritt rasch über das Bootsdeck davon, wütend auf sich selbst. Trotzdem empfand sie eine seltsame Genugtuung über die Macht, die sie über all diese Männer besaß: Gelb, der seine Gefühle für sie hinter irgendwelchen edlen Motiven zu verbergen suchte, Heuß, der sie offen bewunderte, und selbst Steiger, der ihretwegen unsicher wurde. Als ob ihre Gegenwart den Panzer aller an Bord erweiche und ein Bindeglied sei zur Außenwelt, zu einem anderen Leben. Noch einmal warf sie einen Blick hinauf zur Brücke, aber Steiger war bereits verschwunden. Deshalb will er wohl auch, daß ich das Schiff verlasse, dachte sie. Er hat Angst vor mir.

Sie rannte beinahe atemlos in ihre Kabine.

Die Entdeckung machte sie nervös, sie brauchte Zeit, um alles in Ruhe zu überlegen. Zwar schien es ihr unmöglich, daß eine unpersönliche Kampfmaschine wie die *Vulkan* durch menschliche Gefühle geschwächt werden könnte, und doch war ihr klar, daß sie künftig doppelt vorsichtig sein mußte.

Ich möchte ihn herunterreißen von seinem Podest, diesen arroganten, selbstsicheren Deutschen, dachte sie. Das wäre eine Kompensation für alles, was ich erlitten, gesehen und erduldet habe. Unwillkürlich sprach sie diese Worte laut, doch sie schallten hohl von den Wänden zurück, unwirklich und bedeutungslos.

Das Lazarett der *Vulkan* lag unter dem Bootsdeck und erstreckte sich genauso wie die Offiziersmesse über die ganze Breite des Schiffes. Obwohl es geräumig war, wirkte es trotzdem überfüllt mit seinen Reihen weißer Metallkojen, die von der Decke herunterhingen und im Rhythmus der Schiffsbewegung leicht schwankten.

Caryl Brett blieb einen Augenblick im Eingang stehen, ihre schlanke Silhouette hob sich gegen den grauen Himmel ab, und ihre Wangen glühten von der frischen Morgenluft. Oberleutnant Heuß schloß die Tür hinter ihr, und sie spürte sofort die vollständige Abgeschlossenheit dieses Raumes. Die Luft roch nach Seife und Desinfektionsmitteln, alles war weiß gestrichen und glänzte vor Sauberkeit; die Flaschen und Krüge in den Borden standen ordentlich in Reih und Glied wie Soldaten.

Ein großer, eifrig wirkender Mann Anfang der Dreißig wartete in einem langen weißen Arztkittel in der Mitte des Raumes. Sein ebenmäßiges Gesicht mit dem strengen Mund wurde gemildert durch ein Paar blinzelnder blauer Augen. Er wartete respektvoll, während Heuß auf die Kojen zeigte, von denen sechs belegt waren. Als Heuß ihn schließlich heranwinkte, neigte er den Kopf in einer leichten Verbeugung und musterte die junge Frau mit deutlichem Wohlgefallen.

»Dies ist Steuer, unser Krankenpfleger, auch wenn er eher wie ein Chefarzt wirkt.« Heuß machte eine umfassende Handbewegung. »Er ist Schweizer und hält das Lazarett so sauber wie eine Kuckucksuhr.«

Eduard Steuer lachte in sich hinein. »Besten Dank, Herr Oberleutnant. Sie sind sehr freundlich.« Zu der jungen Frau sagte er: »Es ist sehr lieb von Ihnen, uns Ihre Hilfe anzubieten. Schon Ihre Gegenwart wird den armen Leuten guttun.«

»Ja, und wenn wir nicht aufpassen, wird bald die gesamte Mannschaft krank werden«, sagte Heuß grinsend.

»Und einige Offiziere dazu, wer weiß?« Der Schweizer hob die Augenbrauen.

Heuß warf einen Blick auf die Uhr und runzelte die Stirn. »Ich muß gehen, Mrs. Brett.« Das Widerstreben war seiner Stimme deutlich anzumerken. »Aber bitte zögern Sie nicht, nach mir zu schicken, wenn Sie etwas benötigen.« Als der Offizier gegangen war, führte Steuer die junge Frau in eine kleine Nische am anderen Ende des Raumes.

»Dies ist die Tür zu einer Kammer, die Sie bitte benutzen wollen, wenn ich die unangenehmeren Dinge tun muß oder wenn Sie müde sind. Ich habe meine Patienten bereits versorgt, so daß im Augenblick nicht viel zu tun ist.«

»Sie sprechen ausgezeichnet englisch.«

»Das tun die meisten Schweizer«, sagte er lachend. »Ich wäre auch ein guter Oberkellner geworden, nicht wahr?«

Sie wurde rot. »Das habe ich nicht gemeint. Ich bin nur von den deutschen Seeleuten gewöhnt, daß sie mit den Händen reden, wenn sie mir etwas mitteilen möchten.«

»Das stimmt. Die Deutschen sind darin ein bißchen wie die Engländer. Sie denken, daß jeder *ihre* Sprache verstehen und sprechen sollte.«

Sie trat an die erste Koje heran, ein wenig in Sorge, was sie wohl sehen würde. Aber der Mann darin war gut zugedeckt und betrachtete sie unter einem großen Kopfverband hervor mit dunklen, ernsten Augen.

Steuer beobachtete sie von der anderen Seite der Koje. »Dies ist Brown, einer der Seeleute von der *Cardiff Maid.*«

Ihr Herz schlug sofort rascher. »Wie geht es Ihnen? Sind Sie gut untergebracht?«

Fasziniert starrte er sie an. »Ja, besten Dank, Miss. Bin nur ein bißchen steif. Ich bin mit ein paar Granatsplittern gespickt worden, als die Deutschen mein Schiff versenkten.«

»Wer hat sie denn entfernt?« Der alte Zorn stieg in ihr hoch. Der Mann wirkte so klein und verloren in dieser Koje, daß sie am liebsten geweint hätte. »Waren Sie es?« Fragend sah sie Steuer an, der mit einem Achselzucken reagierte.

»Ja. Ich habe Medizin studiert und war dicht vor meinem Staatsexamen, deshalb komme ich ganz gut zurecht.«

»Schrecklich, daß die Männer hier leiden müssen, weil die Deutschen keinen richtigen Arzt an Bord haben! Sie sind sicher tüchtig, aber es ist trotzdem alles so unfair.«

Hilflos hob er die Hände. »Ich weiß. Aber im Krieg wird jeder verfügbare Arzt für dringendere Aufgaben gebraucht. An der Front sterben unsere Männer wie die Fliegen. Dort brauchen sie wirklich Hilfe.«

»Sie sagen *unsere* Männer? Wie können Sie von den Deutschen sprechen, als wären es Ihre eigenen Leute?«

»Mein Dienst bei der Marine hat mich das gelehrt. Ich bin in die deutsche Marine eingetreten, weil sie mir näher lag als die britische und ich Kranken und Verwundeten helfen wollte. Nationale Motive und sonstiges Trommelschlagen interessierten mich wenig.«

Sie lächelte beschämt. »Tut mir leid. Mein verstorbener Mann empfand ebenso wie Sie.« Dabei versuchte sie sich vorzustellen, daß Arthur sein Leben riskiert hätte, um Kranken und Verwundeten zu helfen. Es wollte ihr nicht gelingen.

Sie trat an die nächsten Kojen, wo zwei bandagierte Seeleute mühsam Dame spielten. Sie waren ebenfalls von der *Cardiff Maid.* Einer von ihnen, ein hartgesottener Seemann aus Bristol, nahm Caryls kleine Hand in seine schwielige Pranke und sah sie grinsend an. »Sie sind wirklich ein tröstlicher Anblick für kranke Augen, Miss! Wenn ich das meiner Alten daheim erzähle, läßt sie mich nie mehr weg!«

»Unsinn, die ist doch froh, wenn sie dich von hinten sieht.« Der andere Mann zwinkerte Caryl zu und fegte die Steine mit seiner bandagierten Faust vom Brett. Dann fuhr er leise fort: »Sagen Sie dem armen Kerl in der nächsten Koje ein freundliches Wort, Miss. Ihm geht es sehr schlecht.«

Sie trat leise an die nächste Koje und betrachtete die stille Gestalt darin. Sie sah ein eingesunkenes weißes Gesicht, aus dem die Augen sie aufmerksam musterten. Der Mann war offenbar sehr jung, aber schon gezeichnet von Leiden und grausamen Erfahrungen.

Lächelnd fragte sie: »Und wer sind Sie? Auch von der *Cardiff Maid?*«

Die blassen Lippen bewegten sich mühsam. »Wie bitte? Ich – verstehe nicht, Fräulein.«

Sie fuhr zurück wie von einer Schlange gebissen. »Er ist Deutscher!«

Die englischen Seeleute musterten sie über den Rand ihrer Koje. »Natürlich ist er das! Dem armen Fritz geht's sehr schlecht.«

Steuer beugte sich über ihn und wischte ihm mit einem Stück Gaze den Mund. Wie beiläufig sagte er: »Aber Sie haben das nicht gemerkt, wie? Erst als er anfing zu sprechen. Bitte, wenn Sie sich nicht dazu durchringen können, mir ohne jeden Chauvinismus zu helfen, möchte ich lieber darauf verzichten.«

Sie trat wieder näher an die Koje. Die Augen des Mannes waren noch immer auf sie gerichtet. Wie bei einem kleinen, starr blickenden Vogel, dachte sie. Langsam fing sie an zu begreifen, was Steuer vorher zu ihr gesagt hatte: Dies hier war nicht einfach eine Frage von

Recht oder Unrecht. Was sie wirklich schockierte, war die Selbstverständlichkeit, mit der die britischen Seeleute den Jungen als einen der ihren betrachteten, obwohl dieser verwundete Deutsche und seine Kameraden sie zu töten versucht hatten. Es war verrückt.

Mühsam zwang sie sich zu einem Lächeln und fragte leise: »Was fehlt ihm? «

Steuers Blick war noch immer abweisend. »Er hat zwei Schußwunden. Vielleicht überlebt er, aber ich bin dessen nicht so sicher.«

Der Verwundete sah zu, wie ihre Hand zur Decke griff und sie unter seinem Kinn feststeckte. Seine Augen wurden feucht. »Danke, Fräulein. Danke sehr!«

Der Mann aus Bristol lachte ermutigend. »So ist's richtig, du Quatschkopf! Mit meinem Mädchen hier anbändeln, das fehlt mir noch!« Alle lachten.

Die anderen beiden Kojen waren ebenfalls von Deutschen belegt. Steuer führte sie rasch hin und hob wie entschuldigend die Schultern. »Entzündungen. Nicht sehr heldenhaft, aber schmerzhaft. Zuviel Salzfleisch und nicht genügend frisches Gemüse.«

»Was ist in der anderen Kammer?« Sie zeigte auf eine schmale Tür, halb durch einen Vorhang verborgen.

»Das ist die Isolationszelle. Wir haben seit gestern einen Patienten drin.« Er runzelte die Stirn. »Es ist eine Schande, daß er überhaupt bei der Marine ist, und noch dazu auf einer so langen Seefahrt!« Als sie nachfragen wollte, fuhr er eilends fort: »Er ist anscheinend Anfang des Krieges mit seinem Schiff auf eine Mine gelaufen und in die Luft geflogen. Man fand ihn in einem voll Wasser gelaufenen Rettungsboot, zusammen mit acht Toten. Er war an der Pinne festgefroren. Ich fürchte, seit diesem schrecklichen Erlebnis ist sein Geist verwirrt.« Plötzlich wurde er ernst. »Ich möchte, daß Sie ihn besuchen. Er erwähnt Sie oft, wenn auch nicht mit Namen. Aber ich glaube, er möchte Sie trösten, wegen Ihrer eigenen schrecklichen Erlebnisse im Rettungsboot. Seien Sie unbesorgt, er ist völlig harmlos.«

Er öffnete die Tür, und die junge Frau erlitt ihren zweiten Schock. Adler, der niedergeschlagen auf dem Rand der Unterkoje saß, war der Mann, der sie damals im Gang festgehalten hatte. Eine Welle von Mitleid überschwemmte sie. Jetzt war ihr alles klar. Auch ohne ihm in die toten Augen zu sehen, verstand sie sein Elend und seinen Wunsch, sie vor einem ähnlichen Schicksal zu bewahren.

Steuer sprach ruhig mit dem Mann. Seine Stimme war zwar leise, aber eindringlich, und Adler nickte unsicher, wobei er in kurzen, abgehackten Sätzen eine Antwort murmelte.

»Seltsam. Er möchte einem anderen Seemann etwas sagen.«

Sie verließen die Zelle wieder und schlossen die Tür hinter sich.

»Warum ist das so seltsam?« fragte Caryl.

»Weil er zu niemand sonst spricht, und weil der Mann, den er sehen will, noch ein halbes Kind ist. Er heißt Pieck.« Geistesabwesend kratzte er sich am Kinn. »Pieck war gestern ebenfalls hier, ich glaubte zuerst, er hätte eine Lungenentzündung, aber das war ein Irrtum. Trotzdem schien irgend etwas mit ihm nicht zu stimmen, und ich führte seinen Zustand darauf zurück, daß er in der Kälte zu lange auf Wache gewesen war. Es ist alles etwas eigenartig. Das war nämlich die Nacht, in der Unteroffizier Brandt über Bord fiel.« Er bemerkte ihre Verwirrung und lächelte entschuldigend. »Verzeihen Sie, aber ich bin schon so lange hier auf mich allein angewiesen, daß ich oft laut denke. Vergessen Sie's bitte.«

Ihm fiel auf, daß ihr Haar in dem matten Licht aufleuchtete, das durch das Bullauge fiel, und er schürzte in schweigender Bewunderung die Lippen. Verständlich, daß Oberleutnant Heuß ihr auf Schritt und Tritt folgte, dachte er. Sie war in der Tat wunderschön, und allein ihre Gegenwart schien bereits den Raum zu erhellen.

»Vielleicht helfen Sie mir, diese Flaschen zu reinigen? Es wird uns beiden die Zeit vertreiben, und Sie können mir dabei erzählen, warum die Engländer so gern auf Urlaub in die Schweiz kommen.«

Steiger starrte durch das Bullauge ins unten vorbeischäumende Wasser. Das dicke Glas hielt jedes Geräusch fern, und es hätte eine unwirkliche Stille im Raum geherrscht, wäre da nicht Dehlers eintönige Stimme gewesen.

»Ich habe alle möglichen Erkundigungen eingezogen, Herr Kapitän, habe aber trotzdem nichts Neues über Brandts Tod erfahren.«

Steiger hörte deutlich den Unglauben in Dehlers Stimme. Er ist der Meinung, daß ich mich irre, dachte er, daß alles nur Zeitverschwendung ist. Ein Jammer, daß ich einen Mann wie ihn als Ersten habe. Heuß hätte mir da besser gepaßt. Mit ihm könnte ich offen über alles reden, ohne zu fürchten, daß er aufsässig wird. Laut sagte er: »Verstehe. Halten Sie auf alle Fälle weiter die Augen offen.« Er wartete, aber Dehler stand noch immer da, unsicher und dennoch irgendwie entschlossen. »Gibt's noch was?«

»Ja, Herr Kapitän.« Er holte tief Luft. »Ich habe in der letzten Zeit viel nachgedacht und bin zu der Einsicht gekommen, daß wir Schiff und Besatzung nicht optimal einsetzen.«

Steiger erstarrte. So etwas hatte er erwartet. Dehler hatte offenbar des längeren gegrübelt und rückte jetzt mit seiner Meinung heraus. »Und was sollten wir Ihrer Ansicht nach tun?«

Dehler wandte den Blick ab und sprach so rasch, als fürchte er, etwas von dem zu vergessen, was er sich sorgfältig zurechtgelegt hatte. »Dieser Funkspruch, den Sie erhalten haben, Herr Kapitän ... Ich bin zu dem Schluß gekommen, daß die Befehle darin richtig sind. Wir sollten weiter nördlich bleiben, in der Nähe der Geleitzugsrouten.«

Steiger entspannte sich ein wenig. Das war es also.

»Diese Art der Kriegsführung ist vorbei, Dehler«, sagte er. »Dort zu warten in der Hoffnung, einen Nachzügler aus einem Geleitzug zu erwischen, wäre für den Feind keine Bedrohung, sondern nur für uns selbst. Möchten Sie sterben, ohne vorher gekämpft zu haben?«

Dehler erbleichte. »Ich habe keine Angst vorm Kämpfen, Herr Kapitän! Aber ich halte es für mein Recht als stellvertretender Kommandant, Einwendungen zu erheben, besonders dann, wenn Ihre Handlungen im Gegensatz zu den Befehlen des Oberkommandos stehen!«

»Sie haben kein einziges Wort verstanden«, sagte Steiger müde. »Sie haben zum Ausdruck gebracht, daß die letzte Verantwortung bei mir liegt, und das stimmt. Unter diesen Umständen habe ich wohl das bessere Urteilsvermögen. Die Herren vom Oberkommando sehen uns lediglich als eine Nadel auf ihrer Wandkarte; ich jedoch muß das Schiff als etwas ganz anderes sehen.« Er blickte zur Seite. »Als Wesen aus Fleisch und Blut und vor allem als Symbol unserer Ehre.«

Dehler richtete sich auf. »Trotz allem, Herr Kapitän, wünsche ich, daß mein Protest ins Logbuch eingetragen wird.«

Die Tür ging auf. »Der Ausguck im Mastkorb meldet ein Kriegsschiff an Backbord voraus, Herr Kapitän!« Eberts Worte fielen wie Steine in einen stillen Teich.

Dehler öffnete und schloß die großen Hände und versuchte, sich darüber klar zu werden, was diese Nachricht zu bedeuten hatte.

»Ändern Sie Kurs um einen Strich nach Steuerbord, Ebert.« Steiger griff nach seiner Mütze. Seit Wochen hatte er ein derartiges Zusammentreffen in Erwägung gezogen und alle in Frage kommenden Möglichkeiten durchdacht. Eines Tages mußte es ja kommen. Nun fühlte er sich seltsam ruhig. »Halten Sie dieses Kriegsschiff auf alle Fälle an unserer Backbordseite und gehen Sie mit der Fahrt drastisch herunter!« Er wartete, bis Ebert davongeeilt war, dann wandte er sich wieder an Dehler. »Lassen Sie auf Gefechtsstationen antreten und das Steuerbordboot klarmachen zum Aussetzen.«

»Aber – aber, Herr Kapitän! Wir können doch nicht mit diesem Kriegsschiff kämpfen! Wir haben nicht die geringste Chance!«

Steiger betrachtete ihn plötzlich mit Haß. »Wir können aber auch nicht davonlaufen! Es würde uns mühelos einholen und könnte außerdem per Funk jedes Kriegsschiff in der Umgebung herbeirufen.« Er lächelte. »Das war doch Ihr Wunsch: nicht mehr davonzulaufen. Also lassen Sie jetzt dieses Boot aussetzen und mit Leuten füllen!«

»Mit Leuten, Herr Kapitän?« Das klang unsicher und zögernd.

»Ja, ich möchte, daß es wie ein Rettungsboot aussieht.« Plötzlich kam ihm ein Gedanke. »Und schicken Sie die gefangene Frau mit hinein.«

Kaum war das Schrillen der Alarmglocken verstummt, als das Schiff infolge der geringen Geschwindigkeit unruhig zu rollen begann. Die erstaunten Seeleute schwangen das Steuerbordboot aus und fierten es bis in Höhe der Reling.

Gleichmütig beobachtete Steiger die fieberhafte Tätigkeit; nur die geballten Fäuste verrieten seine Ungeduld.

Plötzlich war das Geräusch eiliger Füße auf der Leiter zu hören, und Oberleutnant Heuß kam atemlos auf die Brücke gerannt. Ohne zu grüßen keuchte er: »Herr Kapitän! Die Leute stecken die Frau mit ins Boot und behaupten, es geschieht auf Ihren Befehl!«

Steiger hob das Megaphon, während die junge Frau in das unter den Davits schwingende Boot gedrängt wurde. Ihr offenes Haar wehte im Wind. »Fier weg!« Die Taljen quietschten, und das Boot verschwand aus Steigers Sicht. »Sagen Sie dem Bootssteurer, er soll so rasch wie möglich vom Schiff wegpullen und dann liegen bleiben, wo er ist!«

Damrosch meldete: »Das feindliche Kriegsschiff peilt jetzt Rot eins-fünf*, Herr Kapitän!« Steiger nickte und hob das Glas. Er sah kaum mehr als einen dunklen Fleck am Horizont, der aber durch die deutlich erkennbare weiße Bugwelle als schnelles Kriegsschiff zu identifizieren war. Wahrscheinlich ein Zerstörer, dachte er.

»Maschine stopp!« rief er dem wachhabenden Offizier zu.

* Fünfzehn Grad an Backbord (links)

Erregt fragte Heuß: »Haben Sie gehört, was ich sagte, Herr Kapitän?«

»Reißen Sie sich gefälligst zusammen, Heuß!« Er wandte den Blick von dem einsamen Boot ab, das auf der Wasserfläche tanzte und mit der Menschenfülle an Bord nur mühsam vorankam. Er erkannte die junge Frau deutlich, ihr zierlicher Körper bildete einen lebhaften Farbfleck im eintönigen Blau der Uniformen. »Machen Sie sich keine Sorgen um Frau Brett. Wenn wir versenkt werden, wird *sie* zumindest in Sicherheit sein.«

Erstaunt starrte Heuß ihn an. »Haben Sie sie deshalb mit ins Boot geschickt, Herr Kapitän?«

»Ich fürchte nein, Heuß. Auf dem Kriegsschiff werden sie glauben, daß wir Schiffbrüchige aufnehmen, wenigstens hoffe ich das. Der Anblick einer Frau wird sicherlich dazu beitragen.« Über die Schulter rief er: »Signalgast, setzen Sie folgenden Morsespruch ab: ›Können Sie mir helfen? Ich nehme Überlebende auf‹.« Er wartete auf das Klappern der Morsebuchstaben und merkte, daß Heuß noch immer vor ihm stand und ihn anstarrte. »Ja?«

Heuß schüttelte den Kopf. »Nichts, Herr Kapitän.« Er wandte sich um und ging auf seine Gefechtsstation im achteren Teil der Brücke; doch sein Blick blieb auf das kleine, dümpelnde Boot gerichtet.

Signalmaat Heiser hob sein langes Teleskop und musterte mit geschulten Augen das ferne Kriegsschiff. So manches Jahr hatte er auf verschiedenen Brücken gestanden, hatte britische oder japanische Schlachtkreuzer und französische Kanonenboote gesehen. Er kannte sie alle und stufte sie entsprechend ihren Signalfertigkeiten ein.

»Es ist ein Amerikaner, Herr Kapitän! Einer ihrer neuen Zerstörer!«

Steiger nickte. Er kannte Heiser gut genug, um nicht zu fragen, ob er seiner Sache sicher war. Ein Amerikaner also! Er hob das Glas und musterte schweigend das rasch näherkommende Schiff. Schnell, kraftvoll und hervorragend gehandhabt. Es ging eine Art wachsamer Bereitschaft von ihm aus, dazu der nötige Schwung und die Unbekümmertheit – alles für einen Zerstörer typisch; aber trotz der Zurschaustellung seiner Kraft und der damit verbundenen Drohung gab es einen winzigen Trost: Es war ein Amerikaner, und die Vereinigten Staaten hatten noch nicht allzuviel Kriegserfahrung.

»Er signalisiert, Herr Kapitän.« Heisers Lippen bewegten sich langsam, als er mit bloßem Auge die Morsebuchstaben entzifferte. »Welches Schiff?« Der Handscheinwerfer blinkte zurück. »*Jannsens*, von Amsterdam nach Kingston, Jamaika.«

Die schäumende Bugwelle des scharfen Stevens fiel zusammen, und der Zerstörer umfuhr die *Vulkan* in einem großen Halbkreis, so daß die Deutschen auf seinem jetzt schrägliegenden Deck die Torpedorohre und Schwenkgeschütze sehen konnten, die auf sie gerichtet waren. Das Sternenbanner wehte stolz von seiner Gaffel, und die klaren Linien und der sauber gestrichene, hellgraue Rumpf vermittelten den Eindruck völliger Neuheit.

»Er dreht auf unser Boot zu, Herr Kapitän!«

Aber seine Geschütze blieben weiterhin auf die *Vulkan* gerichtet. Steiger biß sich auf die Lippen, während er mit dem Blick dem selbstsicheren Zerstörer folgte.

Damrosch rief besorgt: »Wenn er noch näher kommt, sieht er unsere leeren Davits! Dann werden sie uns durchschauen!«

Steiger hob das Megaphon. »Ebert, zielen Sie auf seinen Funkraum. Er darf nicht dazu kommen, einen Spruch abzusetzen! Steuerbordbatterie klar zum Feuern!« Er wartete einen Augenblick, zählte die Sekunden. Jetzt oder niemals. Er drückte auf den kleinen roten Knopf neben seinem Ellbogen. Die Stahlblenden fielen herab und polterten gegen den Rumpf, wo sie unbeachtet hingen, während die Geschützführer ihre Bedienungsräder mit solcher Geschwindigkeit drehten, daß ihre Hände sich wie helle rotierende Flecken vom dunklen Grau der Geschütze abhoben. Auf dem Achterdeck schwenkte bereits der lange Zweiundzwanzigpfünder herum, als die Leute noch mit wildem Eifer an seiner Tarnung aus Segeltuch zerrten.

»Feuer eröffnen!«

Das Schiff schwankte wie betrunken, als die beiden vorderen Geschütze Feuer spuckten und ihre mächtigen Granaten auf den Zerstörer abschossen. Damrosch duckte sich unwillkürlich, als der Zweiundzwanzigpfünder auf dem Achterschiff mit der größtmöglichen Rohrerhöhung feuerte und seine Granate heulend an der Brücke vorbeiflog, so daß die sauer riechende Druckwelle durch die Tür des Steuerhauses drang, die Karte vom Tisch fegte und vor Steigers Füße schleuderte.

»Äußerste Kraft voraus! Hart Backbord!« Das unten wartende Maschinenpersonal reagierte sofort, und das Schiff schüttelte sich unter dem gewaltigen Druck der rasenden Schraube.

»Fehlschuß!« rief Heiser gereizt. »Viel zu kurz!«

Wieder donnerten die Geschütze ihre Ladungen heraus, aber bevor sie den Einschlag beobachten konnten, flammte die Seite des Zerstörers organgegelb auf.

Die Brücke erbebte, und Steiger packte die Teakholzreling mit beiden Händen. Sie hatten bereits einen Treffer erhalten. Hervorragend gezielt! Auf dem Hauptdeck hörte er die Seeleute rennen, und eine Stimme in der Ferne rief nach dem Feuerlöschtrupp. Dehler würde einstweilen beschäftigt sein, dachte er bitter.

Wie ein platzender Stern, so hell und blendend über dem grauen Wasser, detonierte eine Granate auf dem Hauptdeck des Zerstörers. Der schlanke schwarze Vormast erbebte und stürzte dann mit trauriger Würde über Bord, wobei er ein Gewirr von Antennen, Flaggleinen und sonstiger Takelage nach sich zog, bevor er im Kielwasser verschwand. Winzige, ameisengleiche Gestalten sah man mit Äxten hin und her rennen, um die Wrackteile zu kappen.

Der Kommandant trommelte mit den Fingern auf den Handlauf. Ebert hatte seine Bewährungsprobe bestanden. Der Feind konnte sie nun versenken oder selbst versenkt werden, aber er konnte es niemandem mehr mitteilen. Steigers Magenmuskeln zogen sich zusammen, als das Schiff unter ihm einen Sprung machte und er das Zerplatzen weißglühenden Metalls hörte und das Abprallen der Splitter überall auf dem Bootsdeck. Ein weiterer Treffer! Ein Glück, daß die Geschütze des Zerstörers winzig waren im Vergleich zu denen der *Vulkan*. Aber der Hilfskreuzer war äußerst verwundbar im Gegensatz zu dem sehr niedrigen Ziel, das der Zerstörer bot.

»Er macht kehrt!«

Der Amerikaner warf sein Schiff herum wie eine Spielzeugyacht, wobei er sich fast ganz auf die Seite legte.

Steiger merkte, daß sein Atem rascher wurde. Dieser Kommandant war zum Kämpfen bis zum Äußersten entschlossen. »Hart Steuerbord!« Er hämmerte weiter auf die Reling ein und wartete darauf, daß der schwerfällige Bug herumschwang, um dem wendigen Zerstörer zu folgen. Er sah Rauchwölkchen von dessen gischtübersprühtem Vordeck aufsteigen und zuckte zusammen, als die Torpedos aus ihren Rohren in das vorbeischäumende Wasser sprangen. Nun dreh dich gefälligst, du alter Zossen! Mit solcher Ausdauer hämmerte er mit den Fäusten auf die Reling, daß die Knöchel zum Schluß vollkommen taub waren. Mit aller Gewalt versuchte er dem Schiff seinen Willen aufzuzwingen, damit es sich rascher in die Laufbahn der auf ihn zurasenden silbernen Aale drehte.

»Torpedolaufbahn an Backbord, Herr Kapitän!«

Dann ein heiserer Schrei: »Zweite Torpedolaufbahn gut frei am Bug vorbei!«

»Mittschiffs! Fangen Sie die Drehung auf!« Der Rudergänger blinzelte sich den Schweiß aus den angestrengt blickenden Augen und wirbelte die polierten Spaken herum.

Heuß warf einen Blick hinüber zu Damroschs weißem Gesicht. »Gefehlt, Gott sei Dank!«

Der Zerstörer schwankte, seine Silhouette wurde kürzer, während er wieder auf die *Vulkan* zudrehte, um die Entfernung zu verringern. Eberts Geschützführer strengten ihre vom Pulverqualm gereizten Augen noch mehr an, wirbelten ihre Bedienungsräder herum und starrten wild auf den hellgrauen Schemen, der mit geradezu verächtlicher Leichtigkeit vor ihrer Optik zu tanzen schien. Doch während der wenigen Sekunden, die der Zerstörer benötigte, um seine Torpedos abzufeuern, hatte er ihnen seine volle Länge dargeboten. Wildes Hurrageschrei ertönte, als aus dem Achterdeck des Feindes eine schwarze Rauchsäule schoß. Aber schon warf er sich wieder herum und griff erneut an wie ein Terrier, der auf einen schwerfälligen Bullen losgeht.

Oberleutnant Dehler duckte sich hinter die eiserne Verschanzung und fluchte laut, als eine Wassersäule längsseits aufstieg und über dem Achterdeck zusammenstürzte. Er rutschte über die triefenden Decksplanken und rannte dann wieder hinter dem Löschtrupp her. Die schwarzen Schläuche schlängelten sich über die Luken und endeten bei einer zusammengedrängten Gruppe unter der Treppe zum Achterdeck. Das Geschütz über ihm krachte dermaßen, daß Dehler fürchtete, sein Trommelfell würde platzen. Er sah, wie die Männer sich unwillkürlich duckten, als der Schatten des Geschützrohres wie ein anklagender Finger über das Deck hinweg drehte.

»Lauft unter die Poop, ihr Blödmänner! Die Wucht der Detonation wirft euch sonst um!«

Er kam hinter der Winsch zum Stehen, preßte die nassen Hände über die Ohren und wartete, bis das Geschütz gefeuert hatte. Er spürte die Granate sengend vorbeifliegen und sah, wie eine undeutliche Gestalt das Verschlußstück aufriß, während die Ladenummer mit der nächsten schwarzen Granate herantaumelte, das Gesicht wie eine Maske, in der nur die Augen zu leben schienen.

Er erreichte den Schutz der Poop und starrte die beiden langen Rauchstreifen an, die durch die schwere Stahltür zum Achterdeck drangen, von wo sie vor so langer Zeit die Minen geworfen hatten. Er atmete keuchend, sein Hirn war wie gelähmt von dem ständigen Donnern des Geschützfeuers und dem entsetzlichen Heulen der Granaten über ihren Köpfen. Das Schiff war mehrmals getroffen worden, und er hatte seine Feuerlöschtrupps losgejagt, die jetzt auf der Suche nach den gezackten Einschußlöchern ausschwärmten.

Bootsmaat Ehmke, das Gesicht rauchgeschwärzt, grüßte ihn besorgt. »Ein schlimmes Feuer wütet in dieser Abteilung, Herr Oberleutnant! Hören Sie!« Dehler lauschte. Die Flammen donnerten wie unter Hochdruck stehender Dampf und brannten mit solcher Intensität, daß der entweichende Qualm durch die kleinen, von Granatsplittern gerissenen Löcher in der Tür mit einer derartigen Wucht entwich, als würde er herausgepumpt.

Eine Granate mußte tief unten in einem der Vorratsräume unter der Poop detoniert sein. Er befeuchtete seine Lippen und war sich der schrecklichen Gefahr bewußt. Durch die Zugluft angefacht und mit wachsender Gewalt durch die Aufbauten des Achterdecks gejagt, konnte das Feuer möglicherweise das kleine Munitionsmagazin unter dem Geschütz erfassen.

Er gestikulierte mit der Faust: »Öffnet diese Tür und haltet alle Schläuche gleichzeitig hinein!«

Ehmke wurde blaß. »Aber der Zug wird das Feuer noch mehr anfachen, Herr Oberleutnant!«

»Und wenn es das Magazin erfaßt, sind wir allesamt erledigt«, knurrte Dehler wütend. »Los, los, bewegt euch!«

Die Seeleute drehten die Vorreiber auf und zerrten dann blindlings an der schweren Tür. Die Flammen hatten im Innern des Raumes Unterdruck geschaffen, so daß sie mit ihrem ganzen Gewicht an den Griffen ziehen mußten. Endlich ging die Tür auf, die sengende Hitze und die gierigen Flammen schossen heraus wie wilde Bestien aus einem geöffneten Käfig. Zwei der Seeleute schrien gellend auf, als die Hitze sie blendete, und ein Schlauch fiel unbeachtet an Deck. Ein anderer Mann wimmerte und begann zu taumeln, während Ehmke in diesen Höllenschlund starrte, der den gesamten Unterbau des Geschützes wegzuschmelzen schien.

Dehler wischte sich das schweißüberströmte Gesicht und hatte plötzlich seine Pistole in der Hand.

»Los, ihr Schweine! Rein mit euch! Den ersten, der zurückweicht, erschieße ich!«

Ungläubig starrten sie in sein verzerrtes Gesicht, in dem die Zähne wie in einem irrsinnigen Grinsen entblößt waren, und drängten sich schutzsuchend zusammen. Ehmke ergriff einen Schlauch und richtete ihn auf die Männer in seiner Umgebung. »Hier, ich gebe euch Dekkung! Her mit den anderen Schläuchen!«

Das Geschütz auf dem Achterdeck schwieg plötzlich, sein Verschlußblock hing offen herunter, und die Ladenummer fluchte verzweifelt wegen der Verzögerung. Bootsmaat Adolf Eucken, der Geschützführer, schlug dem Richtschützen auf die Schulter. »Verfolg das Ziel weiter! Irgendwas da unten ist schiefgelaufen!«

Hellwege, der Richtschütze, blinzelte verständnislos mit seinen rotgeränderten Augen zu ihm auf. »Vielleicht sind die Munitionsmanner gefallen. Ich habe das Gefühl, die ganze verdammte Poop steht in Flammen!«

Aber Eucken lag bereits in voller Länge über der kleinen ovalen Luke, unter der sich der handbetriebene Reserveaufzug befand. Sein Kopf stieß beinahe mit dem von Pieck zusammen, der gebückt in dem engen Raum stand. Seine Augen wirkten unwahrscheinlich groß in dem runden Gesicht.

»Was ist los, Pieck?«

Pieck blies ins Sprachrohr an seiner Seite, hielt aber die Augen fest auf den Unteroffizier gerichtet. Die Mütze und die aggressive Stimme erinnerten ihn einen Augenblick an Brandt, und er spürte, wie sich alles um ihn herum drehte.

Tief unten hörte man eine blecherne Stimme erstaunlich klar rufen: »Das Feuer, Willi! Es brennt schon vor der Magazintür!« Pieck schien zum ersten Mal die Rauchschwaden zu bemerken, die das Geschütz in einen dichten braunen Vorhang hüllten.

»Das Magazin brennt!« Er sah, daß die Nüstern des Unteroffiziers sich weiteten wie bei einem Stier, der Gefahr wittert.

»Er sagt, das Feuer ist schon vor der Magazintür!«

Eucken zwängte sich in die enge Luke und rief: »Gib mir das Sprachrohr! – Sind Sie das, Schmidt?« Er versuchte, sich daran zu erinnern, wie der Mann aussah. »Wie schlimm ist es?«

Die Stimme übertönte sogar das Heulen der Granaten. Sie war

dünn und verängstigt und schien aus einer anderen Welt zu kommen. »Alles voller Rauch! Die Tür wirft schon riesige Blasen!«

Eucken griff zum Telefon und drehte wie wild an der Kurbel. Die Lage war kritischer, als er geglaubt hatte.

»Artillerieoffizier hier!« Eberts rauhe Stimme klang ruhig und völlig normal.

Eucken mußte laut schreien, um sich über das Donnern der Flammen verständlich zu machen; sein Blick ruhte dabei auf Piecks kreideweißem Gesicht. »Das Magazin ist in Gefahr, Herr Oberleutnant! Hier unten brennt schon alles!«

Es folgte eine winzige Pause. »Also los: fluten. Sofort!«

»Aber Herr Oberleutnant, ich habe noch drei Mann unten! Können wir nicht einen Augenblick warten, bis sie herauskommen?«

»Ich kann die Flammen schon von hier oben sehen, Eucken! Wollt ihr alle in die Luft fliegen? Fluten Sie sofort!«

Das Telefon am anderen Ende schwieg. »Komm mit, Pieck.« Er hielt an und blickte über den Rand der Luke. »Rufen Sie sofort die Reserve-Munitionsmanner und zapfen Sie das zweite Magazin an, Hellwege!« Er sah in ihre ausdruckslosen Gesichter; sie wußten, was zu tun war.

Mit einem Sprung erreichte er das untere Ende der Leiter und starrte gebannt das große Messingrad an, das fast den ganzen engen Raum füllte. Er griff danach und schrie vor Schmerzen auf. Entsetzt steckte er seine verbrannten Hände in die Achselhöhlen und schrie durch zusammengebissene Zähne Pieck an: »Dreh das Rad, Junge! Faß es mit irgendwelchen Fetzen an, mit irgendwas! Aber um Gottes willen, mach schnell!«

Pieck riß sich die Jacke herunter und wickelte sie um das blankgeputzte Messingrad. Wie hypnotisiert starrte er den Rauch an, der sofort von dem zusammengefalteten Tuch aufstieg, und spürte die sengende Hitze durch den Stoff an seinen Händen. Das Rad war schwergängig, und er fürchtete, daß seine Hände verbrennen würden, bevor er es drehen konnte. Als es endlich anfing, sich zu bewegen, wurde ihm klar, was er tat, und er hielt inne. Doch Eucken biß sich vor Schmerzen auf die Lippen und nickte energisch. »Dreh! Denk an nichts anderes!« Sie sahen einander in die Augen, während das Rad sich quietschend drehte und unter ihren Füßen das Seewasser gurgelnd einströmte. Das glühende Magazin mit seinen drei gefangenen Insassen wurde geflutet.

Der Zerstörer hatte gedreht und dampfte jetzt auf parallelem Kurs dahin. Gelegentlich fuhr er allerdings im Zickzack, um näher heranzukommen, dann drehte er wieder ab, so daß sie nur die riesigen Wassersäulen sahen, wo die letzte Salve der *Vulkan* eingeschlagen hatte.

Heuß kauerte sich hinter die Stahlwände der Funkstation und spähte angestrengt in den Qualm. Die Zehnzentimetergeschütze des Zerstörers knallten wie Peitschenhiebe, und die *Vulkan* war schon verschiedentlich von ihnen getroffen worden. Bisher war allerdings noch kein Einschlag unter der Wasserlinie zu verzeichnen, und das Feuer auf der Poop schien endlich unter Kontrolle zu sein. Der Amerikaner hatte nur drei Treffer erhalten, die ihm nichts weiter auszumachen schienen. Unglaublich, daß ein so schwaches Schiff drei schwere Granattreffer überleben konnte. Rundum pfiffen und quietschten die Sprachrohre, es wurde nach Anweisungen, Schadensmeldungen und Ausfällen gefragt. Die Brücke war voller Pulverqualm, und alle Anwesenden waren gesprenkelt von Farbflocken, die durch die unaufhörliche Vibration abgesprungen waren. Heuß verspürte den Drang, sich zu übergeben. Ihm war klar, daß er erledigt war, falls er anfing zu denken.

Ein Läufer meldete: »Das achtere Magazin ist geflutet, Herr Kapitän!«

Steiger wischte die Linsen seines Glases mit dem Taschentuch sauber und neigte den Kopf, als man das achtere Geschütz wieder feuern hörte. Hinter der Brücke blitzte es kurz auf, der Tarnschornstein verschwand in einer einzigen Flamme; die Stahltrossen, die ihn hielten, brachen knallend. Vom Deck unten schallte jetzt lautes Rufen, und als Steiger das Glas hob, stellte er fest, daß zwei der vier schlanken Schornsteine des Zerstörers verschwunden waren und an ihrer Stelle ein großer schwarzer Krater klaffte, in dem organgefarbene Glut mit überraschend wenig Rauch zu sehen war. Steiger fühlte sein Herz klopfen, als er begriff, daß das Schlimmste vorbei war.

»Er nebelt sich ein und dreht ab, Herr Kapitän!«

Halbersticktes Hurrarufen drang vom Deck bis hinunter zu den Kesselräumen und den dort schwer arbeitenden Heizern.

Damrosch mußte mit Gewalt den Blick vom Vormast abwenden, um festzustellen, was die Hurrarufe bedeuteten. Er hatte den langen roten Streifen gesehen, der am Mast herunterlief und unten an dessen Fuß eine rote Pfütze bildete. Ein Granatsplitter hatte den Mastkorb durchschlagen und dabei den Ausguckposten durchbohrt. Damroschs Blick fiel jetzt auf den Kommandanten, der sich mit beiden Händen auf die Reihe der Sprachrohre stützte und ausdruckslos vor sich hinstarrte. Einen Augenblick glaubte Damrosch, daß er ebenfalls den Blutstreifen am Mast betrachtete.

Heuß rief dem Feuerlöschtrupp unter der Brücke neue Weisungen zu und lief dann wieder ins Steuerhaus. Sie fielen immer weiter zurück, der Zerstörer verschwand dank seiner überlegenen Geschwindigkeit bereits in der Ferne. Er hatte das Gefecht abgebrochen. Jetzt blieb noch eine dringende Arbeit zu tun: Sie mußten das Rettungsboot finden. Heuß stieß mit Damrosch zusammen und starrte verwundert dessen blutleere Lippen an.

»Was ist los, Max?«

Damrosch hatte Schwierigkeiten, ein Wort herauszubringen, und als er es schaffte, klang seine Stimme brüchig. »Der Kommandant!« stammelte er. »Er ist verwundet!«

11

Als der Wind auffrischte, wurden die Wellen steiler und bedrohlicher, bis jede anrollende See das kleine hölzerne Boot gefährlich gieren ließ und in Kentergefahr brachte. Es glitt den steilen, sich überschlagenden Wasserwall hinunter, ohne auf das wilde Pullen der Männer zu reagieren. Sie hatten ohne Unterbrechung an den Riemen gesessen, seit das Boot zu Wasser gelassen worden war. Zuerst hatte ihnen das schreckliche Gefecht zwischen der *Vulkan* und dem Zerstörer wenig Zeit gelassen, über ihre eigene heikle Lage nachzudenken. Aber als die beiden Schiffe langsam hinter dem gezackten Horizont der steilen Wogen verschwanden, als das Donnern der Geschütze allmählich schwächer wurde und sich mit dem Brüllen der See vermischte, empfanden sie die Zerbrechlichkeit ihres kleinen Fahrzeugs und die Unendlichkeit des aufgewühlten Wassers sehr deutlich.

Außer den Männern an den Riemen und dem Bootssteurer drängten sich sechs weitere Seeleute im Boot. Sie waren naß und steif vor Kälte, ihre Uniformen weißlich-grau vor Salz.

Caryl Brett hatte sich so klein wie möglich gemacht und saß neben dem Bootssteurer, einem hageren, kränklich aussehenden Mann, der mit seiner Klaue die Pinne gepackt hielt. Angestrengt starrte er über die Köpfe der Seeleute hinweg auf die anrollenden Kämme.

Als der Zerstörer um den Bug der *Vulkan* herumgefahren war und auf sie zuhielt, meinte sie, die Verzweiflung der deutschen Seeleute im Boot zu spüren. Sie ließen die Hände an den Riemen ruhen und beobachteten besorgt, wie das schlanke graue Fahrzeug knicksend über die aufgewühlte See herankam. Im Vergleich zu dem Zerstörer wirkte der Hilfskreuzer plump und altmodisch, wie ein Amateur neben einem Profi. Das Kriegsschiff sah so stolz und sicher aus, daß Caryl Brett ihre eigene Lage vergaß, begeistert aufsprang und mit ihrem gischtdurchnäßten Schal eifrig winkte. Ein Seemann zog sie fluchend wieder auf ihren Sitz zurück, gerade als die Rohre der Steuerbordbatterie der *Vulkan* in Sicht kamen und die deutsche Kriegsflagge an der Gaffel emporstieg. Dann hatten beide Schiffe sofort Feuer eröffnet und die Beschießung ohne Unterbrechung fortgesetzt, anscheinend ohne sich um die Beschädigungen zu kümmern, die sie einander zufügten.

Die *Vulkan* schien an zwei Stellen zu brennen, und ihre riesige schwarze Bordwand wies drei oder vier klaffende Wunden auf. Die Mennige unter der schwarzen Farbe leuchtete in der grauen Beleuchtung rot wie Blut. Jetzt, da beide Schiffe verschwunden waren, fühlte sie sich elend und benommen durch die Plötzlichkeit der Ereignisse. Die entsetzliche Erinnerung an ihren Aufenthalt im Rettungsboot, zusammen mit den ermordeten Seeleuten, kehrte zurück. Nun spürte sie auch die bittere Kälte und das ständige Peitschen der Gischt. Jemand hatte ihr eine Öljacke in die Hand gedrückt, als sie ins Boot geschoben wurde, aber die Jacke war nicht mehr da. Vielleicht war sie ihr von einer Windbö aus der Hand gerissen worden.

Sie versuchte, die Seeleute nicht anzusehen, spürte aber ihre grollenden und teilweise auch gierigen Blicke. Die Gesichter der Matrosen waren vom Wind und von der Anstrengung gerötet. Einer der Männer kletterte jetzt nach vorn in den Bug und warf etwas, das aussah wie ein großer Segeltucheimer an einem langen Tau, über Bord. Er steckte Leine, so daß der Abstand größer und größer wurde. Allmählich kam die Leine steif und zeichnete sich deutlich im grünen Wasser ab. Der Treibanker, denn ein solcher war es, half ihnen und gab dadurch den Männern an den Riemen Gelegenheit, ein wenig zu verschnaufen. Als sie nun keuchend auf den Duchten hockten, ragten die Riemen auf beiden Seiten wie die Gräten eines ausgenommenen Fisches hervor.

Caryl fuhr zusammen, als der Bootssteurer zu ihr sagte: »Das wird das Boot erstmal stetig halten!« Mit einem Lächeln auf seinem dünnen faltigen Gesicht blickte er zu ihr hinunter.

Sie zog sich den durchnäßten Schal enger um die Schultern und versuchte, das Zähneklappern zu unterdrücken. »Sie sprechen englisch? Was wird nun weiter geschehen?«

Aufmerksam blickte er auf ihre Lippen. »Vielleicht kommen sie zurück, um uns zu holen: entweder unsere Leute oder die Amerikaner.«

Ihr Magen krampfte sich zusammen, als das Boot in ein tiefes Wellental fiel, aber sie zwang sich weiterzusprechen. Ihr war, als könne der Bootssteurer sie vor dem Groll der anderen Bootsinsassen schützen. »Wo haben Sie Englisch gelernt?«

»Ich war vor dem Krieg Steward bei der Hamburg–Amerika–Linie.«

Sie betrachtete ihn aufmerksam. Er mußte an die fünfzig sein, die Haut über seinem Schädel und um seine Augen war durch das Leben auf See ledern geworden. Sehnsüchtig dachte sie an das siegesgewisse Kriegsschiff und die amerikanischen Seeleute an Bord, die sie aus den Vereinigten Staaten kannte: sauber, frisch und irgendwie unbesiegbar. Der Anblick dieser verbrauchten Kreatur in schlecht sitzendem Jakkett und plumpen Stiefeln hätte sie eigentlich mit Verachtung erfüllen müssen, aber sie spürte nur Mitleid.

»Wo sind wir eigentlich? Wird man uns hier finden?«

Er hob die Schultern. »Das weiß ich nicht. Wenn Sie mich fragen, könnten wir ebensogut vor der chinesischen Küste sein.«

Ein Mann im Bug rief etwas herüber, und ein paar von ihnen lachten. Der Bootssteurer runzelte die Stirn und sagte zu Caryl: »Beachten Sie die Leute nicht. Sie wissen nicht, was sie sagen.«

Sie öffnete gerade den Mund, um zu antworten, da sah sie das Gesicht des Mannes, der ihr zunächst saß. Mit unverhohlener Gier starrte er sie an. Sie wußte, daß ihre nasse Kleidung am Körper klebte, als sei sie eine zweite Haut. Als sie den Ausdruck in den Gesichtern der Leute bemerkte, fühlte sie sich nackt und hilflos. Diese Männer waren ihrer Heimat schon lange Zeit fern, sie wurden schikaniert und von allen Seiten mit Bestrafung oder Tod bedroht. Bisher hatte sie noch nie an diese Seeleute als Einzelwesen gedacht, sie waren lediglich anonymer Hintergrund gewesen für Leute wie Steiger oder Heuß. Aber als sie ihre Blicke auf ihrem Körper spürte, empfand sie die Sehnsucht und primitive Erregung jedes einzelnen.

Haupt, der vom Bug aus gerufen hatte, starrte wütend Bootssteurer Schaffer an. »Das ist doch kein Risiko, du Idiot! Vielleicht müssen wir hier ohnehin elend verrecken.« Er wandte sich den anderen zu, kühn geworden durch die Besorgnis auf Schaffers Gesicht. »Was haben wir denn zu verlieren, Kameraden? Wenn wir sterben müssen, haben wir wenigstens noch mal Spaß gehabt. Und wenn die *Vulkan* uns findet, können wir sagen, das Mädchen ist über Bord gefallen! Los, Jungs, wir nehmen sie, solange noch Zeit dazu ist! Mensch, ich habe seit Monaten keine Frau angefaßt!«

Einige der Männer wirkten unsicher, andere jedoch murmelten unverhohlen ihre Zustimmung.

Haupt, ein untersetzter, muskulöser ehemaliger Werftarbeiter, grinste mit seinen unregelmäßigen Zähnen. »Alles klar? Immer hübsch der Reihe nach. Laßt uns probieren, wie's mit einer Offiziersdame ist!«

Der Bootssteurer rückte näher an die zitternde junge Frau heran. »Den ersten, der sie anfaßt, schlage ich tot!« Er zog die schwere Pinne aus dem Ruderjoch. »Das schwöre ich!«

»Du alter Narr! Vorher machen wir dich fertig!«

Auf englisch murmelte Schaffer: »Bleiben Sie dicht bei mir! Der Kerl benimmt sich wie ein Verrückter!«

Sie beobachtete, wie Haupt in der Mitte des Bootes auf sie zukam. Er stieg vorsichtig über die eingezogenen Riemen und vorbei an den ihn aufmerksam beobachtenden Matrosen. Seine Lippen waren zwar in einem breiten Grinsen verzogen, aber seine Augen zu Schlitzen verengt, als er gespannt die Pinne in der Hand des Bootssteurers beobachtete. Jetzt stand er schwankend und vornübergebeugt auf der letzten Ducht, die Daumen in seinen breiten Gürtel gehakt. Caryl spürte die animalische Erregung des Mannes und die verächtliche Leichtigkeit, mit der er das Gleichgewicht hielt. Sie grub die Fingernägel in ihre Handflächen, bis es schmerzte. Dies hatte sie vom ersten Augenblick an befürchtet und erwartet. Steigers Höflichkeit und Heuß' Eifer waren nur Tünche.

Der Mann auf der zweiten Ducht lachte mit einem heiseren Bellen plötzlich laut auf, so daß Haupt sich überrascht und verunsichert umdrehte.

Der Mann, es war Schiller, stützte sich mit den Ellbogen auf seinen Riemen und lachte weiter. Er bemerkte die Dankbarkeit in Schaffers verängstigten Augen und das Entsetzen im Gesicht der jungen Frau. Beinahe hätte er zugelassen, daß Haupt seine Drohung wahrmachte. Es wäre zweifellos ein unvergeßliches Erlebnis geworden, schließlich hatte er noch nie ein Mädchen gesehen, das in einem treibenden Rettungsboot vergewaltigt wurde; aber irgendwie war Haupt, der primitive Werftarbeiter, nicht der richtige Mann dafür. So ein Großmaul und Prahlhans. Also spuckte Schiller über Bord und sagte: »Setz dich hin, du Holzkopf!«

Haupt zögerte und merkte, daß die anderen ihn beobachteten. »Was ist? Wenn du zu feige bist, werden wir auch mit dir fertig!«

»Kann sein, Jungs!« Schiller grinste. »Nur müßt ihr mich vorher totschlagen.« Er drückte auf den Knopf seines Messers und ließ die Klinge aufspringen. »Wer ist der erste?«

Ein Mann rief mit bebender Stimme: »Rauch! Seht dort drüben, Rauch!«

Sie sprangen alle auf, standen in dem schwankenden Boot und versuchten, die Ursache der Rauchfahne zu erkennen, die sich gelegentlich über den Wogenkämmen zeigte.

Schaffer gestikulierte mit der Pinne, die er noch immer in der Hand hielt. »Klar bei Riemen!« Jetzt hatte er sie wieder unter Kontrolle. Rasch schob er die Pinne in das Ruderjoch. Ihm war es gleichgültig, von welchem Schiff die Rauchfahne herrührte. Wer sie auch aufnahm, an Bord würden sie Offiziere, Disziplin und Sicherheit finden.

»Riemen bei!« Die Riemen krachten in die Dollen, und unter ihren vereinten Anstrengungen bewegte sich das Boot langsam auf die Rauchwolke zu, die aus dem großen Schornstein der *Vulkan* quoll; ihre Masten grüßten sie bereits von fern.

Nach kurzer Zeit waren sie in Lee des Rumpfes, griffen nach den baumelnden Taljenblöcken und hakten sie in die entsprechenden Stropps ein. Sie sahen die narbenübersäten Platten der Bordwand, rochen Pulverqualm, verbranntes Holz und versengte Farbe. Als das Boot zu den Davits hinaufschwebte, nahm der Hilfskreuzer sofort wieder Fahrt auf. Die an Deck arbeitenden Matrosen, die letzte schwelende Wrackstücke löschten, hatten kaum einen Blick für die eifrig schnatternden Seeleute, die aus dem Boot kletterten.

Caryl Brett sah sich um und suchte die Männer, mit denen sie soeben noch zusammengewesen war, aber der Rest der Besatzung hatte sie bereits aufgesogen. Nur der Bootssteurer stand geduldig da und überwachte das Festzurren seines Bootes. Sie wollte ihm danken, aber er starrte an ihr vorbei, schon Teil dieser anderen Welt, an der sie keinen Anteil hatte.

Als sie das mit Trümmern bedeckte Bootsdeck überquerte, konnte sie sich kaum vorstellen, daß dies dasselbe Schiff war, das sie morgens verlassen hatte. Die weiße Farbe war überall geschwärzt, abgesplittert oder mit Blasen bedeckt; die Brücke wies bösartige Einschußlöcher auf, wo die Stahlpanzerung durchschlagen und das Metall an den Rändern offensichtlich geschmolzen war.

Ein Offizier trat ihr in den Weg, und es versetzte ihr einen Schock, als sie in der großen, schwarz verschmierten Gestalt den normalerweise jugendlichen und schmucken Damrosch erkannte.

»Würden Sie bitte hinunter ins Lazarett gehen? Wir haben viele Verwundete, und Steuer kommt ohne Ihre Hilfe nicht aus.«

Dann sah er ihre durchnäßte Kleidung und das zerzauste Haar und fügte entschuldigend hinzu: »Aber zuerst müssen Sie sich wohl etwas Trockenes anziehen.«

»Ich habe es nicht nötig, Ihren Verwundeten zu helfen!« Trotzig hob sie das Kinn und vergaß ihre nasse Kleidung und das, was sie soeben erlebt hatte. »Man hat mich gezwungen, als Köder in Ihr Boot zu gehen, aber ich kann nicht gezwungen werden, weiterhin dem Feind zu dienen!«

Sie hatte erwartet, daß er sie schlagen oder zumindest anschreien würde, statt dessen jedoch verzog er schuldbewußt das Gesicht. »Tun Sie, was Sie für richtig halten«, sagte er. »Ich kann Ihren Ärger verstehen.«

Sie starrte ihn an und bemerkte zum ersten Mal den Schock und den Jammer in seinen Augen sowie die vagen, unzusammenhängenden Bewegungen seiner Hände.

In diesem Augenblick erschien Oberleutnant Heuß am Kopf der Brückenleiter. Strahlend stürzte er auf sie zu. In seinem Ton war weder Vorsicht noch Zurückhaltung, als er an dem anderen Offizier vorbeieilte, ihre kalten Hände ergriff und in ihr Gesicht hinunterblickte. »Gott sei Dank, daß Sie gesund sind! Ich dachte schon, wir würden Sie überhaupt nicht mehr finden!« Sein Blick erfaßte ihre durchnäßte Kleidung und das zerzauste Haar. »Ich kann Ihnen gar nicht sagen, wie ich mich freue, Sie wiederzusehen. Es war hier die Hölle, auch ohne die Sorge um Sie!«

Sie wollte protestieren, ihre Hände aus seinem Griff befreien, aber irgend etwas in seiner Stimme und in seiner Haltung hielt sie zurück, rief eine alte Erinnerung in ihr wach.

Sie hörte sich selbst fragen: »Sie brauchen mich unten im Lazarett?«

Er schüttelte den Kopf. »Es ist wohl besser, wenn Sie dem erst einmal fernbleiben. Es ist kein schöner Anblick.«

Ein Schrei schrillte über das Deck, und sie spürte das festere Zupakken seiner Hände. »Die armen Teufel«, sagte er leise.

Sie dachte an alles, was sie hatte sagen wollen: wie den Deutschen jetzt heimgezahlt wurde, was sie vorher anderen angetan hatten und was ihr ganzes Volk an Verbrechen beging, in Europa und überall in der Welt. Aber das kam ihr jetzt hohl vor und abgedroschen. Statt dessen sagte sie nur: »Ich freue mich ebenfalls, daß Sie unverletzt geblieben sind.«

Er schien das Schiff, das Gefecht und alles ringsum zu vergessen. »Im Ernst?«

»Ja. Sie waren sehr freundlich zu mir, obwohl Sie das gar nicht nötig hatten.«

»Ich würde mich nur zu gern noch länger mit Ihnen unterhalten. Aber ich habe Anweisung, Sie auf die Brücke zu bringen. Der Kommandant möchte Sie sprechen.« Er drückte ihre Hände, als er sah, wie ihre Augen trotzig aufleuchteten. »Bitte, werden Sie nicht wütend. Der Kommandant hat Anweisung gegeben, Sie mit auszubooten, und deswegen jetzt wohl Gewissensbisse.«

»Hat er überhaupt ein Gewissen? Meiner Meinung nach kennt er nur Gesetze und Vorschriften!«

»Mag sein, aber er ist auch verantwortlich für uns *alle*.« Heuß senkte die Stimme. »Er ist verwundet worden, sitzt aber wie immer dort oben und treibt uns an. Nichts kann diesen Mann bremsen.« Er lächelte ein wenig einfältig. »Er führt sich auf wie der Teufel, besitzt aber nicht den Anstand, auch so auszusehen!«

Ein Seemann kam mit einem dicken, gefütterten Wachmantel angerannt. Heuß half ihr hinein und schlug den Kragen hoch. »Sind Sie fertig?«

Sie folgte ihm die Leiter hinauf und schloß die Augen vor den dunklen Blutflecken überall und vor einer stillen, mit Segeltuch bedeckten Gestalt.

Die Ausgucksleute auf der Brücke starrten sie verwundert an, im Steuerhaus war ein Matrose bereits dabei, eine neue Glasscheibe einzusetzen; ein anderer fegte Holz- und Glassplitter sowie abgeblätterte Farbe auf. Die kleine Seekabine war voller Menschen. Niklas, der Chief, saß auf dem Tischrand, ein Notizbuch in der Hand, Leutnant Seebohm, den Arm in einer Binde, berichtete über den Fortschritt der Reparaturen. Drei Unteroffiziere standen am Schott, machten sich Notizen oder erwarteten Anweisungen, und irgendwie schaffte es Steward Röder, sich mit mißbilligendem Gesicht einen Weg durch die Menge zu bahnen, um aus einer großen Kanne Kaffee einzuschenken.

Der Kommandant saß auf dem Kojenrand, das Jackett nachlässig über die nackten Schultern geworfen; darunter lief ein breiter Verband schräg über seine Brust wie eine weiße Schärpe. Caryl sah, daß er kurz das Gesicht verzog, als er aufstand und die Hände zurückwies, die ihm helfen wollten.

Er sah ihr forschend ins Gesicht und warf dann Heuß neben ihr einen kurzen Blick zu.

»Ich möchte mich entschuldigen für das, was passiert ist, Mrs. Brett. Unter den Umständen waren Sie im Boot sicherer aufgehoben, obwohl ich zugeben muß, daß dies nicht mein Hauptmotiv war, Sie mit ins Boot zu schicken.« Er zuckte schmerzlich zusammen und ließ sich schwer auf den Kojenrand fallen. »Ich muß mich setzen, denn ich habe herausgefunden, daß ich nicht so unverwundbar bin, wie die Leute von mir glauben.« Er schnipste mit den Fingern. »Eine Tasse Kaffee für unseren Gast.« Er warf einen Blick über den vollen Tisch, wobei sich sein Gesicht plötzlich entspannte. »Und ein Gast sind Sie für uns geworden, ob Ihnen das nun gefällt oder nicht. Ich bin sicher, daß eine Reihe Leute an Bord es bedauern würden, wenn Sie das Schiff verließen.« Er lächelte, schien aber ein wenig unsicher, als hinge viel von ihrer Antwort ab.

Was geht denn in mir vor? fragte sie sich erstaunt. Seine Worte hämmern ja geradezu in mein Hirn. Ich hasse diesen Mann und all das, was er verkörpert. Er ist für mich mehr als nur ein Deutscher, er ist ein persönlicher Feind. Sie überlegte, ob sie ihm erzählen sollte, was ihr um ein Haar im Boot zugestoßen wäre. Zweifellos würden diese Männer dann bestraft werden, aber der Groll der Besatzung konnte weit gefährlicher für sie sein.

Niklas, der Chief, sah von seinen Listen auf und beobachtete die verschiedenen Gemütsbewegungen, die von ihrem Gesicht deutlich abzulesen waren. Er wartete, bis sie sich gesetzt hatte und die große Kaffeetasse in ihren kleinen Händen hielt. Hände, die noch immer zart und fein waren, trotz der Kälte. In fließendem Englisch sagte er schroff: »Nur Oberleutnant Heuß und ich verstehen, was zwischen Ihnen und dem Kommandanten gesprochen wird. Die anderen sprechen nur ihre eigene Sprache, genauso wie Sie. Sie können also freimütig antworten. Aber, meine Liebe, bevor Sie Ihre Gedanken aussprechen, die ich ziemlich genau erraten kann, möchte ich Ihnen eins sagen.« Absichtlich drehte er Steiger den Rücken zu, so daß dieser sich protestierend vorbeugte. »Wir hatten ein ziemlich heftiges Gefecht mit dem Amerikaner, und es war äußerst knapp. Wir haben beide den Kampf abgebrochen, um einen Abstand von vielen Meilen zwischen ihn und uns zu legen. Wenn er von seinen Freunden gefunden wird, sind wir hoffentlich schon weit unten im Süden. Wir laufen jetzt mit äußerster Fahrt, aber trotz der Gefahr, die jede Verzögerung für uns bedeutet, bestand der Kommandant darauf, umzukehren und nach Ihnen zu suchen.« Bar jeder Emotion musterte er sie. »Er wies ärztliche Behandlung zurück, obwohl ein Granatsplitter, so groß wie dieser Federhalter, in seiner Brust saß, bis die Verwundeten versorgt waren und er sichergestellt hatte, daß sein Schiff notfalls für eine Fortsetzung des Gefechts bereit war. Bedenken Sie dies alles, bevor Sie sprechen. Ich bin ein alter Mann – ich könnte Ihr Vater oder sogar Großvater sein – und habe nichts zu verlieren; obgleich wir Feinde sind – oder vielmehr weil wir den Befehl erhalten haben, Feinde zu sein –, denke ich, daß Sie diese Tat anerkennen und vielleicht eine gewisse Dankbarkeit empfinden sollten.«

Steiger stöhnte: »Um Gottes willen, halten Sie den Mund!«

Caryl stellte die Tasse ab und sah zu, wie sie im Rhythmus der Maschine vibrierte. »Ich danke Ihnen, daß Sie für uns zurückgekommen sind, Captain«, sagte sie leise. »Das werde ich nicht vergessen.« Sie bemerkte die Erleichterung in Steigers Gesicht und stand auf. »Und jetzt möchte ich trotz allem, was hier gesagt worden ist, hinuntergehen ins Lazarett und Steuer bei den Verwundeten helfen. Sind es viele?« Ihre Stimme klang ruhig und gleichmütig, aber sie spürte, daß ihre Glieder zitterten. Ich bin verrückt, dachte sie. Was tue ich da?

Steiger rieb sich die Stirn. »Bisher sind es acht Tote und vierzehn Verwundete. Einige Leichtverwundete sind in ihren Unterkünften, mit denen werden Sie keine Mühe haben.« Er senkte den Kopf. »Ich danke Ihnen für Ihre Bereitschaft, uns zu helfen. Wie Sie sicherlich bereits festgestellt haben, besitzen Verwundete und Kranke keine Nationalität mehr.«

Heuß berührte sie am Arm, und sie ging mit ihm durch die Tür. Bevor diese sich hinter ihr schloß, hörte sie wieder Steigers Stimme, aber jetzt frisch und ungeduldig: »Niklas, Sie stellen alle verfügbaren Leute aus dem Maschinenraum für Reparaturen frei. Sie sollen die Platten ersetzen, die wir verloren haben. Ich habe Dehler angewiesen, innerhalb der nächsten achtundvierzig Stunden das gesamte Schiff neu streichen zu lassen.«

Langsam schloß sich die Tür hinter ihnen, und Heuß hob in spöttischer Verzweiflung die Schultern.

»Da sehen Sie es selbst! Was soll man mit einem solchen Mann machen?«

Ein Pfeifensignal schrillte durchs Schiff, und die Seeleute warfen sich hin, wo sie gerade standen. Das Tageslicht verblaßte allmählich, aber der Himmel hatte aufgeklart, die Luft war frisch und trocken. Bald würden die ersten blassen Sterne zu sehen sein. Doch das schöne Wetter machte wenig Eindruck auf die Männer, die schwer atmend an Deck lagen und haßerfüllt ihre Schaufeln und sonstigen Werkzeuge musterten, die um sie herum warteten. Der Zimmermann hatte frische Planken zugeschnitten und Töpfe mit kochendem Teer sowie große Bündel Werg vorbereitet, mit denen die offenen Decksnähte kalfatert werden sollten. Den ganzen Nachmittag über war die Luft erfüllt gewesen vom Lärm der Hämmer und Kreischen der Sägen. Außerdem mußte Kohle aus den Laderäumen in die gierigen Bunker umgestaut werden.

Schiller lag mit geschlossenen Augen da, den Kopf auf einen wundervoll riechenden Holzbalken gestützt. Wie üblich ragte eine halbe Zigarre aus seinem Mund, und seine Mütze war keck in die Stirn gezogen. Mit halbem Ohr hörte er dem Nörgeln und Jammern in seiner Nähe zu und lächelte still in sich hinein. Morgens im Boot war er wieder einmal um Haaresbreite davongekommen. Eine Granate hätte sie treffen können, so daß er jetzt bestenfalls unter dem Messer des Sanitäters geschrien hätte wie der arme Kerl, dessen Stimme aus dem Lazarett zu hören war. Während der Arbeit hatten sie mehrmals solche Schreie gehört, die sogar den Lärm an Deck übertönten. Er stellte sich vor, daß dieses Mädchen dort unten dem Sanitäter half, trotz allem, was dieser Idiot Haupt im Boot vorgehabt hatte. Erstaunt über die Dummheit seiner Mitmenschen schüttelte er den Kopf. Sie könnte jetzt in der Kommandantenkajüte ein Leben führen wie eine Prinzessin, die Füße auf seidene Kissen gestützt, eine Flasche Cognac vor sich auf dem Tisch. Statt dessen wühlte sie unten zwischen Blut und Eiter herum. Er öffnete mühsam ein Auge, als sich jemand neben ihn fallen ließ. Es war Pieck, blaß und mit grimmigem Gesicht.

Schiller seufzte. Noch mehr Unruhe. Der arme Willi war in letzter Zeit ein wenig seltsam. Irgend etwas schien ihn zu bedrücken.

»Hallo, Willi! Wo bist du gewesen? Wir haben uns inzwischen die Seele aus dem Leib geschuftet!«

Der Junge zog die Knie bis zum Kinn hoch. »Ich war im Lazarett, habe Adler besucht.«

»Warum denn? Laß ihn bloß in Ruhe, Junge. Der ist verdammt besser dran als wir im Augenblick!«

Verzweifelt wandte sich Pieck ihm zu. »Du weißt nicht, was neulich nachts passiert ist«, sagte er mit zitternden Lippen. »Du mußt Gustav helfen! Ich habe sonst keinen, an den ich mich wenden kann.«

Schiller saugte an seiner Zigarre. »Raus damit, Willi! Aber ein bißchen leiser.«

»Bootsmaat Brandt ist tot.«

»Na und? Das weiß ich doch längst.«

Piecks Stimme klang, als würde sie jeden Augenblick brechen. »Adler hat ihn umgebracht!«

»Was?« Mit plötzlich wachem Blick setzte Schiller sich auf. »Sag das noch mal!«

Der Junge nickte. »Er hat ihn getötet. Brandt hat mich in den Kühlraum gesperrt, ich wäre darin umgekommen. Konnte mich schon nicht mehr bewegen.«

»Er hat dich im Kühlraum eingeschlossen?« Ungläubig starrte Schiller ihn an, als zweifle er an seinem Verstand.

Pieck schloß die Augen und erlebte noch einmal das Entsetzen, als sich die schwere Tür mit dumpfem Knall hinter ihm schloß. Zuerst hatte er mit den Fäusten dagegen getrommelt, dann war er auf dem eisbedeckten Boden hin und her gelaufen, seine nackten Schultern schimmerten bläulich im Licht der Notbeleuchtung. Er hatte jegliches Zeitgefühl verloren. Schließlich fing er an, gegen Kisten und Lattenverschläge und erfrorene Tierkadaver zu stoßen, und merkte, daß er allmählich die Kontrolle über seinen Körper verlor. Die intensive, geradezu sengende Kälte betäubte seinen Widerstandswillen, und ihm wurde klar, daß es zu Ende ging. Mit letzter Verzweiflung warf er sich noch einmal gegen die Tür. Schwach erinnerte er sich daran, daß er hingefallen war und daß plötzlich Licht durch die Türöffnung drang.

Seine Füße polterten auf den Leitersprossen, als er langsam hinaufgezogen wurde. Dann schwanden ihm wieder die Sinne; er kam würgend zu sich, als ihm jemand brennenden Schnaps in die Kehle kippte. Jetzt war er in Decken gehüllt und spürte schmerzhaft die Rückkehr der Blutzirkulation.

Auf einmal wurde ihm bewußt, daß er Schiller all das Erlebte mit matter, tonloser Stimme erzählte.

»Es war Adler«, sagte er endlich. »Er hat von oben durch die Luke gesehen, wie Brandt mich einschloß, und kam herunter, um mir zu helfen.« Ihn schauderte. »Dabei machte er ein Geräusch, und Brandt, der gerade herunterkam, um mich rauszulassen, sah ihn. Er rannte hinter ihm her und jagte ihn durch den Steuerbordgang bis zur Inspektionstür in den Laderaum Nummer zwei. Es gelang Adler, diese Tür zu öffnen, bevor Brandt ihn erreicht hatte, und dann... dann...« Seine Stimme wurde tonlos.

»Erzähl weiter.« Schillers Gesicht war wie Stein.

»Adler sprang oben auf die Kohle, und als sich Brandt vorsichtig über den Lukensüll beugte, schlug er ihm mit einem großen Stück Kohle den Schädel ein.«

Schiller lehnte sich zurück, sein Verstand arbeitete fieberhaft. »Dieser Verbrecher ist also noch immer an Bord? Wer hat denn seine Mütze auf die Back gelegt, damit es aussieht, als sei er über Bord gefallen?«

»Adler. Er muß einen lichten Moment gehabt haben. Was sollen wir tun? Wenn sie die Leiche dort finden, wird einer von uns verdächtigt. Sie haben Adler und mich ohnehin schikaniert, seit wir an Bord sind.«

Schiller grunzte. »Laderaum Nummer zwei?« Beide blickten hinüber zu der geschlossenen Luke. »Ein Glück, daß es nicht Nummer eins ist, dort laden wir gerade Kohle in den Bunker um.« Stirnrunzelnd fuhr er fort: »Wir werden ihn heute nacht beseitigen.«

»Du willst uns helfen?« Erleichtert und dankbar sah Pieck ihn an.

»Klar. Wir müssen zusammenhalten.«

Wieder ertönte das Pfeifsignal, und Schiller griff nach seinem Hammer. »Ich werde mir schon was ausdenken, Willi.« Er steckte seinen Zigarrenstummel sorgfältig weg. »Übrigens, Willi, was wollte Brandt von dir?«

Pieck wurde noch um eine Schattierung blasser und schüttelte den Kopf. »Ich – das weiß ich nicht genau.«

»Er hat etwas über Oberleutnant Köhler und dich erfahren, wie?«

Piecks Hand entfiel der Rosthammer. »Du *weißt* davon?«

»Klar. Was hast du denn gedacht?« Als die Seeleute anfingen, wieder an ihre Arbeit zu gehen, ergriff er den Jungen an der Schulter. »Willst du so weitermachen? Ist dir nicht widerlich, was dieses Schwein mit dir anstellt?«

»Und wie! Aber ich war so eingeschüchtert, ich wußte nicht, was ich tun sollte. Er drohte, es meinen Eltern zu sagen, wenn ...«

Schiller sah einen Unteroffizier näher kommen. »Hör zu, du gehst nicht mehr zu ihm. Halte dich von ihm fern, klar?«

»Aber wenn er mich wieder bedroht?« Verzweifelt ließ Pieck den Kopf hängen. »Ich kann das Gefängnis nicht noch einmal ertragen.«

»Wenn er's noch mal versucht, geht's ihm wie Brandt.«

»Das würdest du doch nicht wagen, nicht bei einem Offizier!«

»Würde ich nicht? Sieh mir ins Gesicht, Willi, und sag' mir dann, ob du das wirklich glaubst.«

Eduard Steuer zog die Decke über das Gesicht des Toten und stand auf. Seine Augen waren dunkel vor Übermüdung, sein weißer Kittel war blutverschmiert; auch an seinen nackten Unterarmen klebte getrocknetes Blut.

»Wieder einer«, sagte er leise, und zwei Seeleute, die in einer Ecke des Raumes gesessen und Karten gespielt hatten, griffen nach einer Tragbahre, klappten sie auseinander, legten den leblosen Körper darauf und trugen ihn hinaus.

Steuer drehte sich nicht um, während die Männer mit ihrer Last nach draußen schaukelten, spürte aber den kühlen Luftzug auf seinen Wangen, als der schwere Vorhang aufgezogen und die Tür zum mondbeschienenen Deck geöffnet wurde. Der Kontakt mit der frischen Luft schien sein Elend ein wenig zu lindern.

Er ging hinüber zu dem kleinen Tisch auf der anderen Seite, wo die junge Frau saß. Auch sie trug einen weißen Kittel, ihr Haar war zurückgekämmt und im Nacken durch ein Stück Mullbinde zusammengehalten. Er bemerkte die winzigen Tröpfchen auf ihrer Stirn und Oberlippe, aber auch ihre seltsame, gelassene Heiterkeit.

Ihre Stimme war leise und ein wenig heiser. »Wie spät ist es?«

Über ihrem Kopf hing eine Uhr, aber er antwortete: »Schon nach Mitternacht. Sie sollten schlafen gehen.«

Sie schien ihn nicht zu hören. »Jetzt herrscht Ruhe. Sie kam ganz unbemerkt, wie die Dunkelheit.«

Er nickte. Als er die Reihen der schwankenden Hängekojen entlangblickte, fragte er sich, wie sie es geschafft hatten, Ordnung und Frieden wiederherzustellen, wo noch vor kurzem die Hölle los gewesen war. Während des Gefechts hatte er ununterbrochen gearbeitet, taub gegenüber den gewaltigen Detonationen, die das Schiff erschütterten, und den entsetzlichen Schreien überall an Deck. Nur beim ersten Verwundeten wäre er beinahe durchgedreht. Es war ein Mann ohne Füße, der schreiend um sich schlug, um sich den beiden Kameraden zu entwinden, die ihn vom Bootsdeck heruntergebracht hatten. Seine blutigen Beinstümpfe öffneten und schlossen sich dabei wie eine Schere. Er starb, bevor sie ihn auf den Operationstisch legen konnten. Steuer hatte ein paar Sekunden still dagestanden und nur auf das schmerzverzerrte Gesicht des Mannes gestarrt, auf die Beinstümpfe mit ihrem von Blut geschwärzten Fleisch, aus dem die Knochen herausragten wie zersplittertes Holz. Er hatte sich gesagt, dies ist der Scheideweg, wo du entweder weiter Arzt spielen oder wegrennen kannst. Danach hatte er sich nur noch auf seine Arbeit konzentriert, jeden neuen Fall mit der Tüchtigkeit eines erfahrenen Mediziners behandelt und nicht mehr als fühlender Mensch reagiert.

Der Boden füllte sich allmählich mit blutdurchtränkten Verbänden und Kleidungsstücken, Knochensplittern und verbogenen Schienen. Seine widerwilligen Helfer mußten mehrmals die Emailleeimer ausleeren, wobei einige sich übergeben hatten. Und doch waren alle dankbar, daß ihnen selbst ein solches Schicksal erspart geblieben war.

Es hatte alles so hoffnungslos ausgesehen, und dann war die junge Frau erschienen, zerbrechlich, aber entschlossen zu helfen. Das hatte den Ausschlag gegeben. Jetzt war alles ruhig. Neun Männer waren bisher gestorben, weitere dreizehn lagen schwerverwundet in den Kojen. Einige verhielten sich allerdings so still, als seien sie bereits tot. Die in aller Eile verabreichten Betäubungsmittel hatten sie vor den Schmerzen bewahrt. Andere lagen mit geöffneten Augen da, dachten zweifellos an ihre Wunden und fürchteten sich vor dem Morgengrauen.

Caryl reichte ihm sein Zigarettenetui. »Wie war es hier während des Gefechts?«

Achselzuckend blickte er dem Rauch seiner Zigarette nach, der im Ventilator verschwand. »Der Kampf fand dort draußen statt, schien uns hier drinnen gar nichts anzugehen. Ich fühlte mich wie ein Mensch, der während eines schreckliches Gewitters in die Kirche gerannt ist. Man kann es nur schwer erklären.«

»Was war mit dem Kommandanten?«

Er warf einen raschen Blick in eine Koje, deren Insasse heftig stöhnte, dann aber wieder still wurde. »Da kam ich das einzige Mal hier raus. Das Gefecht war bereits beendet, und ich wußte nicht einmal, daß er verwundet worden war. Er saß wie üblich auf seinem Stuhl vorn auf der Brücke, und ihm gegenüber war ein kleines Loch im Glas. Ein Granatsplitter hatte ihn getroffen, ohne daß es irgend jemand gemerkt hatte.« Ungläubig schüttelte er den Kopf. »Es war geradezu unheimlich. Seine Kleider waren völlig blutgetränkt, und doch ließ er mich nur einen Notverband unter seinem Hemd anlegen.«

Ihre großen Augen hingen an seinem Gesicht. »Er muß doch starke Schmerzen gehabt haben?«

»Entsetzliche. Der Granatsplitter war höchstwahrscheinlich ein Abpraller, sonst hätte er ihn durchbohrt.«

»Sie bewundern ihn, nicht wahr?«

Er zog an seiner Zigarette, bevor er antwortete. »Ich weiß nicht recht. Eins aber ist mir heute klar geworden: Er wollte die Suche nach Ihrem Boot nicht aufgeben und bat Heuß, neben ihm zu bleiben für den Fall, daß er ohnmächtig würde. Ich glaube, er fürchtet, daß Dehler das Kommando übernehmen könnte, wenn er ausfällt. Aber seit heute hat er da wohl nicht allzuviel zu befürchten.«

»Warum nicht?«

»Dehler hat die Nase voll vom Kämpfen.«

Sie schüttelte den Kopf. »Was sich heute alles ereignet hat – man könnte fast verzweifeln.«

»Sie haben mehr durchgemacht als wir alle. Und doch sind Sie in vielem stärker als der Rest, sogar als der Kommandant.«

Sie zwang sich zu einem Lächeln. »Sie scherzen.«

»Nein, im Ernst. Trotz allem, was man von Steiger sieht oder hört, ist er wahrscheinlich sehr sensibel. Er lacht andere aus, die Idealismus predigen oder sich mit ihrem Glauben brüsten, aber er selbst wird ebenso von ethischen Werten beherrscht.«

»Was treibt ihn denn?«

»Wahrscheinlich die Verzweiflung. Er ist kein normaler Kommandant, sondern ein Denker. Genauso wie der alte britische Kapitän der *Cardiff Maid.* Steiger hat jetzt nur noch sein Schiff und ist gerade dabei, sich das klarzumachen.«

Sie stand auf und streckte sich, spürte erst jetzt die Müdigkeit, die sie vor Kälte zittern ließ. Sie fühlte sich schmutzig, und jeder Knochen schien zu schmerzen. Plötzlich wollte sie diesen Raum mit seinen lebenden Toten verlassen, den Frieden und die Geborgenheit ihrer Kajüte aufzusuchen und ein Bad nehmen. Da fiel ihr ein, daß das Frischwasser abgestellt war.

Als habe er ihre Gedanken gelesen, sagte Steuer lächelnd: »Eine Dusche mit Salzwasser ist genauso erfrischend.« Er reichte ihr eine kleine Schachtel. »Nehmen Sie einige von diesen Tabletten, und ich garantiere Ihnen einen tiefen Schlaf. Den haben Sie im Augenblick am nötigsten.«

Mit einer Hand am Vorhang blieb sie vor Übermüdung schwankend stehen. »Wo fahren wir hin, Eduard? Was haben wir jetzt vor?«

»Das weiß ich auch nicht. Auf alle Fälle steuern wir Südkurs, also in ein wärmeres Klima. Ich habe ein Gerücht gehört, daß der Kommandant einen südamerikanischen Hafen anlaufen will, um die Verwundeten und die unfreiwilligen Passagiere an Land zu setzen.« Impulsiv ergriff er ihre Hand und führte sie an die Lippen. »Ich werde immer dankbar dafür sein, daß ich Sie getroffen habe.«

Sie stieg hinauf an Deck, der Wachmantel lastete schwer auf ihren Schultern. Das Schiff lag still, und sie merkte, daß die Maschine gestoppt hatte. An der Reling blieb sie im Schatten des Bootsdecks stehen. Das Achterdeck lag in hellem Mondlicht, unten glänzte das dunkle Wasser wie Silber, und der Horizont schimmerte wie ein endloses Brillantenkollier.

Da sah sie die kleine Gruppe an der Reling, bemerkte die entblößten Häupter und die Reihe stiller Gestalten auf den narbenbedeckten Decksplanken. Sie sah auch Steiger, dessen Jacke noch immer wie ein Cape über seinen Schultern hing. Beim schwachen Licht einer Blendlaterne las er den entsprechenden Bibeltext vor. Ihr Herz machte jedesmal einen Sprung, wenn eins der armseligen Bündel über die auf der Reling liegende Planke geschoben wurde und aufspritzend im Wasser verschwand. Unwillkürlich zählte sie mit: neun Männer. Einige von ihnen hatten vielleicht mit ihr gesprochen oder sie angestarrt, wenn sie vorbeigegangen war; andere hatte sie wahrscheinlich niemals bemerkt. Jetzt traten sie ihre letzte Reise an. Die Nacht war so wunderschön, daß sie am liebsten geweint hätte. Man sollte weinen, dachte sie, bevor der Haß einen vergiftet und die Tränen versiegen.

Als sie wieder hinüberblickte, war das Deck leer. Sie schüttelte sich und lief so rasch sie konnte über das Bootsdeck. Der Posten am Ende des Ganges schlief im Stehen, als sie vorbeikam.

Sie schloß die Tür hinter sich und setzte sich im Dunkeln auf die breite Koje. Das Päckchen mit den Tabletten rollte unbeachtet zu ihren Füßen hin und her. Schon war sie eingeschlafen.

Draußen zog der Mast seine Kreise um die fernen Sterne, und die Maschine nahm ihre eintönige Melodie wieder auf.

Niklas rutschte auf dem Stuhl nach vorn und steckte seinen dünnen Beine unter den Tisch. Das Kinn auf die gefalteten Hände gestützt, schien er so aufmerksam zu seinem Kommandanten hinüber zu schielen wie ein Sperling, der Futter erwartet.

Die Seekabine war blau vom Rauch der Zigarren und der alten Pfeife, die Niklas gewöhnlich bevorzugte. Auf dem Tisch türmten sich noch immer Karten, Bücher und alle möglichen Zettel. Steiger lag in seiner Koje, nackt bis zur Taille, und befühlte mit der einen Hand vorsichtig den Verband über seiner Brust. Er sah erschöpft aus, aber seine Stimme klang ruhig und beherrscht wie immer.

»Ich habe soeben neun gute Leute bestattet, Niklas, und bedaure nur, daß es außer uns kaum jemand zur Kenntnis nahm.«

»Es war trotzdem richtig, sie bei Nacht zu bestatten. Die Besatzung ist ohnehin bedrückt.«

Steiger runzelte die Stirn. »Ich fürchte, die Leute haben noch eine Menge zu lernen.«

Niklas sah auf die Uhr und seufzte. »In ein paar Stunden wird es hell. Warum unterstütze ich Sie noch bei Ihrem Feldzug gegen den Schlaf?«

Steiger versuchte zu lachen, aber der Schmerz in seiner Brust trieb ihm den Schweiß auf die Stirn. »Hauen Sie nur ab, Sie alter Schwindler! Sie schlafen wohl am liebsten bei Ihrer Maschine.«

Niklas bemerkte die Sommersprossen auf Steigers Schultern und beneidete ihn um seine Jugend. »Gut, ich gehe schlafen. Aber tun Sie's mir nach.«

Als er steifbeinig die Kammer verließ, schwang Steiger die Beine über den Kojenrand und blickte angewidert auf die Unordnung im Raum. All das würde ihn wieder erwarten, wenn er aufwachte, vor allem die Karte mit dem neuen Kurs – einer fast geraden Linie in den sonnigen Süden. Er versuchte sich vorzustellen, wie ein klarer heiterer Himmel aussah und wie es war, wenn man sich sauber fühlte.

Er dachte an die Schönheit der Mondnacht bei der Bestattung der toten Seeleute und an die scheinbare Leere der See. Aber auch das war nur eine Täuschung. Selbst jetzt, während er hier saß, wurden sie bereits gejagt; Funksprüche schwirrten durch den Äther. Müde Kommandanten wurden gerade aus ihren warmen Kojen geholt, um ankerauf zu gehen, andere erhielten Befehl, ihren Konvoi zu verlassen und den deutschen Hilfskreuzer zu suchen.

Er schüttelte den Kopf. Kein sehr erfolgreicher Hilfskreuzer. Trotz aller Anstrengungen hatten sie noch nicht viel vorzuweisen. Seltsam, wie auch er selbst sich verändert hatte. Er wollte nur Ruhe und Frieden, um seine Trauer zu überwinden, seine Offiziere dagegen ersehnten Ruhm und Ehre, die aber nicht zu erreichen waren. Sie wollten den Feind vernichten, obwohl doch ihre eigene Vernichtung sehr viel wahrscheinlicher war. Nun aber hatte sich alles verändert: Ein einziges Gefecht mit einem Zerstörer, und ihr Eifer hatte einen erheblichen Dämpfer erhalten.

Mühsam erhob er sich und begann auf und ab zu gehen. Gegen meinen Willen und gegen mein besseres Wissen, dachte er, muß ich sie auf einen Kurs treiben, den ich innerlich ablehne. Auch wenn ich weiß, daß sie unrecht haben, ist das kein Trost mehr, weil diese Erkenntnis für uns alle zu spät kommt.

Keuchend blieb er stehen. Warum hatte dieser Splitter sein Werk nicht vollendet? Als er ihn traf, hatte er vor Schmerzen weder schreien noch einen klaren Gedanken fassen können. Während die Sekunden vorübergingen, hatte er darauf gewartet, zu sterben, hatte dem Frieden entgegengesehen und versucht, an Freda zu denken. Aber durch den Nebel, den der Schmerz verursachte, konnte er ihr Gesicht nicht erkennen. Diese Erfahrung hatte ihn so erschüttert, daß sie ihn wieder ins Leben zurückstieß. Er war zu sich gekommen mit dem Gefühl, auf seltsame Weise betrogen worden zu sein. Als er dann die Beschädigungen besichtigte, war ihm zum ersten Mal klar geworden, was die *Vulkan* für ihn bedeutete. Als er mühsam von einem Deck zum anderen ging, waren die Leute respektvoll zurückgetreten. Er hatte in die offene Tür des Krankenreviers geblickt und Caryl Brett beobachtet, die Steuer bei der Versorgung der Verwundeten half. Er wollte von ihr gesehen werden, die junge Frau im weißen Kittel hatte ihn jedoch nicht bemerkt. Ihr Blick war über ihn dahingeglitten wie der einer Blinden, und in ihrem Gesicht war nichts anderes zu erkennen als Konzentration.

Er ging zu seiner Koje, aber statt sich hinzulegen, griff er nach seinem schwarzen Ledermantel. Der Pelzkragen am Hals fühlte sich warm an, und das weiche Futter beruhigte seine durch die scheuernde Binde gereizte Haut.

Er setzte sich die Mütze auf und trat hinaus ins Steuerhaus. Die dunklen Gestalten strafften sich, als er an ihnen vorbeiging. Ebert stand am Kartentisch, Heuß mit hochgezogenen Schultern draußen in der Brückennock.

Wortlos ging er an ihnen vorbei und stieg hinunter zum Vordeck. Ringsum lag das Schiff und dessen Besatzung in tiefem Schlaf. Als er mit dem Stiefel gegen eine zerbrochene Decksplanke stieß, spürte er schmerzhaft seine Wunde. Es war nur richtig, dachte er, daß er zusammen mit seinem Schiff leiden mußte. Er kam dicht an einem getarnten Geschütz vorbei und legte die Hand auf seinen langen Lauf, als erwarte er, noch immer die Hitze darin zu spüren. Er war aber kalt wie Eis, und er schritt eilends die Leiter hinauf zur Back. Dort stieg er zwischen die Ankerketten und ging weiter nach vorn zu den Ankerklüsen. Er wandte dem Vordersteven mit seinem unruhigen weißen Schaum den Rücken und blickte über Back und Oberdeck. Nichts bewegte sich außer den Schatten, die vom Mond geworfen wurden, und einem gelegentlichen Aufsprühen von Gischt. Im Mondlicht sah die *Vulkan* aus wie ein Geisterschiff, zu einer endlosen Reise verdammt.

Langsam schritt er wieder zur Brücke zurück, das Kinn auf der Brust. Der Weg hatte ihn sehr ermüdet, und seine Füße waren schwer. Er begegnete zwei Seeleuten und spürte ihre Überraschung, blickte aber nicht auf, als er an ihnen vorbeischritt. Am Ende des Bootsdecks drehte er wieder um und sah die Gestalt des Postens im schwach beleuchteten Gang.

Sie lag jetzt in seiner Kajüte und schlief. Er hatte sie aus der See gerettet, um sie ein wenig bescheidener und dankbarer zu machen. Statt dessen war er derjenige, der an der Lazarettür gedemütigt worden war. Er schleppte sich zurück in seine winzige Kabine auf der Brücke und kroch endlich in die Koje.

Es gab so vieles, was er bedenken mußte: Kohle, Reparaturen, Tarnung, all das mußte am Morgen in Angriff genommen werden.

Im Spiegel sah er einen leuchtend roten Fleck in der Mitte seines Verbandes und fluchte leise.

Eine Glocke ertönte in der Ferne, und die Morgenwache versammelte sich auf dem unteren Deck.

Schließlich fiel er in unruhigen Schlaf, während ihn die *Vulkan* weiter nach Süden trug. Hinter ihrem Kielwasser herrschte Aufregung, ertönten im Äther die Rufe zum Sammeln, zu Verfolgung und Rache.

Als die Morgenwache lustlos ihre Posten einnahm, saßen Schiller und Pieck im Mannschaftsdeck und sahen sich an.

Pieck sagte: »Der Kommandant hat uns nicht gesehen. Er ging vorbei wie ein Schlafwandler.«

Schiller grunzte und kletterte in seine Koje. »Steiger würde uns verstehen. Schließlich hat er neun von uns bestattet, wir aber nur einen einzigen Unteroffizier.«

TEIL DREI

»Um 13 Uhr 15 eröffnete der Feind das Feuer.«

12

Auszug aus Steigers Tagebuch:
31. Januar 1918. Es ist jetzt fünfunddreißig Tage her, seit wir aus Kiel ausgelaufen sind. In dieser Zeit haben wir mehr als sechstausend Meilen zurückgelegt. Heute mittag war unsere angenäherte Position eintausend Meilen nordöstlich der brasilianischen Küste und achthundert Meilen westlich vom afrikanischen Kontinent. In diesem Augenblick überqueren wir den fünfzehnten Breitengrad und ebenfalls das, was einst der befahrenste Schiffahrtsweg zwischen Südamerika und Europa war.

Neun Tage sind seit unserem Gefecht mit dem Zerstörer vergangen, und wir haben nichts weiter gesichtet als ein kleines Schiff in der Ferne, das jedoch abdrehte, bevor wir seine Größe und Klasse feststellen konnten. Die See ist leer, dennoch habe ich das Gefühl, daß wir auf jeder Meile, die wir zurücklegen, beschattet werden.

Ein weiterer Schwerverwundeter ist gestorben, die Zahl der Toten hat sich damit auf zehn erhöht; zwei Männer schweben in Lebensgefahr, weil ihre Wunden brandig geworden sind.

Der Proviant ist ein Problem, da wir kein bißchen Frischgemüse mehr haben. Das Frischwasser ist rationiert auf einen halben Liter pro Tag und Mann. Die Moral ist so gut, wie man es erwarten kann, aber die Mehrzahl ist den Anforderungen des Seelebens immer noch nicht gewachsen. Sie ertragen das schlechte Essen sowie den Mangel an persönlicher Sauberkeit nur schwer.

Elf Tage ist es her, daß wir die Bunker aus dem gekaperten Kohlenschiff *Nemesis* aufgefüllt haben. Ich muß bei erster Gelegenheit wieder Kontakt mit dem Schiff aufnehmen, unser Kohlenvorrat ist bereits gefährlich geschrumpft.

Erfreulich ist jedoch die Änderung des Wetters. Da wir uns dem Äquator nähern, ist der Himmel jetzt überwiegend klar, und die Sonne lindert die Härte des Bordlebens.

Über den Tod von Bootsmaat Brandt wissen wir immer noch nichts Genaues, aber ich spüre da eine Unterströmung in der Besatzung, die ich mir nicht erklären kann.

Die Gefangenen sind in gutem Zustand, und die Frau war uns eine große Hilfe im Lazarett. Völlig selbstlos hat sie ihre freiwillige Arbeit verrichtet. Ich muß jedoch versuchen, alle Gefangenen auf ein neutrales Schiff zu übergeben oder sie bei der nächsten Gelegenheit an Land zu setzen.

Ich sehne mich verzweifelt nach Informationen aus der Außenwelt, über die Kriegslage und über die Aufstellung feindlicher Seestreitkräfte. So aber komme ich mir vor wie ein Blinder, der sich seinen Weg Schritt für Schritt ertasten muß.

Meine Offiziere erfüllen ihre Pflichten, doch merkt man ihnen die starke Belastung deutlich an.

Gestern passierten wir das Gebiet, in dem unser erster Hilfskreuzer *Kaiser Wilhelm* einen Monat nach der Kriegserklärung von den Engländern versenkt wurde. Gern würde ich ihn und seine Nachfolger rächen, aber bisher hat mich mein Schiff durch die geringe Zahl der Prisen nur enttäuscht.

Meine eigene Verwundung macht mir Sorge, doch die Sonne gibt uns endlich wieder Kraft und Ausdauer...

Während der Nachmittagswache wurde das Schiff gesichtet. Es lag so tief im Wasser, daß seine Aufbauten über der glitzernden See und dem dunstigen Horizont lediglich wie ein Schmutzfleck wirkten. Die *Vulkan,* diesmal unter holländischer Flagge, strahlte im Glanz ihrer neuen Farbe, und am Bug prangte der Name *Van Diemen.* Sofort änderte sie Kurs, um das andere Schiff abzufangen.

Der Kommandant schloß das ledergebundene Buch, in das er seinen täglichen Bericht geschrieben hatte, und lauschte den Alarmglokken und dem unmittelbar darauf einsetzenden Lärm im ganzen Schiff.

Das Sonnenlicht im Raum verblaßte, als Röder die Stahlblenden über die Bullaugen klappte und festschraubte. Er räumte die Überbleibsel der Mahlzeit weg und eilte dann auf seine Gefechtsstation beim Sanitätstrupp.

Steiger trat hinaus auf die Brücke, wo alle gespannt den winzigen Fleck am Horizont beobachteten. War es ein Kriegsschiff? Warum liefen sie nicht einfach davon? Das waren sicherlich die Fragen, die sie sich stellten, während sie die Mündungsschoner und die Bezüge von den Geschützen nahmen und die schweren Granaten in die Verschlußstücke rammten.

»Gefechtsstationen besetzt, Schotten geschlossen, Herr Kapitän!« meldete Heuß. »Der Ausguck im Mastkorb sieht das Schiff jetzt deutlicher.«

Ein Sprachrohr pfiff grell, und Ebert meldete, das Entfernungsmeßgerät habe das Ziel aufgefaßt.

Steiger verzog das Gesicht, als seine Wunde unter der Jacke heftig schmerzte. Er ignorierte sie jedoch und trat nach vorn ans Brückenfenster. Hier spürte er die stechende Kraft der Sonne, die das Glas wie ein Brennglas verstärkte.

Der Unterschied zwischen dem jetzt ständig herrschenden schönen Wetter und dem ewig grauen Himmel des kalten Nordatlantiks war in der Tat enorm. Wären sie besser ausgerüstet, dachte er, so wie sein voriges Schiff, dann hätte diese Kreuzfahrt direkt angenehm sein können. Die Brückenaufbauten strahlten in ihrer neuen weißen Farbe, und der große gelbe Schornstein mit dem schwarzen Stern verlieh dem Schiff fast die Atmosphäre eines Vergnügungsdampfers. Anders sah es dagegen bei der Besatzung aus. Ihre grauen, mit Bartstoppeln bedeckten Gesichter und die schäbigen Uniformen aus minderwertigen Ersatzstoffen gaben ihr ein verwildertes, ungepflegtes Aussehen. Es war, als hätten sie ihre eigene Kraft und Vitalität dem Schiff überlassen und wären als leere Hülsen zurückgeblieben. Eine Woche lang waren sie jetzt ohne Pause gnadenlos angetrieben worden, um das Schiff wieder instandzusetzen und zu tarnen. Das war so gut gelungen, daß man nur aus allernächster Nähe die geflickten Einschußlöcher und neu eingesetzten Planken erkennen konnte.

Morgen würde er der Besatzung befehlen, die blauen Sachen abzulegen und die weißen Uniformen anzuziehen, dachte er stirnrunzelnd. Diese Änderung, dazu das wärmere Wetter, würde ihre Niedergeschlagenheit überwinden. Allerdings bedeutete Weiß auch zusätzliches Waschen. Bei der Knappheit an Frischwasser mußten sie sich eben mit Salzwasser begnügen.

Der Brückenausguck hatte das Schiff jetzt ebenfalls aufgefaßt und gab seine Information ans Steuerhaus weiter. Steiger blieb schweigend abseits stehen wie ein unbeteiligter Zuschauer. Er konnte es ohne weiteres seinen Offizieren überlassen, das Schiff gefechtsklar zu machen, zumal er seine Kräfte für das spätere Zusammentreffen schonen wollte.

Damrosch stellte die Sehschärfe seines Glases ein. Er lächelte nur noch selten, und sein Ton war erheblich schärfer, aber auch selbstsicherer geworden, seit er sich bei dem Gefecht mit dem amerikanischen Zerstörer bewährt hatte.

»Er qualmt überhaupt nicht, Herr Kapitän. Scheint gestoppt zu haben.«

Mißtrauisch beobachtete Steiger das andere Fahrzeug. Es näherte sich nicht so rasch, wie zu erwarten gewesen wäre. Blinzelnd kniff er die Augen zusammen, da das Sonnenlicht über dem glitzernden Wasser stark blendete.

Als sie endlich näher gekommen waren, erkannte er den Grund für die Bewegungslosigkeit. Sein Bug ragte nur ein paar Meter über die dagegenklatschende See, während die Schraube unter dem runden Heck in der Luft schwebte.

Steiger spürte das gespannte Schweigen auf der Brücke, sah aber weiterhin angestrengt durch sein starkes Glas. Der rauchlose Schornstein, die leeren Bootstaljen, die lose schwankend über die rostige Bordwand hingen, die verbeulte Reling und der zersplitterte Vormast mit seinem Gewirr zerfetzter Takelage redeten eine deutliche Sprache. Offensichtlich war das Schiff aufgegeben worden, nachdem es einen Torpedotreffer durch eins der neuen U-Boote erhalten hatte, die einen erheblich größeren Aktionsradius besaßen. Das Ganze hatte sich vielleicht vor der afrikanischen Küste abgespielt, und das Wrack war vom Äquatorialstrom über den Atlantik getrieben worden. Ein Geisterschiff also, vergessen von seiner Besatzung und seinem Vaterland.

Er räusperte sich, so daß Damrosch nervös zusammenfuhr. »Backbordbatterien enttarnen! Einen Schuß vor seinen Bug!«

Nach kurzer Pause fiel der Schuß. Es war, als zögere selbst die Granate, das einsame Wrack zu beunruhigen. Die Wassersäule erhob sich vor dem tiefliegenden Bug und fiel dann wieder in sich zusammen. Nachdem die Explosion verhallt war, hörte man nichts als die Geräusche des eigenen Schiffes.

»Maschine stopp!«

Langsam glitten sie auf das geheimnisvolle Wrack zu, das die Mündungen der Geschützrohre beschnupperten wie mißtrauische Hunde.

Der Kommandant hatte sich zum Handeln entschlossen. »Oberleutnant Köhler zu mir! Oberleutnant Dehler soll beide Kutter klarmachen zum Aussetzen.« Der Läufer Brücke rannte nach unten, und

Steiger wandte sich an Heuß. »Ich will ein paar Leute an Bord schikken und feststellen lassen, ob er noch Kohle in den Bunkern hat.«

»Ist das nicht gefährlich, Herr Kapitän? Er liegt so tief im Wasser und hat so schwere Schlagseite, daß er jederzeit sinken könnte.«

»Es ist aber unbedingt notwendig, Heuß. Dieses Wrack hat es bis hierher geschafft, da können wir annehmen, daß es auch noch ein wenig länger schwimmt.« Er runzelte die Stirn und fragte sich, warum er seine Handlungsweise gegenüber Heuß rechtfertigte.

»Sie haben mich rufen lassen, Herr Kapitän?« Köhlers gut geschnittenes Gesicht strahlte vor Eifer.

»Nehmen Sie beide Boote und gehen Sie mit zwölf Seeleuten und drei Heizern hinüber. Zusätzlich nehmen Sie den Zweiten Ingenieur und zwei Maschinenmaate mit. Durchsuchen Sie das Schiff und stellen Sie fest, ob noch Kohle an Bord ist oder verwendbarer Proviant.«

Zweifelnd blickte Köhler hinüber zu dem rostigen Wrack.

»Außerdem halten Sie selbst Ausschau nach Informationen, die für uns nützlich sind: Zeitungen, Logbücher, alles, verstehen Sie?«

Köhler salutierte. »Verstanden, Herr Kapitän. Ich lege sofort ab!«

Der Kommandant trat hinaus in die offene Brückennock und spürte die Wärme der Sonne. Es war wirklich ein armseliges Wrack, aber besser als nichts. Jetzt, da sie näher zusammenlagen, konnte er auch die schwarzen Einschußlöcher von Granaten erkennen.

Oberleutnant Köhler saß steif im Heck des einen Kutters, als dieser zu Wasser gelassen wurde, und war sich offensichtlich der Wichtigkeit seiner Aufgabe bewußt.

Als die Taljenblöcke ausgehakt worden waren und das Boot ablegte, schnupperte Köhler angewidert den Ölgeruch des Zweiten Ingenieurs Anton Schumann, dessen junges Gesicht unter der schmierigen Mütze so bleich und müde wirkte, als sei er ausgehungert nach frischer Luft und Sonnenschein. In den Poren seiner Haut staken Rückstände von Öl und Kohlenstaub wie Mitesser. Trotz seines kränklichen Aussehens war der junge Ingenieur jedoch frisch und fröhlich und blickte voller Interesse hinüber zum Wrack.

»Donnerwetter, der hat aber ordentlich was abgekriegt, Paul! Da wird nicht mehr viel zu holen sein.«

Köhler zuckte zusammen, als dieser Mensch ihn mit seinem Vornamen ansprach. Da sie sich jedoch in Hörweite der Seeleute befanden, enthielt er sich jeder schroffen Bemerkung. Das würde er ihm später heimzahlen.

Scharrend gingen sie längsseit, und in der Dünung hob und senkte sich das Boot neben den baumelnden Taljen und einer abgewetzten Strickleiter. Köhler stellte fest, daß Leiter und Taljen in Wasserhöhe mit grünem Schleim überzogen waren, und fragte sich, wie lange dieses Schiff schon umhertrieb. Vorsichtig kletterte er aufwärts und bemerkte dabei, daß auch der andere Kutter unter ihm soeben den Taljenblock einhakte.

Die Decks waren ein einziges Trümmerfeld. Zersplitterte Planken, verbogene Metallplatten, Bündel von Kleidungsstücken und persönlicher Habe lagen verstreut herum, so wie sie von der Besatzung beim überhasteten Einsteigen in die Rettungsboote zurückgelassen worden waren.

Der Entertrupp trat auf dem übel zugerichteten Deck an.

»Sie wissen, was Sie zu tun haben?« sagte Köhler zu Schumann. Warum nannte man diese schmierigen Ingenieure eigentlich Offiziere? fragte er sich.

»Ja, natürlich. Ich gehe mit meinem Maat und den Heizern nach unten und sehe nach, wieviel Kohle noch an Bord ist. Wird nicht lange dauern.«

Köhler wartete, bis sie durch einen verbogenen Lukendeckel verschwunden waren, dann wandte er sich an Bootsmaat Ehmke, der nach der Kletterei heftig keuchte.

»Teilen Sie Ihre Leute in zwei Gruppen, eine durchsucht vorn die Mannschaftsräume, die andere unten die Laderäume, immer jeweils zwei Mann zusammen. Behalten Sie alle im Auge, daß keiner sich absondert oder verirrt. Wenn ich den Befehl zum Verlassen des Schiffes gebe, muß es schnell gehen.«

Schiller kletterte mit Hahn die rostige Leiter hinter der Brücke hinauf und durchsuchte die wenigen Kammern. Das Schiff war ein kleiner Frachter gewesen, und die Unterkünfte der Offiziere lagen dicht zusammengedrängt hinter den Aufbauten und unter dem dünnen Schornstein, der wie betrunken in seinen zum Teil gebrochenen Stagen hing.

Schiller stieß die erste Tür auf und sog mißtrauisch die modrige Luft ein. Hahn lief rasch an ihm vorbei und warf einen kurzen Blick in jede Kammer. Er riß die Schubladen aus Kommoden und Schränken, durchwühlte ihren Inhalt mit flinken, geübten Fingern und fluchte, wenn er nur feuchte Wäsche oder verschimmelte Briefe fand. Er starrte Schiller an, der ihn belustigt beobachtete. »Verdammt, da müssen doch noch irgendwelche Wertsachen zu finden sein!«

In plötzlichem Ärger warf Schiller einen zerbrochenen Stuhl quer durch die Kammer. »Ich möchte wissen, ob hier was zu trinken an Bord ist?«

Hahns Frettchengesicht entspannte sich. Natürlich, was konnte man anderes erwarten? Wenn dieser Narr Alkohol fand, war er sicherlich zufrieden. Dann konnte er selbst in Ruhe nach versteckten Wertgegenständen suchen. Er hatte bereits eine kleine Uhr im Lederfutteral eingesteckt und ein Paar Manschettenknöpfe.

»Ich werde schon irgendwo Schnaps für dich finden, Gustav.« Eifrig lief er hinüber in die nächste Kammer, an der *Chief Officer* stand, und wühlte in einer großen Schublade herum. Verborgen unter einem Stapel Hemden fand er zwei Flaschen, eine voll Whisky, die andere voll Gin. Er zeigte sie Schiller, der wollüstig mit der Zunge schnalzte.

»Da geht's mir gleich besser!« Er nahm sie in seine großen Hände und blickte bewundernd von der einen zur anderen. »Gott segne die wackeren Burschen, die unsere Torpedos so konstruiert haben, daß sie ein Schiff zwar zerstören, aber seine Getränke unversehrt lassen!« Er vergaß Hahn und setzte sich bequem auf den Rand der Koje.

Hahn beobachtete ihn vorsichtig und wartete, bis er den einen Korken mit den Zähnen herausgezogen hatte, dann fing er an, ernsthaft zu suchen.

Gottlieb und Erhard erreichten das kleine Bootsdeck und stiegen langsam über den schmalen, schmutzbedeckten Laufsteg, der es mit der Brücke verband. Hier starrten sie hinunter in einen gähnenden Krater, wo die Wucht der Detonation das Oberdeck aufgerissen und nur die zerbrochenen Decksbalken zurückgelassen hatte, die jetzt wie schwarze Zähne herausragten. Tief unten konnten sie das Glitzern von Wasser erkennen.

Vorsichtig bewegten sie sich auf der breiten Brücke, ihre Schritte knirschten über das schrägliegende Deck. Plötzlich stieß Gottlieb einen kleinen Schrei aus und packte seinen Gefährten am Ärmel. »Sieh dir das an!«

Dort stand ein Offizier an den Maschinentelegraf gelehnt, die Messinggriffe gepackt, als wolle er mit der Fahrt noch höher gehen. Seine fremdartige Uniform war mit blaßgrünen Schimmelflecken bedeckt, und seine Hände waren nur mehr Klauen, deren nackte Knochen durch die pergamentartige Haut brachen. Am schlimmsten jedoch war sein Gesicht. Ohne Augen und mit nur wenig Haut auf dem Schädel wirkte es entsetzlich genug, aber die großen gelben Zähne, die entblößt aus dem lippenlosen Mund grinsten, bewirkten, daß Erhard sich bekreuzigte und etwas Unverständliches vor sich hinmurmelte.

Gottlieb lachte unsicher. »Das nenne ich ein freundliches Willkommen! Der Kerl hat mich zu Tode erschreckt!«

Er schritt langsam um den Leichnam herum und bückte sich, um dessen Mütze vom Deck aufzuheben. An seinem feisten Bein klopfte er den Staub ab und setzte sie dann sorgfältig dem Toten auf den Kopf. »Das sieht schon besser aus!« Er hatte sich wieder gefaßt und salutierte spöttisch.

Oberleutnant Köhler hatte die Kommandantenkajüte unter dem Steuerhaus gefunden und blätterte ein paar Papiere durch. Während er suchte, lauschte er den Geräuschen, die seine Männer beim Anhäufen der gefundenen Dinge an Deck verursachten. Boote pendelten zwischen dem Wrack und der *Vulkan* hin und her, um die dürftige Ausbeute hinüberzuschaffen. Konservendosen, zwei Fässer mit Rum und ein Behälter mit ranziger Butter waren bereits an Bord der *Vulkan* gebracht worden. In der Kombüse hatte man zwanzig Sack zerkleinerte Kohle gefunden. Reichte sie für eine Stunde Fahrt mehr? fragte er sich. Das Oberkommando hätte unbedingt einen besseren Plan ausarbeiten müssen.

Er lehnte sich im Schreibtischstuhl bequem zurück und starrte angewidert auf die nutzlosen Papiere. Aber statt ihrer sah er Piecks Gesicht vor sich. Zweimal hatte er sich ihm in den letzten Tagen genähert, aber der Junge hatte nur den Kopf geschüttelt, als habe er keine Angst mehr vor ihm. Vielleicht hatte ein anderer ihn in seinen Klauen? Was mochte es sein, das ihm solche Furcht einflößte?

Das Schiff holte plötzlich stark über, und Köhler sprang erschrokken auf. Er hatte sich jedoch gleich wieder in der Gewalt und ging in den engen Gang, der zu den anderen Kammern führte.

Dort hörte er ein leises Geräusch, ein metallisches Klirren. Sofort war er hellwach und schlich sich auf Zehenspitzen vorsichtig an eine Kammertür, die halb von einem zerschlissenen Vorhang verdeckt war. Von drinnen kam das Öffnen und Schließen einer Schublade und leises Fluchen.

Als die Tür unter Köhlers Fußtritt krachend aufsprang, fiel Hahn mit entsetztem Gesicht auf die Hinterbacken.

»Steh auf!« Köhlers nagende Frustration zuckte auf wie eine Flamme. »Und laß das sofort fallen!«

Hahn öffnete nervös seine sonst so geschickten Finger und ließ eine Silberkanne und ein silbernes Zigarettenetui auf den Teppich fallen.

Köhler seufzte. Das würde ihm helfen, seine Spannung abzureagieren. Langsam, geradezu genüßlich griff er in seine Pistolentasche und weidete sich an der Angst in Hahns Augen, die seiner Bewegung folgten. Im schwachen Licht der Kammer glänzte die Pistole ebenso hell wie der silberne Krug.

Leise und eindringlich sagte er: »Du Schwein! Es war ein grober Fehler, deinesgleichen an Bord zu lassen. Deutschland braucht hier draußen starke und aufrechte Männer, aber nicht den Kehricht aus den Gefängnissen!« Das Klicken des Sicherungshebels klang wie ein Gong in Hahns Ohren. »Jetzt wirst du für deine Gier mit dem Leben büßen!«

Als er die Pistole und das irre Leuchten in Köhlers Augen sah, sackten Hahns Beine unter ihm weg, und er fiel auf die Knie. »Bitte, Herr Oberleutnant, erschießen Sie mich nicht! Bitte geben Sie mir noch eine Chance!«

»Ich gebe dir genau eine halbe Minute!« Er deutete mit der Pistole auf einen hellen Streifen Sonnenlicht. »Willst du vielleicht beten? Oder was sonst tut ein Verbrecher wie du, wenn der Tod sich nähert?« Köhlers dünne Lippen verzogen sich zu einem schiefen Lächeln.

Hahn merkte, daß er schluchzend wirres Zeug stammelte. Sein Blickfeld war von Tränen der Angst verzerrt, die ihm in die Augen traten. Ihm war klar, daß Köhler schießen, ja es geradezu genießen würde. Plötzlich kam ihm ein Gedanke. »Herr Oberleutnant, bitte hören Sie mir zu, ich kann Ihnen helfen, ich weiß etwas von Pieck!«

Köhler straffte sich. »Was weißt du von ihm?«

»Ich weiß, was er getan hat. Er war dabei, als Bootsmaat Brandt umgebracht wurde!«

Köhler trat einen Schritt vor. Der Kerl log, mußte lügen. »Woher willst du das wissen?«

»Ich hab' gehört, wie er's erzählt hat. Brandt hat herausgefunden, was zwischen Ihnen und ihm war, deshalb haben sie ihn umgebracht.«

»Wer war der andere?«

»Adler, Herr Oberleutnant, aber der ist verrückt und wird nichts sagen!« Etwas von seiner alten Verschlagenheit kehrte zurück. »Sie dachten, daß ich schlafe, aber ich habe alles gehört.«

»Du lügst!« Die Pistole hob sich ein wenig. »Warum sollte ich dir glauben?« Doch während Köhler mit halbem Ohr der winselnden Antwort Hahns lauschte, arbeitete sein Hirn fieberhaft. Natürlich, so mußte es gewesen sein. Brandt hatte ihn und Pieck schon lange argwöhnisch beobachtet. Also hatte Adler ihn umgebracht, und irgendwie hatten sie sich des Leichnams entledigt. Seine Kehle wurde trokken, als er sich vorstellte, daß Pieck dieses schreckliche Wissen mit sich herumtrug. Und dieser schmutzige kleine Dieb hier wußte alles!

Tief atmete er ein, und Hahn sah, daß die Pistole schwankte. Langsam stand er auf, so erleichtert, als würde ein schweres Gewicht von seinen Schultern genommen. Es war schlau von ihm gewesen, dieses Wissen für eine günstige Gelegenheit aufzuheben. Seit er alles über Brandts Tod und über Piecks Opfergang wußte, hatte er sich gefragt, wie er diese Kenntnis am besten verwerten könne. Niemals aber hatte er auch nur im Traum daran gedacht, daß sie ihm einmal das Leben retten würde.

Ernst nickte Köhler. »Ich glaube dir und bin froh, daß du's mir gesagt hast.« Mit der Mündung der Pistole deutete er auf Hahns Bauch. »Zieh dein Hemd hoch.« Verblüfft zog Hahn seine Sergebluse aus der Hose und spürte die kalte, feuchte Luft an seinem Magen. Plötzlich hatte er das irre Verlangen, Köhler ins Gesicht zu lachen. Vielleicht mag er mich? dachte er.

Angewidert musterte Köhler Hahns weißen Bauch und die unreine Haut. Dann preßte er sanft die Mündung der Pistole gegen dessen Nabel und drückte ab.

Anton Schumann wartete ungeduldig, während der Seemann neben ihm einen Winkspruch an die *Vulkan* abgab. Hinter ihm war der größte Teil des Entertrupps angetreten, die Gesichter ernst, sogar grimmig.

Bootsmaat Ehmke rief: »Klar zum Aussteigen!«

Unten hakte ein Boot bereits den Taljenblock ein.

Schumann fuhr zusammen, als sein Unteroffizier, ein langer Maschinenmaat namens Heinemann, ihn am Arm berührte. »Haben wir schon eine Antwort, Herr Leutnant?«

Schumann schüttelte den Kopf. »Ich habe ihnen den Kohlestand in den Bunkern gemeldet. Dieser Torpedo hat ein so riesiges Loch in den Rumpf gerissen, daß alle Bunker bis auf einen voll Wasser sind. Wenn wir die Kohle herausholen, muß das Gewicht des Wassers auf der anderen Seite den Pott zum Kentern bringen. Ich weiß ohnehin nicht, was ihn noch hält.« Beide sahen jetzt den Mann mit den Winkflaggen zu, dessen Lippen sich geräuschlos bewegten.

Leise fragte Heinemann: »Stimmt es, daß ein Mann erschossen worden ist?«

»Ja. Oberleutnant Köhler hat ihn beim Plündern erwischt, und der Mann griff ihn an. Köhler schoß in Notwehr.« Ihre Blicke begegneten sich, und Heinemann sah Zweifel im Gesicht des Ingenieuroffiziers.

»Die Leute sind ein bißchen nervös, Herr Leutnant.«

Noch während er sprach, hörte man brüllendes Gelächter, und Schiller kam taumelnd und mit unsicheren Schritten übers Bootsdeck.

Mit finsterem Gesicht schritt Bootsmaat Ehmke auf ihn zu. »Kommen Sie her, Schiller! Mann Gottes, was haben Sie getrunken!«

Schiller warf den Kopf zurück und sang lauthals: »Wir lagen vor Madagaskar und hatten die Pest an Bord!« Seine unmelodische Stimme schallte über das zerborstene Deck und schien das schweigende Wrack zu neuem Leben zu erwecken.

Schumann ging rasch hinüber. »Schon gut, Schiller, das genügt. Treten Sie jetzt mit den anderen zusammen an.«

Schiller strahlte ihn an. »Sagen Sie erst *bitte*!« Ehmke holte erschreckt Luft und sah sich um, ob Köhler schon in Sicht war. Aber Schumann, obwohl noch sehr jung, war gewohnt, mit betrunkenen Heizern umzugehen.

»Wenn ich bitte sage, läßt du mich dann einen Schluck von dem Zeug da trinken, das du gefunden hast, sobald wir wieder drüben sind?«

Schiller überlegte und nickte dann ernst. »Sie sind ein guter Offizier! Ihnen tue ich den Gefallen!« Er starrte Ehmke und die anderen Männer verächtlich an. »Aber nur Ihnen, nicht diesem Schweinehund dort!«

Schumann drehte sich rasch um und sagte zu dem verwundert glotzenden Ehmke: »Kein Wort über diesen Vorfall. Es wird ohnehin schon genügend Aufregung geben.«

Der Signalgast hatte inzwischen seinen Spruch abgegeben und die Antwort erhalten. »Der Kommandant läßt sagen, wir sollen soviel Kohle übernehmen, wie wir können. Er geht mit der *Vulkan* längsseit.« Seine Stimme klang äußerst besorgt.

»Wie war das?« Köhler trat rasch näher und musterte die angetretenen Seeleute. »Geht längsseit? Gut – halten Sie Fender bereit und alles brauchbare Tauwerk. Heinemann, Sie öffnen den Backbordbunker und takeln den kleinen Ladebaum auf!« Köhlers Nüstern öffneten sich weit wie bei einem aufgeregten Pferd. »Was starrt ihr mich alle so blöd an? Seid ihr taub?«

Die Männer liefen auseinander, aber Köhler rief sie noch einmal zurück. Die Daumen in seinen Patronengurt gehakt, trat er vor sie hin.

»Augenblick! Da scheint ein kleines Mißverständnis vorzuliegen. Einige Offiziere lassen anscheinend alles mögliche durchgehen, ich aber nicht.« Er stand genau vor Schiller und starrte ihn an. »Du machst dir Gedanken wegen Hahn, stimmt's?«

Die Männer sahen schweigend erst Schiller, dann den Oberleutnant an. »Nun, ich will's dir sagen. Ich hab' ihn erschossen, weil er ein verlogenes, gefährliches Schwein war. Er glaubte, ein Recht auf Leben zu haben; das ist aber kein Recht, sondern ein Privileg, besonders auf einem Kriegsschiff. Ihr könnt euch untereinander soviel streiten wie ihr wollt, aber merkt euch eins: Den ersten, der meine Befehle in Frage stellt, den schieße ich über den Haufen! Ist das klar?«

Schumann biß sich so heftig auf die Lippen, daß sie bluteten. Der Mann war offenbar verrückt. Er provozierte die Leute absichtlich, um noch weitere erschießen zu können. Zum Glück rief Ehmke heiser: »*Vulkan* kommt längsseit, Herr Oberleutnant!« Dabei sah er aber nicht das Schiff, sondern wie gebannt den Oberleutnant an.

Vor Köhlers durchdringendem Blick wichen die Männer zurück. Eingeschüchtert beobachteten sie, wie er mit den Fingerspitzen auf seine Pistolentasche trommelte.

Gottlieb zischte durch die Zähne: »Der ist ja meschugge! Möchte uns am liebsten alle abknallen wie räudige Hunde!«

Schiller grunzte: »Macht nichts, Gottlieb! Der wird auch noch ins Gras beißen.«

Köhler wandte sich jetzt an Schumann und sagte streng: »Bilden Sie sich um Gottes willen nicht ein, daß Sie mit Freundlichkeit weiterkommen. Das halten die bloß für Schwäche!« Dann rief er den Männern forsch zu: »Klar zur Kohlenübergabe, aber dalli!« Mit plötzlicher Freundlichkeit klopfte er Schumann auf den Arm. »So, Anton. Jetzt fühle ich mich schon bedeutend besser!«

Anders als bei der ersten Kohlenübernahme auf See war der Zusammenprall der beiden Schiffe diesmal nur ein leichtes Erbeben; das Wasser klatschte und gurgelte spielerisch zwischen den Rümpfen, bis die Fender den Druck aufnahmen. Wurfleinen flogen herüber und hinüber, ebenso Festmacher. Bereits eine Minute später schleppten die Männer sackweise die nasse, tropfende Kohle über das schrägliegende Deck und reichten sie hinüber auf die *Vulkan*.

Caryl Brett stand auf dem Bootsdeck und sah dem geschäftigen Treiben zu. Ihre Wangen waren vom warmen Sonnenlicht gerötet, und sie war froh darüber, daß diesmal kein Kohlenstaub aufwirbelte, da die Kohle offensichtlich vollkommen durchnäßt war.

Sie spürte eine Bewegung und sah Simon Gelb neben sich stehen. Seine dicken Hände waren gefaltet, als er sich schwer über die Teakholzreling lehnte.

»Sie kratzen auch noch den Boden des Fasses aus«, sagte er leise. »Wie geht's unten im Krankenrevier?«

Schuldbewußt hob sie die Schultern, denn sie merkte erst jetzt, daß sie seit dem Gefecht mit dem Zerstörer kaum noch an ihn gedacht hatte. »Einige sind sehr schwer verwundet.«

»Gut. Hoffentlich sterben sie!« Nervös trat er von einem Fuß auf den anderen. »Sie haben uns während des Gefechts unten eingeschlossen. Wir hätten alle ertrinken müssen, wenn das Schiff untergegangen wäre.«

Sie roch seinen getrockneten Schweiß und fühlte sich wieder schuldig. Sicher mußte er ihren Parfümduft spüren. Heuß hatte ihr ein großes Stück Toilettenseife gegeben, das er an Bord der *Nemesis* gefunden hatte. Seltsam, daß sie sich über die kleine Gabe gefreut hatte. Angesichts der Grausamkeiten, deren Zeugin sie geworden war, hätte sie ihm die Seife vor die Füße werfen müssen. Doch erstaunlicherweise war sie ihr höchst willkommen.

Gelb fuhr fort: »Haben Sie schon den Treffpunkt herausgefunden?«

Sie schüttelte den Kopf. »Ich weiß nicht, ob ich das schaffe.« Ihr Herz klopfte unangenehm. »Es wird jedenfalls sehr schwierig werden.«

Mit seinen groben Fingern packte er ihr nacktes Handgelenk. »Trotzdem müssen Sie's herausfinden, sonst machen sich die anderen Gefangenen ihre Gedanken über Sie!«

Mit blitzenden Augen wandte sie sich ihm zu: »Wie können Sie wagen ...«

»Doch nicht *ich*!« Begütigend hob er die Hand. »Aber Sie haben keinerlei Berührung mehr mit England. Man könnte annehmen, daß Sie zu gut Freund mit den Deutschen sind.«

Ihre Augen füllten sich langsam mit Tränen der Wut. »Das ist ungerecht! Ich bin durch all diese Vorfälle völlig durcheinander!« Es klang schwach, aber immer noch trotzig. »Wir sind hier völlig isoliert und können überhaupt nicht verstehen, was draußen vorgeht.«

»Möglich. Aber ich sage nur, was die anderen wahrscheinlich von Ihnen denken.«

Er starrte hinüber zu dem schrägliegenden Wrack und wählte seine Worte äußerst sorgfältig. Aber sie war schließlich nur eine Frau. Er hatte von ihrer schrecklichen Fahrt im Kutter gehört und wußte auch, daß sie nur knapp einer Vergewaltigung entgangen war. Aus dem Augenwinkel beobachtete er sie und fragte sich, wie lange es wohl her war, seit ein Mann sie zum letzten Mal wirklich geliebt hatte. Er verfluchte sein Aussehen, denn er spürte schmerzhaft das Verlangen in seinem Körper. Auf alle Fälle mußte er ihr deutlich machen, was geschehen würde, wenn sie sich zu sehr mit diesen schmutzigen Deutschen einließ. Scheinbar gleichmütig fuhr er fort: »Tun Sie Ihr Bestes, um den Treffpunkt zu erfahren! Es ist sehr schwer für uns dort unten, zumal wir nicht wissen, was geschehen wird.«

Sie ließ sich durch seinen verletzten Ton erweichen. »Ich glaube, der Kommandant will die Verwundeten irgendwo in Südamerika an Land setzen. Vielleicht werden wir dann mit ausgeschifft.«

»Möchten Sie überhaupt von Bord gehen?«

»Was für eine blöde Frage! Sie sind wirklich unmöglich, Gelb!« Irgendwie fehlte ihrer Antwort jedoch die Überzeugungskraft. Sie spürte, wie sie errötete, und hätte ihr Gesicht gern vor ihm und seinen unangenehmen Fragen verborgen.

Gelb deutete auf das andere Schiff. »Ich fürchte, das hier rührt traurige Erinnerungen an Ihren armen Mann wieder auf?«

Er lächelte in sich hinein, als er sah, wie seine Worte trafen. Caryl starrte blicklos vor sich hin, und er war sicher, daß sie daran dachte, wie Arthur Brett umgekommen war. Ihre Brüste unter der dünnen Bluse hoben und senkten sich heftig. Sie war so schön, daß es ihm weh tat, sie zu beobachten. Mit plötzlichem Zorn sagte er: »Mein Gott, warum wird denn unsere Marine nicht mit diesen arroganten Tieren hier fertig!«

Sie sah Steuer auf das schiefliegende Wrack hinübergehen. Sein weißer Kittel war zwischen den Trümmern völlig fehl am Platz. Er sprach mit Oberleutnant Köhler, der breit grinste und mit den Armen fuchtelte. Steuer lächelte aber keineswegs, als er dem Offizier unter

Deck folgte. Wieder ein Mann verletzt, dachte sie, ein weiteres verängstigtes Gesicht im Lazarett.

Leutnant Damrosch kam über das Bootsdeck geschritten, sein Gesicht hellte sich auf, als er die junge Frau sah. »Mrs. Brett, würden Sie bitte auf die Brücke kommen? Beim Kommandanten muß der Verband gewechselt werden, und es ist sonst niemand da, der es machen könnte.«

Sie wollte antworten, aber Gelb kam ihr zuvor und rief: »Wie können Sie es wagen! Wissen Sie nicht, daß nach der Genfer Konvention kein Gefangener gezwungen werden darf, so etwas zu tun? Noch dazu eine Frau! Ihr Kommandant soll sich gefälligst selber um seinen Verband kümmern! Wir haben genug mit uns selbst zu tun!« Er wartete, beobachtete dabei aber nicht den Offizier, sondern die junge Frau.

Sie strich sich eine lose Haarsträhne aus der Stirn und sagte sich, daß dies vielleicht die günstigste Gelegenheit war, die Information für Gelb zu erhalten. »Ich komme sofort«, sagte sie deshalb.

Damrosch musterte Gelb mit feindseligen Blicken. »Dann folgen Sie mir bitte.«

»Ich hoffe, Sie werden Ihre Pflicht nicht vergessen!« rief Gelb ihnen nach.

Oberleutnant Heuß ließ das Megaphon sinken und wischte sich mit dem Handrücken die Stirn. Die Männer, die zwischen den beiden Schiffen hin und her liefen, schienen sich mit der Langsamkeit und Vorsicht von Käfern zu bewegen; der Nachschub an Kohle aus dem Wrack kam allmählich zum Erliegen. Jede Gruppe, die aus den Bunkern der *Vulkan* stieg, machte zunächst eine Pause und ging dann nur zögernd auf das Wrack hinüber, dessen Schlagseite immer stärker wurde. Offenbar fürchteten sie, daß es jeden Augenblick kentern und sie mit in die Tiefe nehmen würde.

Heuß betrachtete seine Hände und merkte, daß sie noch immer zitterten. Er war der einzige Offizier in der Brückennock und sich der Verantwortung bewußt. Bei jeder trägen Welle, die unter seinem Heck durchlief, hob sich das Wrack müde und rieb sich knarrend am Rumpf der *Vulkan*. Er beobachtete besorgt, wie die Festmacher steifkamen, und hielt sich bereit, sofort Alarm zu geben. Dann jedoch hingen die Trossen wieder lose, und der alte Frachter schien sich wie hilfesuchend an den Hilfskreuzer zu schmiegen.

Heuß wischte sich den Schweiß aus den Augen und starrte hinüber zu dem stehenden Leichnam auf der Brücke. Der Anblick war gräßlich und doch faszinierend.

Dehler sah mit knallrotem Gesicht wütend zu ihm auf. Er fragt sich wahrscheinlich, wie es dem Kommandanten geht, dachte Heuß. Wenn er ausfällt, muß Dehler das Kommando übernehmen, und ich glaube, das lockt ihn gar nicht mehr.

Er straffte sich, als wieder eine hohe See auf die beiden Schiffe zulief und sich gurgelnd an der freiliegenden Schraube des Frachters brach. Ein Zittern schien durch den Rumpf der *Vulkan* zu gehen. Die Heizer pausierten an den Kohlenschütten und gaben einander durch Grimassen zu verstehen, was sie von der ganzen Unternehmung hielten. Für ein bißchen nasse Kohle, das nur noch gelegentlich über die Rutschen in die Bunker rieselte, liefen sie Gefahr, auf einem sinkenden Schiff eingeschlossen zu werden.

Caryl Brett rollte die Ärmel hoch und musterte rasch die Binde, die man ihr aus dem Lazarett gebracht hatte. Damrosch räusperte sich und hielt ihr die Tür zur Seekabine auf. »Kommen Sie bitte herein.« Besorgt wartete er, bis sie an ihm vorbeigegangen war.

Im hellen Sonnenlicht wirkte die spartanische Ausstattung des Raumes besonders schäbig: die an einer Stange schwankenden, ziemlich abgetragenen Uniformen, die Karten und das Logbuch auf dem Tisch, die beiseitegeschoben worden waren, um Platz für den Verbandskasten zu machen. Steiger lag auf seiner Koje, den Oberkörper durch Kissen und sein zusammengerolltes Jackett gestützt. Sein sonst so sonnengebräuntes Gesicht war blaß, und sein Atem ging rasch und ungleichmäßig. Er schien auf jedes Geräusch zu lauschen, das durch die offenen Bullaugen hereindrang.

Röder wartete im Hintergrund, den Blick besorgt auf die junge Frau gerichtet. Sie stand jetzt vor Steiger und betrachtete die blutgetränkten Binden über der heftig atmenden Brust.

Er zuckte nicht, als sie die festgeklebten alten Verbände abriß und sorgfältig die sternförmige Wunde reinigte. Seine bernsteinfarbenen Augen musterten ihren geneigten Kopf und die lose Strähne kastanienbraunen Haares, die allen Versuchen, sie festzustecken, immer wieder trotzte. Sie spürte, daß er sie beobachtete, und versuchte, unbeteiligt zu erscheinen. Aber sie merkte, wie ihr die Röte heiß in die Wangen stieg, und ärgerte sich.

Draußen auf der Brücke ertönte jetzt ein gewaltiger Krach, und

Steiger war schon halb aus der Koje gesprungen, bevor sie ihn zurückhalten konnte.

Röder eilte ihr zur Hilfe, und zusammen zwangen sie ihn auf die Kissen zurück; sie blickte in sein schmerzverzerrtes Gesicht und glaubte einen Augenblick, seine Wunde sei doch viel schlimmer als angenommen.

»Was machen diese Narren dort draußen? Stellen Sie das fest, Röder!«

Der Steward rannte in die Brückennock wie ein verängstigter Hund.

»Daß ich wegen einer solchen Lappalie hier festliegen muß!« Verzweifelt wischte er sich das Gesicht. »Das Schiff könnte auseinanderbrechen, und ich bin so nutzlos wie ein verbogener Bootshaken!«

Sorgfältig legte sie den neuen Verband an und drückte ihn mit der Handfläche fest. Sie spürte das Klopfen seines Herzens und war sich plötzlich der Nähe seines Körpers bewußt. Kühl sagte sie: »Daß ein erwachsener Mann so töricht sein kann! Jetzt beugen Sie sich vor, damit ich die Binde feststecken kann.«

Wortlos beugte Steiger sich vor, und sie legte den Verband wie einen Patronengurt um seinen Oberkörper.

Sie sah die Sommersprossen auf seinen Schultern und die feste, jugendliche Linie seines Rückens.

»In Ordnung«, sagte sie endlich. »Das geht so.« Steiger hielt den Oberkörper aber noch immer ruhig, sein nach vorn geneigter Kopf ruhte an ihrer Schulter. Sie konnte seine Wärme und Vitalität spüren und war außerstande, sich zu bewegen.

Leise fragte sie: »Fühlen Sie sich jetzt besser, Captain?«

Mit einem Seufzer der Erleichterung legte er sich zurück. Als er sie wieder ansah, konnte sie seinem Blick nicht begegnen aus Angst, ihre Gefühle zu verraten. Unsicher sagte sie schließlich: »Ich muß jetzt gehen.«

Röder trat wieder ein und meldete dem Kommandanten: »Das längsseit liegende Schiff ist angeblich im Begriff zu kentern.«

Langsam stand Steiger auf und strich über den frischen weißen Verband. Die ganze Zeit sah er dabei die junge Frau an, als wolle er ihr mit seinem Blick etwas sagen.

Sie trat zurück und ließ ihn an sich vorbei. Einen Arm um Röders Schultern, ging er hinaus ins Steuerhaus. In der Tür blieb er noch einen Augenblick stehen, obwohl die Leute auf seine Befehle warteten. Er schien ihr sagen zu wollen: »Beachten Sie nicht meinen jetzigen Zustand, behalten Sie mich so in Erinnerung, wie ich wirklich bin.«

Caryl lehnte sich gegen das warme Schott, als sei ihr Körper von einem schmalen Sonnenstrahl aufgespießt. Sie ignorierte die Rufe und das Scheppern des Maschinentelegrafen, kümmerte sich nicht um das, was draußen geschah. Ihr Blick fiel auf die Karte, die über Steigers Wachmantel lag. Sie enthielt alle Informationen, die Gelb von ihr wissen wollte, aber sie merkte, daß es sie nicht mehr interessierte. Sie wagte sich nicht zu rühren. Ihr war klar, daß sie eigentlich Scham empfinden sollte, aber alles, was sie im Augenblick spürte, war überwältigende Sehnsucht.

Steiger schob sich durch die starrenden Männer im Steuerhaus und trat hinaus in die sonnenüberflutete Brückennock. Heuß sah ihm besorgt entgegen. »Ich denke, wir sollten loswerfen, Herr Kapitän. Er hat jetzt schon so schwere Schlagseite, daß eine kräftige See genügt, ihn gegen uns kentern zu lassen.«

Mit gerunzelter Stirn befahl Steiger: »Lassen Sie weitermachen. Ich brauche auch das letzte bißchen Kohle, das sie finden können!«

Einige Männer an Deck starrten hinauf zur Brücke, als lauschten sie der fernen Unterhaltung; Heuß gab Niklas ein Zeichen, der mißmutig vor der leeren Kohlenschütte stand. Aber die Seeleute lungerten unsicher herum und betrachteten das schiefliegende Wrack.

»Die Leute wollen nicht mehr, Herr Kapitän«, warnte Heuß.

»Sie werden tun, was wir ihnen sagen!« Der Kommandant sah zu, wie die Unteroffiziere die widerwillige Menge über die Reling drängte. Ich hätte auch keine große Lust an ihrer Stelle, dachte er. Aber es kann noch viel schlimmer kommen, und für Gefühle ist hier kein Platz.

Polternd stießen die beiden Schiffsrümpfe wieder zusammen, und Steiger schien jede Erschütterung heftiger als die vorangegangene. Der Druck auf die Trossen wurde allmählich zu stark.

Er hörte Heuß hinter sich heftig atmen und spürte dessen Blick auf seinem Rücken. Was ist los mit ihm, fragte er sich. Sind seine Nerven so schwach? Plötzlich dachte er an Caryl Bretts kühle Hände auf seinen Schultern. Das Blut stieg ihm in die Wangen, ein Gefühl der Wärme durchströmte ihn. Ich muß verrückt gewesen sein, mich so zu benehmen. Aber warum hat sie mich nicht ausgelacht oder trotzig reagiert wie in den ersten Tagen?

In seine Gedanken hinein fragte Heuß: »Soll ich mehr Leute hinüberschicken? Da scheint wieder eine Verzögerung entstanden zu sein.«

Die Männer im Bunker des Frachters arbeiteten vor Angst wie wild und hatten mehr Kohle an Deck gehievt, als die anderen im Augenblick auf die *Vulkan* hinüberschaffen konnten.

»Nein.« Steiger merkte, daß einige Fender völlig zerschlissen waren, so daß sich die rostige Bordwand unangenehm am frischgestrichenen Rumpf der *Vulkan* rieb.

Ein Mann rutschte auf dem schiefliegenden Deck aus, und die anderen hielten mit ihrer Arbeit inne, um ihm zu helfen. Ein Unteroffizier brüllte Befehle, aber der Seemann reagierte nicht, sondern blieb mit verängstigtem Gesicht liegen.

Steiger rief durch die trichterförmigen Hände zu Dehler hinunter: »Treiben Sie diese Männer an! Es ist immer noch Kohle da!«

Dehler, der mit Niklas gesprochen hatte, drehte sich um und blinzelte hinauf zur Brücke. »Das Wrack muß jeden Augenblick kentern, Herr Kapitän! Die Leute haben Angst!« Seine Stimme klang trotzig, aber auch schadenfroh.

»Heuß, Sie bleiben hier. Ich gehe hinüber.«

Der Kommandant schnitt alle Proteste ab und schickte sich an, die lange Brückenleiter hinunterzusteigen. Jeder Schritt war für ihn eine Qual, der neue Verband riß an den Rändern der Wunde. Die Jacke fiel ihm von der Schulter hinunter an Deck, aber er ignorierte es und setzte seinen Abstieg fort. Er merkte, daß Zorn in ihm jede Vernunft verdrängte. Endlich erreichten seine Stiefel die warmen Decksplanken, er stand einen Augenblick schwankend im Sonnenlicht und blinzelte hinauf zu dem Gewirr verbrannten Metalls, das einmal die Brücke des Frachters gewesen war.

Röder lief ihm nach, hob die Jacke auf und legte sie ihm wieder über die Schultern. Rasch drängte sich Steiger zwischen den verschmutzten Gestalten hindurch, packte grimmig eine Schaufel und kletterte über die Reling auf das schiefliegende Deck des Wracks.

Die Schräglage war stärker, als sie ihm von der Brücke aus erschienen war; aber mit zusammengebissenen Zähnen kroch er hinauf zu den an ihren Kohlensäcken wie versteinerten Seeleuten. Ohne einen Blick in ihre Richtung stieß er seine Schaufel in den schwarzen Kohlenhaufen. Wieder fiel seine Jacke hinunter, aber als Röder sie aufheben wollte, befahl er: »Lassen Sie sie liegen und holen Sie sich eine Schaufel!«

Wie wild arbeitete er; Schweiß floß ihm in Strömen über Gesicht und Oberkörper und brannte ihm in den Augen. Aber er sah nur die

Kohle und den von seinem verängstigten Steward aufgehaltenen Sack. Oberleutnant Köhler erschien neben ihm, schluckte ungläubig und rief dann mit aller Würde, die er aufbringen konnte, einem Seemann zu: »Holen Sie mir auch eine Schaufel!«

Gelächter ertönte, und Schillers geschwärztes Gesicht tauchte in der Bunkeröffnung auf. Betrunken schwang er seine Schaufel wie eine Streitaxt und brüllte: »Wollt ihr wohl schaufeln, ihr Halunken!«

Plötzlich arbeiteten alle um die halbnackte schlanke Gestalt des Kommandanten wie die Wilden. Das Klirren und Kratzen der Schaufeln erfüllte die Luft, dazwischen ertönten grimmige Flüche.

Ein Knall, laut wie ein Pistolenschuß, war vom Bug her zu hören. Sofort schien das Deck unter ihren Füßen wegzusacken. Eine fünfzöllige Trosse war wie ein Bindfaden gerissen. Steiger spürte, wie die Leute ringsum erstarrten, und wußte, daß beim Ausbruch einer Panik wahrscheinlich die Hälfte getötet würde. Aus den Augenwinkeln sah er drüben Dehler und seine Männer die restlichen Trossen kappen und die *Vulkan* von ihrer schrecklichen Bürde befreien.

»Recht so, Leute!« Seine scharfe Stimme hielt die Männer zurück. »Nehmt eure Schaufeln mit, wir brauchen sie demnächst wieder! Steigt über, aber in guter Ordnung!« Er sah zu, wie sie zur Reling rannten, mit eifrigen Händen die herunterhängenden Trossen und baumelnden Strickleitern ergriffen. Nun wandte er sich an Köhler, der keuchend neben ihm stand. »Sind alle Ihre Leute drüben?«

Köhler riß sich sichtbar zusammen. »Alle bis auf einen, Herr Kapitän. Ich mußte ihn in Notwehr erschießen. Ich habe ihn beim Plündern überrascht und er...«

Steiger schnitt ihm das Wort ab. »Erstatten Sie mir später Bericht, Köhler. Jetzt kehren Sie erst einmal an Bord zurück!«

Er bemerkte die geschlossene Reihe starrender Gesichter oben an der Reling der *Vulkan,* hörte das halb erstickte Gurgeln unter seinen Füßen, mit dem die See in die klaffenden Wunden des Wracks schoß. Die restliche Kohle schimmerte wie durch Nebel und schien ihn zu verhöhnen. Er sah Röder neben sich an und sagte lächelnd: »Geben Sie mir bitte eine Zigarre aus meiner Jacke.«

Fasziniert beobachtete die Besatzung ihren Kommandanten, der eine Zigarre aus seinem Ledeetui wählte und sich von seinem Aufklarer Feuer geben ließ.

Wieder holte der Frachter stark über, der Leichnam auf der Brücke krachte von seinem Platz neben dem Maschinentelegraf gegen das

Fenster des Steuerhauses. Sein entsetzliches Gesicht blickte jetzt aus der zersplitterten Scheibe, als wolle er den Grund der Verzögerung feststellen.

Dehler starrte den Kommandanten an, die Hände so fest geballt, daß es schmerzte. Er schien über des Stewards zitternde Hand mit dem Streichholz zu ihm herüberzublicken und ihn zu verhöhnen.

Auch Caryl Brett sah den Kommandanten und drückte beide Hände auf die Brust, als er jetzt langsam die Leiter zur *Vulkan* hinaufkletterte. Über seinen kohleverschmierten Oberkörper zogen sich lange Schweißstreifen, aber die brennende Zigarre ragte aus seinem Mund, und die leuchtenden Augen verliehen ihm das Aussehen eines schelmischen Schuljungen.

Mühelos kam die *Vulkan* von dem Wrack frei, das jetzt langsam kenterte. Sein letzter Mast brach in sich zusammen und übersäte die Brücke mit Splittern.

Caryl Brett sah die Spannung an Bord sich lösen, hörte, wie Beifall rund um Steiger aufbrandete, wie aus seinen schmutzigen, widerwilligen Leuten plötzlich eine geschlossene Masse jubelnder und lachender Piraten mit hageren, aber strahlenden Gesichtern wurde. Fröhlich klopften die Männer ihrem Kommandanten auf die nackten Schultern, als er sich zwischen ihnen durchdrängte.

Am Fuß der Brückenleiter blieb er kurz stehen und erlebte die letzten Augenblicke des kenternden Frachters mit. Sein mit Algen und Seetang bewachsener Schlingerkiel wälzte sich wie ein Unterseeboot in einem aufgewühlten Meer riesiger Blasen herum, dann war er verschwunden.

Steiger begann die Leiter hinaufzuklettern. In seinem Kopf drehte sich alles, aber er grinste wie eine Maske. Immer noch drangen Jubelrufe an sein Ohr, seine Schultern schmerzten von den kräftigen Schlägen, die er erhalten hatte. Scham, Stolz und Erleichterung rangen in seinem Inneren. Er erreichte die Brücke und trat noch einmal hinaus auf die Nock, um den gewaltigen Strudel schwimmenden Treibguts zu mustern, während das Wrack auf seinem Weg zum Meeresgrund tiefer in der kristallklaren See verschwand.

Das Telefon summte wie eine Wespe und riß Heuß aus seiner Erstarrung. Er rief: »Ausguck im Mast meldet ein Schiff Backbord voraus, Herr Kapitän! Ein Handelsschiff!«

Der Kommandant zog an seiner Zigarre. »Klar zum Gefecht! Ändern Sie Kurs, um ihn abzufangen, und lassen Sie die Gefechtsstationen besetzen!« Er sah die Bestürzung des Oberleutnants und beruhigte ihn. »Mit dieser Besatzung, Heuß, könnte ich den Kampf mit einer ganzen Flotte aufnehmen!«

13

Winzige Wolken, deren flaumige Unterseiten im Abendlicht rosig aufleuchteten, trieben über den friedlichen Himmel der schmalen goldenen Linie des Horizonts entgegen. Das tiefe Blau der See atmete mit rhythmischer Langsamkeit und zeigte klar und deutlich die Spiegelbilder der beiden Schiffe, die auf Parallelkurs dicht nebeneinander lagen. Vor den auf ihn gerichteten Geschützen des Hilfskreuzers wirkte der andere Dampfer hilfos und verwundbar. Die Größe seines vollbeladenen Rumpfes trug noch zu diesem Eindruck bei.

Er war von der schnellen Annäherung der *Vulkan* völlig überrascht worden. Gänzlich unvorbereitet verwandelte er sich aus einem stolzen, unabhängigen Handelsschiff in eine verschüchterte, bewegungslose Prise.

Der Kommandant beobachte, wie sich die Prisenkommandos in den beiden Kuttern rasch dem riesigen Frachter näherten. Die Riemen stiegen und fielen in vollkommenem Gleichklang, ein krasser Gegensatz zu dem wilden Aussehen der kohleverschmierten Männer in den Booten. Langsam ließ Steiger das Glas über die gesamte Länge des wartenden Schiffs gleiten. Zwischen acht- und neuntausend Tonnen, schätzte er. Er hatte sich als italienischer Frachter *Romolo* identifiziert, unterwegs von Rio de Janeiro nach Frankreich. Ein einziger Warnschuß und die deutsche Kriegsflagge hatten genügt, ihn sofort kapitulieren zu lassen.

Tief atmete Steiger ein, als er den ersten Kutter längsseitgehen sah. Ein Gewehrlauf blitzte im Sonnenlicht, als einer der Männer die Lotsenleiter hinaufkletterte. Dann folgte das zweite Boot und damit mehr Seeleute, die jetzt auf dem Deck der *Romolo* ausschwärmten und die hohe Brücke erstiegen. Es war ein schönes Schiff, hellgrau gestrichen und von einer für ein Handelsschiff eleganten Form, mit schlanken Masten und stromlinienförmigem Schornstein. Die nächsten Minuten würden über sein Schicksal entscheiden.

Das klare Wasser klatschte leise gegen den Rumpf; Steiger empfand die warme Luft wie ein Stärkungsmittel, das die Kraft wieder ersetzte, die ihn das Schaufeln gekostet hatte. Was hatte ihn bloß zu solch einer Darbietung getrieben? fragte er sich verwundert. Er senkte das Glas und fuhr sich mit kohlengeschwärzter Hand über die Brust. Kein anderer Offizier an Bord hätte erreicht, daß die Männer noch einmal an die Arbeit gingen.

»Oberleutnant Heuß signalisiert, Herr Kapitän!« Signalmaat Heiser hob sein starkes Glas und blies die Backen auf wie immer, wenn er einen Wink- oder Morsespruch las. »Die *Romolo* hat folgende Ladung: sechshundert Tonnen Schießpulver, fünfhundert Tonnen Gefrierfleisch, zweihundert Tonnen Salzfleisch und dreihundert Tonnen Stahlrohre zur Herstellung von Gewehrläufen.«

Es folgte eine Pause; Steiger spürte deutlich die Erregung auf der Brücke.

»Und zusätzlich«, fuhr der Signalmaat leise fort, »zwölfhundert Pferde für die französische Armee.«

Der Kommandant ließ einen tiefen Seufzer hören. Vor seinem geistigen Auge sah er die armen, verängstigten Tiere, in den halbdunklen Räumen eingesperrt, auf ihrem Weg in den sicheren Tod. Entweder würden die Franzosen sie zuschanden reiten oder als Proviant nutzen. Zweifellos schlug irgendein dicker Geschäftsmann aus dieser entsetzlichen Reise ein schönes Geld. Ärgerlich schüttelte er den Kopf und zupfte nachdenklich an seinem Bart.

»Geben Sie hinüber: Schafft drei Boote voll Frischfleisch und zwei mit Salzfleisch an Bord.« Mit plötzlichem Widerwillen betrachtete er das Schiff, das ihm vor kurzem noch so gut gefallen hatte. »Danach sollen die Boote soviel Frischwasser herüberbringen, wie sie fassen können.« Während Heiser den Spruch mit quietschendem Griffel auf seine Schiefertafel schrieb, stellte er sich Heuß vor, der drüben besorgt auf die Antwort wartete. Ihm fiel ein, wie er ihn angestarrt hatte, als er auf die Brücke kam und sah, daß die Wunde von Caryl Brett verbunden wurde. Er biß sich auf die Lippen. *Das* war es also! Natürlich, das erklärte Heuß' starres Gesicht und seinen kaum verhohlenen Ärger.

Mein Gott, muß ich mich denn in jedem Augenblick beobachten lassen? dachte er. Mit unangebrachter Schärfe schnauzte er den wartenden Heiser an: »Und sagen Sie ihnen, sie sollen sich gefälligst beeilen. Ich will das Schiff in einer Stunde versenken.« Er empfand kindische Genugtuung, als er zusah, wie Heisers dicke Finger den Signalscheinwerfer handhabten.

Jetzt wandte er sich an Ebert: »Lassen Sie auch die Jolle zu Wasser und treiben Sie alle Leute zur Arbeit an! Verdoppeln Sie die Ausgucksposten, aber die Geschützbedienung lassen Sie hier.« Ebert salutierte stramm und eilte von dannen.

»Nun, Damrosch? Was halten Sie von dieser Prise?« Der Kommandant stellte fest, daß die müden Augen des Leutnants plötzlich lebhaft wurden; doch sein Blick blieb mißtrauisch, als suche er nach einer versteckten Falle.

»Es scheint mir schreckliche Vergeudung, Herr Kapitän«, sagte er vorsichtig, »all dies zu zerstören.« Er zögerte. »Es ist – es ist beinahe so schlimm wie der uneingeschränkte U-Bootkrieg!«

»Mein Gott, ich hoffe, Sie haben unrecht!« Die bernsteinfarbenen Augen glitzerten gefährlich.

Damrosch suchte verzweifelt nach Worten. »Die U-Bootkommandanten machen sich wenigstens nichts vor, Herr Kapitän. Sie sind die Schlächter und damit zufrieden.«

Eiskalt fragte Steiger: »Was bleibt dann Ihrer Ansicht nach, wofür Sie kämpfen?«

Gequält antwortete Damrosch: »Das ist es ja gerade, Herr Kapitän, ich weiß es selbst nicht mehr! Ich liebe mein Land und bin notfalls bereit, dafür zu sterben. Aber wie kann ich mich später an *dies* hier mit Stolz erinnern?«

Mein Gott, dachte Steiger mit plötzlicher Verzweiflung, er möchte, daß ich ihn tröste und ihm sein Selbstvertrauen zurückgebe. Ausgerechnet *ich*.

Leise antwortete er: »Wenn alles vorüber ist, wird nur noch danach gefragt, wer gewonnen und wer verloren hat. Die Art und Weise des Kampfes wird meist durch das Ergebnis überschattet.«

Damrosch sah seinen Kommandanten fragend an. »Sie versuchen, mich zu trösten, Herr Kapitän?«

Steiger lächelte trocken. »Ich denke nur praktisch.«

Ein Läufer stand stramm und überreichte dem Kommandanten ein gefaltetes Stück Papier. Er öffnete es und erkannte Köhlers spinnenartige Schrift. Der Oberleutnant meldete den Tod eines Seemanns, den er beim Plündern ertappt hatte. Kurz, sachlich und gefühllos.

»Es war also Matrose Hahn, den er erschossen hat?« Er legte den Bericht unter einen Briefbeschwerer auf dem Kartentisch.

»Das ist wieder typisch für ihn, Herr Kapitän!« Damrosch wurde rot und merkte, daß er zu weit gegangen war. »Es tut mir leid, Herr Kapitän.«

»Scheint so. Ich will Ihnen einen Rat geben. Versuchen Sie, ein guter Offizier zu sein, das reicht selbst bei einem Idealisten. Wenn Sie mehr in all diese Dinge hineinphantasieren, verschwenden Sie nur Zeit und Energie!« Sein Gesicht wurde hart. »Es gibt nichts weiter, haben Sie verstanden? Absolut *nichts*!«

Er ließ Damrosch stehen, beugte sich über die Reling und starrte hinunter auf das sanft rollende Meer. Damrosch hat recht, ich kann vor diesen Dingen nicht einfach die Augen verschließen, dachte er. Hahn mag ein Dieb gewesen sein, aber so hätte er nicht sterben sollen. Auch Braun, der Ausguck im Mastkorb, und dieser aufgeblasene Narr Arthur Brett hatten nicht den Tod verdient. Er wischte sich mit der Hand über das Gesicht und sagte sich: Ich bin so müde, daß ich keinen klaren Gedanken fassen kann. Also beobachtete er nur die weißen Boote, die jetzt zum Schiff zurückpullten. Die Männer an den Riemen waren zwischen den Mengen Fleisch und Gemüse gar nicht zu sehen. Frischer Proviant für uns alle, auch für diesen Trunkenbold Schiller, dessen blinde Disziplinlosigkeit die Situation auf dem Wrack gerettet hatte. Und für Heiser, der zwar alles hörte auf der Brücke, aber niemals ein Wort darüber sprach. Im großen und ganzen waren sie doch eine recht gute Besatzung, trotz ihrer Hilflosigkeit. Wie diese armen Pferde auf dem italienischen Schiff, die keine andere Wahl hatten: Entscheidungen wurden über ihre Köpfe hinweg getroffen.

Oberleutnant Heuß schritt ruhelos auf der breiten Brücke der *Romolo* hin und her und blickte hinunter zu den Rettungsbooten, wenn diese voll bepackt ablegten und leer von der *Vulkan* zurückkehrten. Auf dem Vordeck des großen Frachters stapelten sich Säcke, Kisten und gefrorene Rinderhälften, während die italienische Besatzung unter den wachsamen Augen der Deutschen zwischen Laderäumen und Oberdeck mit immer neuem Proviant hin und her flitzte.

Neben Heuß stand der italienische Kapitän, das runde Gesicht voll Trauer. Bei jedem Ablegen der Boote blickte er besorgt auf die Uhr, als frage er sich, wieviel Zeit ihm noch blieb. Vom Achterschiff hörte man das gedämpfte Stampfen und verängstigte Wiehern der Pferde.

Heuß biß die Zähne zusammen, daß seine Kiefer schmerzten, und versuchte sich diesen Tönen zu verschließen. Auf dem ruhigen, tiefblauen Wasser rollte die *Vulkan* träge in der leichten Dünung, ihre Masten beschrieben am hellen Himmel kleine Kreise.

»Bitte, *Tenente,* wie wird es weitergehen?« Der Kapitän sprach

Englisch wie ein Schuljunge, aber kein bißchen Deutsch. »Was wird aus meinem Schiff?«

Heuß wandte sich ihm zu, ärgerlich über den verletzten Ton und die sanften braunen Augen des Mannes. »Woher soll ich das wissen?« Der Kapitän senkte den Blick und trat unbehaglich von einem Fuß auf den anderen. Diese Italiener sind ausnahmslos gut genährt und glattgesichtig, dachte Heuß, ihre Uniformen sauber und frisch gebügelt. Sie sehen wie unschuldige Zuschauer bei einem Krieg aus, der nicht der ihre ist.

Bootsmaat Weiß kam auf die Brücke. »Hier sind sie, Herr Oberleutnant!« Er hielt ein Bündel abgegriffener Zeitungen hoch, die er in der Messe gefunden hatte.

Heuß breitete sie rasch auf dem Kartentisch aus. Zeitungen in einer unbekannten Sprache, aber auch so verständlich. Er sagte zu dem Kapitän: »Hier, übersetzen Sie mir das bitte. Ich verstehe kein Italienisch.«

Der Kapitän blickte nicht in die Zeitungen, sondern starrte die in einiger Entfernung liegende *Vulkan* an. »Der Artikel besagt, *Tenente,* daß ein deutscher Hilfskreuzer den Atlantik unsicher macht. Daß Sie unschuldige Menschen ermordet und Schiffe ohne Warnung versenkt haben.« Die traurige Stimme des Kapitäns schien an Stärke zu gewinnen. »Er nennt Sie Piraten und Ausgestoßene der Gesellschaft.« Dann schwieg er, als erwarte er, geschlagen zu werden.

»Und dies hier?« Heuß zeigte auf die verblaßte Fotografie eines jubelnden Franzosen, der eine zerfetzte Flagge auf eine zerschossene Geschützlafette pflanzte. »Was besagt es?«

»Die Alliierten haben in Frankreich eine deutsche Offensive zum Stehen gebracht. Ihr habt zehntausend Mann verloren!« Der Italiener sprach jetzt ruhig, ohne Bosheit oder Interesse. »Sie werden auf der ganzen Linie besiegt, *Tenente*!«

Heuß faltete die Zeitungen zusammen und übergab sie Weiß. »Schicken Sie die hinüber zum Kommandanten.« Er trat wieder hinaus an die frische Abendluft, in seinem Hirn jagten sich die Gedanken. Was tun wir? fragte er sich. Warum fahren wir nicht nach Hause und kämpfen dort, wo man uns braucht?

Die Stimme des Italieners drang in sein Bewußtsein. »Werden Sie uns alle umbringen?«

Er wirbelte herum, bleich vor Wut. »Umbringen? Wofür halten Sie uns, für Wilde? Glauben Sie denn, daß Sie die einzigen sind, die das

Recht auf Ihrer Seite haben? Hören Sie um Gottes willen endlich auf, so verdammt fromm dreinzublicken!«

Der Kapitän war verwirrt. »Bitte, *Tenente,* Sie sprechen zu schnell!«

Heuß drehte sich um, als Oberleutnant Dehler die Treppe heraufkam und blinzelnd im Dämmerlicht des Steuerhauses stehenblieb. Er sah plötzlich müde und alt aus.

»Alles fertig, Emil?« Seine Stimme klang besorgt, und Heuß starrte ihn ungläubig an. Zum ersten Mal hatte Dehler ihn mit Vornamen angesprochen.

Vorsichtig antwortete er: »Beinahe. Das Wasser wird gerade hinübergeschafft. Jedes verwendbare Faß ist voll.«

»Ja, ich hab's gesehen.« Dehler sprach wie geistesabwesend. »Warum hängen wir dann noch hier herum? Das fordert das Unglück doch geradezu heraus.«

»Tja, das müssen *Sie* wissen. Sie sind der Ranghöhere.« Heuß sprach schneidend, erzielte aber keine Wirkung bei Dehler; statt dessen ließ dieser die Schultern noch tiefer hängen.

»Ich weiß, ich war oft gemein zu Ihnen, Emil. Aber ein Mann hat möglicherweise seine Gründe.«

»Das nehme ich an«, antwortete Heuß kalt. »Sie haben es sich jedenfalls deutlich genug anmerken lassen.«

»Wollen Sie, daß ich zu Kreuze krieche? Das kommt nicht in Frage.« Mit einem Rest seiner alten Bitterkeit fuhr Dehler fort: »Warum sollten Sie mich auch verstehen? *Sie* haben ja immer alles gehabt!« Er hob seine Pranke, um Heuß zum Schweigen zu bringen. »Sie wissen nicht, was es bedeutet, sich von ganz unten heraufzuarbeiten, immer dankbar zu sein und unterwürfig. Ich habe niemals Eigentum besessen.« Er lachte bellend. »Ich habe mein ganzes Leben lang versucht vorwärtszukommen, aber immer war da irgendein hochwohlgeborener Laffe mit ›Bildung‹ und ›Herkunft‹, der mich bei der Beförderung ausstach.« Trübe starrte er hinüber zur *Vulkan.* »Von rechts wegen sollte ich ihr Kommandant sein, aber sehen Sie doch hin, wer's geworden ist! Wieder so ein verdammter Aristokrat.«

Heuß traute seinen Ohren nicht. Dehler, der harte, sachkundige Berufsoffizier, brach hier vor seinen Augen regelrecht zusammen. Er versuchte zu grinsen, aber seine Trostworte klangen halbherzig. »Vielleicht sind Sie derjenige, der zuletzt lacht.«

»Wieso?« Dehler musterte ihn argwöhnisch.

»Wir werden es bald genug wissen. Es hat einen Rückschlag an der

Westfront gegeben, zehntausend Mann sind dort gefallen. Auch über uns selbst steht etwas in den Zeitungen. Wir sind Mörder und Piraten der schlimmsten Sorte!« lachte er bitter. »In einem der Logbücher habe ich außerdem gelesen, daß zwei britische Kreuzer vor der südamerikanischen Küste auf uns lauern. Sie wollen uns abfangen, womit wir ja auch rechnen.«

Dehler vergrub seinen mächtigen Kopf in den Händen. »O mein Gott, ich will nicht hier draußen sterben! Ich will nach Hause, und mir ist alles recht, was ich dort vorfinde, auch ein verlorener Krieg.«

Bootsmaat Weiß kehrte auf die Brücke zurück und salutierte. »Signal vom Kommandanten, Herr Oberleutnant! Sie sollen alle Italiener sofort in die Boote schicken und dann folgenden Funkspruch absetzen: ›Werde von deutschem Hilfskreuzer angegriffen.‹ Dazu genaue Positionsangabe.« Er blickte hinüber zu den Italienern. »Sie sollen in den Booten bleiben, Herr Oberleutnant. Wir nehmen sie nicht an Bord.«

»Was?« Dehler schien zu neuem Leben zu erwachen und packte Weiß an der Jacke. »Was haben Sie gesagt?«

Weiß wiederholte die Meldung, und Heuß hob müde die Schultern. »Das geht schon in Ordnung. Der Kommandant muß sie zurücklassen. Aber wenn wir die Position und den SOS-Ruf absetzen, treffen sicherlich bald ein paar Schiffe ein und nehmen sie auf. Das ist doch klar, oder?«

»Es ist verrückt!« Dehler schlug wütend auf den Tisch. »Er hetzt uns diese Kreuzer und alle möglichen Kriegsschiffe auf den Hals, bevor wir zehn Meilen weit weg sind!«

Weiß wartete geduldig. »Soll ich antworten, Herr Oberleutnant?«

Heuß sah seinen Vorgesetzten an. »Wir werden den Befehl doch ausführen, denke ich?«

Dehler schüttelte den Kopf und schob sich an dem gaffenden Unteroffizier vorbei. »Machen Sie, was Sie wollen! Ich muß nachdenken.«

Heuß zog eine Grimasse. »Also keine Antwort. Lassen Sie alle Besatzungsmitglieder in die Boote gehen und schicken Sie mir den Funkoffizier.«

Als die SOS-Meldung hinausging, stand Heuß pfeiferauchend neben dem starken Sender und sah dem italienischen Funker zu. »Irgendeine Antwort?«

Der Mann lauschte angestrengt; nach einer Weile nickte er erleichtert. »Ja, zwei Schiffe.«

»Das reicht. Folgen Sie mir.«

Zusammen rannten sie hinaus in die einsetzende Dämmerung und kletterten die Leiter hinunter in ihre jeweiligen Boote.

Die Italiener pullten in entgegengesetzter Richtung vom Kutter, der zur *Vulkan* zurückkehrte. Heuß spürte, wie sein Mund trocken wurde, als der Torpedo wie ein Pfeil an ihnen vorbeischoß und auf den verlassenen Frachter zuraste.

Eine ohrenbetäubende doppelte Detonation – denn durch den Treffer wurde auch die gewaltige Pulverladung in die Luft gejagt – riß den Himmel entzwei. Die Druckwelle ließ die kleinen Boote tanzen wie Blätter auf einem aufgewühlten Teich.

Schweigend pullten sie zurück an Bord, mit grauen Gesichern, denen man ansah, daß sie die Welt nicht mehr verstanden.

Die Sterne leuchteten hell vom wolkenlosen Himmel, und die kühle Nachtluft war angenehm.

Oberleutnant Ebert, der die Mittelwache hatte, saß im Steuerhaus und überprüfte das Logbuch, wobei sein Gesicht im Schein der Blendlaterne gelb aufleuchtete. Seine Hände blätterten von Zeit zu Zeit die Seiten um.

Alle Fenster des Steuerhauses waren geöffnet; im hellen Mondlicht wirkte das Vordeck weiß, wie schneebedeckt.

Pieck sammelte die leeren Kaffeetassen auf der Brücke ein und stellte sie auf sein Tablett. Er kam an der Karte mit den Schlangenlinien des Kurses und den zahllosen Änderungen vorbei. Er sah die eingetragenen Positionen und Zeiten, die seinem ungeschulten Verstand aber nichts weiter bedeuteten.

Nach der Versenkung des italienischen Frachters waren sie ostwärts gefahren, auf die ferne afrikanische Küste zu, solange sie von den zurückgelassenen Italienern beobachtet werden konnten. Dann, im Schutz der Dunkelheit, hatten sie den Kurs auf Südwest geändert und dampften nun mit voller Kraft Richtung Südamerika. Pieck hatte in der Unterkunft gehört, wie die Kameraden anerkennend Steigers Taktik diskutierten. Zuerst schien es regelrecht verrückt, einen Funkspruch mit ihrer Position abzusetzen, aber jetzt sah er ein, weshalb die anderen sich so freuten. Wenn die Bergungsschiffe oder suchenden Kreuzer am Untergangsort eintrafen, um die Italiener aufzunehmen, würden diese den vom Hilskreuzer eingeschlagenen Kurs beschreiben. Sobald der Feind dann nach langem und vergeblichem Suchen seinen Irrtum entdeckte, war die *Vulkan* bereits viele Meilen weiter südwestlich. Pieck beugte sich über die Karte, ein konzentriertes Stirnrunzeln auf dem runden Gesicht. Der neue Kurs, vom Kommandanten grob eingezeichnet, führte zur brasilianischen Küste. Dieser Teil schien leer zu sein, denn es fanden sich dort keinerlei Namen außer dem einer kleinen Stadt oder vielleicht eines Dorfes: *Corata.*

Hier hatte der Kommandant in seiner zierlichen Schrift eingetragen: siehe Karte 707, Ankunft 4. Februar.

Piecks Herz schlug gegen die Rippen, er warf einen schuldbewußten Blick auf den breiten Rücken des Rudergängers und die gebückte Gestalt von Oberleutnant Ebert. Dann blickte er noch einmal angestrengt auf die Karte. Sie würden diesen Ort also in vier Tagen erreichen. Er prägte sich die unregelmäßigen Linien und geheimnisvollen Ziffern ein, von denen er wußte, daß sie die Wassertiefe darstellten. Sie schien sich nach der Küste zu in einer zusammengedrängten Menge winziger Inseln aufzulösen, die aussahen, als habe sie jemand vom Festland sorglos weggeworfen.

Ein Ausguckposten hustete in der Dunkelheit, rasch nahm Pieck sein Tablett wieder auf; in seinem Kopf arbeitete es fieberhaft.

Zuerst war es nur ein verworrener Traum gewesen, der ihm manchmal aber ein seltsamer Trost war. Jetzt hatte er sich jedoch zu einer greifbaren Möglichkeit verdichtet: Irgendwie würde er versuchen, das Schiff zu verlassen, zu desertieren. Es blieb ihm keine andere Wahl. Er dachte an Oberleutnant Köhler und erbebte. In dem kleinen Raum unter der Brücke, wo die Torpedos lagerten, wäre er beinahe mit ihm zusammengestoßen. Da er sich an Schillers Worte erinnerte, hatte er den Offizier mit eiskaltem Gesicht gegrüßt und war zur Seite getreten, um ihn vorbeizulassen.

Köhler bat nicht länger und drohte auch nicht mehr. Statt dessen hatte er zu Piecks Entsetzen nur freundlich gelächelt. »Ich weiß, Willi!« Er sprach ruhig, fast beiläufig. »Verstehst du? Ich weiß alles!«

Dann trat er einen Schritt zurück, um die Wirkung seiner Worte zu beobachten. Er wurde nicht enttäuscht.

»Sie wissen, Herr Oberleutnant?« Als Pieck sich endlich zu einer Antwort aufraffte, war ihm das nur mit schwacher Stimme möglich.

Köhler grinste wie ein Wolf und sagte nur ein Wort: »Brandt!«

Pieck schwankte und wäre gestürzt, hätte Köhler ihn nicht gepackt und gegen den kalten Stahl des Schotts gedrückt. »Hör zu, du kleiner

Idiot! Jetzt brauchst du mich! Wenn du Sperenzchen machst, lasse ich dich festnehmen und Adler dazu. Den können wir bald zum Aussagen bringen, und dann weißt du, was mit euch beiden geschieht.«

Danach war sein Lächeln schlagartig verschwunden. »Aber all das ist nicht nötig, wie du wohl weißt.« Sein Ton wurde weich, werbend, beinahe liebkosend. »Ich brauche dich, Willi! Warum sollten wir Feinde sein?« Als eine Gruppe von Seeleuten auf sie zukam, schloß er scharf: »Du hast keine andere Wahl, Willi, glaub' mir.«

Pieck ging durch das Steuerhaus, seine Tassen klapperten auf dem Tablett. Oberleutnant Heuß suchte in der Backbordbrückennock mit seinem Glas rastlos den dunklen Horizont ab. Pieck zögerte. Sollte er ihm alles erzählen? Doch verwarf er den Gedanken sofort wieder. Sein ganzes Leben hindurch hatte er stets andere gefragt und sich auf sie verlassen. Das Ergebnis war für ihn und auch für den armen Adler nur Unglück und Schande gewesen.

Er stieg die Leiter hinunter und kletterte in die ovale Luke, die zum Quartier der Gefangenen führte. Vor der verschlossenen Tür standen die beiden Posten beim Geräusch seiner näherkommenden Schritte stramm, bis der eine von ihnen auflachte.

»Es ist doch nur Willi! Wir dachten, es ist der wachhabende Offizier.«

Der andere Posten, Schwartz, rollte sich konzentriert eine Zigarette. »Willi, was ist oben los?« Pieck sah sich nach weiteren schmutzigen Tassen um und antwortete leise: »Wir gehen nach Brasilien.« Er wäre so gern einer von ihnen gewesen, aber jetzt war es zu spät.

Die beiden Posten starrten ihn an. »Brasilien, sagst du? Bist du sicher, Willi? Brasilien ist doch mit uns im Krieg!«

»Hab's auf der Karte gesehen. In vier Tagen sind wir da«, antwortete Pieck dickköpfig.

Blücher, der andere Posten, rülpste und massierte sich den Magen. »Brasilien, stell dir das vor! Die tollen Weiber dort!«

»Vergiß es«, lachte Schwartz. »Der Kommandant wird die Verwundeten an Land setzen, ein bißchen Kohle an Bord nehmen und sofort wieder verschwinden.«

Blücher ließ sich nicht entmutigen. »Wo in Brasilien, Willi? Hast du das auch gesehen?«

»Ein Ort namens Corata.«

»Nie davon gehört.«

Aber als Simon Gelb, der das Ohr an die andere Seite der Tür gepreßt hatte, Kapitän Mason aus unruhigem Schlaf weckte und ihm ihren Bestimmungsort mitteilte, setzte dieser sich sofort auf.

»Corata? Natürlich kenne ich das. Scheußliches Nest an der Nordostküste Brasiliens. Nichts als Fliegen, Sand und blöde Fischer.« Mit der Hand fuhr er sich über das stachelige Kinn. »Corata. Gut, das wissen wir also. Der Kommandant geht auch dort ein Risiko ein, denn es ist schließlich Feindgebiet, einsam oder nicht.«

Gelb lächelte in der Dunkelheit. »Jetzt müssen wir nur noch aussteigen. Vielleicht setzt Steiger uns dort schon ab.«

»Glaube ich nicht. Das wäre zu gefährlich für ihn. Lediglich die Verwundeten, nehme ich an. Die haben Glück«, fügte er bitter hinzu.

Gelb saß auf dem Kojenrand und dachte an Caryl Brett. »Wir müssen noch ein bißchen mehr herausfinden, alter Freund. Die Dinge fangen an, interessant zu werden.«

Die Sonne stand noch tief und die Luft war frisch vom morgendlichen Deckwaschen, als die Bootsmannsmaaten mit zwitschernden Pfeifen durch das Schiff liefen. Heiser und wichtigtuerisch riefen sie: »Untere Decks räumen! Alle Mann nach achtern!«

Die Besatzung der *Vulkan* sah in ihren noch gefalteten, wenig benutzten weißen Uniformen recht fremdartig aus. Leise miteinander redend, versammelte sie sich auf dem engen Achterdeck. Danach kamen die Unteroffiziere, die noch einmal überprüft hatten, ob keiner außer den Wachen zurückgeblieben war, und schließlich traf die kleine Gruppe der Offiziere ein – bis auf Köhler, der auf der Brücke blieb. Auch sie wirkten fremd, ja befangen in ihren schmucken weißen Uniformen.

Dehler stand schwankend auf der geschlossenen Luke des achteren Laderaums und sah gleichmütig in die ihm zugewandten Gesichter. Lehr, der riesige Gefechtsrudergänger, meldete förmlich: »Untere Decks geräumt, Herr Oberleutnant!«

Der Kommandant trat aus der Schwingtür unter dem Achterdeck und stieg auf die Luke. Er erwiderte den Gruß seines Ersten und wartete, bis Dehler herabgestiegen war und sich zu den anderen Offizieren gestellt hatte. Dann stemmte er die Hände in die Hüften und sah sich im Kreis der schweigenden Männer um.

»Alle herhören! Wir sind die lange Strecke von Kiel bis hierher gefahren, und ich hatte noch nicht oft Gelegenheit, zu Ihnen allen zu sprechen.« Er zwang sich zu einem Lächeln. »Wie Sie selbst gemerkt haben, waren wir dafür zu beschäftigt!« Das rief wie beabsichtigt zustimmendes Gelächter hervor, und er fuhr eilends fort: »Aber ich glaube, Sie sollten auch erfahren, was außerhalb unseres Schiffes vorgeht, und nicht nur auf Gerüchte angewiesen sein.« Nun hatte er ihre ungeteilte Aufmerksamkeit. »Wir steuern die brasilianische Küste an, was Sie sicherlich schon alle gewußt haben –«, ein weiteres, noch lauteres Lachen war die Folge –, »wo ich einige Ihrer verwundeten Kameraden an Land setzen will, die zwar Hervorragendes geleistet haben, aber dringend ärztliche Betreuung brauchen. Zusätzlich möchte ich Brennstoff übernehmen und Informationen über den Feind einholen. Wir sind schon so lange auf See, daß wir manchmal zu Sorglosigkeit neigen. Aber der Feind lauert hier überall.« Er machte mit dem Arm eine umfassende Bewegung, und einige Köpfe drehten sich tatsächlich in die bezeichneten Richtungen. »Er lauert in voller Stärke und sucht nach uns. Wir hatten bisher einige Erfolge, müssen uns jedoch weiter anstrengen, ihm Verluste zuzufügen, ihn und vor allem seine lebenswichtigen Verbindungswege und Nachschublinien immer und immer wieder stören!« Er senkte die Stimme, und die weißgekleideten Gestalten rückten näher. »Unsere Kameraden an Land kämpfen einen verzweifelten Kampf. In diesem Augenblick, da hier vielleicht der eine oder andere über den Mangel an Essen oder Schlaf meckert, kämpfen unsere Soldaten in Frankreich um ihr nacktes Leben!« Seine Augen blitzten, als er sich der aufgehenden Sonne zuwandte, so daß er für einige in der Nähe wirklich wie ein Tiger aussah. »Unsere Feinde jagen uns und werden nichts unversucht lassen, bis sie uns zum Kampf gestellt haben! Die Amerikaner fluten in Massen hinüber zur Westfront, und unseren Soldaten dort ist kein Augenblick der Ruhe gegönnt.« Wieder musterte er forschend ihre Gesichter. »Ich bin überzeugt, daß man sich später mit Stolz und nicht mit Schande sowohl bei unseren Landsleuten als auch beim Feind unserer erinnern wird!«

Einen Augenblick herrschte Schweigen. Er merkte, daß die Männer auf die Fortsetzung seiner Ansprache warteten.

Wußten sie wirklich, worauf sie sich einließen? Wie würden sie ihm seinen Einsatz danken, wenn die Falle schließlich zuschnappte? Eine Flamme schien ihm die Brust zu versengen, es war, als sei seine Wunde wieder aufgeplatzt. Er rief hinauf zur Mastspitze, als wolle er es dem Schiff selbst sagen: »Sie alle sind meine Zeugen! Solange ich Kraft habe und solange unsere Flagge weht, werden wir uns niemals ergeben!«

Er entspannte sich und spürte, daß er schwitzte. Wieder eine Schaustellung, eine Theateraufführung – zu wessen Nutzen?

Verwundert blickte er auf, als Bootsmaat Weiß mit strahlendem Gesicht vor ihm auf die Luke sprang.

»Los, Kameraden, drei Hurras für den Kommandanten! Drei Hurras für unseren Seetiger!«

Damrosch merkte, daß er sich mit den anderen nach vorn drängte und jubelte. Der unwiderstehliche Impuls hatte ihn genauso gepackt wie alle anderen Besatzungsmitglieder, vom Offizier bis zum jüngsten Moses. Sie mußten schreien und rufen und die Hände vorstrecken, um dem Kommandanten auf die Schulter zu klopfen.

Schweigend sah Dehler zu, wie die stampfende Masse die schlanke Gestalt ihres Kommandanten ergriff, auf die Schultern hob und lachend mit ihm davonzog.

Als er dabei Steigers Blick begegnete, bemerkte er ein trauriges Lächeln um dessen Mund. Aber aus den Augen blitzte der Trotz eines Tigers.

Heuß stand im Türrahmen der Seekabine und spürte die heiße Sonne auf seinem Gesicht. »Sie haben mich rufen lassen, Herr Kapitän?«

Steiger blickte kurz von der Karte auf und nickte in Richtung des anderen Stuhls. »Ja. Setzen Sie sich bitte.«

Heuß nahm Platz, war aber keineswegs entspannt, während er zusah, wie der Kommandant geschickt mit dem Stechzirkel in der abgenutzten Karte arbeitete. Er hatte die Uniformjacke abgelegt, und Heuß sah den Kreuzverband über seiner Brust, zugleich aber auch die harten Bauchmuskeln. Schließlich legte der Kommandant den Zirkel beiseite und blickte durch das offene Bullauge hinaus.

»Sie haben gehört, was ich heute morgen zur Besatzung sagte. Aber ganz so einfach ist es nicht.« Nachdenklich lächelte er, den Blick auf die brasilianische Küste auf der Karte gerichtet. »Wir werden im Schutz der Dunkelheit ankern, und dann möchte ich, daß Sie an Land gehen und unseren Agenten in Corata aufsuchen.«

Gespannt beugte Heuß sich vor.

»Sein Name ist – oder war – Renato Fleijus. Er ist Kaffeepflanzer und Händler und war früher in dieser Gegend der rührigste Organisator, wenn es darum ging, Brennstoff, Proviant und Informationen für unsere Hilfskreuzer zu beschaffen. Noch vor einem Jahr hätte er eine ganze Flotte von Kohlendampfern für uns bereitgestellt und Treffpunkte quer über den Südatlantik vorbereitet.« Achselzuckend fuhr er fort: »Jetzt, nachdem Brasilien uns den Krieg erklärt hat, ist das natürlich nicht mehr möglich. Aber ich hoffe, daß er noch immer ein paar Trümpfe im Ärmel hat.«

Heuß rutschte unbehaglich auf seinem Stuhl hin und her. »Ist er zuverlässig, Herr Kapitän?«

Die goldgefleckten Augen ruhten kurz auf seinem Gesicht. »Wer ist schon zuverlässig? Er ist ein widerlicher, sogar hassenswerter Mann, aber nicht ganz ohne einen Rest von Patriotismus.«

»Dann ist er also Deutscher?«

»Ja, ein geborener Deutscher. Jetzt ist er naturalisierter Brasilianer und ein reicher Mann.« Er lachte, als erinnere er sich an einen heimlichen Witz. »Auf alle Fälle müssen wir ihn vorsichtig behandeln.«

Er ging auf und ab, die Hände auf dem Rücken verschränkt. Heuß folgte ihm gespannt mit Blicken.

»In drei Tagen werden wir eintreffen, wenn alles planmäßig läuft. Bis dahin gibt es noch eine Menge zu tun. Die Boote müssen klargemacht und die Ankerketten gefettet werden. Und sorgen Sie vor allem für einen guten Lotgasten. Wir müssen uns in die enge Felsenbucht regelrecht hineintasten. Ich habe keine Lust, mir an dem Riff den Kiel aufzureißen.«

Heuß beugte sich über die Karte. Es mußte schon bei Tage schwierig sein, mit einem Schiff wie der *Vulkan* hier einzulaufen. In der Dunkelheit war es ein äußerst gewagtes Unternehmen. Vorsichtig fragte er: »Sollten wir nicht den Ersten Offizier zu dieser Besprechung hinzuziehen, Herr Kapitän?« Er dachte an Dehlers verzweifeltes Gesicht und fragte sich, ob seine Gemütsverfassung auch dem Kommandanten bekannt war.

»Sie sind im Dienstrang der nächste, Heuß, und werden an Land gehen.« Mit plötzlich harter Stimme fuhr er fort: »Und wenn ich falle oder schwer verwundet werde, dann sollen *Sie* das Kommando übernehmen!«

Heuß starrte ihn an, als sei er geschlagen worden. »Aber Herr Kapitän! Das ist Oberleutnant Dehler gegenüber wirklich nicht fair.«

Der Kommandant blickte auf ihn hinunter. »Vergessen Sie die Etikette, Heuß! Ich bin schließlich kein Narr und weiß genau, auf wen ich mich verlassen kann und auf wen nicht. Ich brauche einen fähigen Nachfolger, nicht nur jemanden, der dem Rang nach das Kommando übernehmen kann. Denken Sie nach, Heuß! Sehen Sie nicht den Unterschied?« Freudlos nahm er seine Wanderung wieder auf. »Wir sind hier herausgeschickt worden, um eine Aufgabe zu erfüllen, und das werden wir. Solange alles leicht und mühelos lief, wollte jeder gern meine Stellung als Kommandant. Aber jetzt, da meine Aufgabe von Tag zu Tag schwerer wird, bin ich auf mich allein gestellt. Dehler ist ein zuverlässiger Navigator, mehr aber auch nicht. Wenn er allein zu entscheiden hätte, was würde er dann wohl tun? Hierbleiben und kämpfen – oder in einen neutralen Hafen einlaufen, um sich dort internieren zu lassen?«

Heuß schoß das Blut ins Gesicht, er stand abrupt auf. »Wie können Sie so etwas über einen Kameraden sagen? Zumindest sollte er sich zu diesem schweren Vorwurf äußern dürfen!«

Steiger lachte leise vor sich hin. »Heuß, Heuß, wie sehr haben Sie sich doch verändert! Noch vor einem Monat wären Sie der erste gewesen, der über altmodische Ehrbegriffe und Traditionen gespöttelt hätte. Ich dachte, Sie wären über Sentimentalitäten erhaben?«

Heuß krümmte sich in der geschickt gestellten Falle. »Ich stimme mit Dehler überein, Herr Kapitän. Wir gehen einer Krise entgegen, und unsere Chancen werden von Tag zu Tag schlechter. Aber genau wie er würde ich kämpfen!«

»Sie haben kein einziges Wort verstanden, Heuß. Kämpfen ist nicht genug. Es ist ein genauso leeres Wort wie Selbstmord oder Feigheit; es ist wie das Mensurschlagen beim Duell, um jungen Mädchen zu imponieren.«

»Ich denke doch, daß ich meine Zuverlässigkeit unter Feuer bewiesen habe, Herr Kapitän. Ich muß . . .«

Von Steiger winkte ab. »Setzen Sie sich wieder, Heuß. Nur keine Heldentaten. Ich weiß, daß Sie mich nicht mögen, aber das ist mir gleichgültig. Ich bin der Kommandant, und Sie werden mir zuhören!«

Finster blickte Heuß ihn an, den Mund zu einem schmalen Strich zusammengepreßt.

»Sie sind intelligent und lassen sich nicht leicht beeindrucken. Sie denken selbständig, und das ist leider selten genug bei manchen Offizieren. Aus diesem und einigen anderen Gründen vertraue ich Ihnen. Persönliche Differenzen sind völlig unwichtig. Wenn wir daheim wären, im Frieden, dann hätte ich die Zeit, Ihren Ideen zu lauschen.« Er lächelte traurig. »Dann würden Sie vielleicht herausfinden, daß ich ein noch größerer Idealist bin als Sie. Aber diese Tage sind vorbei, vielleicht für immer. Selbst wenn ich an Ihre Ideen glaubte, dürfte ich das nicht zugeben. Aber ich glaube *nicht* daran! Die Dinge werden nicht gut, nur weil wir wollen, daß sie gut sind. Die Menschen werden einander nicht lieben, nur weil wir denken, das wäre besser! Sie müssen angetrieben, Schlachten müssen gewonnen werden.«

»Auch wenn das Ende daselbe bleibt?«

»Selbst dann! Die Engländer haben ein Sprichwort: Wir verlieren jede Schlacht, nur nicht die letzte. Aber, Heuß, diese letzte Schlacht ist am Ende nicht die einzige, die zählt. Der Ruf, das Betragen jedes Einzelnen ist ebenso wichtig, beim Sieger wie beim Verlierer. Es ist ein Fundament, auf dem man neu aufbauen kann.«

»Und was ist mit Dehler, Herr Kapitän?« Heuß wurde allmählich unsicher.

Der Kommandant hob die Schultern. »Ich habe mit ihm gesprochen. Er ist zu alt für diesen Krieg, Heuß. Genauso wie die arme *Vulkan*. Beide sollten doch besser Bananen fahren.«

Heuß stand auf, jetzt hatte er sich wieder in der Gewalt. »Ist das alles, Herr Kapitän?«

»Sorgen Sie dafür, daß die Verwundeten zum Aussteigen vorbereitet werden. Der Agent wird ihnen medizinische und anständige chirurgische Behandlung verschaffen. Die armen Teufel haben es verdient.«

»Und die Gefangenen?«

Suchend ruhte der Blick des Kommandanten auf seinem Gesicht. »Die müssen bleiben. Die Offiziere können uns als Geiseln dienen, und Gelb ist ein wertvoller Fang. Wenigstens scheint er sich das einzubilden.«

Heuß zögerte noch immer; Steigers Hand strich über den Verband auf seiner Brust. »Und die Frau? Das wollten Sie doch noch fragen?« Wieder warf er einen Blick aus dem Bullauge. »Wir werden sehen. Wenn es an Land sicher ist, werde ich sie ausschiffen. Die Entscheidung überlassen Sie am besten mir.«

»Ist das fair, Herr Kapitän?«

»Nein. Vielleicht wäre es besser, wenn Sie sie nach ihren Wünschen fragten.«

»Es täte mir leid, wenn sie von Bord ginge, Herr Kapitän.« Danach hätte sich Heuß am liebsten die Zunge abgebissen.

»Das ist Ihnen ziemlich deutlich anzumerken, Herr Oberleutnant!«

Sie sah, wie sich auf Heuß' Gesicht Besorgnis in Zorn verwandelte, während er ruhelos in der großen Kajüte umherging und wie unbewußt Ausstattung und Möbelstücke berührte.

»Was wollen Sie mir sagen, Oberleutnant?« Ihre Stimme war leise und ein wenig heiser, und Heuß argwöhnte, daß auch sie sich über ihn lustig machte. Als teile sie mit irgend jemandem ein Geheimnis, das er nicht verstehen konnte.

»Der Kommandant möchte wissen, ob Sie hier von Bord gehen wollen. Falls ja, wird er dafür sorgen, daß Sie mit dem nächsten britischen Konsul Kontakt aufnehmen können.«

»Habe ich denn eine Alternative?«

Heuß spürte, daß er schwitzte, während er ihre halbgeöffneten Lippen und festen, runden Formen betrachtete. »Ja. Sie bleiben hier an Bord, bis wir Sie einem neutralen Schiff übergeben können.«

»Nach allem, was ich bisher erlebt habe, ist es wohl wahrscheinlicher, daß wir als nächstes einen britischen Kreuzer treffen werden!«

Verbittert fuhr er herum. »Das würde Sie bestimmt freuen! Aber schließlich, wer könnte Ihnen daraus einen Vorwurf machen?« Er ließ sich auf einen Stuhl fallen und starrte seine im Schoß liegenden Hände an. »Vielleicht werden Sie nicht mehr so streng über uns urteilen, wenn sie uns alle zusammen in die Luft sprengen. Wir sind jetzt für Sie Individuen, nicht nur feindliche Soldaten.« Da er bei diesen Worten den Blick senkte, sah er nicht den Schmerz in ihren großen Augen. Er versuchte zu lachen. »Vielleicht macht mir auch mein Gewissen Probleme.«

»Wäre das denn so schlimm?«

»Es heißt, das Gewissen kann aus uns allen Feiglinge machen.«

Sie trat näher an ihn heran, so daß er die Wärme ihres Körpers spürte.

»Sie waren sehr freundlich zu mir, das werde ich Ihnen nie vergessen«, sagte sie einfach. »Es hat alles für mich erträglicher gemacht, auch für die anderen Überlebenden.«

In einem plötzlichen Impuls ergriff er ihre Hand und drückte sie gegen seine Wange. »Mein Gott, daß es so enden muß! Was für eine Verschwendung ist das alles! Diesen endlosen Weg zurückzulegen und dann um das Wertvollste betrogen zu werden!«

Sanft, aber entschlossen entzog sie ihm ihre Hand. »Haben Sie denn kein Zutrauen zu Ihrem Kommandanten? Sicherlich wäre eine Niederlage für ihn noch viel schlimmer.«

Heuß spürte einen Stachel in ihren Worten und sprang errötend auf.

»Was kümmert Sie der Kommandant? Wie können Sie glauben, einen Mann wie ihn zu verstehen?«

Ihre Wangen schienen alle Farbe zu verlieren, aber ihre Augen blitzten ihn wütend an. »Wieso denn nicht? Weil ich nur eine Frau bin, noch dazu eine Gefangene? Oder weil ich nicht gut genug bin für einen adeligen Deutschen?«

Vor ihrem Zorn ging er in die Defensive. »Also doch! Sie sind genau wie alle anderen Frauen: Es muß immer der Ranghöchste sein.«

Ihre Lippen zitterten vor Wut. »Zumindest ist Ihr Kommandant ein *Mann!* Ich glaube nicht, daß er winselt, nur weil er seinen Willen nicht bekommt!«

Sie schrie auf, als Heuß ihr eine Ohrfeige versetzte, wich jedoch nicht zurück. Aber über ihre Augen legte sich ein Schleier, und sie griff mit solcher Gewalt in die Falten ihres Rockes, daß die Knöchel weiß hervortraten.

Heuß stand verdutzt da und starrte zu Boden. »Verzeihen Sie. Ich begreife nicht, warum ich das getan habe.«

Mit leiser, gleichmütiger Stimme sagte sie: »Gehen Sie jetzt, Herr Oberleutnant? Oder soll ich die Wache rufen?«

Als sich die Tür hinter ihm geschlossen hatte, fuhr ihre Hand hinauf zur Wange; sie glaubte, Heuß' Ärger und Verzweiflung noch immer spüren zu können. Ich sollte ihn eigentlich hassen, dachte sie. Aber wenigstens hat er mich das aussprechen lassen, was alle meine Gedanken erfüllt. Ich *wollte,* daß er mich dafür schlägt.

Sie musterte ihr Gesicht im Spiegel und war entsetzt über den Ausdruck ihrer Augen.

14

Mit Schleichfahrt glitt die *Vulkan* lautlos durch die dunkle Bucht. Ihr scharfer Vordersteven verursachte kaum ein Kräuseln, das die Spiegelung der Sterne im Wasser gestört hätte. Die milde Nachtluft war feucht und schwer, und auf der Brücke spürte jeder eine Beschleunigung seines Herzschlags, als die Gerüche des unsichtbaren Landes zu ihnen herüberwehten.

Steigers schattenhafte Gestalt trat auf den Kompaß zu, bis sein gepflegter Spitzbart im Schein der Lampe aufleuchtete. »Steuern Sie Südwest zu Süd.«

Lehr am Ruder wiederholte den Befehl; die Stille wurde vom leisen Knarren des Rades unterbrochen.

Vom Vordeck ertönte unerwartet die silberhelle Glocke, auf der zwei Glasen * angeschlagen wurde. In der Dunkelheit hörte man den Kommandanten grimmig fluchen. »Schickt sofort einen Mann nach vorn, oder soll uns jeder verdammte Brasilianer kommen hören?«

Er versuchte, sich wieder auf die undurchdringliche Schwärze zu konzentrieren. Er spürte förmlich die riesige Landmasse vor ihrem Bug, aber Instinkt und jahrzehntelange Übung ließen ihn seine Besorgnis verbergen. Es schien kein Mond, was zwar ihrem heimlichen Anschleichen dienlich war, aber die Navigation zu einem wahren Alptraum machte.

Hinter sich am Kartentisch hörte er Dehlers schweres Atmen, als dieser sich über die Karte beugte und in dem kleinen Lichtkegel mit Parallellineal, Dreieck und Zirkel arbeitete. Armer Dehler, dachte er vage, stellvertretender Kommandant nur noch dem Namen nach.

Die Maschinengewehre in den Brückennocken, von ihren Bedienungsmannschaften geölt, drehten sich mühelos, wobei nur die langen Patronengurte auf den Grätings schabten. Alle anderen Geschütze waren noch abgedeckt. Während die *Vulkan* sich leise dem Land näherte, sah sie endlich wieder wie sie selbst aus, zum erstenmal seit Kiel. Die falschen Deckshäuser und sonstigen Tarnaufbauten waren entweder entfernt oder verändert worden, und weiße Farbe hatte den Brückenaufbauten wieder zu ihrem ursprünglichen Aussehen verholfen. Allerdings trug sie weder eine Flagge noch einen Namen.

Vorn auf der Back standen Leutnant Seebohm und der Zimmermann mit seiner Arbeitsgruppe gespannt am Ankerspill. Schließlich war es das erste Ankermanöver seit ihrem Auslaufen.

»Loten!« Steiger hörte die Erregung in Damroschs Stimme, als dieser den Befehl wiederholte. Jeder Mann an Bord erwartete, daß ein brasilianischer Scheinwerfer sie erfassen oder ein Kanonenboot sie anrufen würde.

Vorn auf seiner kleinen Plattform ließ der stämmige Lotgast die lange Leine durch die Hände ausrauschen, bis das vierzehn Pfund schwere Lotgewicht dicht über der Wasserfläche pendelte. Als er Befehl zum Loten bekam, beugte er sich weit über die Kettenreling und

* hier: neun Uhr abends

ließ das Lot langsam und rhythmisch vor- und zurückschwingen, wobei es jedes Mal an seinem tiefsten Punkt beinahe die leise gurgelnde Bugwelle berührte. Plötzlich ließ er es beim Vorwärtsschwingen los und spürte, wie ihm die Leine mit ihren Markierungen zwischen Handfläche und Daumen durchraste. Weit voraus tauchten Lot und Leine in das klare Wasser, wo man ihr Absacken an dem leuchtenden Phosphoreszieren verfolgen konnte. Er wartete, bis das Lot den Boden berührte, und rief dann über die Schulter: »Gerade zehn*!«

Steiger grunzte zufrieden. Sie waren genau in der schmalen Fahrrinne, die nach Corata führte. Eine geringe Abweichung nach der einen oder anderen Seite konnte das Ende der *Vulkan* bedeuten.

Geräuschlos trat Heuß neben ihn. »Alle wasserdichten Schotten geschlossen, Herr Kapitän. Die Boote sind ausgeschwungen, und die Verwundeten liegen an Deck bereit.«

»Danke. Ich glaube nicht, daß wir Schwierigkeiten bekommen, aber man kann nie wissen.«

»Sie waren schon einmal hier, Herr Kapitän?« Heuß sprach kühl, aber trotzdem spürte Steiger seine Spannung.

»Ja. Vor nicht ganz zwei Jahren, als Brasilien noch neutral war. Corata war ein Stützpunkt für alle Hilfskreuzer und damals noch zuverlässig.«

»Dieser Fleijus kann sich inzwischen verändert haben.«

»*Ich* werde ihm sagen, was er zu tun hat, Heuß! Machen Sie ihm das unmißverständlich klar.«

»Gerade zehn!« Unheimlich klang das Aussingen des Lotgasten von der dunklen Back herauf.

»Gut. In ein paar Minuten werden wir die erste der kleinen Inseln sichten. Sie sollte gut frei an Steuerbord auftauchen. Wenn sie in Sicht kommt, Lehr, bringen Sie den Bug schnell herum und steuern an ihrer östlichen Spitze möglichst dicht vorbei. Die Fahrrinne ist an dieser Stelle besonders schmal.«

»Jawohl, Herr Kapitän!« Der Rudergänger beugte sich vor und sog geräuschvoll die Luft ein, die durch das offene Fenster vor ihm kam.

Der Kommandant verbarg nur mühsam seine Ungeduld, als er an den Tiefgang von 7,3 m dachte, mit dem sich die *Vulkan* möglicherweise bereits auf eins der verborgenen Riffe zubewegte.

»Gerade neun!«

* 10 Faden = 18,29 m

»Verdammt!« fluchte er leise vor sich hin. »Einen halben Strich nach Steuerbord.«

Beängstigende Augenblicke vergingen, dann tönte es von vorn: »Ein halb über neun!«

»Schon besser«, brummte von Steiger. »Also, Heuß, Sie wissen genau, wie Sie vorgehen müssen? Wenn Sie noch etwas wissen möchten, dann fragen Sie mich jetzt. Gleich ist dazu keine Gelegenheit mehr.«

Heuß schien sich zu entspannen. »Ich steure mit beiden Booten den Strand an, der sich in der Südwestecke der Reede und am Fuß einer breiten Felsspalte befindet.«

Der Kommandant unterbrach ihn. »Beachten Sie die beiden Felsnadeln auf jeder Seite der Spalte. Sie stehen da, als wollten sie den Eingang bewachen.«

Heuß nickte. »Vom Strand führt ein Pfad hinauf zum oberen Ende der Schlucht. Von dort geht es durch die Kaffeepflanzung weiter zum Haus. Ist es das einzige?«

Steiger grunzte zustimmend. »Zumindest behauptet das der Nachrichtendienst.«

»Dort soll ich diesen Fleijus aufsuchen und an Bord bringen.«

»Das ist dann wohl alles«, sagte Steiger trocken. »Aber vergessen Sie nicht, Ihre Männer rund um die Bucht und vor allem oben auf der Klippe zu verteilen. Bei Tagesanbruch haben sie von dort meilenweite Sicht über die See. Ich muß mich ganz auf sie verlassen. Das Schiff ist von See zwar nicht auszumachen, aber andererseits bleibt auch jeder Eindringling für uns hier unsichtbar.«

»Es sind alles ausgesuchte Leute, Herr Kapitän, und Oberleutnant Köhler hat das Kommando über den Landetrupp.«

»Gerade sieben!« Das klang wie ein Grabgesang.

In seine Gedanken hinein rief Damrosch: »Land in Sicht, Herr Kapitän! In Grün vier-fünf*!«

Heuß senkte das Glas und sah den Kommandanten an. Da vorn lag tatsächlich die schwache weiße Linie der Brandung und die undurchdringliche Dunkelheit dahinter. Land nach all den vielen Wochen! Er empfand tiefe Bewunderung für den Kommandanten. Wie hatte er das geschafft? Er hatte dem Schiff seinen Willen aufgezwungen und es hierher getrieben, das war die einzige Erklärung. Es war schon zu verstehen, daß die junge Frau ihn bewunderte. Wieder spürte Heuß den

* Richtungsangabe: 45° an Steuerbord (rechts)

Schmerz in seiner Brust. Zwei Menschen wie Caryl Brett und Felix von Steiger, aus zwei Nationen und durch einen Krieg getrennt – aber trotz allem bestand zwischen ihnen derartige Ähnlichkeit, daß es geradezu unheimlich war.

Heuß fragte sich, ob sie sein Benehmen wohl dem Kommandanten gemeldet hatte? Die Schamröte stieg ihm ins Gesicht, als er sich an den knallroten Abdruck auf ihrer Wange erinnerte.

»Hart Steuerbord, Lehr!« Steigers Stimme war knapp und prägnant. »Herum mit dem Rad, es beißt nicht!«

Heuß folgte dem Schatten des Kommandanten zur Steuerbordbrükkennock und starrte an ihm vorbei auf das schwarze Land. Nichts war da, keine fröhlich blinkende Boje, kein Leuchtturm, nicht einmal ein paar in der Bugwelle schaukelnde Fischerboote; nur die ruhige See, die in einer Linie weißer Brecher endete.

Die Maschine war so gedrosselt, daß sie nicht einmal ihren stampfenden Rhythmus hörten; lediglich die ständige Vibration, das Rasseln der Fensterscheiben und der Instrumente zeigten an, daß sie noch lief.

Der Kommandant stützte die Hände auf die Teakholzreling und atmete tief ein. »Ja, das tut gut! So muß wohl der Frieden riechen.«

»Gerade fünf!«

»Mein Gott«, sagte Steiger leise, »dieser Rudergänger hat solche Angst um seine Pension, daß er das Schiff nicht weiterdreht. Aber diese neue Lotung wird seine Meinung ändern.«

Heuß hörte, wie das Rad herumgewirbelt wurde, und sah, daß der schwarze Keil des Bugs jetzt schärfer auf die leuchtend weiße Brandung zeigte.

»Ich gehe nach unten, Herr Kapitän. Der Landungstrupp ist klar zum sofortigen Ablegen.« Heuß grüßte stramm und wandte sich der Leiter zu. »Was, wenn der Agent nicht mit an Bord kommen will?«

»Dann überreden Sie ihn, Heuß!« Die weißgekleidete Gestalt an der Reling drehte sich um. »Wenn irgend etwas schiefgeht, aus *seiner* Schuld, erschießen Sie ihn!« Zu sich selbst fügte er hinzu: »Er hat sich lange genug auf unsere Kosten gemästet.«

»Ein halb über acht!«

Das Land schien auf sie herabzustoßen, und plötzlich war das Schiff nicht mehr das einzige Ding zwischen See und Sternen. Ein riesiger gezackter Felsendom überragte weit die Masten und löschte die Sterne aus wie ein schwarzer Vorhang. An seinem Fuß leckten die Wellen, und als das schweigende Schiff vorbeiglitt, erhoben sich ein paar aufgeschreckte Möwen und schrien verdrossen.

»Hart Backbord!« Die Stimme peitschte scharf wie ein Maschinengewehr und schien den Rudergänger zu elektrisieren. Der Kommandant indessen beobachtete einen langsam vorbeigleitenden Felsen, der wie ein Zahn geformt war. Von seinem früheren Besuch her erinnerte er sich genau an diesen Felsen und an den fröhlichen Optimismus, mit dem sie damals die Küste begrüßt hatten. Das war eine endlose Kreuzfahrt bis in den Indischen Ozean gewesen, wobei sie zweimal die britische Blockade durchbrachen; einmal bei der Ausfahrt in den Atlantik, wo er seinen erfolgreichen Handelskrieg begann, und dann bei der siegreichen Heimkehr nach Kiel. Er sah noch genau die jubelnde Menschenmenge vor sich, die Militärkapelle und die vielen Flaggen. Auch Freda war da, um ihn zu begrüßen. Einen Augenblick konnte er sich wieder ihr Gesicht vorstellen, es war wie ein vom Blitz erhelltes Porträt. Später hatte sie mit ihm zusammen vor dem Kaiser gestanden, der ihm den höchsten Tapferkeitsorden verlieh.

»Zweite Insel Backbord voraus, Herr Kapitän!«

Er hob das Glas, der kurze Traum verwehte. »Steuern Sie genau auf das nächste Riff zu, Lehr. Ich sage Ihnen schon rechtzeitig, wann Sie andrehen müssen.«

Dehler tauchte aus der Dunkelheit auf. »Wir kommen gleich in die Wirbel, Herr Kapitän. Der Ebbstrom hat voll eingesetzt.«

»Gut. Gehen Sie mit der Geschwindigkeit herauf. Halbe Fahrt, wenn wir beim Riff sind, und dann volle Fahrt voraus! Und sagen Sie dem Herrn Rudergänger, wenn er später wirklich was von seiner Pension haben will, dann muß er sich rascher bewegen.«

Von vorn kam der Ruf des Lotgasten: »Gerade fünf!«

Der Kommandant fuhr zusammen. Also nur noch ganz wenig Wasser zwischen dem muschelbewachsenen Kiel der *Vulkan* und dem Felsgrund. Aus schmalen Augenschlitzen beobachtete er die wütende Brandung, als versuche er, die Stärke eines menschlichen Gegners abzuschätzen.

Jetzt hob er die Hand, und der Maschinentelegraf schepperte fordernd. Die große Schraube erwachte zu neuem Leben, wühlte das Wasser auf und verwandelte es in einen weißschäumenden Mahlstrom. Ein weiteres Zeichen, und der Bug, der genau auf die Felsbarriere zujagte, wirbelte herum wie ein Stier, der vom roten Cape des Matadors abgelenkt wird.

Steiger hielt den Atem an, bis er glaubte, seine Lunge würde platzen. Zehn Sekunden, zwanzig Sekunden, während die Inseln wie ein Panorama vorbeirasten.

»Volle Kraft zurück! Ruder mitschiffs!« Eine Riesenhand schien das Schiff am Heck zu packen, seine Fahrt zu stoppen und es dann zurückzureißen.

»Maschine stopp! Langsame Fahrt voraus!« Er starrte über die Reling, suchte mit dem Glas nach den beiden Felsnadeln. Endlich grunzte er zufrieden: Da waren sie! Wie Turmstümpfe einer ausgebombten Kathedrale hoben sie sich schwarz vom helleren Sternenhimmel ab.

»Maschine stopp! Klar zum Ankern!« Er hörte, wie die Befehle wiederholt wurden. Weitere zehn Sekunden der Spannung vergingen, während er trotz seiner äußeren Ruhe angstvoll darauf wartete, daß der Schiffsboden von nadelspitzen Felszacken aufgerissen würde.

Endlich war es soweit. »Langsame Fahrt zurück, laß fallen Anker!« Donnernd raste die gut gefettete Kette durch die Klüse, der große rostige Anker durchbrach die ruhige Wasserfläche und wirbelte phosphoreszierendes Meeresleuchten auf. Ganz langsam wich das Schiff zurück, weitere Kettenlängen rauschten aus, wieder schepperte der Telegraf, und dann schwieg die Maschine endgültig.

Der Kommandant spürte, wie das Vibrieren der Teakholzreling unter seinen Händen aufhörte, und empfand wohltuend die friedliche Stille, die sich wie ein Mantel über das ganze Schiff legte. Lediglich das leise Klatschen der kleinen Wellen am Rumpf und das ferne Donnern der Brandung außerhalb der schützenden Inseln waren noch zu hören. Niklas und sein Maschinenpersonal würden jetzt verblüfft auf die große Anzeigetafel des Telegrafen starren, auf der zum ersten Mal seit ihrem Auslaufen zu lesen war: »Maschinen abstellen!«

Renato Fleijus, der deutsche Agent in Corata, rutschte unbehaglich auf seinem Stuhl hin und her und beobachtete Steiger über Röders gebeugten Rücken hinweg, während der Steward zwei große Gläser schottischen Whisky einschenkte. Sein aufgedunsener Körper sprengte fast den teuren Leinenanzug, und sein rundes Gesicht war schweißbedeckt. Die stechenden Augen musterten den schlanken Kommandanten mit einer Mischung aus Besorgnis und Wut.

Röder verließ die Kajüte, und der Zorn des Agenten machte sich Luft. »Und jetzt, mein lieber Kapitän, haben Sie vielleicht die Güte mir mitzuteilen, was das alles bedeutet? Es ist ja wohl Irrsinn, nach allem, was sich ereignet hat, hier einzulaufen!«

Steiger hob die Augenbrauen und zündete sich eine seiner kurzen schwarzen Zigarren an. Wortlos, aber voller Interesse, betrachtete er sein Gegenüber.

»Als mir meine Leute die Ankunft Ihres Schiffes meldeten, traute ich meinen Ohren nicht! Hier in Brasilien, in Feindesland, wagen Sie es, Ihre Flagge zu zeigen!«

»Vorläufig ist es noch zu dunkel, als daß sie jemand sehen könnte.« Der Kommandant deutete auf den Whisky. »Trinken Sie, Fleijus, das beruhigt Ihre Nerven!«

»Was denken Sie sich eigentlich, Kapitän? Hier ist nichts mehr für Sie zu holen! Die Lage hat sich geändert seit Ihrem Besuch mit der *Isar*. Damals war Deutschland groß und gefürchtet, eine Kette von Hilfsquellen und Nachschubstationen erstreckte sich rund um den ganzen Erdball. Die Neutralen schlossen die Augen vor Ihrem Kommen und Gehen, vorausgesetzt, Sie zahlten gut. Aber jetzt ist sogar Brasilien gegen Sie, weil Ihre blöden U-Bootkommandanten brasilianische Schiffe versenkt haben! Jede Tür hier ist für Sie verschlossen, es ist endgültig vorbei!« Mit seidenem Taschentuch wischte er sich das schweißüberströmte Gesicht. »Bitte laufen Sie so schnell wie möglich wieder aus, Sie bringen uns alle in Gefahr!«

»Sind Sie endlich fertig?« Steigers Stimme war noch immer leise und ruhig. »Sicherlich begreifen Sie besser als jeder andere, daß ich Proviant, Wasser und Kohle brauche. Ich kann deutlich sehen, daß Sie Ihr Nest hier in der Zwischenzeit aufgepolstert haben, aber für mich geht der Krieg weiter.« Plötzlich wurde seine Stimme härter. »Meine Leute sind bereits an Land. Bevor es hell wird, möchte ich alle Versorgungsgüter haben, die Sie auftreiben können. Meine Offiziere werden Ihnen eine Liste aushändigen: frisches Gemüse, Früchte, das bereits erwähnte Wasser und vor allem Kohle!« Ruhig sah er sich den steigenden Unwillen im Gesicht des Agenten an. »Ich nehme an, daß Ihre Kaffeedampfer noch immer mindestens einmal pro Monat hier einlaufen?«

»Was soll das?«

»Dann unterhalten Sie hier auch einen stattlichen Vorrat an Kohle für Ihre Schiffe, ebenso wie Leichter, um sie zu verladen.« Leise lächelnd fuhr er fort: »Ich will Ihren gesamten Kohlenvorrat, Fleijus!«

»Das ist die Höhe! Ich wurde von einem Kurier gewarnt, daß Sie möglicherweise hierherkommen. Aber ich konnte einfach nicht glauben, daß Sie so töricht sein würden. Und jetzt versuchen Sie auch noch, mich zu ruinieren!« Beschwörend hob er die ringgeschmückten Hände. »Ich habe endlich das Vertrauen der hiesigen Bevölkerung, sie betrachten mich als einen der Ihren.«

»Genug! Seit Jahren haben Sie auf Kosten Deutschlands Fett angesetzt, haben sich ohne das geringste Risiko hier breitgemacht und behaglich eingerichtet. Jetzt sind Sie dran mit dem Zurückzahlen.« Verächtlich schnitt er den Protest des Agenten ab. »Ich will nichts mehr hören. Außerdem lasse ich meine Verwundeten an Land bringen; Sie werden dafür sorgen, daß sie medizinisch betreut und so schnell wie möglich zur nächsten Stadt gebracht werden. All das werden Sie brav tun, Fleijus, egal was Sie sich für Ausflüchte zurechtlegen. Wenn Sie sich einbilden, mich vernichten zu können, indem Sie mich an Ihre mächtigen brasilianischen Freunde verraten, entweder jetzt oder später, wenn ich wieder auf See bin, dann schlagen Sie sich diese Idee sofort aus dem Kopf. Sehen Sie den Tatsachen ins Gesicht: Sie würden nur sich selbst schaden. Und jetzt fangen Sie endlich mit den Vorbereitungen an!«

»Sie verraten? Schließlich bin ich Deutscher!« Unbehaglich blinzelten die verschlagenen Augen.

»Gut, daß Sie sich daran erinnern. Aber ich verlasse mich nicht nur auf Ihren Patriotismus.« Verächtlich kräuselte Steiger die Lippen. »Wenn Sie versuchen sollten, mich zu verraten, werden die Brasilianer von uns gewisse Informationen über Ihre Tätigkeit hier erhalten.«

Fleijus bekam den Mund nicht mehr zu. »Sie würden mich doch nicht an den Feind ausliefern?«

»Für mein Schiff würde ich noch sehr viel mehr tun als das.« Er drehte sich um, als Riemenschlag durch das offene Bullauge drang. Die Verwundeten waren also auf dem Weg, tapfer, aber verängstigt. Wie die meisten Seeleute fürchteten sie sich davor, ihr Schiff zu verlassen und damit die Illusion von Sicherheit.

Fleijus erkannte seufzend seine Niederlage an. »Ich werde das Gewünschte besorgen, Kapitän, noch vor dem Hellwerden, wenn Sie unbedingt wollen.« Er suchte in seinen Taschen und reichte Steiger dann einige zusammengefaltete Papiere. »Der Kurier hat dies mitgebracht für den Fall, daß Sie kommen.« Ein vergnügtes Lächeln glitt über das fette Gesicht. »Nach dem, was der Kurier erzählte, sind Sie beim Oberkommando nicht allzu gut angeschrieben. Wohl zu eigenwillig, wie? Gegen eine Einmischung Ihrer Vorgesetzten?«

Steiger blätterte die Papiere durch. Es waren Mitteilungen über den örtlichen Schiffsverkehr, Bewegungen von Kriegsschiffen und so weiter. Also gab es immer noch einige gewissenhafte Agenten, dachte er. Schließlich öffnete er den letzten Brief und hatte plötzlich das Gefühl, als griffe eine eiskalte Hand nach seinem Herzen.

Fleijus kippte den letzten Whisky hinunter und blickte mit neu erwachtem Interesse auf. »Schlechte Nachrichten, Kapitän?«

Der Kommandant trat zum Bullauge und hob eine Ecke des schwarzen Verdunklungsvorhangs an. Also war auch Heinz tot. Gefallen, wie er vorausgesagt hatte, während er an der Spitze seiner Leute in die Drahtverhaue und Maschinengewehrgarben stürmte.

»Mein Schwager ist gefallen«, antwortete er knapp und schloß damit den anderen Mann aus, der feist in seinem Sessel saß.

»Kapitän, Sie sehen doch selbst, daß alles hoffnungslos geworden ist!« Beschwörend spreizte der Agent die Hände. »Deutschland hat den Krieg verloren! Auch wenn Sie weiterkämpfen wie bisher, was für einen Unterschied macht das noch? Die glorreichen Tage sind vorbei. Dem Adler wurden die Schwingen gestutzt, daß er nur noch zu Fuß gehen und Krümel aufpicken kann.«

Mit plötzlicher Wut drehte sich Steiger um und funkelte ihn an. »Was wissen Sie und Ihre stinkenden Artgenossen vom Krieg? Bessere Leute als Sie wurden wegen Feigheit erschossen oder starben schreiend im Schlamm von Flandern! Was soll ich Ihrer Meinung nach tun? Mich ergeben und mein Schiff versenken? Oder es vielleicht an Ihre Freunde verkaufen? Bringen Sie Ihr dickes Fell nicht in Gefahr durch derartige Vorschläge!«

»Tut mir leid, Kapitän. Ich habe nur versucht zu helfen.«

»Und helfen sollen Sie! Führen Sie meine Befehle aus, und zwar sofort! Meine Leute werden Sie ständig beobachten, schon für den Fall, daß Ihr Gedächtnis Sie im Stich lassen sollte. Meine Posten haben Ihr ganzes Grundstück umzingelt. Es liegt weit entfernt von jeder Stadt, und ich halte Sie für intelligent genug, um zu verstehen, was ich damit meine. Andererseits laufe ich sofort aus, wenn meine Vorräte aufgefüllt sind, und lasse Sie in Ruhe. Aber kümmern Sie sich darum, daß die Verwundeten gut versorgt werden. Sie haften uns mit Ihrem Leben für ihre Sicherheit!« Auf einmal war er müde. »Jetzt gehen Sie bitte, ich möchte nachdenken.«

Er nahm das Foto seines Sohnes zur Hand, als Fleijus die Kabine verlassen hatte, dann schenkte er sich ein weiteres Glas Whisky ein. Sie beide waren also nun die Letzten. Er versuchte, sich seinen Schwager vorzustellen, wie er ihn das letzte Mal bei Fredas Begräbnis gesehen hatte: einen einarmigen Mann, vorzeitig gealtert.

Krachend flog die Tür auf, ein Unteroffizier stürzte mit weit aufgerissenen Augen herein.

»Herr Kapitän! Bitte um Verzeihung... Aber etwas Schreckliches hat sich ereignet!«

»Sprechen Sie, Mann!«

»Einige Gefangene sind mit dem Dingi geflüchtet! Sie haben einen Wachposten überwältigt und sind in der Dunkelheit entkommen.« Über seine eigenen Worte erschrocken, starrte er den Kommandanten an.

»Wer sind die Geflüchteten?« Er glaubte, die Antwort bereits zu wissen.

»Der Kapitän des Kohlenfrachters, Mason, und sein Erster Offizier Cobb. Und dann der Gefangene Gelb.« Der Unteroffizier war blaß geworden, und dem Kommandanten wurde klar, daß er gleich noch Schlimmeres zu hören bekam. »Sie haben dem Posten das Gewehr entrissen und Oberleutnant Heuß überwältigt. Sie haben ihn besinnungslos geschlagen und als Geisel mitgeschleppt. Auch die Gefangene, die Frau, haben sie mitgenommen!«

Steiger durchquerte die Kajüte mit zwei Schritten, packte den Unteroffizier am Kragen und schüttelte ihn. »Was? Sind Sie sicher?«

»Jawohl, Herr Kapitän! Der Posten hat den ganzen Vorgang beobachtet. Sie schrie und kämpfte, aber die zerrten sie mit!«

»Rufen Sie die Wache und sorgen Sie dafür, daß sie sich klarmacht zum Ausschiffen. Und alle Offiziere sofort zu mir. Die Geflüchteten können nachts nicht weit kommen.«

Er ging auf und ab und hörte die Kommandorufe. Aber es waren nicht genug Leute an Bord, und dieser Gelb mußte das genau gewußt haben. Die Gedanken rasten ihm durch den Kopf, aber einer drängte sich hartnäckig in den Vordergrund: Caryl Brett hatte gegen die Entführer gekämpft, sie war genauso eine Geisel wie Heuß, also nicht an Gelbs Plan beteiligt.

Steiger verlor keine unnötigen Worte. »Sie haben gehört, was sich ereignet hat? Folgendes ist meine Absicht: Ich möchte bei Tagesanbruch jeden verfügbaren Mann an Land haben. Teilen Sie mehrere Züge ein und lassen Sie das gesamte Gebiet umstellen. Köhler, Sie gehen mit Ihren Leuten an das obere Ende der Schlucht, ich werde Ihnen vom Strand aus entgegenkommen. Ebert soll seine Leute auf die Westseite der Bucht führen und dort jede Höhle, jede Spalte und jede Ritze untersuchen. Wir *müssen* die Flüchtigen finden! Wenn wir ohne sie auslaufen, werden sie ein wahres Hornissennest auf uns hetzen. Wenn wir hier aufgehalten werden, kann uns eine Polizeipatrouille oder ein zufällig einlaufendes Schiff entdecken. Gelb hat die Oberhand, auch wenn er nur versteckt bleibt, und das weiß er. Er ist kein Dummkopf, sondern äußerst gefährlich.«

Köhler kniff die blassen Augen zusammen. »Wir werden sie erschießen wie räudige Hunde!«

»Dazu müssen wir sie aber erst mal haben! Dann werde ich mit ihnen abrechnen. Sie haben zwei Geiseln, die dürfen nicht verletzt werden!«

»Zwei, Herr Kapitän?« fragte Dehler stirnrunzelnd. »Sicherlich ist die Frau doch genauso gefährlich wie die anderen?«

»Nein, sie ist ebenfalls als Geisel genommen worden und darf nicht zu Schaden kommen.«

Dehler befeuchtete sich die Lippen. »Aber, Herr Kapitän, ist sie denn dieses Risiko wert?«

Der Kommandant lachte Dehler ins Gesicht. »Ich kann Ihre Gedanken lesen wie ein aufgeschlagenes Buch! Führen Sie meine Befehle aus, und zwar sofort! Versuchen Sie nicht, auf Heuß' und Frau Bretts Kosten den Schlaumeier zu spielen.«

Er entließ die beiden. »Jetzt müssen wir schleunigst die Kohle übernehmen. Morgen ist für uns alle eine Menge anderes zu tun.«

Als er hinaustrat auf das dunkle Deck, spürte er den Schmerz um Caryl noch stärker. Die Tür des Krankenreviers stand offen, der Raum war leer. Sie hatte nicht mitgehen wollen. Was sie auch für später beabsichtigte, auf diese Weise hatte sie ihn nicht verlassen wollen.

Er sah, daß der erste Kohlenprahm längsseit geholt wurde, und stützte sich auf die Reling. Irgendwo dort draußen, aber innerhalb des Rings von Wachposten, warteten die drei geflüchteten Gefangenen und ihre Geiseln in einem Versteck. Das Land war wild, zerklüftet und zu gefährlich, um es bei Nacht durchsuchen zu lassen. Er zündete sich eine Zigarre an und frage sich, ob sie wohl von dort oben aus den Felsen das Aufleuchten seines Streichholzes sehen konnte. Heuß ist vielleicht schon tot, dachte er, aber wenn sie der jungen Frau ein Leid zugefügt haben, dann sollen sie mich kennenlernen!

Hätte Gelb in diesem Augenblick sein entschlossenes Gesicht sehen können, wären ihm vielleicht doch Zweifel gekommen.

15

Heuß lehnte sich an die scharfkantigen Felsblöcke und spürte deren Wärme durch die zerknitterte Uniformjacke. Sein Kopf schmerzte fürchterlich, und wenn er die Gesichtsmuskeln zu bewegen versuchte, spürte er das Kratzen des verkrusteten Blutes an seiner Wange. Seine Hände waren auf den Rücken gefesselt, und ihm war klar, daß jeder Befreiungsversuch nutzlos war. Der britische Offizier Cobb hatte die dünne Leine mit Behagen so fest geschnürt, daß seine Hände bereits taub waren und die Schultern unerträglich schmerzten. Vorsichtig bewegte er den Kopf und sah hoch oben im blauen Himmel die weißen Möwen kreisen. Er hörte Gelb sich mit Mason unterhalten und sah Cobbs Fuß, der hinter einem Felsblock hervorragte, von wo aus er die Schlucht beobachtete. Heuß fragte sich, wie es der jungen Frau ging.

Alles war so schnell passiert, daß er es immer noch nicht recht begriff. Er war ins Lazarett hinabgestiegen, um sich bei Caryl Brett für sein rüdes Benehmen zu entschuldigen. Sie hatte ihn zurückhaltend begrüßt. Er wollte ihr so vieles sagen, ihr von seinem sehnsüchtigen Verlangen erzählen, kam aber nicht mehr dazu. Gelb und seine beiden Genossen waren ins Lazarett gestürmt, ein völlig veränderter Gelb, der seine Macht genoß und zur Schau stellte. Er hatte die junge Frau aufgefordert mitzukommen. Als sie sich weigerte, hatte er ihr den Arm auf den Rücken gedreht und sie zur Tür geschoben. Zu spät hatte Heuß den Gewehrkolben gesehen, den der britische Offizier mit haßerfülltem Gesicht schwang. Im nächsten Augenblick spürte er einen scharfen Schmerz und wurde bewußtlos.

Gelb mußte seinen Anschlag genau geplant haben. Niemals schien er etwas impulsiv zu tun, immer war alles bei ihm sorgfältig vorausberechnet. Vielleicht war das die Art der Geschäftsleute, dachte Heuß. Er biß sich auf die Lippen, als er merkte, daß seine Gedanken abirrten. Das war bestimmt eine Folge des fürchterlichen Schlages, den er erhalten hatte. Er fragte sich, was der Kommandant jetzt wohl unternahm. Es sähe ihm ähnlich, mit der gesamten schweren Schiffsartillerie das Feuer zu eröffnen, dachte er, die ganze Felswand in die Luft zu jagen und damit auch ihn.

Auf der anderen Seite des Felsblocks rollte sich Gelb auf den Bauch und starrte hinunter zu den winzigen weißen Gestalten, die sich langsam am Grund der Schlucht bewegten. Die See war von hier aus nicht zu sehen, und die Luft war erfüllt vom Geschrei der wütenden Möwen.

Gelb wandte sich wieder Mason zu. Der Kapitän war ein typischer Vertreter seines Berufs, dachte Gelb, jetzt versuchte er schon wieder, das Kommando zu übernehmen.

»Wir können hier bleiben«, sagte Mason langsam, »und warten, bis sie uns wieder einfangen. Oder wir können versuchen, weiter ins Hinterland vorzudringen. Wenn wir jedoch hier oben entdeckt werden, können wir eine ganze Armee aufhalten. Aber was wäre der Sinn der Sache? Im Augenblick sind wir frei, nur das zählt.«

Mit plötzlicher Wut starrte Gelb ihn an. »Und was ist mit Ihrem Schiff? Ich dachte, Sie wollten wieder an Bord?«

»Um Gottes willen! Ich bin am Leben und frei, das genügt mir. Die verdammte Royal Navy kann mit den Deutschen abrechnen.«

»Aber angenommen, es gelingt Steiger, nach Deutschland zurückzukehren? Haben Sie auch an diese Möglichkeit gedacht?«

Unter Gelbs scharfem Blick ruschte Mason unbehaglich hin und her. »Man kann von uns nicht erwarten, daß wir allein ihn aufhalten!«

»Er wird nach Deutschland zurückkehren und seinem Land gewaltigen Auftrieb bringen. Gerade jetzt, da sie mit dem Rücken zur Wand kämpfen. Eine zündende Tapferkeit wie seine könnte alles verändern, und wer weiß, was dann geschieht. Versuchen Sie doch, sich in Steigers Lage zu versetzen.«

Unsicher antwortete Mason: »Wie könnte ich das? Ich wüßte trotzdem nicht, was wir tun sollen.«

Gelb lächelte selbstgefällig. »Sie müssen sich immer in die Lage Ihres Gegners versetzen, mein Freund, ob im Geschäftsleben oder im Krieg.«

Cobb zischte hinter seinem Felsblock hervor: »Diese Blödmänner laufen genau an uns vorbei! Sehen Sie bloß, wie Hunde auf einer falschen Spur.«

Gelb summte leise vor sich hin und weidete sich an Masons Unbehagen. »Na, was habe ich Ihnen gesagt? Hier oben werden sie uns bestimmt nicht suchen! Sie erwarten, daß wir ans andere Ende der Bucht oder auf diese Plantage fliehen.«

Die weißgekleideten Gestalten verschwanden in der grünen Wildnis.

Selbstsicher fuhr Gelb fort: »Verstehen Sie denn nicht, Menschenskind? Ich habe Freunde hier in Brasilien, die sich ein Vergnügen daraus machen werden, ihre Verbindungen zur Regierung spielen zu lassen. Bestimmt sind wir früher zu Hause und berühmter als Steiger. Ein gefangener deutscher Offizier, ein dank unserer Information vernichteter Hilfskreuzer – was wollen wir noch mehr?«

»Für *Sie* mag das ja alles zutreffen.« Säuerlich starrte Mason zu den kreisenden Möwen auf. »Aber mich wird man wieder auf See schicken. Das ist der Dank, den ich ernte.« Er lächelte müde. »Auf alle Fälle ist es mit dem Mädchen nicht so gelaufen, wie Sie wollten, stimmt's? Es sieht so aus, als sei sie bereits von den Jerries* begeistert!« Er lachte über Gelbs Gesicht, auf dem sich Haß und Wut mischten. »Nehmen Sie's nicht so schwer, Kumpel! Schließlich ist sie nur eine Frau! Man weiß nie, wie man mit denen dran ist. Ich war zweimal verheiratet, sollte es also wissen.«

Caryl Brett saß unter dem überhängenden Fels, genau wie Heuß die Arme auf den Rücken gefesselt, wenn auch nicht so straff. Ihr Rock war zerrissen und voll nassem Sand, ihre Bluse spannte sich über der vollen Brust. Überrascht, aber furchtlos blickte sie zu Gelb auf.

Mein Gott, bist du schön, kleine Hure, dachte er, kniete vor ihr nieder und ließ seine hungrigen Blicke über ihren Körper schweifen. Sie bildet sich ein, sie sei zu gut für mich, wie alle ihrer Klasse. In ihren Augen bin ich nichts als ein hochgekommener Cockney**, einer, dem man nicht trauen kann, zu dem man nur nett sein muß, weil er ein Mitgefangener ist.

Unwillkürlich streckte er die Hand aus und legte sie schwer auf ihre Hüfte. Er sah, wie sich die Überraschung in ihrem Blick in Zurückweisung verwandelte, fühlte, wie ihr Bein sich unter dem zerrissenen Rock abwehrend straffte.

»Es braucht nicht so zu sein, meine Liebe.« Nur mit äußerster Anstrengung gelang es ihm, seine Stimme unter Kontrolle zu halten. Ihre Hilflosigkeit und plötzliche Angst steigerten noch sein Verlangen. »Hören Sie auf, sich so zu benehmen, dann helfe ich Ihnen vielleicht.«

Sie hob den Kopf und starrte ihn an, als sähe sie ihn zum ersten

* die Deutschen (abgeleitet von »Germans«)

** Londoner

Mal. »Dies ist Ihr großer Augenblick. Sie haben das alles geplant, verderben Sie es jetzt nicht dadurch, daß Sie auch noch den Hengst spielen wollen.«

Er näherte sich ihr immer mehr, so daß sie die Schweißperlen auf seinem dicken Hals sehen konnte. Der Druck auf ihre Hüfte blieb unverändert. Plötzlich verspürte sie den Drang, ihn zu verletzen, so wie sie selbst verletzt worden war, diese Eitelkeit und Arroganz zu brechen, die Gelb in einen brutalen Sadisten verwandelt hatte.

»Sie sollten sich einmal selbst sehen!« Caryls Mund wurde trocken beim Anblick von Gelbs Gesicht, das jetzt dunkelrot anlief. »Eine schmutzige, gierige Bestie! Wann hören Sie endlich auf, sich was vorzumachen? Sie bilden sich ein, weil ich Ihnen nicht zu Füßen falle, hätte ich mein Land verraten! Wenn Sie glauben, daß ich mich Ihnen hingebe, sind Sie völlig verrückt! Schon Ihre Nähe widert mich an!«

»Halt den Mund!« Drohend hob Gelb die Hand. »Und rede nicht so von oben herab mit mir! Diese Tage sind endgültig vorbei!«

»*Von oben herab* – ha! Bevor ich Arthur heiratete, war ich eine Stenotypistin. Hören Sie doch auf, sich was vorzumachen. Sie denken nur, daß ich arrogant bin, weil Sie genau wissen: Sie sind ein Nichts trotz Ihres Geldes, Ihrer Verbindungen, Ihrer eingebildeten Allwissenheit!«

Ihr Kopf schnellte zurück, als er sie mit aller Kraft auf die Wange schlug. Sie schloß die Augen und wartete auf den nächsten Schlag. Stattdessen strich seine Hand über die Linie ihres Nackens und die sanfte Kurve ihrer Schulter. Sie spürte, wie er zitterte, als sie bis zu ihrer Taille hinabglitt und sich mit der anderen auf ihrer Hüfte vereinigte. Dann jedoch packte er in einem Wutanfall ihre Arme und schüttelte sie, daß ihre Handgelenke gegen den rauhen Fels scheuerten.

»Du falsche Nutte! Ich könnte dich jetzt nehmen, wenn ich wollte, gleich hier an Ort und Stelle! Aber ich habe andere Dinge mit dir vor. Wenn ich in England erzähle, daß du eine Kollaborateurin bist, wird es dir für den Rest deines Lebens leid tun!«

Sie versuchte, seiner Wut standzuhalten, aber als sie ihn trotzig ansah, schlug er sie wieder ins Gesicht, und noch einmal und noch einmal, bis sie glaubte, er wolle sie umbringen.

Masons heisere Stimme unterbrach ihn. »Kommen Sie endlich her, Mensch! Da tauchen noch mehr Deutsche auf!«

Gelb starrte ein letztes Mal die bewegungslose Gestalt zu seinen Füßen an und fuhr sich mit den Fingern durch das schüttere Haar.

Keuchend lag Caryl auf der Seite, das Gesicht im Staub, das Haar zerzaust. Durch die zerrissene Bluse sah er ihre zarte Haut und die heftige Bewegung ihrer Brüste. Plötzlich war er Mason für die Unterbrechung dankbar, denn ihm ging auf, daß er sie im nächsten Augenblick getötet hätte.

Er wischte sich den Schweiß aus den Augen und spähte hinunter über die Felsen, wo eine lange Reihe müder Seeleute die Hänge der steilen Schlucht erkletterte und jetzt wartend stehenblieb, um zu den hohen Felsen hinaufzustarren.

Eine Gestalt löste sich von den übrigen und begann, rasch und sicher den Hang zu ersteigen. Es war ein Offizier, und an seinen raschen Schritten erkannte Gelb Oberleutnant Köhler. In einem kleinen Felsbecken blieb er stehen, seine Uniform leuchtete weiß vor dem schiefergrauen Gestein. Ohne bestimmte Blickrichtung starrte er hinauf zu der schweigenden Klippe.

»Hören Sie mir zu!« Seine scharfe Stimme hallte von den steinernen Wällen wider. »Hören Sie mir zu, wo Sie auch sind! Wir wissen, daß Sie irgendwo dort oben stecken, und bieten Ihnen eine Chance, sich zu ergeben!« Sein akzentuiertes Englisch unterstrich die Drohung in seinen Worten. »Wir lassen Ihnen fünf Minuten Bedenkzeit! Danach wird es ernst!« Er ging zurück zu seinen Leuten, die Schultern so verkrampft, als erwarte er, von hinten angeschossen zu werden.

»Alles Bluff«, sagte Gelb höhnisch. »Er weiß nicht, wo wir sind, sonst...« Seine Stimme verstummte, als Mason auf eine andere Gruppe zeigte, die hinter den Seeleuten stand. Selbst auf diese Entfernung hin waren ihre dunkelblauen Uniformen mit den verblichenen Goldstreifen deutlich zu erkennen. »Um Gottes willen, die haben die übrigen Gefangenen geholt!« Mason richtete sich halb auf, das Gesicht bleich vor Wut und Angst.

»Setzen Sie sich wieder hin!« befahl Gelb. »Die können nicht das geringste unternehmen.«

Köhlers energische Stimme erscholl erneut. »Ihre Bedenkzeit ist abgelaufen! Wir erschießen einen Ihrer Mitgefangenen für jede Minute, die Sie uns warten lassen!«

Als Mason mit verzerrtem Gesicht aufsprang, fiel ein einzelner Schuß; ein Gefangener sank vornüber aufs Gesicht, während eine kleine Rauchwolke über ihm schwebte.

Verzweifelt sprang Mason auf. »Halt!« schrie er. »Erschießen Sie keinen mehr! Die hatten nichts damit zu tun!«

Sofort starrten alle Gesichter zu ihrem Versteck herauf; hier und da hob sich ein Gewehr, und ein paar Leute zeigten auf sie.

Gelb packte Mason am Bein. »Runter, Mason! Wir haben auch Geiseln!«

»Seien Sie kein Idiot, Gelb! Die erschießen jeden Gefangenen bis auf den letzten Mann! Und wenn wir ihren Offizier umbringen, was dann? Was wird dann aus uns?« Voll Haß starrte er Gelb an. »Sie wollten eben gar zu schlau sein! Wir hätten weitergehen sollen, wie ich sagte!« Wieder sprang er auf, als ein weiterer Schuß fiel, dann rannte er wie gehetzt den Hang hinunter.

Cobb warf sein Gewehr weg und stand entschlossen auf. »Ich gehe auch! Ich habe keine Lust, mit anzusehen, wie meine Kameraden umgebracht werden.«

Verblüfft starrte Gelb ihm nach.

Die Seeleute kamen jetzt den Hang herauf, die Blicke wachsam und suchend, die Gewehre im Anschlag.

Unten schritten Mason und sein Erster Offizier zusammen durch die vorrückenden Männer. Ihre Reihe öffnete sich, um sie durchzulassen, und der britische Kapitän ging geradewegs auf den ihm wohlbekannten Offizier mit dem kurzen Bart zu. Steiger stand am unteren Ende der Schlucht und hielt eine Pistole in der herabhängenden Hand. Mason war ein harter Mann und erwartete keine Gnade, aber sein Zorn fegte jegliche Vorsicht beiseite. Erst vor den erhobenen Gewehren zweier Seeleute blieb er stehen und blickte hinunter auf die im Staub liegenden leblosen Gestalten.

Steiger nickte. »Dacht' ich mir's doch, daß Sie soviel Anstand besitzen würden, herunterzukommen, Kapitän.« Aus dem Augenwinkel beobachtete er, wie Gelb oben von den Seeleuten überwältigt wurde. Dann geleiteten sie zwei weitere Gestalten vorsichtig abwärts. Erleichtert spürte er, wie die Angst in seinem Inneren nachließ. Schließlich lächelte er sogar, als er den beiden zu seinen Füßen Hingestreckten zurief: »Alles in Ordnung, Röder und Schaffer! Ihr könnt wieder aufstehen!«

Die beiden »Leichen« erhoben sich und grinsten befangen in ihren fremden Uniformen. Steiger drehte den beiden überlisteten Engländern den Rücken zu und ignorierte deren Verblüffung. »Bringt sie zurück an Bord! Und sorgt dafür, daß dort nicht jemand an ihnen Rache nimmt.«

Mason starrte seinen Ersten an und knurrte: »Menschenskind, was sagen Sie dazu?« Er schlug ihm auf die Schulter, und zusammen schritten sie durch die Schlucht hinunter zum Strand. »Aber wenigstens haben wir für Abwechslung gesorgt!«

Oberleutnant Ebert kam, dicht gefolgt von Bootsmaat Weiß, atemlos durch den heißen Sand gelaufen und grüßte mit schweißüberströmtem Gesicht. »Herr Kapitän, ich muß Ihnen melden, daß zwei Mann aus der Postenkette desertiert sind!«

Köhler stampfte wütend mit dem Fuß auf. »Wer sind die Schweine?«

»Matrose Pieck und Matrose Adler, Herr Kapitän.«

Stirnrunzelnd fragte Steiger: »Warum sollten sie desertieren? Dieser Pieck war doch immer ein braver Junge.« Ohne das überraschte und schockierte Gesicht Köhlers wahrzunehmen, fuhr er fort: »Wir können uns jetzt nicht um sie kümmern. Der Rest der Besatzung muß schleunigst wieder an Bord und für die Extraanstrengung eine Belohnung erhalten. Sagen Sie den Köchen, sie sollen ein Sonntagsessen vorbereiten.«

Überrascht sah Ebert ihn an. Die Meldung hatte beim Kommandanten nicht den erwarteten Wutausbruch ausgelöst, im Gegenteil, er sprach von Belohnung. Das war ja fast, als wolle er einen privaten Erfolg feiern und die Besatzung daran teilhaben lassen. Ungläubig hörte er ihn fortfahren: »Rindfleisch und grüne Bohnen, dazu die doppelte Ration Wurst und Brot. Verteilen Sie auch etwas von dem Wein und dem Tabak, den Fleijus an Bord gebracht hat.« Danach ließ er Ebert und Köhler stehen und ging Heuß und der jungen Frau entgegen.

»Freut mich, daß Sie unverletzt sind, Heuß! Es hätte schlimmer ausgehen können.«

Heuß suchte nach einer Antwort, doch als er aufsah, stellte er fest, daß der Kommandant bereits mit Caryl Brett sprach. Er schien die neugierigen Blicke seiner Offiziere und das Grinsen der erschöpften Männer ringsum überhaupt nicht wahrzunehmen. Eine ganze Weile wirkten Steiger und die junge Frau völlig isoliert von allem, was um sie her geschah.

An Bord war alles ruhig bis auf das schwache Summen eines Generators und das Schwirren der Ventilatoren. Die Aufbauten waren zu heiß zum Anfassen, das Pech in den Decksnähten wurde weich und bildete Blasen unter der sengenden Sonne.

In der Messe waren sämtliche Türen und Bullaugen weit geöffnet, das Innere lag in tiefem Schatten, was den Eindruck von Kühle vermitteln sollte. An der weißen Decke tanzte das vom Wasser reflektierte Sonnenlicht, und durch die geschlossene Pantrytür hörte man das Klappern von Geschirr, als die Stewards das Abendbrot vorbereiteten.

Heuß streckte die Beine weit von sich. Trotz des Whiskys, oder vielleicht gerade deswegen, waren seine Kopfschmerzen eher schlimmer geworden; müde schloß er die Augen. Er merkte, daß sein Rücken und seine Schultern an der Sessellehne klebten, und dachte wieder an das entsetzliche Warten oben auf dem Felsplateau. Noch immer spürte er den Schmerz der dünnen, aber festen Angelschnur um seine Handgelenke und erinnerte sich an seinen Schreck, als er Caryl Brett mit dem Gesicht im Staub liegen sah. Jetzt bin ich dem Kommandanten noch mehr zu Dank verpflichtet, dachte er bitter. Er hatte beim Fluchtversuch der Gefangenen eine erbärmliche, ja geradezu lächerliche Figur gemacht. Noch immer glaubte er, das Gelächter der Seeleute zu hören, die den steilen Abhang heraufgestolpert kamen und sich über die gelungene List des Kommandanten freuten. Es war, als bezögen sie ihn in ihren Spott mit ein.

Er öffnete die Augen und starrte hinauf an die flimmernde Decke. Plötzlich haßte er die See und alles, was er künftig von ihr zu erwarten hatte. Da merkte er, daß Ebert ihn besorgt beobachtete.

»Fühlst du dich nicht wohl, Emil?«

Mit einem dünnen Lächeln antwortete Heuß: »Es geht schon wieder.«

Ebert legte sein zerlesenes Buch hin und gähnte. »Das kommt einem alles so unwirklich vor, stimmt's? Sonnenschein, gutes Essen und nichts zu tun ... Ich bin froh, wenn wir erst wieder auf See sind.«

Heuß stöhnte. »Ein vergessenes Schiff! Ich muß verrückt gewesen sein, mich freiwillig zu melden!«

»Dein Gerede macht mich ganz krank!« Ärgerlich ballte Ebert die Fäuste. »Du hast alles Glück, das man nur haben kann, und trotzdem nörgelst du ständig herum!« Mit einer Handbewegung wies er Heuß' Proteste zurück. »Nein! Hör mir zu: Der Kommandant hat dir wirklich jede Chance gegeben, er will dir sogar das Kommando übertragen, wenn er fallen oder schwer verwundet werden sollte. Er weiß, daß du ihn nicht magst, aber er beweist dir, daß er über persönliche Gefühle erhaben ist. Wenn er wäre wie andere Kommandanten, unter denen ich gedient habe, wärst du längst vorm Kriegsgericht gelandet!«

Dehler betrat die Messe und starrte die beiden fragend an.

Heuß mied seinen Blick, aber Ebert fragte: »Neue Befehle?«

»Ja. Wir laufen morgen früh bei Hellwerden aus. Der Kommandant hält das Risiko in der Dunkelheit für zu groß. Es gibt beim Auslaufen keine Landmarken, nach denen man sich richten könnte wie beim Einlaufen.«

Ebert stöhnte spöttisch: »Also lebt wohl, Erdgeruch und Vogelgesang!«

Dehler schien es nicht zu hören. »Ein Kutter wird uns hinauslotsen und unterwegs ständig loten. Bevor der Tag richtig anbricht, sollten wir wieder auf hoher See sein.« Er ließ sich in einen Sessel fallen. »Mein Gott, bin ich müde! Ich glaube, ich bin im letzten Monat um mindestens zehn Jahre gealtert. Wenn ich heil nach Hause komme, setze ich nie wieder den Fuß auf eine Decksplanke.«

»Wie geht's der jungen Frau?« Ebert wollte das Thema wechseln, um von Dehlers Verzagtheit abzulenken.

Dieser hob die Schultern: »Lacht uns alle aus, denke ich. Allmählich bekommt sie einen Logenplatz in diesem Schauspiel.«

Mühsam stand Heuß auf. »Nun, ich hoffe, daß ihr gefällt, was sie sieht. Ich füchte, *mir* gefällt es nicht!«

Nordwestlich von Corota war die felsige Küste in ziemlich gleichmäßigen Abständen von tiefen Einschnitten unterbrochen, als habe eine Riesenaxt sie zerhackt, um an das saftige Grün im Innern zu gelangen.

Die Sonne brannte erbarmungslos auf die beiden winzigen Gestalten herab, die langsam am Rand einer hohen Klippe entlangwanderten, drückte sie nieder auf den glühenden Fels und ließ die umgebende Landschaft vor Hitze flimmern.

Pieck machte eine Pause und starrte benommen hinunter in die nächste Spalte. Eine innere Stimme riet ihm, der Küstenlinie zu folgen, doch versperrten ihm diese tiefen Einschnitte immer wieder den Weg. Er stützte sich auf sein Gewehr und wartete darauf, daß Adlers Schatten sich wieder mit dem seinen vereinigte. Wenn er doch nur etwas sagen, nach Piecks Absichten fragen würde! Aber Adler schien zufrieden in seiner eigenen schweigenden Welt dahinzuschlurfen, den Blick der toten Augen nach innen gekehrt.

Pieck wischte sich die Lippen und schmeckte Salz. Blinzelnd beobachtete er das glatte Webmuster des dunkelblauen Wassers, das sich glitzernd bis zum fernen Horizont erstreckte und nur am Fuß der Klippe in ein helleres Grün überging. Es war völlig klar und durchsichtig, so daß es wie ein ungeheures Vergrößerungsglas über dem hellen Sand schwebte.

Er entkorkte die Wasserflasche und hob sie an die Lippen. Adler seufzte tief und setzte sich so abrupt auf einen Stein, als sei ein unsichtbarer Faden zwischen ihm und Pieck gerissen. »Hier, nimm einen Schluck!« Pieck hielt ihm die Flasche hin und spürte, wie ihm allmählich die Tränen der Verzweiflung in die Augen stiegen.

»Wir *mußten* abhauen!« sagte er wieder. »Sie hätten dich sonst erschossen.« Er versuchte, Adler in das leere Gesicht zu lächeln. »Wir werden es schon irgendwie schaffen.«

Er zog Adler wieder hoch, und sie setzten ihren Weg fort. Wie weit waren sie bereits gekommen, seit sie ihren Posten auf der Klippe verlassen und sich von dem verdunkelten Schiff und damit von der See abgewandt hatten? Als es Morgen wurde, befanden sie sich bestimmt schon mehrere Meilen landeinwärts, aber Hitze und Erschöpfung machten eine genauere Berechnung unmöglich. Wenn es dunkel und kühler wurde, wollte Pieck in Ruhe überlegen, wie es weitergehen sollte.

Adler heftete den Blick auf die schmalen Schultern des Jungen vor ihm und auf den großen Schweißfleck auf seiner weißen Uniform. Der harte, steinige Grund unter seinen dünnen Stiefelsohlen schmerzte bei jedem Schritt. Im Gehen trieb er ein kleines Spiel. Er versuchte, nicht mit seinem Kameraden im Gleichschritt zu gehen, setzte die Füße vorsichtig auf und konzentrierte sich auf Piecks Gangart, um den ungleichen Schritt beizubehalten. Links, rechts, links, rechts. Er lächelte still vor sich hin, als er einmal zu einem Schrittwechsel gezwungen war, und fragte sich, wo sie hingingen und wann sie die anderen treffen würden. Ohne Schiller und Hahn war es sehr ruhig. Er versuchte sich auszumalen, was geschehen würde, gab es aber bald resigniert auf. Schließlich, wenn Willi ihm etwas zeigen wollte, mußte er ihm folgen. Links, rechts, links, rechts. Plötzlich blieb er erschrocken stehen. Er befand sich wieder oberhalb einer Spalte, und als er sich vorsichtig weitertastete, lösten seine Stiefel eine Lawine von Geröll aus. Tief unter sich sah er das Wasser, das sich mit lautlosen Wellen an schwarzen Felsen brach. Unbehaglich trat er von einem Fuß auf den anderen und blickte sich suchend um. Aber er war ganz allein, von Willi war nicht die geringste Spur zu entdecken. Nach einigen Minuten zog verdrießliche Beunruhigung über sein leeres Gesicht.

Da hörte er es... Eine Stimme schrie schmerzerfüllt, und er fragte sich, ob er das Schreien vielleicht schon die ganze Zeit gehört hatte. Aber zwischen der Außenwelt und seinen wirren Gedanken bestand oft eine solche Kluft, daß ihn nichts beunruhigte.

Vor Konzentration biß er sich auf die Lippen und machte einen weiteren Schritt nach vorn. Dann hielt er inne und starrte ungläubig über den Rand der Klippe. Auf einem schmalen Sims knapp sieben Meter unter sich sah er Willis weiße Uniform und seine entsetzten Augen.

Pieck versuchte sich zu bewegen, aber der Schmerz in seinen Rippen ließ ihn winseln. Er begann, unkontrolliert zu schluchzen, während er wie blind hinaufstarrte zu Adlers durch die flimmernde Hitze verzerrter Gestalt. Unter der Einwirkung der glühenden Sonne auf seinem ungeschützten Genick war er wie benommen über den Rand der Klippe hinausgestolpert. Mit einem entsetzlichen Krach war er unten auf dem Sims aufgeschlagen, so daß seine Rippen knackten wie zerbrechende Zweige und tausend Sterne vor seinen Augen zu explodieren schienen; dann hatte er auf den Tod gewartet.

Statt dessen herrschte wieder Schweigen, und als Sand über sein Gesicht rieselte, merkte er, daß Adler sich vorsichtig über den Rand der Klippe herunterließ, um ihn zu erreichen. Er merkte aber auch, daß es ihn nicht länger interessierte. Wieder einmal hatte er alles falsch gemacht, und jetzt war er ebenso hilflos wie Adler.

Der bewegte sich mit überraschender Gewandtheit und ohne im geringsten auf die Höhe über dem Meer zu achten. Er murmelte vor sich hin, während er Piecks Handgelenke zusammenband und ihn sich dann auf die gebeugten Schultern lud. Er trug den Jungen wie einen Sack nach oben, sich Schritt für Schritt den Weg ertastend. Bei jeder Bewegung stöhnte seine Last schmerzlich, aber Adlers konzentrierter Ausdruck veränderte sich nicht.

Als endlich ihre beiden Köpfe über den Rand ragten, sah Pieck Adlers Beutel, der das Fernglas und Zwieback enthielt, sorgfältig auf einen flachen Stein abgestellt, während Adlers Mütze darauf thronte. Sein schmerzender Körper schüttelte sich in irrsinnigem Gelächter, aber Adler schürzte ernst die Lippen und ließ ihn vorsichtig zu Boden gleiten. Er riß ihm das Jackett auf und tastete den keuchenden Körper ab, wobei sein Blick stumpf auf der zerkratzten Haut und den scheußlichen roten Abschürfungen ruhte. Unter seinen Fingern spürte er die ungleichmäßig abstehenden Rippen und merkte, daß Pieck vor Schmerz den Atem anhielt, wenn er diese Stellen berührte.

Er lächelte zu ihm hinunter und ging zu seinem Päckchen. Dort holte er das lange Teleskop heraus und begann, die glitzernde Küstenlinie sorgfältig abzusuchen.

Adler summte leise vor sich hin, während er das lange Messingrohr weiterschwenkte und entdeckte, daß die fernen Klippen und Strände ganz nahe heranrückten. Sie waren natürlich leer. Trotz der Hitze hatten sie ein gutes Stück zurückgelegt. Adler runzelte enttäuscht die Stirn. Nicht einmal ein kleines Fischerboot, kein einziger Vogel. Adler spürte, daß er zu zittern begann.

Pieck ließ den Kopf auf den harten Steinboden sinken und wartete darauf, daß Adler mit der Suche aufhörte. Er dachte an seine Eltern und fragte sich, wie sie wohl die Nachricht von seinem Tod aufnehmen würden.

Auf einmal hörte er Adler erregt stammeln, und als er mühsam zu ihm hinüberblickte, sah er, daß dieser mit dem Teleskop zum Horizont zeigte. Das Herz wurde ihm schwer. Er hatte offenbar die *Vulkan* gesehen; wahrscheinlich war sie ausgelaufen und schon auf hoher See.

Verzweifelt rief er: »He, Adler! Laß mich auch mal sehen!«

Adler hob seinen Kopf und hielt ihm gehorsam das Teleskop vor die Augen. Eine ganze Weile suchte Pieck die leere See ab und dachte, sein Kamerad habe phantasiert. Vor Schmerz aufstöhnend lehnte er sich gegen Adlers Schultern. Da entdeckte er, was dieser gesehen hatte. Zuerst glaubte er, es sei nur Dunst am Horizont, dann aber stellte er fest, daß die harten klaren Umrisse sich nicht veränderten, sondern unbeweglich blieben.

Auf dem Schulschiff hatte er die Abbildungen solcher Fahrzeuge gesehen. Der kurze Dreibeinmast und die hellen grauen Schornsteine – da war kein Irrtum möglich.

Er ließ das Teleskop sinken und starrte in Adlers unergründliche, ausdruckslose Augen. »Ein britischer Kreuzer!«

Adler nickte.

Oberleutnant Köhler marschierte zielbewußt den verlassenen Strand entlang, seine Stiefel quietschten laut in der Dunkelheit. In respektvoller Entfernung und vor Anstrengung keuchend folgte ihm Bootsmaat Ehmke.

Plötzlich blieb Köhler stehen und starrte in die schwarzen Schatten. Als Offizier der Wache nahm er seine Aufgaben besonders ernst und hatte bereits zwei Posten bestraft, die eingenickt waren. Wieder trommelte er auf seiner Pistolentasche herum, während er angeekelt dem Keuchen des feisten Bootsmaats lauschte. Dann wandte er sich nach rechts und erklomm rasch einen schmalen Ziegenpfad, der zu einer der beiden hohen Felsnadeln hinaufführte. Er beschleunigte seinen Schritt und amüsierte sich über Ehmkes schmerzliches Grunzen.

»Halt! Wer da?« Die Stimme des Postens durchschnitt die stille Luft.

Ehmke schaffte es zu erwidern: »Wachhabender Offizier!« Köhler schritt auf die beiden Männer zu, die ihn mit schußbereiten Gewehren erwarteten.

Der größere von beiden medlete: »Matrose Schoningen, Herr Oberleutnant! Alles ruhig!« Sie standen stramm, während der Offizier ihren Postenbereich inspizierte, der sich vom Ziegenpfad bis hinunter zum Strand und über einen fast zugewachsenen Pfad bis zum jenseitigen Ende der Bucht erstreckte. Er schnüffelte, konnte aber keinen Zigarettenrauch riechen. Schade, dachte er verärgert. Es war schon schlimm, daß Pieck und dieser andere undankbare Idiot, Adler, desertiert waren, ohne daß die Posten etwas gemerkt hatten. Offenbar nutzten sie die Milde des Kommandanten weidlich aus.

Schoningen lächelte still in sich hinein, während er dem verdrießlichen Offizier zusah. Er und sein Kamerad hatten Köhler schon lange gehört, bevor er in den Ziegenpfad einstieg, und genügend Zeit gehabt, ihre Zigaretten auszumachen.

Inzwischen musterte Köhler Blüchers Gewehr und reichte es diesem gleich wieder zurück. »Schmutzig!« brüllte er. »Melden Sie sich bei mir in voller Marschausrüstung, sobald Ihre Wache vorbei ist!« Boshaft lächelnd wandte er sich an Schoningen. »Ihr Gewehr!« Eine Ader auf seiner Stirn begann zu pochen, als der Seemann an ihm vorbeiblickte. »Haben Sie nicht verstanden?«

Ruhig erwiderte Schoningen: »Ich habe dort drüben etwas gehört, Herr Oberleutnant. Auf dem Pfad, der von den Klippen herüberführt.«

Mißtrauisch starrte Köhler in das im Schatten liegende Gesicht des Matrosen. »Wenn Sie das nur sagen, um meine Aufmerksamkeit...« Dann jedoch drehte er sich um und lauschte ebenfalls ins Dunkel. Vielleicht war es ein Plantagenarbeiter, dachte er. »Ist hier jemand entlanggegangen, während Sie auf Wache waren?«

»Nein, niemand, Herr Oberleutnant!«

Wieder hörte Köhler das Geräusch. Wahrscheinlich ein Seemann vom Schiff, dachte er. Ist wohl durch die Postenkette geschlüpft, um auf dem Grundstück irgend etwas zu stehlen. Die beiden Posten hier waren möglicherweise seine Komplizen. Er freute sich schon auf sein verdutztes Gesicht, wenn der Mann ankam und einen Offizier vorfand.

Jetzt hörten sie alle die schleppenden Schritte. Es klang, als ob der Mann eine beträchtliche Last trug.

Schoningen hob das Gewehr, den Daumen am Sicherungshebel. Durch das trockene Gestrüpp hatte er bereits undeutlich eine weiße Gestalt gesehen. Sie schien zu schwanken, was ihn bedrückte. Irgendein Narr mußte wohl das Schiff heimlich verlassen haben und kehrte jetzt betrunken zurück.

Resigniert rief er: »Halt! Wer da?«

Die schlurfenden Schritte verstummten, sie hörten den Mann jetzt keuchen und schnaufen. »Hierher!« befahl Köhler.

Er stieß einen Ruf der Überraschung aus, als Adlers gebückte Gestalt die letzten paar Meter herbeistolperte. Mit Augen wie leere schwarze Höhlen blickte er die Gruppe vor ihm an.

Köhler trat vor. Er hatte die steife Gestalt bemerkt, die Adler auf dem Rücken trug: Pieck!

Adler legte den Jungen auf den Boden und brach dann neben ihm in die Knie. Seine Brust hob und senkte sich vor Erschöpfung.

»Steh auf, du verfluchter Meuterer!« Köhler holte aus und trat Adler gegen den Arm, so daß dieser auf die Seite fiel.

Pieck rief mit schwacher, verzweifelter Stimme: »Bitte, Herr Oberleutnant, tun Sie ihm nichts! Er hat mich viele Meilen bis hierher getragen!«

Köhler ballte die Fäuste, eine rasende Wut übermannte ihn. »Aufstehen, hab ich gesagt!« Wieder trat er Adler mit seinen schweren Stiefeln, aber der Mann lag wie leblos am Boden und schien die Mißhandlung nicht zu spüren.

Ruckartig hob Pieck den Kopf, als versuche er, den Nebel loszuwerden, der ihm die Sicht nahm. »Herr Oberleutnant! Wir sind zurückgekommen um zu melden, daß wir ein Schiff gesichtet haben! Einen britischen Kreuzer!«

Köhler stieß ein häßliches Lachen aus. »Schönes Märchen! Wo habt ihr es gesehen, oben in den Bergen? Ihr müßt euch schon was besseres einfallen lassen, damit ich euch nicht erschießen lasse!«

»Ich lüge nicht, Herr Oberleutnant!« Verzweiflung klang aus der Stimme des Jungen.

»Doch, du verdammter Hund, das tust du! Du bist gefallen und hast dich dabei verletzt; also kommst du zurückgekrochen und bettelst jetzt um Gnade!« Er beugte sich über die mit ausgebreiteten Armen daliegende Gestalt und betastete gierig die nackte Haut. »Wo tut's denn weh? Hier?« Er drückte mit aller Gewalt zu, und der dünne Schmerzensschrei des Jungen zerriß die nächtliche Stille.

Köhler lachte begeistert. Die Berührung mit der glatten Haut erinnerte ihn wieder an Piecks Verrat, an die schwere Enttäuschung, die er ihm bereitet hatte. Er fühlte die gebrochenen Rippen und zitterte vor Erregung. »Gib's doch zu! Du bist vom Schiff desertiert und jetzt nur zurückgekommen, weil du dich verletzt hast!« Wieder drückte er zu und erschauerte wollüstig beim schrillen Schrei des gemarterten Jungen.

Mit glasigen Augen sah Ehmke dieser Folter zu, sein Mund war vor Angst ganz trocken; Schoningen fühlte kalten Schweiß im Gesicht und packte das Gewehr mit solcher Kraft, daß die Knöchel schmerzhaft knackten.

Plötzlich hörten sie im Dunkel ein metallisches Klicken; Schillers unverwechselbare Stimme sagte ruhig: »Stehen Sie auf, Mann! Und keine falsche Bewegung!«

Köhler sprang auf und erblickte das schwache Glänzen eines aufgepflanzten Bajonetts. In Schillers mächtigen Händen wirkte es wie ein Kinderspielzeug. »Was sagen Sie da?« Jetzt war es Köhler, der anfing zu schreien. »Sind Sie verrückt geworden? Das bedeutet Ihr Todesurteil, für Sie alle hier!«

Ängstlich trat Ehmke einen Schritt vor. »Bitte, Herr Oberleutnant, es war nicht meine Schuld!« Er blinzelte von Köhlers heller Gestalt zu dem drohenden Bajonett. »Ich wußte nicht, daß er seinen Posten verlassen hat.«

»Halt den Mund, du fettes Schwein!« Schillers Stimme klang wie ein gefährliches Knurren. »Schoningen, Blücher, tragt Willi hinunter zum Strand und ruft das Boot. Ehmke, Sie helfen Adler ebenfalls hinunter!«

Köhler schüttelte drohend die Fäuste. »Keiner bewegt sich von der Stelle! Das ist Meuterei! Ich lasse euch alle hängen, ich...«

»Sie haben bald das Bajonett im Bauch, wenn Sie so weitermachen.« Schiller senkte das Gewehr ein wenig, so daß die scharfe Klinge genau auf Köhlers Magen zeigte. »Wir kehren jetzt alle zurück an Bord. Ich habe gehört, was Pieck sagte, und glaube ihm. Aber ich kenne ihn eben besser als Sie.«

»Dafür wirst du büßen!«

Schiller zeigte auf den schmalen Pfad. »Seien Sie vorsichtig, Herr Oberleutnant! Ein Mann könnte hier in der Dunkelheit abstürzen, dann findet man ihn nicht lebend wieder!«

So folgte er der schweigenden Gruppe den schmalen Pfad hinunter, das Kinn schwer auf der mächtigen Brust. Diesmal bist du wohl zu weit gegangen, sagte er sich, hast deinen dämlichen Hals selber in die Schlinge gesteckt.

Aber als er an Piecks schreckliche Schreie dachte, war er froh, daß er es getan hatte.

Der Posten vor Steigers Seekabine stand stramm, als Heuß die Tür öffnete und eintrat. Er blickte von Dehlers grimmigem Gesicht zu dem besorgten Damrosch, dann sah er den Kommandanten an, der am Schreibtisch saß. Das Licht der niedrigen Lampe fiel auf seinen dunklen Kopf.

Der Kommandant sah auf und nickte. Mit ruhiger Hand goß er ein Glas Weinbrand ein und schob es Heuß hinüber. »Setzen Sie sich, Heuß, und trinken Sie erst mal. Tut mir leid, daß ich Sie rufen lassen mußte, denn mir ist klar, daß Sie noch wacklig auf den Beinen sind.«

Heuß nahm das Glas und beobachtete Steiger über den Rand. Er suchte Spott in dessen ruhiger Stimme, hörte aber nichts beraus. Steiger wirkte gelassen, aber Heuß wußte zu Genüge, daß es sich hierbei um Fassade handeln konnte.

»Ich habe gehört, daß es an Land Unruhe gegeben hat, Herr Kapitän...«

»Unruhe? So würde ich das nicht bezeichnen.« Dehlers belegte Stimme fuhr dazwischen. »Schon eher als Meuterei.«

Steigers Augenbrauen zuckten verärgert. »Es *hat* Unruhe gegeben. Ebert ist jetzt vorn, um die beiden Posten und den Bootsmaat der Wache zu befragen, und ich habe den Matrosen Schiller in die Arrestzelle gesteckt. Im Augenblick gebe ich Oberleutnant Köhler Zeit, sich in seiner Kammer zu beruhigen, aber später werde ich ihn selbst verhören.«

Dehler verzog unwillig die Lippen. »Und die Deserteure, Herr Kapitän?«

»Sind beide unten im Lazarett. In ein paar Minuten gehe ich hinunter und spreche mit dem jungen Pieck, aber vorher möchte ich Sie fragen, was Sie von all dem wußten. Warum mußte es erst zu einer solchen Krise kommen, ehe ich erfuhr, was in meinem Schiff vorgeht?« Seine Stimme war noch immer gelassen, aber sein Blick war kalt und bitter.

Langsam stellte Heuß das Glas auf den Tisch zurück. »Vielleicht haben wir alle gedacht, Sie wüßten, was vorgeht, Herr Kapitän. Wir kennen doch Ihre Macht über die gesamte Besatzung.«

Steigers Augen flackerten gefährlich. »Werden Sie nicht frech, Heuß! Ich will es Ihnen noch deutlicher sagen: Ich könnte all diese Leute erschießen lassen: die Posten dafür, daß sie dem Offizier nicht zu Hilfe kamen; Schiller wegen Meuterei und die anderen beiden wegen Fahnenflucht. Sind Sie bereit, diese Urteile zu vollstrecken, Heuß?«

Heuß rutschte unbehaglich auf seinem Stuhl hin und her. »Ich wüßte nicht, daß es zu meinen Aufgaben gehört...« fing er an, aber Steiger sprang auf und schnitt ihm das Wort ab.

»Seien Sie nicht so verdammt selbstzufrieden! Das Leben der Männer *ist* Ihre Aufgabe! Ich hoffe nicht, daß ich Ihnen erst Vorträge über Ihre Pflichten halten muß, obwohl Sie diese höchstens zur Hälfte zu kennen scheinen!« Mit vernichtendem Blick sah er die drei der Reihe nach an. »Sollen wirklich all diese Männer geopfert werden, nur um das Prestige eines Offiziers zu erhalten? Wo bleibt Ihre Antwort? Prestige ist wie Respekt, es wird nicht zusammen mit der Uniform ausgegeben.« Er hob jetzt die Stimme, und Heuß spürte seine Worte wie Peitschenhiebe. »Ich habe schon einen Mann dafür erschießen lassen, aber wenn ich gewußt hätte, was ich heute weiß...« Er ließ die Drohung unvollendet und sank müde auf seinen Stuhl.

Ruhiger fuhr er fort: »Der junge Pieck hat berichtet, daß er ein feindliches Kriegsschiff vor der Küste gesehen hat. Wenn das stimmt, muß ich meine Pläne ändern. Es könnte zu einer ernsten Situation kommen.«

Langsam sagte Heuß: »Soll ich mit ihm sprechen, Herr Kapitän?«

»Nein, das tue ich selbst. Es gibt zu viele Dinge, die ich wissen möchte. Was geschah mit Bootsmaat Brandt? Warum ließ man den Leichnam des Matrosen Hahn auf dem sinkenden Schiff zurück? Und warum sind zwei Männer erst desertiert und dann zum Schiff zurückgekehrt, weil es in Gefahr war? Ist das die Handlungsweise eines Feiglings oder Verräters?« Er nahm seine Mütze und stand auf, das Eiserne Kreuz glitzerte im Lampenlicht. »Nein, meine Herren, als Offiziere hätten Sie all diese Vorkommnisse verhindern können. Da Sie es versäumten, ist es an mir, diese Fragen zu klären.«

Damrosch wußte genau, daß die Verbitterung des Kommandanten sich gegen die beiden anderen Offiziere richtete, und doch spürte er, wie ihm das Blut in die Wangen stieg. Es gab keine Verteidigung gegen seine Vorwürfe. Damrosch trat zurück und ließ den Kommandanten vorbei, dann folgte er der Gruppe durch die engen Gänge. Als sie das Bootsdeck überquerten, spürte er die neue Wachsamkeit auf dem Schiff und sah mehrere Gruppen schweigend auf dem dunklen Deck warten.

Das Lazarett wirkte unbenutzt und roch nach Sauberkeit. Steuer trat vom Operationstisch zurück, als der Kommandant sich näherte, und Damrosch spürte seinen Unwillen. Es war, als traue er seinen Kameraden nicht mehr.

Pieck lag klein und verloren auf dem Tisch, im hellen Licht wirkte sein Gesicht fast durchsichtig. Der Kommandant sah Steuer kurz an, eine unausgesprochene Frage im ernsten Blick. Leise sagte Steuer: »Ich bin fast fertig mit dem Verbinden, Herr Kapitän. Über den Umfang der Verletzungen kann ich noch nichts sagen, aber seine Lunge ist nicht durchbohrt worden. Das allein erscheint mir schon wie ein Wunder.«

Der Kommandant beugte sich über den Tisch und bemerkte das schmerzliche, ungleichmäßige Atmen des Jungen.

»Nun, Pieck, Sie sind also wieder da«, sagte er schließlich. »Können Sie mich verstehen?«

Pieck befeuchtete sich die Lippen und blickte aus großen Augen zum Kommandanten empor, den er noch nie aus solcher Nähe gesehen hatte. Dann musterte er die grimmigen Gesichter der Offiziere hinter ihm. Er schluckte und versuchte zu sprechen, aber ein schrecklicher Schmerz durchfuhr seinen Körper wie Feuer.

Ruhig sagte der Kommandant: »Ich habe ein Buch mit Schiffsbildern mitgebracht, das sollen Sie sich ansehen.« Er hob einen abgegriffenen Band ins Blickfeld des Jungen und öffnete den Deckel. »Wenn Sie das Schiff erkennen, daß Sie heute mit dem Teleskop gesehen haben, sagen Sie's mir.« Er begann, die steifen Seiten umzublättern, wobei sein Blick fest auf das Gesicht des Jungen gerichtet blieb. Da sah er, wie die Angst darin allmählich etwas anderem Platz machte: Dringlichkeit, Verzweiflung, Eifer. Keinerlei Verschlagenheit zeigte sich in dem unterernährten Gesicht. Er hörte, wie Heuß nähertrat, und vermutete, daß auch er die Wichtigkeit des Augenblicks erkannt hatte.

Die Minuten vergingen mit Umblättern, und einmal mußten sie pausieren, weil Piecks Kopf vor Erschöpfung herabgesunken war.

Steuer sagte scharf: »Herr Kapitän, er hat große Schmerzen! Kann das nicht warten? Ich weiß, es ist für Sie wichtig, aber der Junge hat unsagbar gelitten.«

Der Kommandant nahm Piecks kalte Hand und hielt sie fest. »Es ist für uns alle wichtig; wichtiger, als Sie sich vorstellen können, Steuer.« Leise sagte er zu Pieck: »Bewegen Sie nur die Hand, wenn Sie das Schiff wiedererkennen.«

Damrosch merkte, wie er schwitzte, als die steifen Seiten raschelnd umgeblättert wurden. Wenn er das Schiff nicht wiedererkannte, was würde dann Steiger mit ihm machen? Besorgt erinnerte er sich an die wütenden, aufsässigen Gesichter der Seeleute, als die Boote Schiller und die anderen zurückgebracht hatten. Er dachte auch an Köhlers Betroffenheit. Nicht Schuldbewußtsein oder Bedauern für den Jungen, den er fast zum Krüppel gemacht hatte, lediglich Wut darüber, daß er diese Erniedrigung vor den Augen der Leute hatte hinnehmen müssen.

Wieder wurde eine Seite umgeblättert, und da spürte Steiger die unsichere Bewegung der Jungenhand. Er wagte kaum zu atmen, hielt das Buch ganz still und beobachtete die blauen Augen, die von vorn bis achtern über die Silhouette des Schiffes glitten.

»*Das* ist es, Herr Kapitän!« Die Stimme war zwar schwach, aber überzeugend. »Ich erkenne es am vorderen Schornstein. Er ist beinahe in den Dreibeinmast hineingebaut.«

Der Kommandant drückte die bebende Hand. »Das stimmt, Junge. Daran ist er zu erkennen.« Er kannte schon die Bildunterschrift: H. M. S. *Waltham*, 1915. Das war einer der Kreuzer, die laut Meldung der Agenten in diesen Gewässern patrouillieren sollten. Steiger hatte das Gefühl, als sei ein schweres Gewicht von ihm genommen. Einen Augenblick vergaß er die Drohung, die der Kreuzer darstellte, und ihr Schicksal, wenn die *Vulkan* bis Tagesanbruch mit dem Auslaufen gewartet hätte. Die beiden Schiffe wären wahrscheinlich aufeinandergetroffen, bevor der Hilfskreuzer die Küstengewässer verlassen hatte. Er war auch froh darüber, daß Köhler mit seinem Verdacht unrecht hatte, der Junge sei nur zurückgekommen, um sich selbst und nicht um das Schiff zu retten.

»Sie haben sich richtig verhalten, Pieck«, sagte er. »Schon einmal haben Sie uns vor Unheil bewahrt und das Schiff gerettet, weil Sie als einziger rechtzeitig den Eisberg entdeckten. Diesmal kann ich nur vermuten, was ohne Ihre Aufmerksamkeit geschehen wäre.«

Er spürte, wie Steuer sich entspannte, und sah Tränen der Dankbarkeit in den Augen des Jungen aufsteigen.

»Kann ich etwas für Sie tun, Pieck?«

Er spürte, wie der Griff der Hand fester wurde. »Bitte schicken Sie mich nicht mit den anderen Verwundeten an Land. Wenn ich mich erholt habe, bin ich wieder ganz in Ordnung, Herr Kapitän. Das schwöre ich.«

Steiger lächelte. »Ich würde Sie auch nicht an Land schicken, wenn Sie keine Arme und Beine mehr hätten. Gibt es sonst noch etwas?« Ihm war klar, daß er eigentlich keinen Augenblick länger hier unten bleiben durfte, aber um nichts in der Welt hätte er dieses Gespräch vorzeitig abgebrochen.

»Vielleicht, Herr Kapitän, könnten Sie an meine Eltern schreiben? Es würde ihnen so viel bedeuten, nach all den Unannehmlichkeiten, die ich ihnen verursacht habe.« Seine Stimme versiegte, als fürchte er, zu weit gegangen zu sein.

»Das will ich tun, mein Junge. Ich werde dafür sorgen, daß der Brief noch heute nacht mit meinen Berichten an Land gebracht wird.« Er ging zur Tür. »Ich werde ihnen mitteilen, daß ich ihren Sohn für das Eiserne Kreuz vorschlage.« An dem überraschten Dehler vorbei erreichte er mit drei Schritten die Reling und atmete gierig wie ein Ertrinkender die frische Nachtluft ein.

Mein ganzes Leben habe ich auf Schiffen und in der Marine verbracht, dachte er, und all diese Dinge immer so distanziert betrachtet, als seien sie nebensächlich, nur der Hintergrund für Höheres. Es bedurfte erst des Glaubens und der kompromißlosen Loyalität dieses armen Dorfjungen, um mir zu zeigen, daß mein Leben ein einziger Irrtum war. Daß alles außerhalb dieses Schiffes falsch und unwichtig geworden ist.

16

Im Maschinenraum schrillte der Telegraf, und der Messingzeiger sprang auf »Achtung«. Niklas schob die fettige Mütze in den Nacken, lehnte sich behaglich ans Geländer des Laufstegs und ließ den Blick über sein glänzendes Königreich schweifen. Das Kratzen der Schaufeln und Poltern der Kohle drangen an sein Ohr, während er durch den aufsteigenden Dampf sah, wie seine Mitarbeiter letzte Überprüfungen vornahmen. Seufzend wandte er den Blick wieder der unerbittlichen Skala des Telegrafen zu und fragte sich, warum er sich nicht die Zeit genommen hatte, sich an Land ein wenig die Füße zu vertreten.

Zwei Decks höher, ganz vorn am Bug, beugte sich Dehler über die Reling und leuchtete mit seiner Stablampe hinunter in das quirlende Wasser. Hinter sich hörte er das Zischen des Dampfspills und das scharfe, gleichmäßige Klicken, mit dem die Pallen bei jeder Drehung des Spills einrasteten. Die tropfende Kette glitt zögernd durch die Klüse, wo sie rasch mit dem Schlauch abgespült und mit einem langen Besen geschrubbt wurde, bevor sie im tiefen Kettenkasten unter der Back verschwand.

Jedes Glied der schlammbedeckten Kette zog das Schiff näher an den Anker heran, und Dehler schien es wie ein Weg ins Verderben. Seine Männer unterhielten sich so gleichgültig, als spürten sie nichts von der drohenden Gefahr. Er dachte auch an den Kommandanten und an den Jungen auf dem Operationstisch. Wie hätte *er* in der gleichen Situation gehandelt? Er versuchte sich einzureden, daß er genau dasselbe getan hätte wie der Kommandant, aber wenn er ehrlich war, mußte er sich eingestehen, daß er sich wahrscheinlich auf Köhlers Erklärung als den einfacheren Weg verlassen hätte.

Er beugte sich vor, als die steife Kette senkrecht nach unten zeigte. »Auf und nieder!« rief er und hörte, wie seine Worte auf der Brücke quittiert wurden. Das Schiff erbebte, und er spürte, daß sich die ferne Schraube zu drehen begann. Als das Spill weiterlief, schüttelte sich die Kette einige Male und schwang dann ruhig vor und zurück wie ein riesiges Pendel. »Anker ist aus dem Grund!« Jetzt waren sie endgültig frei vom Land.

Steiger grub die Hände in die Taschen. »Halbe Fahrt voraus! Backbord zwanzig!« Dann ging er rasch hinaus in die offene Brückennock und suchte die beiden auf dem Wasser tanzenden blauen Lichter. Dort schaukelten die Kutter gehorsam in der leichten Dünung, die Männer an den Riemen warteten darauf, ihr Mutterschiff durch das heimtückische Fahrwasser zu lotsen.

»Mittschiffs! Steuern Sie Nordost, Rudergänger! Wenn wir in der Mitte des Fahrwassers sind, halten Sie genau zwischen die beiden Lichter.« Er sah zu, wie der Keil des Bugs langsam zur Mitte des Kanals drehte. »Langsame Fahrt voraus.« Das heftige Beben erstarb zu einem langsamen, vertrauenerweckenden Rumpeln.

Er sah den ungleichmäßigen schwarzen Schatten des Landes vorbeiziehen und bemerkte in halber Höhe des Berghangs das Aufleuchten eines Streichholzes. Vielleicht war das nur ein Bauer, der nach seinen Ziegen suchte, vielleicht aber wurden sie auch beobachtet und weitergemeldet. So ruhig, wie wir eingelaufen sind, laufen wir auch wieder aus, dachte er. Und doch haben wir alle bei unserem kurzen Besuch eine Menge gelernt. Er dachte an die Erleichterung auf Fleijus' feistem Gesicht, als er ihm zum Abschied die Geheimberichte für Berlin aushändigte. Den mit so großer Mühe sorgfältig aufgesetzten Text würde dort bestimmt kaum jemand gründlich durchlesen. Ganz im Gegensatz zu dem Brief an die einsamen Eltern Piecks im fernen Schleswig-Holstein. Für uns sind diese Dinge lebenswichtig, dachte er, aber wen sonst interessieren sie?

Die Inseln wanderten achteraus, er spürte die kräftigere Dünung außerhalb des Riffs. »Maschine stopp!« Zu dem Brückenunteroffizier sagte er: »Rufen Sie die Kutter längsseit, klar zum Einsetzen!«

Ein Schatten erschien neben ihm am Brückenkleid, und Heuß meldete formell: »Anker ist seefest gezurrt, Herr Kapitän!«

»Gut. Lassen Sie die unteren Decks räumen und beide Boote so schnell wie möglich einsetzen.« Er lauschte dem Zwitschern der Pfeifen und hörte das Getrappel der Leute, dann polterte eine unbekannte Stimme: »Ruhe!«, und jemand lachte. Es war ein fröhliches Lachen, frei von den drückenden Problemen des Landes. Blöcke quietschten, dann stiegen die beiden tropfenden Boote rasch und schwankend an den hohen Bordwänden in die Höhe.

Er wartete nicht ab, bis sie eingeschwenkt waren. »Halbe Kraft voraus! Nord achtzig Grad Ost.«

Der Rudergänger wiederholte den Befehl.

Der Kommandant stützte das Kinn in die Hände und blickte hinauf zum dunklen Nachthimmel mit den blitzenden Sternen. Ganz schwach erkannte er die schmale Form des Vormastes und weit oben den Ausguckskorb. Nun, H. M. S. *Waltham*, wo bist du? Wartest du in aller

Ruhe die Helligkeit ab oder schleichst du dich im Dunkeln näher an die Küste heran?

Heuß kam aus dem Steuerhaus. »Die Boote sind eingesetzt«, meldete er und wartete. »Das war großartig, was Sie für den jungen Pieck getan haben, Herr Kapitän«, fügte er dann hinzu. »Ich habe auch Adler im Lazarett untergebracht.«

»Der arme Kerl hätte niemals auf See geschickt werden dürfen. Sein Verstand hat zu sehr gelitten.«

»Und Schiller, Herr Kapitän?«

»Den habe ich wieder freigelassen. Er ist ein erstklassiger Seemann, nicht sehr diplomatisch, aber ohne Scheu vor Verantwortung. Ich würde ihn gern zum Unteroffizier machen, weiß aber aus seinem Personalbogen, daß er diesen Rang schon dreimal innehatte, immer nur für eine Woche. Er ist uns wohl nützlicher, wenn er bleibt, was er jetzt ist.«

Heuß versuchte, das Gesicht des Kommandanten zu erkennen. »Ich habe von Ihrem neuerlichen Verlust gehört, Herr Kapitän. Mein Beileid. Soweit mir bekannt, war Ihr Schwager ein ausgezeichneter Soldat.«

»Ja, das war er. Er hätte Ihnen gefallen.« Er versuchte, sich den langen einarmigen Offizier vorzustellen, die so gehetzt blickenden Augen, die verlorene Jugend. Laut sagte er: »Wenn ich an Männer wie ihn denke und daran, was sie im Krieg zu erdulden haben, danke ich Gott dafür, daß mein Vater mich zur Marine gesteckt hat.«

Heuß fragte vorsichtig: »Werden Sie Ihren Sohn auch zur Marine schicken, Herr Kapitän?«

»Rudolf? Ja, falls ich am Leben bleibe. Wenn alles in Trümmern liegt, bleibt uns immer noch die See.« Er hob den Kopf, um nach der Uhr im Steuerhaus zu blicken. »Ich muß jetzt in der Karte arbeiten, Heuß. Verdoppeln Sie die Ausgucksposten und ändern Sie Kurs weg von jedem Schiff, das in Sicht kommt. Klar?«

Als er sich zum Gehen anschickte, schluckte Heuß seinen Stolz hinunter und sagte leise: »Und ich möchte mich entschuldigen, Herr Kapitän! Für meine Überheblichkeit.« Er wartete, glaubte, daß Steiger seinen Triumph noch auskosten wolle.

Aber der lachte nur traurig. »Sie haben viel Zeit dazu gebraucht und sind einen langen Weg gegangen, Heuß. Machen Sie jetzt das beste draus.«

»Herr Kapitän!« Der sanfte, aber beharrliche Griff an seiner Schulter weckte ihn sofort, obgleich sein Hirn noch immer Zuflucht im unruhigen Schlummer suchte. Seine Gelenke knackten, als er sich im Sessel aufrichtete und einen raschen Blick auf die Brückenuhr warf. Röder stand vor ihm, eine dampfende Tasse Kaffee in der Hand.

Heuß' Gesicht war grau und gefurcht im schwachen Licht, seine weiße Uniform zerknittert nach der langen Wache. »Es dämmert bereits, Herr Kapitän«, meldete er, als der Kommandant ihn ansah.

Am Osthorizont zog sich ein langer Silberstreif entlang und eine Wolkenbank, die aussah wie eine Federzeichnung. Brasilien mit Corata waren längst von der See verschluckt, weggewaschen vom schnurgeraden Kielwasser der *Vulkan*.

Das Schiff vibrierte vom Vordersteven bis zum Heck unter den rasenden Umdrehungen der Schraube, die den Hilfskreuzer mit äußerster Kraft durchs Wasser schob. Sobald sie erst von der Küste frei waren, hatte das Maschinenpersonal die Umdrehungen allmählich erhöht, bis der scharfe Steven eine riesige Bugwelle beiseiteschleuderte. Das Licht wurde stärker, und ein Dutzend oder mehr Gläser suchten die dunkelgraue See ab und den westlichen Horizont, der noch in tiefe Nacht gehüllt war.

Der Kommandant nippte an dem kochendheißen Kaffee und wartete. Sein Blick streifte gelegentlich das neben ihm hängende Telefon, die Verbindung zum Ausguck im Mastkorb. In der Luft lag noch nicht die geringste Wärme, und auf den Decks und in der Takelage glänzte matter Tau. Auf dem Vorschiff hörte man die Geschützbedienungen die Segeltuchbezüge von den langen Rohren abnehmen.

Als das mattsilberne Licht sich vom Horizont aus langsam weiter ausbreitete, sahen sie auch den goldenen Schimmer am farblosen Himmel, der die kommende Wärme ankündigte.

Auf dem Vordeck schraubte ein Trupp die dicken Segeltuchschläuche auf die Salzwasserventile, und der Bootsmann schloß den großen Spind auf, in dem die Piassavabesen und Pützen für Reinschiff aufbewahrt wurden, die erste Tätigkeit des Tages. Aus dem spindeldürren Kombüsenschornstein kam ein Duft nach Kaffee und gebratenem Speck, und niemand außer der Brückenbesatzung hatte den Eindruck, daß dieser heraufziehende Tag sich von den früheren schicksalhaft unterschied.

Der Kommandant glitt von seinem hohen Stuhl und massierte sich Arme und Beine. Er spürte den prickelnden Schmerz der Wunde und hoffte, daß der Verband heute abgenommen werden könnte. Luft und Sonne würden ihm sicherlich besser bekommen.

Er ging zur Tür, hielt aber jählings inne, als das Telefon zu schnarren begann. Sie alle hatten diesen Anruf erwartet, und trotzdem war der Schock groß.

»Schiff Backbord achteraus, Herr Kapitän!«

Der Kommandant trat rasch in die vor Nässe glitzernde Brückennock und hob sein starkes Zeissglas an die Augen. Über der See lag zwar dichter Morgendunst, aber der Mann im Mastkorb hatte von seiner Höhe aus bessere Sicht. Der Kommandant stützte sein Glas auf den Segeltuchbezug des Handscheinwerfers und blickte direkt in den leuchtenden Pfad, dem gleich die Sonne folgen würde. Er hielt den Atem an und wartete einen Augenblick, da er mit den Possen vertraut war, die einem das Morgenlicht auf See spielen konnte. Doch da war es! Eine hohe, unbewegliche Rauchsäule hob sich klar vom leuchtenden Himmel ab. Noch kein Schiff, sondern lediglich eine von Menschenhand geschaffene Wolke.

Er blickte nach vorn zum Mastkorb und widerstand der Versuchung, sich einen weiteren Bericht geben zu lassen. Der Mann tat vermutlich ohnehin sein Bestes, starrte gebannt achteraus. Bei der Windstille und dem dicken Qualm aus dem mächtigen Schornstein der *Vulkan* hatte er es schwer genug. Schließlich entschloß sich Steiger und stieg die schmale Leiter zum Dach des Steuerhauses hinauf.

Oberleutnant Ebert saß hinter seinem getarnten Entfernungsmeßgerät, die Kopfhörer übergestülpt. Seine aus drei Matrosen bestehende Mannschaft unterhielt sich leise über Sprachrohre oder Handtelefone mit den verborgenen Geschützführern.

Achtern auf dem winzigen Deck stand ein zusätzlicher Kompaß auf einem hohen hölzernen Sockel. Der Kommandant erklomm die sauber geschrubbten Stufen der Plattform, von der aus der jeweilige Wachoffizier seine Peilungen nehmen konnte. Abgesehen vom Krähennest war dies der höchste Punkt des Schiffes, nur wenig unter dem Rand des Schornsteins. Als er nun das Glas hob, hatte er unbehinderte Sicht.

Die Rauchwolke stand noch immer bewegungslos an derselben Stelle.

Die See hatte bereits ihre Farbe geändert, Sonnenlicht flutete bis in die tiefsten Wellentäler. Es war ein wunderschönes Dunkelblau, nur gelegentlich unterbrochen von weißen Katzenpfoten und ziellosen Möwen, die noch immer hoffnungsvoll über der Heckreling kreisten.

Ein paar Minuten stand Steiger unbeweglich und war nicht imstande, den Blick von der blassen Wolke zu wenden. Schließlich war er im Begriff, die Stufen wieder hinabzusteigen, als die *Vulkan* von einem langen Roller angehoben wurde. Durch Zufall hob wohl eine ähnlich hohe See im selben Augenblick auch das andere Schiff in die Höhe. Fast unmerklich wurde an der scharfen Linie des Horizonts ein schwaches, aber unverkennbar schwarzes Dreieck sichtbar. Dann verschwand es wieder, und lediglich die spöttische kleine Rauchwolke stand am hellen Himmel.

Langsam stieg der Kommandant von der Peilplattform herunter und stellte dabei rasche Berechnungen an. Was er gesehen hatte, war unverkennbar ein Dreibeinmast. Von den eigentlichen Aufbauten war noch nichts zu sehen, so daß man auf einen Parallelkurs des Kriegsschiffs schließen konnte. Es fuhr also haargenau hinter ihnen her. Er sah an Ebert und dem schwingendem Rohr des Entfernungsmessers vorbei. Wenn man den Dunst und die Höhe des Kreuzers in Betracht zog, mußten sie etwa achtzehn Meilen voneinander entfernt sein. Aber die *Vulkan* lief bereits äußerste Kraft, und er bezweifelte, daß er auch nur einen einzigen zusätzlichen Knoten aus ihr herausholen konnte. Rasch stieg er die Leiter hinunter, und seine Gedanken beruhigten sich wieder.

»Es ist der Kreuzer, daran besteht kein Zweifel.« Er sah die Hoffnung in ihren Augen erlöschen. »Nach meiner Schätzung ist er etwa achtzehn Meilen entfernt. Sobald der Frühdunst aufgesogen ist, werden wir das mit dem E-Meßgerät prüfen.« Er lächelte wie über einen heimlichen Witz. »H. M. S. *Waltham* ist ein ziemlich neues Schiff. Es hat zwölf Fünfzehnzentimeter-Geschütze und dieselbe Anzahl leichterer Waffen.« Er trat an den stark vibrierenden Kartentisch. »Die Geschwindigkeit der *Waltham* ist das Problem. Sie wird zwar mit einundzwanzig Knoten angegeben, aber ich fürchte, daß sie erheblich schneller ist.«

Er schob Stechzirkel und Lineal beiseite. »Ändern Sie Kurs, Heuß, steuern Sie Süd fünfundsiebzig Ost. Dehler, lassen Sie alle Mann an Deck pfeifen. Die gesamte Besatzung, auch die Geschützbedienungen, sollen sich unter der Poop versammeln. Ihr Gewicht wird den Bug ein wenig anheben und dadurch unsere Geschwindigkeit erhöhen.« Er sah Dehler blaß werden, als das Telefon wieder summte.

»Mastkorb meldet Kriegsschiff, Herr Kapitän, recht achteraus. Entfernung etwa siebzehn Meilen.«

Der Kommandant lächelte. »Er schätzt ziemlich gut.« Als er sah, wie Heuß' steinernes Gesicht sich entspannte, fügte er hinzu: »Ohne den jungen Pieck wären wir jetzt erheblich schlechter dran.«

Heuß starrte achteraus auf die unbewegliche Rauchwolke. Sie wirkte so bedrohlich, so unheilvoll. Die Geschütze des Kreuzers, das war ihm bekannt, hatten eine wirkungsvolle Reichweite von etwa acht Meilen, aber ein Zufallstreffer auf weit größere Entfernung konnte ebenfalls verheerende Wirkung haben. Er erinnerte sich an die gewaltigen Salven im Skagerrak. Aber die Schiffe dort besaßen wenigstens starke Panzerungen. Die *Vulkan* dagegen war noch genauso unbewehrt wie am Tag ihres Stapellaufs als Handelsschiff, abgesehen von ein paar Stahlplatten bei den Aufbauten und Sandsäken als Splitterschutz. Er biß sich auf die Lippen. Dazu kam, daß die Kanonen überwiegend im Vorschiff montiert waren, denn man war davon ausgegangen, daß sie jagen, nicht gejagt werden sollte. Der Zweiundzwanzigpfünder achtern hatte gegen einen gepanzerten Kreuzer etwa dieselbe Wirkung wie eine Hutnadel gegen einen angreifenden Elefanten.

Er hörte den Kommandanten mit der klaren und scharfen Stimme, die der Mittelpunkt ihrer kleinen Welt geworden war, seine Befehle erteilen.

»Die Kombüse soll das Frühstück für die Besatzung nach achtern schaffen und Bootsmaat Weiß seine Ziehharmonika mitbringen. Das wird die Besatzung ablenken.«

Unsicher fragte Damrosch: »Was wird der Feind unternehmen, Herr Kapitän? Ob er uns schon gesehen hat?«

»Das ist bestimmt anzunehmen. Es könnte natürlich auch sein, daß er uns rein zufällig folgt, aber das bezweifle ich. Ich vermute, daß sie den gesamten Schiffsverkehr in diesem Gebiet überprüfen und mal mit uns reden möchten. Wenn sie feststellen, daß sie uns nicht überholen, wird sie das mißtrauisch machen.«

»Vielleicht merken sie das schon.« Damrosch blickte bewußt nicht achteraus.

Der Kommandant schüttelte den Kopf. »Es ist zu still im Äther, keinerlei Funksprüche, nichts. So wie ich die Royal Navy kenne, hat der Kommandant der *Waltham* jetzt seine Leute zum Frühstück geschickt: ›Das fremde Schiff kann warten bis später!‹ Ich finde das eine gute Regelung. Die Leute werden mit vollem Magen sicherlich besser kämpfen.«

Er beschirmte die Augen gegen das grelle Flimmern. »Wenn wir ihm bis Einbruch der Dunkelheit entkommen, haben wir eine Chance. Falls nicht...« Er verdrängte diese andere Möglichkeit und ging in seine Seekabine. »Ich werde jetzt frühstücken, Heuß. Was den Briten recht ist, ist uns billig.« Er sah, wie Heuß sich entspannte und auf Damroschs starrem Gesicht ein schwaches Lächeln erschien.

Als sich jedoch die Tür hinter ihm geschlossen hatte, konnte er nicht einmal den Anblick des Frühstücks auf dem silbernen Tablett ertragen. Er war sich der Bedrohung, die seinem Schiff folgte, so bewußt, daß er, allein gelassen, an nichts anderes denken konnte. Dabei hatte er ein Gefühl der Hilflosigkeit und des Versagens, wie es seine bisherigen Opfer empfunden haben mußten.

Er stützte beide Hände auf und schloß die Augen so fest, daß er kleine Lichtpunkte schwirren sah. Dieses Rechthabenmüssen wird mich noch genauso umbringen wie eine Granate, dachte er. Jedes Kommando, das ich gebe, darf nicht den geringsten Anschein von Unsicherheit haben, jede Entscheidung muß endgültig sein. Er öffnete die Augen und starrte mit leerem Blick auf den vibrierenden Tisch nieder. *End*gültig, in der Tat!

Zwei weitere nervenbelastende Stunden behielt die *Vulkan* Kurs und Geschwindigkeit bei. Rumpf und Aufbauten bebten so stark, daß sich einige Platten im unteren Rumpf lösten. Trotz des Stampfens der Maschine hörte man das eintönige Geräusch der automatischen Lenzpumpen, die wegen der drohenden Gefahr einer Leckage angestellt worden waren.

Der Kommandant nahm seinen Platz in der Backbordbrückennock wieder ein. Mit besorgtem Gesicht trat Dehler neben ihn und sagte: »Wir müssen wohl mit der Fahrt heruntergehen, Herr Kapitän. Sie rüttelt sich sonst kaputt.«

Der Kommandant warf einen Blick achteraus auf den verräterischen Schmutzfleck am Horizont. »Ändern Sie Kurs und steuern Sie rechtweisend Ost, Dehler. Wenn der Kreuzer Kurs beibehält, kann ich die Fahrt verringern. Wenn nicht«, müde hob er die Schultern, »muß die langsame Zerstörung der *Vulkan* weitergehen.« Hitzig fügte er hinzu: »Verdammt sollen alle diese Idioten sein, die an Land in bequemen Sesseln Entscheidungen treffen und ein so kümmerliches Schiff wie dieses auf einen solchen Einsatz schicken!«

Dehler antwortete nicht, aber der Kommandant hörte ihn die Befehle weitergeben und spürte den sanften, aber festen Druck des Brückenkleides gegen seine Brust, als das Schiff Kurs änderte.

Minuten vergingen, alle Gläser blieben auf die ferne Qualmwolke gerichtet. Der Blickwinkel vergrößerte sich mit qualvoller Langsamkeit, bis der Rauch sich mit dem schimmernden Horizont zu mischen schien. Eine Stunde verging, in der die Entfernung zwischen den beiden Schiffen beträchtlich wuchs, und es bedurfte schon großer Erfahrung, den Kreuzer wiederzufinden.

Zweifelnd blickte Steiger über die leere See. Es war ein kleiner Trost, den Kreuzer verschwinden zu sehen. Aber der geringste Argwohn konnte ihn wieder zurückbringen, und dann würde er mit einer Geschwindigkeit hinter ihnen herjagen, welche die Fahrt der *Vulkan* um mindestens zehn Knoten übertraf.

Ebert kam von seinem Entfernungsmeßgerät herunter auf die Brücke. Mit einer Stimme, die laut genug war, um von der einsamen Gestalt in der Nock gehört zu werden, erklärte er: »Er hat es wieder mal geschafft! Hat diesen Kreuzer abgeschüttelt, als er uns schon beinahe am Schwanz gepackt hielt.«

Damrosch fragte: »Was ist los mit den Engländern? Warum lassen sie uns abhauen?«

»Vielleicht haben sie ein anderes Schiff gesichtet und wollen das erst untersuchen. Schließlich gibt es nichts Harmloseres als einen weißen Bananendampfer!« Sie lachten noch immer, als das Telefon wieder schnarrte und die gute Stimmung jäh unterbrach.

Heuß, der den Hörer abgenommen hatte, sagte: »Mastkorb meldet zwei Schiffe an Steuerbord voraus, Herr Kapitän. Zwei Frachter, tief im Wasser liegend und auf konvergierenden Kursen!«

Mit gerunzelter Stirn fragte der Kommandant: »Warum hat er sie nicht längst gemeldet? Müssen denn alle wie verhext hinter dem Kreuzer herblicken?«

Traurig meinte Ebert: »So ein Pech: Zwei fette Frachter, und wir können sie nicht aufbringen.«

Der Kommandant kletterte auf seinen Stuhl und schob das große Fenster vor seinem Gesicht auf. »Alle Mann auf Gefechtstationen, Oberleutnant Ebert! Wir greifen beide Frachter zugleich an!«

Seine Worte fielen wie Felsbrocken zwischen die Männer. Dehler konnte es nicht glauben. »Das ist doch nicht Ihr Ernst, Herr Kapitän? Haben Sie denn schon vergessen, daß ein schwerbewaffneter und gepanzerter Kreuzer knapp unter dem Horizont steht?«

Heuß sagte nichts, bemerkte aber den flüchtigen Schatten, der über die bernsteinfarbenen Augen zog.

Steiger wandte sich in seinem Stuhl um. »Meinen Sie, ich lasse die beiden entwischen? Auch wenn wir unmittelbar danach versenkt werden, haben wir wenigstens etwas vollbracht, das unsere Existenz rechtfertigt. Tun Sie, was ich Ihnen sage!«

Dehler schwitzte, gab aber nicht nach. »Und was ist mit der Besatzung, Herr Kapitän? Wenn die wüßte, was Sie beabsichtigen, würde sie sich gegen Sie wenden!«

Der Kommandant seufzte. »Zu jedem anderen Zeitpunkt wäre mir Ihre Besorgnis um das Wohl der Besatzung höchst willkommen, Dehler. Aber was Sie jetzt sagen, ist Aufforderung zur Meuterei. Verstanden?«

Heuß trat hinzu. »Ich stimme mit dem Kommandanten überein.« Ruhig begegnete er Dehlers finsterem Blick. »Wir haben uns selbst etwas vorgemacht, das sehe ich jetzt. Wir müssen diese beiden Schiffe versenken, Dehler, denn wenn wir jetzt davonlaufen, sind wir erledigt.«

Sie fuhren beide zusammen, als der Kommandant geräuschvoll eine Zigarre anzündete. Er hatte sie beide offenbar schon aus seinen Gedanken gestrichen und wartete geduldig.

Dehler ging mit niedergeschlagenen Augen zur Brückenleiter. »Ich hoffe, meine Pflicht zu kennen, Herr Kapitän! Und ich habe meinen Teil zu unserem Erfolg beigetragen!« Damit stieg er nach unten.

Heuß spreizte die Hände. Zu Ebert sagte er: »Diese Leute sind so nervös... Ich sage es nicht gern, aber es stimmt: Keiner, der aus dem Mannschaftsstand kommt, wird jemals einen guten Offizier abgeben.«

Ebert zog den Mützenschirm tiefer und verharrte mit einem Fuß auf der untersten Sprosse seiner Leiter. »Ich hoffe, du hast unrecht, Emil. *Ich* komme aus dem Mannschaftsstand und bin stolz darauf.«

Resigniert trat Heuß in die Mitte des Steuerhauses und musterte die starren Schultern des Kommandanten. Trotz seiner Demütigung lachte er in sich hinein. Ich werde es niemals lernen, dachte er. Ich war immer so mit mir selbst beschäftigt, daß ich die Gefühle der anderen nie in Betracht zog. Jetzt habe ich Karl beleidigt, den einzigen Menschen, der meine schlechten Launen bisher ertragen hat. Seufzend hob er das Glas und hielt nach den näherkommenden Frachtern Ausschau.

Leise sagte der Kommandant: »Sie haben zur rechten Zeit eingegriffen, Heuß. Im nächsten Augenblick hätte Dehler etwas Törichtes gesagt, das ich nicht mehr überhören konnte. Vielleicht sollten Sie Politiker werden.«

Nachdenklich musterte ihn Heuß. Wie war das möglich? Er wirkte so unbeeindruckt und beherrscht und war doch gespannt wie eine Stahlfeder. Ich mag ihn nicht wegen seiner Arroganz, dachte er, wegen seiner Selbstherrlichkeit und seiner Rücksichtslosigkeit. Aber ich würde alles für ihn tun – wegen seines Gerechtigkeitssinns, seiner Menschlichkeit und Integrität.

»Hätten auch Sie den Angriff auf diese Frachter befohlen, Heuß?«

Die plötzliche Frage überraschte ihn. »Ich halte ihn für unerläßlich, Herr Kapitän. Die gemeinsame Anstrengung ist im Krieg zwar wichtig, aber ich denke, daß individuelle Handlungen am Ende doch einen höheren Stellenwert haben. Wir sind wie der Zweig an einem großen Baum, klein, aber doch Teil des Ganzen. Und in der ganzen Welt tun die Menschen, selbst solche wie Fleijus, was ihnen für ihr Land am besten scheint.«

Der Kommandant drehte sich um und lächelte. »Sehr gut formuliert, Heuß. Nur leider wurden diesem Baum die Wurzeln abgehackt.«

Eine durchs Sprachrohr verzerrte Stimme rief: »Entfernung fünf Meilen! Beide Schiffe sind offenbar britisch!«

Aus Steigers Gesicht schwand das Lächeln. »Alles muß sehr schnell gehen. In fünfzehn Minuten geben Sie ihnen den Befehl zum Beidrehen und Verlassen des Schiffes. Lassen Sie ihnen drei Minuten Zeit, dann eröffnen Sie das Feuer.«

Die beiden von ihrer langen Reise rostigen Frachter fuhren in Kiellinie mit einer halben Meile Abstand. Als die *Vulkan* näherkam, konnte man klar die weißen Lattenkisten auf ihren überfüllten Decks und die zerfetzten britischen Flaggen erkennen, die unbeweglich von ihren Gaffeln hingen.

Signalflaggen schwebten hinauf zu den Rahen des Hilfskreuzers, und gleichzeitig wehte die helle deutsche Kriegsflagge über den jetzt enttarnten Geschützen aus. »Stoppen Sie sofort! Verlassen Sie das Schiff! Dies ist ein deutscher Kreuzer!« Morselampen klapperten auf beiden Seiten der Brücke, um das Geschick der nichtsahnenden Handelsschiffe zu besiegeln.

Der Kommandant beobachtete, wie die Bugwellen in sich zusammensanken, sah die Decks plötzlich überschwemmt von hastenden

Gestalten. Ein Rettungsboot schwankte in seinen Davits und glitt dann an der rostigen Bordwand des nächstgelegenen Schiffes herab. Gleich darauf wurde ein weiteres zu Wasser gelassen, und auf dem anderen Fahrzeug folgte man diesem Beispiel. Steiger griff zum Megaphon und trat hinaus in die sonnendurchglühte Nock, während der Hilfskreuzer einen vorsichtigen Halbkreis um die Rettungsboote im Wasser fuhr. Beide Frachter wirkten bereits verlassen und unglücklich.

Die *Vulkan* stoppte und glitt langsam auf die nächsten Boote zu; ihr großer schwarzer Schatten fiel über die aufwärtsgerichteten Gesichter und bewegungslosen Riemen. »Wo ist Ihr Kapitän?« Steigers Stimme klirrte durch das Megaphon Ober die leicht bewegte See.

Ein Mann in weißem Hemd stand unten auf und hielt schirmend die Hand über die Augen. Er antwortete nicht, sondern starrte nur zu der hohen Brücke und dem Offizier mit dem Megaphon hinauf.

»Ich nehme Sie an Bord, Kapitän! Sie bekommen die genaue Position, dann können Ihre Boote die brasilianische Küste erreichen. Das ist bei dieser Wetterlage kein Problem.« Der Mann stand noch immer schweigend da, und Steiger rief scharf: »Wie ist der Name Ihres Schiffes?«

Die Antwort klang heiser, aber laut und wütend. »S. S. *Pitcairn*, ausgelaufen aus Pernambuco!«

Eine Lotsenleiter wurde hinabgelassen, und das Boot kam langsam näher. Heuss, der neben dem Kommandanten stand, sah die aufwärtsgerichteten, sonnengeröteten Gesichter, die hastig zusammengerafften Besitztümer und den Ausdruck von Angst und Haß. Ein Mann im Bug des Bootes hielt eine kleine schwarz-weiße Katze in seinen sehnigen Armen. Der englische Kapitän packte die schwankende Leiter und stieg an Bord. Oben wandte er sich noch einmal um und lächelte seinen schweigenden Männern zu. Einer von ihnen machte das Glückszeichen mit aufwärts gerichtetem Daumen.

Die *Vulkan* bewegte sich langsam vorwärts. Das zweite Schiff war der Siebentausendtonner *Dover Light*, ebenfalls aus Pernambuco und unterwegs nach England. Ihr Kapitän drohte mit der Faust und schien sich zu weigern, das Boot zu verlassen. Ein deutscher Matrose winkte ihm mit dem Gewehr.

Der Kapitän, ein ältlicher, grauhaariger Mann in abgetragenem Tweedmantel, starrte in die Gewehrmündung und auf die Reihe Köpfe über der Reling. Seine Stimme überschlug sich, als er hinaufrief: »Schießen Sie nicht! Lassen Sie meine Männer ungeschoren, Sie Mörder! Ich dachte, Sie haben es mehr auf Frauen und Kinder abgesehen!«

Schließlich griff er zur Leiter und fing an hinaufzuklettern. Heuß warf einen kleinen Segeltuchbeutel ins Boot, der Kurs und Position enthielt, und wandte sich Steiger zu. »Haben Sie gehört, Heuß? Haben Sie verstanden, wie er mich nannte?« fragte der Kommandant.

Die beiden Kapitäne wurden zur Brücke geleitet und standen schweigend da. Schließlich wandte sich Steiger ihnen zu und sagte: »Ich muß Ihre Schiffe versenken. Es ist Krieg. Das macht mir keine Freude, ist aber meine Pflicht.«

Der Kapitän der *Dover Light* machte eine Bewegung, als wolle er sich auf ihn stürzen, aber ein Bajonett hielt ihn zurück. Sein Brustkorb hob und senkte sich vor Wut und Jammer. »Ich habe von Ihnen gehört! Sie versenken Verwundete in einem Hospitalschiff, ungeschützte Handelsdampfer und so weiter! Warum erschießen Sie uns nicht gleich, Sie blutiger Schlächter?«

Heuß wandte den Blick von Steigers steinernem Gesicht ab. »Schweigen Sie! Alles Lügen, die Sie da vorbringen! Der Kommandant hat niemals...«

»Das genügt, Heuß!« Die Stimme des Kommandanten klang müde. »Schaffen Sie die beiden nach unten.«

Den Schlußpunkt setzte das Donnern der vorderen Geschütze, die jetzt Feuer eröffneten. Die ersten Granaten detonierten in der Wasserlinie der leicht rollenden Schiffe, die zweite Salve besiegelte ihr Schicksal. Langsam versanken beide, so wie sie auch ihre Reise zusammen angetreten hatten. Die Decksladung riß sich los und krachte gegen die schwelenden Brückenaufbauten.

Heuß wandte sich wütend an den Unteroffizier der Wache: »Bringen Sie diese Männer nach unten!« Er schluckte und wiederholte: »Alles Lügen, Herr Kapitän! Wie können die Leute, die solche Dinge schreiben, selbst daran glauben?«

Steiger sah zu, wie die beiden Schiffe langsam kenterten, und hörte das Donnern des einschießenden Wassers. Die Rettungsboote hatten sich zusammengefunden und hißten kleine dreieckige Segel. »Die Zeitungsschreiber selbst glauben es auch nicht, Heuß. Aber die Leute, die diesen Schmutz lesen, nehmen ihnen jedes Wort ab. Genau wie bei uns zu Hause in Deutschland.«

Der Hilfskreuzer nahm Fahrt auf, weg von der sich ausdehnenden Fläche voller Treibgut und platzender Blasen.

Damrosch kam von der anderen Brückennock herüber. »Kein Zeichen vom Kreuzer, Herr Kapitän.«

»Gut.« Die Stimme des Kommandanten klang uninteressiert. »Lassen Sie von Gefechtstationen wegtreten und die Geschütze wieder beziehen. Aber schärfen Sie allen Ausguckposten besondere Aufmerksamkeit ein. Ich habe ein Gefühl, daß noch mehr auf uns zukommt.«

Heuß wartete, bis der Kommandant von der Brücke gegangen war. »Mein Gott, Max, ich habe ihn noch nie so erschüttert gesehen. Die Worte des Engländers haben ihn wirklich getroffen.«

»Der Feind sieht uns eben so.« Damrosch blickte achteraus auf die kleiner werdenden Segel.

Heuß schnaubte wütend: »Wir hätten sie auch so zurücklassen können wie damals das U-Boot. Aber wir behandeln sie anständig. Es macht mich krank, solche Verleumdungen zu hören!«

Die Sonne stand hoch über dem Großmast und trotzte mühelos den Anstrengungen der Ventilatoren. Die Geschwindigkeit war zwar endlich verringert worden, aber das Schiff lief immer noch dreizehn Knoten; die Vibration vermehrte das Unbehagen der Männer, die halbnackt herumlungerten, die sengenden Strahlen der Sonne ebenso mieden wie die glühendheißen Metallplatten, vor allem die Nähe des Schornsteinmantels, der tatsächlich zu glühen schien.

Dehler und Heuß saßen in der Seekabine des Kommandanten und beobachteten sein ruheloses Hin- und Hermarschieren.

Heuß merkte, daß ihm vor Müdigkeit die Augen zuzufallen drohten; es schien ihm unglaublich, daß es erst zwei Stunden her war, seit sie die beiden Frachter versenkt hatten, und erst vierundzwanzig Stunden seit seiner Befreiung aus Gelbs Gewalt. Er fragte sich, wie es wohl Caryl Brett in den Räumen des Kommandanten ging. Er hatte sie aufsuchen wollen, aber das nächtliche Auslaufen aus Corata, der Wettlauf mit dem Kreuzer und die kurze, gnadenlose Versenkung der beiden Frachter hatten ihm dazu keine Zeit gelassen. Er konnte sich nicht mehr daran erinnern, wann er das letzte Mal richtig geschlafen hatte. Und jetzt rief ihn der Kommandant schon wieder zu einer Besprechung.

Er sah Steiger an und wunderte sich. Der war noch immer lebhaft, frisch und munter, hatte sich aber irgendwie verändert. Heuß runzelte die Stirn und versuchte, den Grund dafür herauszufinden. Er sah jetzt unbekümmert, beinahe leichtsinnig aus, was nicht zu seinem Charakter paßte. Hatte er sich wirklich so sehr zu Herzen genommen, was dieser gefangene englische Kapitän gesagt hatte? Nun, wenn er sie alle mit seiner Geschicklichkeit, seinem kühlen Urteil und seiner Erfahrung bis hierher gebracht hatte, sollte er sich eigentlich durch solch plumpe Beleidigungen nicht beirren lassen.

Dehler trommelte langsam auf seinen Knien herum und versuchte, Steigers ruhigen Worten über Kohlenverbrauch, Proviant und Frischwasser zu folgen. Aber die ganze Zeit spürte er eine wachsende Angst, die ihn trotz der Hitze frieren ließ. Noch immer glaubte er, diese unerbittliche Rauchwolke zu sehen, und stellte sich die langen schlanken Geschützrohre des Kreuzers vor, wie sie sich zu ihrer größten Erhöhung anhoben und eine Salve auf die verwundbare, zu langsame *Vulkan* abfeuerten. Zwölf Fünfzehnzentimetergeschütze hatte er, das bedeutete: zwölf riesige, panzerbrechende Granaten in einer einzigen Salve! Er spürte, daß ihm der Schweiß in den steifen Kragen lief.

Der Kommandant trat an die Karte. »Wir behalten Kurs und Geschwindigkeit bei und gehen morgen auf Südkurs. Wenn Fleijus' Informationen zuverlässig sind, sollten wir in diesem Seegebiet keine weiteren Kriegsschiffe antreffen, vorausgesetzt, die *Waltham* bleibt auf ihrem augenblicklichen Patrouillenkurs. Somit könnten wir ungehindert in den Südatlantik gelangen, wo in vier Tagen ein Zusammentreffen mit dem Kohlendampfer geplant ist. Wir müssen also rechtzeitig auf Position sein.« Nachdenklich tippte er auf die Karte. »Das wäre hier, zweihundert Meilen östlich von Pernambuco, außerhalb der Schifffahrtswege.«

Dehler befeuchtete sich die Lippen. »Werden wir die gesamte Kohle des Dampfers übernehmen?«

»Ich hoffe es. Unsere Vorräte gehen schon wieder zur Neige. Wenn möglich, möchte ich den Kohlendampfer ein paar Scheinangriffe auf irgendwelche Schiffe fahren lassen.« Er sah die Unsicherheit in ihren Blicken. »Lediglich um Flagge zu zeigen. Die Schiffe, die er stört, werden zwangsläufig um Hilfe rufen und uns eine wertvolle Prise anlokken.«

Ruhig sah Heuß ihn an. »Und die Leute auf dem Kohlendampfer, Herr Kapitän? Was passiert mit denen?«

»Man wird sie gefangennehmen, fürchte ich. Aber wenn das geschieht, werden wir woanders einen härteren Schlag führen.«

»Mir scheint das für die armen Kerle hart genug. Als Köder für die Engländer ausgelegt zu werden ...«

»Unsinn! Bestimmt heißen eine ganze Menge Leute an Bord die Aussicht auf eine erträgliche Unterkunft hinter Stacheldraht für den Rest des Krieges durchaus willkommen.« Rasch streifte sein Blick Dehlers Gesicht. »Ich denke, wir werden keinen Mangel an Freiwilligen haben.« Halb zu sich selbst fügte er hinzu: »Sie nennen mich einen Piraten, wie? Sie werden noch wünschen, das niemals gesagt zu haben!«

»Und wann werden *wir* den Heimweg antreten, Herr Kapitän?«

»Den Heimweg? Das kann ich nicht beantworten, Heuß. Es gibt noch soviel zu tun. Wir müssen in Gang bleiben, solange das Schiff noch in Ordnung ist. Wenn die *Vulkan* uns erst im Stich läßt, werden wir von allen im Stich gelassen. Sie haben selbst gesehen, wir haben nirgends mehr Freunde.«

Heuß dachte an seine Unterhaltung mit Damrosch. »Weshalb ist das nur so?«

Traurig lächelte Steiger. »Die Chinesen haben ein zutreffendes Sprichwort: Eine leere Hand wird nicht geleckt! Ich fürchte, daß wir nichts mehr in Händen haben, um es jemandem zu geben.«

Endlich sprach Dehler. »Der Kreuzer, Herr Kapitän – wie lange wird es dauern, bis er wieder hinter uns herkommt?« Er schien bisher überhaupt nicht zugehört zu haben.

Der Kommandant hob in plötzlicher Ungeduld die Schultern. »Die Rettungsboote werden morgen oder übermorgen die brasilianische Küste erreichen. Es könnte aber auch sein, daß ein Küstenschiff sie schon vorher sichtet. Dann wird die Jagd nach uns intensiv einsetzen, aber wir können schon mehrere hundert Meilen entfernt sein.«

Heuß lächelte grimmig. »Ich rechne damit, daß dann jedes alleinfahrende Schiff als Hilfskreuzer gemeldet wird. Die Briten müssen wirklich nach unserem Blut dürsten.«

Der Kommandant blickte hinaus in die Sonne. »Ich werde ihnen den Appetit darauf vorerst noch versalzen!«

Dehler stand so abrupt auf wie ein zänkisches Kind. »Das ist nicht fair!« Er ignorierte Heuß' warnenden Blick und Steigers wie gefrorene Züge. Im Gefühl, als kämen die Wände der Kammer auf ihn zu, zerrte er am Kragen seiner Uniformjacke. »So war das Ganze nicht gedacht! Wieviel sollen wir denn noch aushalten?« Wie blind sah er sich um. »Wir haben keinen einzigen Augenblick Ruhe, und jeder Tag bringt neue Gefahren!«

»Nehmen Sie sich zusammen, Dehler!« Die Stimme des Kommandanten war jetzt scharf.

»Wildermuth ist auf dem Kohlendampfer, Köhler hat Kammerarrest, und wir anderen müssen doppelt so hart arbeiten! Das ist nicht fair, sage ich!« Dehler ließ sich so plötzlich wieder auf seinen Stuhl fallen, als hätten die Beine unter ihm nachgegeben.

»Haben Sie Angst, Dehler?« Steigers Ton war jetzt gefährlich ruhig.

Dehler blickte hinunter auf seine knotigen Finger und nickte dumpf. »Mit diesen Belastungen habe ich nicht gerechnet, Herr Kapitän. Ich hatte immer ein saumäßiges Leben und dachte, dieser Einsatz bietet mir die Chance, einen Teil der Jahre wieder gutzumachen, die ich in diesem verdammten Krieg vertan habe.« Er hob den Kopf und sah seinen Kommandanten an. »So kann ich nicht weitermachen, Herr Kapitän! Ich bin geschlagen, am Ende!« Er ließ den Kopf sinken, und seine breiten Schultern zuckten.

Heuß hielt den Atem an und wartete auf Steigers Explosion. Statt dessen sagte der Kommandant ruhig: »Gehen Sie in Ihre Kammer, Dehler. Oberleutnant Heuß wird Ihre Aufgaben als Erster Offizier übernehmen. Aber Sie müssen einen letzten Versuch machen, Ihre Selbstbeherrschung zurückzugewinnen. Wir haben alle Angst, die einen mehr, die anderen weniger. Pieck hatte Angst, seine eigenen Offiziere um Hilfe zu bitten; Sie haben Angst vor dem Tod, Dehler, und doch ist er das einzige, was wir absolut sicher wissen.« Dehler wirkte plötzlich wie ein müder, verängstigter alter Mann. »Gehen Sie nach unten, Dehler. Sie haben die erste Wache, glaube ich?« Leise fügte er hinzu: »Sie haben auf der *Vulkan* Dienst getan, bevor einer von uns daran dachte. Es wäre ein Jammer, wenn Sie das Schiff jetzt im Stich ließen.«

Zerknirscht ging Dehler auf die Tür zu. »Jawohl, Herr Kapitän, das ist nur allzu wahr.« Mit einer fahrigen Bewegung wischte er sich über die Augen. »Sie war immer ein gutes Schiff, selbst für einen armen Schlucker wie mich!« Er murmelte weiter vor sich hin, als sich die Tür hinter ihm schloß.

Heuß atmete auf. »Sie waren wirklich sehr milde mit ihm, Herr Kapitän.«

»Möglich. Aber vielleicht habe ich ihm mehr Böses als Gutes getan. Wir werden sehen. Sie übernehmen also jetzt seine Aufgaben, Heuß. Halten Sie die Männer auf Trab, ständig beschäftigt und so fröhlich wie möglich. Morgen überqueren wir den Äquator, das ist ein Anlaß zum Feiern.« Träumerisch zeigte er hinunter auf das blinkende Wasser. »Es scheint mir eine Ewigkeit her zu sein, seit ich die Linie zum erstenmal kreuzte.«

Heuß nahm seine Mütze und stand auf. »Haben *Sie* vor irgendwas Angst, Herr Kapitän?«

Der Kommandant blickte ihn nüchtern an. »Sie sind unverschämt, Heuß, aber das mag ich an Ihnen. Ich habe lediglich Angst zu versagen, das ist alles.« Böse sah er Heuß an. »Die Leute halten mich für einen Schlächter, einen Piraten? Nun, wir werden sehen. Dehler meint, ich treibe dieses Schiff zu rücksichtslos voran, weil ich für mich mehr Orden herausholen will. Nun, vielleicht traf das früher mal zu. Aber jetzt will ich etwas weit Kostbareres. Wenn wir jetzt versagen und zulassen, daß unser Name besudelt wird, bedeutet das nicht nur Schmach und Schande für Deutschland, sondern auch für jeden einzelnen hier an Bord!«

Er wartete, bis Heuß gegangen war, dann lehnte er den Kopf gegen den warmen Messingring des Bullauges. Er hatte das Gefühl, sich völlig verausgabt zu haben. Aber ich muß noch mit Köhler sprechen, dachte er. Beim geringsten Verdacht werde ich seinen Kammerarrest zu wirklichem Zellenarrest verschärfen, ohne Rücksicht auf unsere Knappheit an Offizieren.

Als er nach unten blickte, sah er Caryl Brett über das Bootsdeck gehen. Ihr Haar schimmerte im Sonnenlicht, und die Anmut ihrer Bewegungen wurde durch die Schäbigkeit ihres zerrissenen Rocks eher noch betont als verdorben. Röder hatte ihm erzählt, daß die junge Frau sich von der rohen Behandlung auf der Felsklippe erholt hatte, aber er habe sie seitdem nicht mehr lächeln gesehen. Sie mache auch kaum von der Erlaubnis zur freien Bewegung auf dem Oberdeck Gebrauch. Er hatte weiter erzählt, daß die anderen Gefangenen ihr den Rücken wandten, wenn sie vorbeikam, und daß dieser Gelb ihr etwas nachgerufen habe, das sie vor Demütigung erröten ließ.

Nachdenklich sah Steiger hinunter. Jetzt hat sie durch ihre Menschlichkeit ihre Lage noch verschlechtert, dachte er. Ihre Mitgefangenen hassen sie, weil sie die einzige ist, die ihre Persönlichkeit bewahrt hat. Und mich nennen sie einen Verbrecher, weil ich nicht nach ihren Regeln kämpfe.

Sie lügen alle, dachte er mit plötzlicher Bitterkeit. Das einzige Verbrechen, das wir begangen haben ist, auf der Verliererseite zu stehen!

Er spürte das Blut in seinen Schläfen pochen und wurde sich plötzlich wieder seiner Wunde bewußt. Schwer setzte er sich nieder und stieß Karte und Logbuch beiseite.

Röder öffnete sofort besorgt die Tür. »Sie haben geklingelt, Herr Kapitän?«

»Ja. Bring mir eine Flasche Weinbrand und ein frisches Glas!« Er mußte lachen über Röders Bestürzung. »Schnell! Der Krieg kann eine Weile warten, ich nicht. Das weiß ich jetzt.«

17

Am Morgen des folgenden Tages, als das Schiff gleichmäßig durch die dunkelblaue See fuhr, stand Steiger ein wenig steif in seiner frischen weißen Uniform und mit umgeschnalltem Säbel unter der Treppe zur Back, um König Neptun an Bord willkommen zu heißen.

Schiller spielte den Gott der Meere, wozu sein langer Bart, eine Perücke aus Kabelgarn und eine mit Goldbronze gestrichene Pappkrone erheblich beitrugen. In seiner mächtigen Pranke hielt er einen Dreizack, mit dem er herrisch auf den wartenden Kommandanten zeigte.

»Welches Schiff?« Seine dröhnende Stimme, ein wenig undeutlich durch ein großzügiges Quantum Schnaps, schallte über das gesamte Vordeck, auf dem sich die Besatzung drängte. Seine Worte riefen ein fröhliches Lachen bei den älteren Seeleuten hervor, jedoch ein unbehagliches Gekicher seitens der wartenden Opfer.

Steiger grüßte stramm. »*Vulkan*, Euer Majestät! Wir erbitten Nachsicht, daß wir in Ihr Königreich eingedrungen sind, und hoffen, Sie werden uns Ihren Segen erteilen.«

Der König der Meere blickte finster drein und stach den Kommandanten mit seinem Dreizack. »Haben *Sie* schon die Linie passiert? Ich kann mich nicht an Ihr Gesicht erinnern.«

Steiger grinste und tat, als werde er unsicher und fange an zu stottern. »Jawohl, das habe ich! Viele Male!«

Königin Tethys, dargestellt von dem Matrosen Schoningen, trug ein langes Gewand aus Signalflaggen und sah den Kommandanten kokett über ihren buntbemalten Fächer aus Möwenfedern an. Schließlich stieß sie den Monarchen in die Seite. »Bißchen halsstarrig, wie? Pieks ihn doch noch ein wenig mit dem Dreizack!«

Weiteres dröhnendes Gelächter, dann schritt das Königspaar, gefolgt von seinem »Hofstaat«, zu der hastig an der vordersten Luke errichteten Plattform. Dort hatten die Seeleute ein großes Schwimmbecken aus Segeltuch aufgebaut, um das herum sie sich jetzt versammelten.

Leutnant Damrosch war das erste Opfer. Mit unsicherem Grinsen erschien er vor den Majestäten, wurde auf einen wackligen Stuhl gedrückt und dann vom Hofbarbier und dessen Gehilfen mit einer undefinierbaren Schmiere eingeseift. Er würgte und rülpste, als er »zur inneren Reinigung« die widerliche Mischung aus Seife, Essig und Backfett schlucken mußte, und starrte besorgt das große Rasiermesser aus Pappe an, womit ihm der Barbier unsanft über das »eingeseifte« Gesicht fuhr. Plötzlich wurde der Stuhl nach hinten gekippt, und sein halbnackter Körper verschwand im Wasser zwischen den wartenden »Eisbären« und »Polizisten« des Herrschers, die ihn tüchtig tauchten; dies fand den Beifall König Neptuns und seiner Gemahlin, bis diese schließlich das Zeichen zum Aufhören gab.

Steiger war auf die Brücke zurückgekehrt und stützte sich auf die Reling, um die farbige Zeremonie unten besser beobachten zu können. Einige Augenblicke lang konnten seine Männer darüber ihre Sorgen und Ängste vergessen und sich der traditionsreichen Äquatortaufe erfreuen, wozu die Extraportionen an Salzfleisch und Schnaps erheblich beitrugen.

Nach einiger Zeit erschien auch Heuß auf der Brücke und trat grinsend neben ihn. Sein Gesicht war noch eingeschmiert mit Fett und Seife, und er knurrte: »Diese rohen Flegel!« Halb blind tastete er nach einem Handtuch und wischte sich die brennende Haut sauber. »Auf mich hatten es die Lümmel besonders abgesehen.«

Lächelnd erwiderte der Kommandant: »Es war ja auch ein ziemliches Risiko, sich mit Ihrer Beule in ihre Hände zu begeben. Besonders, da Sie ja schon früher den Äquator überquert haben.«

»Ich konnte doch nicht zulassen, daß der arme Max allein für die Offiziere herhalten mußte.« Er blinzelte zu einer langsam näherkommenden Wolkenbank auf. »Regenbö?«

Der Kommandant nickte. »Wir fahren genau hindurch. Die kommen und gehen hier so rasch wie der Blitz. Wird unseren Decks guttun, sie sind trocken wie Zunder.«

Die Bö stürzte sich in der Tat so plötzlich und mit solcher Wucht auf sie, daß der Rest von Neptuns Hofstaat schnell auseinanderspritzte.

Der Regen kam über das Wasser herangefegt wie eine zischende Mauer, so daß verschiedentlich die Farbschicht abblätterte bis auf das blanke Metall. Einige Seeleute liefen jubelnd und wie trunken mit offenem Mund hinein in den Guß, um die warmen, schweren Tropfen aufzufangen. Andere eilten hinunter an ihre Spinde und holten Sachen zum Waschen herauf. Schiller, dessen Perücke jetzt zerfleddert war, schüttelte drohend seinen Dreizack gen Himmel, als wolle er ihm diesen Überfall auf sein Reich verwehren.

Der Kommandant sagte abrupt: »Übernehmen Sie, Heuß. Ich gehe einen Augenblick in meine Kajüte.«

Heuß sah, daß er noch einmal hinaustrat in die offene Brückennock, wo er einen Augenblick im Regen stehenblieb und sich das Wasser über Rücken und Bart laufen ließ. Dann verschwand er mit einem angedeuteten Nicken die Leiter hinunter.

Heuß seufzte. Der Kommandant war wirklich ein seltsamer Mensch. Er suchte in den Taschen nach seiner alten Pfeife und knurrte wütend, als er feststellte, daß der Pfeifenstiel bei der rauhen Behandlung durch den Hofbarbier zerbrochen war.

Steiger ging durch die Pantry, wo Röder hinter der verschlossenen Tür schnarchte, und weiter durch den dämmerigen Gang zu seinen eigenen Räumen. Er nickte, als der Posten mit einem Knall das Gewehr präsentierte. Sein Gesicht blieb dabei starr und ausdruckslos, aber als der Kommandant die Tür neben ihm öffnete, blinzelte er doch überrascht. Er hatte ihn auf See kaum je die Brücke verlassen sehen.

Steiger klopfte an die innere Tür und hustete laut. Sein plötzlicher Entschluß zum Besuch bei Caryl Brett verlor etwas von seinem Schwung, und er fühlte sich wieder unsicher, wie so oft in ihrer Gegenwart. Er sah sich selbst in dem schmalen Spiegel am Schott und blieb stehen, um das Bild zu betrachten. Ein zu ernstes Gesicht, dachte er. Seine frisch gewaschene Uniform war vom Regen durchnäßt, und der Säbel an seiner Seite wirkte ziemlich theatralisch. Er fuhr zusammen, als sie rief: »Sind Sie das, Oberleutnant?« Da schob er den Vorhang beiseite und trat ein.

Sie saß auf der Armlehne des Sessels und hatte offenbar den Regen vor dem geschlossenen Bullauge betrachtet. Sie trug den langen Morgenrock, den Röder stets für den Kommandanten mitnahm; darunter schauten ihre kleinen nackten Füße hervor. Ihr Haar war gelöst, floß ihr über die Schultern und hob sich dunkel von der hellen Haut ab.

Ihre erstaunt aufgerissenen Augen schienen das ganze Gesicht zu füllen.

Mit einem linkischen Lächeln sagte er: »Tut mir leid, vielleicht hätte ich Sie vorwarnen sollen.« Rasch sah er sich in der Kajüte um. »Ich wollte mich nur überzeugen, daß bei Ihnen alles in Ordnung ist.«

Sie schien es immer noch nicht zu fassen, daß er hier in ihren Räumen war, und fuhr sich mit den Händen nervös ins Haar. »Ich bin in der Tat überrascht. Aber nehmen Sie doch bitte Platz.«

Steiger blieb stehen. »Ich hätte schon viel früher kommen sollen.« Geistesabwesend spielte er mit der Quaste seines Säbels. »Wenn Sie möchten, hole ich einen anderen Offizier dazu.«

Ihr Gesicht entspannte sich ein wenig. »Sie sind sehr formell, Kapitän. Ich denke doch, daß bei Ihnen eine Anstandsdame überflüssig ist.«

Steiger lachte, hakte den störenden Säbel los und warf ihn auf einen Stuhl. Langsam ging er durch die Kajüte und spürte ihren Blick, der seinen nervösen Bewegungen folgte.

»Ich habe gehört, daß einige Gefangene versucht haben, Sie zu beleidigen.« Er sprach beiläufig, bemerkte aber ihr scharfes Einatmen. »Das ist sehr dumm von den Leuten. Ich werde dafür sorgen, daß Sie nicht mehr belästigt werden. Glauben Sie mir, Sie haben keinerlei Grund zur Beunruhigung. Wenn Sie dieses Schiff als freie Frau verlassen, wird man Sie zur Heldin stempeln. Sie können Ihren Freunden zu Hause erzählen, wie Sie sich gegen Ihre Gefangennahme zur Wehr setzten.«

»Machen Sie sich über mich lustig, Kapitän?«

Er fuhr herum, sein Gesicht war sofort wieder angespannt. »Tut mir leid, wenn es diesen Eindruck machte! Um nichts in der Welt wollte ich Sie verletzen. Sie haben meinetwegen schon zuviel gelitten, und doch bin ich selbstsüchtig genug, Gott für Ihre Gegenwart zu danken.« Er brach ab, als er den Blick ihrer weit aufgerissenen Augen bemerkte. Hilflos hob er die Schultern. »Sehen Sie? Ich kann mich einfach nicht richtig ausdrücken.«

»Sie waren immer sehr rücksichtsvoll gegen mich, Kapitän«, entgegnete sie so leise, als fürchte sie, den Zauber des Augenblicks zu zerstören.

Steiger nahm sich zusammen und setzte sich ihr endlich gegenüber. »Dieser Zwischenfall in Corata, zum Beispiel, das war mein Fehler. Ich hätte wissen müssen, daß so etwas bevorstand.«

»So müssen Sie nicht denken. Gelb würde jeden als Geisel nehmen, selbst seine eigene Mutter, wenn er davon Vorteile hätte. Ich bin nur dankbar, daß niemand ernstlich verletzt wurde.« Halb zu sich selbst fuhr sie fort: »Sie haben mich gefesselt wie eine gemeine Verräterin.«

Sie hob leicht die Hände, und Steiger sah die roten Striemen an den Gelenken. Er stand auf und trat an ihren Stuhl heran.

»Zeigen Sie her.«

Wie ein Kind streckte sie die Arme aus, und er ergriff ihre Handgelenke. Sie waren schlank und glatt, und er empfand ihre Nähe geradezu schmerzhaft, während er die Striemen eingehend untersuchte.

Ich muß gleich wieder nach oben, dachte er. Es ist reine Verrücktheit, hierher zu kommen. Eine andere innere Stimme sagte ihm: Sie haben dich einen Piraten genannt, warum solltest du dann nicht auch wie ein solcher handeln? Warum ihr nicht zeigen, daß du alles tun kannst, was du möchtest?

Gespannt wie eine Sprungfeder saß sie auf der Armlehne ihres Sessels und betrachtete seinen gebeugten Kopf. Krampfhaft versuchte sie, ihre Phantasie unter Kontrolle zu halten. Sie mußte die Knie zusammenpressen, um das Zittern ihrer Beine zu unterdrücken, und die Hitze in der Kajüte schien sie fast zu ersticken. Seine Hände fühlten sich fest und stark an, aber sein Griff war sehr zart.

All ihre aufgestauten Gefühle, die Anspannung seit ihrer Rettung aus dem Boot überwältigten sie wie eine große Flutwelle. Wenn ich mich jetzt an seine Schulter lehne und den Tränen freien Lauf lasse, wird er mich verachten. Ich muß mich zusammennehmen. Sie biß sich auf die Lippen, bis der Schmerz ihr das Wasser in die Augen trieb. Aber sie konnte sich nicht bewegen.

Steiger hob den Blick und sah sie an. »Da wir beide die einsamsten Menschen an Bord sind, war dies vermutlich unvermeidbar.« Er versuchte zu lächeln, aber sie spürte die Furcht hinter seinen Worten.

Sie merkte, wie ihr Zittern stärker wurde, und wagte nicht zu sprechen, da sie fürchtete, ihr Verlangen zu verraten.

»Unvermeidbar?« fragte sie schließlich schwach. »Sie denken von mir genauso wie die anderen?«

Sein Griff um ihre Handgelenke wurde fester. »Nein, niemals! Sie dürfen sich nicht mit solchen Gedanken quälen.« Wir vertrödeln nur die kostbare Zeit mit sinnlosen Worten, dachte er benommen und fügte hinzu: »Wir werden nicht mehr lange zusammensein können. Ich habe das Gefühl, daß diese Kreuzfahrt bald zu Ende geht.« Er schüttelte den Kopf, als sie den Mund öffnete, um ihn etwas zu fragen. »Davon wollen wir jetzt nicht sprechen. Ich kam zu Ihnen, weil ich Sie brauche. Ich kann Ihnen nicht sagen, wie sehr, und ich weiß auch nicht, ob ich Ihrer Zuneigung sicher bin. Sie hätten mich auslachen, verfluchen oder Ihren alten Haß wieder beleben können, den Sie früher gegen mich hegten. Ich hätte Sie auch dafür nicht tadeln dürfen. Aber ich *mußte* es wissen!«

In dem langen Schweigen zwischen ihnen war irgendwo im Schiff das Anschlagen der halben Stunde zu hören. Der Regen war vorbei, aber die Luft noch immer feucht und schwer.

Während Steiger vor ihr stand und ihre Handgelenke hielt, spürte er ihre Sehnsucht genauso stark wie seine eigene und sah den verzweifelten, halb benommenen Ausdruck ihrer Augen.

Er ließ ihre Hände los und stand auf. »Jetzt muß ich gehen. Ich habe vor Einbruch der Dunkelheit noch verschiedene Dinge zu erledigen.«

Auch sie stand auf und sah ihm nach, als er zögernd zur Tür ging. Als sie sprach, kamen die Worte so atemlos, als fürchte sie, daß ihre Kraft sie gleich im Stich lassen würde.

»Ich warte auf Sie ...«

Beide standen still, lauschten dem Widerhall dieser Worte. Er erreichte die Tür, unwillig darüber, daß er in die Welt dort draußen zurückkehren mußte. »Ich komme wieder«, sagte er einfach.

Bevor die Dunkelheit das Schiff in ihren schützenden Mantel hüllte, hatte der Ausguck im Mastkorb ein Fahrzeug an Backbord querab gemeldet. Die Minuten zogen sich hin, und nach einigen weiteren Meldungen, jede davon genauer als die vorhergehende, hatte der Kommandant keinen Zweifel mehr: Das andere Fahrzeug war ein Kriegsschiff. Nachdem die *Vulkan* mit Höchstfahrt einen divergierenden Kurs eingeschlagen hatte, trat er an die Karte.

Heuß beobachtete das Gesicht des Kommandanten und seine geschickten Bewegungen mit Parallellineal und Stechzirkel.

»Wir müssen einen ziemlichen Umweg machen, Heuß«, sagte er schließlich. »Dieser Bursche ist so nahe, daß es mir ganz und gar nicht gefällt.«

»Das verstehe ich nicht, Herr Kapitän. Wie kann er denn so rasch einen Bogen um uns geschlagen haben?«

»Das hat er nicht getan. Es ist ein anderer Kreuzer, Heuß.«

Heuß versuchte, sich mit der neuen Situation vertraut zu machen. »Das würde auch einige Funksprüche erklären, die wir aufgefangen haben. Es müssen zwei oder mehr Schiffe in diesem Seegebiet patrouillieren. Sie halten Kontakt durch kurze verschlüsselte Funksprüche und sind alle bereit, sich auf einer bestimmten Position zu sammeln, wenn uns einer sichtet.« Er zwang sich zu einem Grinsen. »Ich muß sagen, das gibt einem direkt ein Gefühl der Wichtigkeit.«

Geistesabwesend nickte der Kommandant, noch immer auf die Karte blickend. »Ich hoffe nur, daß wir ungestört zu unserem Kohlendampfer kommen.«

Heuß sah ihm über die Schulter. »Es ist doch wirklich erstaunlich: ein gewaltiger Ozean, Tausende von Quadratmeilen, und doch werden hier Schiffe zusammengezogen wie von einem Magneten.«

»Damrosch soll die Ausguckposten verdoppeln oder gar verdreifachen, wenn Sie das für richtig halten. Bei Helligkeit kann es für uns sehr gefährlich werden.«

»Ein Jammer, daß wir nicht höhere Fahrt laufen können.«

Der Kommandant lächelte grimmig. »Angst ist die beste Antriebskraft.«

Er warf noch einen Blick auf das rasch dunkler werdende Wasser und dachte dabei an die junge Frau. Wie brachte sie es nur fertig, sich in all dies einzufügen? Vielleicht war sein Besuch bei ihr nur ein Traum gewesen, eine Ausgeburt seiner quälenden Gedanken? Ich werde nicht zu ihr gehen, dachte er. Ich kann nicht meine Prinzipien über Bord werfen, nur um einem Bedürfnis nachzugeben.

Dehler erschien auf der Brücke, das Gesicht leer und ausdruckslos. Er wartete, bis sie Fahrt vermindert hatten und der Kommandant gegangen war, bevor er die Wache von Heuß übernahm.

»Abgelöst, Oberleutnant«, sagte er formell und trat dann mit hängendem Kopf zum Kompaß. Das geschäftige Treiben der Wachablösung rings um ihn und die Meldungen aus den Sprachrohren schienen ihn nicht zu berühren.

Heuß fragte leise: »Geht es Ihnen jetzt besser?«

Dehler antwortete eisig: »So gut wie in der Hölle! Aber Sie haben ja nun Ihre Chance, sich selbst und das Schiff zu retten. Endlich haben Sie mich aus meiner Stellung verdrängt.« Resigniert winkte er ab. »Inzwischen ist mir das egal, vielleicht hätte ich an Ihrer Stelle dasselbe getan. Aber Sie werden es noch bereuen, mein Freund.«

Heuß seufzte: »Seien Sie kein solcher Narr. Sie sind jetzt bloß deprimiert und können nichts mehr sehen außer Ihrem Grab.«

Er schlug die Tür hinter sich zu und dachte an die tausenderlei Dinge, die er noch zu erledigen hatte, bevor er sich endlich in seine Kammer zurückziehen konnte.

Schiller saß auf der feuchten Holzbank vor dem Krankenrevier und lehnte den Kopf an die kühle Metallwand. Schläfrig und zufrieden lauschte er dem Geplauder der Kameraden um ihn herum.

Erhardt rollte sich konzentriert eine Zigarette, das Gesicht so säuerlich wie immer. »Also wieder ein Fahrzeug gesichtet, wie? Und wieder ein Kriegsschiff!« Er schüttelte den Kopf. »Es wird Zeit, daß wir hier verschwinden.«

Hellwege richtete sich auf und rief grinsend hinüber zu Piecks Koje: »Hörst du das, Willi? Unser frommer Kamerad hat seine Zweifel!«

Pieck grinste glücklich, vergaß seine Schmerzen und genoß die beiläufigen Sticheleien der Männer ringsum. Nach der Äquatortaufe waren sie zu zweit und dritt wie zufällig zu ihm ins Lazarett geschlendert. Als dann noch Schiller beschwipst durch die Tür schwankte, die vom Regen flachgedrückte Krone schief auf dem Kopf, und mit einem Wutgebrüll den Dreizack auf ihn richtete, war Piecks Freude vollkommen.

Schiller hatte geschrien: »Wie war es möglich, daß dieser Zwerg mir entwischt ist? Hat sich hier im Lazarett versteckt, stimmt's?«

Dann hatten sie sein Gesicht eingeseift, ihn unter fröhlichem Gelächter rasiert und Steuers Proteste hinweggefegt. Als dieser jedoch Miene machte, sie aus dem Lazarett zu jagen, hatten sie Pieck unter wieherndem Gelächter auf eine Tragbahre gebunden und hinaus auf das regennasse Deck geschoben.

Pieck wandte den Blick Adler zu, der ruhig auf einer anderen Koje hockte, das Gesicht friedlich und ausdruckslos. Pieck fand das alles viel zu schön, um wahr zu sein. Das Versprechen des Kommandanten, ihn für das Eiserne Kreuz einzureichen, kam ihm noch immer wie ein Traum vor. Wichtiger jedoch als alles schien ihm, daß er endlich von den Kameraden akzeptiert wurde. Er gehörte zu ihnen, war einer von ihnen. Rasch mußte er blinzeln, denn am liebsten hätte er vor Freude geweint.

Schließlich zog Gottlieb ein Kartenspiel aus der Tasche und mischte geübt. »Wer hebt ab?«

Schoningen klopfte grunzend auf den Kartenstapel. »Doch nicht schon wieder um Streichhölzer?«

Schiller schob seinen Zigarrenstummel in den anderen Mundwinkel und zog seine Pappkrone keck über das eine Auge. »Du gibst, Gottlieb. Wir spielen um den ersten Wochenlohn nach unserer Rückkehr!«

»Rückkehr? Du hast vielleicht Hoffnungen!« rief Hellwege. »Wir fahren immer und immer weiter, bis in alle Ewigkeit!«

Eifrig griff Schwartz nach seinen Karten. »Warum auch nicht? Was wartet denn zu Hause auf uns?«

Schiller spielte eine Karte aus und sah die anderen an. »Du hast ganz recht, Schwartz. Alles ist rationiert, die Zivilisten jammern und die Militärpolizei flucht. So sieht es aus.«

Dehler trat hinaus in die Brückennock. Das laute Gelächter unten ging ihm auf die Nerven, aber er fühlte sich außerstande, etwas dagegen zu unternehmen, sich auf solche Dinge wie Disziplin zu konzentrieren. Jedes Geräusch wirkte auf ihn wie die Berührung einer Säge. Mehrmals hatte er im Glas einen vermeintlichen Schatten am Horizont untersucht, weil er annahm, er sei ein Schiff, das von den Ausgucksleuten übersehen worden war. Finster blickte er auf Köhlers unverkennbare Gestalt herab, die ruhelos auf dem Oberdeck hin und her ging. Der Kommandant hatte ihn aus seiner Kammer entlassen, und er schritt jetzt übers Deck, als sei nichts vorgefallen. Wenn ich doch auch so stur und selbstsicher sein könnte wie er, dachte Dehler grimmig.

Köhler merkte nicht, daß er von der Brücke aus beobachtet wurde, während er ruhelos über das vor Nässe dampfende Deck ging. Der Kommandant hatte ihn nicht im Zweifel darüber gelassen, was er von ihm hielt. Die Unterredung war kurz und einseitig gewesen.

»Ich brauche zwar dringend Offiziere, Köhler, aber nicht solche wie Sie! Ich mache mir Vorwürfe, daß ich nicht früher dahintergekommen bin, was Sie an Bord treiben. Für das bisher Geschehene werde ich Sie also nicht zur Verantwortung ziehen.« Er hatte ihn mit kaltem Blick gemustert. »Aber wenn Sie noch einmal vergessen, daß Sie eine Offiziersuniform tragen, lasse ich Sie erschießen!«

Köhler blieb stehen und starrte hinaus auf das dunkle Wasser. Ein paar Sterne blinzelten durch die Wolkenlücken, und achteraus konnte er die lange, ununterbrochene Linie ihres Kielwassers ausmachen. Plötzlich lächelte er. Steiger brauchte ihn, das war der Grund, weshalb er ihm drohte. Sein Lächeln wurde zum breiten Grinsen eines Wahnsinnigen. Das ganze Schiff braucht mich, dachte er, weil sie ohne meine eiserne Disziplin und ohne mein wachsames Auge verloren sind, allesamt!

Er neigte den Kopf und lauschte dem groben Gelächter aus dem Krankenrevier. Mit dir bin ich noch nicht fertig, Willi! Du kannst dich auch nicht ewig im Lazarett verstecken.

Gleichgültig glitt das Schiff durch die leere See, dem unsichtbaren Horizont entgegen.

Bis auf das schwache Licht der Leselampe lag die Kajüte in tiefer Dunkelheit. Leise schloß er die Tür hinter sich. Sie saß noch immer auf der Armlehne des großen Sessels und ihm schien, als habe sie sich seit seinem letzten Besuch nicht bewegt. Beinahe schmerzhaft spürte er die Stille und das Klopfen seines Herzens.

Er durchquerte den Raum zu ihr hin, sah ihre hellen kleinen Füße unter dem Morgenmantel und ihre Hände, die sie über der Sessellehne gefaltet hatte, als halte sie sich mit aller Kraft daran fest. Sie bewegte nicht einmal den Kopf, bis er die Finger unter ihr Kinn legte und ihr Gesicht anhob.

Als er ihr sanft über das Haar strich, spürte er, daß ein Beben durch ihren Körper ging. Wie hypnotisiert erhob sie sich schließlich und sah zu ihm auf, die Augen dunkle Teiche in ihrem hellen Gesicht.

»Du siehst, ich habe mein Wort gehalten.« Er versuchte zu lächeln. »Hast du Angst?«

Sie schüttelte so heftig den Kopf, daß ihr loses Haar um den Nacken schwang. Diese Bewegung traf ihn bis ins Herz. Er spürte ihre Wärme und den zarten Duft ihres Körpers und wünschte, jeder Augenblick möge ewig dauern. Ihre Lippen öffneten sich, als er die Kordel löste und den Morgenmantel zu Boden gleiten ließ. In dem sanften Licht leuchtete ihr schlanker Körper wie Elfenbein und schien zu schwanken, bis er ihn an sich zog. Halb erstickt murmelte er unverständliche Worte in ihr Haar; ihr heftiges Zittern schien sich zu beruhigen, als sich seine Hand um ihre Taille legte und aufwärts strich, bis sie ihre Brust umfing.

Sie merkte, daß er sie hochhob und auf die breite Koje trug, auf der sie sich so oft nach diesem Augenblick gesehnt hatte.

Liebkosend streichelte er ihren ganzen Körper, bis sie es nicht länger aushalten konnte. Ihre Finger krallten sich in seine Schultern, und mit verzweifelter Kraft zog sie ihn zu sich herunter.

»Sei bitte vorsichtig und sanft mit mir. Ich habe so lange ...« Sie spürte das Gewicht seines Körpers, und als sie ihren Mund auf den seinen preßte, erstickte sie damit zugleich das Keuchen ihres beinahe schmerzhaften Verlangens.

18

Unter der gnadenlosen Sonne lag die See beinahe bewegungslos; nur eine leichte Dünung erweckte den Eindruck, als atme sie. Blasser Dunst lag über dem Horizont, das blaue Wasser glitzerte und warf die Strahlen zurück wie ein glänzender Spiegel.

Mit langsamer Fahrt dampfte die *Vulkan* durch die unendliche Weite; die nicht auf vollen Touren laufende Schraube warf wenig Schaum auf, der schon kurz hinter dem Heck wieder verschwand und kaum ein Kielwasser hinterließ. An Deck bewegte sich niemand, nur die Köpfe der beiden Ausguckleute im Mastkorb drehten sich gleichmäßig von einer Seite zur anderen, und das Blitzen der Sonne auf ihren Gläsern war das einzige Lebenszeichen. Man glaubte, die Decks knistern zu hören, und von den weiß gestrichenen Aufbauten blätterte trockene Farbe ab. Das Pech in den Decksnähten schlug Blasen.

Es wehte nicht der geringste Hauch, die Luft an Bord war geradezu erstickend. Auf der Brücke standen stille Gestalten, jede Bewegung trieb ihnen den Schweiß ins Gesicht.

Dehler zupfte sein durchnäßtes Jackett vom Körper und blinzelte über die Schultern des Rudergängers hinweg auf die blendende Wasserfläche. Damrosch stützte beide Hände auf das Flaggenspind, dabei hob und senkte sich seine Brust, als mache er Atemübungen. Sein Gesicht glühte vor Hitze und Sonnenbrand. Er merkte, wie ihm der Kopf nach vorn fiel, und jedesmal fiel es ihm schwerer, nicht einzuschlafen.

Er fuhr zusammen, als die Tür der Seekabine aufflog und Steiger an den Kartentisch trat. Damrosch betrachtete den gebeugten, gut geschnittenen Kopf, die ruhigen Augen und die Hand, die sich wie der Zeiger einer Uhr auf der Karte bewegte.

Der Kommandant sagte: »Gehen Sie auf Südost, Dehler, wir wollen eine Weile so weiterlaufen und dann den neuen Kurs festlegen.«

Das Rad wurde übergelegt, ruhig drehte das Schiff auf den neuen Kurs. Nichts im Gesicht des Kommandanten verriet seine nagende Sorge. Über zwölf Stunden hatte das Schiff jetzt ein riesiges Dreieck abgefahren, zuerst in der Abenddämmerung, dann in der Kühle der Nacht und jetzt in der sengenden Mittagshitze. Das waren über zwölf Stunden des Wartens und Suchens. Die Gläser waren ständig auf den Horizont gerichtet, konnten aber keinerlei Anzeichen des Kohlendampfers entdecken. Je länger die Suche dauerte, desto mehr schwand ihre Hoffnung, die *Nemesis* wiederzufinden.

Der Kommandant lehnte sich an die Tür des Steuerhauses und starrte über die flimmernde See. Die Hitze umschloß ihn wie eine warme Decke, und er wäre binnen einer Sekunde eingeschlafen, wenn er sich hätte gehen lassen. Drei Tage der Hoffnung und des Planens waren um und immer noch kein Kohlenschiff in Sicht. Die *Vulkan* ragte hoch aus dem Wasser, ihre Laderäume waren leer.

Er spürte, wie die Sonne seine Lippen austrocknete. Da verdrängte er die gewohnten Brückengeräusche – das gelegentliche Knarren des Rades, den schweren Atem der beiden Ausguckleute und das spöttische Summen der Generatoren –, alles verblaßte vor seinen Augen, und er sah sich wieder unten in der Kajüte bei der jungen Frau. Noch immer glaubte er, die Glätte ihrer Glieder zu fühlen, die heftigen Bewegungen ihres Körpers zu spüren. Sie hatten sich mit einer solchen Intensität geliebt, wie sie nur die Verzweiflung hervorbringen konnte. Hinterher hatten sie nach den rechten Worten gesucht, welche die Vollkommenheit ihrer Vereinigung weder beschmutzen noch zerstören konnten. Am Ende hatte er gewartet, bis sie schlief, und noch einmal auf sie herabgeblickt, auf ihre schlanke Gestalt, die im schwachen gelblichen Licht gerade noch zu erkennen war. Es kam ihm vor, als schlafe sie zum erstenmal wieder in Freiheit und Sicherheit, denn auf ihren halbgeöffneten Lippen zeigte sich ein winziges Lächeln. Da zog er die Decke über ihren nackten Körper und knipste das Licht aus. An der Tür blieb er nochmals stehen, denn fast fürchtete er, in diese andere Welt hinauszutreten.

Nun merkte er, daß die Tür schmerzhaft gegen seine Schulter drückte, war aber zu müde, um sich zu bewegen. Drei Tage lang hatte er sich und das Schiff mitleidlos angetrieben, bis ihm die Suche nach der *Nemesis* wie eine verzweifelte Pilgerfahrt vorkam. Es war, als habe er das Schiff schrecklich im Stich gelassen und könne diesen Makel nur durch einen neuen Erfolg tilgen.

Das Telefon schnarrte. »Mastkorb meldet ein Schiff, Herr Kapitän! Recht voraus!«

Das war Damrosch.

Die Qual des Wartens machte einer eiskalten Wut Platz. Dieser Narr Wildermuth! Niemals hätte er ihm eine derart verantwortungsvolle Aufgabe anvertrauen dürfen. Dadurch, daß er Treffpunkt und -zeit nicht einhielt, hatte er die *Vulkan* zum ständigen gefährlichen Umkreisen der vereinbarten Position gezwungen.

»Rufen Sie Oberleutnant Heuß! Lassen Sie die Ladeluken öffnen und das Schiff zur Kohlenübernahme vorbereiten. Eile ist äußerst wichtig.«

Er trat hinaus in die Brückennock, wo ihn die sengende Sonne mit solcher Wucht traf, als stehe er vor der offenen Tür eines Hochofens. Wieder schob er den Gedanken beiseite, der seit der Nacht mit Caryl Brett mehr und mehr von ihm Besitz ergriffen hatte. Er blieb abrupt stehen. Aber warum eigentlich nicht? Er hatte seine Aufgabe erfüllt und konnte jetzt wirklich den Rückweg nach Deutschland antreten, bevor es zu spät war. Erregt ballte er die Fäuste. Er konnte versuchen, die britische Blockade zu durchbrechen und in Kiel einzulaufen, wie es ihm schon einmal gelungen war. Bestimmt würde die Rückkehr einer siegreichen *Vulkan* alle Lügen und Anschuldigungen zerstreuen.

Sorgfältig prüfte er seinen Plan. Sie konnten wieder durch die Dänemark-Straße gehen und dann entlang der norwegischen Küste. Seine Freunde, die er noch immer in Norwegen hatte, würden ihm helfen, wenn er eine Engländerin an Land schickte, und sie bis zum Ende dieses blutigen Krieges unter ihre Fittiche nehmen. Caryl war in ihrem eigenen Land eine Ausgestoßene geworden, und auch für ihn selbst würde es nach der Niederlage keinen Platz mehr in Deutschland geben. Er versuchte sich auszumalen, was der Kaiser anstrebte. Einen ehrenvollen Waffenstillstand? Er runzelte die Stirn. Das konnte den Millionen Gefallener und Verstümmelter auch nicht mehr helfen.

Im sonnendurchglühten Mastkorb wischte sich Matrose Hauptmann den Schweiß aus den Augen und hob von neuem das Glas. Beim ersten Anblick der winzigen Rauchwolke war er erschrocken, aber sobald er mit Sicherheit wußte, daß sich kein Dreibeinmast im Dunst verbarg, kein schlanker grauer Kreuzer durch die schweigende Welt seiner starken Linsen zog, seufzte er zufrieden und meldete seine Entdeckung der Brücke. Gott sei Dank bin ich hier oben auf Wache, dachte er. Lieber den Korb, als in dieser Hitze Kohlen zu übernehmen. Unten in den leeren Laderäumen mußte eine Temperatur herrschen wie im Backofen. Er starrte hinunter zu den Offizieren mit ihren weißen Mützen. Die Teufel waren immer froh, wenn sie arme Seeleute schikanieren konnten. Er erinnerte sich an das Gesicht des Mädchens im schwankenden Rettungsboot, als er über die Duchten zum Heck gestiegen war, wo sie saß. Ohne Schiller hätte er sie gekriegt. Nun hielten sie sie unter Verschluß, wohl für die verdammten Offiziere. Vielleicht ergab sich aber eine Gelegenheit, wenn sie beim Kohlendampfer längsseit lagen... Wieder hob er das Glas und starrte auf das ferne Schiff. Bestürzt befeuchtete er sich die Lippen. Dies war nicht ihr Kohlendampfer! Es war ein großes Schiff, nach den Aufbauten ein Frachter. In wachsendem Schrecken tastete er nach dem Telefon.

Der Kommandant hörte sich die neue Meldung an, seine Hand, die gerade nach einer Zigarre suchte, hielt mitten in der Bewegung inne. »Ein Frachter? Sicher?«

Er hörte selbst die Enttäuschung in seiner Stimme heraus. »Damrosch, steigen Sie ins Krähennest, schnell!« Er drehte sich um, als Heuß auf der Brücke erschien, die Jacke lose über die Schultern geworfen.

»Gibt's was Neues, Herr Kapitän?«

Steiger hörte ihn nicht. Er stand da mit dem Telefonhörer am Ohr und sah vor sich noch die Vision der schneebedeckten norwegischen Berge. Dann verschwanden sie in der flimmernden Hitze. Ein Frachter! Zu groß für eine Prise und zu gefährlich, um ihn zu ignorieren. In jedem Augenblick konnte er frenetisch in alle Welt funken. Ich muß sein Funkgerät zerstören und Informationen von ihm bekommen, dachte er. Da hörte er an seinem Ohr Damroschs verzerrte Stimme: »Großer Frachter, Herr Kapitän. Ohne Zweifel Brite.«

Langsam hängte der Kommandant den Hörer ein. »Lassen Sie die Gefechtstationen besetzen, Heuß.« Als die Alarmglocken durch das dösende Schiff schrillten, dachte er, gebe Gott, daß dieser britische Kapitän kein Dummkopf ist.

S. S. *Fiji Star*, der Siebentausendtonner, schob seinen mächtigen Rumpf unbeirrbar auf das kleinere Schiff zu, das mit täuschender Langsamkeit aus dem niedrigen Dunst kam. Seine Laderäume waren gefüllt mit gutem argentinischem Rindfleisch und einer großen Menge Zucker, während auf den geräumigen Decks über zwanzig Jagdflugzeuge festgezurrt waren, bestimmt für die Westfront. Passagiere und Besatzung drängten sich an der Reling und starrten hinüber auf das seltsame Schiff, freuten sich über das Treffen, das ihnen die langweilige Überfahrt nach England verkürzte.

Sie sahen die Morselampe flimmern, die Unterhaltung wurde zu einem erregten Gemurmel, als Seeleute nach einem Pfeifsignal mit ungewöhnlicher Schnelligkeit über das Oberdeck rannten. Auf der hohen Brücke hatte der alte walisische Kapitän soeben dem Funker Befehl gegeben, sofort SOS zu senden; mit Hartruder legte dasstolze Schiff sich leicht über, als es von dem fernen Angreifer abdrehte.

Hinter dem Visier leckte sich Köhler die Lippen und starrte hinüber zu der länger werdenden Silhouette des großen Frachters. Sein Torpedomaat Weiß stand breitbeinig hinter dem Rohr, die Finger verschränkt wie im Gebet, die kleinen Augen auf seinen Vorgesetzten gerichtet.

Eins der vorderen Geschütze bellte plötzlich auf, eine riesige weiße Wassersäule erhob sich wenige Meter vor dem abdrehenden Bug des anderen, glitzerte wie Schnee in der grellen Sonne, fiel dann in sich zusammen und verschwand in der ruhigen See.

Steiger schnipste mit den Fingern. »Der Funkraum! Schießt den Funkraum kaputt!« Nur mit halbem Ohr hörte er das Stammeln der Morsezeichen, das laut aus ihrem eigenen Empfänger drang, die verschiedenen Befehle, die in die Sprachrohre gerufen und wiederholt wurden. Die Kanone feuerte ein zweites Mal, doch konnten die Geschützführer, geblendet von der grellen Sonne, nur ungenau zielen. Die frenetischen Morsezeichen drangen weiter durch die mit Pulverqualm geschwängerte Luft, und Steiger starrte mit wachsender Verzweiflung auf das rasch abdrehende Schiff.

Heuß neben ihm sagte beherrscht: »Dieses SOS wird viele Meilen weit zu hören sein, Herr Kapitän. Soll ich eine volle Breitseite feuern lassen?«

Der Kommandant schüttelte den Kopf. »Sehen Sie doch hin, Heuß. Seine Decks sind voller Passagiere! Wollen Sie auf hilflose Frauen und Kinder schießen?«

In einer Ecke des Steuerhauses hörte Dehler ihr Gespräch und packte mit aller Kraft ein Sprachrohr, um nicht laut aufzuschreien. Sein Kopf drohte zu zerspringen unter den im Stakkato hämmernden Morsebuchstaben, die aus dem auf Lautsprecher geschalteten Empfänger im Funkraum kamen. Wild starrte er die beiden Offiziere an, die er wegen ihrer beiläufig klingenden, mit ruhiger Stimme geführten Unterhaltung geradezu fanatisch haßte.

Sie sind völlig verrückt! dachte er. Aus Stolz ziehen sie geradezu den Tod auf uns. Sie spielen Krieg nach ihren eigenen Regeln, wie alle Aktiven. Für sie ist es ein erregendes Duell, bei dem arme Narren wie ich und andere Handelsmatrosen zu Tausenden geopfert werden. Das Steuerhaus schien vor seinen Augen in einem rötlichen Nebel zu schwimmen. Nur undeutlich nahm er eine verzerrte Stimme aus dem Sprachrohr wahr, an dem er sich gerade festhielt.

»Hier spricht der Torpedooffizier! Ich erwarte Ihre Befehle!« rief Köhler streitsüchtig.

Dehler starrte in die Mündung des Sprachrohrs, das er wie eine kostbare Blume in Händen hielt. Seine Stimme bebte vor Dankbarkeit und Rührung, als er hineinrief: »Feuern, wenn Ziel aufgefaßt!«

Der Kommandant fuhr herum, als die heisere Stimme in seine Gedanken drang. Mit zwei Riesenschritten durchquerte er das Steuerhaus und stieß Dehlers plumpe Gestalt beiseite, daß sie wie eine Schaufensterpuppe umkippte.

»Hier spricht der Kommandant! Köhler, feuern Sie *nicht!*« Doch mit Unglauben und Verzweiflung starrte er nach draußen, als der dumpfe Knall des Torpedoschusses bis ins Steuerhaus hinaufdröhnte.

Köhlers Stimme klang trotzig. »Torpedo läuft, Herr Kapitän! Befehl ausgeführt!«

Ohne ein weiteres Wort wandte der Kommandant sich ab und lief zurück in die Brückennock. Vielleicht war es ein Versager, vielleicht hatte Köhler in seinem Eifer Entfernung oder Schußwinkel falsch eingeschätzt. Er starrte hinunter auf den dünnen weißen Streifen, der gerade wie ein Pfeil zu dem fernen Schiff hinüberlief. Er zwang sich zu warten, während sich sein Gesicht und Körper vor Entsetzten verkrampften.

Heuß flüsterte erregt: »O mein Gott! Sie haben nicht die geringste Chance!«

Die Detonation klang seltsam gedämpft. Aber der riesige gelbe Feuervorhang, der in voller Länge aus der Bordwand des Schiffes emporschoß, ließ die Sonne verblassen. Der turmhoch aufwirbelnde, schwarze Qualm und die unmittelbar darauf durch die Luft fliegenden Trümmerstücke verbargen das getroffene Schiff wie eine Wand.

Sie sahen, wie die mächtigen Schornsteine ihnen entgegenkippten, als der Rumpf sich langsam überlegte, und glaubten, die kleinen Gestalten der todgeweihten Passagiere zu sehen, die noch vor wenigen Minuten der *Vulkan* zugewinkt hatten.

Gelähmt vor Entsetzen starrte Steiger in die treibende Qualmwolke und hörte sich rufen: »Die Boote zu Wasser! Versucht, Überlebende zu finden!«

Heuß dachte an das SOS und die schreckliche Gefahr, der sie sich durch längeres Verweilen an der Unglücksstelle aussetzten. Doch dann warf er einen Blick in das entschlossene Gesicht des Kommandanten und vergaß diese Überlegung wieder. Sobald die Maschine gestoppt hatte und die Bootsbesatzungen zurückgekehrt waren, meldete er heiser: »Anscheinend gibt es keinen einzigen Überlebenden, Herr Kapitän.«

Der Kommandant ging schweigend in die Mitte der Brücke und blickte hinunter auf Dehler; dessen Mund stand haltlos offen, und aus kleinen, bösartigen Augen starrte er den Kommandanten an wie ein triumphierender Irrsinniger. Er stützte sich auf und geiferte: »Sie haben mich dazu gezwungen! Sie waren im Begriff, das ganze Schiff Ihren veralteten Idealen zu opfern! Aber ich habe euch alle gerettet!« Er lachte laut, geradezu obszön in dem stillen Steuerhaus. »Was werden Sie nun der Welt erzählen? Wer wird Ihnen glauben, daß nicht *Sie* den Schießbefehl gegeben haben? All Ihre edlen Bewunderer werden jetzt an Ihnen irre!«

Der Kommandant blickte unverwandt auf die geduckte Gestalt Dehlers. Er reckte die Hand nach hinten und rief: »Gebt mir eine Pistole! Sofort!«

Heuß trat vor und legte dem Kommandanten beruhigend die Hand auf den Arm. »Ich bringe ihn in die Arrestzelle, Herr Kapitän. Er muß vor ein ordentliches Kriegsgericht!«

Fast desinteressiert sah Steiger ihn an. »Lassen Sie sich nicht wieder von Ihren Idealen irreführen, Heuß. Vergessen Sie die abgedroschenen Phrasen.« Seine Finger schlossen sich um den Griff der Pistole, die sich noch warm anfühlte vom Halfter des Rudergängers.

»Stehen Sie auf, Dehler! Gehen Sie hinüber in die Backbordbrükkennock!«

Zögernd trat Dehler rücklings hinaus ins Sonnenlicht, den Blick wie gebannt auf die Pistole gerichtet. Schließlich riß er ihn mit Gewalt los und sah die schweigenden Umstehenden an. Heiser schrie er: »Wollt ihr Narren mir nicht beistehen? Begreift ihr denn nicht, daß ich es für euch *alle* getan habe?«

Niemand antwortete, niemand bewegte sich. Die Augen der Männer waren so kalt und leer wie die von Verdammten, was sie jetzt auch waren.

Der Kommandant blieb stehen und deutete mit der Pistole über die Reling. »Sehen Sie ins Wasser, Dehler!«

Trotz seiner aufsteigenden Panik senkte Dehler den Blick hinunter auf die freundliche blaue See, deren kleine Wellen leise gegen den Rumpf klatschten.

Die beiden Kutter trieben untätig nebeneinander, die schweigenden Besatzungen ruhten sich über ihren Riemen aus. Dann sah er, was Steiger ihm zeigen wollte.

In den sanft rollenden Wellen trieben die traurigen Überreste der Passagiere der *Fiji Star*. Wie ausgenommene Fische wirkten sie zwischen dem Treibgut, ziellos schwamm ein blutiges Gewirr von Armen, Beinen und verzerrten Gesichtern um die Boote. Eine Gestalt konnte Dehler ausmachen, eine Frau, deren Beine wie mit einem Messer vom Rumpf abgetrennt waren. Ihr Haar breitete sich wie ein blasser Heiligenschein auf dem Wasser aus.

»Sehen Sie genau hin, Dehler«, sagte die Stimme hinter ihm. »Sehen Sie sich an, was Sie für Deutschland getan haben, für uns! Sind Sie immer noch der der Ansicht, daß ich veraltete Ideale habe?«

Er wartete die Antwort nicht ab, sondern drückte auf den Abzug und sah, wie die feisten Schultern beim Einschlag der Kugel zusammenzuckten. Dehler schrie auf und kippte über die Brückenreling. Er landete mit mächtigem Aufklatschen neben der toten Frau. Steiger beugte sich weit über die Reling und feuerte das ganze Magazin in den sich langsam drehenden Körper.

Endlich nahm ihm Heuß die Pistole aus der nicht widerstrebenden Hand. »Ruft die Boote zurück, wir nehmen sofort Fahrt auf«, befahl er.

Er warf die leergeschossene Pistole auf den Kartentisch und ging zurück zu der gebeugten Gestalt in der Brückennock. »Soll ich Ihren Steward rufen, Herr Kapitän? Ich denke, Sie sollten jetzt eine Weile ruhen.«

Die Antwort klang halb erstickt, und als Heuß den Kopf senkte, um sie besser verstehen zu können, sah er, daß Steigers Augen in Tränen schwammen.

»Ich wollte ihnen gerade sagen, daß wir nach Hause zurückkehren, Heuß, zurück nach Deutschland!« Das Schluchzen schüttelte seinen wehrlosen Körper. »Aber wie können wir uns jetzt noch dort sehen lassen? Was bleibt für uns noch übrig?«

Heuß dachte an das U-Boot und dessen Angriff auf die Rettungsboote, dachte an die zahllosen anderen Greuel, die von beiden Seiten begangen worden waren, meistens aus Angst oder Brutalität. Aber als er den Kommandanten wieder ansah, begriff er, daß diese Argumente einem solchen Mann schal klingen würden.

So sagte er nur leise: »Jetzt brauchen wir Sie mehr als je zuvor, Herr Kapitän.«

Der Kommandant richtete sich auf, als die Schraube zu arbeiten begann. »Wen meinen Sie mit *wir*, Heuß?«

»Das ganze Schiff, Herr Kapitän. Was der Rest der Welt auch von uns sagen mag, wir wissen, daß wir anständig gekämpft und unsere Pflicht getan haben.« Er beobachtete, wie seine Worte ankamen, und fügte hinzu: »Wir können trotz allem heimkehren, Herr Kapitän. Es gibt keinen Menschen, der Sie beschuldigen würde.«

Steiger sah die traurigen Überreste des Frachters achteraus wandern und reckte den Kopf, um sie im Auge zu behalten. Noch immer sah er den in der Sonne leuchtenden weißen Fleck von Dehlers Uniform und die auf- und abtanzenden Wrackstücke. Schließlich setzte er die Mütze wieder auf und zog sein Jackett zurecht.

»Gehen Sie mit der Fahrt hoch und steuern Sie Ostkurs wie besprochen. Noch besteht eine winzige Aussicht, die *Nemesis* zu finden.«

Heuß schluckte krampfhaft, stand dann stramm und salutierte. Er sah die Überraschung in den Augen des Kommandanten bei dieser Ehrenbezeugung, aber das störte ihn nicht. Wenn er jetzt nicht eine solche Geste machte, das war ihm klar, dann mußte er seinen Gefühlen nachgeben, und in diesem Augenblick wäre er lieber gestorben.

Der goldene Schein der untergehenden Sonne fiel durch die Bullaugen der Messe; bei dem sanften Rollen des Schiffes erhaschten die rings um den Mahagonitisch sitzenden Offiziere in gleichmäßigen Abständen einen Blick über die dunkelblaue See bis hin zum Horizont. Damrosch starrte trübe vor sich hin, während ihm ein Pantrygast über die Schulter langte, um den halbleeren Teller abzuräumen. Die Abendmahlzeit war in bedrücktem Schweigen verlaufen. Die üblichen Schiffsgeräusche wirkten deshalb besonders laut. Damrosch hörte das Zischen der Segeltuchschläuche auf dem Oberdeck, mit denen die Deckswache die ausgetrockneten Planken wässerte. Es war ein unheilvolles Geräusch, ähnlich dem eiligen Abnehmen der Geschützbezüge oder dem schmetternden Horn, das die Männer auf Gefechtsstationen rief. Trotz der ruhigen und leeren See, durch die das Schiff gleichmäßig nach Südosten dampfte, machte die Deckswache gefechtsklar für den Fall eines unerwarteten Zusammentreffens. Außer dem Wässern der Decksplanken, was das Splitterrisiko mindern sollte, wurden Türen aufgeschraubt, überflüssiges Glas nach unten geschafft und die wasserdichten Schotten überprüft.

Damrosch hob den Blick und sah Heuß am Kopfende des Tisches an. Der junge Leutnant hatte noch nicht den schrecklichen Schock überwunden, als er Dehlers Leichnam über Bord fallen sah; die Tatsache, daß Heuß jetzt dessen Platz an der Tafel einnahm, schien den Verlust noch zu unterstreichen. Niklas saß am anderen Ende des Tisches, seine blasse, ungesunde Haut stach kraß von Eberts frischem Gesicht ab, der übellaunig den trockenen Schiffszwieback zerbrach und auf dem Tisch in einem bizarren Muster anordnete.

Damrosch erinnerte sich an die ersten Tage in dieser Messe. Damals gab es immer Unstimmigkeiten und Diskussionen, Gruppen bildeten sich und lösten sich bald wieder auf, wenn irgend etwas ihre kleine Welt erschütterte. Jetzt fuhr Wildermuth den Kohlendampfer, und nur Gott allein wußte, warum er nicht zum vereinbarten Treffpunkt gekommen war. Ob er überhaupt noch lebte? Dehler jedenfalls war tot. Dehler, der grobe, anmaßende Handelsoffizier, der sich mit seiner Seemannschaft und Zähigkeit gebrüstet hatte, hinter der sich aber nur Schwäche verbarg. Schumann, Seebohm und Köhler waren auf Wache und die vier am Tisch wortkarg.

Er fuhr auf, als der Pantrygast seine angeschlagene Kaffeetasse füllte. Wir vier, dachte er, waren vielleicht enger verbunden als alle anderen. Er spürte Scham und Gewissensbisse, als er die drei gedankenversunkenen Gesichter betrachtete. Jeder von ihnen hatte seine eigene Abteilung, jeder grübelte über seine Probleme nach, die vor allem durch die drohende Verknappung verursacht wurden. Und ich, dachte er, kann über nichts anderes jammern als über mein schockiertes Gemüt.

Er räusperte sich und fragte Heuß: »Was denkst du wohl, Emil, was mit dem Kohlendampfer passiert ist?«

Heuß blinzelte, als sei er aus tiefem Schlaf erwacht. »Versenkt, glaube ich. Oder vielleicht auch verjagt.« Seine Antwort klang desinteressiert.

»Das gefällt mir nicht!« Geräuschvoll knallte Niklas seine Tasse auf den Tisch. »Wir sitzen hier wie alte Weiber!«

Damrosch antwortete: »Wir denken wohl alle an Oberleutnant

Dehler. Mir ist, als müßte er jeden Augenblick durch diese Tür kommen.«

»Vergiß ihn!« Heuß' Stimme klang ungewöhnlich scharf. »Wir sprechen niemals von einem Mann, der umgekommen ist. Deine Gedanken sind deine Sache, aber behalte sie für dich.«

Niklas blickte sich um, als wolle er sich überzeugen, daß die Partygäste die Messe verlassen hatten. »Er ist nicht im normalen Sinn des Wortes umgekommen«, sagte er bitter. »Er hat zwar Unrecht getan, aber einen besseren Tod verdient.«

»Hat er das?« fragte Heuß ruhig. »Er versuchte, sich selbst zu retten, und hat doch unsere Vernichtung erst unvermeidlich gemacht.«

»Trotzdem hast du versucht, den Kommandanten davon abzuhalten«, warf Niklas zornig ein.

»Das war nicht recht von mir. Dehler hatte den Tod verdient, das sehe ich jetzt ein, und es war richtig, daß er auf dieselbe Weise umkam wie die vielen unschuldigen Menschen, die er auf dem Gewissen hat.«

Ebert, der bisher schweigend zugehört hatte, sagte milde: »Du hast dich sehr verändert, Emil.«

»Ich weiß. Ich habe keine falschen Illusionen mehr. Und ob es mir gefiel oder nicht, mußte ich eine Verantwortung übernehmen, vor der ich mich immer gedrückt hatte.« Traurig sah er die anderen an. »Ich weiß, was ihr denkt. Als ich mich auf Dehlers Platz am Tisch setzte, wart ihr im Grunde alle empört – hab' ich recht? Ihr bildet euch ein, daß ich es kaum abwarten konnte, seine Nachfolge anzutreten.« Achselzuckend fuhr er fort: »Nehmt zur Kenntnis, daß dem nicht so ist. Wenn dieser Stuhl leer geblieben wäre, hätten wir nicht nur ständig ein Gespenst in unserer Mitte gehabt, sondern auch ein dummes, ungerechtfertigtes Schuldgefühl.«

Ebert nickte. »Ja, ich verstehe. Mir fällt es leichter, Befehlen zu gehorchen, vielleicht weil ich aus dem Mannschaftsstand komme. Aber ich bin nicht so dumm, mir einzubilden, daß ich Steiger vertreten könnte. Manchmal dachte ich zwar, daß er Ehre zu hoch einstuft in einem Krieg, in dem Ideale genauso überholt sind wie gepanzerte Ritter. Aber nach dem heutigen Tag bin ich anderer Meinung. Er fühlt sich schuldig, weil das Schiff schuldig geworden ist.«

Damrosch runzelte die Stirn. »Aber diesmal kann er doch nichts für das Schiff.«

Lächelnd sah Heuß Ebert an. »Steiger *ist* das Schiff, begreif doch!

Also fühlt er sich schuldig. Und was mich angeht – ich empfinde genauso.«

Niklas schnaubte verächtlich und wischte sich die schmutzigen Hände am Jackett ab. »Ihr verdammten Heuchler solltet mal eine Zeitlang im Maschinenraum Dienst tun. Dort wird genau und präzise gemessen, und zwar nicht von blöden, stümpernden Idioten!«

Heuß lachte. »Hört euch den Weisen an! Die Jahre unten im Dampf haben seinen Verstand aufgeweicht.« Er drückte auf einen Klingelknopf und sagte mit jungenhaftem Lächeln: »Ich bestelle jetzt Wein, meine Herren. Wie ihr wißt, ist das nicht üblich, aber dies ist eine besondere Gelegenheit.«

Niklas schüttelte belustigt den Kopf. »Gut, ich nehm's zurück. Ich hätte nicht sagen sollen ›blöde, stümpernde Idioten‹, sondern ›ehrliche, stümpernde Idioten‹!«

Ihr sprödes Gelächter drang durch die geschlossene Tür in die Anrichte, wo die Pantrygäste Geschirr spülten.

»Hört euch das an!« sagte der eine. »Lachen in einer solchen Situation! Diese herzlosen Halunken!«

Der andere wischte den Staub von einer Weinflasche und griff nach dem Korkenzieher. »Offiziere sind nun mal so.« Dann setzte er sein Dienstgesicht auf und trug den Wein in die Messe, die so groß und leer war, daß die Gruppe am Tisch klein und verloren wirkte.

Steuer richtete sich auf, als ein Schatten durch die Tür des Krankenreviers fiel. Sein Stirnrunzeln verschwand aber sofort, als er die schlanke Gestalt der jungen Frau entdeckte. Caryl trat in den verhältnismäßig kühlen Raum und blickte noch einmal über die Schulter zurück zum dunkelroten Ball der untergehenden Sonne. Ein breiter, golden schimmernder Pfad verlief vom Horizont bis zum Schiff. Sie lehnte sich gegen die Türfüllung, die Hände auf dem Rücken, und Steuer sah die sanfte Bewegung ihrer Brüste unter der weißen Marinejacke. Er wunderte sich über ihr heiteres Gesicht und den dunklen Glanz ihres Haares, das dem leuchtenden Sonnenuntergang Konkurrenz machte. Im Nacken war es mit einem schwarzen Mützenband zusammengehalten. In der Uniformjacke mit dem hohen Kragen erinnerte sie Steuer an eine russische Tänzerin.

»Immer wieder erstaunt mich die Schönheit der See«, sagte sie, und Steuer war überrascht von der ruhigen Ausgeglichenheit ihrer Stimme. Den ganzen Tag hatte an Bord gespannte Stimmung geherrscht, die noch durch den Schatten des toten Ersten und die Vorbereitungen auf ein Gefecht verdüstert wurde. Die junge Frau aber wirkte völlig gelöst und gleichgültig gegenüber allem außer ihren eigenen Gedanken.

Sie stieß sich vom Türrahmen ab, durchquerte den Raum und trat an eine der nächstgelegenen Kojen. Pieck sah sie über seine Decke hinweg an und lächelte zaghaft. Sie gab das Lächeln zurück und fragte Steuer: »Wie geht es ihm?«

»Soweit ganz gut. Natürlich braucht er bald ärztliche Hilfe, aber wenn keine Verschlimmerung eintritt, bin ich zufrieden.«

Sie sah, wie die Sonne unterging, und erschauerte. Die Versenkung des Passagierschiffes hatte sie nicht gesehen, sondern hatte sich die Ohren zugehalten, um das Donnern der Detonation und das Kreischen des zerreißenden Metalls nicht hören zu müssen. Doch die Veränderung bei der Besatzung der *Vulkan* war ihr nicht entgangen. Die Gesichter der Seeleute waren eingesunken und voller Sorgenfalten, und mehr als einer hatte gehetzt oder verbittert hinausgeblickt auf die ruhige See.

Sie betrachtete die ordentlich zusammengerollten Verbände und die sauber blitzenden Instrumente. »Sie erwarten also ebenfalls das Schlimmste?«

Überrascht sah er sie an. »Natürlich, was sonst? Wir können nicht ewig unentdeckt bleiben.«

Mit plötzlich aufsteigender Angst sah sie ihn an. »Aber die Royal Navy...«

Beruhigend hob er die Hände. »Keine Sorge, Mrs. Brett. Sie und die anderen Gefangenen werden sich in Sicherheit befinden. Soweit mir bekannt, hat der Kommandant Anordnungen getroffen...«

Ungeduldig unterbrach sie ihn. »Ich denke nicht an mich!«

Verblüfft starrte er sie an, erkannte zum erstenmal ihr Geheimnis. Es stimmte also, sie war jetzt Steigers Geliebte. Das spröde, verängstigte Mädchen war endlich eine Frau geworden. Er kämpfte mit dem aufsteigenden Gefühl von Eifersucht. »An wen denken Sie denn?«

Ein schriller Pfiff enthob sie der Antwort. Gestalten hasteten an der offenen Tür vorbei.

Laut rief Steuer nach draußen: »Was ist denn los?«

Aufgeregt antwortete ein rennender Seemann: »Das Kohlenschiff! Sie haben das Kohlenschiff gesichtet!«

Der Kommandant zeichnete mit einem Finger unsichtbare Kringel auf das lackierte Holz und drückte das Telefon mit der anderen Hand gegen sein Ohr. Die Brücke war schon in Schatten gehüllt, der Himmel aber noch immer rotgolden, als sei er nicht bereit, sich der Nacht zu ergeben.

»Sind Sie ganz sicher, Damrosch?« Er wartete und versuchte, sein Glas auf die winzige ferne Form zu richten.

»Ohne jeden Zweifel, Herr Kapitän!« Damroschs Stimme klang erregt und im Krähennest sehr weit entfernt. »Ich erkenne deutlich die Pfahlmasten und den aufgetakelten Ladebaum.«

Der Kommandant blickte angestrengt über das Wasser, das vom Bug der *Vulkan* in zwei silberne Gischtstreifen geteilt wurde. Wildermuth hatte es also trotz allem geschafft. Er kam zwar verspätet, aber da ihre Zeit in Strömungen und Windrichtungen gemessen wurde und der Seeraum Tausende von Quadratmeilen umfaßte, war das schließlich kein Wunder. Steiger spürte die Erregung ringsum und hörte, wie die Seeleute die gute Nachricht ihren Kameraden zuriefen. Das war knapp gewesen, dachte er freudlos. Die Erinnerung an den SOS-Ruf des sterbenden Frachters hing noch immer in der Luft. Ohne Treibstoff und somit manövrierunfähig wäre ihre Lage hoffnungslos gewesen. »Bleiben Sie oben, Damrosch und geben Sie von Zeit zu Zeit die Peilung direkt an den wachhabenden Offizier. Ich rufe die *Nemesis* an, sobald wir nahe genug sind.«

Er drückte Ebert den Telefonhörer in die Hand und trat langsam hinaus in die Nock. Dort zwang er sich dazu, das frisch geschrubbte Deck und die niedrige Reling zu betrachten, über die Dehler in den Tod gestürzt war. Die Luft war kühl, aber schwer, und er atmete ein paar Mal tief durch, als das Schiff unter ihm zum Leben erwachte.

»Sollen wir versuchen, noch heute Nacht zu bunkern, Herr Kapitän?«

Er fuhr herum und sah in das überschattete Gesicht von Oberleutnant Heuß. »Ja, auf jeden Fall.«

Er bemerkte die Besorgnis des Ersten Offiziers und verfluchte sich dafür, daß er sich so hatte überraschen lassen; als die Stimme in seine brütenden Gedanken drang, war er regelrecht zusammengefahren, als erwarte er, Dehlers zorniges Gesicht zu sehen. Dehler mit seiner ständigen Bitterkeit, mit dem ewig an ihm nagenden Groll, der ihn jeglicher Freude, jeglichen Glücks beraubt hatte. Jetzt ist er tot, dachte er, und ich habe ihn umgebracht, wie ich schon viele umgebracht habe.

Jeder, der mir nahe kommt, läuft Gefahr, sein Leben zu verlieren, als sei ich mit einer schrecklichen Krankheit behaftet.

Abrupt schüttelte er sich. »Ja, Heuß, wir wollen soviel Kohle übernehmen wie möglich. Es kann lange dauern, bis wir ein anderes Schiff finden, das uns so freundlich versorgt.«

»Fahren wir danach nach Hause?«

Der Kommandant nickte abwesend. »Ja, ich will versuchen, das Schiff nach Kiel zurückzubringen.« Dann fügte er hinzu: »Holen Sie bitte Kapitän Mason auf die Brücke.«

Er stützte sich auf die glatte Reling und wartete. Heuß und dessen überraschtes Gesicht hatte er bereits aus seinen Gedanken gestrichen.

Auf der Leiter waren Fußtritte zu vernehmen, und Kapitän Mason erschien auf der Brücke, zerzaust und unrasiert, von einem bewaffneten Posten begleitet.

Steiger wandte sich um. »Kapitän Mason, Ihr Schiff ist soeben gesichtet worden. In etwa einer Stunde werden wir längsseits gehen und Kohle übernehmen.«

Mißtrauisch musterte ihn Mason. »Wollen Sie mich erniedrigen? Wollen Sie sehen, wie ich zusammenbreche und anfange zu weinen?« Seine Stimme bebte vor Wut und Haß. »Das werden Sie nie erleben, weder Sie noch sonst einer von euch verdammten Deutschen!«

»Halten Sie den Mund!« Heuß trat heran, aber der Kommandant winkte ihn beiseite.

»Nein, Kapitän, aus diesem Grund habe ich nicht nach Ihnen geschickt. Ich beabsichtige, Ihnen die *Nemesis* zurückzugeben.« Er wartete. »Dann können Sie fahren, wohin Sie wollen, natürlich ohne zu funken, aber frei. Ich gebe Ihnen alle Gefangenen mit, Sie können sie in Brasilien an Land setzen, wenn sie das wünschen.«

Mason schluckte und blickte dem Kommandanten suchend ins Gesicht. »Ich verstehe nicht recht. Warum sollten Sie das tun?«

»Weil ich es allmählich leid bin, Sie alle mit herumzuschleppen. Wenn Sie Ihre Freunde treffen, können Sie ihnen erzählen, was sich ereignet hat, was sich *wirklich* auf diesem Schiff ereignet hat. Von Ihrem gewagten Fluchtversuch und Ihrem Plan, den Treffpunkt durch einen Verwundeten zu verraten, den ich an Land bringen ließ.« Er nickte, als er Masons Überraschung sah. »O ja, ich weiß alles über Ihren schlauen Plan, Mason. Ich bin ja ein rücksichtsloser, skrupelloser Pirat. Aber während ich Schiff und Besatzung riskierte, um den erwundeten weiteres Elend zu ersparen, haben Sie und Ihr Freund Gelb rücksichtslos gehandelt!«

Verwundert schüttelte Mason den Kopf. »Das wußten Sie? Die Frau muß es Ihnen gesagt haben.«

Steiger lachte kurz auf. »Nein, mein Freund, das hat sie nicht! Täuschen Sie sich nicht. Ich wurde für diese Aufgabe nicht deswegen ausgewählt, weil ich halb blind bin oder ein gefühlsduseliger Narr. Wenn Sie wieder auf Ihrem Schiff sind, Kapitän, dann danken Sie Gott, daß ich nicht annähernd dieses Schwein bin, das Sie in mir sehen wollen.«

Mason blinzelte unsicher und sah Heuß an. »Ich werde euch Deutsche nie verstehen.«

»Kapitän Mason, ich gebe Ihnen noch einen Rat: Versuchen Sie, aus all diesen Ereignissen etwas zu lernen. Denn wenn Sie einen Weltkrieg überleben und nichts daraus lernen, dann besteht in der Tat wenig Hoffnung für die Menschheit.« Ruhig sagte er dann zu dem Posten: »Bringen Sie ihn wieder hinunter.«

Heuß blickte über die jetzt dunkle See. »Meinen Sie, daß es etwas ausmacht, Herr Kapitän? Daß Ihre großzügige Geste beim Feind zählt?«

Steiger seufzte. »Es war keine Geste. Ich will sie nur alle loswerden, um das Schiff wieder so zu haben, wie es beim Auslaufen war. Mrs. Brett werde ich allerdings nicht auf den Kohlendampfer geben.« Fast hätte er hinzugefügt: »Natürlich nicht«, aber ihm war klar, daß es bei Heuß unnötig gewesen wäre.

Ebert erschien in der Tür des Steuerhauses, und der Kommandant sah ihn an. »Was ist los, sagen Sie schon, Mann!«

Ebert schien völlig verstört und unfähig, die Ungeheuerlichkeit seiner Meldung zu begreifen. »Der Kohlendampfer, Herr Kapitän! Damrosch meldet soeben, daß er untergeht!« Sein Gesicht war ganz blaß. »Das Schiff sinkt, Herr Kapitän!«

Wütend eilte Heuß zum Telefon. »Das ist unmöglich, er muß sich irren!«

Der Kommandant sah aus, als hätte er einen Schlag ins Gesicht bekommen, erholte sich aber sofort wieder. »Keineswegs, Heuß. Wildermuth hatte Befehl, das Schiff unter bestimmten Umständen zu versenken.«

Heuß starrte verblüfft in das unerschütterliche Gesicht des Kommandanten. »Aber doch nur, wenn er von einem britischen Kriegsschiff angehalten wird, Herr Kapitän!«

»Genau das, Heuß.« Ein paar Augenblicke vergingen, dann fügte der Kommandant hinzu: »Drehen Sie nach Backbord ab, Heuß, steuern Sie Nordost und gehen Sie auf vierzehn Knoten!«

Er drehte sich wieder um und hob das Glas zum Horizont. Es war noch nicht zu dunkel, um die kleine schwarze Silhouette auszumachen, die sich wie ein winziger Schmutzfleck vom Himmel abhob. Ein kleines, sinkendes Schiff, schon jetzt wertlos und halb vergessen.

Ihm war klar, daß es für ihn einen unersetzlichen Verlust bedeutete.

19

Auszug aus Steigers Tagebuch:

15. Februar 1918. Seit dem mißlungenen Treffen mit dem Kohlenschiff *Nemesis* und seiner Selbstversenkung, die mir ein Vermeiden des Kriegsschiffes ermöglichte, habe ich einen Kurs gesteuert, der mich allmählich in eine günstigere Position bringen sollte, von der aus ich einen Durchbruch nach Norden mit einiger Aussicht wagen könnte. In fünf Tagen haben wir 1680 Meilen zurückgelegt, heute mittag war unsere Position 450 Meilen südlich von Kap Palmas auf dem afrikanischen Festland. Verschiedentlich habe ich mich bemüht, nördlicheren Kurs einzuschlagen, aber fünfmal wurde ich gezwungen, nahezu parallel zum Äquator zu steuern, der noch immer nördlich von uns liegt. Fünfmal haben wir einzelne Schiffe gesehen, zweifellos große Kriegsschiffe. Wie es scheint, legen sie eine stählerne Absperrung quer über den Atlantik, und zwar sowohl nördlich wie auch südlich von mir, so daß ich gezwungen bin, in den Golf von Guinea auszuweichen. Ob das Zufall oder Absicht des Feindes ist, entzieht sich meiner Kenntnis. Aber der starke verschlüsselte Funkverkehr, den wir jetzt ständig auffangen, deutet auf eine gewaltige Anstrengung hin, uns zu finden.

Es ist bitter, daß nur 900 Meilen östlich von uns Togo liegt, einst eine stolze deutsche Kolonie, aber jetzt von den Alliierten besetzt. Selbst das größere Kamerun östlich von uns hat sich dem Feind ergeben müssen. Es sieht so aus, als gäbe es für uns kein Durchkommen nach Norden. Wäre nicht unser Mangel an Kohle, könnte ich abwarten und einen weiten Umweg versuchen. So aber muß ich meinem augenblicklichen Plan folgen und den Schutz der kurzen Nächte ausnutzen.

Das Wetter hat uns nicht gerade geholfen; seit Tagen befinden wir uns in einem Gebiet drückender Hitze. Es herrscht absolute Windstille, und die Leute lassen sich nach der Arbeit wie tot an Deck fallen oder kriechen in den Schatten. Die Verpflegung ist natürlich streng rationiert, das Frischwasser ebenso.

Ich empfinde nicht das geringste Bedauern über Dehlers Tod, den ich bereits ausführlich begründet habe. Das einzige, was mich bedrückt: daß ich seine Tat nicht vorausgeahnt und dadurch vielleicht verhindert habe. An dem zwangsläufig verstärkten Druck des Feindes fühle ich mich deshalb mitschuldig. Einen Passagierdampfer unter diesen Umständen zu versenken, ist wie ein Fußtritt gegen einen schlafenden Löwen.

Seit Kiel haben wir nahezu 11000 Meilen zurückgelegt und müssen voraussichtlich noch einmal dieselbe Zahl bewältigen, wenn wir Deutschland wiedersehen wollen. Aber da unsere Kohle zur Neige geht, können wir schon froh sein, wenn wir wenigstens den Äquator überqueren. Es sei denn, daß ich eine Lücke in der Blockade des Feindes finde...

Steiger legte seinen Federhalter auf den vibrierenden Tisch und lehnte sich im Sessel zurück. Die Luft in der kleinen Kabine war zum Erstikken, und nur schwer konnte er der Versuchung widerstehen, das Licht auszuknipsen, Blende und Bullauge zu öffnen und die samtige Nachtluft einzulassen. Deutlich spürte er das mühsame Rollen des Schiffes und versuchte, nicht ständig an die leeren Laderäume zu denken.

Sein Blick fiel auf die geleerte Tasse, und sofort empfand er das Verlangen nach mehr Kaffee. Wegen der Wasserverknappung wurde jedoch nur zweimal am Tag Kaffee für die gesamte Besatzung gekocht, und die Zuteilung wurde von den Köchen so streng überwacht als wäre es Goldstaub. Also Wein? Ärgerlich schüttelte er den Kopf.

Das Telefon über seinem Kopf schnarrte. Es war der Leitende Ingenieur.

»Reichlich spät für Sie, Niklas«, scherzte Steiger. »Es ist schon beinahe Mitternacht.« Er wartete, wappnete sich gegen neues Unheil.

Niklas räusperte sich. »Ich muß einen der Kessel stillegen, Herr Kapitän. Es ist äußerst dringend, fürchte ich.«

Der Kommandant straffte sich. »Und was ist der Grund?«

»Eine scheußliche Leckage. Die Rohrplatten sind durch die ständige Höchstfahrt beschädigt worden.« Das klang gereizt, sogar anklagend. »Wir sind gezwungen, das Feuer herauszureißen.«

»Wie lange wird es dauern?« Steiger versuchte, sich seine Sorge nicht anmerken zu lassen.

»Vier bis fünf Stunden vielleicht; kommt darauf an. Kein Mann kann länger als höchstens fünf Minuten in dem glühendheißen Kessel arbeiten.«

Steiger dachte an den glücklosen Heizer, der in die noch immer schwelende Feuerstelle einsteigen mußte, lediglich geschützt durch dicke Kleidung und eine Art Bahre aus feuchtem Holz; er mußte die schadhaften Rohre auswechseln, bevor die erstickende Hitze ihn wieder hinaustrieb. Was es bedeutete, unter diesen Bedingungen zu arbeiten, zumal die Tür des Feuerlochs hinter ihm geschlossen werden mußte, um ein Wiederaufflackern der Glut zu verhindern, konnte man sich nur schwer vorstellen.

»Wir müssen also mit der Fahrt heruntergehen. Was ist das höchste, das Sie mir geben können?«

»Nur so viel, daß Sie steuerfähig bleiben; oder vielleicht für kürzere Zeiten fünf Knoten.« Das war endgültig, ließ keine Kompromisse zu.

»Verstehe. Aber, Niklas, beeilen Sie sich um Gottes willen! Wir müssen so schnell wie möglich wieder Höchstfahrt machen.«

»Das brauchen Sie mir nicht zu sagen, Herr Kapitän. Sagen Sie es dem Narr, der ein Schiff wie dieses für den Kreuzerkrieg ausgesucht hat.«

Steiger wußte, daß jede Diskussion nur Zeitverschwendung gewesen wäre. Mit einem tiefen Seufzer legte er den Hörer auf. Nach ein paar Minuten erstarb das gleichmäßige Stampfen der Maschine und wurde zu einem leisen Zittern, das jedoch seltsamerweise das Rasseln losen Geräts auf der Brücke noch verstärkte.

Er klingelte nach dem Läufer Brücke und bemerkte die rotgeränderten Augen des jungen Mannes. Bald werden sie mir zusammenbrechen, dachte er bitter. Es war nicht der Gedanke an die Gefahr, der sie störte, sondern die ständige Bedrohung durch einen unsichtbaren Feind.

»Sagen Sie dem wachhabenden Offizier, er soll der Besatzung den Grund für unsere Fahrtverminderung mitteilen. Ich möchte nicht, daß die Männer denken, wir seien in Gefahr.«

Der junge Mann eilte davon. Wahrscheinlich war er im Zivilleben ein Bauernjunge oder ein kleiner Büroangestellter, dachte Steiger. Aber jetzt ist er Seemann auf einem gehetzten Schiff. Wieder seufzte er. Nun, zumindest war er mit seinem Kummer nicht allein.

Heuß blinzelte mehrmals heftig, damit ihm die Augen nicht zufielen, dann beendete er die Logbucheintragung. Das winzige Licht, das einen runden gelblichen Schein auf den Kartentisch warf, störte seine Konzentration. Er kniff nochmals die Augen zusammen und runzelte die Stirn. Was für einen Sinn hatte es, die Windstärke zu schätzen und das Wetter zu beschreiben? All das existierte für sie nicht mehr. Er fragte sich, ob Niklas schon angefangen hatte, die Feuer herauszureißen, und ob sie wohl ausgelost hatten, wer als erster in dieser glühenden Metallhölle arbeiten mußte.

Damrosch trat leise ins Steuerhaus und stellte sich neben ihn. Sein Jackett war offen, und Heuß sah seine Haut in der schwachen Kartenbeleuchtung schimmern.

»Na, genießt du die frische Nachtluft, Max?«

Damrosch nickte. Wieviel angenehmer war es doch, mit Heuß Wache zu gehen als mit Dehler. Fast fühlte er sich schuldbewußt, als er dies feststellte. In den fünf Tagen seit Dehlers Tod hatte er sich mit Feuereifer seinen Aufgaben gewidmet, bis Heuß sich genötigt sah, ihn zu warnen.

»Es war herrlich draußen«, antwortete er leise. »Nichts als Dunkelheit und Sterne.«

»Das hoffe ich. Der Gedanke wäre mir widerlich, daß sich jetzt ein britisches Schiff an uns heranschleicht. Wir sind kaum steuerfähig, ein Kessel ist abgeschaltet und die Kohle auf ein Minimum reduziert.«

»Es ist seltsam, Emil, wie du dich verändert hast. Erinnerst du dich noch, wie du damals in meine Kammer kamst, nachdem wir die *Nemesis* gekapert hatten? Total betrunken?«

Heuß seufzte. »Ja, ich erinnere mich. Es kommt mir aber vor wie eine Ewigkeit her.«

»Du hast mir damals von der jungen Frau vorgeschwärmt.« Er stotterte ein wenig, war sich nicht ganz sicher, wie Heuß seine Worte aufnehmen würde. »Bist du jetzt darüber hinweg?«

Heuß hob die Schultern. »Ich glaube nicht, daß ich das schon beantworten kann. Vielleicht nächsten Monat oder nächstes Jahr. Aber ich habe vermutlich von Anfang an gespürt, daß sie für den Kommandanten bestimmt war. Es mußte wohl so sein.«

Damrosch schluckte. »Das ist doch nicht dein Ernst? Niemals würde er sich mit einer Gefangenen einlassen!«

Wohlwollend klopfte ihm Heuß auf den Arm. »Du bist wirklich ein Glanzstück, Max! Der letzte der Kavaliere! Steiger ist in mancher Beziehung sehr menschlich, das wissen wir. Und Caryl Brett ist keine gewöhnliche Frau, schon gar keine *Gefangene.* Sie kam aus der See zu uns, wurde aus einem Leichenhaufen herausgezogen. Vielleicht sah er in ihr eine Art Vergeltung. Was es auch anfangs gewesen sein mag, es hat sie dann beide wie ein Sturm gepackt. Ich glaube, ohne sie hätte er schon längst kapituliert.«

Der Läufer Deck kam ins Steuerhaus gestürmt und sah sich ängstlich nach einem Offizier um. »Herr Oberleutnant! Der Gefangenenposten meldet Feuer in Laderaum zwei!« Keuchend hielt er inne, als seine Worte die Brücke zu elektrisieren schienen. Damrosch griff eilig zum Telefon. »Ich rufe den Feuerlöschtrupp.«

Heuß schüttelte den Kopf. »Nein! Wenn es Selbstentzündung ist, wäre Wasser das letzte, was wir brauchen. Ruf den Kommandanten!«

Heuß trat hinaus und suchte mit seinen müden Augen das dunkle Vorschiff ab. Gegen das hellere Deck hoben sich die beiden Rechtecke der Ladeluken dunkel ab, genauso die imitierte Decksladung, die zwei der Fünfzehnzentimetergeschütze verdeckte. Er schnüffelte in der schweren Luft. Kein Zweifel. Das roch ganz anders als der säurebeladene Schornsteinqualm, der manchmal auf die Brücke drang. Dies war der Gestank eines wirklichen Schwelbrandes.

Plötzlich stand der Kommandant neben ihm. »Nummer zwei brennt?« Er war hellwach. »Natürlich, ausgerechnet der!« Der größte Vorrat der noch nicht angerührten Kohle lag in diesem Raum, und die ganze Verbitterung darüber klang in seiner Stimme mit.

»Richtig, Heuß, kein Wasser. Lassen Sie alle Ventilatoren abdichten und die Lüfter versiegeln. Die einzige Möglichkeit, ein offenes Feuer zu verhindern, ist das Abschneiden jeglicher Luftzufuhr.«

»Aber die Kohle, Herr Kapitän! Wir brauchen doch jedes Stück!«

»Luk zwei können Sie vergessen, Heuß. Eine Zeitlang zumindest ist darin nichts als Ballast.« Er schlug mit der geballten Faust auf die Reling. »Wahrscheinlich war es die Kohle, die wir von diesem treibenden Wrack übernommen haben. Sie war zu naß, das kann immer leicht zur Selbstentzündung führen.«

Heuß erteilte den wartenden Unteroffizieren seine Befehle und sah ihnen nach, als sie zu der qualmenden Luke liefen. Der Kommandant wirkt resigniert, dachte er.

»Vielleicht begegnen wir einem anderen Kohlenschiff, Herr Kapitän«, meinte er tröstend.

»Vielleicht. Wir können nur hoffen.«

»Luk zwei ist dicht, Herr Kapitän!« Heuß stieg die Leiter zur Brücke hinauf, seine Glieder waren schwer wie Blei.

Der Kommandant nickte knapp und wandte sich dann an den ablösenden wachhabenden Offizier. »Lassen Sie dort einen Posten aufziehen, Ebert, und sagen Sie das auch Ihrer Ablösung weiter. Der Brand sollte jetzt eigentlich unter Kontrolle sein, aber man kann nie wissen.« Er drehte sich abrupt um und fragte: »Wer singt denn dort unten?«

»Die Gefangenen, Herr Kapitän. Unsere Männer werden schon unruhig. Sie haben gesungen und gelacht, seit wir den Laderaum abgedichtet haben. Soll ich sie einschließen?«

»Laßt sie singen! Wenn es unsere Leute böse macht, desto besser. So sind sie mir lieber als derart entmutigt und gleichgültig wie vorher.«

Heuß runzelte die Stirn. »Was ist denn in die Gefangenen gefahren?«

»Neuigkeiten verbreiten sich schneller als Feuer im Schiff. Sie rechnen zwei und zwei zusammen und bilden sich ein, daß wir gräßlich in der Klemme sitzen.«

Heuß lächelte müde. »Sie singen: *I want to go home...*«

»Vermutlich geht es uns allen so.«

Ebert öffnete die Tür des Steuerhauses. »Der Ausguck meldet einen roten Schein an Backbord achteraus, Herr Kapitän. Er kann aber nicht erkennen, was es ist.«

Sie liefen hinaus in die überfüllte Backbordbrückennock und starrten in die angegebene Richtung. Heuß drückte sein Glas fest gegen eine Deckstütze und starrte angestrengt auf den matten orangefarbenen Schein. Er glaubte, drei oder vier Lichter dicht nebeneinander zu sehen.

Der Kommandant betrachtete sie ebenfalls und ignorierte die gemurmelten Vermutungen der Männer ringsum. Es handelte sich keineswegs um eine Täuschung, wenn die Lichter auch sehr weit entfernt waren.

»Wir können Gott danken, daß wir mit der Fahrt heruntergehen mußten, Heuß. Dieser Bursche da drüben wollte uns überholen und uns den Weg abschneiden. Ohne die Verzögerung hätten wir uns dort vorne irgendwo getroffen.«

Ebert senkte sein Glas. »Das verstehe ich nicht ganz, Herr Kapitän.«

Der Kommandant lächelte grimmig. »Diese vier kleinen Lichter sind die Schornsteinspitzen eines Kriegsschiffs. Sie müssen wirklich das letzte aus ihren Kesseln herausholen, um solch ein glühendes Inferno zu veranstalten.«

Heuß rieselte es kalt über den Rücken, als er sich noch einmal den fernen Lichtern zuwandte. Er bildete sich jetzt sogar ein, die vier mächtigen Schornsteine sehen zu können, den schnittigen Rumpf darunter und die langen Geschütze, die wie gefletschte Zahnreihen in die Finsternis zeigten. Dann fiel ihm die beiläufige Erklärung des Kommandanten ein, seine rasche Zusammenfassung der Gefahr. Wie könnte ihn einer von uns je ersetzen? dachte er. Es ist nicht die Ausbildung, die uns fehlt, sondern die Erfahrung.

Der Kommandant gähnte. »Ich gehe noch eine Ronde, Heuß. Sie sollten sich jetzt lieber hinlegen.«

Heuß lächelte unbehaglich. Sein Körper und Geist schrien geradezu nach Ruhe, aber er fühlte sich außerstande dazu. »Ich denke, ich bleibe noch eine Weile auf der Brücke, Herr Kapitän.«

»Wie Sie wollen. Benutzen Sie meine Seekabine, ich kann heute nacht doch nicht schlafen.«

Mit den Händen in den Taschen ging er davon. Ich kann weder heute nacht noch sonst jemals wieder schlafen, dachte er. Er spürte förmlich, wie das Schiff ihn rief, als er über die verlassenen Decks ging. Er duckte sich unter den Ladebäumen und den Schutzkleidern aus Segeltuch, machte auf dem hohen Achterdeck eine Pause, beugte sich über die Reling und blickte hinunter in das kaum vorhandene Kielwasser. Die See klatschte leise gegen die rostigen Stahlplatten. Als er sich umwandte, sah er die schweren Masten und ihre Takelage sich wie Filigran von dem gestirnten Himmel abheben. Er versuchte den Gedanken zu verdrängen, daß dies die letzte friedliche Nacht sei, die er erlebte. Hatte auch Heinz vor Eintritt der letzten Morgendämmerung so empfunden?

Als der Kommandant sich gegen die Reling lehnte, konnte er das Schiff sprechen hören, so wie jedes Schiff während der Nacht spricht: das schwache, unmißverständliche Raunen des sich ausdehnenden oder zusammenziehenden Metalls, der losen Drähte, beanspruchten Decksbalken und zahllosen anderen Bauteile. Doch konnte er keines dieser Geräusche einzeln heraushören, sondern nahm nur ein leises, unaufhörliches Murmeln wahr.

Er blieb am Krankenrevier stehen und blickte durch die offene Tür. Steuers weiße Jacke schwang an einem Haken hin und her, der junge Pieck atmete mühsam in seiner Koje. Eine Gestalt saß mit gesenktem

Kopf am Tisch, den Blick auf die Hände gerichtet. Sie sah nicht auf, als der Kommandant vorbeiging, aber hörte die müde, mutlose Stimme murmeln: »Mein Name ist Emil Adler. Mein Name ist Emil Adler.«

Der Feuerlöschtrupp saß Rücken an Rücken gelehnt, die Beine ausgestreckt wie die Speichen eines Rades. Die Köpfe schwankten im Rhythmus der Schiffsbewegung.

In der Kombüse schürte der Koch sein Feuer und pfiff leise vor sich hin, während er in der Dunkelheit seine Lieblingspfeife mit einem letzten Tabakrest stopfte.

Auf dem feuchten Bootsdeck ließen die Ausguckposten ihre langen Teleskope wie Geschützrohre über der Reling kreisen. Er sprach mit ihnen, obwohl er sich hinterher nicht mehr erinnern konnte, was er gesagt hatte. Aber er erinnerte sich genau an ihre dunklen Gesichter, das Grinsen der weißen Zähne, an ihre Verwirrung und offensichtliche Freude.

Niemand im Maschinenraum merkte, daß er von dem hohen Laufsteg hinunterblickte, aber er stand dort mehrere Minuten und betrachtete diese glänzende, ordentliche Welt, in der Resultate nicht nur auf menschlicher Stärke beruhten.

Wieder draußen an Deck, erschauerte er und blickte hinauf zum quadratischen Umriß der Brücke. Seltsam, wie die drohende Niederlage sie endlich alle zusammengeschweißt hatte. Wäre es von Anfang an so gewesen, ob sich dann wohl etwas geändert hätte? Oder hätte der Überschwang sie schon in jenen ersten Tagen ins Verderben getrieben? Vielleicht in der Dänemark-Straße oder noch früher, als Dehler in den Atlantik ausbrechen wollte. Wieder dachte er an diesen verbitterten, fehlgeleiteten Mann. Eins konnte man ihm nicht absprechen: Er hatte dieses Schiff geliebt.

Der Kommandant beschleunigte den Schritt, als er zu den Offiziersräumen ging. Seine Stiefel quietschten auf den feuchten Decksplanken.

Die junge Frau öffnete die Augen und starrte in die Dunkelheit. Sie wußte nicht, was sie geweckt hatte, aber als sie die Geräusche allmählich unterscheiden konnte, bemerkte sie den langsamen Rhythmus der Maschine und das ungleichmäßige Rollen ihrer Koje. Ihre Gliedmaßen waren heiß und feucht, und als sie mit der Hand über ihren nackten Körper strich, spürte sie die winzigen Schweißperlen auf der Haut. Die Luft im Raum war schal, und ihr Herz klopfte laut. Sie erwachte jetzt nicht mehr voller Panik, mit einem stummen Schrei auf den Lippen oder im Kampf mit ihren Decken. Jetzt konnte sie in ihren Gedanken Trost finden.

Sie hörte ein Geräusch in der Dunkelheit und setzte sich mit einem Ruck auf. »Wer ist da? Was wollen Sie?« Sie zog die Decke bis ans Kinn und starrte angestrengt ins Dunkel.

Das gelbe Licht der kleinen Leselampe hüllte sie plötzlich ein. Steiger blickte mit ruhigen Augen auf sie herunter.

Ohne ein Wort setzte er sich auf den Rand der Koje und drückte sie sanft ins Kissen. Er lächelte beruhigend und strich ihr eine Haarsträhne aus dem Gesicht.

»Ich entschuldige mich nicht«, sagte er, »denn für mein Eindringen gibt es keine Entschuldigung.«

»Ist etwas passiert? Du weißt doch, daß du jederzeit zu mir kommen kannst. Ich habe so lange darauf gewartet, dich wiederzusehen.«

Er nahm ihr die Decke aus den willenlosen Fingern und zog sie herunter bis zu ihren Hüften. Einen Augenblick betrachtete er ihren nackten Körper und streichelte dann sanft ihre Schultern und Brüste. Sie erbebte, sagte aber nichts. Wie hypnotisiert sah sie ihm ins Gesicht, während er ihren Körper mit sanfter Gewalt liebkoste.

»Ich kann nicht lange bleiben. Aber morgen wird für uns alle ein schwerer Tag, und ich mußte dich vorher noch einmal sehen. Ich will jetzt Nordkurs steuern und das britische Kreuzergeschwader durchbrechen. Wenn es mir gelingt, werde ich versuchen, irgendwo Kohle aufzutreiben. Wenn nicht, muß ich mir etwas anderes ausdenken.«

Langsam bewegten sich ihre Lippen. »Wenn du nach Deutschland zurückkommst, wirst du mich vergessen.«

»Du weißt, daß das nicht stimmt. Wir können uns im Augenblick nicht helfen, das ist Schicksal. Ich werde dich an Land setzen, aber nicht zusammen mit den Gefangenen, sondern allein, mit genügend Informationen und Geld, damit du in Sicherheit bist. Wenn der Krieg vorbei ist – wirst du dann immer noch so an mich denken wie jetzt?«

»Er wird bald vorbei sein. Aber ich bin dann wieder ein einfaches Mädchen, während du zurückkehrst zu deinen Traditionen und deinem eigenen Lebensstil. Die wirst du mit mir nicht teilen können.«

Seine Hand hielt still und fühlte ihr schmerzliches Verlangen wie Feuer.

»Mit dem alten Leben ist es nach dem Krieg vorbei. Eine völlig neue Welt wird auf die wenigen warten, die stark genug sind, sie wieder aufzubauen.« Seine Augen blitzten im Licht der Lampe. »Ich bringe dich irgendwo in Sicherheit unter, bevor ich nach Deutschland zurückkehre. Du gehörst jetzt wieder zu deinem eigenen Volk. Mach dir keine Sorgen wegen dem, was sich zwischen uns ereignet hat; nichts kann das jemals zerstören. Aber was man auch über mich sagen wird – vertraue nur deinem eigenen Urteil. Ich habe meine Pflicht getan, so wie du die deine.«

Er machte Anstalten zu gehen, aber sie hielt ihn am Handgelenk zurück und schluchzte: »Noch nicht! Wir haben so wenig Zeit.«

Traurig lächelte er. »Ja, es gibt viel zu tun. Wenn der Maschinenraum erst mit der Reparatur fertig ist, muß ich ständig auf der Brücke bleiben.«

Er lauschte ihrem schnellen Atem. Dies war ein letzter Augenblick des Friedens, dem konnte er noch nicht den Rücken kehren.

Sie zog ihn zu sich herunter und spürte, wie sein Widerstand erlahmte. Später, nach einem langen Erschauern und nachdem ihre Leidenschaft einem Gefühl großer Ruhe gewichen war, blickte Steiger noch einmal hinunter in ihr entspanntes, beinahe kindliches Gesicht und betete, daß er zumindest sie vor Enttäuschung und Elend bewahren könne.

20

Das Murmeln erstarb, als Steiger auf die Ladeluke stieg und einen Augenblick auf seine Besatzung hinunterblickte. Das Zwitschern der Bootsmannsmaatenpfeifen hatte die Seeleute nach achtern gerufen, und jetzt standen sie im sengenden Sonnenlicht, Schulter an Schulter, oder hielten sich an den Stagen fest, um die schlanke, weiß gekleidete Gestalt ihres Kommandanten zu sehen.

Steiger betrachtete ihre hageren, sonnverbrannten Gesichter, den mutlosen, ja stumpfen Ausdruck und fragte sich, ob diesmal Worte genügen würden. Sie sahen so müde und geschlagen aus, daß er sie nur mit Beredsamkeit wohl kaum aufrichten konnte.

Als er dann sprach, klang seine Stimme ruhig und zuversichtlich.

»In ein paar Minuten werde ich euch hinunterschicken zum Frühstück. Wenn ihr dann gegessen habt, müßt ihr an die Arbeit gehen, und zwar noch härter als jemals bisher. Als erstes müßt ihr Laderaum zwei anzapfen!«

Eine Welle der Unsicherheit ging durch ihre dichtgedrängten Reihen, und Heuß, der bei den anderen Offizieren stand, machte sich plötzlich Sorgen. Diesmal verlangte der Kommandant zuviel von ihnen. Die Männer waren erschöpft und ohne Hoffnung. Wie wollte er sie zu neuer, schwerer Arbeit bewegen?

Unbeirrt fuhr Steiger fort: »Ich brauche die Kohle aus diesem Laderaum zu einem guten Zweck. Außerdem möchte ich, daß ihr jedes überflüssige Stück Holz abreißt und es in den Heizraum bringt: Spinde, Kojen, Türen – alles! Die Unteroffiziere haben Listen der Gegenstände, die wir zerhacken können.« Er machte eine Pause und ließ den Blick über das Schiff schweifen. Seit dem Hellwerden hatten die Leute gearbeitet, hatten Segeltuch angepinselt und das Schiff wieder neu getarnt. Deckshäuser waren verändert worden, eine falsche Ladung war hinter der Brücke aufgestapelt. Er blickte hinaus auf die leere, glitzernde See und hinauf zum blauen Himmel. Alles war so ruhig und dennoch voller Drohung.

Wieder sah er die Besatzung an, suchte sich einige bekannte Gesichter heraus.

»Männer, wir fahren zurück nach Deutschland!«

Einen Augenblick herrschte fasziniertes Schweigen, während die Gesichter sich von ihrem Erstaunen erholten. Dann jedoch brandete ein wilder, beinahe hysterischer Jubel auf. Steiger hob die Hand, und sofort herrschte wieder Ruhe.

»Ihr wißt vielleicht, daß uns ein britischer Kreuzer während der Nacht passiert hat. Ich glaube, daß er auf Grund eines SOS-Rufes von einem griechischen Dampfer zu dessen Position fuhr. Der Kommandant dachte vermutlich, daß die *Vulkan* den Griechen angriffe, und hoffte, uns endlich dort abfangen zu können.« Er machte eine Pause. »Das kann bedeuten, daß der britische Sperriegel zumindest für kurze Zeit unterbrochen ist. Verschafft mir die Kohle und das Holz, dann gehe ich sofort mit der Fahrt höher. Auf alle Fälle wollen wir unser Bestes tun. Wenn wir nach Deutschland zurückkehren, hat sich das alles gelohnt.«

Er kam nicht weiter, seine Worte wurden übertönt von Hurra-Rufen.

Er sah zu, wie sie sich zerstreuten, und kehrte zurück auf die Brücke. Er lächelte, als vorbeikommende Seeleute die Hände ausstreckten, um ihn zu berühren, aber als er den Fuß der Leiter erreichte, zögerte er; Heuß sah, wie sein ernstes Gesicht arbeitete. Noch nie hatte er den Kommandanten so bewegt, aber auch noch nie so schutzlos gesehen. Mit etwas wie Schuldgefühl wandte er sich ab; ihm war, als sei er in Steigers Privatsphäre eingedrungen.

Steiger sah, wie die Rauchfahne, die aus dem Schornstein quoll, dicker und dicker wurde. Unten schaufelten die Heizer die kostbare Kohle, gemischt mit hastig zusammengebündelten Holzstücken, in die Feuerungen. Er spürte förmlich, wie das Schiff erneut zum Leben erwachte, wie die Umdrehungen der Schraube zunahmen und der Vordersteven scharf in das träge Wasser schnitt. Er fühlte sich so leichtsinnig wie ein Spieler, der seine letzten Münzen auf den Tisch wirft. Von jetzt ab war alles eine Frage der Geschwindigkeit und der Entfernung. Sobald sie erst aus diesem überwachten Seegebiet heraus waren, hatten sie eine Chance. Als letzte Rettung konnten sie die afrikanische Küste anlaufen und in irgendeinem einsamen Waldgebiet weiteres Holz für ihre Kessel schlagen. Und dann bestand ja immer die Aussicht, nochmals einen Kohlendampfer zu treffen. Er runzelte die Stirn, mißtraute diesem Optimismus. Doch er freute sich, daß er die Seeleute damit angesteckt hatte. Ihre hoffnungsvollen, vertrauensseligen Gesichter waren beinahe zuviel für ihn gewesen. Nur die in seiner unmittelbaren Nähe Stehenden hatten das Beben seiner Stimme hören können.

Sie haben mir wirklich das Kehricht der Flotte und der Kasernen an Bord geschickt, dachte er. Der Admiral glaubte wohl, daß für eine solche Fahrt, die lediglich eine Geste sein sollte, keine gut ausgebildeten, handverlesenen Seeleute nötig seien, wie sie Graf Luckner, Graf zu Dohna-Schlodien oder Karl Nerger für ihre siegreichen Fahrten in feindliches Seegebiet gehabt hatten. Vielleicht hatte er recht, und es kam am Ende wirklich nur auf den Kommandanten an; aber er hätte diese Männer jetzt nicht mehr für die ausgesuchtesten Spitzenleute der Kaiserlichen Marine eingetauscht.

Er lauschte dem Geklirr der Schaufeln und trat nach vorn ans Brükkenkleid, um die arbeitenden Gruppen zu sehen, die für Laderaum Nummer zwei eingeteilt waren. Matt schimmerte die Kohle, als sie aus dem Lukenschacht am achteren Ende des Laderaums in Säcken heraufgeholt und zu den Bunkern geschafft wurde. Sie war noch immer naß und gefährlich, aber das Risiko lohnte sich. Dankbar sah er Niklas' grauen Kopf zwischen den hart arbeitenden Männern.

Steiger hob die Tasse und trank langsam und genüßlich. Trotz seiner Anspannung dachte er immer wieder an die junge Frau und den tiefgehenden Wandel, den sie bei ihm bewirkt hatte. Jetzt möchte ich leben, dachte er, und nach Hause zurückkehren. Es *muß* eine Zukunft für uns alle geben. Sie hat mir wieder Hoffnung geschenkt und eine Tür für mich aufgestoßen.

Er rieb sich die überanstrengten Augen und sah dem Rudergänger zu, der alle Mühe hatte, das Schiff auf Kurs zu halten. Ich habe mein ganzes Leben bei der Marine zugebracht, und doch beginnen meine wirklichen Erinnerungen erst mit Anfang des Krieges. Jetzt sind sie noch intensiver. Es gibt nichts mehr für mich außer diesem Schiff.

Sorgfältig setzte er sich auf seinem großen Stuhl zurecht und ließ den Kopf nach vorn sinken. Das Vibrieren des Schiffsrumpfes war wie ein Pulsschlag, und während er diesem Rhythmus lauschte, sank er zum erstenmal in wirklich tiefen Schlaf.

Oberleutnant Köhler warf ihm einen Blick zu und ging dann langsam hinaus in die Nock. Die Sonne brannte auf ihn nieder, aber er merkte es kaum. Er war bereits vollauf mit Plänen für die Zeit nach ihrer Heimkehr beschäftigt. Es war so gut wie sicher, daß die Offiziere nach dem Einlaufen in Kiel hohe Orden erhalten würden. Diese Ehrungen und die nützlichen Verbindungen, die er besaß, konnten ihm ein eigenes Kommando einbringen. Bei dieser Vorstellung leckte er sich die Lippen. Ein Schiff, auf dem jeder sich so benehmen und so handeln mußte, wie *er* es für richtig hielt!

Hoch oben im Krähennest starrte der Ausguckmann ständig durch sein starkes Glas. Er schwenkte es von Backbord nach Steuerbord und wieder zurück. Es war Hellwege, Geschützführer der achteren Kanone, der sich diesen Posten beschafft hatte, indem er Bootsmaat Eucken Tabak versprochen hatte. Er lachte in sich hinein. Dies war wirklich hundertmal besser als Kohle zu schippen oder Holz zu hakken. Er blinzelte, als ein greller Lichtstrahl in seine Linsen fiel und ihn blendete. Die See sah so schön aus und so friedlich. Nachher wollte er seinen Freund Erhard fragen, ob er auch ganz sicher sei, daß Gott das Meer erschaffen hatte. Er grinste bei der Vorstellung, wie er diesen sturen Bibelforscher veralbern wollte.

Das grelle Licht fiel wieder in sein Objektiv, und er fluchte ärgerlich. Dann jedoch straffte er sich. Wieso wurde das Licht aus dieser Richtung reflektiert? Er hielt den Atem an und richtete das Glas auf den Horizont. Ein Blitz! Da war er wieder. Ein leuchtender Blitz drang durch den Dunst, von einem Spiegel oder einem Fenster reflektiert. Von dem Fenster einer hohen Brücke, zum Beispiel.

Hellwege war stets der stämmige, freundliche und liebenswürdige Kumpel gewesen, dessen Gedanken sich niemals um Ruhm oder Beförderung gedreht hatten, sondern der damit zufrieden war, ein guter Geschützführer zu sein und mit den Kameraden auszukommen. Er war nicht sehr einfallsreich und eher unentschlossen. Aber als er jetzt ins Telefon sprach, zögerte er nicht im geringsten.

Die Augen auf den Horizont gerichtet, meldete er klar und bestimmt: »Wachhabender Offizier? *Feind in Sicht!*«

Außer Atem erreichte Heuß die Brücke. Das Schrillen der Alarmglocken sowie das fordernde Zwitschern der Bootsmannsmaatenpfeifen hatten ihn so überrascht, daß er sich kaum mehr erinnern konnte, wie er aus der Messe zur Brücke gekommen war. Nur das Bild rennender, fluchender Seeleute, entsetzt aufgerissener Augen oder fest zusammengepreßter Lippen blieb ihm im Gedächtnis.

Oberleutnant Köhler begrüßte ihn knapp: »Feind in Sicht, Peilung Rot vier–fünf, Entfernung etwa zwölf Meilen.«

Heuß warf einen Blick auf den Kompaß und sah sich dann auf der Brücke um, die sich rasch mit Menschen füllte: zusätzliches Signalpersonal, Läufer, Maschinengewehrschützen und der gesamte Rest der Angriffsgruppe. Der bullige Körper des Rudergängers löschte einen Augenblick das Sonnenlicht aus, als er die Spaken ergriff, wobei er kaum einen Blick auf die Offiziere warf. Signalmaat Heiser zog sein langes Teleskop auseinander und suchte den Horizont ab. Köhler sagte: »Ich gehe hinunter zu meinen Torpedos.«

Mit erhobener Hand hielt Heuß ihn auf. »Wo ist der Kommandant?«

»Er war hier und ist wieder gegangen. Wollte in ein paar Minuten zurück sein.«

Heuß sah Köhler verblüfft nach und lauschte mit halbem Ohr dem Knattern der Sprachrohre und Schnarren der Telefone.

»Alle wasserdichten Schotten und Bullaugen schließen! Die Stahlblenden herunterklappen und festschrauben!« Den Befehlen folgte sofort dumpfes Knallen und lautes Klappern. Die Männer in den abgeschotteten Abteilungen hofften inständig, daß der zu erwartende Wassereinbruch nebenan sein würde und nicht bei ihnen.

»Mittelartillerie schußbereit!«

»Zweiundzwanziger schußbereit!«

»Leckkontrolltrupp angetreten und einsatzbereit!«

Heuß hörte Damrosch die Meldungen entgegennehmen und die erforderlichen Befehle weitergeben. Der Rumpf bebte vom Flaggenknopf bis zum Kiel, und Heuß wußte, daß Niklas im Maschinenraum versuchte, alle bisherigen Rekorde zu überbieten.

Eine Tür hinter ihm wurde geöffnet und wieder zugeschlagen. Er wandte sich um und salutierte, als Steiger die Brücke überquerte und an das vordere Fenster trat. »Alle Stationen gefechtsbereit, Herr Kapitän! Kurs Nord 20 West, höchste Umdrehungszahl.«

Heuß bemühte sich, gleichmütig zu sprechen, aber dann starrte er den Kommandanten doch verwundert an. Im ersten Augenblick war ihm nicht aufgefallen, was an Steiger anders war als sonst; als er jedoch die schlanke Gestalt im hellen Licht der offenen Brückenfenster genauer ansah, merkte er es sofort. Der Kommandant hatte sich umgezogen, trug nun eine frische weiße Uniform; vor der mattgewordenen Teakholztäfelung und dem rauchgeschwärzten, ehemals weißen Lack glänzte sie wie in einem unnatürlichen Licht. Die Hose hatte messerscharfe Bügelfalten, der weiße Mützenbezug war gestärkt, und auf der Brust und um den Hals trug er alle seine Auszeichnungen.

Er trat ans Sprachrohr zum Maschinenraum. »Mehr Fahrt, Niklas! Diesmal kommt es wirklich drauf an!«

Von weit unten erklang eine übermüdete Stimme: »Wie können Sie das von uns verlangen? Wir sind schon jetzt über dem roten Strich!«

Mit einem knappen Lächeln antwortete der Kommandant: »Ich verlange es nicht nur, L. I., ich gebe Ihnen ausdrücklich den Befehl dazu!« Dann knallte er den Sprachrohrdeckel zu und strich Niklas aus seinen Gedanken.

»Das Kriegsschiff ist einwandfrei ein Kreuzer, Herr Kapitän! Dreht jetzt auf uns zu, Peilung steht!«

Steiger fühlte sich entspannt, ja sogar erleichtert. Jede Hoffnung, Befürchtung und Unsicherheit war verschwunden. Ausbildung und Erfahrung hatten das Kommando über seinen Körper und Geist übernommen, so wie er die *Vulkan* und deren Besatzung führte, von Heuß bis zum letzten Heizer. Er konnte sich nun ganz dem bevorstehenden Gefecht widmen und hatte bereits ein klares Bild der Lage vor Augen. »Steuerbord 30! Steuern Sie Nord zehn Grad Ost, Heuß!« Er hängte sich den Riemen des Doppelglases um und trat hinaus in die Nock, um den Knick im Kielwasser zu beobachten. Die *Vulkan* kroch jetzt nicht mehr heimlich und schuldbewußt durch das feindliche Seegebiet, sie raste durch das Wasser wie ein Vollblutpferd über den Turf.

Wieder hob er das Glas. Der Dunst war noch immer dick, aber trotzdem konnte er den dunkleren Schatten erkennen. Der schwarze Dreibeinmast, die schlanken grauen Schornsteine, alles hob sich deutlich vom Horizont ab. Auch der Kreuzer würde nun bald auf Höchstfahrt gehen. Ruhig stellte er seine Berechnungen an: Sagen wir 23 Knoten weniger 16, was bedeutet, daß er gegenüber der *Vulkan* mit sieben Knoten aufholt. In 30 Minuten wäre Schießen aufs Geratewohl möglich, genaues Zielen in weiteren 15 Minuten. Sollte der Dunst verschwinden und die Sicht besser werden, können wir schon in der Hälfte der Zeit mit Schnellfeuer rechnen.

Vor- und Achterdeck wirkten unnatürlich leer. Er sah lediglich ein paar Köpfe hinter dem Schutzschild des achteren Geschützes, aber die großen Fünfzehnzentimeter und ihre Bedienungsmannschaften waren noch durch die falsche Decksladung und die ordentlich gestapelten Sandsäcke verborgen. Mit Löchern versehene Schläuche sprühten Salzwasser über die leeren Decks, es bildete seltsame Muster auf den Planken, bevor es gurgelnd in den Speigatten verschwand. Weder an der Rah noch an der Gaffel waren Flaggen zu sehen.

Der Kreuzer stand jetzt recht achteraus, und als er tiefliegenden Seenebel durchfuhr, sah es aus, als schwebten Mast und Aufbauten schwerelos in der Luft. Er qualmte ebenfalls stark, also bestand kein Grund mehr zu Heimlichkeit oder Täuschung. Die Würfel waren gefallen, und die englischen Heizer schwitzten vermutlich genauso wie ihre deutschen Kollegen.

Heuß stand in der Tür des Steuerhauses. »Der Kreuzer sendet, Herr Kapitän. Die Sprüche sind natürlich verschlüsselt, aber ich vermute, er ruft das Rudel herbei.«

»Die sollen uns nicht kümmern, Heuß. Wir haben genug mit dem hier zu tun. Wenn wir ihn bis Anbruch der Dunkelheit auf Distanz halten können, haben wir eine gute Chance.«

»Das sind aber noch mindestens neun Stunden, Herr Kapitän!«

»Ich weiß.« Er zog eine flache goldene Uhr aus der Brusttasche. »Jetzt ist es genau 13 Uhr. Aber die Sicht ist nicht besonders gut, es könnte also schlimmer sein.«

Leise überlegte Heuß: »An Reichweite sind wir ihm unterlegen. Wir können nur mit dem achteren Geschütz feuern, und das ist im Vergleich zu seiner Bewaffnung eine Erbsenkanone. Was werden Sie tun, Herr Kapitän?«

»Das will ich Ihnen erklären. Sobald er nahe genug heran ist, mache ich kehrt und schieße die Torpedos ab. Wenn er dann dreht, um den Blasenbahnen auszuweichen, sollte Ebert ein paar gute Volltreffer landen können. Ich verlasse mich darauf, daß ihn dies ein bißchen abkühlt.«

Heus drehte sich um und starrte achteraus auf die verschwommene Silhouette. »Sie wollen auf ihn zuhalten? Aber wir können uns doch nicht mit einem gepanzerten Kriegsschiff messen!«

»Das müssen wir, Heuß. Wir haben gar keine andere Wahl. Wenn wir vor ihm ablaufen, kann er uns in aller Ruhe in Stücke schießen. Solange er außerhalb der Reichweite unserer Zweiundzwanzigpfünder bleibt, können wir nicht einmal Flecken in seine Farbe pusten, wie Sie wissen. Also müssen wir auf ihn zudrehen und die Zähne zeigen. Es gibt nur noch eine einzige andere Möglichkeit.« Er sah Heuß in die Augen. »Selbstversenkung und Übergabe!« Er wartete.

»Ergeben oder sterben? Sind das unsere einzigen Optionen?«

»Wir können es auch anders nennen: kämpfen oder der Welt die Nachricht zukommen lassen, die sie zu hören wünscht. Nämlich, daß der feige deutsche Kommandant des Hilfskreuzers sich ergeben hat, wie von diesem heimtückischen Hund nicht anders zu erwarten war. Und das, nachdem er, als Handelsschiff getarnt, massenhaft Unschuldige und Schwache ermordet hat. Wollen wir das wirklich, Heuß?«

»Mein Gott, ich glaube, Sie haben regelrecht auf das Zusammentreffen gewartet!«

»Nein, nicht gewartet. Es nur vorausgesehen.«

Das vorderste Geschütz der Steuerbordbatterie war wohlverborgen hinter einer der Stahltüren, die man in die Bordwand der *Vulkan* geschnitten hatte. Im Halbdunkel herrschte dort eine geradezu erstikkende Hitze und äußerst gespannte Atmosphäre. Die Bolzen, die normalerweise die Tarnwand hielten, waren schon herausgezogen, und beim Rollen des Schiffes schwang sie im gleichen Rhythmus immer ein wenig von der Bordwand weg. Dabei enthüllte sie jeweils für einen Augenblick die sonnenbeschienene Meeresfläche und die schäumende Bugsee.

Schiller stand hinter der langen Kanone und hielt mit seiner behandschuhten Pranke den glatten Messinghebel, der das Bodenstück sicherte. Sein kräftiger Körper schwankte leicht hin und her, und über seinen nackten Rücken floß der Schweiß. Sein Blick schweifte über die gebückten Gestalten des Geschützführers und der Seitenrichtnummer, die auf ihren Klappstühlen hinter dem Geschütz saßen und an ihrer noch verdeckten Optik herumfingerten. Hinter Schiller saß die Ladenummer auf dem blanken Deck, die Arme um die knochigen Knie gelegt und die Augen geschlossen wie zum Gebet. Die Munitionsmänner warteten nervös an der ovalen Luke, die sie mit dem tief unter der Wasserlinie liegenden Magazin verband.

Lukaschek, die Ladenummer, öffnete die kleinen Schweinsaugen und blinzelte zu Schiller auf. Er hatte ihm nie verziehen, daß er ihn bereits am Tag seines Anbordkommens als Messeältesten entthront hatte. Niemals vergaß er die Demütigung, die er hatte einstecken müssen, als dieser gewaltige Unhold die Decken aus der schon von ihm belegten Koje riß und an Deck warf, so daß alle anderen ihn auslachten. Jetzt stand dieser Bulle gleichmütig und unerschütterlich da, während er selbst sich kaum zu erheben traute.

Laut stöhnte er: »Wie lange noch? Ich kann dieses Warten nicht mehr ertragen!«

Träge blickte Schiller zu ihm hinunter. »Halt's Maul, du Wurm! Dein Gejammer kotzt mich an.«

Bootsmaat Ehmke starrte ärgerlich ins Dämmerlicht und zischte: »Ruhe! Ich will was hören!«

Schiller packte den Verschlußhebel noch fester und fluchte leise vor sich hin. Rotznasige Memmen! Wenn einer von ihnen versuchen sollte, vom Geschütz wegzulaufen, würde er ihm den Schädel einschlagen. Er dachte an Willi Pieck im Krankenrevier und wünschte, er hätte ihn hier bei sich, ebenso Adler, so wie in früheren Tagen. Selbst Hahn wäre ihm mehr von Nutzen gewesen als Lukaschek, der Feigling. Der Richtschütze wandte sich um und sah ihn an. Das war Schwartz, schlaksig, stur und teilnahmslos wie gewöhnlich.

»Möchte bloß wissen, wo der verdammte Tommy ist, Gustav.« Er fletschte seine ungleichmäßigen Zähne, um eine Tabakfaser daraus zu entfernen. »Was würde ich jetzt für ein Glas Bier geben!«

»Ein Glas, du Idiot? Ein ganzes *Faß* möchte ich!«

Wütend zischte Ehmke: »Ruhe, verdammt noch mal! Ich muß horchen!«

Schwartz grinste. »Worauf denn?« Er flüsterte über das Verschlußstück hinweg: »Auf eine Botschaft vom Papst vielleicht?«

Einer saß abseits, mit einem riesigen Kopfhörer über den Ohren. Jetzt richtete er sich so ruckartig auf, als habe er einen Elektroschock erhalten.

»Achtung!« rief er laut und unnötig grell. »Von Zentrale: alle Geschütze mit Panzersprenggranaten laden!«

Schiller holte tief Luft und riß den Messinghebel zurück. Wie eine schwere Ofentür schob sich das Verschlußstück beiseite. Er beobachtete, wie die lange schwarze Granate in die klaffende Öffnung gelegt und mit dem Rammstock in Position gestoßen wurde. Wie ein böser Diener folgte die große runde Kartusche, und als beide im Rohr verschwunden waren, knallte er das Verschlußstück zu und trat beiseite. Mit halbem Ohr lauschte er den Worten, die sich Richtschütze und Seitenrichtnummer zuriefen, und dann der Meldung des Befehlsübermittlers an den Artillerieoffizier: »Nummer eins geladen!«

Damrosch fuhr zusammen, weil Steiger gegen seinen Arm stieß. Der Kommandant schien ihn überhaupt nicht zu sehen, als er mit umgehängten Glas rasch die Brücke überquerte.

Ein dumpfes Grollen ertönte, hallend wie Donner von fernen Bergen, und Damrosch spürte ein Würgen im Hals. Er starrte hinunter auf die Karte und zählte die Sekunden. Dann folgte eine gedämpfte Detonation, etwa wie ein tiefer Seufzer, und er hörte den Befehlsübermittler melden: »Zwei Kabellängen * zu kurz, Herr Kapitän!«

Damrosch fühlte eiskalten Schweiß im Genick. Wütend dachte er: Die müssen sich irren! Nur zwei Kabellängen zu kurz mit der ersten Salve, das war unmöglich. Und doch ... Er richtete sich unwillkürlich auf, als der Kommandant neben ihn trat, einen frisch gespitzten Bleistift ergriff und mit seiner zierlichen, festen Handschrift etwas ins Logbuch eintrug.

Um 13 Uhr 15 eröffnete der Feind das Feuer. Das war alles. Keine Dramatik, lediglich eine Feststellung, die vielleicht nie jemand lesen würde. Wieder geriet Damrosch dicht an den Rand der Panik, merkte aber rechtzeitig, daß der Kommandant ihn beobachtete.

»Das war die erste Salve, Damrosch«, sagte dieser ruhig. »Die lassen sich nicht täuschen, sie wollen uns vernichten.«

»Jawohl, Herr Kapitän. Der Aufschlag war nicht weit entfernt.« Damroschs Stimme klang unsicher.

»Kein schlechtes Schießen. Aber noch sind wir außerhalb ihrer Reichweite.« Dann trat er ans offene Fenster und blickte hinauf zu den kahlen Masten.

* ca. 365 m

»Signalmaat Heiser, setzen Sie die Gefechtsflaggen!«

Damrosch folgte Steiger zur Tür, vor die jetzt eine Stahlblende geschraubt war. Durch ihren Beobachtungsschlitz sah er, wie die großen Gefechtsflaggen gleichzeitig an Vormast und Gaffel in die Höhe stiegen. Vor dem blauen Himmel wirkte das schwarze Kreuz und der Adler mit den ausgebreiteten Schwingen unzerstörbar, geradezu arrogant.

Der Kommandant rief: »Sehen Sie zu, daß die dort oben bleiben, Heiser! Halten Sie für den Notfall Ersatz bereit!« An Damrosch gewandt, fügte er hinzu: »Das hat den Kreuzer wohl überrascht. Vielleicht haben sie eine weiße Flagge erwartet.«

Damrosch folgte ihm mit Blicken. Wie konnte der Kommandant in einem solchem Augenblick scherzen? Wie schaffte er das?

Ein weiteres Grollen riß ihn aus seinen Gedanken, und er lauschte dem Widerhall, als die Granaten harmlos ins Wasser schlugen.

»Klar zum Gefecht, Seebohm!«

Der untersetzte Leutnant Seebohm eilte wie ein geölter Blitz ans Telefon. Sekunden nach der Durchgabe des Befehls hörten sie das Poltern der Stahlblenden, während von achtern das drohende Rasseln ertönte, mit dem das Geschütz auf den Feind gerichtet wurde.

Damrosch warf einen Blick auf die gefallenen Tarnblenden, deren Farbe noch nicht mal getrocknet war. In der grellen Sonne und unter der deutschen Kriegsflagge schienen sie sich über ihre vergeblichen Anstrengungen lustig zu machen.

Heuß blieb unter dem Bootsdeck stehen und warf einen raschen Blick zum Himmel. Er war hell und klar und schien nichts mit dem Haß zu tun zu haben, der hier unten regierte. Er lauschte dem gelegentlichen Geschützdonner des verfolgenden Kreuzers und merkte, daß er anhand der Reichweite die Entfernung dieser gierigen Granaten zu berechnen suchte.

Er sah die weißen Mützen der Geschützbedienung, die noch immer machtlos bei ihrer Kanone hockte. Er ging nach achtern durch die leeren Decks und sah an beiden Seiten die mächtig schäumende Bugsee vorbeijagen. Überall spürte man die äußerste Anstrengung der Maschine. Heuß gewahrte einen flatternden Schatten und blickte hinauf zur oben auswehenden großen Kriegsflagge. Das erinnerte ihn an die wackeren Flaggen im Skagerrak und gab ihm einen Stich. Dabei war es dort ganz anders gewesen: Sie waren umgeben von eigenen

Schiffen und in verhältnismäßig geringer Entfernung vom Heimathafen. Die Schlacht war geprägt von verwirrter Aufregung und amateurhaftem Heldentum. Die Flagge jedoch, die jetzt über seinem Kopf von der Gaffel wehte, schien ihre Einsamkeit zu betonen und ihre Schwäche aufzudecken.

Er erreichte den Fuß der Schanztreppe und stieg rasch die vibrierenden Stufen hinauf. Wenn sie das Feuer doch nur erwidern könnten! Aber dann dachte er daran, wie der Kommandant das Schiff wenden und dem Kreuzer die Stirn bieten wollte.

Hellwege blickte gespannt zu ihm herunter und fragte: »Wann können wir Feuer eröffnen, Herr Oberleutnant?«

Bootsmann Eucken schnaubte wütend: »Was zum Teufel nützt das schon?«

Heuß blickte über ihre Köpfe hinweg nach dem Einschlag der letzten Salve. Das Wasser hob sich wie ein mächtiger weißer Vorhang und fiel dann ganz langsam, als zögere es, den heranjagenden Kreuzer wieder zu enthüllen, in sich zusammen.

Eine Glocke schrillte aus der Munitionsluke, und Eucken schlug dem Richtschützen auf den Arm. »Da! Feuer eröffnen, wenn Schußfeld frei!« Er beobachtete, wie die Männer sich auf ihre polierten Bedienungsräder stürzten, und sah Heuß kopfschüttelnd an. Ist doch alles sinnlos, hieß das.

Der Zweiundzwanzigpfünder warf sich im Rückstoß nach hinten und spie gleichzeitig eine lange Zunge aus Feuer und Rauch gegen den Kreuzer. Im Glas sah Heuß die einzelne Wassersäule aufsteigen, dünn wie eine Feder und genau vor dem gischtumsprühten Bug ihres Gegners. Viel, viel zu kurz. Aber es gab immerhin den Geschützbedienungen etwas zu tun.

Der Befehlsübermittler wandte sich mit seinem dicken Kopfhörer ihnen zu. »Von Zentrale: Wir drehen gleich um 180 Grad!« Es klang, als könne er das einfach nicht glauben.

Heuß sprang die Leiter wieder hinunter. Wenn die *Vulkan* drehte, würde sie eine Zeitlang dem Feind ihre volle Länge schutzlos darbieten. Da er jetzt die Leckkontrollgruppe befehligte, mußte er bereit sein. Er erreichte das Bootsdeck und spürte, wie die Füße schon unter ihm wegrutschten. Fluchend griff er nach einem Stag und hielt sich verzweifelt fest, während das Schiff seine viereinhalbtausend Tonnen in ganz engem Drehkreis herumwarf, daß jede Platte und Niete heftig protestierte. Er merkte, daß er noch immer am Stag hing, aber über die Leereling hinweg ins tosende Wasser blickte, das jetzt das ganze Deck überflutete, da das Schiff sich in einem haarsträubenden Winkel überlegte. Er biß die Zähne zusammen, als die Welt um ihn herum explodierte und ein glühendheißer Hauch ihm die Luft aus der Lunge saugte. Die See kochte und schoß in zwei gewaltigen Säulen himmelwärts, während er irgendwo auf dem Vordeck das Krachen einer detonierenden Granate hörte, unmittelbar gefolgt vom Klirren und Poltern fallender Wrackteile. Seine Augen schmerzten vor Pulverqualm, er suchte in der Tasche nach seiner Batteriepfeife und blies drei kurze Signaltöne; laut rief er die in seiner Nähe kauernde Leckkontrollgruppe heran.

Das Schiff hatte sich wieder aufgerichtet. Noch während Heuß zur Brücke rannte, sah er das kurze silberne Aufblitzen, als Köhler seine letzten beiden Torpedos abfeuerte. Er wartete nicht, um ihre Bahn zu verfolgen, sondern hastete weiter über die mit Splittern besäten Decksplanken, vorbei an einem großen rauchenden Krater dicht bei der Brücke, bis er schließlich bei Laderaum zwei ankam. In großen Spiralen schoß dort schwarzer Qualm aus dem zerschmetterten Gewirr, das einmal Lukendeckel und Süll gewesen war.

»Kommt her! Schnell! Setzt einen neuen Lukendeckel auf! Bootsmaat, laufen Sie mit Ihrem Trupp nach unten und bekämpfen Sie dort das Feuer!«

Er taumelte durch den dicken Qualm, während seine Männer wie Kaninchen in dem schwelenden Krater verschwanden. Was hatte sich hier ereignet? Das Schiff mußte durch eine volle Salve eingegabelt und von mindestens zwei Granaten getroffen worden sein. Ringsum hörte er laute Befehle, schwache Schreie und das Zischen des Wassers, das in die hungrigen Flammen gepumpt wurde. Er blickte hinauf zur Brücke und den in die Ferne gerichteten Gläsern über dem narbenbedeckten und teilweise zersplitterten Brückenkleid. Er folgte ihrer Richtung und sah nun den Kreuzer dicht vor sich, wie er verzweifelt den beiden auf ihn zurasenden Torpedobahnen auszuweichen versuchte. Es war wirklich eine unglaubliche Drehung gewesen, wie man noch an der engen Kurve des Kielwassers erkennen konnte. Statt des verschwommenen Schattens, den sie vom achteren Geschütz aus beobachtet hatten, stand das britische Schiff jetzt klar und deutlich an Backbord voraus.

Während er noch hinsah, wurde die Silhouette des Kreuzers länger; seine volle Breitseite kam zum Tragen. Aber dieser Augenblick gab auch Eberts Geschützführern ihre Chance. Die großen Fünfzehnzentimetergeschütze donnerten ihren Trotz hinaus. Fast im selben Moment brach ein riesiger leuchtender Pilz aus der schlanken Seite des Kreuzers, während eine Granate in Höhe seiner Wasserlinie detonierte.

Mit Staunen sah Heuß, wie die Geschütze wieder und immer wieder feuerten. Die Granaten heulten über die rasch schwindende Distanz hinweg, und ein weiterer Treffer wurde erzielt, als der Kreuzer noch einmal verzweifelt in die Blasenbahn der Torpedos einzudrehen versuchte. Sein schlanker Großmast schwankte, dann kippte er über Bord und schleppte eine wirre Masse von Antennen und losgerissener Takelage mit.

Es war wirklich unglaublich. Steiger hatte einen hohen Einsatz riskiert. Er wußte, der Feind würde kaum damit rechnen, daß er kehrtmachte und ihm die Stirn bot. Sie hatten den Kreuzer mindestens dreimal getroffen, und um eins seiner Geschütze tobte ein wildes Feuer.

Schwache Hurrarufe klangen über die Decks der *Vulkan,* wurden jedoch sofort durch Oberleutnant Eberts barsche Befehle aus der Feuerleitzentrale unterbunden.

Ein Läufer bahnte sich den Weg durch den Rauch. »Feuer unter Kontrolle, Herr Oberleutnant!«

»Bestens!« Heuß wischte sich das Gesicht. »Geben Sie weiter, daß mehr Holz im Heizraum gebraucht wird!«

Entsetzt sah er, daß das gespannte Gesicht des Mannes sich plötzlich in eine Maske des Schmerzes verwandelte, als eine Granate auf dem Vordeck detonierte. Bevor er selbst umgerissen wurde, merkte er noch, daß der Brustkorb des Mannes aufgerissen wurde und dabei wie eine grauenhafte Blume rot erblühte.

Mühsam richtete er sich auf, schüttelte den Kopf und versuchte, sein Gehör wiederzufinden. Der weißglühende Granatsplitter mußte ihn um wenige Zoll verfehlt haben. Er stieg über den Leichnam und rannte hinauf zur oberen Brücke. Dort klafften Löcher in den vorderen Stahlplatten, prasselte das brennende Holz des exponierten Steuerhauses. Seine Füße glitten von den Sprossen der Leiter, gleichzeitig wurde ihm die Kleidung gegen den Körper gepreßt, als eine weitere Druckwelle über die Decks fegte, gefolgt von einem ohrenbetäubenden Krachen und dem gräßlichen Geräusch reißenden Metalls.

Er blieb auf der Leiter stehen, die Stirn gegen eine Sprosse gedrückt, um das Beben seiner Glieder unter Kontrolle zu bringen und die Angst zu überwinden, die ihn plötzlich gepackt hatte.

Aus dem Qualm ertönte eine Stimme, wie unirdisch und körperlos: »Tragbahre! Tragbahre! Schnell, um Gottes willen!«

Er biß sich auf die Lippen und rannte den Rest der Leiter hinauf. Die Brücke war ein Trümmerfeld, mit Holz- und Metallsplittern übersät; voller Entsetzen erblickte er eine kopflose Gestalt, die mitten in diesem Chaos kauerte. Steiger ließ sein Glas sinken und sah Heuß überrascht an. »Gut, daß Sie kommen, Heuß. Hier oben geht es heiß her.«

Heuß ging um den Leichnam herum und bemerkte Blutspritzer auf Steigers weißer Hose. In der Luft hing säuerlicher Pulverqualm, und alles schien mit abgesplitterter Farbe bedeckt zu sein.

»Volltreffer, Herr Kapitän!« meldete ein Befehlsübermittler. »Direkt unter seiner Brücke.«

»Gute Arbeit, Ebert!« Er wandte sich an den Gefechtsrudergänger, der die Spaken des Rades fest gepackt hielt und mit unbewegter Miene auf den Kompaß starrte. »Hart Steuerbord!«

Heuß sah zu, wie das Rad sich drehte, und lauschte gleichzeitig dem Donnern einer Salve über ihren Köpfen. Die Druckwelle der über sie hinwegorgelnden Granaten drückte sie wie eine Riesenhand zu Boden. »Mitschiffs! Steuern Sie Nord zehn West!« Die Befehle des Kommandanten waren klar und kurz.

Steiger runzelte die Stirn, als eine riesige Wassersäule ganz dicht neben ihnen hochstieg, genau an der Stelle, wo sich das Schiff ohne Kursänderung befunden hätte. »Noch immer zu dicht, Heuß.«

Damrosch trat aus dem Funkraum und wischte sich die Hände an seiner Uniformjacke ab. Er versuchte Heuß anzulächeln, aber seine Lippen waren wie gefroren.

Seebohm rief etwas in ein Sprachrohr; seine Stimme schwoll zum Schrei an, als eine weitere Salve auf beiden Seiten des Schiffes niederging. »Artillerieoffizier meldet sieben Ausfälle am vorderen Geschütz, Herr Kapitän! Er braucht Ersatz!«

»Gut, gehen Sie selbst hinauf. Notfalls nehmen Sie die Leute vom achteren Geschütz, das hat jetzt doch kein Schußfeld mehr!«

Seebohm schluchzte auf, als eine Granate das Schanzkleid durchschlug und ohne zu detonieren auf dem Vordeck hin und her raste. Sie fuhr in eine Gruppe von Seeleuten, die eine Bahre mit einem Verwundeten trugen. Ein einziger Mann blieb übrig, die anderen wurden als blutige, sich windende Masse an Deck verstreut.

Der Kommandant sah Seebohms entsetztes Gesicht und rief: »Los, laufen Sie, Mann! Sehen Sie nicht hin, das ist sinnlos!«

Seebohm rannte von der Brücke, und Heuß nahm seinen Platz bei den Sprachrohren ein. Er fühlte sich jetzt ruhiger, eingerahmt von Lärm und Vernichtung.

Damrosch wandte das Gesicht ab, als eine kleine Granate wie ein feuriger Hammer den Rumpf traf und Splitter über das Schanzkleid schleuderte. Er sah, wie Seebohms Hände sich in die Luft krallten. Als er sich halb umwandte, entblößte er einen riesigen roten Fleck auf der Brust. Dann stürzte er an Deck. Damrosch schüttelte sich und sah den Kommandanten an. Man durfte nicht an die Toten denken. Sie waren bereits vergessen, häßlich und ohne Menschlichkeit.

Steiger hörte, wie Damrosch sich erbrach, und trat an die achtere Brückenreling. Der Kreuzer war jetzt von einer Rauchwolke eingehüllt, feuerte aber trotzdem weiter, obwohl er kein klares Ziel erkennen konnte. Heuß fragte: »Können wir ihn abschütteln?«

»Ich denke, wir haben ihn ziemlich getroffen. Mit etwas Glück könnten wir...« Er wurde unterbrochen durch die Detonation einer einzelnen Granate oberhalb der Brücke in der Feuerleitanlage. Splitter heulten schrill durchs Steuerhaus, und Lehr, der riesenhafte Berliner, stürzte zu Boden wie ein gefällter Baum. Seine kräftigen Finger rutschten von den lackierten Spaken, als das Leben aus dem ungeschlachten Körper sickerte.

Noch während er über die Gräting rollte, sprang ein anderer Mann ans Ruder und bändigte das wild drehende Rad.

Heuß merkte, daß er an Deck saß; in seinen Ohren dröhnte es. Benommen sah er, wie Beine an ihm vorbeirannten, und hatte das undeutliche Bild von Mündern vor sich, die sich öffneten und Worte riefen, ohne daß ein Laut zu hören war. Leblose Körper wurden aus dem Steuerhaus gezerrt.

Irgend etwas bewegte sich in der Tür, und im Sitzen starrte er ungläubig hin. Noch immer konnte er nichts hören. Der Druck der Detonation hatte außerdem seine Beine betäubt und machte jede Überlegung unmöglich. Doch er starrte Oberleutnant Ebert an, Karl Ebert, seinen Freund, den nüchternen und stets kühlen Kopf bewahrenden Mann, den er als ersten getroffen hatte, als er an Bord kam. Ebert kroch jetzt wie ein Tier durch die Türfüllung, die Hände wie Klauen ins Holz gekrallt. Er hatte kein Gesicht mehr, nur zwei Augenhöhlen über einer blutigen Masse.

Ebert hatte durch den Treffer im Leitstand die Kontrolle über seine geliebten Kanonen verloren und war auf dem Weg nach unten gewesen, um es dem Kommandanten zu melden. Heuß sah das alles und wollte ihm zu Hilfe kommen. Aber als das Leben in seine Beine zurückkehrte und seine Ohren die Entsetzensschreie von allen Seiten registrierten, kippte Ebert vornüber vor die Füße des Kommandanten.

Heuß zog sich mühsam hoch und blickte Steiger an. In dessen Gesicht standen weder Mitleid noch Schuldbewußtsein. Es war gefaßt, beinahe entspannt, als meditiere er.

»Um Gottes willen, was wollen Sie noch beweisen, Herr Kapitän?« Heuß schwankte und merkte, daß eine weitere scharfe Drehung begann. »Was soll das Schiff noch aushalten?«

Seine Stimme klang wild, beinahe hysterisch, aber er konnte sie nicht mehr unter Kontrolle halten.

Die Brücke schien über einer riesigen, dichten Qualmwolke zu schweben, die verschiedentlich ihre Farbe änderte, wenn das Mündungsfeuer der vorderen Geschütze dazwischenfuhr, die blindlings weiter auf den Kreuzer schossen. Die Luft war erfüllt von Lärm und fliegenden Trümmern. Von jeder Seite hörte Heuß Schreie, fluchend, bittend oder fordernd. Am Fuß des Bootsdecks schleppten sich schmerzverkrümmte Gestalten über die zersplitterten Planken, mit jedem Zentimeter glaubten sie, der Illusion von Sicherheit unter der Brücke näherzukommen.

Steiger hob den Blick und sah ihn kalt an. »Seien Sie kein Narr, Heuß! Es gibt kein Zurück, hat nie eins gegeben.«

Dann wandte er sich an Damrosch, der sich verzweifelt an ein verbogenes Sprachrohr klammerte. »Gehen Sie hinunter: Gefangene antreten, klar zum Aussteigen. Danach lassen Sie die Boote in Deckshöhe fieren und melden mir Vollzug. Oberleutnant Köhler ist nach vorn gegangen, um selbst die Geschütze zu überwachen, ich hoffe, es gelingt ihm, die verschiedenen Brände dort zu löschen. Sehen Sie zu, daß die Unteroffiziere die anderen Schäden unter Kontrolle bekommen.« Er hielt Damrosch fest, als dieser wie gehetzt zur Leiter laufen wollte. »Rennen Sie nicht! Denken Sie immer daran, daß unsere Leute Sie beobachten.« Er sah Damrosch in die Augen und fügte hinzu: »Sie machen das alles sehr gut, ich bin stolz auf Sie.«

Bootsmaat Weiß tauchte aus dem Qualm auf, seine Hakennase ragte blaß aus dem geschwärzten Gesicht. Er warf einen kurzen Blick auf Eberts Leichnam und stieg dann wortlos darüber hinweg. Er nahm Damroschs Platz ein und wiederholte die Kommandos und Meldungen, die unaufhörlich aus den plärrenden Sprachrohren kamen.

Eine Granate traf den hohen Vormast und detonierte mit einem grellen orangegelben Blitz. Der Mast schwankte wie betrunken und hing einen Augenblick noch in seinen Stagen. Als diese brachen, stürzte er über die Backbordreling und riß die große Gefechtsflagge mit.

Heuß hob den Kopf, als die letzten Splitter durch die Luft heulten, dann holte er tief Luft. Der Rauch rollte von der Back nach achtern, so daß er wieder die ferne Gestalt des Kreuzers erkennen konnte. Noch immer feuerte er. Er wandte sich rasch dem Kommandanten zu, als sein benommenes Gehirn registrierte, daß die *Vulkan* keine Drehung mehr begann, um der nächsten Salve zu entgehen. Der Kommandant hielt die Reste des Brückenkleides gepackt; den Kopf im Nacken, rang er keuchend nach Luft. Entsetzt starrte Heuß den ständig größer werdenden, scharlachroten Fleck auf seiner rechten Brustseite an. Er fing Steiger auf, als dessen Finger vom Brückenkleid glitten, und hielt ihn wie schützend unterhalb der Panzerung. Dann befahl er rasch: »Hart Backbord! Schnell, Mann!«

Das Schiff gehorchte dem Ruder und holte stark über, während schon eine weitere mächtige Detonation den Rumpf erschütterte. Heuß fingerte an Steigers Uniformjacke herum, unwillkürlich zögernd, als scheue er sich vor dem, was sich ihm gleich enthüllen würde.

Die bernsteinfarbenen Augen beobachteten ihn, schienen die Schwere seiner Verwundung aus Heuß' Gesicht ablesen zu wollen. »Heben Sie mich hoch, Heuß!« Mit plötzlicher Verzweiflung versuchte er, die Reling zu packen. »Richten Sie mich auf, verdammt!«

Heuß biß die Zähne zusammen und nahm den Notverband von Bootsmaat Weiß entgegen. Als er ihn um die große, im Rhythmus des Herzschlags blutende Wunde wickelte, wand Steiger sich in seinem Griff.

Mit besorgtem Gesicht rief er: »Drehen, Heuß! Das zweite Geschütz ist ausgefallen, bringen Sie die andere Batterie zum Tragen!« Er hustete und drückte die Uniformjacke gegen seine Brust; alles war rot und blutgetränkt.

Heuß wandte den Blick ab und rief den Schemen in der Nähe neue

Befehle zu. Es war ausgesprochen verrückt weiterzukämpfen. Das Schiff bebte wie ein gequältes Tier, und überall waren Schreie zu hören.

Aus den Sprachrohen drangen weitere Meldungen über Unheil und Tod.

»Die Poop steht in Flammen, Herr Oberleutnant!«

»18 Gefallene auf dem Achterdeck!«

Heuß fuhr zusammen, als Steiger seinen Arm packte. »Die Gefechtsflagge, Heuß! Die vordere Gefechtsflagge ist mit dem Mast über Bord gegangen!« Mit einer Andeutung seiner alten Kommandostimme rief er: »Heiser hat Befehl, sofort eine Ersatzflagge zu setzen!«

»Heiser ist tot, Herr Kapitän.« Heuß sah, wie Steiger in seinen Stuhl zurückfiel.

»Alle tot«, sagte er leise. »Wildermuth, Dehler, Seebohm und Ebert! Alle gefallen!«

Er wäre gestürzt, hätte Heuß ihn nicht aufgefangen.

Abrupt sagte Steiger: »Jetzt haben *Sie* die Verantwortung, Heuß. Wollen Sie die Flagge streichen oder weiterkämpfen?«

Heuß sah den Schmerz in seinem Gesicht und warf einen Blick auf das Schlachtfeld. Eine riesige Qualmwolke hüllte das Schiff ein, aber dennoch fiel wässriges Sonnenlicht von oben auf sie herab. Wie war das möglich?

Er spürte, wie Steiger in seinen Armen zusammenzuckte, als eine weitere Granate auf dem Hauptdeck einschlug und eine schwere Winsch wie einen Fetzen Papier in die Luft schleuderte. Ein Ladebaum krachte herunter und traf den dort arbeitenden Feuerlöschtrupp. Aber die Männer auf der Brücke boten noch immer dem Feind die Stirn, die Füße neben ihren gefallenen Kameraden fest auf den Boden gestemmt. Eine neue Gefechtsflagge klatschte träge gegen den Maststumpf.

Steiger richtete sich mühsam auf. »Sie werden doch nicht kapitulieren, Heuß?« Seine Augen brannten wie Feuer in dem blassen Gesicht.

Wie kann ich einem solchen Mann etwas abschlagen? fragte sich Heuß. Laut sagte er: »Steuerbord 20! Steuern Sie genau Nord!« Das Schiff holte stark über, und Heuß blickte hinunter auf den Mann in seinen Armen. »Sie sinkt, Herr Kapitän! Es dauert nicht mehr lange.«

Der Kommandant kämpfte mit der Übelkeit, die ihn bei jeder Bewegung zu überwältigen drohte. Er lauschte Heuß' klaren Worten und blickte hinauf zu der großen schwarzen Rauchwolke, die sich jetzt über das Steuerhaus legte. Heuß verstand diesen Blick. Er war alles, was zählte.

Als er wieder auf den Kommandanten hinuntersah, stellte er mit Erstaunen fest, daß dieser lächelte. Durch die Zähne preßte er hervor: »Näher ran, Heuß! Gehen Sie näher ran!«

Den entsetzlichen Lärm ringsum übertönend, rief Heuß so laut er konnte: »Der Feind hat das Feuer eingestellt!« Er hörte die Hysterie in seiner eigenen Stimme. »Sie haben das Feuer eingestellt!«

Die *Vulkan* legte sich langsam über, während sie auf den im Qualm verborgenen Kreuzer zudrehte.

Schiller knallte das Verschlußstück zu, sprang beiseite und hielt mit brennenden Augen Ausschau nach der nächsten Granate. Wieder donnerte das Geschütz und warf sich gegen die Rücklauffederung. Automatisch riß Schiller den Verschlußhebel auf und hustete den Qualm aus seiner Lunge. Das Schiff drehte, und für eine Weile war das Rohr nicht mehr auf den Feind gerichtet. Er wartete, bis die nächste Granate und die dazugehörige Kartusche in der Rohröffnung verschwunden waren, und versuchte sich daran zu erinnern, wie oft sie bisher gefeuert hatten. Der Raum ringsum war voller Qualm, und das Rohr schien vor Hitze zu glühen.

Schwartz sah sich nach ihm um, das Gesicht alt und faltig vor Erschöpfung. »Das Heckgeschütz ist weg!« rief er heiser über den Gefechtslärm. »Die armen Schweine sind alle tot!«

Schiller spuckte aus und lehnte sich schwer an den Verschlußhebel. Hellwege, Schoningen und der feiste Schuhmacher Gottlieb. Alle ausgelöscht...

Oberleutnant Köhler bahnte sich einen Weg durch die wartenden Gestalten, das Kinn kampflustig vorgestreckt. »Klar zum Feuern!«

Bootsmaat Ehmke flüsterte in seinem Richtsitz: »Sie schießen uns doch in Stücke! Warum ergeben wir uns nicht?«

»Halt den Mund, du Memme!« knurrte Köhler. »Noch ein Wort, und ich schieße dich nieder!«

Schiller hörte die Granate nicht, die auf der Back einschlug, sah aber, wie das große Fünfzehnzentimetergeschütz in die Luft geschleudert wurde und der Stahl an der Bruchstelle hell aufleuchtete. Die Kanone taumelte hinter Köhler hinunter in ein großes, gezacktes Loch im Deck. Er trat heran und sah durch die zerfetzten Planken geradewegs in glitzerndes Wasser.

Er schüttelte sich stöhnend. Noch war er am Leben und bis auf eine lange Schnittwunde am Arm unverletzt. Bootsmaat Ehmke kroch in einem kleinen Kreis herum wie ein geblendetes Tier. Schwartz war von Splittern niedergemäht und gegen das stählerne Schott geschleudert worden. Die anderen Männer der Geschützbedienung lagen in einem Haufen übereinander; als er sie benommen betrachtete, sah er Lukaschek sich unter den Toten hervorwühlen und zur rückwärtigen Tür rennen. Schiller sah ihm nach, hörte seine schrillen Schmerzensschreie. Ohne Arme, dachte er, kommt er nicht weit.

Er hörte ein anderes Geräusch und schwankte an den Rand des Kraters hinter dem Geschützpivot. Oberleutnant Köhler lag dort unten auf dem Rücken, das volle Gewicht eines Stahlträgers lastete auf seinen Beinen. Der Träger, ein Teil der von der Werft eingebauten Verstärkung, war bei der Detonation gebrochen und in die Luft geschleudert worden. Schiller sah, daß Köhler sich zu befreien versuchte, aber von der Taille ab bewegungslos blieb. Um ihn glitzerte das höhersteigende Wasser. Verdammt, dachte er müde, wir gehen ja unter!

»Verlaßt mich nicht!« Köhlers Stimme durchschnitt seine trüben Gedanken wie ein Messer. »Holt Hilfe! Ich kann mich nicht selbst befreien!« Köhlers Arme schlugen wild, er erinnerte Schiller an ein aufgespießtes Insekt.

Er warf einen Blick auf die tote Geschützbedienung und spuckte aus. »Geh zur Hölle!« rief er. »Bessere Männer als du sind heute gestorben!«

Als er hinaustrat in die Qualmwolken des Oberdecks klangen ihm Köhlers Schreie und Flüche in den Ohren. Er sah die große Gefechtsflagge, von Splittern durchsiebt, noch immer fröhlich vom Stumpf des Vormastes wehen. Mächtige Flammen schlugen aus Laderaum zwei, wo die Kohle nun endgültig durch eine detonierende Granate zur Entzündung gebracht worden war. Er sah, wie die Reihe der Gefangenen eilends zum Bootsdeck geführt wurde und wie Damrosch ohne Mütze und mit wildem Blick den letzten der Taumelnden an den brüllenden Flammen vorbeischob.

Ein verwundeter Seemann an Damroschs Seite sank lautlos an Deck. Schiller beugte sich über ihn, als Damrosch zurückgelaufen kam.

»Ist er tot, Schiller?« fragte er mit spröder Stimme.

Schiller nickte und stand auf. Es war Erhard. Sein Gesicht wirkte selbst im Tode noch seltsam gefaßt.

»Was hält er da fest?« Damrosch lehnte sich gegen das Deckshaus, während Schiller die Faust des Toten öffnete.

Er warf einen Blick auf die kleine, zerlesene Bibel und schleuderte sie dann über die Reling. Zu Damrosch sagte er: »Das Schiff sinkt, Herr Oberleutnant! Wir sollten besser in die Boote gehen.« Er bemerkte die Unentschlossenheit des jungen Offiziers und fügte hinzu: »Kommen Sie, Herr Oberleutnant, ich helfe Ihnen mit den Gefangenen.«

Noch einmal hielt er kurz an, als er zwei Gestalten durch den Qualm taumeln sah. Sie schleppten jemanden zwischen sich. Es waren Pieck und Adler, die einen verwundeten Unteroffizier trugen.

»Hallo, Willi!« Schiller strahlte plötzlich vor Freude. »Hier, gib mir den mal her! Für dich kleinen Stint ist diese Männerarbeit zu schwer.«

Pieck zögerte, während Damrosch und Adler zum Bootsdeck eilten. »Wo ist Oberleutnant Köhler?« fragte er.

Schiller hob den Verwundeten auf. »Dort vorn.«

Ein Feuerausbruch warf sie zur Seite, und als der Qualm sich verzog, war Pieck verschwunden. Er hinkte nach vorn zur Back. Mit einem Achselzucken stieg Schiller hinauf zum Bootsdeck, ohne zu merken, daß der Mann in seinen Armen gestorben war.

Pieck tastete sich im dichten Qualm bis zu dem zerschmetterten Geschütz; seine Stiefel glitten in Blutlachen aus, und er stolperte über die an Deck liegenden Leichen. Der Schmerz in seinen gebrochenen Rippen wollte ihn schier zerreißen, aber er ignorierte ihn. Er folgte dem Strom der geschluchzten Flüche, bis er im Krater neben Köhler stand. Eigentlich hätte es ein Augenblick des Triumphes für ihn sein sollen, aber die geradezu kindliche Dankbarkeit in Köhlers aufgerissenen Augen weckte nichts anderes in ihm als Mitleid.

Der Rumpf legte sich noch stärker über und rollte die zerbrochene Kanone herum. Wie eine gewaltige Sperre legte sie sich krachend über die Öffnung des Kraters und begrub die beiden Insassen unter sich.

Pieck spürte das kalte Wasser an seinen Füßen und spähte hinauf zu dem Spalt, durch den ein schmaler Streifen Tageslicht hereinfiel. Das Wasser hatte jetzt bereits seine Knie erreicht, und er geriet einen Augenblick in Versuchung, schreiend gegen die undurchdringliche Stahlbarriere anzurennen. In diesem Augenblick fühlte er das Tasten einer Hand, die im Dunkeln verzweifelt nach ihm suchte. Mit plötzlicher Entschlossenheit ergriff er sie. Dann warteten beide schweigend...

Damrosch trat zu dem schwankenden Kutter, der in seinen Taljen in Höhe des Bootsdeck hing. »Zurück mit dir!« sagte er zu einem übereifrigen Seemann. »Du bringst mit mir zusammen die Verwundeten und Gefangenen hinüber.«

Er sah, daß der andere Kutter und die Jolle bereits vom Schiff abstießen, vollbepackt mit Gefangenen und hastig zusammengesuchten Verwundeten. Die Köpfe einiger Schwimmer tanzten in dem qualmbedeckten Wasser und verschwanden langsam achteraus.

Plötzlich merkte er, daß er an Deck gefallen war, genau neben den baumelnden Kutter; sein entsetzter Blick erfaßte erst jetzt das Blut, das an seinem Bein herunterlief.

Ein Matrose packte ihn und hob ihn hinüber ins Boot, dann wurde dieses langsam die schrägliegende Bordwand hinabgefiert. Er stellte fest, daß die junge Frau neben ihm kauerte, und bemerkte die ungewohnte Stille ringsum. So lag er auf dem Rücken und starrte in den blauen Himmel. Ich lebe noch, dachte er. Ich bin immer noch am Leben.

Schiller kletterte die Brückenleiter hinauf und kämpfte sich zu dem schrägliegenden Steuerhaus durch. Er wußte nicht genau, warum er gekommen war, spürte aber eine große Erleichterung, als er Oberleutnant Heuß und die zusammengesunkene Gestalt des Kommandanten entdeckte. Behutsam nahm er Steiger in die Arme und stieg mit ihm hinunter. »Kommen Sie, Herr Oberleutnant!« rief er zurück. »Hier gibt's für Sie nichts mehr zu tun.«

Heuß blieb noch einmal stehen und blickte durch den Qualm zurück ins Steuerhaus. Es war bereits so fremd und tot wie die Männer, die am Boden lagen.

Seufzend folgte er dem kräftigen Seemann und kletterte die Leiter zu dem verlassenen Deck hinunter, das nur noch wenig aus dem ruhigen Wasser ragte. Erstaunt sah er, daß noch immer ein Kutter längsseit lag. Die Seeleute halfen gerade Schiller und Steiger über das Dollbord. Rasch stieg auch er hinein, das Boot stieß ab, und sie hatten genügend Abstand gewonnen, als ein riesiger Schatten über sie fiel und die Sonne verdeckte.

Steiger versuchte, sich mit seinen schwachen Kräften aufzusetzen. »Helft mir! Rasch!« stammelte er.

Er merkte, daß man ihn emporhob. Über ihm ragte die kopfüber sinkende *Vulkan* wie eine schwarze Felszinne empor. Allmählich hob sich ihr Heck immer höher in den Himmel. Steiger legte grüßend die Hand an den Mützenschirm.

Unter dem mächtigen Dröhnen einschießenden Wassers tauchte die *Vulkan* endgültig weg, so schnell, als sei sie bemüht, dem Ort ihrer Erniedrigung zu entrinnen.

Steiger beobachtete den wirbelnden Strudel. »Wehte die Flagge noch, Heuß?« fragte er.

Heuß sah an ihm vorbei die junge Frau an, die den Kopf des Kommandanten an ihrer Brust hielt, während ihr die Tränen übers Gesicht liefen. »Ja«, antwortete er. Langsam näherte sich der britische Kreuzer den treibenden Booten, aus denen jetzt schwache Hurrarufe übers Wasser klangen.

Heuß wischte sich das geschwärzte Gesicht und spürte, wie seine Kräfte zurückkehrten. »Hören Sie, Herr Kapitän! Das ist die Antwort. Die Hurrarufe gelten *Ihnen!«*

Steiger lächelte und ließ den Kopf zurücksinken. Arme *Vulkan,* dachte er müde. Zusammen waren wir beide die letzten Freibeuter.

Bitte beachten Sie
die folgenden Seiten:

Bill Beavis

Anker mittschiffs!

Heiteres aus dem Bordalltag

Ullstein Buch 20722

Ullstein maritim

Witz auf dem Wasser heißt die Devise! Denn Segler sind keine Trantüten. Hier geht's lustig zu, selbst wenn sich anderen die Haare sträuben: ein Buch voller Karikaturen, Anekdoten und Geschichten, so recht nach dem Herzen der Freizeitkapitäne. Ein ideales Geschenk und der richtige Muntermacher für jedes Fest an Bord und an Land.